世界影响力科幻小说系列

七恒星史诗 I

·

隐匿帝国

[美] 凯文·J. 安德森（Kevin J. Anderson） 著

秦含璞 译

丁济 主审

电子工业出版社

Publishing House of Electronics Industry

北京·BEIJING

HIDDEN EMPIRE. Licensed by WordFire, Inc., New York, USA.

Copyright © 2002 WordFire,Inc.,authorized translation from the English edition published by Hachette Book Group(Orbit) .Texts by Kevin J. Anderson.

Simplified Chinese version published by agreement with Trident Media Group, LLC, through The Grayhawk Agency Ltd. （光磊国际版权经纪公司）

Chinese translation (simplified characters) copyright © 2021 by Publishing House of Electronics Industry (PHEI).

本书简体中文版经由WordFire,Inc.授予Trident Media Group, LLC和光磊国际版权经纪公司，由电子工业出版社有限公司在中国大陆出版与发行。专有出版权受法律保护。

版权贸易合同登记号　图字：01-2021-4240

图书在版编目（CIP）数据

七恒星史诗. Ⅰ，隐匿帝国 / （美）凯文·J.安德森(Kevin J. Anderson) 著；秦含璞译. — 北京：电子工业出版社，2021.10
（世界影响力科幻小说系列）
书名原文: Hidden Empire
ISBN 978-7-121-41814-3

Ⅰ.①七… Ⅱ.①凯… ②秦… Ⅲ.①幻想小说－美国－现代 Ⅳ.①I712.45

中国版本图书馆CIP数据核字（2021）第184001号

责任编辑：祁玉芹　　文字编辑：李　爽
印　　刷：中国电影出版社印刷厂
装　　订：中国电影出版社印刷厂
出版发行：电子工业出版社
　　　　　北京市海淀区万寿路173信箱　　邮编：100036
开　　本：880×1230　1/32　印张：17.5　字数：451千字
版　　次：2021年10月第1版
印　　次：2021年10月第1次印刷
定　　价：68.00元

译者序

首先，感谢各位读者选择本套小说！

当您翻开这本小说的时候，将会见证一场规模宏大、史无前例的太空实验，一起经历人类和太空伙伴的种种事件与故事。预先安装的传感器发回的数据让现场技术人员欣喜不已，似乎没有人注意到几片快速逃离昂西尔星的碎片……

在本书描绘的宇宙中，人类已脱离了地球重力的束缚，自由地与群星结合为一体。但是，最初的探索之旅并非一帆风顺，肩负探索和移民任务的飞船经历了迷航、失踪、被救、合作和争斗等各种事件……在外星文明雷迪拉帝国的协助之下，人类终于掌握了成熟的星际间航行技术，一个全新的黄金时代似乎近在眼前。

但是，历史的发展总是充满曲折的。人类的内部分化为三派，一派是以地球为中心的汉莎联盟，一派是放弃定居于宜居世界的传统策略，转而在太空中建立定居点的游荡者，还有一派是掌握了世界树心灵联结秘密的塞洛克星人。汉莎联盟占据了大量宜居世界，控制了大部分人类人口；游荡者选择在太空中建立定居点，在小行星带和各种环境恶劣但资源丰富的世界建立采矿设施，满足生产生活的各种需求；而塞洛克星人从世界树之林中获取知识，同时又不断为世界树传输知识，拥有着独一无二的即时通信能力，却追求独立自由与平和。

在普通人的眼中，汉莎联盟是一个在国王的领导下，带领人类走向黄金时代的集团，但知道内情的人都明白，王座之上的人不过是传声筒，真正的掌权者另有其人。居无定所的游荡者通过部族领导人议会决定重大事项，各个部族各司其职，通过与雷迪拉帝国和汉莎联盟建立贸易往来互通有无。虽然游荡者人数稀少，在外人眼中无异于太空中的流浪汉，但是他们有着异于常人的创新能力和吃苦精神。对于游荡者而言，他们手中最大的武器，就是掌握了星际飞船燃料的采集提炼技术。

除此之外，我们也不能忘记外星文明代表的雷迪拉帝国。这个帝国建立了一个以皇帝为核心的意识网络，帝国中每一个人的意识都与皇帝的意识相连，帝国的臣民将皇帝视为如神明一般的存在。虽然这个外星文明曾经协助人类脱离重力的束缚，开启了征服太空群星的时代，但是，作为一个远比人类更为发达，社会意识和文化完全不同的外星文明，他们真的是人类所想象的那样吗？

当人类内部势力不断发生摩擦，而雷迪拉帝国则沉迷于自己的太空世界之时，又有谁会关心从昂西尔星实验现场逃逸的天体碎片呢？人类和雷迪拉帝国该如何应对即将到来的大战？人类考古学家玛格丽特和路易斯夫妇二人又发现了什么真相……

本书的作者为我们搭建了一套奇妙的背景设定，用巧妙的剧情安排将各个情节连接在一起，书中情节环环相扣，多条故事线在独立演进、推进剧情的同时，又相互联系、相互影响，共同成就故事的完整体系，确保了全书的整体性、一致性和协调性。

当然，任何科幻作品都离不开现实的影响，同时又会展开想象和推理的空间，进而构造出一个丰富的虚幻的太空世界。书中能看到大量人类历史和客观现实的影子，能发现《星球大战》《星际争霸》等科幻作品的"套路"，还能看到作者独具特色的故事讲述……可以说是，趣味性和故事性兼具，读起来很有意味、令人回味。希望本套小说在为读者朋友们提供优质的阅读体验的同时，也可以提供一种不同的视角，思考人类在遥远未来的发展道路。

立足现实而展望未来，人类的历史整体上呈现出一个曲折向前的发展过程。常言道，他山之石可以攻玉，也许更多地借鉴不同的思维方式及其展望与幻想，汲取多种文明发展中的优秀文化与成果，能更好地为人类的和谐、健康和绿色发展添能助力。

科幻作品既反映现实也关乎想象，是作者本人特色及其环境和背景共同作用、影响和孕育的作品。希望读者朋友们用客观、发展、思索的心态去看待书中的内容和观点，形成自己的评判和想法，迸发出自己的思想火花。

最后，希望本套小说能为大家提供一次惊心动魄的太空史诗之旅！

本书译者
2021 年 3 月

1

玛格丽特·克里克斯

　　玛格丽特身处环绕气体巨星的高层轨道上，透过观察窗看着下方席卷整个星球大陆的飓风和云层。她很好奇，当实验完全开始后，这颗行星需要多久才会被点燃。

　　昂希尔星是一个由氢气和其他气体组成的彩色气体巨星，它的体积是木星的五倍。环绕在其周围的卫星，看上去就好像是一群挤在母亲周围的幼崽。在这些卫星中，最有价值的四颗卫星都是冰块和岩石的混合体。它们依次被冠以非常特殊的名字：杰克、本、乔治和克里斯托弗。这四个名字是地球汉莎联盟最伟大的四位国王的名字。如果今天的实验能够成功，这些卫星将被转化成与地球环境类似的移民地。

　　如果"克莱西斯火炬"计划失败，那么玛格丽特·克里克斯的职业生涯也就到此为止了。但是她会迈过这道坎儿的。作为一名异形文明考古学家，她和自己的丈夫已经习惯了这种带有欢喜意味的不确定性。

　　为了完成实验的准备工作，整个观测平台上挤满了科学家、工程师和政府观察员。虽然实际的实验并不需要玛格丽特做什么，但是她还是被要求参加这次实验。作为一个名人，她必须摆出应有的姿态。毕竟，这件外星设备是她自己亲手从废墟中挖出来的。

　　玛格丽特把棕白相间的头发拢在耳后时，看到路易斯站在甲板的另一头，笑得像一个孩子。他俩已经结婚几十年了，这些年一直在一起工作。上一次路易斯穿这么帅气的西装，已经是好多年以前的事了。路易斯现在非常兴奋，看在自己丈夫的份上，玛格丽特也颇为配合地露出了笑容。

比起和人们直接打交道，玛格丽特更喜欢默默观察他人。路易斯曾经开玩笑说，自己的妻子之所以醉心于外星考古活动，是因为她的研究对象不会突然跳起来和她聊天。

玛格丽特和路易斯穿梭于被虫形克莱西斯文明放弃的各个世界，通过无数辛劳的挖掘工作和记录下来的诸多惊人发现，他们一直在努力破解这些外星人的消失之谜。昔日的克莱西斯帝国现在只剩下空无一人的鬼城和高大的虫形机器人，而这些机器人对于自己曾经的主人做过什么一无所知。在诡异的科里布斯废墟中，克里克斯夫妇带领的科研队伍找到并成功解读了有关行星引燃技术的资料，他们将之称为"克莱西斯火炬"计划。

众人的兴奋之情充斥在观测平台经过过滤的空气中。应邀而来的官员们围着观察窗，相互交谈着。这是人类第一次试图创造自己的太阳。此次实验的结果和商业可能性都是影响深远的。

巴斯拉·温塞拉斯主席发现玛格丽特一个人站在一旁。当智能助手端着满满一托盘高级香槟从旁边经过时，这位地球汉莎联盟主席从中端起两只合成玻璃酒杯，向玛格丽特走了过来。他自信满满地笑着说："距离实验开始还有不到一个小时。"

玛格丽特附和地接过酒杯，看在主席的面子上喝了一口。鉴于观测平台上的过滤空气影响了人的味觉和嗅觉，就算是高级香槟喝起来与廉价香槟的味道也没有区别。玛格丽特说："主席先生，实验结束后我才能高兴得起来。我更喜欢把时间花在那些空荡荡的世界上，倾听那些消亡文明的秘密。对我来说，这里的人实在是太多了。"

玛格丽特注意到，在甲板的另一头，一名绿灵教士默默地站在那里。那个皮肤翠绿的男人之所以出现在这里，是为了在紧急情况下提供即时心灵感应通信。在观测平台外面，还有一支外星仪仗舰队，七艘壮观的战舰全部来自雷迪拉人的太阳舰队，这个人形生物所创建的伟大文明曾经帮助人类迈向宇宙星海。这些精美的战舰早就占据了有利位置，以便仔细观察这次伟大的实验。

"我非常理解你，"主席说道："我本人也在努力避免太多的关注。"温塞拉斯是个颇有身份的人，如果他在为人处世更为圆滑的同时还能保持自己身体的健康，那么早晚他会踩在所有人的头顶上。他抿了一口香槟，但是几乎连嘴唇都没有弄湿："等待总是让人感到煎熬，你说对不对？你还是不习惯这种死板的时间安排。"

玛格丽特笑了笑说："考古这种事情可不能心急，这和做生意不一样。"此时此刻她心里只想着尽快回去工作。

主席用自己的香槟杯轻轻碰了一下玛格丽特的杯子，那样子就好像是一个轻吻。"你和你丈夫的研究项目，已经是汉莎联盟一项开始盈利的投资。"汉莎联盟资助了很多异形文明考古学家，玛格丽特发现的行星引燃技术的价值将远远超过所有考古投资的总和。

通过在寒冷而空旷的科里布斯星进行的大量研究，破解废墟中墙壁上的克莱西斯文字，玛格丽特成功地将银河旋臂周围中子星和脉冲星的精确坐标，与汉莎联盟自己的星图进行了核对。

这项考古研究的发现引发了一系列突破性进展。通过对比克莱西斯人所记录的详细坐标和天体移动位置，玛格丽特可以反向算出这些天体星图的年代。因此，她判断出克莱西斯人大概在五千年前失踪。以天体坐标和图标作为依据，路易斯和他的工程团队破解了克莱西斯数学符号，进而掌握了"火炬"的基本功能。

主席的目光忽然严厉起来，瞬间现出一副生意人的嘴脸："玛格丽特，我可以保证，如果'克莱西斯火炬'按计划正常运行，那

么你想去哪里开展考古作业都可以，我可以保证你的预算可以全部
到位。"

玛格丽特用杯子轻轻碰了一下主席的酒杯以示回敬："那我可
就不会放弃这次机会了，主席先生。实际上，我和路易斯已经挑好
了下一个作业地点。"

瑞迪克星，是一个从未有人涉足的幽灵世界，上面有无数从未
被探索的奥秘、从未被开发的土地以及从未被记录的废墟……但是，
他们必须先完成这里的工作——点燃下方的气体巨星，然后接受大
家的嘉奖。

玛格丽特走到路易斯身边。路易斯正站在世界树幼苗旁边和绿
灵教士聊天，玛格丽特走过来挽住了他的胳膊。玛格丽特已经等不
及想让实验快点结束了，对于她来说，探索一座空荡荡的古代城市，
远比让整个星球烧起来有趣多了。

2

巴斯拉·温塞拉斯

巴斯拉·温塞拉斯保持着安静而谦逊的姿态在人群中穿梭。他
见机行事、八面玲珑，见什么人说什么话，同时又把所有细节都记
在大脑当中。他从没有向外人透露过自己的想法或是任何计划的细
节。可以说，整个地球汉莎联盟靠他才能运转。

虽然年事已高，但巴斯拉善于保养，所以旁人难以准确判断出
他的真实年龄。巴斯拉通过抗老化治疗和细胞整合技术，来保持自
己身体的灵活、健康。他衣着光鲜，身上的衣服的价钱抵得上普通
家庭一年的收入，不过巴斯拉不是个虚荣的人。尽管观测平台上的

所有人都知道他才是真正的领导人，但他为人处事一直十分低调。

当一位神情激动的红褐色皮肤记者希望就"克莱西斯火炬"计划对他进行采访的时候，他将这名女士和她的摄影团队带到整个计划的总负责人面前，就转身离开了。他在人群中观望着、观察着、思考着。

巴斯拉透过观察窗打量着外面的昂希尔星，赭色的云团让这颗星球看起来像一个搅拌不均匀的面团。它的整个星系之内都没有宜居的行星，而昂希尔星的气体构成也不适合采集艾克提。艾克提是一种雷迪拉星际引擎所必需的稀有氢元素同位素异形体。这颗毫无用处的气体巨星是进行"克莱西斯火炬"实验的完美目标。

首席科学家杰拉德·芹泽激动地讲解着即将开始的实验，而周围的媒体人们也在不断发问。在他的身边，技术人员们正在操作着一排排技术设备。巴斯拉扫视着控制面板，评估各项数据。一切都在按计划进行。

芹泽博士的脑袋上没有一根头发，巴斯拉完全不清楚这是博士的个人喜好，还是由于基因上的缺陷，或是后天的某种罕见疾病所造成的。芹泽博士身材消瘦但精力充沛。他讲起话来声音洪亮，同时双手比划着各种夸张的手势。每隔几分钟，他就会有意识地将双手收拢到胸前。

"这颗气体巨星类似于太阳系中的木星，现在正处于一个重力临界点，随时可能发生坍缩。任何质量在木星的十三倍至一百倍之间的天体，其内部的重氢都会燃烧，使得整个天体发出光亮。"

芹泽指了一下刚才和巴斯拉说话的记者说："现在我们重新发现了这种技术，我们可以让昂希尔星这样的气体巨星突破质量极限，在星球内部将发生核聚变，然后这一大团气体就会变成一个新太阳……"

记者突然插话道："请您告诉我们的观众朋友，增加的质量来自哪里。"

芹泽博士笑了笑，他很乐意继续讲解。巴斯拉也微微一笑，眼前的一切让他感到非常有趣。他很庆幸这位秃头博士是一位精力充沛的演说家。

"你看，'克莱西斯火炬'能够固定虫洞的两端，而整个虫洞的直径为十公里。"听博士说话的人显然对于虫洞的原理和制造这种时空裂隙的难度有所了解。"我们在一颗超密中子星附近建立一个端点，然后在昂希尔星核心附近建立另一个端点。整个中子星会在瞬间被传送到气体巨星核心。由于气体巨星的质量瞬间增加了好几倍，它就会发生坍缩，然后被点燃并开始发光。正如你所知道的那样，它产生的光和热能让这些体积巨大的卫星成为人类宜居世界。"

一名摄影师将摄像机对准环绕在气体巨星周围的白色波纹，芹泽博士还在喋喋不休："哎，这个新太阳只能燃烧十万年，但是对人类来说，已经有足够的时间将这四个卫星变成丰饶的汉莎联盟移民地了。对于我们而言，这十万年几乎就是永恒。"

巴斯拉轻轻地点了点头。在他看来，这种看法尽管一定是一种短视，但也很有用。地球现在处于一个庞大的银河系网络中，真正有眼光的人一定会从完全不同的时间尺度去考虑问题。人类的历史不过是画布上的一小点儿而已。

"所以，'克莱西斯火炬'是汉莎联盟建立新移民地、解决人口增长问题的全新机遇。"

巴斯拉很好奇到底有多少人相信这个解释。诚然，博士所说的一切都是事实，但是那些正在观测状态中的庞大而华丽的雷迪拉战舰，却时刻提醒着巴斯拉这次耗资巨大的实验的政治目的。

人类可以移民的世界还有很多，测试"克莱西斯火炬"其实并不只是为了解决生存空间紧张的问题。实际上，整个实验计划更多是出于政治考量。汉莎联盟必须证明人类有能力完成这件事，所以整个实验实质上是一场壮观而奢华的政治秀。

一百八十三年前，雷迪拉帝国营救了地球上第一代移民飞船，当时这些飞船正在太空里漫无目的地航行。雷迪拉人向人类提供了自己的星际驱动系统，并将人类带入了银河系大家庭。人类将雷迪拉人看作仁慈的盟友，但巴斯拉一直在谨慎地观察着这些外星人。

雷迪拉帝国已经陷入了发展停滞阶段，其整个现代文明中充斥着各种礼制和过往的历史，但却鲜有全新的想法。是人类对雷迪拉星际驱动系统进行了改进。积极的移民者和实干家，甚至在太空中漂流的游荡者一族，都在快速占领着雷迪拉社会和商业结构中的有利位置。也正是因为这样，人类用了几代人的时间就在太空宇宙中占据了一席之地。

汉莎联盟正在快速扩张，而他们古板的外星盟友正在衰退。巴斯拉相信，人类很快就会吸收吞并这个日落西山的外星帝国。在"克莱西斯火炬"实验结束之后，雷迪拉人一定会对地球科技刮目相看，不敢再轻易试探人类的底线。到目前为止，雷迪拉帝国还没有任何侵略性的迹象，但是巴斯拉不相信这些外星邻居是一群利他主义者。当下最好的选择是完美展现人类的技术水平，而且这一切必须要做得天衣无缝。

当倒计时器归零的时候，巴斯拉拿起了另一杯香槟。

3

克里元帅

作为雷迪拉太阳舰队的元帅，克里元帅正坐在自己旗舰的指挥中心里，仔细打量着人类愚蠢的一举一动。

虽然这次荒诞实验的结果将对雷迪拉帝国和地球汉莎联盟之间未来的关系造成深远的影响，但雷迪拉帝国还是只派出了一支只有七艘战舰的小舰队。皇帝告诫他，千万不要对这次实验表现出太多的兴趣。雷迪拉人不应该对这些新兴种族的任何行动表现得太过惊讶。

即便如此，克里出于帝国的礼仪还是重新粉刷了战舰，除了在战舰上画了各种徽识，还涂上了各种让人眼花缭乱的线条作为装饰。那战舰看起来就像一头花了浓妆的鲸鱼，正准备参加一场盛大的求偶表演。人类在华丽的场面和军事表演两大方面的造诣远不及雷迪拉帝国的太阳舰队。

汉莎联盟的主席之前邀请克里前往观测平台，和他一同观看气体巨星人工引燃实验。但是，克里元帅选择留在自己战舰的指挥中心里。至少，现在是这样。等到实验正式开始的时候，他会以外交层面上可以接受的缓慢速度动身前往观测平台。

克里脸庞消瘦，他的双亲属于贵族和军人氏族，太阳舰队中所有占据重要岗位的军官的出身皆是如此。他面部皮肤光滑得像人类一般，这是因为阶级较高的氏族之间类似于人类一样要保证血脉纯正。虽然雷迪拉人与人类体貌特征类似，但是在心理上和思想上还是有着天壤之别的。

克里的皮肤呈灰色，头部光滑，只留有穿过头冠的顶髻，这是军衔的标志。元帅的整体式军服是由颜色深浅不一的灰色和蓝色的鳞片制成的长束腰外衣，腰上还系了一条腰带。

为了表明这次任务的非重要性，他拒绝佩戴任何勋章。其实人类和他们见面的时候，也不会注意到这个细节。此时他正带着高于人类一等的心态饶有趣味地看着眼前的实验，但同时心中却隐约腾起了一股不安的情绪。

在过去的两个世纪里，雷迪拉人曾经多次帮助刚刚崛起的人类，他们一直认为人类缺乏耐心且所作所为有待商榷。人类并非毫无教养，但是在很多方面还需不断学习。也许人类需要的仅仅是一个像皇帝一样全知全能的最高统治者。雷迪拉帝国的黄金时代已经维持了几千年了。人类只要肯用心，而不是忙于犯错，就能从其他历史悠久的种族身上学到很多知识。

克里无法理解这些充满野性而又自以为是的人类，为什么要急于制造更多可以改造和移民的世界。为什么要耗费精力将一颗气体巨星变成新的太阳？就算是用其他种族的标准来看，宇宙还是有很多宜居的世界，难道都不够人类去移民吗？人类似乎想扩散到整个宇宙。

元帅盯着旗舰前的显示屏，叹了口气。可以自由支配的行星和恒星……这种思维还真是人类风格的完美体现。

但是，元帅不会放弃这次任务，因为皇帝已经许诺给他各种奖励。在远古时期，太阳舰队曾和神秘而又危险的莎娜雷人交战；两千年前，又在内战中和被蒙蔽的雷迪拉同胞交手。但从那之后，舰队的主要任务是武力展示、偶尔执行救援或民事任务。

鉴于雷迪拉帝国内部没有叛乱，也没有跨星际间纠纷，克里在太阳舰队的职业生涯就都耗费在组织舰队进行礼仪编队训练的工作上了。因此他在实战和战术方面都缺乏经验，不过他在《七恒星史诗》中也读到了不少相关作战知识。但是，书中的内容和真正的战斗可不是一回事儿。

皇帝派遣他作为帝国在昂希尔星实验中的官方代表，而元帅也对自己的神和领袖言听计从。通过与全体臣民之间微弱的心灵连接，皇帝可以利用克里的眼睛看到所有这一切。

不论他对此有什么看法，人类的这次大胆实验都将成为雷迪拉历史史诗《七恒星史诗》中有趣的一页。今天，说不定克里的名字也会成为人类和雷迪拉历史和传奇的一部分。实际上每一个雷迪拉人都希望有如此的成就。

4

老国王弗雷德里克

富丽堂皇的低语者之殿坐落于地球之上，在这里，老国王弗雷德里克精心扮演着自己的角色。巴斯拉·温塞拉斯已经向他下达了命令，而这位汉莎联盟的君王也知道自己的地位——弗雷德里克只能按计划执行命令。

弗雷德里克穿着厚重的长袍，头上戴着轻巧的王冠，王冠上还有全息投影的珠宝。此时，他稳坐在王座大厅，等待着来自昂希尔星的消息。在此之前，老国王沐浴熏香，手指上的戒指也被擦得闪闪发亮，他的皮肤享受过了药膏和油脂的按摩，他的头发经过了细致的梳理。

虽然弗雷德里克是因为其出众的外貌体型、男性魅力和演讲能力而被选为国王的，但是他比最出色的学生更清楚自己的权力来自何方。维系如此广阔疆域的难度是超乎想象的，因此，汉莎联盟必须拥有一个大众可以每天都能看到的傀儡领导人诵读政令或颁布法律。大众需要将自己的忠诚和信仰寄托在一个活生生的个体身上，因为没有人会为了一个虚无的共同理想而战斗到死或是立下血誓。很久以前，汉莎联盟就打造了一个皇室宫廷并塑造了一个衣着得体的国王，这一番周折都只是为了给商业化政府提供一个脸面和心脏。

和之前的五位国王一样，弗雷德里克国王也颇受民众尊敬。他的皇宫里满是华丽的衣服、耀眼的宝石、取之不尽的布料和华美的挂毯，当然还有无数的艺术品、首饰和雕塑。他颁发奖章、举办庆典，仁慈地炫耀汉莎联盟的财富，让人民感到快乐。弗雷德里克拥有自己想要的一切，却唯独没有自由和独立。

巴斯拉曾经告诉他："当人类面对一个富有魅力的人时，就会放弃自己作决定的权利。他们用这种办法让其他人承担责任，一旦出现问题，就会责怪领导人。"他指着因为衣服厚重而难以行走的国王，说道："顺着这个思路发展下去，只要有足够的时间和相应的选择，任何一个社会最终都可能会采用君主制。"

弗雷德里克已经当了四十七年的国王了，他已经不记得自己年轻时的生活和曾经的名字了。在他在位的这些年里，汉莎联盟发生了翻天覆地的变化，但是那些似乎都与他毫无关系。现在，他感到的只有岁月的负担。

弗雷德里克可以听到喷泉的水声、飞船的嗡嗡声，还有皇家宫殿广场上民众嘈杂的欢呼声。广场上的人越来越多，他们都在等待着弗雷德里克国王，期望能看到他出现在他最喜欢发表演讲的阳台上。统一教教宗已经开始带领民众进行祈祷，但是兴奋的民众依然不停地向前拥挤，他们希望能看一眼这位伟大的君主。可弗雷德里克却只想在房间里再多待一会儿。

低语者之殿建造于地球扩张早期，这座宫殿规模异常庞大，任何人只要身处其中，都会出于敬畏之心而不敢说话。正因如此，它才会被大家称为低语者之殿。永远明亮的圆顶和穹顶用镀金的钛质支柱支撑，上面还镶嵌着透亮的玻璃。这座宫殿坐落于阳光明媚、气候宜人的北美西海岸，这里曾经被人称为南加州。低语者之殿是地球上规模最大的建筑，占地面积足有十个凡尔赛市大小。当汉莎联盟见识了雷迪拉帝国让人叹为观止的建筑之后，低语者之殿就开始不断扩建，只为能与雷迪拉帝国的建筑艺术一较高下。

但是现在，宫殿的富丽堂皇根本不能吸引弗雷德里克的注意力，因为他正在等待着巴斯拉从遥远的昂希尔星传来的消息。他对自己说："重大历史事件不是在一瞬间发生的。今天我们将会决定历史的走向。"好像在使自己信服这一切。

一名侍从敲响了用雷迪拉晶体合金制成的大锣。作为回应，国王弗雷德里克露出了一个热情而慈祥的微笑，这个表情他不知道排练过多少次了，这是为显示他的自信而定制的微笑。

当锣声渐渐停止后，国王弗雷德里克顺着皇家通道走向那造价不菲的演讲阳台。出于习惯，他看了一眼墙壁凹槽内用超清水晶制成的镜子。在镜子里，这位老国王看到了自己的表情，看到了自己眼中流露出的疲倦，还看到了几条只有自己能发现的皱纹。巴斯拉究竟还要他继续扮演多久这样的角色呢？什么时候才能让他休息呢？也许汉莎联盟会让他早点退休吧。

当巨大的太阳能大门打开之后，国王停下脚步深吸了一口气，放松了一下肩膀。

欧特玛大使来自森林世界塞洛克星，她是绿灵教士派往地球的外交大使。在她身边还有一株与她齐肩高的世界树幼苗，整棵幼苗种在一个装饰精美的花盆里。通过世界树的智能网络，欧特玛可以与遥远的观测平台建立即时通信连接。

老国王拍了拍手，说道："时间到了。现在马上传达以下消息——本人，国王弗雷德里克，现在下令开始这次伟大的实验。让他们带着我的祝福，按计划执行下一步程序。"

欧特玛毕恭毕敬地鞠了个躬。严肃的大使已经经历了太多的风风雨雨，长满皱纹的脸上布满象征身份的文身，和绿色的皮肤结合起来，让她看起来仿佛就是一株表面长满瘤结的植物。她和巴斯拉·温塞拉斯之间曾经多次爆发激烈的冲突，但是弗雷德里克国王却从不参与其中。

欧特玛用长满老茧的手指握住世界树的鳞状树皮，然后闭上了双眼，用远程意识连接借助世界树将自己的想法传给位于昂希尔星的同胞。

5

本尼托·塞隆

在昂希尔星，当本尼托双手松开世界树，观测平台上的所有人都安静了下来。他摸了摸小树苗，在安慰世界树的同时也寻求着世界树的慰藉。他向众人宣布："弗雷德里克国王向我们发来他的祝福，我们可以继续进行下一步实验。"

话音一落，人群中响起了暴雨般的掌声。媒体团队将镜头对准平台下方的气体巨星，就好像只要国王下令，就会立即发生什么事情。

芹泽博士疾步走到自己的技术员身旁。一声令下，端点固定锚从轨道发射。耀眼的光芒瞬间刺入星球内部，向着虫洞既定位置前进。根据古老的克莱西斯科技而设计的鱼雷探针一头扎入云层之中，没有留下一丝痕迹。

本尼托看着眼前的一切，他要在稍后的祈祷中把这些告诉好奇的世界树之林。虽然他是塞洛克星统治阶层家族的次子，但是他在昂希尔星的任务是，通过世界树将此次实验的结果即时发送出去。通过世界树传递信息比任何常规电磁通信手段都要快，否则一条信息要花几个月甚至几年才能到达最近的汉莎联盟前哨站。

绿灵教士可以通过相互连接的世界树，与任意一名同伴进行即时通信，完全不受位置的限制。每一棵世界树都是世界树之林的一部分，是其他树的量子映像。一棵树知道的事情，所有树就都会知道，而绿灵教士可以在任何时候接入这个巨大的信息库网络。他们可以借此传递信息。

此时，所有人都看着虫洞端点固定锚没入昂希尔星的云层，本尼托再次将手放在世界树上。他让自己的意识进入树干，与世界树之林合为一体。当他睁开眼睛，意识回到观测平台的时候，他发现温塞拉斯主席正一脸期待地看着自己。

本尼托的脸上依然保持着镇定和应有的仪态。他的身上布满文身，帅气而高贵。他的双眼带有内眦皮的痕迹，看起来类似杏仁表面的褶皱。他说道："我的父亲埃德里斯和母亲阿丽西亚，代表塞洛克星全体人民预祝这次实验成功。"

"你父母的祝福总是让我受宠若惊。"巴斯拉说道，"但是我希望塞洛克能与汉莎联盟建立更正式的贸易关系。"

本尼托在说话的同时，努力使语气听起来波澜不惊："主席先生，世界树之林的计划和愿望并非总能与汉莎联盟的需求保持一致。

但是，您最好和我哥哥雷纳德或者是姐姐萨琳讨论一下这个问题。他们俩对于贸易更感兴趣。"他摸了一下世界树的叶子，好像是在强调自己不过是个绿灵教士。"作为家中的次子，我的使命不过是服侍世界树之林。"

"你的工作完成得非常出色。我不是故意让你觉得不适。"

"有世界树的支持和关照，我很少感到不适。"

本尼托实在想不出还有什么事业更适合自己。因为自己的家庭性质，本尼托被指派参加各种仪式性活动，这次实验就是其中之一。他不想将自己的天赋浪费于这种活动。如果可能的话，他希望世界树之林扩张到整个银河系旋臂，让世界树的树苗可以在其他世界上茁壮成长。

绿灵教士数量稀少，而世界对于他们的远程通信能力的需求却有增无减，以至于一些教士在汉莎联盟或是移民地政府的资助之下可以得到优厚的报酬，住在豪华的别墅里。常规的无线电通信和以光速传播的激光通信，可能会花上几年甚至几十年的时间，才能将信息从一个星球传达到另一个星球。但其他一部分绿灵教士，则过着一种更为朴素的生活，专注于种植和照料世界树幼苗。本尼托更倾向后一种生活。

汉莎联盟一直请求塞洛克星尽可能提供更多可以雇用的绿灵教士，但实际可用的教士数量却让商人和政客们非常失望。虽然汉莎联盟的使团反复强调，绿灵教士必须服务于全人类的利益，但是塞洛克星的阿丽西亚教母和埃德里斯教父却对扩张个人权力一事毫无兴趣。因此，他们选择让教士们自由选择去哪里工作。

教士们会从塞洛克星的世界树之林中选取健康的样本幼苗，然后将幼苗移植到其他移民地世界，或是带着幼苗登上各种商船。除了光照和肥料，世界树之林渴求新的信息和数据来补充营养，然后储存在自己不断扩张的半智能数据网中。绿灵教士的任务是尽可能地扩大世界树之林的覆盖范围，而不应局限地服务于地球商业集团。

汉莎联盟的研究人员用了几代人的时间，努力研究如何通过相互连接的世界树的运行原理完成独立的即时量子通信，但是却毫无进展。只有世界树能够提供即时远程意识联结，只有绿灵教士能通过世界树之林的网络进行远程通信。无法解决的通信难题几乎逼疯了所有的人类科学家。

虽然汉莎联盟在"克莱西斯火炬"实验上投入了大量的技术和人力，但是没有绿灵教士和世界树的帮助，整个计划都不可能完成。

此时，身处观测平台的温塞拉斯主席双手合十，说道："本尼托，请你联系中子星的同伴，通知他们打开虫洞。"

本尼托的手又伸向了世界树。

6

阿卡斯

在银河系旋臂的另一端，另一名绿灵教士和六名汉莎联盟技术人员正乘坐着一艘小型侦察船，在远离中子星重力影响范围的安全距离内待命。

这颗超密度的星体曾经是一颗红巨星，在它耗尽了能量和质量之后，并没有变成黑洞，而是变成了一颗中子星。它的高重力足以扭曲空间，在太空中像探照灯一样不停旋转，从它两极喷出的高能粒子流就像从消防栓里喷出的水流，不断射入太空。这颗中子星直径不足十公里，但是却蕴含着巨大的能量。

六名技术人员挤在侦察船上，一个个精神紧张、汗流浃背。特制的鱼雷已经部署在船外待命，随时可以射向中子星的重力井。技术人员都盯着阿卡斯，好像这名绿灵教士可以缓解他们的恐惧，或者是能为他们提供一些缓解恐惧的小窍门。

一名技术人员问道："什么时候发射？"他的口气近乎是在恳求。

但是阿卡斯身边的小树并没有告诉他答案。他叹了口气说："我得到通知就一定会告诉你。"

用不了多久，阿卡斯就可以回到塞洛克星，教士们会给他其他侍奉世界树之林的任务。不论被分配了什么任务，对于阿卡斯来说其实都没有区别，但是他偏偏选择了这项任务，因为这份工作位置偏僻，而且涉及的人也不多。作为一个绿灵教士，他别无他法。阿卡斯是个性格孤僻的人，同时也是与世界树之林连接在一起的绿灵教士，但这并不是他自己做出的选择。在他看来，这份工作更适合那些对世界树更加虔诚的人。

阿卡斯握住小树粗糙的树干，但是没有感觉到传来的信息。他又等了一会儿，还是一无所获，于是说道："还没收到消息。"

在这艘冰冷的侦察船上，空间太过逼仄，墙壁太过突兀。船上的空气有股过滤器的味道，完全没有世界树之林那种熟悉的湿润气息。但是，阿卡斯即便在塞洛克星也缺乏其他绿灵教士所具有的热情。他也许应该选择一份其他的职业，但是他的皮肤早已因为共生物而变成了绿色，这种皮下藻类可以帮助他进行光合作用。整个过程完全不可逆，所以阿卡斯只能永远和世界树之林连在一起，即使他真的不想成为一名绿灵教士。

阿卡斯之所以选择成为世界树之林的学徒，完全是为了兑现自己对已故父亲的诺言，而不是为了自己。绿灵教士一直非常抢手，以至于像阿卡斯这样的平庸之辈都能获得不少工作机会。在塞洛克星，年长的绿灵教士负责出谋划策，而埃德里斯教父和阿丽西亚教母负责与汉莎联盟交涉。但是每一名绿灵教父——包括阿卡斯在内——都可以接入整个森林的意识，然后做出自己的决定。在众多待遇优厚、重要的外交和联络岗位中，阿卡斯唯一想要的，就是一个能远离那些琐事的岗位。所以，他自己选择来到这个偏僻的哨站。

"什么时候发射？"另一名技术人员急切地问道，"他们为什么要等这么久？"

阿卡斯重新接入意识网络，然后看着急切的技术员说："他们说昂希尔星方面已经准备完毕。你可以发射探针了。"

汉莎联盟的技术人员操作着绿灵教士完全不能理解的设备，立即解开了系留索，启动了克莱西斯虫洞发生器。探针脱离了侦察船，加速飞向中子星，随着越来越深入扭曲的时空，其速度也越来越快。

当虫洞的端点已确认固定在靠近中子星的位置时，技术人员都发出了欢呼声。他们快速读取着各项数据，因为引力干扰太过强大，探针还能保持在有效位置多长时间完全是个未知数。

阿卡斯注视着这一切，将画面传送至世界树和其他全体绿灵教士。世界树之林比阿卡斯对整个实验更感兴趣。

首席技术员宣布："启动！"

探针鱼雷利用古老的克莱西斯技术扭曲时空，撕碎空间，最后在太空中扯出了一个大洞。虫洞隧道的宽度刚好可以吞没中子星。

阿卡斯对着小树低语，将全过程的每一个细节都讲给世界树听，但很快就一句话也说不出来了。新生的虫洞将整个耀眼的中子星吞没，就好像一颗鹅卵石掉进了下水道一样消失不见了。

随着鱼雷探针能量耗尽，发生器也停止了工作，整个虫洞迅速关闭，没有留下任何一丝可以证明中子星曾经存在的痕迹。

"好了。一切都结束了。"阿卡斯看着技术员们，而他们正在欢呼庆祝，对返程回家这件事完全提不起兴趣。

残留的气体彻底摆脱了重力的束缚，如薄纱般四散逃逸。中子星像一个无法估算当量的炸弹，向着昂希尔星飞驰而去。

7

玛格丽特·克里克斯

路易斯在人群中穿梭，终于为自己和玛格丽特找到了一个观看气体巨星内爆的好位置。巴斯拉·温塞拉斯站在他们身边，笑着说："我们很快就会知道结果。绿灵教士说，另一侧的虫洞已经打开了。中子星正向这边飞过来。"

芹泽博士的光头因为出汗而显得更加锃光发亮，他先透过观察窗打量着外面，然后看了看摄像机和记者，说道："虫洞的另一头固定在气体巨星的内核。当整个超密恒星撞击昂希尔星时，就会触发人类有史以来发生过的最剧烈的放能现象。"他做了个手势继续说道："但是，不必担心。冲击要花几个小时才能突破大气层。我们距离昂希尔星很远，不会受到任何影响。"

质量巨大的中子星就像一颗炮弹一样直接击中了气体巨星的金属核心，为天体引燃提供了足够的能量和质量。芹泽博士看着相关读数，发出了欢呼。没入气体巨星内部的探针浮标传回了压力、温度和光子读数，显示器上亮起了起伏剧烈的数据。博士的技术员们兴奋地挥舞着双手。昂希尔星外层依然非常安静，但是内部正在进行着剧烈反应。巴斯拉·温塞拉斯鼓起了掌，其他人也纷纷跟着鼓起了掌。

"中子星的体积小，但是密度大，这就好像棉花糖里包着一颗钻石。到目前为止，昂希尔星的物质还在向内部坍缩。"芹泽看了看读数，然后看了看天文钟。"最多在一个小时之内，它的密度就可以达到进行氢聚变的临界值，任何一颗恒星要进行氢聚变，都必须经历这样的过程。"

玛格丽特眯着眼睛等待着即将出现的新太阳，但是由于昂希尔星太过巨大，即便中子星已经撞进了星体内核，巨星的整个体积还是没有肉眼可见的变化。气体巨星的各个云层都布置了标记和探测器，可以检测到向外扩散的辐射。

玛格丽特踮起脚亲了亲路易斯粗糙的脸颊。"我们成功了，老头子。"两位考古学家已经完成了前期工作，现在他们可以坐在一旁观赏最终的成果。此时此刻，气体巨星内部仍然进行着剧烈反应。

"博士，只要增加重量，就可以让星球燃烧吗？"一名站在玛格丽格身后的媒体代表问道。

芹泽博士回答道："实际上，是质量，而不是重量。但这并不重要。你看，瞬时传送到气体巨星内部的中子星，为其提供了一种直接的负能量。实际上，这就是一种势能。为了遵守守恒定律，这需要大量的动能，而这些动能则以穿过虫洞的热量的形式出现。这就可以将气体巨星转换为一颗闪耀的恒星。一切都会在一瞬间发生。"博士眼睛里闪烁着光。"好吧，其实整个过程可能要花好几天时间，但是你得把一切都考虑到。"

通常情况下，一颗恒星的热量传递是一个非常缓慢的过程。光子就像一个醉汉，要花一千年的时间才能从星球核心向外辐射到表面，在这个过程中还要不断与气体分子碰撞，被吸收，然后再被释放，最后再和下一个气体分子碰撞。

芹泽博士说："啊，你只管看着就好了，你会明白我说的是什么意思。"

#

媒体代表们的热情在几个小时内逐渐消退。整个聚变过程非常缓慢，但是气体巨星确实在发生内爆。大气层内部的探测器显示核烈焰正在如同潮水般向外扩张。当烈焰到达星球表面的时候，昂希尔星会像一个电灯泡一样亮起来。

烈焰与雷电的第一缕闪光透过风暴之间的缝隙。星球表面开始渐渐褪色，预示着云层之下正在发生的巨变。玛格丽特翻译的克莱西斯记录中提到了这些现象，但是眼前的一切让她不知道是应该感到自豪还是应该感到恐惧。

雷迪拉舰队发现"克莱西斯火炬"已经成功启动。克里元帅穿着正装，乘坐小艇来到观测平台，继续观看气体巨星坍缩。玛格丽特看到元帅的时候，心中腾起了惊惶和好奇，因为她从没和外星人说过话。

"元帅，你的英语说得很好。希望我也能如此熟练地使用其他语言。"玛格丽特说道。

"所有雷迪拉人都使用一种语言，但像我们这些与人类打交道的人必须学习你们的通用语言。这是皇帝给我们下达的命令。"

路易斯与克里聊了起来，他讲述了他们在克莱西斯星球的工作。"元帅，在人类还没有开始探索宇宙的时候，雷迪拉帝国就已经存在了。为什么你们没有派出勘探人员或者是考古学家去研究消失的克莱西斯人？你难道不好奇这个问题吗？"

克里看着路易斯，就好像他问的这个问题非常奇怪。"雷迪拉帝国不会单纯派遣探索队。当我们派遣移民人员的时候，我们称他们为'支派'，这个支派的规模足以延续我们的社会。我们很难理解人类竟然可以独处生活。我绝对不会选择远离我的同胞。"

路易斯笑着对玛格丽特说："我的妻子喜欢独处，她在进行挖掘工作的时候通常会选择一处远离我的地方。"

玛格丽特难为情地对他轻轻点了点头："路易斯，所有雷迪拉人都被一种微弱的心灵联结连在一起。这算不上是一种蜂巢心智，但却是一种互助系统。元帅，我说的没错吧？"

克里说："我们管它叫心神网，它的源头就是我们的皇帝，是他将我们所有人连在一起的。如果一个人距离其他人太远，那么连接就会中断。也许人类将独自旅行的能力当作一种优势。但与之恰恰相反的是，你们不能享受心神网所提供的保护，我对此深表遗憾。"

人群发出的惊呼声将他们的注意力拉回到了窗前。一道明亮的羽状云从昂希尔星表面喷涌而出，看起来就好像一股超高温气体。这种现象非常不寻常，随着这道羽状云渐渐消散，人们也渐渐失去了兴趣。还不到一个小时，玛格丽特就成了船边唯一还在看着昂希尔星的人。她发现此时的昂希尔星具有一种催眠的效果。整个星球都在发光，光子在这个还在不断发生内爆的星球上肆虐。

她看着星球喷射而出的光芒在雷迪拉战舰和观测平台的对面形成了一条模糊的曲线。忽然，几个高速飞行的球状物体，犹如霰弹枪的弹丸一样冲了出来。它们从昂希尔星云层深处飞了出来，然后飞向无垠的宇宙。只不过几秒的时间，几个光点就消失在远方。

玛格丽特深吸一口气，但是她身边没人注意到这一切。这不可能是自然现象……但它又能是什么呢？

她困惑而警觉地转过身。路易斯还在和克里元帅、巴斯拉·温塞拉斯聊天，讨论着他们未来对瑞迪克星、众多克莱西斯人的谜团和那些工作状态良好但是对自己的创造者一无所知的机器人的研究计划。芹泽博士站在技术员身旁看着传回的图像，昂希尔星依然在燃烧。从他们的表情来看，肯定也看到了那些"幽灵"。

她走到他们身边问道："芹泽博士，那是什么东西？你看到……"

博士看着她，漫不经心地笑着说："我得好好研究一下才能知道怎么回事，但是没必要为此担心。我们并不完全理解'克莱西斯火炬'的二级和三级效果。别忘了，气体超巨星内核的压力非常强大，常见的气体会被压缩成金属，碳也会被挤压成钻石。"

芹泽博士低头看着显示器，屏幕上重放着观测平台捕捉到的模糊画面。不幸的是，那些奇怪的物体出现在闪耀的昂希尔星的另一侧。"如果说我们刚才看到的，是引燃之后的副作用，喷射出来的是星球核心深处的金属结节或是奇特的残骸，那么我们丝毫不必觉得惊讶。克里克斯女士，我认为这无须担心。你的'克莱西斯火炬'计划当前的表现完全符合甚至可能超出了我们的预期。"

玛格丽特皱着眉头说："那些东西看起来像是飞船，完全是人工制造出来的东西。"

芹泽博士摆出一副居高临下的表情说道："这不太可能。毕竟，又有哪种生命形式可以在气体巨星内部的高压下生存呢？"

8

雷蒙德·阿古拉

聚集在皇家宫殿区的民众开始庆祝，商人叫卖着纪念品，卖食物的小贩也把价格提高到了难以置信的地步。节日花束让空气中弥漫着令人陶醉的香味，但大批维修工人和园丁会在花朵凋谢之前就将它们搬走。

雷蒙德·阿古拉灵巧地穿行于人群之中。这个小伙子根本不担心自己的东西会被偷走，因为他能发现身边任何一个小偷的存在而且远比他们聪明，他会在小偷下手前灵活地闪到一边去。再说了，他口袋里什么都没有。雷蒙德只想看看热闹，找点赚钱的机会。在这种盛大的庆典上，最不缺的就是机会。只要机会合适，一个野心勃勃的聪明孩子肯定能大赚一笔。

雷蒙德今年十四岁，又聪明又帅气，顶着一头黑发，身材修长，脸上总是挂着灿烂的微笑。他的朋友很少，也没什么优势可言，一切都得靠自己。艰苦的生活让他健壮得像一条灵缇犬，这一点每次都会让向他发起挑战的人大吃一惊。但是雷蒙德还是偏向通过交流让局势改变，动武向来不是他的首选。

雷蒙德弯下身子灵活地从前排的人群中钻了过去，所有动作一气呵成，以至于其他人都没发现身边多出一个人。对于他的母亲、兄弟和自己而言，每天的生活都很困难，所以他对政治并不关心。但是他还是喜欢看盛大的场面。有钱人坐着飞艇、滑翔机和热气球飞在天上，俯瞰地面上的一切。大锣已经敲响，锣声甚至比人群的欢呼声还要刺耳。

雷蒙德看到穿着鲜艳宫廷制服的皇家卫兵和侍从们，开始在低语者之殿的大阳台上搭建演讲台。统一教的执事念起了一段耳熟能详的祷告词和祈祷，仪仗兵展开了地球汉莎联盟鲜艳的旗帜，在旗帜之上，地球标志位于三个同心圆的中心。

一个看起来和皇家工作人员并无差别但是穿着华丽长袍的老人走上了阳台，他走的每一步仿佛都经过了排练。国王举起双手，袖子就滑落到了肘部。阳光照在了国王戒指和王冠上的钻石上，一切看上去闪闪发光。

"今天，我向大家宣布一个重大的消息，这是人类创造力和进取心的胜利。"国王弗雷德里克的声音通过扬声器传遍整个广场。他说话时发出的男中音使他犹如一个神明，声音听起来深沉而且颇有共鸣。"在昂希尔星系，我们创造了一颗新的恒星，它散发出的温度和光芒将笼罩四个崭新的世界，人类将在上面开始定居。"

当满怀敬畏之心的人群听完这番话之后，立刻爆发出了欢呼声。雷蒙德对这种装模作样的惊喜投以微笑，所有人都知道这次集会的目的。

"是时候在宫殿区再点起四盏火炬了！"随着他铿锵有力的声音渐渐消散，国王做了个夸张的手势，雷蒙德的视力非常好，此刻也只是看个大概。

在宫殿最高的地方，柱子和穹顶已经亮起了不灭的火炬，火焰冲上天空，好像地面上升起的萤火虫灯柱。每一个火炬都代表着一个签署了《汉莎宪章》并宣誓效忠国王的地球移民世界。

"我为大家带来四颗全新的卫星，每一颗卫星都以地球汉莎联盟伟大先王的名字命名，它们是杰克星！——"随着一声巨响，横跨皇家运河的步行桥上的高塔亮起一道明亮的冲天烈焰。"本星！乔治星！还有克里斯托弗星！"他每念一个名字，大桥高塔上就会亮起一盏火炬。

虽然四颗卫星上的冰还没有融化，环境改造小队要等到卫星地质变动结束之后才会登陆。但是，雷蒙德和所有人一样兴奋，他亲眼看着国王获得了四个新世界。真是场盛大的典礼！

乐队开始演奏音乐，天上的飞艇撒下的明亮箔条，犹如蒲公英的毛团一样漫天飞舞。弗雷德里克国王宣布一整天都将举行庆典。人们鼓起了掌，有狂欢的机会，他们当然会高兴。也许这才是他们敬爱自己国王的原因吧。

弗雷德里克急匆匆地退回低语者之殿。雷蒙德发现了一点异常，国王看起来好像很孤独，也许还有些不开心，就好像已经厌倦了在这么多人的注视下生活。雷蒙德开始同情这位君王，因为他自己对于这个世界而言，是一个隐形人。

雷蒙德在热闹的摊位和纪念品小贩之间游荡。在低语者之殿高高的墙壁上，巨大的雕塑记录着各种历史事件：十一艘起飞的世代船；第一次与雷迪拉人接触，并由此获得他们的星际驱动技术和银河文明。每个小时的特定时刻，这些横幅全息雕塑都会移动，像钟琴一样戏剧化地呈现场景。喷泉公园周围的雕像也动了起来，石头天使拍打起了翅膀，历史上著名的将军们骑着的马儿也抬起了前腿。

人群走过大桥，进入宫殿。雷蒙德目不转睛地看着这一切，两眼放着光。突然，他感觉到了威胁，但是这次慢了一秒。

有人从后面抓住了他的脖子，如钳子一般的指头狠狠掐住了他。"看来他是想趁大家都不注意的时候，来这儿偷东西。但是他撞上了咱们忙大事。"

一个叫马尔福的男孩正皱着眉头怒视着雷蒙德，而他强壮的朋友布尔施加在雷蒙德脖子上的力道越来越大。雷蒙德从布尔手中挣脱出来，但是却没有逃走。他说道："抱歉，但我可不是来偷东西的。"

布尔哼哼着说："他那脆弱的小心脏可干不了偷鸡摸狗的事情。"

"哈，偷东西太简单了。"雷蒙德故作正经地反驳道，"认真工作，然后用正直的手段养活自己，这才是真正的挑战。你也应该试试。"

在他们周围，没有注意到他们的人们跳着舞，有些人相互亲吻，买食物的摊位前也排起了长队。马尔福压低自己说话的声音，但即便他开始尖叫，也没人会注意到他。"雷蒙德啊雷蒙德，你要是这么关注道德问题，何不去当个执事呢？还有，你最好闭紧嘴巴，不要告发我们。"

"马尔福，红雨在上，我确实没有告发你们。要是我没记错的话，这话我都说了十六次了。但是你们就是不听。闯进别人店里偷走别人的现金，我才不想干这种事情呢。你只要做过一次，以后就很容易再犯。"

"我倒希望它能更简单些。"布尔苦笑道，"等你触发警报之后，要摆脱警察可是要跑好一会儿呢。"

"要是你俩真有自己吹嘘的那么棒，警察又怎么会追上你们呢？"雷蒙德对着他俩摇着手指说道，"马尔福，你看，我还指望着靠你的本事吃饭呢，但是你现在告诉我一切不过是吹牛而已。"他深吸一口气，浑身肌肉紧绷，做好随时逃跑或是战斗的准备。"我猜你不会告诉我，那不过是一场意外吧？"

布尔捏紧了自己的拳头，他的双手看上去瞬间胀大了几倍。"等我们把你打得屁滚尿流之后，也许你就会回家告诉你妈一切都是场意外。"

"别把我妈扯进来！"一想到自己的母亲瑞塔·阿古拉要流着泪担心自己的安危，雷蒙德就觉得那副场面要比任何淤青都更让自己感到难受。

马尔福就像一条在水中闻到血味的鲨鱼，他估计雷蒙德会逃跑，于是打算绕到侧面抓住他。但是，雷蒙德却打了马尔福一个措手不及。他转而向着体型更大的布尔冲了上去，用拳头和手肘发起了攻击。他的攻击毫无章法，从用靴子尖踹到用自己的脑袋撞，用身体坚硬的部分发动攻击，很快就将还不知道发生了什么的布尔打倒在地。就在马尔福冲向雷蒙德的时候，他又飞起一脚踹到了马尔福的肚子。

这足够限制他们的行动，而且不会伤到他们。刚好足够逃跑。

还没等马尔福和布尔爬起来，雷蒙德就已经消失在人群之中。他已经表明了自己的立场。要么他们二人以后再不要找他，要么下次就多带点人。不幸的是，事实更有可能是后一种情况。

雷蒙德大笑着跑过了大桥，来到了皇家运河的对岸。他整理了一下自己的衣服，发现衣服没有被扯坏，这才松了口气。他的指关节上已经破了皮，头发也变得乱糟糟的，但至少身上没有任何明显的伤口，也没有被打青一只眼睛。这足以说服妈妈，让她相信并没有什么大事发生。让她担心的事情已经够多了，雷蒙德不想再给她添麻烦。

其实雷蒙德靠着自己的技术和速度，完全可以在人群中偷几个钱包，摸几个口袋，但是他却选择不这么做。他的家庭可能很穷，但却不绝望。如果他因为偷东西而被抓，那么母亲的失望远比面临法律指控更可怕。

雷蒙德今年十四岁，是家中四个男孩中年纪最大的，自从他的父亲在他八岁的时候跳上一条移民船离家之后，他就成了家里的顶梁柱。埃斯特班·阿古拉已经在移民文件上签了字，而且单方面发布了离婚声明，所以当自己的妻子收到文件时，他的飞船已经离开了。雷蒙德的父亲跑到了一个名叫拉曼的新建移民世界，不是因为那里有多么吸引人，仅仅是因为那里可以去而已。雷蒙德希望他永远不要回来。

是时候回家帮着妈妈准备饭菜，然后把年幼的弟弟们哄上床睡觉了。当穿过宫殿区的时候，他停下脚步打量着地上随处可见的美丽花束。一些花束被人群踩踏，其他的还留在原地，鲜艳的花瓣再过一两天也会凋谢。到那时候，这些花束都会被扔掉。

虽然厌恶偷东西，但是出于对母亲的爱，雷蒙德还是拿起一束花夹在了胳膊下。他带着漂亮的鲜花急匆匆赶回家，一想到母亲肯定会喜欢这些花，他就自豪地不得了。

#

雷蒙德并没有发现巴斯拉·温塞拉斯派出去的汉莎联盟特工。其实他们一整天都在跟踪雷着蒙德·阿古拉，只要马尔福和布尔出手太重，他们就会立即进行干预。

这些行动隐秘的特工们给这个孤独的男孩拍下了几张照片，然后归类到之前建立的详细档案中。

9

艾斯塔拉

虽然身为塞洛克星统治者的女儿，但是十二岁的艾斯塔拉还不清楚自己这一生要干些什么。

家中比她大的三个孩子从小就被要求学习如何成为领导人，成为绿灵教士，或者成为商业大使。但作为家中的第四个孩子，却没人指示她应该去做什么。所以，艾斯塔拉的生活非常自由。

艾斯塔拉精力充沛，她经常赤着脚跑进森林，穿梭在总是窃窃私语的世界树巨大树冠下的灌木丛中。层层叠叠的蕨类树叶并没有完全挡住阳光，地面上黄色与绿色的光影斑驳。树叶和青草抚摸着她金褐色的皮肤，让她觉得痒痒的，却没有造成任何划伤。她的一双大眼睛总是在寻找新鲜事物，乐于寻找不一样的事物。

艾斯塔拉已经探索了附近的每一条小路，周围的一切让她大开眼界。但是她的姐姐萨琳却对她的所作所为不是很满意。萨琳对商业、政治和贸易更感兴趣。然而，艾斯塔拉可不想像姐姐一样太快长大。

雷纳德是她年纪最大的哥哥，他才二十五岁，正逐步锻炼成为下一任塞洛克星的教父。雷纳德英俊又富有耐心，他专心学习了政治学和领导学。按照传统，雷纳德将会成为整个森林世界的下任领导人。为了能够承担起这份重任，雷纳德最近踏上了一条漫长的旅途，他将造访各个遥远的外星世界，会见各个星球的主要领导人，这其中包括人类和雷迪拉人。在这之后，他将返回塞洛克星，成为新一任领导人。

艾斯塔拉的双亲从未造访雷迪拉人的首都米基斯特拉，这座城市的天空上足有七个太阳一样的恒星。但是他们的女儿萨琳，比他哥哥雷纳德年轻四岁，已经花了好几年的时间在地球上读书学习并与汉莎联盟建立了盟友关系。

艾斯塔拉的哥哥本尼托则接受了"绿灵恩典"，成了世界树之林的教士。艾斯塔拉盼望着哥哥快点从昂希尔星系回来，他在那里可是目睹了一颗新太阳的诞生。

埃德里斯教父和阿丽西亚教母可能有点太过宠爱艾斯塔拉，让她自己发掘兴趣，反而惹了不少麻烦。艾斯塔拉的妹妹切莉，是家庭中年纪最小的孩子，她更喜欢和喋喋不休的伙伴们在一起。艾斯塔拉则更为独立一些。

艾斯塔拉从蕨类植物下方钻了过去，散发着植物野性气味的分子撞在她的皮肤上，带来一种刺痛感。艾斯塔拉的头发非常杂乱，草草盘起的麻花辫。她喜欢这种看起来不太时髦的风格，因为它不容易挂上小树枝。

艾斯塔拉继续前进，回忆着路线，返回她一直居住着的高耸的菌礁城。艾斯塔拉站在世界树之下，每颗世界树的高度都堪比摩天大楼，鳞片状的树皮因为能量而不停跳动，高大的世界树看上去就好像是在巨人的花园里种出来的东西。新生的世界树树苗从互相覆盖的树皮鳞片之间伸了出来，看起来就好像稀疏的头发。

世界树的树根、树干和基本意识相互连接。羽毛般的蕨叶最高达几百米，叶子垂下来的时候就形成了伞状的遮阳棚，一棵棵树连在一起，让天空看起来犹如一张由枝叶织成的挂毯。蕨叶就好像眼睫毛一样，相互不停摩擦。除了虫子的鸣叫和野生动物的叫声，一种持续的白噪音笼罩着森林，这种沙沙声犹如摇篮曲一样让人舒心。

世界树已经覆盖了塞洛克星所有陆地，如今野心勃勃的绿灵教士们带着树苗前往其他星球，这样相互意识联结的世界树就可以继续生长并吸收信息养分。他们向着跃动的"地灵"祈祷，帮助世界树之林的意识更加强大。

在一百八十三年前，一支雷迪拉太阳系巡逻舰队偶遇了缓慢航行的卡耶号——地球的第一艘移民世代船，舰队将它带到了这个未被开发的星球。所有十一条移民世代船都是以著名探险家的名字命名的。卡耶号的名字源自发现黑非洲的法国探险家勒内·卡耶，他为了进入这片神秘的大陆，不得不化装成当地人的样子。他是第一个见到传说中的廷巴克图城的人。

伯顿、皮列、马可波罗、巴尔博亚、卡内加……每一个世代船的名字都能引起艾斯特拉奇特的共鸣，但是地球未开化时期的故事比不上当今人类在整个银河系旋臂扩张、建立无数移民地的壮举。除了伯顿号失踪以外，克拉克、维希、阿蒙森、艾博－韦克斯勒、特罗加诺夫，所有世代船都找到了属于自己的移民世界。

当卡耶号上的人看到一片翠绿的塞洛克星时，每个人都喜出望外，这个尚未开发的世界潜力无限。这里的环境要比他们盲目航行时探索到的所有星球的预设环境都要理想。他们在巨型无菌太空飞船上飞行了几个世纪，船员的后代除了看看森林与群山的图片以外，基本上对自己的处境无能为力。塞洛克星正是他们梦寐以求的地方。移民者很快就发现这里的树木非常不一般。

卡耶号携带的物资足以让船员们在最恶劣的世界上定居，但是塞洛克星的环境却非常宜人。当雷迪拉人将他们放下之后，地球移民者立即搭建起预制构件建筑作为临时的住所，生物学家、植物学家、化学家和采矿工程师开始研究这个奇异的世界上都有些什么宝藏。

幸运的是，塞洛克星的生化特征基本上与人类基因相匹配，所以移民者们可以直接食用星球上的各种食物。他们不需要费力进行土地清理和施肥工作。卡耶号的船员研究出各种与森林共存的办法，他们发现了全天然的住房，而不用利用金属和聚合物建造房屋。

几十年后，当雷迪拉人已经在宇宙太空中发现了绝大多数蹒跚而行的移民世代船，并与地球建立了外交关系时，塞洛克星的居民已经发展出了自己的文化，并建立了稳固的立足点。虽然后来汉莎联盟的代表终于到达塞洛克星，试图将他们重新纳入人类社会，但是塞洛克人却热衷于保持独立。当他们的人类祖先登上移民世代船离开地球的时候，他们就没有想过再回去，从没有想过与地球重新建立联系。他们是一颗抛入风中的种子，寄希望于可以在某处扎根。他们可不想再次被连根拔起……

艾斯塔拉停下脚步，吃了点儿裂皮果，然后擦掉了嘴上和手上的汁水。她精神抖擞地打量着最近的一棵世界树，树上有各种阅读助理小组爬上去留下的支点和标记。树干上有很多凸起，足够作为艾斯塔拉的把手和垫脚支点，她可以像爬梯子一样爬上去，但前提是她不要往下看或者是想太多。而绿灵教士则可以轻松地在坚固的树梢和相互连接的树枝上行走。

森林里很温暖，所以艾斯特拉穿得很少；她脚上的茧也免去了穿鞋的麻烦。她一次踩住一个立足点，开始向上爬。虽然这是个很累的活儿，但是她却精力充沛，最后终于穿过了世界树顶部的叶子。艾斯特拉眨了眨眼，眺望远方，看着没有被遮挡的阳光和蓝天，还有一眼望不到边的森林树冠。

即便是爬到了这里，她还是搞不清一棵世界树到底有多大。艾斯塔拉听到周围说话的声音和歌声，叹息般的颂歌声和断断续续的读书声，高亢和深沉的音调不一而足。

艾斯塔拉踩着蕨叶保持平衡，开始观察聚在一起的绿灵教士。其中除了有古铜色皮肤，尚未接受绿灵恩典的学徒之外，还有翡翠色皮肤，已经和世界树之林建立共生关系的老教士。这些学徒有的坐在树干平台上，有的用树枝保持平衡，他们大声朗读着卷轴或者电子平板上的内容。有些人在演奏音乐，还有些人不过是翻阅着无聊的数据、背诵着毫无意义的数字。这里吵得让人头晕目眩，因为所有的教士都专注于增加世界树之林中存储的知识与数据，这就是他们表达对世界树的尊重和帮助世界树成长的方式。几百人向着相互联结的世界树之林诵读各种知识，而世界树之林则在倾听、学习。

多亏了世界树之林的意识，宇宙间有那么多的事情需要去学习和体验，而绿灵教士们待在这里就能全部学到。艾斯塔拉希望能够理解世界树之林所有的知识。教士们有的诵读诗歌，有的阅读故事，还有些在讨论哲学话题，他们通过各种形式传递信息。世界树吸收了所有的信息，但是依然希望可以获得更多。

10

第一继承人乔拉

在闪耀的地平线星簇边缘地带，雷迪拉沐浴在七个太阳的光照之下：雷迪拉帝国的家园世界环绕着一颗温暖的 K1 类恒星，这颗恒星位于昆哈双星星系附近，这个星系由一个红巨星和一个较小的黄色伴星组成；在更遥远的地方，是闪耀在雷迪拉天空上的杜丽斯三星，包括一颗白色恒星、一颗黄色恒星和一颗环绕在周围的红矮星；另一个同样遥远的是蓝超巨星——达姆星，它在天空中就像一颗闪闪发光的钻石。

雷迪拉的夜晚从未降临。

米基斯特拉，作为这个古老帝国的首都，在明亮的天空下闪闪发光。城市建筑的尖塔和穹顶由水晶和有色玻璃制成，在超高强度透明聚合物的支持下，建筑师们造出了姿态多样的建筑。

乔拉，皇帝的长子和第一继承人，深吸了一口潮湿的空气，这些水汽来自一条逆流而上、流入棱镜之殿的瀑布。

作为第一继承人，乔拉在等待会见来自塞洛克星的人类代表。年轻的雷纳德在表面上和乔拉是对等的，但是实际上权力相差悬殊。这位人类的王子日后最多是一位统治一颗荒野星球的教父，而雷迪拉第一继承人最终将统治庞大的雷迪拉帝国。

乔拉抬起双手，向着这名面带微笑的人类问好："雷纳德王子，欢迎来到米基斯特拉。"

肩膀宽阔的乔拉王子走上宽宽的台阶，登上迎接平台，在他两边陪同的是魁梧的雷迪拉士兵。而陪同雷纳德的随从则很少，其中之一是他的专属绿灵教士。

雷纳德留着一头黑发，编起来的辫子整理到了头后方。他肌肉发达的双臂藏在一件由一种材质类似珍珠的纤维制成的束腰外衣下，这件外衣在七个太阳的照耀下闪闪发光。他有着一张方脸，黑色的眼睛下是扁平的脸颊。他还带着一副滤光镜以遮挡雷迪拉过强的阳光，雷迪拉的接待委员会还贴心为他们准备了防晒霜和护肤液。

"第一继承人大人，我多年以来都想来亲眼看看雷迪拉。"雷纳德大胆地伸出手，仿佛二人的身份完全对等。雷纳德有着一种热情而开放的气质，足以消除正式场合下的各种隔阂。

乔拉也笑了起来。他几乎立即就喜欢上了这个年轻人："你我两个文明中有不少可以相互学习的元素。"

雷纳德看着水幕从运河边缘的水塘中腾空而起，然后向上顺着隐形的悬浮阶梯流进穹顶中相连的管道。他大笑了起来："您已经让我印象深刻了，第一继承人大人，您要是可以造访塞洛克的话，我倒可以在森林里给您找点儿惊喜。"

棱镜之殿坐落于一座椭球形的山上，皇帝的住所耸立在那些闪亮的护墙、博物馆的穹顶和米基斯特拉的温室上方。七条河流沿着笔直的河道流向帝国的首都，雷迪拉的工程师们很久以前就已经治理了这些河流。他们用磁力升降立场和重力辅助平台改变了河流流向，让水流抗拒重力，飞流直上。

雷纳德跟着乔拉进入宫殿入口门廊，这里的布置巧妙地利用了阳光，让整个门廊没有任何阴影。"这里是我继位前要造访的众多目的地之一。我认为必须了解其他文明和世界才能更好地为我的人民服务。古代地球的大国俄罗斯曾经有个统治者叫彼得大帝，他就是这么做的。彼得造访了许多国家，学习不同的文化，然后将其中最优秀的部分带回本国。我也想效仿他的做法。"

人类的热情具有一种感染力。"雷纳德，你的计划实在是太崇高了。也许我也该离开米基斯特拉，多出去走走。"对于第一继承人来说，其实没有必要去参观雷迪拉帝国的其他地区，但说不定真的很有趣。他的儿子，也就是下一任继承人索尔，已经在舒适的雷迪拉娱乐世界海洛卡星过了好久的舒坦日子了。

"我已经去过了地球，和老国王弗雷德里克见过了面。"雷纳德带着羞涩的笑容接着说，"但是他不知道该如何和我沟通。我还见了温塞拉斯主席，他是个非常有礼貌的人。当然，这主要是因为他想等我成为塞洛克星教父之后，能给他提供更多的绿灵教士。"

"而你现在来到了这里，"乔拉做了个继续向前走的手势，接着说道，"我们这儿的惊喜可多着呢！"他大笑着为雷纳德和随行人员领路，走向棱镜之殿一处明亮的侧厅。

作为第一继承人，乔拉被赋予某种超凡的个人感召力和野性的魅力，使他极具吸引力。他冷硬劲瘦的脸庞散发着迷人魅力。他的眼球犹如烟色的黄玉闪闪发光，虹膜的反光看起来像蓝宝石一样。乔拉的一头长发在雷迪拉文化中是男子气概的体现，他的头发是由上千根黄金丝线梳成贴着头皮的辫子，像一条条精致的锁链，看上去颇有活力而且非常灵活。辫子上有一种不寻常的能量在不停翻滚。

人类商人、来访的政要、学者和那些富有的游客都会来参观久负盛名的雷迪拉七恒星。雷迪拉帝国为汉莎联盟提供了星际驱动技术，因此很多人类把他们当作仁慈的资助者，那是一种近似家长的角色。自从雷迪拉帝国将人类列为《七恒星史诗》中的一部分之后，很多雷迪拉人将人类看作不听话的孩子。

但是乔拉觉得雷纳德还挺讨人喜欢的。他和雷纳德肩并肩走进宏伟的海边漫步道，这条漫步道由拱形的天花板和彩色马赛克玻璃组成。丰富鲜艳的色彩跃动在他们的周围，明亮的光线透过彩色玻璃窗户的滤光器照了进来。

雷纳德甚至看到了一台黑色的克莱西斯机器人从走廊里走了过去，灵活的多足行走系统使它看起来就像是一只巨大的甲虫。这还是雷纳德第一次看到这种东西，周围的雷迪拉人却对它熟视无睹。

在宫殿上，贵族妇女、高级陪侍、艺术家和歌手都穿着半透明的长袍，胸前和肩膀上斜挂着饰带。高级陪侍们的带有条纹的袖子一直延伸到了指关节，它们也可以收回到肩垫里去。

当他们走进一间巨大的温室宴会厅的时候，雷纳德笑着说："我可以见见皇帝吗？"

乔拉头发上的金链自如地飘动着。他带着歉意笑了笑说："雷迪拉帝国皇帝不可能会见所有人类星球的代表。毕竟那实在是太多了！他希望让塞洛克星和其他地球汉莎联盟的星球，都能保持同样的地位。"

雷纳德冷冷地回道："第一继承人大人，塞洛克星是一个独立星球，不是汉莎联盟的一部分。"然后他又笑着说："不过从另一个方面来说，我还是更喜欢您能陪同我。"

乔拉蓝宝石般的眼睛闪闪发光，他说道："而且最精彩的部分还没开始，我把我们最伟大的历史学家都叫来了。"

棱镜之殿有很多钻石般的穹顶大殿，乔拉走到其中一座大殿里，指了指一张摆满千道异域佳肴的长桌，周围聚集着高级陪侍和侍从，乔拉与雷纳德等人纷纷就坐。

这些高级陪侍皮肤光滑，没有头发，脸上和修长的脖子上画着颇为漂亮的花纹，旋转的曲线从迷人的眼睛旁划过，一直延伸到头顶，那些花纹看起来像是水纹波浪，又像是烈焰火舌。当她们走动的时候，衣服纤维也变化着颜色，如虹般绚丽。

女人们对着雷纳德礼貌地微笑，但是对乔拉却多了几分挑逗的意味。所有人的注意力都集中在第一继承人身上，就好像他走路的时候周围环绕着一圈荷尔蒙。

"雷纳德王子，你还没结婚吧？我如果没记错的话，婚姻是人类习俗之一，对于皇室而言尤其如此？"

"确实如此，我还没有结婚。我还没有选定哪位女性可以成为塞洛克星教母。这其中也包含政治因素，当然还有一些浪漫元素需要考虑。在这场漫长的旅途中，好几个汉莎联盟移民世界的领导人，都向我发出了联姻的请求。所有的要求都合情合理，但是我倾向于考虑多种可能性，毕竟这是个非常重要的决定。"

"我无法理解选择一个伴侣要花费这么多时间。"乔拉挑了一碟果冻，尝了一口，然后把果盘递给雷纳德，后者欣然给自己也拿了一份。乔拉看着走来走去的高级陪侍们说："我的责任是尽可能多找几个情人，然后多生几个孩子，延续皇帝的血脉。委员会和助手会协助我从几千名候选人中选择对象，确认她们的生育能力，以便我和她们交配。"

雷纳德说："这听起来太累人了，而且一点情趣也没有。"

"第一继承人自然有自己的责任。"乔拉选了一碗自己最喜欢的切片水果，然后倒上了热腾腾的糖浆。"雷迪拉人民认为，能为我生孩子是莫大的荣幸，而且这些志愿者我这辈子都用不完。等我接替了父亲成为皇帝之后，一切就不同了。"

"听起来倒是很激动人心。"

乔拉带着若有所思的表情说道："到那时候，我必须要进行一次仪式性的阉割仪式。"雷纳德一脸震惊地看着他，乔拉早就猜到他会是这样的表情。"只有这样我才能成为心神网的中心，通过我的人民的眼睛观察一切。我要放弃我的男性特征，成为一个全知全能的半神。我觉得这个交换还不错。"

雷纳德用餐巾擦了擦嘴，说："呃……我觉得吧，我还是自己去费神选择老婆吧。我一点儿都不嫉妒你的生活。"当侍从发现两个人都已经吃饱之后，他们就撤走了各式各样没有动过的菜肴。

乔拉拍了拍手，说："现在该叫出我们的记录者了。"

一个身材矮小但看起来年纪很大穿着宽松的长袍的雷迪拉人，走进了房间。他身上没有佩戴任何宝石，脸上没有装饰，手指和手腕上也没有任何珠宝。他的面相和大多数雷迪拉氏族完全不同，额头和脸颊周围长着叶片状垂体，但全都沿着他光秃秃的头顶向后扫。

"记录者瓦尔是宫廷的历史学家。"乔拉说道，"他倒是给我找了不少乐子。"瓦尔鞠了个躬，而雷纳德则点了点头以示欢迎，他不知道该如何向记录者问好，是该主动握手还是该鼓掌。乔拉接着说："我们的记录者非常善于表演《七恒星史诗》。"

雷纳德说："我听说过你们的《七恒星史诗》。"

瓦尔伸展双臂，袖子也随之飘扬："它可不是什么文稿或是故事。《七恒星史诗》是雷迪拉人民的伟大史诗。它确定了我们该如何在这个宇宙中生存。雷迪拉人的历史不仅仅是一系列事件，而是一部真正的故事，我们所有人都参与其中。"他对着雷纳德伸出手说："就算是您这样的人类王子，也能在其中找到自己的位置。不论是小人物还是大英雄，每个人都将扮演各自的角色。我们每个人都希望自己的一生波澜壮阔，这样就能在这部不断扩展的史诗中占据一席之地。"

乔拉靠在自己的椅子上说道："瓦尔，给我们找点儿乐子吧。今天你要讲什么故事？"

瓦尔大睁着那双充满表现力的眼睛说道："我们如何发现人类的故事肯定是最合适不过的了。"他开始用一种富有魅力的声音讲起了故事。他在讲诉的，与其说是诗歌，不如说是一首歌。

瓦尔简要概述了不断衰落的地球文明是如何派出十一艘庞大的移民世代船，然后盲目飞向最近的恒星的。每一艘世代船都装满了早期移民开拓者。历史学家说话的语调以及叶片状肉质垂体随着情绪变化出现不同的闪光和颜色，让雷纳德很震撼。

"这是多么光荣的绝望！这是何等充满希望和乐观，又或者说这是愚蠢。但是雷迪拉太阳舰队发现了你们，并将你们带到我们身旁。"瓦尔说完双手合十。

他诉说了雷迪拉人如何将卡耶号送到塞洛克星，然后去寻找地球，并结识这个全新的智能种族。没过多久，强大的太阳舰队就开始搜索星际空间，寻找其余的世代船。雷迪拉人拯救了其他所有的世代船，只有伯顿号永远迷失于太空之中。

当瓦尔讲完故事之后，雷纳德使劲鼓起了掌，而乔拉被这种陌生的习俗逗乐，也开始鼓掌。很快，宴会厅里所有的高级陪侍和工作人员都开始鼓掌，掌声震耳欲聋。瓦尔脸色涨红，好像手足无措的样子。

第一继承人说道："我告诉过你了，他是我们的最高记录者。"

雷纳德苦笑道："这还真是讽刺啊。雷迪拉记录者可以完美讲述我们的历史，而人类的历史学家却做不到。"

11

克里元帅

虽然克里指挥着整个雷迪拉太阳舰队，但是每次见到皇帝萨鲁克的时候，他的心中都会因敬畏而升起一股寒意。这个犹如神灵的统治者通过联结全体雷迪拉人的心神网，可以看到一切，知晓万物。

但皇帝此时还是想亲自召见克里元帅。

在观摩了"克莱西斯火炬"的惊人实验之后，仪仗舰队已经从昂希尔星系返航。元帅将图像和报告发送了回来，但是皇帝还想听听他的说法。克里无法拒绝这个命令。

巴农作为皇帝的贴身卫兵，此刻站在元帅身后。因为他是战士氏族中的一分子，所以他的体型和其他雷迪拉人相比，显得更加粗壮魁梧。他双手长有利爪，嘴里长着锐利的长牙，一双大眼睛对于运动中的物体格外敏感，任何对于皇帝的威胁都逃不过他的眼睛。克里元帅当然不是个威胁，但是这位卫兵队长不会放松自己的警惕。

皇帝的私人接待室和天球穹顶之间有一层不透明的墙作为间隔。这里是棱镜之殿众多尖塔、穹顶和球形建筑的核心。克里走进明亮的房间，体型巨大的皇帝正坐在蛹形座椅上等着他。巴农转身关上了门。虽然自己身居高位，但是元帅很少和皇帝单独聊天，皇帝出现时总是有些参谋、随从、保镖和贵族在场。

皇帝萨鲁克就像一个雄性的蜂后，栖身于棱镜之殿，却能指挥整个雷迪拉社会文明，体会社会文明发生的一切。他是整个心神网的聚焦点和接收器，是所有雷迪拉人的灵魂和心脏。但是很多时候，就像现在这样，这位领导人还是需要了解更准确的细节和目击证词分析。

克里双手合十放在胸前，十分虔诚祈祷的样子，他说道："您的召见让我倍感光荣，大人。"

"元帅，你的奉献也让全体雷迪拉人感到光荣。"皇帝早就赶走了那些平日陪在身边、逗自己乐子、给自己皮肤抹油按摩的侍从。皇帝的目光非常犀利，仿佛能够穿透一切，他说话的声音如剃刀的刀锋般锋利。"现在，咱们必须谈谈了。"

皇帝躺在自己床一般的王座上，身上披着长袍。这位统治者看上去体型巨大，而且身体非常柔软。他肉感的皮肤藏在苍白的皱褶里，双手双脚因为长期没有使用而变得虚弱。经过几十年前的那次阉割仪式，他的样貌和自己的长子，也就是第一继承人乔拉，有了天壤之别。按照传统，他的双脚再也没有接触过地面。

在成为皇帝、放弃肉欲之前，萨鲁克已经有了很多孩子。作为雷迪拉人的家长形象，他还留着很长的辫子，因为这是生育力的象征。辫子从他的头上垂下来，盘在肩膀和胸前，看起来就好像一根粗粗的麻绳，随着自身微弱的神经脉冲而在颤抖着、闪烁着。

在成为心神网核心和雷迪拉人知识的宝库之后，皇帝可以活两个世纪。他已经几十年没有走路了，全体雷迪拉人都是他的眼睛、双手和双腿。他有太多重要的事情要做，不必为这些琐事而费心。

皇帝躺在自己巨大的坐椅上，注视着元帅。克里再次整理了一下自己的制服，他很庆幸自己花时间带上了所有的勋章和绶带，但这也不一定能让伟大的皇帝留下深刻印象。

"告诉我你在昂希尔星看到的一切。我已经知道人类点燃了那颗星球，但是我需要你的客观评估。'克莱西斯火炬'对雷迪拉帝国来说有多危险？你认为汉莎联盟会将它当作一种武器来对付我们吗？"

克里听到这话浑身一颤，说道："和雷迪拉帝国开战？我不认为人类会如此愚蠢，陛下。想想我们太阳舰队的庞大规模和强大力量吧。"

皇帝的眼睛闪闪发光，说道："不管怎样，我们都不能无视他们的野心。给我讲讲在昂希尔星发生的一切。"

元帅开始用直白的语言详细讲述发生过的一切，并偶尔加入自己的建议或是解读。克里生来就是个军官，而不是记录者，他的口述报告只是重述曾经发生了什么，而不是用传奇故事供大人物消遣。

皇帝躺在自己的王座上，倾听着他说的每一句话。他睿智的脸庞看起来就像是一个面团，脸颊圆润，而下巴不过是柔软皮肤上的一个凸起。人类可能会将他慈祥的面庞比作佛祖的脸。他的神态有着一种不受时间限制的平静、自信和仁慈，但是元帅可以感觉到在这张脸之下还藏着一种冷酷。皇帝问道："所以一切都和人类预期的一样吗？"

"还有一个问题没解决。"克里迟疑地说道，"陛下，我必须给您看看我们捕捉到的图像。"他从制服腰带里掏出一个储存条，然后插在捧在手里的移动显示器上。"虽然我们尽可能不表现出对这次实验感兴趣，但是我们的战舰还是记录下了整个星球坍缩的全过程。就在昂希尔星被烈焰吞没的时候，我们看到了这个。"

几个奇怪的球形物体突破云层，快速逃离了刚刚形成的恒星，这些物体的表层闪闪发光，看起来就好像是用钻石做成的。这些透明的球体以一种雷迪拉人的星际驱动系统都无法达到的速度，从燃烧的云层中快速脱离。

皇帝身子猛地向后一缩，脸上是一副震惊的表情，其中甚至夹杂着几分恐惧。"给我再放一遍。"他深色的眼睛非常专注，渴望得到更多的信息。

"陛下，这些物体来自气体巨星内部。我以前从未看到过这种现象，这绝对不是什么太空飞船。我看过了《七恒星史诗》中相关的部分，查阅了相关记录，但还是一无所获。陛下，您知道这是什么吗？"

"我完全不知道这是怎么回事。"皇帝看起来很生气，他随时可能爆发，但还是控制住了自己。

克里发现了皇帝脸上震惊的表情，并且也看出来皇帝知道这些圆球是什么东西，他好奇为什么伟大的统治者要隐瞒这些信息。但他知道皇帝不会向自己的臣民撒谎，所以将自己的困惑解释为一种错误的解读。

他鞠了一躬，说道："陛下，这就是我的全部报告。是否需要将这些奇怪物体的图像转发给我的同僚，这样可以保持对这些物体的继续监视？"

"不，没这个必要。"皇帝的语气不容置疑。"如此一个小小的问题，不值得我们反应过度。"皇帝摸着搭在他肚子上抽搐着的辫子。他撑起身来，直视着克里的脸，好像他已经做出了什么决定。随后他转换了话题，语气也变得更加随和一些。"现在，我还要给你一个任务，这个任务非常紧急。"

克里再次双手合十放在胸前："陛下，请下达命令吧。"

"你和太阳舰队去拯救我们在克伦纳星的支派移民地。把所有人带回雷迪拉。"

虽然这个命令让克里吃了一惊，但他还是直起了身子，说道："出什么事了？这又是出了什么麻烦？"他几乎控制不住自己内心的期待。"这是一次军事行动吗？"他从史诗中读到了太多类似的故事，他也希望自己能在一场史诗级的战斗中占据一席之地，至于自己在这部史诗中处于一个怎样的位置，倒不是那么重要了。

"克伦纳星勉强算得上一个支派移民地，他们现在正遭受一种瘟疫，很多移民者已经因病而死，就连我在克伦纳星的继承人也不能幸免。我通过心神网感受到了他们的痛苦，这种疾病会先破坏病人的视力，然后再杀死他们。"

"天呐！"克里元帅感到浑身冰冷。"陛下，这太可怕了。"

皇帝的辫子再次抖动了一下。"由于移民地的人口密度已经低于维持心神网运作的最低限度，所以我已经决定放弃这个移民地。我们不会再向这里派遣任何移民人口，而且还要把我们的人民都撤出来。"

"陛下，我会完成任务的。"克里说道，"我一定会确保整个行动的速度和效率。我想只要我们的速度够快，就能避免损失更多的人口。我们要回收设备和建筑吗？"

"不必了，疾病污染了所有设备和建筑。还有，地球汉莎联盟一直以来都在努力谈判，和我们讨价还价。他们已经……获得了克伦纳星和星球上的所有资源。他们的初步测试让他们相信，这种疾病对人类毫无影响。等我们的人民撤离完毕之后，人类就会搬进空出来的居住区。"

克里已经目睹了人类在昂希尔星狂妄自大的实验，单是这一次实验就为他们提供了四个宜居的卫星，现在听到皇帝的这番话，更让他感到惊恐。他问道："人类要这个新的行星干什么？他们像病毒一样，已经扩散到那么多个世界了。"

"元帅，这都是我计划的一部分。最好是让他们捡我们不要的东西，而不是放任他们肆意扩张，野心过于膨胀。"

克里元帅点了点头："陛下，我这几十年来一直对人类的扩张行为发出警告。我们绝对不能放松警惕。我建议保持一定程度的防备。"

"我的元帅大人，我一直保持警惕。"皇帝说道，"一刻都没有松懈过。"

12

琳达·科特

作为一名拥有六艘飞船的成功商人，琳达·科特非常不习惯于保持静默。这一点在伏击行动中表现得尤为明显。她和库尔特·兰扬将军站在一艘巨像级战舰的舰桥上，这种战舰是整个地球防卫军里火力最强的战舰。

虽然他们在虚无的太空里航行，兰扬将军还是下令关掉所有的照明灯，并掩盖战舰的电磁信号。地球防卫军战舰外壳黑色的隐身材料可以让他们完全无踪可寻，化身为伊雷卡星系外围漂浮的石头群中的一个重力异常物。

他们设好了陷阱，现在开始等待。

琳达悄悄问道："我们在这儿待多久了？"

将军回答道："夫人，没必要小声说话。"将军的脸颊和下颌非常干净光滑，以至于看起来有些滑溜溜的感觉。当他集中注意力的时候，那双眼距较小的冰蓝色眼睛似乎将所有的光都吸了进去，然后再以两倍的亮度反射了出来。兰扬指了指追踪器屏幕，上面闪烁的标志是琳达的货船——贪婪好奇号。这条船此时正沿着商运航线飞向伊雷卡星系有人居住的新星。他说道："这事我们不能着急。那个混蛋苏伦加德肯定会有进一步活动。"

"等他开始行动的时候，你最好能立即动手。"她抬高音调，显出咄咄逼人的气势。"那可是我自己的船，而且驾驶员还是我最喜欢的前夫。"

"夫人，你最喜欢的一个？你到底有几个？"

"你问的是飞船还是前夫？"

"我说的是前夫！"将军怒吼道，就好像琳达在明知故问。"我知道你有多少艘飞船。"

"我有五个前夫，比波普是其中最棒的一个，也是唯一离婚后继续为我工作的。"琳达依然和布兰斯·罗伯茨船长鬼混在一起，也就是她口中的"比波普"。不过，罗伯茨确实是个优秀的船长。

兰德·苏伦加德带领的太空海盗，最近捕获了一艘琳达名下负责伊雷卡航线的商船，全体船员被杀，货物全部被抢。伊雷卡星系由最早的世代船艾博－韦克斯勒号移民，它靠近雷迪拉帝国领地边缘，远离地球汉莎联盟的核心地区，所以两个种族都无法进行太多的监测或者保护。但当苏伦加德的海盗开始洗劫在那里经过的货船的时候，地球防卫军发誓要铲除这些臭名昭著的恶棍，就算是用琳达的船和她最喜欢的前夫作诱饵也在所不惜。

琳达是个体态丰盈的黑人女人，胃口一直不错，而且很喜欢笑。她允许让其他人根据自己的既定思维来猜测自己，这却导致他人常常都会低估她。琳达并没有别人看上去的那么安静软弱。她是个精明的生意人，对市场非常了解，而且还知道不少小商机。其他的商人都在浪费时间寻找大生意或者垄断稀有外星商品，而她倾向于通过积少成多来积累财富。很多商人都无法承担飞船的费用，而琳达自己就有六艘船。当然，在被苏伦加德的海盗抢走一艘之后，现在只有五艘了。

伊雷卡航线对她的公司而言，一直是利润最丰厚的航线，因为地处偏远的移民者需要她低价提供的基本生活物资。现在，因为苏伦加德的手下开始攻击没有防御能力的飞船，很少有商人会进入这片区域。琳达完全可以提高物资价钱，因为这些移民者非常需要这些物资，可她还是选择铤而走险，让兰扬将军用贪婪好奇号作为挑衅的诱饵。

她当然想好好赚钱，但是也希望生意可以顺利进行。更重要的是，她希望可以为死去的船员复仇。

兰扬将军此时坐镇于巨大的巨像级战舰上，他的脑子里可没有这些高尚的想法或者道德动因。他不过是想狠狠打爆这些海盗的脑袋，给他们一点儿颜色看看。

由汉莎联盟所领导的地球防卫军，是一支维持治安的警察力量，也是一支星际常备军。和雷迪拉太阳舰队不同，那些体型巨大、装饰精美的飞船大多数是为了力量展示和人道救援，而兰扬的地球防卫军则更善长军事行动。他们知道汉莎联盟的移民地内部有很多麻烦。人类总是忙于内战，互相之间为了宗教或者政治问题而争执不休。当这些理由都失效之后，他们就直接抢走别人的财产和资源。

消灭和那些太空中的吉普赛人——游荡者——还有一定联系的叛军苏伦加德，这样的任务对于地球防卫军来说简直完美。有传言称，苏伦加德的海盗都是游荡者中被放逐的人，这进一步证实了汉莎联盟对于这些太空吉普赛人的怀疑。虽然这些不受管理的太空吉普赛人提供了市场上绝大多数的星际驱动系统燃料，但是游荡者只遵守他们自己的法律，基本不参与其他人类社会的政治或社会活动。

"将军，发现能量信号。"一名战术上尉从自己的位置上报告："十二个信号，小型飞船，但是看起来携带着重型武器。"

"所有人准备战斗。"兰扬说，"保持静默，等待我的命令。"

士兵们开始跑向自己的岗位，驾驶员也跑向发射甲板，登上自己的鲫鱼战斗机。琳达攥紧双拳，深吸一口气，担心着比波普。她的船长勇敢地选择飞向伊雷卡，引出这些海盗，然后地球防卫军就可以彻底终结这些海盗的暴行。琳达希望打开通信频道随时警告比波普，但是这样会彻底暴露这次伏击。她希望比波普能够平安地全身而退。

她看着那些毫不知情的海盗启动引擎，飞向自己的猎物。兰扬微笑着打开了船内通信系统频道，开始向士兵下达命令。将军有些自信过头了。

当海盗们靠近贪婪好奇号的时候，比波普竭尽全力一边执行规避动作，一边飞向伊雷卡空间站的安全范围，但是这条货船已经超载，上面装满了用来补偿之前未能送到的货物。比波普的飞船飞起来异常笨重。

琳达知道自己的船长现在肯定惊慌失措、汗流浃背，而且在破口大骂。布兰斯·罗伯茨可不是单纯扮演一个诱饵，他是真的在努力逃脱，但在海盗面前却毫无胜算。现在琳达的心完全放在布兰斯身上。"将军，你最好别搞砸了，不然我就让你好看。"

"夫人，感谢你的信任。"他说完就对着船内通信系统喊道："全体鲫鱼战斗机，起飞！蝠鲼巡洋舰，前进！开始攻击！"

就在贪婪的海盗包围这艘商船的时候，地球防卫军的舰队向他们扑了过去。鲫鱼战斗机中队冲了上去，锁定了海盗船没有护盾保护的引擎。海盗们可以对抗那些只具有最基本防御能力的商船，但是不可能对抗做好战斗准备的地球军事力量。

一条海盗船试图加速逃脱，加速如此之猛以致炙热的引擎罩都开始蒸发成等离子体，导致整条船的飞行轨迹都变得不稳定。鲫鱼战斗机通过几次蝰蛇炮火攻击，在目标还没逃出探测器范围之前摧毁了奔逃中的海盗船。

兰扬对着飞船之间的通信器喊道："我需要几个活口。除非万不得已，不然不要摧毁目标！"

通信器里传来了士兵们的回应，然后中型的蝠鲼巡洋舰也加入了战斗。高速飞行的鲫鱼战斗机用蝰蛇系统密集的脉冲炮火开始攻击，然后战斗就一发不可收拾。

琳达受够了继续旁观，于是走到通信控制台旁边，用肩膀撞开了兰扬。她打开了贪婪好奇号的私人通信频道："比波普，快点从那儿滚开！五秒钟内我要是还没看到你从交战区里滚出来，我就过去自己亲自开船。"

"琳达，这事没必要说两遍。"比波普的声音格外镇定，但是琳达知道他不过是故作勇敢罢了。布兰斯·罗伯茨可以在危机面前保持镇定，但他也不是个没脑子、爱逞英雄的家伙。

贪婪好奇号开始向伊雷卡星黄道俯冲，脱离交战区。货船上下无损，就连跳弹和流弹的刮痕都没有。琳达松了口气，但是她告诉自己，飞船能保持这样的状态，是因为自己已经告诉布兰斯，不希望贪婪好奇心号受损，还要为前往塞洛克星的航程做准备。

蝠鲼巡洋舰已经使海盗船遭重创，而鲫鱼战斗机也开始收拾剩余的目标。一名地球防卫军驾驶员，因为检修中未能发现战斗机的故障，而被控制面板的火花烫伤了手。他成了这次行动中唯一的伤员。

海盗们乱糟糟的飞船被地球防卫军的战舰围在一起。这些海盗船看起来船龄很高，而且经过了反复修补，保持着一种由各种互不匹配的零件通过混杂的蓝图组合而成的奇怪造型。这些飞船的船体和引擎因为刚刚的战斗而破败不堪。

"把所有囚犯都送到我的船上。"兰扬命令道，"把他们送到货运区。收缴所有武器，在他们的手腕上带上神经抑制器。"

接下来，地球防卫军的士兵们就开始了整个行动中最危险的部分，登上九艘残存的海盗船抓捕罪犯。就在他们转移海盗船船员，同时留下看守部队把守这些破破烂烂的飞船时，一名海盗船长突然启动了紧急超载程序，试图引爆自己的飞船，同时让范围内所有的地球防卫军部队通通蒸发。但是这个糟糕的自毁程序只是熔毁了引擎核心，烧穿了船体，然后喷出了一道细细的烈焰。这次始料未及的烈焰喷射让这艘海盗船失控旋转。直到烈焰喷射最终停止，整条船漂浮在太空中，船身严重受损，看上去一片漆黑，连回收的价值都没有了。

琳达陪同兰扬将军抵达巨像级战舰的货运区，三十一名罪犯都被送到了这里。这些人无能为力地站在货运区，身上穿着破烂的衬衫，眼睛里燃烧着怒火，虽然双手动弹不得，身上也破破烂烂，但看起来还是不愿服输。

"你们谁是兰德·苏伦加德？"兰扬冰蓝色的眼睛扫视全场，咬紧牙关压抑着自己的愤怒。"别和我耍花招。反正你们都要接受同样的惩罚。"

罪犯们望着彼此，努力保持高傲的态度，紧咬牙关，双眼中燃烧着熊熊怒火。其中几个人看起来妄图冒名顶替，但是一个高个子宽下巴的人先站了出来。他用坚定而自信的眼神看着其他人。"让你的人退下。我将面对我自己的罪行。"他转头对兰扬说，"我就是兰德·苏伦加德。我不认同你有逮捕我的权力。"

"哎哟，你这是存心想让我生气吗？或许你最好先和我旁边的这位夫人解释一下？"兰扬将一只手放在琳达肩膀上，"你偷了她的一艘船，杀掉了她的全体船员。你问过那些人是否认同你的权力吗？"

"我们不过是获取必要资源而已。"苏伦加德说，"你管我们叫海盗，但是你们这些耀武扬威的汉莎佬对游荡者所有进出口贸易都施加了关税和贸易限制。你们不过是披着政治伪装的小偷罢了。"

兰扬微微一笑说："那我们就让这所谓的伪装到此为止吧。"在汉莎联盟的边缘地带，兰扬将军有权使用任何他认为必要的手段。"你的一些手下在抓捕过程中自杀了。我不能否认这一点。我现在要宣读对你们的判决。首先，你们在海盗行为中被当场抓获。其次，有证据表明你们至少杀害了一整艘商船的船员。"

他指了指货运区另一头的气闸舱口。这些舱室用来安置战斗部队，士兵们可以在穿戴好装备和武器之后，从这里离开战舰，开始零重力训练。"现在判处你们死刑。整个死刑过程将非常快，不会施加额外酷刑，我将尽可能确保在这个过程中不会让你们觉得痛苦。"

虽然判决让琳达心里一沉，但她早已经预料到事情会是如此发展。海盗们甚至没有争辩，只是看着兰扬将军。

"你们其他人错误地选择跟随兰德·苏伦加德，将由他来执行你们所有人的死刑。你们现在挨个儿进入气闸。苏伦加德，你来将他们抛入太空。"

"我拒绝。"海盗头子抬起了下巴，"随你怎么折磨我吧，我拒绝成为你的棋子。"

一名海盗大喊道："动手吧，兰德！我宁愿是你按下按钮，而不是那群该死的地球佬！"其他人也纷纷附和。有人冲着兰扬吐起了口水，但是最起码偏了三十厘米。

一名海盗从队列里走了出来，向着气闸舱口走去："别让他们幸灾乐祸，兰德。这是他们给咱们的唯一选择。"

海盗头子看着自己被俘的船员，然后在他们的表情中看到了自己想要的东西。他转身对着将军说："这对你来说不算胜利。"

第一个人走向了气闸舱口，但是琳达不确定他究竟是最勇敢的海盗还是他觉得看其他人死在自己面前太过糟糕。一个穿着制服的士兵打开气闸舱口，伸手示意海盗走进去，那样子就好像他是这里的侍者总管。

一名上尉说："将军，我们可以一次让两三个人都进去。"

"不。"兰扬和兰德·苏伦加德异口同声地回答道。

"被抛进太空里……"第一个海盗开始窃窃私语，但他说话的声音中却没有任何害怕的感觉。"我猜这是游荡者最应该'回家'的方式了。"

"去找你自己的导航星[1]吧。"苏伦加德说道。

那名士兵关上了气闸舱口，琳达转身看向别处，她并不想看到舷窗外面的情况。虽然她痛恨海盗们对她的飞船和船员所做的一切，但是她无法眼睁睁看着气闸里的空气被抽空。爆炸性失压会让人体软组织开始爆炸，然后肺部和血液几乎是在同时沸腾并凝固。

兰德·苏伦加德在一旁低声祈祷，或许是在道别，然后毫不犹豫地砸在释放按钮上。第一名被捕的海盗瞬间消失。

琳达被这种残酷无情的正义吓了一跳，她对兰扬悄悄说了几句话，"将军，你已经表明了自己的立场了，这难道还不够吗？"而后者并不想被打扰。

注1：导航星相关解释见第13章。——编辑注

"夫人，这还不够。这次的判决非常公正，而且你非常清楚这一点。"他看着第二名海盗被推进气闸，然后气闸舱口在他身后关闭。"太空大着呢，如果不严加管理，这些不法之徒就会变得无法控制。我的任务就是给敌人制造足够的威慑力。"

兰扬看着穿着五颜六色、样式奇异的衣服的海盗们，然后看了看屏幕。在太空中，那些造型奇特、经过各种改造的海盗船被系在一起，这些船都是按照游荡者自己的奇怪标准生产的。他咬紧牙关，好像在克制着自己辱骂的冲动。"这群该死的蟑螂佬！"

当所有的海盗都被处决完毕之后，兰扬将军亲手将苏伦加德从气闸里抛了出去，然后转身看着巨像级战舰停机坪里的鲫鱼战斗机飞行员们。

"兄弟们，我们还有事情要做。搜索周围区域，找到所有冻僵的尸体，然后把他们全部火化。"他看着琳达·科特说道："这里离货运航线很近，没必要留下影响航行安全的垃圾。"

13

杰斯·塔博林

游荡者采矿船在格尔根星上空收集资源，柠檬色云团被搅得不停翻滚。整个采矿船由多个反应堆室、集气管道、储藏罐和可分离的居住区组成。游荡者通常围绕着气体巨星生活，这些气体巨星分布于整个旋臂，而所有的采矿船都采用了类似的设计。

不断扩张的游荡者部族在汉莎联盟的边缘地带活动，完全独立自主。各个部族不是控制着自己的采矿船，就是在没人要的星球上经营资源站。

游荡者采矿船从气体星球上可以采集到大量氢元素，这些星球就是任人随意采集的资源库。他们利用雷迪拉人古老的技术，将几百万吨的气体送入艾克提反应堆。在催化剂和扭曲的磁场的帮助之下，反应堆将高纯度的氢转化成了稀有的同素异形体——艾克提。

雷迪拉的星际驱动技术是目前唯一的超光速航行技术，它以艾克提作为燃料。海量的氢元素只能产出极少量的艾克提。而游荡者紧密的家庭关系和勇于在偏远地区工作的品质，使得他们提供的艾克提价格和其他供应商相比更低，而且质量也更可靠。这些四散于各地的部族成功利用了这一商机发展出了巨大市场。

而在汉莎联盟内，没人意识到游荡者究竟取得了何等成就。

当杰斯·塔博林的货船小艇和蓝天号采矿船对接后，所有舱门全部关闭，气闸联通，固定螺栓全部锁定。货船小艇不过是由几台引擎和驾驶舱组成的，引擎的布置方式类似于蜘蛛腿的布局。当小艇固定在采矿船的储气罐上后，杰斯负责将装有浓缩艾克提的罐子运向配送中心。虽然这种工作很不起眼，但他还是尽自己所能，超越了所有人对他的期待，树立了一个值得他人学习的模范。

等所有的提示灯都亮起绿光后，他正式请求允许登上他哥哥的采矿船。游荡者的工人们在周围和杰斯调笑，他输入几个超驰控制的命令，然后登上了飞船。他脱下兜帽，拍了拍自己的口袋，然后甩了甩头发，说道："你要是真的认出我是谁，怎么还不铺上红毯迎接我呢？"

一名来自布勒家族的中年生产工程师，用沙哑粗鲁的声音笑骂道："天呐，你被提拔成了货运驾驶员！我知道了，你是不是又和自己的老爹干了一架？"

杰斯潇洒地笑了一下："我可不能让我哥成为家里唯一唱反

调的人。"杰斯非常帅气，他有一双蓝眼睛，朝气蓬勃的样子让他看起来既活泼又不乏几分怡然自得。"再说了，总得有个能干的家伙把这些货送到配送货船上吧。你还能想到个比我更优秀的驾驶员吗？"

布勒家的工程师挥了挥手说："你不过是把艾克提送到大鹅船那儿去。他们根本分不清优秀飞行员和瞎眼农民之间的区别。"

工程师所谓的大鹅船，指的是汉莎联盟那些形似早期地球商船的货运飞船，它原本在设计上想要追求鹰一般的外形，但是最后看起来更像大胖鹅。至于那位试图让游荡者加入《汉莎宪章》的汉莎联盟主席，贝特拉姆·古斯维尔[2]，更是为这个外号增添了新的含义。游荡者觉得这个外号含带了几分暗讽的味道。

杰斯耸了耸肩说："我倒是无所谓。我不过是想找点理由多来看看我的兄弟，免得他犯太多错误。"他当然没明确说明自己之所以这么干，是为了寻找正当理由脱离父亲的严格看管。由于杰斯的哥哥已经不再是部族的一员，年迈的布拉姆·塔博林将繁重的责任和极大的压力都集中在杰斯身上。杰斯并没有让父亲失望，他将这些期望当作自己奋斗的目标，放弃了自己的个人目标，但是老布拉姆却很少注意到这一点。

行动笨拙的采矿船穿行于格尔根星的云层之中，工人们操作着艾克提反应堆的控制装置，检查着分流管道，不时润滑着需要经常维护的机械系统。杰斯穿过货舱，听着来自机器令人舒适的各种嘶嘶声和嗡嗡声，这是采矿船演奏出的"工业音乐"。他喜欢待在这里。蓝天号和其他采矿船相比，总是显得更加干净光洁。罗斯对于在这里取得的成果肯定感到非常自豪。

杰斯穿过走廊，很快就找到了船长指挥室。即便是在工作时间，

注2：古斯维尔，英文发音包含"鹅"的英文单词谐音。——编辑注

游荡者们也会穿着色彩艳丽、样式颇为复杂的衣服，搭配着各种头巾、宽大的袖子、兜帽和帽子。每一件短袍、背心和裤子上都不乏大量的口袋、小包、夹子、链子和钩子，用来存放数不清的小玩意儿，从测试设备到手持武器应有尽有。即便是在低重力环境下，夹子也可以让各种工具保持原位，随时可以取用。

一名刚刚走出自己办公室的轮班主管问道："杰斯，你要在这里待多久？"

"不到一天。我们还要去完成补给任务和定额呢。都是那些分内的事情，你也是知道的。"

主管点了点头说："我们会调试你的小艇，然后把所有起落架连在艾克提储藏罐上。"

"罗斯又去甲板看风景了？"

"不，我猜老大在导航球里呢。"

"这里这么空旷，他还要担心撞到什么？"杰斯摇着头，顺着连接着各层甲板的梯子找到了导航球。虽然罗斯再也不会参与部族在普卢马斯星的采水工业，但是杰斯还是很喜欢待在哥哥的地盘里。

他双手叉腰，盯着罗斯的后脑勺。他的哥哥所有精力都放在控制飞船上，打量着这颗星球天空中无尽的云团。夹杂着蒸汽的气流上下翻滚，采矿船也随之上下移动。导航面板上画着一个明亮的星星符号，它代表着游荡者追随的导航星，他们认为导航星可以引导自己的人生道路。

"你是怕撞进一团愤怒的氦气团吗？又或者你只是喜欢坐在船长座椅上，开着这个大家伙飞来飞去？"

罗斯转身一看，脸上立即露出了笑容："杰斯！我可没想到你会来。"

"我就是想帮你把货船司机的工资省了。"他走上前拥抱了罗斯。"然后帮你把欠的钱都还了，谁让我是你弟弟呢。"

罗斯指了指传感器面板说："我必须给你说清楚，开采矿船可没你想的那么简单。我还得调整航向，让船上升或者下降。一个优秀的采矿船长会坚持寻找高密度的气团。"

采矿船拖着大量传感器，这些长度达几公里的传感器在云团中搜集数据，帮助罗斯决定该去哪里，从外面看起来就像是拖着触须的乌贼。格尔根星的大气构成恰到好处，其元素和催化剂的比例完全足够雷迪拉反应堆生产艾克提。除此之外，这颗气体星球距离星际贸易航线很近，极大地方便了燃料的配送。经过多年的艰苦工作，虽然父亲对罗斯的事业还是持悲观态度，但是他已经接近盈利线。

"我猜你又给我带来了点儿八卦新闻？"罗斯略带嘲讽地说道，"还有，现在老爹是不是已经打算真诚地道歉，乞求我回家？"

杰斯笑着说："我要是真带着这样的消息来找你，可能还得带上整个旋臂区规模最大的游荡者庆典舰队。"

罗斯苦笑道："咱们两个人中肯定有一个偏离了导航星的指引。我们还是上甲板吧，我想呼吸点儿新鲜空气。"

他们爬过闸门，坐着电梯穿过好几扇挡风门，然后来到宽敞的瞭望甲板。通常来说，一个大气维持力场会包裹住这层甲板，但是现在完全暴露在露天环境下。罗斯偶尔会将蓝天号采矿船保持在一个非常平衡的位置，这里的云层可以保证人的呼吸，而且格尔根星的内部热源也可以保证大气层的温度。

杰斯深吸了一口这个陌生星球的空气，说："这样的经历对我来说可不是每天都有。"

"这对我来说，可是家常便饭。"罗斯回答道。

　　蓝天号采矿船和其他所有游荡者设计的工厂一样，通常由以下几个部分组成：吸气/供气罐、处理反应堆、排气管道和艾克提储藏罐。当采矿船在大气层中穿行的时候，打开的管道将未经处理的气体吸入船内，然后输送到处理系统。当气体经过催化反应堆的时候，稀有的氢元素同素异形体将被提取出来，而其他废气则被排放出去。

　　尽管其他元素的分子结构各有不同，但艾克提是氢元素当前发现的唯一同素异形体。碳元素会形成粉末状的石墨、钻石或是罕见的巴克敏斯特富勒烯[3]。在很久以前，雷迪拉人就发现了如何将氢元素转化成星际驱动系统的燃料。

　　在野心勃勃的游荡者接管艾提克开采业之前，老式的雷迪拉采矿船体积更大，足够支持一个最小规模的移民支派社群，这意味着有六十至九十个家庭和相对应的大量基础设施。所以，采集艾克提对于聚居的雷迪拉人来说，是一件耗资巨大的事情。

　　而另一方面，独立的游荡者用少量工人就能操作采矿船，而且这还能让他们以更低的价格出售星际驱动系统的燃料。雷迪拉人欣然将艾克提生产的垄断权拱手让人，很高兴能够远离"太空中的沙漠荒岛"，让人类去处理这种苦差事。

　　而汉莎联盟则认为游荡者不过是一群太空垃圾，是一群声名狼藉且毫无组织的太空吉普赛人。因为游荡者对外部严格保密，所以没人知道各个部族到底生产了多少艾克提，也不知道他们到底躲避了多少官方课税。

　　一对白翅膀从杰斯面前飞过，把他吓了一跳。他抬头看到十几只鸽子在甲板周围徘徊，它们盘旋着向外面的天空飞去，然后又绕回自己的栖息处和投食罐。他说道："我差点都忘了这些鸟了。"

注3：巴克敏斯特富勒烯，即碳60（C60），是一种由60个碳原子构成的分子，形似足球，又名足球碳。——编辑注

"这对它们来说是最完美的地方。看看它们能飞多远。"

"但是它们在哪落脚呢？"

罗斯用指节敲打着一根栏杆说："就在这。"在他们的下方，云层向下延伸了三百多公里，但是罗斯和杰斯都不会感到头晕目眩。"它们无处可去，所以总会回来。这就是最好的鸟笼。"

罗斯裹紧自己御寒的夹克，眺望着远方，那样子就好像是封建领主在巡视自己的领地。杰斯扯起自己的兜帽以抵御寒风。在他们身后，采矿船排出的废气像积雨云一样向上翻滚，没多久就在格尔根星的云层中消散了。兄弟二人并肩而立，一言不发，却很享受当下的一切。

在这种寂静之中，杰斯觉得是时候拿出自己的礼物了。他从右裤腿上的一个口袋里掏出了一个厚厚的金色圆碟，上面刻有塔博林部族的徽章，而杰斯和罗斯的衣服上也有一样的标记。杰斯说："这是塔西亚给你做的。"

罗斯拿过这份礼物，惊讶地打量着自己的妹妹亲手打造的漂亮礼物。"我必须再次赞叹她的手艺，但我还是要先知道这是什么，然后才会用它。"

杰斯指着上面的刻度和数字说："这是个指南针。它可以和任何一个星球的磁场匹配，这样你就能知道该去哪个方向。你看，这是导航星。"

"难道我的妹妹是在暗示我已经迷路了吗？"

"罗斯，她不过是想表示自己在想念你。但是你从没看穿她这故作坚强的套路，所以她也不会承认这一点。"

罗斯笑着说："你说的没错，我也想她了。"

杰斯从另外一个口袋里掏出一本精装书，书页已经发黄，大部分书页上空无一字，个别笔迹也模糊不清。"这是一本以前的船长用于记录航程的老式航海记事本。这是老爹送的。"

罗斯把指南针放进口袋，然后拿起红色皮革面的记事本，他的脸上写满敬畏和怀疑。"这是老爹送我的？"他翻动着书页，看着那些笔迹，然后看着杰斯说："我有点不敢相信。他不会把这东西给我的。还有，你这几年给我送来的所有礼物，都是从普卢马斯星偷偷带出来的家宝吧？"

杰斯无法继续保持一副无辜的嘴脸，半天终于吐出一句话："你说我还能怎么办？"罗斯拿着记事本，装出一副毫不在乎的样子，但是杰斯看得出，即便这份礼物来自自己的弟弟，而不是自己的父亲，对他而言也是意义非凡。

兄弟二人对他们的父亲布拉姆·塔博林非常了解。他是个顽固而不知变通的部族领导人，他终其一生都希望一切按照自己的意愿执行。这种态度对于那些在普卢马斯星冰川的采水工人非常有效。但是，布拉姆·塔博林的长子和父亲一样固执。父子二人吵了好几年，当罗斯二十二岁的时候，他终于受够了这一切。

老布拉姆威胁自己的儿子说，如果不按照自己的意愿行动，那么就再也不认罗斯这个儿子，而这位年轻人用自己的方法打了自己老爹一个措手不及。当时父子二人之间气氛非常紧张，布拉姆在盛怒之下发誓要把罗斯赶出自己的部族，而罗斯则选择为老爹省了这个麻烦。他拿走了自己应得的那份部族家产，然后发誓会建立属于自己的事业。

杰斯和塔西亚当时都在场。虽然他们也参与其中，试图让二人和好，但是老爹却根本听不进去。布拉姆的眼神里都是算计，他知道部族的财富每年都在增长，如果罗斯现在就拿走了自己的那部分家产，放弃对未来收入的所有权，那么最后的输家还是罗斯。所以布拉姆算清了自己儿子的那部分钱，让他再也不要问自己要一毛钱。

而罗斯也确实这么做了。他用自己的钱做了有效投资，接管了蓝天号采矿船。到他二十八岁的时候，他用自己的技术和才智逐步还清了欠款。虽然老布拉姆还是装作一副愤怒和失望的样子，但是心底却为自己的儿子感到自豪。

当杰斯造访采矿船的时候，兄弟二人之间毫无敌意。从另一个方面来看，多亏了罗斯的顽固，杰斯才会有朝一日成为塔博林部族的领导人，继承利润颇丰的普卢马斯星采水矿，依靠自己的实力成为一个有权有势的人。这不是他原意，但他也不会让其他人失望。

在蓝天号采矿船前方，一团灰红色的云柱突然从底部云层升了起来。罗斯立刻开始操纵飞船，调整排气管，让它们喷射出可以调整高度的气流。体型巨大的采矿船立刻调整航向朝北边飞去，躲避一场正在成形的风暴。

罗斯忧心忡忡地说："这场飓风可以吞噬整个星球。"宠物鸽子拍动着翅膀跟在采矿船后面，紧紧跟随着它们唯一的栖息地。

"只要不把采矿船吞了就好。"杰斯说，"有什么危险吗？"

"只要我掌舵就没事。风速强劲的时候，我总能爬升到不同的云层去。"他等了一会儿，然后满眼期待地看着自己的弟弟，"那个……西斯卡有送我什么东西吗？"

杰斯故意让自己的语气听起来非常轻松。这是他所预期的一切中最困难的一件事："你都得到了她的爱了，还希望要什么？"

"不，有她的爱就够了。"

杰斯想换个话题，但他无法将西斯卡·佩罗尼美丽的身影从脑海中赶走，她和罗斯多年前就已经订婚。"雅·欧卡已经递交了正式请求，希望任命西斯卡为她的继承人，接替自己成为游荡者的议长。"

"这倒是一点都不意外。"罗斯摆出一副非常自豪的样子，但却一本正经地说道，"她是个非常聪明的女人。"

"是，此话不假。"杰斯闭嘴不再多说。毕竟在这件事上，他没有资格说太多。让人难过的是，杰斯在一年多来的时间里都深爱着西斯卡，而且也确定这种感觉是相互的。但是，在他和西斯卡还没见面之前，她就已经和罗斯订婚许多年了，游荡者的荣誉信条和政治习惯也不允许西斯卡解除婚约。而且杰斯也绝对不会背叛自己的亲兄弟。

再者，罗斯一直在辛勤工作，就是为了能够满足他和西斯卡商定的有关婚礼的苛刻条件。杰斯绝对不会伤害自己的哥哥，更不会让他和西斯卡难堪。他和西斯卡都忠于罗斯，他们都遵守游荡者复杂的社交守则。杰斯陷入一场没有结果的感情。他必须保持坚强，将西斯卡从自己的生活中删除，但是她永远在自己的心中拥有一席之地。

罗斯并不知道弟弟杰斯疯狂迷恋着自己的未婚妻，而且杰斯暗自发誓永远不会让哥哥发现这件事。这件事如果被发现，那么会付出非常大的代价。

#

吃完饭，又和其他三名工人玩了几轮星际游戏之后，杰斯就睡在了留给客人的舱室。第二天一早，当格尔根星的恒星刚刚爬上模糊的地平线时，杰斯离开了蓝天号采矿船。

在和罗斯道别之后，杰斯将宝贵的星际驱动系统的储藏罐从采矿船上分离，然后带着货物脱离格尔根星系，飞向一座游荡者货运中心，在那里将货物卸载到大鹅配送船上。

杰斯还带着罗斯的礼物和信件，因为当他完成送货之后，他还想去一趟游荡者的中央集结中心。虽然他现在心中很难过，但脸上却装作非常平静的样子，他将忠诚地将哥哥的礼物送到西斯卡·佩罗尼手上。

14

西斯卡·佩罗尼

一艘游荡者的游艇停留在空无一物的太空中，它已经到达了既定坐标。这艘私人游艇没有任何部族标记，表明了这是搭载代表游荡者所有部族的议长和她的学生的游艇。由于在政治方面异常谨慎，所以游荡者很少会用带有权力色彩的标记。

西斯卡·佩罗尼坐在副驾驶的座位上，监视着游艇周围静谧的太空空间，并时刻注意着传感器收集到的数据。远处的恒星在闪闪发光，淡淡的星云遮挡了些许光芒。"还没有发现其他飞船。"西斯卡有一双大眼睛，皮肤黝黑，在极具责任心的同时还不乏幽默感。她总是保持一个开放的思维，而且不放过任何一个细节。

在佩罗尼身边站着一位年长的妇女，她就是雅·欧卡。此时她正打量着窗外，好像每一颗星星都值得她欣赏。她说道："耐心点。"这位年长的议长镇定而睿智，从不会在和其他人谈判的时候耀武扬威。

西斯卡的控制面板上忽然闪起了光："啊，他终于来了。"

雅·欧卡努着嘴，仔细观察星图中的一个小光点，乘坐这艘外交飞船的是塞洛克星未来的统治者，雷纳德。几个月来，埃德里斯教父和阿丽西亚教母的继承人通过中间人和散布消息的方式组织了这次和游荡者代表们的会面。他的耐心确实值得敬佩。

"他的请求终于得到了回应。"雅·欧卡的声音非常沙哑。"一想到温塞拉斯主席要是知道雷纳德花了这么一番力气，就是为了见几个游荡者，我都忍不住想笑。"

西斯卡看着议长说："也许和其他人类政府相比，这个年轻人更了解我们。"他们两人都知道雷纳德所计划的长途旅行，而且尊重这位年轻人对旋臂区所有社会的好奇心，这里也包括常常被忽视的游荡者们。

雅·欧卡皱着眉头说："又或者我们的保密工作并没有我们想像的那么完美。"虽然他们的游牧社会有不少飞船和大量的财富，但各个部族都保持自己行动的保密性，避免招致太多关注。

这位老妇四肢瘦削，骨头犹如干瘪的竹子般脆弱，所以她大多数时间都待在游荡者利用聚集的小行星修建的中央集结中心。雅·欧卡结过四次婚，而且活得比每一任丈夫都长。她为每一任丈夫都生过好几个孩子，所以她有十四个儿女，五十四个孙辈，而曾孙辈的数量还在增长中。年迈的议长已经放弃去记录自己到底有多少曾孙辈了。

终于，塞洛克人的外交飞船停到了游荡者游艇旁边，利用喷气气流与其保持平行并排的位置。当气闸对接之后，雷纳德进入了游艇的接待区。

塞洛克王子的一头黑发都编成了辫子，锁骨和脖子上满是文身。他帅气的脸上露出一个礼貌的微笑，然后向两位女士鞠了一躬，丝毫不掩饰眼中流露出的对西斯卡的仰慕。而西斯卡因为雷纳德的这种态度而感到一阵脸红，但她努力让自己看起来不为之所动。

"很抱歉我们不能用更盛大的仪式来欢迎您。"雅·欧卡说完就示意他进入一间小会议室，里面有茶点、一张足够几个人坐的桌子和其他一些小物件。"既然您来自塞洛克，想必习惯于更宏大的场面。"

雷纳德摊着手说："有时候我更喜欢更为个性化的陈设。再说了……"他看了看雅·欧卡，然后给了西斯卡一个更持久更亲切的笑容，"我更希望和你们二位聊聊，而不是面对一千个无关的旁观者。"

几个人喝了点胡椒花茶，互相交换了礼物，然后雅·欧卡坐下来说："年轻人，你已经勾起了我们的好奇心。告诉我，一个塞洛克星的王子为什么会对游荡者感兴趣？"

雷纳德靠在桌子上，双手合十，西斯卡认为他所流露出的真诚绝非是装出来的。他说："我认为游荡者和塞洛克人之间有很多共同点。我们都游离于汉莎联盟的管制之外。塞洛克人和许多移民地世界一样，都保持了独立。而其他移民地都签署了《汉莎宪章》。游荡者也过着属于自己的生活，自己管理自己的事务，完全不受地球政府的约束。"

西斯卡说："那是因为我们都能提供很重要的服务，你们可以提供绿灵教士，而我们可以生产艾克提。"

雷纳德抬起一根手指说道："但是，问题依然存在。我不是来这里主张什么巨大变革的，因为假如我们惹怒了汉莎联盟，根本不可能预知他们下一步会采取什么极端行动。但是，我们可以和自己人建立几个小型联盟，进而巩固自己的力量。"

西斯卡看着雅·欧卡，但是年迈的议长的注意力全都放在雷纳德身上："地球为所欲为、捉摸不定，我不反对这样可以获得更多的安全感。年轻人，你考虑得很周到。"

"作为塞洛克王位的继承人，我花了好几年时间思考要做什么。现在我不过是在思考一些新的想法。"

"那么你现在有什么想法？"西斯卡问道。

雷纳德直白地说明了双方的几个共同点："我先从你们的方面开始说。整个旋臂区绝大多数的艾克提来自游荡者的采矿船。货船将艾克提从采矿船送到配送中心，而分流配送的工作完全被地球汉莎联盟垄断。塞洛克星和其他人类移民地因为汉莎联盟所谓仁慈的垄断，根本找不到第二个艾克提供货商。为什么要让他们霸占艾克提的分配呢？"

"你是在暗示汉莎联盟进行不公正贸易吗？"

雷纳德喝了一口辛辣的茶水，继续说："这并不是秘密。大家都知道他们最近又施加了新的关税，修订了相关政策，这些可都对游荡者的生意造成了不利影响。这不就是兰德·苏伦加德开始袭击汉莎联盟商船的原因吗？"

西斯卡皱着眉头说："他的事情属于游荡者内部事务。我们内部有很多部族，而且有很多意见强硬的人。有的时候，其中的一些人会……不听指挥。不幸的是，就算是议长也不可能让所有人都规规矩矩。"

"年轻人，你打算如何改变这些贸易惯例？"雅·欧卡将话题转到了眼前的问题上。

"塞洛克星并没有庞大的太空舰队。我们中的大多数人还是喜欢留在世界树之林里，而不是去旋臂区的其他地方闯荡。但是，我们和其他文明世界一样，都需要星际旅行，而绿灵教士会将世界树的树苗带到其他世界，尽可能地扩展世界树之林的覆盖范围。所以，我们也需要艾克提。到目前为止，我们只能依靠汉莎联盟提供这些原料。"他笑了笑，继续说："所以，我在考虑游荡者和塞洛克人之间建立更直接的供应协议的可能性。"

西斯卡笑着说："哦，那些大呆鹅可不希望看到这样的事发生。"

"他们当然不希望。"雅·欧卡看着自己的学生点了点头，"但是我认为从法律层面是完全可行的。"

实际上，雷纳德的提议让西斯卡吃了一惊，因为很少有外人会认真看待游荡者，只是将他们当作一群恰巧可以提供重要物资的乌合之众。汉莎联盟从来没有费力去追踪记录游荡者到底有多少采矿船，又或者在哪颗星球进行开采活动。旋臂区有太多无人居住的星系，太多的气体巨星，谁又能对这些地方进行全面布控呢？汉莎联盟的间谍船又怎么可能在一颗比木星都大的星球上，找到一艘浮动的气体处理工厂呢？

雷纳德开始用各种问题试探了解游荡者的基地和各类设施情况，看起来很真诚的样子。而雅·欧卡则轻巧地避开这些问题，只给他提供一些无关紧要的信息。"我必须和其他部族讨论一下，雷纳德。但是，我欢迎游荡者和塞洛克人之间能公开建立关系。那你们又能为我们提供什么呢？"

雷纳德笑了："也许塞洛克人可以提供给你们一些绿灵教士？鉴于你们的部族之间距离很远，我相信即时通信对于游荡者而言非常有用。"

"此话不假，我们彼此之间确实分散得很远，而且消息传递得也很慢。"议长说道，"但是，我们已经用自己的方式适应了这种生活。我们相信导航星给我们的指引。"

"但是，你们偶尔还是希望能快点知道重要情报的吧。"雷纳德说话的时候双眼发光。他坐在吧台旁，倚在小桌子上，准备透露一个秘密。"举例来说，我们的绿灵教士刚刚传来了一份兰扬将军的报告，兰德·苏伦加德在伊雷卡星系被捕，然后被处决了。地球防卫军设伏抓住了他和他的全体船员。所有人都被扔出了气闸。"

西斯卡和雅·欧卡望着彼此，西斯卡艰难地吞了下口水："该死的地球佬。这还真是个糟糕的消息。"

雷纳德显得颇为惊讶地说道："你们是不是真的在支援苏伦加德的行动？比起海盗，他看起来更像个革命者……"

"年轻人，我们理解他的动机，因为汉莎联盟从来没有公平地对待过游荡者。与其他任何可以接受的决议不同，暴力只会助长暴力。作为全体游荡者的发言人，我从没赞同过他的做法。"

年迈的议长将话题又拉回当前的话题："不论如何，雷纳德王子，我们只能谢绝你慷慨的建议。"

西斯卡对这位健壮而帅气的王子说道："我也同意议长的意见。完全不可能让绿灵教士和游荡者生活在一起。"让外人看到自己族人隐秘的设施，这个主意让她的后背瞬间腾起一阵寒意。由于远程意识联结能够提供即时通信，绿灵教士不论在哪里都可以共享这些秘密。而游荡者打算永久保守自己的秘密。

雷纳德微笑着接受了她们对自己建议的回绝。"巴斯拉·温塞拉斯要是能得到更多的绿灵教士，一定会十分高兴，但是我们拒绝了他。你们的反应与我和汉莎联盟打交道所积累的常识完全不符。"

"游荡者的社会和其他人类社会完全不同。"

雷纳德深深看了一眼美丽的西斯卡，这一动作显然是在调情。他继续说道："我们也许可以考虑另一种联盟方式，比如说联姻……"

但西斯卡抬起手，先是看了看自己纤细的手指，然后看着雷纳德的眼睛说："这种联姻无疑会打造一个非常宝贵的政治同盟。但是我必须先告诉您，我已经和一个规模庞大、利润丰厚的采矿船船长订婚了。"而且我还爱上了他的弟弟。

雷纳德尴尬地看向别处，这个动作让他看起来年轻稚嫩了许多。他说道："那他还真是个幸运的家伙。"

西斯卡几乎替他感到遗憾，甚至有点被他吸引，但是自己一定会嫁给罗斯·塔博林，而自己也确实喜欢杰斯。雷纳德的出现只会让原本复杂的情况更加复杂。

虽然事情并没有得到解决，但雷纳德对整个谈判还是很满意的。他再次鞠了一躬，然后说："在我完成这场旅行、返回塞洛克星之前，请让我向你们或是你们选出的代表，致以最真诚的邀请，希望你们来看看我们壮观的世界树之林。早晚有一天，你们也许会厌倦空荡荡的太空。"

"太空一点都不空旷，只要你知道该去寻找什么就好。"西斯卡热情地握住了他的手，"但是，我还是希望某一天去看看你的家乡。"

15

妮拉·哈利

妮拉·哈利站在世界树高处，脚趾勾在蕨叶上保持平衡。她虽身处高处，却完全不觉得害怕，也不担心自己的安危。她还没有接受绿灵恩典，所以感受不到世界树的歌声在血液中回荡，肤色也没有发生变化。但无论如何，她完全信任世界树之林。

她的皮肤呈棕色，但用不了多久，身体中可以进行光合作用的绿色物质会让所有人都知道，自己已经被伟大的世界树所接受。年轻的妮拉大部分时间是当一名学徒，她学习了世界树的知识，虽然世界树还不能直接通过她获得信息，但是她已经和世界树高度复杂的意识进行了交流。

今天妮拉的任务是带感情地大声朗读卡耶号移民者当年带来的古代文学故事。她发现世界树喜欢亚瑟王和圆桌骑士的故事。她已经读了好几个版本的关于亚瑟王的故事，其中包括托马斯·马洛、霍华德·派尔、约翰·斯坦贝克和其他作者撰写的版本。这些传奇故事中有太多不一致的内容，但是妮拉认为世界树不会混淆。世界树之林的意识其实很喜欢这些相互矛盾的地方，而且还会用一部分缓慢的半清醒的意识去思考这些矛盾之处。

妮拉负责给世界树之林念故事，也高兴能借此学习。从童年开始，她就花了很多年的时间记录绿灵教士是如何带着树苗，将世界树之林扩展到整个旋臂区的。

年轻的学徒要学习如何照料世界树之林。他们培育送到其他世界的树苗，为古老的世界树剪除枯老蕨叶，将树干上的寄生虫清理干净。但妮拉还是更喜欢大声读书，而且她觉得世界树也一定喜欢这样。当妮拉在和世界树交流或者是处理一些枯燥的工作时，总是保持一个开放的思维，试图倾听世界树的回答。她确信，当自己成为绿灵教士的那一天，一定可以听到世界树的声音。

所有学徒只缠着一条腰布，通过保持双脚和胸膛的赤裸，尽可能扩大和世界树接触的皮肤面积。人类的皮肤是一种很敏感的接收器官，是与世界树交流的媒介。每当妮拉爬上世界树顶端进行日常工作的时候，她都会轻抚蕨叶，让胸部贴在树干上。和大多数学徒一样，她把自己的头发剃得紧贴头皮，只留下薄薄一层。在接收绿灵恩典之后，她的头发就都会完全脱落。

从孩提时代起，她就认为自己会成为世界树生态系统中的一环。在卡耶号降落之前，世界树之林不过是孤立于这颗星球上的半智能群体。因为当时缺乏增长智力或者体验新事物的手段，世界树之林孤独地生活了几千年。

但是，当移民者来到这里时，一个叫雯莎拉的小姑娘发现了与森林交流的方法，并将这些具体方法教给其他同样拥有敏感体质的同伴。这批最早的"教士"学会了如何接入这个庞大的记忆库，储存和读取大量信息。世界树是一个活的数据库，只不过缺乏经验和来自外部的知识。雯莎拉和她的追随者们解决了这个问题。

当世界树之林开始通过人类同伴学习知识，二者之间就形成了一个共生关系。绿灵教士开始向森林解释数学、科学、历史和民间传说。当世界树之林的胃口被挑起来之后，它就渴望吸收人类所有的知识，从最乏味的事实到最有趣的传奇都是它的目标。这个树木计算机可以吸收和评估各种信息，然后进行精准推算，它简直就是大地之灵派来的先知。

在妮拉周围，其他的学徒在朗读各种乏味的数据，背诵着那些她从未听过的星球的气候模式，她很庆幸自己能坐在树枝上朗读马洛里所写的史诗编年史。有的教士们在演奏着乐器，有时也会播放着人类创作的交响乐，因为对于世界树之林而言，音乐也是一种语言文字。

妮拉一动不动地读了几个小时，精力完全集中在故事和世界树上。世界树还可以通过其他方式吸收信息，只需与任意一名状态良好的绿灵教士保持直接心灵连接即可，但妮拉现在还做不到这一点。再者，妮拉喜欢大声地读出来，因为这才是讲故事的正确方式，而世界树也喜欢这一点。不知是出于什么原因，虽然妮拉还没有获得绿灵恩典，但是这些伟大的树木也知道，她很快就会成为这个网络的一部分。妮拉希望这一天可以早点到来。

随着天色渐晚，妮拉的声音也变得沙哑，她才反应过来自己已经好几个小时没喝水了。她看到年纪更大的绿灵教士完成了他们当天的工作，从世界树平台上退下来。妮拉拿起自己的水壶大口喝了起来，水壶里装的是世界树种子泡的水。她喝完之后感到精神一振，很想再读上一百页，但是现在还有其他工作要去处理。

当妮拉顺着交错的蕨叶爬下去的时候，她遇到了一名叫亚罗德的中年绿灵教士，他是阿丽西亚教母的弟弟。他绿色的脸上有很多文身，代表着自己研究的学科和以世界树之林为名获得的能力。绿灵教士的组织结构非常松散，亚罗德是一名高级成员，但是他的地位与领导人之间却没有太大关系。他说道："妮拉·哈利，我是过来找你的。议会已经进行了讨论，而世界树也同意了。"

"同意了？"妮拉心跳加速，"同意了什么？"她的脑海中开始闪过各种可能性，一时间无法决定自己最希望听到的是什么。

亚罗德双脚撑在树枝上，从腰间的绳子上拿下一个瓶子，说道："教士们向你表示祝贺。"他微笑着打开瓶子，将一滴墨绿色的液体滴在自己的指尖，"你已经完成了必要训练，可以获得第二个朗读者印记。"

他伸出手指，妮拉感到非常兴奋，很高兴自己能如此快速地晋级。她的额头上已经有了学徒的印记，嘴角和眼角的两道弧线意味着她已经学习了必要的课程，达到了一流朗读者的标准。

亚罗德的指尖停在空中，然后笑了起来："妮拉，你要是一直笑，我就没法把印记画到你的嘴边了。"

她只能努力保持一副面无表情的样子。亚罗德熟练地在她嘴角边用深色的汁液画上了两道弧线，弧线的宽度比之前的印记更宽。

汁液在深入皮肤的时候带来刺痛的感觉，它改变了妮拉的组织化学结构，进而形成永久的痕迹。汁液带来的刺痛感将持续一整天，然后妮拉才能把它洗掉，但是所有人都可以看到她的级别得到了晋升。

"谢谢你，亚罗德。我很高兴为世界树之林服务。这个印记将鼓励我向更高级别努力。"

亚罗德继续笑着说："妮拉，我还没说完呢。这不过是一个开始而已。"妮拉的心脏又开始在胸膛中剧烈跳动。

亚罗德两眼放光地看着妮拉，说道："教士们讨论了目前学徒们的表现，以及他们的动机和敬业程度。"妮拉屏住呼吸，但是亚罗德知道这个小姑娘在想什么。"我们认为以你的表现，你应当赢得的奖励不止这道文身。你作为学徒为世界树之林做出的贡献堪称模范。只有成为一名真正的绿灵教士，你才能为世界树之林做出更大的贡献。"

妮拉感觉到周围的大树都在歌唱，她不确定它们是在欢笑，还是在祝贺她，但她很快就会明白一切。她紧紧抓住手中的电子平板，生怕它从汗淋淋的支架上滑落，掉到下面的地面上。她可不敢让这种事发生。

妮拉抬起头，眼中泛着泪花，但却非常自豪地看着亚罗德。她现在唯一后悔的是，没有读完亚瑟王和骑士们的传奇故事。也许没读完的故事将会交给另一名学徒去完成吧。

16

琳达·科特

琳达·科特很高兴可以回到贪婪好奇号。她的商船已经完成了全面维修和清洁，在作为埋伏兰德·苏伦加德的海盗的诱饵之后，这艘船甚至还得到了升级。现在，她放松地坐在自己的加宽船长座椅上，驾驶着飞船飞向塞洛克星。

她之所以来，是因为收到了阿丽西亚教母和埃德里斯教父的第三个孩子萨琳·塞洛克的邀请。在琳达眼里，萨琳是整个家族中最有商业头脑的人。萨琳才貌双全，不过二十一岁，已经和汉莎联盟建立了联系，不断扩展着自己的人脉。

琳达甚至非常尊敬萨琳。从政治角度来讲，拒绝前往塞洛克星讨论"我们这种人的利益"的邀请是非常愚蠢的。从在地球上学习的时候开始，萨琳的思想就比自己的父母和同胞更为开阔。

塞洛克人的贸易是相对孤立的，他们对自己的绿灵教士进行了严格控制，而且并没有利用星球上丰富的森林物产发展新客户的意愿。作为一个商人，琳达一直对塞洛克星很有兴趣，但是同时也认为他们基于文化而设立的贸易限制对于商贸关系的发展来说太过严苛。

萨琳，则希望改变这一点。

塞洛克星自给自足，而且不会服从汉莎联盟的管理。地球防卫军和汉莎联盟倒也不强求这种事，只是让这群住在森林里的塞洛克人继续自在地生活着，因为只有他们能够提供绿灵教士。但是，塞洛克人拒绝被剥削。

在琳达的字典里也没有"剥削"这个词，只有互惠互利。一直以来，她都公平对待自己的客户和供应商。星际贸易本就该如此。但是，她依然在寻找新的商机。琳达很想看看萨琳有什么提议。

虽然结了五次婚，但是琳达并没有孩子。相反，琳达有五艘商船，其中就包括贪婪好奇号，这艘船就好像是她的孩子。琳达不仅是自己船运公司的老板，还是一个优秀的船长。

　　她手下的每一名船长都可以独立行动承接货物，承担风险并回收利润。虽然他们必须购买琳达的商品经销权并支付一大笔费用，但是却可以自己留下百分之七十五的利润。如果一名船长连续三次亏损，那么琳达的船运公司就会开除他，空出的这个位置，会等待新人来填补。琳达只开除过一个人，这名船长甚至还没有和她结婚⋯⋯

　　飞船穿过塞洛克星烟雾弥漫的大气层，琳达顺着追踪信标降落在了树林中的一片空地上，她将飞船完美地停在了一片高大的树林中间。

　　琳达黝黑宽阔的脸上带着愉快的微笑，跳出了飞船。在她周围，是一望无际、绿意盎然的世界树之林。在船上待了好几天之后，琳达非常享受这种潮湿且充满各种香气的空气。她深吸一口气，将肺中残余的飞船上的气体呼了出去。

　　就在琳达微笑着沉浸其中的时候，她转身一看，惊讶地发现身后有一个身材苗条的年轻姑娘在等着自己。萨琳有一双黑色的大眼睛，皮肤呈古铜色。她的臀部很窄，胸部平坦，一头黑发也剪成方便打理的样式。萨琳的服饰是用染色的塞洛克星的蚕丝、地球的聚合物与珠宝制成。

　　"琳达·科特，谢谢你能远道而来，但我可以向你保证，你绝对不虚此行。"

　　"没问题。"琳达拍了拍自己的飞船，"很高兴有机会可以亲眼看看这个世界。我听说了不少关于塞洛克星的有趣故事。"

　　萨琳略显惊讶地皱了皱眉，但是很快用一个友好的微笑掩饰了过去："有趣？看来我是错过了什么东西。"

　　萨琳带着琳达走进菌礁城，这里居住着数百户家庭。这个巨大的公用住宅实际上是一个在若干棵体积巨大的世界树的结合处形成的灰白色化石。巨大的菌礁城建立在生成了几千代贝壳一样的菌类基础之上。这些真菌还在原有的基础上继续向外生长，而且随着时间的推移，其结构强度也在不断增长。

　　"这看起来就像发泡奶油。"琳达说道。

　　萨琳听到这话，不禁笑了笑："我在地球的时候，很喜欢发泡奶油。但这东西却非常坚硬，而且有很多孔洞和缺口，足够建立一整座城市。"

　　萨琳带着琳达穿过宏伟的菌礁城。"来自卡耶号的第一批移民者，放弃了建造预制住房，搬进了这些菌礁之中。"她用指节敲了敲貌似海绵但却非常坚固的墙壁。"然后他们开始改造这座城市。下水系统、照明系统、冷却系统、供能管道和通信系统，要什么有什么。"

　　琳达两眼放光地说道："看起来也不是完全的原始。但对我来说，可以在这卖出不少新设施。"萨琳看着这位身材肥胖的女商人，微笑着表示同意，但是没有明确地说出来。

　　琳达说："和我好好聊聊吧。为什么你会注意到我？汉莎联盟有几百个商人愿意和你们做生意。"

　　"我就是想到了你，琳达·科特，因为你申请了开发一些食品和森林中的特产纤维的营业执照。其他人对塞洛克星有兴趣，无非是为了绿灵教士。你看起来不太一样。"她压低自己的声音说，"我们可以先试着进行几次出货，说不定就可以说服我的双亲。你可以成为我们的第一位中间商。"

　　琳达几乎不敢相信自己的好运气："如果这是我的职责所在，

那么我很乐意为你们服务。"

萨琳露出幻想般的神情，说道："只要能将我们的世界带入银河商业更大范围的冒险中，温塞拉斯主席就会全力支持。这话可是他自己说给我的。"

她们走进一间宽敞的房间，从这里可以看到森林美丽的景色。萨琳示意琳达坐在一张木质长桌旁，这种木头犹如钢铁般坚硬，桌子上摆着百色佳肴。桌上的一切都让琳达目瞪口呆，这里有用高脚杯盛着的果汁和发酵饮料、热腾腾的饮品，托盘上放着撒满彩色糖果和闪闪发光的可食用种子的冰淇淋。

"在我们正式开始讨论塞洛克星商品的市场潜力之前，先体验一下我为你准备的试吃，这里的一切都是我们最好的产品。我希望你不会介意。"

"我怎么会介意呢！一名商人应当亲自尝试，并为所有出售的食物质量和味道负责。"琳达拍了拍自己的大肚子和粗壮的大腿。"你也看到了，我很喜欢我的工作。"

萨琳将一个个盘子拉到自己面前，介绍每一种食物的名字和来源。她指着这些美食，滔滔不绝地说了起来："这是厚皮莓、裂皮莓、皱皮果……嗯，这个是种莓，除非你饿疯了，吃下它需要极大的耐心。"说完她把盘子推到一边，根本不给琳达尝一尝的机会。

"摇摆果，吃起来甜甜的，呈凝胶状，但处理起来非常困难。吊仙果、奶苹果，吃起来倒是很脆，但吃多了会睡着。这些白色的是对梨，因为它们在树上总是一对一对地生长。这里有我们八种最棒的花蜜，还有可以制成香料、糖果，或用来繁殖成长的花粉瓮。"

这位胖嘟嘟的商人勇敢地品尝萨琳介绍的每一种食物，各种坚果从她眼前快速飞过。"佩兰果仁、盐果、爆爆果。你看，这些果子内部质地就像奶油一样。在最早的那几年，卡耶号的移民者粗糙地为塞洛克星上的每一种食物起名。后来，他们又研究出了更详细的命名分类系统……但是又有什么区别呢？"

由于塞洛克星没有原生哺乳动物，所以人们吃的肉类是虫蛹肉片和昆虫肉排。肉排稍稍烤焦之后，再涂上一层发酵水果制成的酸辣酱。琳达一想到要吃虫子，还是犹豫了一下，然后耸了耸肩，津津有味地把肉吃了下去。这道菜的味道类似小牛肉，是将孵化中的幼虫切片后制成的。

"很高兴你已经带我把所有的试吃都完成了。"琳达嘬着嘴唇，闭着眼睛，一边咀嚼着虫子肉，一边细细品味肉的味道。

她拿出一个电子平板，开始记录自己最喜欢的菜肴，将水果、坚果和加了香料的饮料按照自己估计的潜在市场进行分类。布料、肉类、蘑菇、香油和植物性香水肯定会受消费者欢迎。在她看来，自己就是个吃过不少美食的美食家，她完全能够想象出这些好吃的食物会在自己贸易航线上的那些偏远星球上被做成什么神奇菜肴。

最后，琳达向椅背一靠，对目前的一切非常满意。食物带来的助眠效果被兴奋感所抵消。未来的各种可能性让琳达感到头晕目眩，她长出一口气，用肉乎乎的手拍了拍萨琳的手腕。

"我希望尽快见到埃德里斯教父和阿丽西亚教母，这样我们就可以讨论贸易细节了。我觉得塞洛克星能给汉莎联盟的消费者提供很多东西。"

萨琳对此也感到非常满意，于是点了点头，说道："温塞拉斯主席和我很熟，相信我可以做出必要的安排。一切交给我处理就好了。"

17

巴斯拉·温塞拉斯

温塞拉斯主席并没有在会议室和所有官方接待室会见十二个移民地星球的代表。在大多数时候，他会将代表们带入自己位于汉莎总部楼顶的私人房间。他在这里可以更好地谈成生意。

整个总部从外面看上去好像一个梯形金字塔，里面有几千个办公室，其中有各种代表、官员和办事员。光洁的倾斜玻璃窗户，让商务部大楼看起来像玛雅文明的遗迹。整个建筑的设计立意在于体现永恒之意，展现如今的一切建立于地球曾经的伟大帝国之上。

整个总部内部设计追求的是实用而不是奢华，这栋建筑和壮丽的低语者之殿之间隔着一座郁郁葱葱的植物园。因为植物园里这些高高的树木、结构复杂的树篱和耸立着雕像的小花园，很少有人会注意背景中这栋方方正正的建筑物。整个低语者之殿仿佛将天际线覆盖，但是汉莎联盟总部才是真正的权力所在。

巴斯拉研究着准备讨论的议程，避免了不必要的会前闲聊。十二名衣着考究的星球代表在舒适的沙发前或水晶桌旁一一落座。在这里，他们可以记录笔记，而一言不发的助手们则在一旁走来走去，忙于分发饮料和点心。他们给代表们准备的食物都非常简单，而且绝对不含任何影响思维的药物。巴斯拉坚持认为，所有代表在做决定的时候必须要保持清醒的头脑。

米格尔·拜伦，作为前任主席，将古代罗马帝国盛行的享乐主义提升到了行政高度。拜伦主席挑选了很多漂亮的年轻小伙和姑娘作为陪侍，让他们穿着暴露的长袍去接待那些星球代表。拜伦的"员工会议"简直可以称得上"传说"，因为开会的时候大家都在洗蒸汽浴。

巴斯拉则与之相反，他在工作的时候不需要任何让人分心的东西。而且他总是有很多工作需要解决。在各位代表自己的星球上，他们有足够的权力满足自己在性、各种药物或者各路佳肴上的需求，但不是在巴斯拉开会的时候。

但是他确实会为了舒适性做出一些让步，比如让自己的会议在一个放松的环境中进行。巴斯拉讨厌安排严密、僵硬的官方团体，这些团体总是让自己想到缺乏想象力的学校老师。他认为在那种环境中只能保持现状，扼制了创新能力的发展，他希望将每个人的能力最大化。

巴斯拉背对着阳台，打量着整个会议室，下午明亮的阳光勾勒出了他的身影。见所有人都已经就座，他说道："在我开始讨论更加令人头痛的商业问题之前，我要先向所有参加'克莱西斯火炬'计划的人表达祝贺。在昂希尔星系制造的新太阳目前看起来是一次巨大的成功。芹泽博士带领着观察团队还留在那里，而且第一批地球化改造作业团队几周后就会到达，然后对四颗卫星开始地质评估。"

列夫·斯图莫上将，作为地球防卫军在政界的联络官，在一旁自豪地笑了起来，就好像这次实验的成功都是他的功劳。"我们现在可以在任何地方制造属于自己的太阳。"

来自瑞雷克星的代表懒洋洋地问道："主席先生，我们什么时候开始再制造一个新太阳？"他所在的星球逐渐显露出成为度假世界的潜力，因为那里气候宜人，而且有大量的温泉。这名代表一头黑发，梳着夸张的卷发造型。

"这就完全取决于我们自己了。"巴斯拉说，"现在最重要的是，我们已经具备了相关知识，我们甚至可能让雷迪拉皇帝刮目相看。"

　　来自德蒙星的代表说："谁又能说清楚雷迪拉人什么时候会对我们刮目相看呢？我们对他们依然知之甚少。"这个肤色如牛奶一般的男人来自一个多云的世界，所以并不适应地球的阳光。"如果他们将这次实验当作威胁怎么办？"

　　巴斯拉说："我们已经向他们声明人类不会带有任何敌意。但是'克莱西斯火炬'计划就好像是我们在自家院子门口挂上了一个巨大的'内有恶犬'的告示。让雷迪拉人自己去做判断吧。"

　　斯图莫上将又补充道："我们收到了来自兰扬上将的报告，海盗兰德·苏伦加德已经在伊雷卡星系附近被消灭。他和手下所有的游荡者海盗都被俘，并被处决了。"

　　坐在斯图莫身边留着一头红发的伊雷卡星代表如释重负地叹了口气。"现在我们可以回归正常贸易了，"他说道，"我会告诉大总督结束配给制度，开始价格管控，避免经济混乱。"

　　巴斯拉说："每一个好消息都会伴随着坏消息。"他喜欢保持会议的整体平衡，这样就不至于让代表们陷入怨声载道或者洋洋得意的极端气氛。"虽然我进行了多番努力，但还是没有在塞洛克星的统治者那里取得进展。有多少绿灵教士可供我们使用，完全取决于他们想为我们提供多少。"

　　消息闭塞的塞洛克星统治者完全不清楚银河系到底有多大。分散在旋臂区的移民地之间相距甚远，以至于信息通过常规电磁通信——以光速传播的无线电波——可能要花几十年甚至一个世纪才能到达目的地。这对于大规模军事行动、星球防御乃至常规商业活动都会造成巨大的影响。

　　在雷迪拉星际驱动系统的帮助下，飞船能以几倍于光速的速度飞行。这些飞船就成了太空中的信使，负责传递新闻和重要外交信息，但就算是最快的飞船也要花几天甚至几周的时间才能到达目的地。

但是，只要两地分别有一名绿灵教士和世界树，那么就可以利用教士的远程意识连接进行即时心灵感应通信，不论两地相隔多远。这种通信手段既不是一种奢侈品，也不是投机取巧的方式，而是汉莎联盟继续发展壮大的必要条件。

不幸的是，绿灵教士是人，而不是机器，想要使用这种远程意识连接，先得让他们积极配合才行。汉莎联盟如果在这方面给他们施加压力，塞洛克人肯定不会自愿配合。

"主席先生，我们不能公开向他们施加太多压力。"伊雷卡星的代表因为最近的海盗问题依然显得很忧虑。

"我倒是希望能强迫塞洛克星签署《汉莎宪章》。"德蒙星代表说道。

巴斯拉说："你这个想法不切实际，除非我们想正式宣战。"

斯图莫上将直截了当地说："那我们肯定能赢。"

"上将先生，我一如既往地感谢你的建议，但是过激的行动通常是不可取的。我不想成为宣布自以为是的法令，从而让整个银河系陷入经济衰落的主席。"

斯图莫继续咄咄逼人地说："还有很多自以为是的世界，那些蛮横政权或者宗教狂热分子以为自己可以违背汉莎联盟的意志。"他说完看了一眼拉曼星的代表。

但是这位代表很镇定地看着斯图莫："虔诚和传统不会让一个人变成所谓的'狂热分子'，上将先生。我们不过是发现地球教宗和汉莎联盟原则的苍白无力。我们更倾向于遵循《古兰经》的指引。"

"我非常确信上将不会对拉曼星采取任何行动。"巴斯拉说，

"但是总有可能会出现更极端的情况。"

斯图莫对巴斯拉说："是的，只要稍加制裁，切断所有星际间贸易，这些移民地就都会乖乖听话，不然只有死路一条。"

"说话注意一点。"拉曼星代表说道。他的左眼旁有一个用指甲花颜料画出的闪耀图案。"《汉莎宪章》的签约星球有权决定自己政府的组织形式、宗教和文化。我们可以保留自己的语言，而不是使用通用语。只是因为一个星球出产汉莎联盟急需的物资，就对它采取暴力手段胁迫的话，我一定会投反对票。任何人面对这种情况都会做出同样的选择。"

巴斯拉皱着眉头看着他："当一方比另一方富有的时候，规则时常会发生变化。看看你们自己的历史吧。"

虽然雷迪拉星际驱动系统可以保证在宇宙中的快速航行，但是在这么大的范围内维持政府的控制力也是不可能的。雷迪拉人可以做到这一点，完全依靠的是皇帝和他在各个星球的接班人能够通过心神网共享意识。但是，人类的移民地相互之间太过分散，一个人类领导人不可能在一个地方为某个遥远世界上的人民做出任何实际决定。辛苦劳作的移民者也不太可能听从来自遥远地球的命令，因为发布命令的人从未来过他们的移民地。从另一个方面来讲，各个世界之间相互提供各种服务和货物，国际贸易蓬勃发展，这种不断扩张的星际贸易为一套共同的原则提供了框架。地球汉莎联盟的结构基础，就是仿照的中世纪地球贸易城市的联邦和工会。

拉曼星的代表用手撑着脸，很不情愿地说："但如果我的同胞必须为了一些必要的东西而妥协的话，那么塞洛克人想必也可以。"

"塞洛克人可能是我们的一个麻烦，但是他们……又很迷人，你还真没法对着他们生气。"伊雷卡星的代表笑着说。

"我相信很快就会有解决方案。"巴斯拉很自信地说，"那个塞洛克大使刚刚离开，而我已经做出了相关安排，会让她准时退休。'铁娘子'欧特玛的继任者会更加同情我们的事业，而且也会致力于让事情向好的方面发展。"

瑞雷克星代表讽刺道："哦，那太棒了。大家又是快乐的一家人了。"他说完喝了一口果汁，然后皱了皱眉头，就好像他在喝酒一样。

巴斯拉从保温架上的银制小锅里，给自己倒了一杯加了豆蔻粉的咖啡。他看着窗外的植物园和远处的低语者之殿，说道："汉莎联盟会一如既往地发展壮大。"

巴斯拉端着杯子，绕着椅子转着圈，思考着接下来该说什么。这些代表知道此时不必进行无意义的闲聊，于是都在等巴斯拉继续发言。和历史上那些更为残暴的权力贩子不同，巴斯拉希望手下人敬重自己，而不是害怕自己。

"我们依然可以在旋臂区进行自由贸易，而且汉莎联盟已经赚了不少钱。我们从雷迪拉帝国赚取了大量财富，自己建立了稳固的基础设施，而且我们在不断增加的移民地星球也建立起了崭新且高效的产业。"他指了指面向低语者之殿的落地窗。"在座的所有人都明白，人类现在正处于黄金纪元。只有明智的决定和强大的领导人，才能延续经济和文化的繁荣复兴。"

巴斯拉终于谈到了这次会议的要点："不幸的是，我的朋友们，我们最有用的工具——老国王弗雷德里克——已经老了。你们都看过他做过的演讲。他已经老了，他累了，虽然人民依然爱戴他，但是他已经不能激发起民众的热情了。"

巴斯拉打量着在座的每一个人，注视着他们的眼睛。他提及的话题让代表们非常不安。"弗雷德里克国王已经不是汉莎联盟所需要的英雄了，我们不需要让他继续当傀儡了。他的支持率在下跌，而且请容我说句实话，他已经过于自满于自己的位置了。"

斯图莫上将一脸惊恐地看着巴斯拉，就好像主席是在讨论叛国一样。"那国王的各种职责怎么办？我们不可能应对这种巨变。想象一下社会的动荡吧。"

"我倒认为这能给民众提供全新的能量。老弗雷德里克只是我们的喉舌而已。他的职能非常有限。实际上，上将先生，我们的国王不过是一面会喘气的旗帜，只是为了在我们敬礼的时候有个目标而已。"

伊雷卡星的代表看上去非常紧张。她红色的头发周围渗出了一层薄汗："我就害怕有这么一天。"

巴斯拉走向室内酒吧旁的小柜子，然后从里面拿出了一摞薄薄的薄膜显像屏，每一个显像屏周围都有一圈红色保护框。只有用对应的指纹打开它，才能显示上面的信息。

"汉莎联盟需要一个能够吸引人的年轻国王以取代老国王，一个能把人民团结在他周围的人。"巴斯拉压低自己的声音说，"而且我们都知道老国王和情妇们生的那些儿子都不足以满足我们的要求。"

就像古代摩洛哥的君主或者中国的皇帝一样，弗雷德里克的家庭和个人生活都藏在低语者之殿的高墙之后。实际上，老国王没有正统的继承人。但只要汉莎联盟愿意，历史就可以被随意改写。

"类似的情况在历史上已经出现了五次，虽然上一次出现这种情况已经是很久以前了。这也许是我们目前最重要的任务。"他把显像屏交给各位代表，他们用自己的指纹启动了小键盘。显像屏上出现了一系列照片，照片上是被偷拍的若干年轻人。很明显，这些人并不知道自己已经处于监控之下。

"这里有我们候选人的全部资料。资料内容包括偷拍视频、照片和近些年的情况概述。我们的特工一直在寻找适合成为王子的年轻人。佩里德尔先生挑选出了这些候选人,他们是能够帮助我们完成汉莎联盟命运的最佳人选。"

巴斯拉将所有人叫到了最大的水晶桌子前,代表们把显像屏放在桌子上,以便比对资料,讨论各种可能性。他们花了几个小时研究记录和照片,争论着各种选择,对比着各种资料。整个过程花费的时间比巴斯拉想象的要少,等到了夕阳西下的时候,他已经投出了决定票。

他把自己的手指落在一个黑头发的年轻人的照片上。这位年轻人的智商很高,性格随和讨人喜欢,声音富有魅力。除此之外,巴斯拉希望这位候选人的性格的可塑性更高一些。

"这个人最有潜力。"他说道,"鉴于他的背景和社会地位,没人会注意他。最重要的是,他长得——有点像弗雷德里克国王。"

18

雷蒙德·阿古拉

在远离汉莎总部顶层私人会议室的一栋大型居民楼里,雷蒙德·阿古拉正在第十八层的一间小公寓里四处寻找食物做点晚餐。

他挠了挠自己的一头黑发,努力保持着乐观的心态,在橱柜和冰箱里翻找着食物。他必须将想象力发挥到极致,才能用这些食材为自己和家人制作一顿好吃又有营养的晚饭。

桌子上堆满了小盒子、玩具、二手电子产品、手工锅架和印制纪念品。不论收拾多久,都不可能让这件拥挤的公寓看起来更加整洁。雷蒙德的两个弟弟，六岁的米切尔和九岁的卡洛斯，正在假扮怪兽追逐着彼此，然后大笑着摔在一起，在厨房地板上摔跤。

雷蒙德开玩笑似地用脚把他们俩踢到一边，说："你俩要是让我把吃的弄洒了，那就等着在地板上吃饭吧。"

卡洛斯说："说不定味道会更好呢！"他一边咯咯大笑，一边躲避着雷蒙德的攻击，但最终瘦瘦的屁股上还是被踹了一脚。

他们的母亲，瑞塔，此时正坐在客厅的沙发上心不在焉地看着娱乐节目，但这些节目却不能带给她很多乐趣。多年的家庭生活让她完全可以屏蔽这些孩子吵闹的声音。在她的身边，十岁的罗瑞正在抱怨自己要去做作业，而弟弟们却可以去玩。

雷蒙德把几个小家伙赶到另外一个房间时，感到一种负罪感，但他们可能会打扰到休息中的母亲。瑞塔·阿古拉已经工作了一整天，而且在黎明前就要起床去上第二份班。她很少有机会能瘫坐在这张沙发上。雷蒙德确信等晚饭做好的时候，母亲可能已经昏昏欲睡，除非她回家之前喝了太多酸涩的黑咖啡。

在大门门框上，挂着一个十字架和去年圣枝主日[4]带回来的干枯棕榈叶。瑞塔每周都会去参加弥撒，有时候也会看电视直播的统一教教堂礼拜，这对她而言毫无激情、异常乏味。统一教教宗留着大胡子，穿着花哨的长袍，他是被地球上各大宗教推选出的综合代表，是代表所有宗教信仰的中立议长。但是对于瑞塔来说，老式的天主教教堂似乎更有宗教色彩。

每当看到自己的母亲，雷蒙德都会感到心疼。瑞塔·阿古拉的黑色长发已经斑白。在她年轻的时候，会花费不少时间梳理头发，让一头黑发格外闪亮。但是现在，她只是简单地扎个马尾辫或者将

注4：圣枝主日，指西方复活节前的星期日，在这天有手持棕榈叶游行的习俗。——编辑注

头发扭成一个发髻。瑞塔以前很漂亮，雷蒙德可以从她发福的面庞中看出些许痕迹，但是她现在无暇顾及自己的仪表，也没有希望再次寻得一段浪漫的生活。辛劳工作和太多的责任让她变成一位强壮的主妇。

瑞塔白天是一个星际贸易组织的职员，晚上的时候是服务员。只有不停地抽烟和喝咖啡才能让她熬过白天，还要在本应睡觉的时候继续工作几个小时。

不过，每当回家之后，瑞塔还是会抱抱四个儿子，孩子们都可以闻到她身上浓烈的玫瑰味香水。顽强的瑞塔勉强维持着这个家庭，现在雷蒙德已经长大了，她可以将一些担子交给雷蒙德。而他也毫无怨言地接过了这些工作。

一个月前的一个晚上，雷蒙德和瑞塔坐在老旧歪斜的餐桌前。罗瑞、卡洛斯和米切尔都被送上床盖好被子，但是他们还要再拖半个小时才会睡着。瑞塔看着雷蒙德，又点着了一根烟，她很少在孩子们醒着的时候这么干。母亲的这个动作让雷蒙德明白了一件事，自从埃斯特班·阿古拉离开之后，她已经将自己当作是家里的顶梁柱。

瑞塔把这件事完完整整地告诉了雷蒙德，包括雷蒙德一直想知道但又不敢问的细节。"我可能不是最好相处的人，对于你父亲那种乐天派而言更是如此。但我总是尽可能完成我应尽的义务。你们几个都是我的宝贝，而你们的父亲或许是个可塑之才，但他也不过如此。他走的那天晚上，我们俩吵了一架，那可能是我们俩吵得最凶的一次。我甚至记不得为什么那次吵架那么厉害……可能是我给他买了双新鞋，或是其他什么事情。"

瑞塔一手夹着烟，另一只手却攥成了拳头。"他离开的时候，我可能把他的两个眼睛都打肿了。他也就是那时候登上了移民船，跑到了拉曼星。"

"妈妈，你觉得他会后悔离开我们吗？"

瑞塔耸了耸肩说："他也许会后悔离开自己的儿子，毕竟他是个很有自尊的人。但是我想他根本都不会想起我。"

自从那天晚上的对话之后，雷蒙德就一直心事重重……

此时，他将通心粉、汤料和切碎的香肠混在了一起，那些香肠看起来很快就要坏了。他闻了闻味道，皱了下眉头，又加了点芝士粉，然后宣布晚饭做好了："来吃饭吧。要是凉了，我就留作明天的剩饭。"

卡洛斯说："我还以为是昨晚的剩饭呢。"

"我还可以让你不吃晚饭就去睡觉。"孩子们聚过来各自拿走了自己那份炖菜。瑞塔拿走自己的那份然后坐下来吃饭，雷蒙德的厨艺让她不禁偷笑。但她坚持表示这是自己吃过的最棒的一顿饭。

吃过饭后，瑞塔回到自己的沙发上昏昏欲睡，雷蒙德一个人把弟弟们送上床。他让弟弟们洗澡刷牙，完全无视他们的抱怨和打闹，他早已对这些事情免疫了。等回到客厅的时候，瑞塔已经睡着了。

雷蒙德笑了笑，然后重新整理了一下从昂希尔星系为新太阳举行的庆典上拿回来的花束。他带着花回家之后，发现了一个闲置的食物包装盒，于是就把它改成了简易花瓶。瑞塔坚持认为买花是浪费钱，但是她满脸放光的样子让雷蒙德决定，他要不惜代价每周弄来一束花。

他想叫起瑞塔，让她去床上睡觉，但最后决定让她继续睡在沙发上。他不想打扰母亲难得的休息。此时公寓里非常安静，雷蒙德开始快速换衣服，他知道再过几个小时，就要帮助母亲起床上班，并为弟弟们上学做准备了。

他会在街道上游荡，找几家夜班工厂或是手工作坊。他通常能找到几个小时的短工，做些没人做的零工或是脏活，但是他可以收到现金或是新鲜食物作为报酬。他的午夜零工使他们有足够的钱买新衣服和零食。

趁着自己母亲还在睡觉，雷蒙德溜出了公寓，然后小心翼翼地锁上了门。他此时因为疲劳而头疼欲裂，眼睛也非常痒，晚些时候也许可以小睡一会儿。只要自己一直工作，那么这些难受的感觉就都会散去。他坐着电梯下了十八层，然后闯入了城市的深夜中。

这是雷蒙德最后一次看到自己的家人。

19

杰斯·塔博林

一束亮光如同鞭子一样从炽热的星球中飞了出来，虽然速度很慢，但非常漂亮而且……致命。

"靠近点。"工程师对杰斯·塔博林急切地说，他无法将自己的目光从这种奇观前挪开。"我们得再靠近一点。"

虽然自己紧张得汗流浃背，但是杰斯相信这个人的直觉。"如果必须这么干，那么就靠过去吧。"他向导航星默默祈祷了一下，然后驾驶飞船飞了过去。

工程师克托·欧卡对于眼前的危险毫无概念，但是他比任何游荡者都更清楚误差与风险。克托曾经设计建造了四个很成功的极端环境居住区。如果连议长的小儿子都不知道自己在干什么，那成千上万的游荡者早就死了。

随着飞船慢慢靠近恒星风暴，克托的注意力都放在滤光窗户和波段扫描仪上。工程师留着一头棕色短发，眼睛好像一对灰蓝色的纽扣，他现在开心得就像收了一堆礼物的小孩子。"这就对了！你看这个星球……没我想象的那么糟。"

杰斯注意到伊斯佩洛斯星距离这个不稳定的恒星非常近，几乎是包裹在其日冕最强烈的区域中。他说道："还不糟糕？克托，它看起来就是炉子里的火星。"

正忙于查看扫描度数的克托心不在焉地说："从某种程度上来说，这也是一种优势。"

优势？没有人不认为克托·欧卡是个乐观主义者。

在格尔根星采矿船和罗斯分别后，杰斯带着艾克提货运船飞到了一个汉莎联盟配送中心，然后又飞到了位于小行星带的集结中心。他必须为家里的采水业务做些事情，为了部族义务和商业合同奔波，会见其他部族领导人……还要把哥哥的礼物送给西斯卡·佩罗尼。

但是西斯卡还没有和议长欧卡一起返回。虽然杰斯完全可以委托他人将罗斯的礼物交给他的未婚妻，但是他并不想浪费一个名正言顺与西斯卡独处的机会。即使这个决定有违原则。他知道自己不该有这样的想法，毕竟自己一直以来都在遏制这种念头。

杰斯在集结中心又待了好几天，只为等西斯卡。但是当其他人开始察觉到杰斯不过是在拖延时间之后，他就不能再冒险让其他人发现自己的想法了。杰斯别无选择，只能预订了返回普卢马斯星的行程。当克托·欧卡正在寻找一位志愿飞行员带自己去伊斯佩洛斯星执行勘探任务的时候，杰斯立即抓住了这个机会。对于游荡者而言，做志愿者这种事情着实费力不讨好。

此时，侦察船环绕着这颗炽热的星球，对抗着恒星强大的重力，飞向伊斯佩洛斯星背对着恒星的一面。杰斯看着被恒星烘烤、泛着玻璃光泽的星球表面，上面有因为高温而产生的裂隙。星球表面的大陆上岩浆肆意流淌，将陨石坑填平，然后在自转带来的寒冷与黑暗中慢慢凝固成坚硬的岩石。

"克托，你一定是疯了，才会想在这儿建一个游荡者移民地。"

这位年轻的工程师贪婪地望着这个翻滚着岩浆的世界说："你想想这里的金属资源吧。这些资源可不是那么好找的。其中质量较小的元素杂质都被烧干净了。太阳风的轰炸制造出大量的同位素，就等着咱们去开采了。"他用一根手指敲打着下巴。"如果用纤维绝缘双层隔离墙和真空蜂巢状隔离结构，我们完全可以保证移民地的结构……"他说话声音越来越小，他的脑子里正思考着各种可能性。

雅·欧卡的小儿子从小就显示出了自己对于低重力建筑的想象力和奇妙理解。他喜欢通过解决生存性难题来一步步挑战极限。克托花了十几年时间在戴尔·科伦藏在奥斯奎维尔环带的造船厂工作，而且曾两次改进采矿船的艾克提反应堆。

虽然大多数项目都获得成功，而且鲜有失败，但是克托并不是自满顽固之人。他的好奇心永无止境。

从孩提时代开始，克托对于负责育儿的智能助手 UR 来说就是个大麻烦。智能助手 UR 在集结中心照顾了很多游荡者的后代，充满好奇心的克托让这位保姆机器人感到非常头疼。不是因为他总是捣蛋，而是因为不停提问。他还对各种设备戳戳打打，甚至拆解了不少设备，然而在这些被拆掉的设备里，他偶尔也是可以重新组装起来一些的。作为一个成年人，克托一次次证明了自己的聪明才智是符合很多部族的利益需求的。

杰斯驾驶着飞船靠近被反复融化再硬化的地面。看到克托一脸的自信，他也开始相信这颗星球的开发潜力。毕竟，游荡者一次又一次化不可能为可能。

#

西斯卡曾经对杰斯说过："只要有足够的时间和资源，就没有游荡者办不到的事情。"

"不曾遵循常规的人不必拘束于常识。"他回答道。

那天他和西斯卡待在她位于集结中心的办公室，四周的墙壁都是石头。这次会面单纯是讨论塔博林部族从普卢马斯星送来的氧气和水补给的问题。二人之间保持了一定距离，但是双眼都紧盯着彼此，仿佛有一道弹性屏障将两个人分隔开来，但同时又将两人拉到一起。

杰斯说："即便如此，时间也不可能解决所有的问题。"他向前走了半步，用一个手势为自己打掩护，仿佛这只是为了强调自己的观点而已。但是他马上停下了脚步，想起来其他人对自己的期望。

西斯卡知道他在暗示什么。很多年前，自己就和罗斯·塔博林订了婚，这个决定完全是二人对彼此长期的承诺。罗斯一直以来都在辛勤工作，努力满足当年和西斯卡定下的条件。虽然从某种程度上来说罗斯是个败家子，但是两个部族的联姻也没有不妥之处，大多数流浪者都热情地支持着他们的联姻。即便是没有老布拉姆·塔博林的支持，蓝天号采矿船也可以为一个成员不断增长的家庭提供强有力的依靠。

但这都是西斯卡认识杰斯之前的事情，二人之间摩擦出的火花突破了政治和经济条件的限制。这不是他们可以解释清楚的事情，他们自己也说不清楚怎么回事。

"如果我们追随着导航星的指引，有些问题就永远不会出现。"

西斯卡说。

杰斯向前又走了一步，逐渐拉近二人之间的距离，不想再思考这是否理智："但是，事情已经发生了。"

然后，他吻上了西斯卡，给了她十足的惊讶，以取悦的姿态……两个人都被吓了一跳。西斯卡只顿了一下，就紧紧回抱住他，二人相拥在一起，就好像是在悬崖边上摇摇欲坠。过了一会儿，二人又迅速放开了彼此，尴尬地各自向后退了一步。

"杰斯，我们不该……"

"我很抱歉。"杰斯红着脸向后退，收起自己的笔记和各种参数报告。他摇着头，为自己的行为而感到羞愧不已。他感觉自己背叛了哥哥。"我到底在干什么？"他完全可以想象到罗斯已经成了这场三角关系中无辜的旁观者。

"杰斯，我们不敢想这些事情。"虽然内心非常不安，但是西斯卡并不觉得生气，"这事从来没发生过。"

杰斯表示赞同："我们会忘了这件事，我们应该忘了这件事。"

但是随着时间的推移，这事却在他们的记忆中深深扎下了根，愈加灼烧着他们。怎么可能忘记呢？

#

当杰斯的飞船飞出星球的暗面，进入恒星风影响范围的时候，突如其来的强光和高温让飞船剧烈震动。

"咱们得规划出一条最安全的航线。"克托注意到在恒星风暴的影响下杰斯驾驶飞船十分艰难，但这对他而言，似乎不过是需要加入建议书的一个小细节而已。"我们可以利用星球的暗面，让大多数大型补给船安全着陆。"

杰斯增强观察窗上的过滤强度，然后说："你面临的最大问题是把提炼过的金属送出去。在把这些不用的金属卖出去之前，可是要经过长途运输的。"

"哦，是这样没错。"克托说，"那些耀武扬威的大呆鹅甚至不会接近这颗星球的传感器探测的有效范围。说不定他们地球人娇嫩的皮肤上会被晒出水泡。"

虽然汉莎联盟不会在意伊斯佩洛斯星这样的炎热星球，但这种地方对于游荡者来说却还不错，毕竟他们已经在很多非凡的栖息地建立了大量令人叹为观止的居住区，中央集结中心就是其中之一。

游荡者起源于移民船卡内加号，这艘船的名字来自发现火星水手谷[5]的杰出探险家。卡内加号上的船员和乘客是第十一批，也是最后一批离开地球的移民者。那时候，对于勇敢乐观的移民计划的资助已经接近尾声，而且剩下的装备和补给也不多。但是，这批移民者依然认为自己比其他人更顽强，是真正的生存主义者。

虽然来自卡内加号的移民者缺乏很多资源，但是他们用自己的聪明才智和创造力将最恶劣的地方变成了宜居的家园。在他们离开地球之前，这些人就居住在极地荒原，而且还在木星的卫星上建立了采矿站。在他们看来，如果常规办法不行的话，那就换个办法，或者直接想一个新办法。

在几十年的航行过程中，卡内加号一直在寻找宜居星球，而飞船的乘客们也逐渐发展出了一个自给自足的社会。在资源即将耗尽的时候，他们不得不停在环绕在麦耶尔红矮星[6]周围的碎石云里，从小行星中收集冰块、矿物和金属。所有收集到的资源足够他们继续航行几十年。

注5：水手谷是火星最大的峡谷，也是太阳系最大最长的峡谷。——编辑注
注6：红矮星，指表面温度较低且亮度较弱的恒星。——编辑注

就是在这里，一些颇有创造力的移民者开始进行计算、设计，打算利用卡内加号上的大型采矿和建筑设备在岩石群之中建立一座人工变电站，并在此生活下去，而且居住位置刚好可以接收到这颗红矮星所发出的深红色辐射。麦耶尔环带能提供足够的资源，足以支持一小群人活下去，在减少移民船上的人口的同时，也可以为其他人提供一线生机。

卡内加号在红矮星周围停留了十年，确保自愿留在麦耶尔环带的志愿者研究出在小行星内部种植食物和依靠恒星光照收集能量的办法。虽然对于其他居民来说这无异于一场毫无希望的豪赌——一个漂浮在太空中的新建移民地注定要衰败消亡——但是他们还是将这座城市命名为"中央集结中心"，而志愿者家庭也打算在这里碰碰他们的运气。

这个移民地不仅存活下来，而且逐渐发展壮大，成为游荡者文化的基础。所以，杰斯现在也认为自己顽强的同胞能在地狱一般的伊斯佩洛斯星发展壮大。更别提有克托·欧卡这种天才在主持大局了。

一团团恒星物质被电磁环网所束缚，它们如同高速的火车头一般向高处释放，释放出的硬辐射远比高温还要可怕。恒星表面如同癌化一般的黑子看似是高温地狱中的绿洲，但是它们和温度更高的色球层一样可怕，随时可能出现剧烈的爆发。

杰斯努力控制着飞船，不去想船体外壳可能的破损。

"克托……"

"我得到想要的数据了，"克托说话的声音听起来很满足，"我们可以返回集结中心了，我要把所有分析汇总一下。"

杰斯低头看了看压力表，数据已经接近超载："太好了，这听起来是个好主意。"

随着炽热的恒星和沸腾的卫星在视野中渐渐远去，杰斯又想起了西斯卡，真希望她此时已经返回了小行星带。就算他们摆脱了恒星风暴，进入了温度更低的太空，但杰斯发现自己依然汗流浃背。

20

西斯卡·佩罗尼

西斯卡·佩罗尼小心谨慎地驾驶着太空游艇，悠闲地绕行若干星系返回中央集结中心。她担心雷纳德，这位塞洛克星未来的君王会跟踪自己，又或是汉莎联盟的间谍船会在航线上布置追踪器。但是游荡者出于习惯，会主动掩盖自己的踪迹。

在过去的一百五十年里，游荡者将自己的藏身之处掩盖得很好，避免被其他人类发现。所有部族都对汉莎联盟的影响力非常担心，再加上温塞拉斯主席开始加强对艾克提提炼的控制，游荡者越发警惕。

"其他部族对雷纳德的建议会有什么想法？"她将注意力从游艇仪表盘上挪开，偷偷看了眼自己的导师。

"很久以前，雷迪拉人高高兴兴地将他们的采矿船交给了我们，但是独立的我们从不相信其他人。"这位老妇打量着游艇外的星空，随着航行的变化，星空也发生了细微的变化。"但从另一个方面来说，考虑一下潜在盟友也不是什么坏事。"

西斯卡点了点头说："雷纳德说得没错。"

"你是说联姻？"雅·欧卡挑起了眉毛。

西斯卡听出了老妇语气中的玩笑意味，但还是脸红了。"我是说他的商业提案。塞洛克人保持了自己的独立，而且确保了绿灵教士不受汉莎联盟的控制。"

"我们之间确实有不少共同点。"雅·欧卡努起布满皱纹的嘴巴，然后很严肃地说，"不幸的是，我们不需要塞洛克人提供的任何东西。"

西斯卡想起雅·欧卡作为议长曾经处理过的无数次纠纷。就在不久前，愤怒的兰德·苏伦加德为了报复汉莎联盟的新关税，脱离了游荡者的管制。他当时说道："为什么要阻止我们获得我们应得的东西？大呆鹅和我们一样，都是些无法无天的人！"但是兰德并没有获得太多的支持，手下只有一群热衷冒险而不是正义的不法之徒而已。

苏伦加德是佩罗尼部族的远房亲戚，但是西斯卡并不想提及这层联系，毕竟有个海盗远亲总是件令人尴尬的事情。雅·欧卡曾经说过，地球防卫军早晚会找他的麻烦。而且根据雷纳德提供的消息，她说的没错。"就算苏伦加德已经被消灭，大呆鹅们的报复行动也不会停止。全体游荡者所要付出的代价远不至于现在的关税。"

"我们一定会找到办法摆脱现在的困境，变得比以前更强大。"西斯卡斗志昂扬地说道，"如果有必要的话。"

游荡者经过各种严酷的手段、艰苦的节约和无数次豪赌之后，才能确保大部分物资的自给自足。但他们依然需要外界提供一些必要物资，而这些物资恰恰被汉莎联盟征收重税。这些物资包括食物、药物、特殊设备仪器，其中还有各种为生活提供方便的小玩意儿和奢侈品。

雅·欧卡将眼前的困局当作激励游荡者继续寻求自治的动力。在部族大会上，她的声音干涩沙哑，但是多年练就的情感力量却一点都没少。

"如果汉莎联盟依靠切断一种物资的供应就能伤害我们，那么他们的确是对我们的控制过于强大，我们也太多依赖这种物质。我们要么放弃对这种物资的依赖，要么寻找新的货源。我们是游荡者。我们难道没有能力寻找替代品吗？我们可以建造自己的设备，生产自己的胶体循环系统，学习如何过没有那些奢侈品的日子。让我们证明自己不需要买他们的东西，做最后的赢家好了。如果我们切断他们这个收入来源，汉莎联盟就会变得更脆弱。"

自从兰德·苏伦加德愤然脱离组织之后，她依靠这些话成功控制住了那些反对者。公开反抗汉莎联盟将会招致严酷的惩戒。议长认为苏伦加德的袭击行动是一种犯罪。更糟糕的是，她担心苏伦加德的行为为游荡者引来了太多外界的关注。游荡者习惯于居住在严酷的环境中，而不是过着被追杀的日子。

此时，雅·欧卡和西斯卡坐在太空游艇里，说道："我们不能让汉莎联盟到处寻找那些逃犯，不然他们就可能会发现隐蔽的部族、移民地和各类设施。"

两个多世纪前，当卡内加号离开位于麦耶尔红矮星环带的移民地之后，就继续寻找可以移民的星球。它穿过星云，收集气体，船上的人就可以把气体用作燃料并过滤出其他资源。这些聪明的探索者不仅仅是单纯的拾荒者，而且还不断取得了技术上的突破。

一百八十年前，卡内加号是最后一艘被雷迪拉搜索队发现的移民世代船。和其他保持单一航向的世代船不同，卡内加号四处游荡，在多处停留，大大偏离了原有的计划航线。

仁慈的雷迪拉人带着卡内加号来到了艾瓦星，这是一个环境优美的宜居世界，不仅适合移民，而且也不是雷迪拉帝国移民的目标。住在一个类地行星上对于卡内加号的移民者来说是一个巨大的变化。艾瓦星开阔的天空和广阔的大陆好似天堂，移民者们连续好几代人住在老旧飞船狭窄的船舱内，现在终于可以住在梦寐以求的陆地上了。

在开始的时候，适应一个星球看起来是非常简单的事情，但是一些移民者担心他们所有的创新和求生技巧可能在几年内就被遗忘。虽然艾瓦星对于他们来说是一个巨大的改变，但是这些移民者认为最好的选择还是过自给自足的生活，游荡于星海之间。

只不过五年的时间，就在艾瓦星农业开始腾飞、村镇拔地而起、农作物开始在新开发出来的土地上生长的时候，这颗星球就开始攻击这些移民者。在一个季节之内，一场可怕的当地瘟疫开始攻击所有来自地球的植物，专门攻击各种从地球移植来的物种，农作物、蔬菜和树木全部死亡。忽然之间，这些与世隔绝的移民者只能依靠少量的储存食物生存，寄渺小的希望于情况能够好转，因为这场瘟疫是这颗星球所独有的。

饥荒没有结束，但是人们没有忘记在移民船上练就的本领，并依靠储备物资活了下去。艾瓦星的居民终于又回到了停在轨道上的卡内加号。他们回归了往日被证明是成功的生活之道，再次游荡于星海之中，继续寻找属于自己的生存方位和新的家园。"我们不适合住在星球上。"船上的居民如是说道。

他们骄傲地自称游荡者，通过和雷迪拉人谈判获得了星际驱动技术，但条件是他们要派人为雷迪拉人运作一个位于气体巨星达姆星的大型艾提克处理厂。雷迪拉人痛恨采矿业，却非常乐于找人为自己干活。游荡者自信满满地接过了这份工作，然后很快就为自己开辟出一片天地，为自己谋利，同时也发展了自己的技术。

不论是汉莎联盟、塞洛克人还是雷迪拉帝国，都不知道游荡者到底从这种创新中赚了多少财富。作为下一任议长，西斯卡·佩罗尼发誓要延续这种策略。

在经过漫长的航行之后，太空游艇逐渐靠近暗红色的麦耶尔星。

从远处看，这颗红矮星毫不起眼，不可能被记录在任何星图上。随着游艇逐渐靠近偏僻的中央集结中心，西斯卡也越发希望回家。

21

艾斯特拉

即便是到了晚上，塞洛克星充满神秘感的森林依然让人着迷。艾斯特拉爬上菌礁城的弧形窗户上向外张望，透过树冠中的缝隙捕捉天上的星光。

黎明已经温暖了树冠，整片世界树之林仿佛打了个五颜六色的哈欠，逐渐醒了过来。周围环境已经变得非常明亮，艾斯特拉能够轻松观察各个方向的情况。她借着早已钙化的立足点向下爬了几层，来到有梯子和滑轮升降梯的地方。在世界树之林柔软的地面上，仓鼠大小的甲虫在枯萎的落叶下钻来钻去。艾斯特拉闻到了堆肥材料腐败时产生的清凉雾气和淡淡甜味。她撒腿冲入了稀薄的晨雾中。

艾斯特拉的父母根本不会发现她一个人跑出了家门。因为他俩忙于培养其他三个年长的孩子，让他们成为栋梁。埃德里斯教父和阿丽西亚教母早已没了严格教育艾斯特拉的耐心。她母亲总会说：“孩子，没必要为这事操心。”

艾斯特拉完全可以安心享受家人的宠爱，但是她决定要多做一些成就出来。每当她和父亲讨论自己的未来时，埃德里斯教父总是顶着一嘴的黑胡子笑着说：“宝贝，你想干什么就干什么去吧。”他除了表示对女儿的全力支持以外，并没有提供任何实际建议或者堪用的点子。

唯一为她提供一些有用信息的就是自己的哥哥本尼托。艾斯特拉一直羡慕身为绿灵教士的哥哥和他为世界树之林服务的热情。但是她不想走上哥哥的老路。艾斯特拉并不想整日对着世界树祈祷。

在其他世界树上可以看到一些尺寸较小的菌礁，人们将它们改造成自己的家，相邻的民居住处灯火通明。黎明时分，大多数出门的绿灵教士都是已婚的夫妇。他们整天在半睡半醒的状态下为世界树朗读各种材料。今天，这些教士们似乎因为世界树传来的消息而感到不安。也许本尼托稍后会告诉自己究竟发生了什么。

她出于好奇已经探索了一个多小时。在阳光照亮世界树之林，弥漫于地上的雾气也逐渐升腾的时候，艾斯特拉终于来到了一片高耸入云的树林。离她最近的树干上有一个好似纸糊的球状凸起，里面的生物不停蠕动，好像在睡梦中被惊醒。

这些蜂巢构架下的昆虫运用咀嚼过的植物、泥土、树脂和突出的网格纤维搭建了封闭式虫巢聚落。这些虫巢聚落是虫穴和虫蛹的结合体，单个聚落的直径达到了几百米。在每一聚落的中心都有一个形似蛆虫的虫后，生下的幼虫变成了固定在聚落内部的大型蠕虫。这些蚯蚓般的虫子向外伸展自己的节肢类足，花瓣似的脑袋上顶着一张贪婪的嘴。

通常，这些虫子会探出身子捕捉任何靠近攻击范围的猎物。在消化了捕捉到的动物和昆虫之后，把营养物质再反哺给位于聚落中央的虫后。到了晚上，这些昆虫将自己的脑袋又收在一起，就好像一朵花又变回了花骨朵。

当这个生长阶段结束之后，这些幼虫撤回虫穴并封锁所有出口，将这个虫巢聚落变成防护严密的堡垒。虫后的工作和生命到此结束，死后它的尸体被其他休眠中的幼虫分解。能够找到一个处于孵化阶段的虫巢聚落实在是非常罕见。

她必须马上找到本尼托。艾斯特拉急忙跑回去，她知道哥哥肯定在某片阳光斑驳的空地种植世界树树苗。她发现自己的哥哥正在一处阴凉地里工作，身边的罐子里装满了肥沃的土壤。

本尼托抬头看着自己的小妹妹，他的微笑总是让艾斯特拉感到心头一暖。他身上有代表着各种成就的标记文身，还有绿灵教士专属的标志，这让本尼托整个人看上去好似图腾一般。艾斯特拉觉得自己的哥哥非常帅气，说不定他过几天就会选择一位绿灵教士作为自己的配偶。但是对于本尼托而言，结婚的对象并非局限于绿灵教士。

本尼托跪在地上，轻轻抚摸着树苗，就好像是在为把它们从大树上剪下来而感到抱歉。他对艾斯特拉说："这四棵树苗是为了德蒙星准备的，那个世界凉爽湿润，但是日照很少见。虽然还没有绿灵教士被分配到这颗星球，但是为了世界树网络，我们还是要在那里种下树苗。"

本尼托指着其他几棵茂盛的树苗说："那两棵树苗会装在盆里送上商船，但是早晚有一天它们会因为长得太大，必须再种回土里。到时候我们会问问它们想被种到哪儿去。"本尼托注意到自己的妹妹非常兴奋，于是问道："小家伙，你今天又给我带来了什么好东西？新虫子？一种没吃过的莓子？还是让我打喷嚏的花？"

"本尼托，那玩意儿太大了！"艾斯特拉气喘吁吁地告诉了本尼托关于虫巢聚落的一切，"那个聚落最起码可以住下十几个家庭！这一年来，我们不都在寻找更多住的地方吗？"

"你说的一点没错。"本尼托说，"这可是个了不起的大发现，这是个好兆头！我想爸妈肯定会拍拍你的头以示嘉奖的。"艾斯特拉听到这话不禁皱起了眉头，而本尼托完全预料到了妹妹的反应，不由得大笑起来："艾斯特拉，这个发现非常重要。你预计这个虫巢聚落什么时候会孵化？"

"我预计孵化需要两周，最多也就是三周。也许雷纳德回来的时候就刚好孵化了。"

"你总是喜欢探索森林中的各种秘密，对不对？你可要记得标记聚落的位置，时刻盯着孵化进度。"本尼托将一只手放在艾斯特拉的肩膀上，暖暖的。"再过几天，世界树之林可能为绿灵教士准备了很多重要任务。但是我向你保证，到时候我们一起去看聚落孵化的那一刻。"

22

玛格丽特·克里克斯

瑞迪克星对于玛格丽特来说，犹如一本充满秘密的古书，只等着她去翻开。这片沙漠十分荒凉，却不乏各种颜色，棕色、赭石色、棕黄色和铁锈色融入其中。这里有太多东西等待着他们去发现，但当前要务还是下大力气在星球上搭建营地。

她打量着这片废土荒原，即使在山谷和悬崖附近可能有更多居住区，他们最后还是选在最显眼的一片克莱西斯城市遗迹附近建立营地。

在她身边的路易斯用手背擦了擦额头的汗水。他轻轻地吻了吻玛格丽特的脸颊，然后说："亲爱的，比这还糟糕的星球咱们也去过。"

温塞拉斯主席让克里克斯夫妇随意挑选研究目标星球，而他们选了这颗荒凉的行星。在焦橙色天空的映衬下，岩石断崖犹如神秘的纪念碑一般。干涸的碱性湖床如镜子般闪闪发光，只有一些凝固的岩浆遗迹打破了这种画面的单调。河谷撕裂了地表，暗示着这里也曾经有河水流过。

玛格丽特气喘吁吁地说："老头子，它就在这儿。我能感觉得到。我觉得咱们在这肯定能找到些东西。那些克莱西斯机器人似乎也这么认为。"

路易斯饱经风霜的脸上浮现出一股孩子气的微笑："我绝不会反驳你。一起过了这么多年，所有的事实已经证明我必须相信你的直觉。"他看着自己的妻子说，"亲爱的，咱们得自己动手挖下去才知道这里到底有什么。"

绿灵教士阿卡斯开始操作一台简易液压装置，刺耳的噪音打破了这里的宁静。这种标配的钻机泵可以钻入地下寻找含水层，为营地提供新鲜的淡水。接下来，阿卡斯要开始调整太阳能电池板，营地的光照、煮饭的炉子、通信系统、分子分析实验室和电脑都仰仗这些电池板发电。

新买来的智能助手 DD 在一旁勤快地辅助阿卡斯，但是这位绿灵教士对此感到非常不自在。在玛格丽特看来，少言寡语的阿卡斯并不是真的讨厌这个高度才到自己胸口的智能助手，他只是喜欢一个人待着而已。

克里克斯考古队的工作风格毫无铺张浪费可言。玛格丽特和路易斯为他们的营地制订了计划，搭起便携式铝顶棚屋和聚合物帐篷结构。玛格丽特非常喜欢这些单调的工作，能够重返挖掘工作让她感到非常开心。

自从"克莱西斯火炬"实验成功之后，玛格丽特和路易斯参加了各种庆典活动，在各个聚会上充当演讲嘉宾。由于痛恨这种聚光灯下的活动，玛格丽特动用自己在汉莎联盟内的一切关系，尽可能让瑞迪克星的考古活动尽快提上日程。玛格丽特曾如此嘲笑这种情况："也许克莱西斯人就是为了躲避外星狗仔队才躲起来的。"

路易斯和玛格丽特作为汉莎联盟的合同员工，必须主动放弃所有探索发现的商业权利，但他们可以得到丰厚的奖金。玛格丽特不在乎自己赚了多少钱，因为她喜欢自己的工作。而对于路易斯来说，只要能自由发表自己的学术论文就感到很开心。

他们两人已经结婚三十七年了，现在这是他们第四次克莱西斯文明考古活动。他们曾研究过地球和火星上的考古学谜团，但是只有这些古老的外星虫形生物文明最让他们感到着迷。这个文明究竟发生了什么？克莱西斯人为什么要离开这里，又是出于什么原因离开？为什么这些三米高的虫形智能机器人被留了下来？

虽然雷迪拉人经常发现克莱西斯人的遗迹，但是他们从不会去主动挖掘这些遗址。有太多无人居住的世界可作为雷迪拉帝国分支移民地的选择，他们才不会选择那些克莱西斯人曾经建立城市的荒凉星球。雷迪拉人没有进行任何考古学研究活动，他们过度的自信以及好奇心的缺失几乎让他们达到了心智狭隘的地步。克里元帅曾经在昂希尔星观测平台上问玛格丽特："我们又何必要去研究一个逝去的种族的故事呢？我们有自己的史诗，里面有我们想知道的一切历史。"

《七恒星史诗》中确实多次提到克莱西斯人，但都缺乏对这个消失文明的详细记录。玛格丽特的学者儿子安东在地球的一所大学研究古代文献，他曾经告诉玛格丽特，现在完全不清楚雷迪拉人是否遇到过活的克莱西斯人，又或是只见过克莱西斯人的遗迹。

在人类和雷迪拉人合作的初期阶段，由人类移民地勘探人员组成的考察队曾经检查了多个无人居住的宜居世界，所有这些世界都可以在太阳舰队的官方资料中发现。在这些考察队中，一名叫玛德琳·罗宾逊的女人和她的两个儿子来到了拉罗星，他们在这里发现了城市废墟，并无意间唤醒了许多休眠中的克莱西斯机器人。从那之后，人们调查了多处克莱西斯文明的遗址，并发现了许多黑色虫形机器人。

三台主动请求加入此次考古行动的克莱西斯机器人此时用自己惊人的力气将一座气象塔树立于营地边缘。布置好了气象塔，它们用灵活的腿部迈着诡异的步伐向地上的标记桩走去，然后开始搭建重型设备储藏间的墙壁。

玛格丽特看着潦草的营地草图，然后急忙跑到距离自己最近的外星机器人身边说道："不是这里，你距离预定位置偏了五米。"

"位置没错。"机器人用微弱的嗡嗡声回答道。

"你叫什么？西里克斯？还是德克里克？"在玛格丽特看来，三个机器人完全都长一个样。

"我叫易克特。那个是德克里克。"虫形机器人从躯干中伸出一条分成两节的机械臂，指着远处的同伴说，"西里克斯命令我们在这里建起储藏间。"

玛格丽特虽然皱起了眉头，但也认同储藏间位置的变动没有任何影响，她只是不明白克莱西斯机器人和它们偶尔表现出的让人无法理解的固执。这种固执完美体现了克莱西斯机器人和DD这样"电脑化高效助手"之间的区别，因为后者遵守命令，就像忠实的仆人一样。

当这三台克莱西斯智能机器人自愿参加瑞迪克星考古行动的时候，路易斯和玛格丽特都非常激动。这些对人无害的克莱西斯机器人虽然无视人类的命令或者计划，但只要对人类的建设计划或者探索项目感到好奇，它们就会主动提供帮助，而且这些机器人也非常好奇自己的创造者究竟去了哪里。

另一个让它们非常好奇的问题是，为什么它们自己对此事毫无记忆。

在克莱西斯文明最后的岁月里，几千台机器人被关闭后散落各地，直到现在才被重新唤醒。不幸的是，所有机器人的记忆核心都被删除一空，无法提供任何有关于克莱西斯人的数据线索。

机器人以惊人的速度搭建好了储藏间，站在玛格丽特旁边的路易斯发出了赞叹的声音。克莱西斯机器人呈几何对称的头部装有多个闪着红光的光学传感器，碳纤维装甲构成的外骨骼上装有多节的肢体，因此它们不仅有惊人的力量，而且还能胜任精密的操作。

在机器人的身体核心区之下，球形的腹部像按在腰部的轨迹球，八条极为灵巧的机械腿每边四条从上面伸了出来，那样子看上去就好像是一只弓起身子的千足虫。这种奇怪的行动机构可以让机器人顺利通过各种地形。

西里克斯，这位机器人口中的领导者，向前走了几步说："玛格丽特·克里克斯，任务已经完成。你的营地已经准备就绪。"西里克斯将六条主管操纵的机械臂收回体内，然后将开口用防护性装甲板盖了起来。

阿卡斯站在钻机泵旁边发出一声欢呼，一股凉爽的清洁水源从地下喷了出来，溅在 DD 银色的金属外壳上。

绿灵教士站在玛格丽特身边，他绿色的皮肤因为溅上的水滴而闪闪发光："化学分析显示这是纯净的饮用水。"他舔了下自己的嘴唇继续说道："而且味道还不错。"玛格丽特看到这位沉默寡言的男人能够如此激动，感到颇为高兴。到目前为止，阿卡斯看起来并不是很乐意和两名考古学家待在一起，但他却自愿参加了这次行动。"现在我有了水，终于可以开始种下二十棵世界树树苗了。这些树苗足够在这个荒漠世界上长出一片树林了。"

路易斯说道："快去种树吧。"他们早晚会需要通过这些树苗的远程通信能力向汉莎联盟发送报告。

"DD，你能过去帮帮他吗？"玛格丽特说道。她希望 DD 能够和克莱西斯机器人打打交道，但是个头较小的智能机器人助手似乎被这些古老的巨型机器人吓到了。于是，她决定慢慢让它们熟悉起来。

智能助手此时兴奋得像一个孩子："我从来没有种过树，但是很高兴能帮上忙。阿卡斯和我一定可以成为好朋友。"虽然这位绿灵教士对这个想法还有些迟疑，但还是接受了它的好意。

路易斯说："它是友善型助手，别让它的热情干扰了你。它就是这个样子。"

在阿卡斯和 DD 在帐篷后面挖坑种树的时候，三台克莱西斯机器人如雕像般一动不动地站在那里，看着橙色的天空慢慢变暗。

随着这个星系的恒星落入地平线之下，夜幕像断头台上的刀刃一样落下，迅速覆盖了山脉和峡谷。初步勘探已经发现，这里的温度可以在一个小时之内下降四十度，但考古小组们带来了电池、厚衣服、保温的住所和保温毯。营地里的居住条件非常舒适，但是所有人却因为其他原因难以入眠。

他们都因为未来的冒险而激动得辗转反侧。为什么克莱西斯人抛弃了这么多世界？大规模迁徙？战争？一场可怕的瘟疫？

明天，玛格丽特和路易斯将开始工作。

23

阿达尔·克里元帅

从太空上看下去，雷迪拉帝国移民世界克伦纳星看上去绿意盎然，在星球表面还可以看到湖泊、内陆海和肥沃的土壤。但是克里元帅知道这里的居民正在饱受疾病的困扰，患者会先失明，然后死去。现在必须放弃整个移民地，为了避免疾病进一步扩散，也许还要将这里彻底焚烧一遍。

如果人类想要这片被诅咒的世界，那就让他们来处理这堆烂摊子吧。

整个太阳舰队分为七只分舰队，共计三百四十三艘战舰，正大张旗鼓地向着克伦纳星前进。这些好似碟形鱼的战舰排成精密的队形，这些队形经过了无数次阅兵的排练和测试。

由于太阳舰队内部有一套独特的组织和政治结构，克里元帅此时被安置在华丽的旗舰指挥中心。他几乎不用下达命令，让年长的分舰队指挥官——阿隆哈将军自行指挥自己的舰队。这次的任务风险很低，也不需要什么创新思维，古板的老将军完全可以自己按照既定规范完成任务。克里之所以参加这次疏散任务，完全是因为皇帝的命令而已。

在飞往克伦纳星的过程中，太阳舰队最优秀的战术人员和负责部队调动的专家一起制订出了撤离计划。阿隆哈将军在确认整个计划都已经确定并形成书面报告之后，终于松了口气。这位忠诚的分舰队指挥官将会严格按照计划完成任务。阿隆哈是雷迪拉帝国太阳舰队军官的完美典范，他佩戴着全套军衔配饰，从不奢求自己会升官。

七支分舰队在轨道中占据不同的位置，准备开始救援行动。小艇开始侦查星球表面，评估瘟疫扩散的范围，估算到底有多少人需要疏散到战舰上。克里元帅皱着眉头不耐烦地看着舰队展开行动，等待着初步报告。

通信官反复尝试联系克伦纳星的移民地。但在多次尝试无果之后，他失望地看着克里，而后者对着阿隆哈将军点了点头，暗示分舰队指挥官才应该是第一个收到报告的人。"将军，经过我们的多次尝试，依然无法联系到克伦纳星的继位人。"

克里说道："克伦纳星的继位人已经死于瘟疫。我们必须按照自己的计划完成这次任务了。"皇帝早就通过心神网感知到了自己儿子的死。

阿隆哈将军仿佛是出于自我安慰的目的，说道："而且我们确实有个计划。"

第一批小艇开始飞向克伦纳星唯一的一座城市，雷迪拉帝国的分支移民地就坐落于此。群居的雷迪拉人更喜欢住在一起，不喜欢分散于开阔地带。一群群定居者在田野中工作，为移民地生产食物，但是每天晚上他们就会返回聚居区，感受心神网提供的慰藉。而现在，克伦纳星的移民者大批死亡，当地的心神网也残破不堪，没有足够的人口密度来维持其有效的连接。星球的幸存者感到失落、孤立且恐惧。

克里感到胸口一紧，移民地幸存者的恐惧传递到了他的脑海里。他坐在指挥中心里说："阿隆哈将军，我们得快点了。那些人还活着，而且非常孤独。"

监控小艇返回之后传回了图像，以便大型护卫舰和运兵船知道在哪里降落。运兵船已经被改装成符合隔离条件和消毒程序的专用飞船。

克里打量着移民地的图像，很多建筑不是被废弃就是被烧毁。没有被感染的幸存者都挤在用木板封闭了出入口的建筑中，但这非常容易让病原体在人群中扩散。随着这种瘟疫不断传播，感染者首先失明，然后在一片黑暗中死去。对于在七颗恒星带来的无尽光照下进化的雷迪拉人来说，这无异于是一种诅咒。就连高大强壮的士兵们，在面对这种疾病时都感到不安。死亡是一回事，但是黑暗和失明更加可怕。

"别费力气回收物资了。"他向将军提议，"我们必须放弃并封锁克伦纳移民地。皇帝认为整个移民地已经没有挽救的必要了。尽快撤离幸存者，避免疫情进一步扩散。"

阿隆哈将军将元帅的建议当作直接命令，然后将命令传遍了整个舰队。

克里元帅坐在舒适的指挥中心里，思考着不断扩编的《七恒星史诗》将在未来如何讲述这件事，史诗将如何记录他在其中的角色。他不想安然无恙地坐在这里，从高空观察着这一切。忽然，他从座椅上站了起来，说道："阿隆哈将军，我要亲自带一队人下去。"

年迈的分舰队指挥官吃了一惊，转过头看着元帅："这不是计划的一部分，而且也不明智。士兵们的处境已经非常危险了。"

"如果我们没有采取足够的防护措施，那么就不该把士兵们扔下去。"克里起身走向舱门，"如果下面的情况对我们的士兵来说足够安全，那么对我来说也是安全的。我要亲眼看看克伦纳星的情况，因为皇帝希望得到第一手的报告。"只有主动参与其中才能被历史所铭记，而不是待在安全的轨道上，看着无名的士兵们在星球表面执行危险的任务。

克里在 26 号运兵船上找到了一个座位。这些低级士兵看到尊贵的元帅加入他们，感到受宠若惊，但是有些人看到元帅脱离了他的日常工作范围，似乎感到非常害怕。

雷迪拉救援队穿上了抗感染防护膜，它可以保护身体免受病原体的攻击。克里元帅也穿上了自己的防护膜，将薄膜和皮肤紧密贴合在一起。当他调整薄膜的时候，薄膜发出嘶嘶的声音，等调整完毕后，他就可以透过薄膜呼吸过滤的空气。他伸展了下胳膊，然后站在运兵船的舱门口，准备好和士兵们一起进入饱受瘟疫折磨的移民地。

随着几十艘救援船降落在克伦纳星移民城的主广场，受尽病痛折磨的幸存者们惊讶地看着眼前的这一切，露出如释重负的神情。对于克里来说，在空气中就已闻到幸存者的痛苦和恐惧。自从移民地的继位人死于瘟疫之后，其他人也失去了与皇帝的直接心灵连接。克伦纳星移民地犹如一条被截下的肢体，缓慢抽搐着，逐渐失血而亡。

饱受摧残的移民者们犹豫地走上前来。士兵们可以感觉到他们通过心神网散发出的恐惧和痛苦。个别救援人员被吓得不知所措，而其他人则加紧疏散难民。

在瘟疫爆发的早期阶段，克伦纳移民者们将尸体堆在大街上焚烧，仿佛希望烈焰能带着死者的灵魂去一个更加光明的地方。克里可以看到地上的骨灰和烧碎的骨头。有些移民地的建筑先是被当作医院，然后再转为停尸房，最后连同里面的尸体一起被烧成一片废墟。

"什么都不要管！"他透过防护膜大喊道，"所有物品和家具都不许带上飞船，我们决不能冒险将瘟疫带回雷迪拉帝国。你们能活到现在已经是走运了！"

对克里而言，他本人很想将这片移民地炸飞。皇帝已经和汉莎联盟讨论过克伦纳星的归属权，克里可不想给寄生虫般的人类留下任何东西。由于人类的生理特征和雷迪拉人存在差异，病原体不太可能对人类造成严重影响，最起码汉莎联盟方面是这么估计的。人类的医学人员和科学家已经开始相关研究工作，积极准备登上这颗已经完成移民工作的星球。这种在雷迪拉帝国人民遭受灾难之时，人类表现出来的明目张胆的机会主义让克里元帅感到十分不安。

克里元帅在克伦纳星待了整整一天，成千上万名难民挤在运兵船上，然后被送往指定的医疗船。所有难民将被隔离在消毒力场内。虽然被船舱和消毒屏障隔开，但是这些幸存者可以通过心神网感觉到其他雷迪拉人的存在。中空的舱壁无法阻挡心神网的连接。

当克里乘坐最后一艘运兵船返回轨道的时候，他打量着下方空无一人的移民地星球。他和他的部队以极高的效率完成了这次任务，他本人也将因为这次行动而得到嘉奖。

正当雷迪拉战舰在轨道集结的时候，克里看到其他飞船也在靠近克伦纳星。汉莎联盟的科考船满载着蠢蠢欲动的侦察兵，等这颗星球空出来之后就立刻冲下去，宣布这里归人类所有。

他皱着眉头，依旧无法理解人类为什么总是如此性急，他们耗费这么多的资源，只是为了满足自己对于土地和财富的占有欲。

克里元帅默默为人类"祈祷"了一下，然后就任由他们将这片充斥着死亡、孤独和悲伤的星球据为己有。

24

巴斯拉·温塞拉斯

老国王弗雷德里克的手指上戴满了戒指，光荣表彰勋章在他手中闪闪发光，犹如一颗随时会爆发的新星。

巴斯拉·温塞拉斯一如既往地暗中打量着整个典礼。他在自己的办公室里走来走去，不论是国王本人还是拥挤的广场，他通过近距离媒体镜头就可以将一切尽收眼底。在这个安静的环境中，他可以将一切细节都暗记在心。他已经明确指示弗雷德里克的手下们，整个典礼必须照常进行，不可有任何差池。

在广场灯光的照耀之下，来自地球防卫军的库尔特·兰扬将军站在红毯上。他穿着全套制服，在看上去非常帅气的同时也显得有点不自在。与巴斯拉不同的是，这位地球防卫军的指挥官必须成为所有聚光灯的焦点。

当人群的欢呼声平息之后，弗雷德里克高高举起极其华而不实的光荣表彰勋章，那样子就好像古时候的亚瑟王准备加冕一位忠诚的骑士。摄像机从各个角度无死角地捕捉现场的一举一动。整个仪式的记录通过高速星际飞船被发送到每一个汉莎联盟移民地，将低语者之殿中这种习以为常的宏大仪式展示给所有人看。

老国王穿着样式复杂、色彩艳丽的长袍，干瘪如木棍一般的胳膊从宽大的袖子里伸了出来。弗雷德里克面容憔悴，透过屏幕，巴斯拉发现仆人们给国王化了很浓的妆，让老国王的脸看上去非常不真实。巴斯拉皱起了眉头，希望其他人不会发现这一点。

兰扬将军立正站着，脑袋微微低垂，一举一动非常符合当下场合的庄严肃穆。

弗雷德里克国王说道："库尔特·兰森将军，我命你来接受此次褒奖。"巴斯拉听到这句话浑身一颤。兰森？老国王就不能至少记住自己将军的名字吗？

人群中一阵窃窃私语，就好像一阵微风吹过水面。巴斯拉紧咬牙关，希望这点瑕疵不会引起太多的注意。人民爱戴老国王，但是巴斯拉不希望他显露出年迈的迹象。今天看起来无伤大雅的思绪不清，明天就变成一个老糊涂。汉莎联盟之内，所有人都不应该怀疑国王的执政能力。

弗雷德里克并没有注意到自己的失言，而是继续说道："你阻止了以兰德·苏伦加德为首的游荡者海盗的暴行。你做到了别人做不到的事情。"巴斯拉在人群中安插了大量特工，此时人群发出震耳欲聋的欢呼，打断了老国王的话，让他一时不知道该说什么。

兰扬将军没收了苏伦加德手下破烂不堪的海盗船，然后带回了地球。虽然这些破破烂烂的飞船看起来脏兮兮的，但汉莎联盟的工程师还是在这些飞船上发现了一些让人意外的改装技术。苏伦加德飞船星际驱动系统的效率远在汉莎联盟飞船之上。游荡者到底在偷偷摸摸地做什么呢？

巴斯拉悄悄下令研究这些新技术，然后复制运用在地球防卫军的飞船上。等所有军用飞船都更新完毕之后，这些技术还能以高价卖给商船。巴斯拉甚至宣称，是汉莎联盟的工程师发明了这种新技术。

弗雷德里克国王继续念着投放到视网膜上的演讲词："地球防卫军一直以来致力于消灭银河系旋臂中的不法之徒。如果没有法治的存在，那么文明也就不过是空中楼阁，无政府主义将会四处横行。而在我的统治下，决不允许无政府主义的存在！"人群中爆发出更多的欢呼。巴斯拉坐回椅子上，长出了一口气。国王现在的表现好多了。

巴斯拉透过身边的屏幕，看着弗雷德里克抓着五颜六色的绸带，将沉重的勋章戴到了兰扬将军的脖子上。这位地球防卫军的指挥官曾接受了无数次嘉奖，而且每一次嘉奖都能让他的公众形象越发伟岸。这种仪式可以抬高军队的声望。

巴斯拉·温塞拉斯对于寻欢作乐没什么兴趣，其实他年轻的时候也尝试过各种冒险。很久以前，他就戒了药物、酒精和烟草，因为他发现从工作中所取得的成就更让人满足。从孩提时代起，巴斯拉就是个过度追求成功的人，他从自己的父母身上学习到了他们的成功之处，并吸取了父母的教训。

他的父母都是大型商业集团的主管，是负责将急需的物资分配到各个移民地的商人。他的父亲努力工作，赚了不少钱，为自己、亲朋好友和妻子购买别墅、疗养胜地和各种漂亮物件。但巴斯拉的母亲却与之截然不同，她是个非常严肃的人。她并不享受自己的财富或者权力，却时刻担心丢了自己的地位。她从不允许自己休息，而巴斯拉的父亲却挥霍了不少她赚来的钱。

通过观察自己的父母，巴斯拉学到了二人的各种优点。作为汉莎联盟的主席，他有着超凡的自信，知道如何成就大事。但他不想将自己的财富消耗在豪宅和珠宝上，他把自己的精力放在其他事情上。

此时，巴斯拉在汉莎联盟总部金字塔顶层的私人办公室里踱步，透过玻璃打量着外面，玻璃窗将低语者之殿火炬形的穹顶和圆顶反射的阳光挡在了外面。在显示屏上，弗雷德里克国王抓着兰扬将军的肩膀，让他转身面对欢呼的人群。虽然掌声让大多数人无法听到国王的演讲，但是巴斯拉马上发现了国王再次犯的错误。

"请大家欢迎库尔特·兰森将军！他是最杰出的将军，也是我的好朋友。"人群发出欢呼，但是巴斯拉心中怒火翻腾，窘迫万分。将军低下了头，假装没有发现这个口误，欣然无视了老国王的错误。

巴斯拉嘀咕道："够了，不能再这样下去了。"他叫来弗朗茨·佩里德尔，以及那群自己挑选出来的特工。

等这些特工集合到总部顶层的时候，一头金发的佩里德尔立正站在队列前方，一脸期待地看着主席巴斯拉。

巴斯拉精心修剪过的手指抵在下唇，脑子里思索着最佳行动方案。最后，他开始给手下的特工下达命令："你们有权采取任何必要的措施。新的王子候选人必须立即开始训练。真希望现在动手还不算太晚。"

佩里德尔回答道："长官，我们明白了。"这些特工们并没有对命令感到震惊。巴斯拉对他们的这种反应已经习以为常了。

巴斯拉想到了亚当王子，他作为前任王子候选人非常难以控制，而且对汉莎联盟内部的政治结构总是嗤之以鼻。为了避免大众知道他的存在，巴斯拉被迫先除掉了他。

特工们受到命令后转身离开。他压低声音自言自语："让我们祈祷这次的候选人更好控制，不然我们的麻烦可就大了。"

25

雷蒙德·阿古拉

雷蒙德迈着轻快的步伐往家走去，夜班打工赚到的钱让他感到颇为自豪。

清晨，整座城市逐渐苏醒，清新的空气中弥漫着一股湿润的气息。因为在配送中心的卸货区搬运箱子，此时他的肌肉酸痛不已。他汗津津的衣服散发出一股油烟味，那是从一台没调试好的升降机器上散发出来的，机库里满是这种有毒的烟味。但是他今晚确实小赚了一笔，他用微薄的地下工资买了一些带包装的食物、一件新衬衫，还给自己的弟弟米切尔买了一个电子拼图。

现在，雷蒙德只想着快点回家把自己清洗干净。通常来说，他不会这么晚回家。他希望还能小睡一个小时左右，又或者至少可以吃完早饭再去学校。他的妈妈这会儿应该起床了，他希望能帮着一起照顾弟弟们，但是今晚赚的钱足以弥补迟到几个小时的缺憾。他开心地捏紧了自己的拎包。

然后，他看到了一场灾难。

当他转过街角进入居民区的时候，眼前的混乱、烈焰和应急车辆让雷蒙德吃了一惊。当他顺着街道跑过去的时候，心中的好奇心逐渐被恐惧所取代。烈火冲天而起，黑色的浓烟犹如一只烧焦的拳头捶向天空。

随着离家越来越近，他心中好像揣着一颗待引爆的手榴弹。他用自己的肩膀撞开围观的人群。他大喊着："让我过去！"雷蒙德先是挥舞着手中的拎包赶开人群，最后把食物、衬衫和电子拼图都扔在了一边。

此时，整条大街就是燃着熊熊大火的炼狱。应急车辆从头顶飞过，救援直升机在天空盘旋，但是熊熊烈焰无法让他们展开救援行动或者靠近火场。终于，雷蒙德挤到了人群前面，看到剧毒的浓烟和回荡着爆裂声的天空。透过紧急搭建的屏障，他看到自己的家已被烈焰吞噬。

现场空气非常闷热，人群也越发难以控制，大家想好好看看这场热闹，但是恐怖的景象让所有人都吓破了胆。雷蒙德被眼前的一切吓得无意识地哭了出来，他红着脸，泪水从脸上滑落，在脸上的尘渍上画出了一道道泪痕。他试图从屏障下面钻过去，但和穿着制服的群控工作人员撞在了一起。他冲雷蒙德大喊道："退后，你不能过去！"

"那是我家！我家人在里面！"

"退后！你再往前走几步，就死定了！"

整个居民楼的一楼已经变成了冒着滚滚浓烟的大坑，居民楼的楼体塌陷在坑中，这场面就好像一座火山在大街下面喷发。整个街区随处可见建筑物的残骸，爆炸产生的热滚滚的黑烟熏黑了周围建筑。

一个穿着西装的男人低头打量着雷蒙德。这个人看上去是那种坐在总裁办公室里喝着咖啡、签发账本的人。他幸灾乐祸地解释着这一切："这栋楼的业主在地下储藏室违法储存受污染的星际驱动燃料。真是个藏东西的好地方，居然挑在最不起眼的居民楼下面。"他摇着脑袋，仿佛无法相信天下还有这种蠢事。

雷蒙德盯着烈焰和浓烟，一时间不知道该说什么："太空飞船的燃料……在我家公寓楼下？"

"这些燃料肯定是从飞船里偷偷抽出来的，他们想处理之后卖到黑市上去。但是，这些储藏室的绝缘性很差，而且也没有保护系统。他们完全是凭感觉办事。真是一群傻瓜。发生这种灾难完全不奇怪。"

这一切听起来不可思议，甚至还有些荒诞。但是雷蒙德知道天亮之前大多数人都在家里睡觉。他无法相信这个现实。雷蒙德的双膝发软使不上力，任由周围的人挤着他，让他摇摇晃晃地站在原地。雷蒙德奇怪地发现，原本选择来到地球的克莱西斯机器人寥寥无几，而眼前就有一台巨大的黑色克莱西斯机器人用红色光学传感器观察着这场大火，仿佛这场灾难让它感到十分着迷。

穿着防火服的救援人员穿过被炸坏的大门，冲出了火场。其中两名队员抬出了几个人，他们可能还活着。但是只带出了两个人，而楼里住着不少人。雷蒙德多么希望救出来的两个人中，有一个是自己的母亲或是弟弟。

一名救援队员透过防护服上的通信器大声说道："只能上到十七层。墙都塌了，而且门都封住了。"

救援指挥官问："你说门封住了是怎么回事？"

"可能是焊死了门，也可能是从里面堵住了，反正我也说不清。刚才没时间做全面分析。阻燃剂什么时候送到？"

救援指挥官命令救援队去集结准备区待命。而在空中，五架直升机开始接近火场。这些直升机看起来就像一群黄蜂，每一架都装满了阻燃剂。救援指挥官用扩音器对着人群大喊："所有人，后退！远离阻燃剂喷洒区。"

还没等好奇的人群退后，多架直升机就打开了机腹舱门，开始向火场喷洒白绿色的泡沫。建筑物之间的炽热的上升气流和热风与阻燃剂撞在一起，将这些泡沫吹得到处都是。溅了一身阻燃剂的前排围观人员试图逃离这场混乱，但是围观人群人数众多，他们根本挤不动这些人。

虽然已经喷洒了阻燃剂，但是居民楼还在熊熊燃烧，大火让消防队无法从地面展开救援工作。另外三架消防直升机飞来继续喷洒阻燃泡沫，而雷蒙德意识到他们不过是阻止大火向其他建筑蔓延，而不是拯救大楼中被困的人。

雷蒙德很想做些什么，他再次开始推挤隔离屏障。"我必须得进去！我的弟弟和母亲都在里面！"他一边大喊一边向前挤，白绿色的泡沫在脚下不停打滑。

但是，群控人员的工作人员再次堵住了他的去路："小子，你去了也干不了什么。里面的一切都已烧成了灰，只等着牙医进去查验骨头确认身份了。"

还没等雷蒙德说什么，人群再次开始骚动。一架直升机偏离了目标，将一半的泡沫喷在了现场工作人员和前排看客身上。人群开始后退，嘴里不停地咒骂着。雷蒙德发现自己完全受人群摆布，无法前进。

突然，一个人从身后抓住了雷蒙德的胳膊。雷蒙德试图挣扎，但另外一只胳膊也被人抓住了。虽然身上全是滑溜溜的泡沫，但是雷蒙德此时却动弹不得。他的叫喊声也被人群的喧嚣所淹没。

三个体型高大、样貌毫不出众的男人不作声色地带着雷蒙德穿过人群，走向一条偏僻的小街。雷蒙德不认识这些人，他们面无表情，露出一副凶狠的嘴脸，注意力全部放在自己手头的工作上。

他双腿踢来踢去，嘴里大喊着："放开我！"雷蒙德踢到了其中一人的小腿，但是那人根本没有反应，就好像在他灰色的衣服下面还有一层护甲。

雷蒙德看到一辆车门窗紧闭，停在一栋建筑旁边，它的发动机一直运转着。一种不安的预感瞬间爬上他的心头。现在的一切对他来说实在难以接受，因为他的所有家人都死于源自居民楼地下室的爆炸当中。

雷蒙德开始努力挣扎，终于将自己沾满泡沫的胳膊挣脱了出来。他一拳打在另一个人的肋骨上，指节上传来一阵剧痛，但是绑架自己的人却丝毫没有反应。眼前打开的车门好似一张黑洞洞的大嘴，只等着把他吞下去。

"你们到底是谁？放开我！"雷蒙德放声大叫，"救命啊！"但是，他自己也知道这根本没有用。爆炸和救援行动发出的噪音实在是太吵了。

一个金发碧眼的家伙走出了汽车，他的手里端着一支宽口径的能量脉冲枪。这个人用一种颇为冷静、几乎是日常聊天的语气说道："小伙子，这东西不会留下任何伤口。而且我已经得到了授权，在必要的情况下可以使用这玩意儿。"

雷蒙德越发用力地挣扎起来。最终，这个一头金发的家伙只能兑现他刚刚的威胁。

失去意识的雷蒙德·阿古拉被扔进了车里。车门关闭，这些人带着雷蒙德消失在夜色中。

26

西斯卡·佩罗尼

不论外部势力如何打击游荡者，他们总能找到办法进行反击，同时保持自身的强大。由于生存环境恶劣，游荡者不乏新的创意，虽然其中一些被证明是不切实际或者过于怪异的，但确实有些创新设计可以让那些独立的部族在极其恶劣的环境下繁荣发展，而大多数人认为在那种环境中根本无法生存。

在一颗红矮星的碎石环带中，卡内加号移民船上志愿留下的那批游荡者不断扩大着自己的移民地规模。中央集结中心是太空居住区和小行星居住区的集合体。在红矮星的映照下，这些移民地看起来犹如太空中的群岛。

这些小行星来自一颗坍缩的原恒星，这颗恒星的残骸不足以形成一颗行星，只能分散漂浮在太空中。中央集结中心除了有大量港口可以容纳各种飞船，还有各种伪装过的仓储区，这些仓储区专门用来存放艾克提。

游荡者在低重力环境下行动自如，他们穿着太空服，用喷气背包在巨石之间穿梭。游荡者将一些位于环带中央的小行星用可灵活控制的线缆连接，进而起到类似缆车的效果。红矮星发出的光线照在反应膜和太阳能集热器上，为居住区提供能量。

西斯卡·佩罗尼一生中大多数时间都住在这里。她没觉得中央集结中心有什么奇怪的地方，她很庆幸这里是自己的家。

她和雅·欧卡坐在议长的办公室里，整个办公室是从中央集结中心最大的一块石头中挖出来的。虽然议长大多数的工作内容不过是处理部族纠纷、统计收益、研究如何在分布广泛的定居点之间分配资源。她还要听取各种提案，评估各种新投资的优缺点。

西斯卡最喜欢的部分就是和各个部族的工程师以及部族投机客们一起开会。游荡者鼓励开发全新的概念技术和资源开采技术，无论这些主意听起来多么荒诞都没关系。发明家们将已经投入使用的装备和飞船进行了改造，将它们的效率提升到了一个全新的高度，远远超过了汉莎联盟的科技水平。而汉莎联盟对此还一无所知。

留着一头卷发的工程师艾尔登·卡林，坐在低重力座椅内努力控制着自己激动的心情，而雅·欧卡和西斯卡两个人则正在认真看他设计的两种飞船的设计图。卡林和自己的技术小队出色地完成了自己的工作，他现在就等着年迈的议长提出修改建议或者直接通过计划，以便进一步推进自己的新计划。

雅·欧卡看着西斯卡，等待着自己的接班人做出独立的判断。年轻的西斯卡咬着下唇，注意力非常集中："如果我的理解没有错的话，你对于推进器的改进可以提高推进效率，同时能降低艾克提的消耗。"

艾尔登·卡林插了一句: "对对,而且我的改进不会影响导航精度。咱们以前总被这种问题影响。"他坐回到自己的椅子上,注视着眼前这两个人,希望她们能接受自己的方案。他挠了挠自己的一头卷发,头发翘起来的样子就好像一项王冠。

由于游荡者的社会是建立在相互关联的部族之上的,强势的妇女通常掌控着政治命脉。纵观人类的历史,政治总是与战争、力量和奔腾的睾丸激素密切相关。但是,游荡者认为女性政治家更能达成和平的解决方案。女性能够通过沟通解决问题,寻找问题的根源。而这些所谓的冲突根源,不过是基于情绪而产生的毫无逻辑的小事罢了。女性领导人善于互通人情,进而保证整个社会正常运行。

雅·欧卡在很久以前被选为议长,她作为一个混血后代的代表,足以平衡多个部族之间的利益关系,在做出决定的时候不会过分偏袒其中某个部族。而西斯卡之所以被选为议长的继任者,则是因为她来自一个极为强大的家族。她的父亲是登·佩罗尼,他是一位对游荡者做出杰出贡献的商人和分销商。

西斯卡看到雅·欧卡的嘴角泛起一丝微笑,她明白这个老妇人早就做出了决定,现在的一切只不过是制造悬念罢了。议长总是被要求不要匆忙做出决定,因为即便答案已经摆在所有人面前,大家还是不愿意相信议题已经得到了充分的讨论。

所以,就在雅·欧卡假装还在思考问题的时候,西斯卡能做的就是等待。终于,议长开始询问西斯卡的判断。西斯卡忍住笑意,知道自己该说什么: "我相信工程师卡林的提议对于我们非常有用。实际上,我希望未来所有在奥斯奎沃造船厂建造的飞船,都能使用他的改装技术。"

"我同意。当我们有了新办法提高效率的时候,就不必保留老办法了。"然后，雅·欧卡告诫异常兴奋的卡林和在他身后等待的工程师："记住，绝对不能让汉莎联盟的人发现这些改装技术。我们必须保持优势。"

卡林不停地点头，西斯卡怀疑他用不了多久就可以用下巴在胸口上砸出个坑。还没等卡林收拾东西离开，雅·欧卡抬起一根瘦削的手指说道："等一下。能不能把你的进气道改造和能量转换器管装到采矿船上？"

"采矿船？"卡林挠了挠脑袋，他似乎从来没有考虑过这种可能性。

雅·欧卡指了指卡林的计划图纸说："采矿船和我们的飞船不一样，无法拥有相同的速度和航程。但是，这些设计概念应该类似，而且可以相互转换。"

艾尔登·卡林看了看自己的同伴，他们都使劲点着头，但是西斯卡知道，现在议长同意了他们的计划，他们在这种兴奋之下什么事情都会答应。

"很好，那么我希望新的采矿船可以使用这些改装技术，毕竟它很快要在埃尔法诺投入使用。整个采矿船的建造工作已经进入最后的阶段，所以你们动作得快一点。"卡林的工程师们脸上露出惊讶的表情，然后深吸一口气，接下了这份颇有挑战性的工作。

议长看着西斯卡说："我的孙子本特将负责那条采矿船。为什么不让他有条好用的飞船呢？"

"那就没必要浪费时间了。"西斯卡脸上带着微笑，她完全看明白了这位老妇人的计划，"为了确保改装设备正常运行，也许工程师卡林应该去埃尔法诺的采矿船上待一两个月，权当是试用期？"

"西斯卡，我就知道选你接我的班绝对不会错。"

"议长欧卡,我们会照您说的做。谢谢您批准了我们的计划!"卡林一行高高兴兴地离开了会议室,他的动作在低重力之下显得非常夸张。

下一个进来的是议长最年幼的儿子克托·欧卡,他的父亲是雅·欧卡的第四任丈夫。雅·欧卡从自己的躺椅上起身,亲了亲克托没刮胡子的双颊。她看着克托手中乱糟糟的计划书和笔记,对此感到习以为常。

有些游荡者选择使用电脑设计系统和轻薄的显示屏展示他们的工作,但克托·欧卡更喜欢手动完成工作,用自己的大脑进行计算,在宝贵的纸张上涂写计算,如果计划最后证明没有可行性,那么他就会将所有纸张进行回收利用。克托的大多数设计概念最终都化为泡影,但是这位年轻人的想象力为游荡者带来了不少技术上的突破。

克托对着西斯卡鞠了个躬,但是他的注意力都放在自己年迈的母亲身上。雅·欧卡坚持声称从没有偏袒自己的家人,但是每一名游荡者都代表着一个部族,肩负着部族义务。

克托是个非常勤劳的人,总是让其他工程师反复检查自己的设计,以确保一切都在安全范围之内。即便是发生了事故,乐观的克托也不会觉得羞愧,而是思考下一步该怎么改进。"创新性研究不可能一帆风顺,"他说,"我们必须接受一些失败。"

克托年迈的母亲说:"请让失败的概率降到最低。"

这位年轻人铺开手中的草图,其中包括星图、观测照片和一个草草画完的设计图。这个设计图显示的是在炎热荒凉星球上修建一个奇怪定居点的方案。他说道:"母亲,我也不知道你会不会喜欢这个主意。这个计划非常危险,但是回报率非常高。"

"我这不是在听你说吗?和以前一样,你必须得说服我才行。"

克托神采奕奕地开始讲解自己的计划，西斯卡身体前倾参与讨论。

"我一直在研究炎热的伊斯佩洛斯星，它和太阳系的水星非常类似。虽然整个项目很有挑战性，但是星球上的资源非常丰富。看看星球上这些稀有的金属和同位素，就等着咱们去采啦！我觉得这一切都值得咱们投入。"

他指了指自己画的几张草图，开始解释杰斯·塔博林是如何带着自己勘测这颗星球，并完成全面测绘的。

西斯卡笑着说："这听起来的确是杰斯的风格了。他……在这里吗？"

克托被这个问题问了个措手不及，完全没有想过该如何回答这个问题："他不在……他三天前走了。他必须回普卢马斯星一趟。但是我估计他过几周就回来了。我要他带一件小包裹回来，他说一定会带回来。"

他摸了摸自己的下巴，然后又将注意力转回热世界独立定居点的设计上。"这项新技术可以为我们打开一道大门，在之前认为是无法居住的世界上建立游荡者定居点。只要我们管理得当、工作努力，伊斯佩洛斯星对我们来说就是一座金矿……当然了，除了黄金还有其他金属元素。"

雅·欧卡两眼放光地说："而且最妙的地方是，其他人都不会想要这些世界。"雅·欧卡看着西斯卡深色皮肤的脸庞，看着她的表情变化。"也许在面对我最小的儿子的时候，我无法保持客观。西斯卡，你有什么建议？"

西斯卡看着克托孩子气的脸，说："我们必须要正视风险，但也要承认其中的收益。伊斯佩洛斯星难道比我们之前定居的地方更为可怕吗？"她耸了耸肩，继续说："只要游荡者们能支持这个计划并提供援手，再来几个工程师和勇敢的移民志愿者参加前期工作，那么我们就应该试试。"

雅·欧卡看着房间屋顶上的岩层，似乎在脑内构想整个中央集结中心的构造："导航星在上，如果游荡者不曾尝试那些不可能的事情，那么我们就不可能达成今天的成就。"

27

本特·欧卡

在埃尔法诺星残破的卫星上，看似粗糙的造船厂正在建造采矿船，但是只有专业人士才能看懂其中的精妙。

本特·欧卡身材高大，他此时站在布满坑洞的卫星上安装的一座透明穹顶内。在身处卫星工业站的低重力影响之下，悬在头顶上的气体巨星表面夹杂着棕色和橄榄绿两种颜色，这一切让本特都有一种奇怪的感觉：这颗巨大的气体巨星仿佛就在自己的下方，而自己在以头朝下的姿势坠入云层。

游荡者建筑队已经深入星系各个天体分析地质构造，然后将移动工厂移入星系开始工作。自动冶炼炉和矿石粉碎机将整个卫星榨干，提取必要元素制造板材和部件。之后，大批工人将用编好序号的部件搭建各种大型工业设备。

有的时候，在汉莎联盟领土范围之内的建筑区，一些还能运转的克莱西斯机器人会主动参与极其危险的太空作业。这些机器人辛勤工作，不问任何问题，也不收取任何报酬，完全按照自己的计划工作。但大多数游荡者并不相信这些古老的机器人，更倾向于自己完成工作。

鉴于这条采矿船由本特·欧卡本人管理负责，所以他从项目开始就待在建筑工地，到目前为止已经有一年多时间了。他一直住在卫星被钻开的地下房间里，房间的石壁上装有聚合物隔墙。随着资源逐步耗尽，船厂犹如雨后春笋般浮现。高大的脚手架、支架和线缆将整个埃尔法诺采矿船固定住，游荡者工人们不停地在上面增加部件。

虽然本特对手下工人非常有信心，但他还是严苛要求，监视工人们组装艾克提反应堆。他奶奶的亲信——工程师艾尔登·卡林——最近带来了全新的计划和大胆的建议，可以有效改进各个系统。一开始，本特被这些改动搞得一头雾水，然后他才明白完成这些改动所需不过一个星期，如果一旦成功的话，他的采矿船将可以提供更高的产出，带来更多的收益。

本特不仅对自己许诺，也对各个游荡者部族许诺，这个计划一定会大获成功。他的奶奶给了他一个千载难逢的机会，虽然有些人认为本特不配拥有这样的机会，但他不想放弃这次机会。本特必须向自己和手下人证明很多东西。

当他坐在观察穹顶下正看着工程进入最后准备阶段的时候，工程师卡林走了进来："老大，我检查了所有的系统。采矿船很快就可以出发了。"

身材高大的本特点了点头，他挠着自己的方下巴说："采矿船还是按照设计指标的百分之九十七运转？"

卡林惊讶地看着他："你怎么知道的？"

"因为我一个小时前才检查过一遍。弄清楚我的采矿船上的一切也是我的工作之一。"本特高大的身材，一直以来都落了个粗鲁之徒的名声，这曾经有些吓到了艾尔登·卡林。但是一名工程师向来与数学和科学为伍，这一点也让本特对这位工程师敬畏三分。本特问道："等采矿船进入埃尔法诺星云层的时候，我们有很多时间完成测试。你能留下来检查所有系统吗？这算我求你的。"

卡林不禁皱起了眉头，好像对眼前这位大个子的话感到惊讶："议长欧卡要求我在这里最少待两个月。"

本特打量着下方的气体巨星，这样他说话的时候就不用盯着卡林了，他沙哑的声音中多了几分紧张的语气。

"工程师卡林，我希望你能帮我一个忙。趁着咱们都在这儿的这段时间，我希望……你能多给我提供一些指导。"多年以来，他都是通过大吼大叫来达到自己目的的，现在开始求人办事让他自己都觉得非常奇怪。

虽然工程师感到非常惊讶，但还是问道："你想知道些什么？"

"我希望全面了解采矿船的运作，从艾克提处理到雷迪拉星际驱动系统。毕竟，现在这都是我的事了。"

卡林看着本特的一双大手说："这听起来倒是……非常特别。本特·欧卡可从来不是靠搞技术出名的。"

本特红着脸说："那都是以前了。我现在是一条采矿船的船长。我应该扩展自己的知识面。"

外面，穿着太空服的工人们爬上悬挂在空中的工厂外部。本特打量着储存氢原料的巨大储存罐和吸收处理艾提克的几何形反应堆。采矿船上层还有居住区和辅助甲板，你可以在这里找到船员休息室、娱乐室和指挥室。

采矿船的建造将在气体巨星附近完成，然后通过强大的内部引擎系统驾驶到云层上。采矿船不会脱离环绕气体巨星的轨道，完全依靠货船将采集到的艾克提运送出去。

雷迪拉人的推进系统依靠的是直接的物理运动，而不是类似虫洞或是维面跃迁这样的特异现象。但是根据本特的理解，雷迪拉星际驱动系统确实会对飞船产生相对时间减速效应。雷迪拉星际驱动系统可以维持一种"持续记忆"，飞船可以在非常接近正确时间线坐标的位置返回正常空间。最终的结果就是飞船可以实现短时间进行远距离飞行。对于不知其中原理的门外汉来说，这一切看起来都非常简单，但是实际原理却是非常复杂的。在接下来的两个月里，卡林将努力帮助本特学习各个系统的详细内容。

很久以前，当雷迪拉人主动提出让游荡者接管艾克提产业的时候，他们立即接手了艾克提加工厂。各个雄心勃勃的部族通过雷迪拉人的贷款，租赁了第一批采矿船。除了早期在达姆星的事故以外，游荡者最终将气体处理设施变成了一项收益颇丰的产业。游荡者复制了采矿技术，对其改进之后用于其他工厂。随着利润不断提高，游荡者的队伍也不断扩张。

此时，本特带着卡林穿过通道来到更衣室："现在该是让采矿船起航的时候了。我希望你和我一块儿参加典礼。"

卡林惊讶地说："我？但你才是船长……"

"等你回到集结中心的时候，这事儿会让你的简历更加好看。"

一个小时之后，两个人站在发射甲板上，甲板下方就是矿料耗尽的挖掘区。在他们的头顶上，还有更多毫无价值的废料碎石飘向外太空。这些影响航行安全的废料将成为一层天然掩护屏障，掩盖埃尔法诺星上的一切活动。

一些工作人员在模块化安装的轮班休息室里等待，其他人漂浮在太空中，头部朝向夹杂着橄榄绿色和棕色的气体巨星。固定线缆确保巨大的采矿船不会飘走。

本特对着无线电说："启动机动引擎。"

在采矿船的上层甲板，船长们控制着各种控制开关。本特可以看到舰桥上闪着光，上面晃动着人影。在第一反应堆上方，穿着太空服的工作人员站在观测平台上。随着反应堆开始工作，整流罩也开始发光，引擎喷出一股炽热的气流。这艘建造完成的采矿船，犹如一只巨兽，开始拉扯着固定线缆。

本特看着这只将由自己指挥的巨兽，心中腾起一股自豪感。他之前没有参加过采矿船启动仪式，但是管理过几年一艘旧的采矿船。他第一次指挥采矿船还是在格莱克斯星上，那条采矿船上的船员经验非常丰富。他在船上的角色更像是一个保姆或经理，而不是领导者。但是在埃尔法诺星上，这条采矿船对他来说是一个晋升的好机会。

有些部族认为已经给了本特·欧卡太多的机会。他在年轻的时候因为太过傲慢、自负，浪费了太多的机会。而他现在已经认识到了自己所犯的错误。本特都等不及将自己的妻子和十二岁的女儿云娜带过来了。

虽然他也曾幻想过成为下一任议长，但本特意识到自己还无法领导全体游荡者，也不可能统筹那么多的资源。他年轻的时候曾经谋求政府中的要职，却从未证明自己能够承担起这么重大的责任。他明白在政府中谋求高位并不适合自己，这种顿悟使他的其他想法也随之发生了改变。

一开始，本特嫉妒西斯卡·佩罗尼和她与雅·欧卡之间的关系，但是他现在明白聪明的西斯卡更适合接任议长。本特为以前考虑不周的计划和仓促的行动而感到后悔，但也想靠自己曾经在格莱克斯星采矿船上的优秀表现，再加上现在手上还有一艘全新的采矿船需要自己的指挥，成为最强的艾克提处理厂负责人。

工程师卡林抓住栏杆，本特解除机动平台的固定装置，启动助推引擎，向巨大的采矿船慢慢靠近。本特抱着一个价格不菲的细长玻璃容器，里面盛着仿香槟酒液体。游荡者一直以来都保留了这个习惯，砸一瓶香槟宣告新船的建成。

机动平台带着他们飞过带着拱顶的储藏室和巨大的进气口。卡林透过面罩打量着采矿船，飞船的尺寸让他叹为观止。等埃尔法诺星采矿船进入云层之后，就很少有人能看到飞船的下层结构了。

本特停在采矿船前部的艾克提储存罐前方，微笑着举起了香槟瓶颈。虽然感觉不到任何重量，但是他知道当瓶子撞到金属船体的时候，自己受作用力就会飞向反方向，所以本特紧紧抓住了栏杆。

他仔细斟酌过要说的话："我现在怀着无比自豪的心情，宣布这条采矿船正式投入使用。我不是为自己感到自豪，而是为建造这条采矿船的游荡者工程团队感到自豪，他们创造了一个奇迹。我为我的船员感到自豪，他们一直在努力工作，让大家有钱可赚。最重要的是，这条采矿船的成功意味着全体游荡者和游荡者的技术，可以在其他人无法涉足的地方继续发展。让导航星引导我们的命运吧！"

他举起瓶子朝着采矿船砸了过去。随着瓶子砸在船体上，玻璃瓶摔了个粉碎，香槟液体在真空的太空中爆炸。玻璃碎片和结冰的香槟混在一起，像彗星的尾巴一样挥发了。

通信频道里回荡着掌声和喝彩，本特·欧卡驾驶着机动平台返回指挥中心。他和工程师卡林穿过气闸，脱掉太空服，舰桥工作人员冲上来向他们表示祝贺。

本特说："解除系留线缆。"这是他给新船员们下达的第一道命令。随着金属线缆从锚点上脱离，整个采矿船开始晃动，本特继续下令："增加引擎推力。"

采矿船缓缓驶离碎石区，向着埃尔法诺星云层靠近。本特看着身后伤痕累累的工厂，然后看着前方的气体巨星。资源丰富的云层在呼唤着他，而本特决定再也不回头，从今往后他将一往无前。

28

琳达·科特

琳达·科特在世界树的低语声中舒舒服服地睡了一夜。享用了一顿有水果和各种坚果的丰盛早餐，还有一种热气腾腾的增补饮料——克利——由世界树的种子制成，她感觉没什么能难倒自己了。

"我要是在塞洛克星多待几天，肯定得长胖好几公斤。"琳达对萨琳说，"那不仅对我的健康有影响，而且还会减少贪婪好奇号的载货量。"

萨琳的头发中插着华丽的发簪，穿了一件传统的塞洛克长袍，还披着宫廷御制的用茧丝制成的围巾和披肩。琳达也希望衣柜中有这样的衣服，一方面可以向新客户展示这种布料，另一方面还可以在镜子前面好好臭美一下。虽然她现在不想再找老公了，但是让自己漂亮点儿总没错。

萨琳带着一脸自信的微笑说："我的父母想和你谈谈。咱们得给他们留下个好印象。"

"萨琳，这事交给我吧！我肯定能给他们留下个好印象。"琳达整理了一下站了起来，眼睛还盯着那些没来得及吃完的食物。

　　埃德里斯教父和阿丽西亚教母在菌礁城里最大的一间大厅内会见了琳达。墙壁的通风开口都被绚丽透亮的秃鹫蝇翅膀封住了，这些翅膀刚好起到了彩色玻璃的效果。两位领导人的皮肤都呈古铜色，留着一头黑发，二人并排而坐，仪态万千。

　　琳达朝前走了几步，对于她这样身材的人来说，她的步态异常轻盈、谨慎。她深深鞠了一躬，尽可能让自己的一举一动看起来都很优雅：“埃德里斯教父，阿丽西亚教母，有机会能和二位见面，真是让我感到非常荣幸。”

　　埃德里斯教父坐在大椅子上，身子略略前倾。他的黑胡子被修剪得非常整齐，头上戴着由羽毛和甲虫壳制成的头饰，这一切让他看起来十分威严：“我的女儿萨琳对你的评价非常高。我认为她把你当作了朋友。既然我们的大女儿要求我们见见你，我们又怎么会拒绝呢？”

　　在他身边，阿丽西亚教母穿着一件漂亮的长袍，肩膀上的装饰高高耸起，犹如孔雀的羽毛。她的长袍有一部分完全是由秃鹫蝇的翅膀缝制而成的，颜色刚好和其他布料搭配。她一头乌黑发亮的长发垂到了腰上。

　　琳达直起身子说道：“我希望萨琳没有说得太夸张。我在汉莎联盟之中并不是什么大人物，二位能听说我的事迹，对我来说非常荣幸。”萨琳毕恭毕敬地站在一旁，但是琳达的注意力完全放在两位塞洛克星领导人身上。“塞洛克星的森林里充满了无限可能性。萨琳向我展示了许多特产，我相信有很多商机可供我们发掘。说句实话，我之前以为会有很多人和你们抢着建立贸易关系，但实际情况却是一个商人都没有。”

　　“大多数人只关心我们的绿灵教士。”阿丽西亚教母说，“汉莎联盟只是需要我们的绿灵教士而已。”

埃德里斯教父说："我们并不想让自己的生活太复杂。我们是绿灵教士的代表，负责对外交流，但是帮助他们做出决定的是世界树之林。实际上，我们几乎不会影响教士做出的决定。塞洛克人在自己的星球上能找到所需的一切。我们很知足，不想惹什么麻烦。"

萨琳很亲切地将手搭在琳达宽大的肩膀上："有些人认为，伟大的世界树之林遏制了人类对于暴力和冲突的欲望。"

琳达苦笑着说："那么我对你们在其他星球种植世界树的努力表示感谢。我敢说很多地方都将因此受益。"

阿丽西亚教母对丈夫点点头说："我们的教士总是竭尽所能完成任务。"

阿丽西亚教母和埃德里斯教父也负责处理当地纠纷，偶尔处理些私人恩怨、婚姻问题和民事纠纷。但是，他们最主要的任务还是充当对外交流的渠道。塞洛克星的教父和教母一直以来都是从自身文化信仰出发做决定，而不是出于贪婪和财富。

琳达看着萨琳，希望她能帮着说几句话："嗯，您女儿把各种特产端到我面前的时候，我看得头都晕了。光是看着那些水果、莓子、坚果和罕见的纺织品，我就能想到几百个潜在的市场。"琳达的肚子咕噜了一声，就好像在强调自己的观点。

萨琳屏住呼吸，向前走了几步，眼神非常专注："父亲，母亲，请想一想假如所有的贸易大门都向我们打开会怎样。我们可以在不失去独立性的前提下，成为一个强大的贸易个体。"

埃德里斯教父说："萨琳，我们已经讨论过这件事了。"

看到两位领导人的态度，琳达感到心里一沉。她怀疑自己成了萨琳的一枚棋子，卡在自满的父母和一个野心勃勃的女儿中间。

"琳达愿意带有一些特产作为样品，测试这些特产的商业可能性，但这是在用她自己的投资资源冒险。"萨琳脸色阴沉下来，然后提出了一个让琳达感到惊讶的条件，"所以，她希望能有绿灵教士的陪同，五名教士听起来就很不错。这样就可以为琳达提供一种保险措施。我认为这样才算公平。您觉得呢？"

萨琳看着琳达，后者正努力压制自己的震惊。她们从没讨论过这件事，但似乎这也是萨琳秘密计划中的一部分。琳达此时担心这次的谈判可能会破裂。

萨琳继续说道："琳达还同意运载树苗，进一步扩大世界树之林的覆盖范围。您看，在这件事上大家都有好处。"

埃德里斯教父看上去有些焦躁，但还没有对着自己的女儿发火："我们从不命令绿灵教士应该在什么时候去什么地方，萨琳。世界树之林在我们的政治体系之外运作。教士们听从世界树的意愿，而教母和我听从教士们的意愿。"

"先生，这不过是一个建议，"琳达说道，"塞洛克星物产丰富，咱们别总盯着一个症结……"

"但只要大家打开思路，那么这个症结就显得毫无意义。"萨琳直接反驳。琳达希望暂停讨论，避免整个谈判彻底破裂。

阿丽西亚教母说道："我们对树苗的扩散保有详细的记录和控制。琳达·科特，不论你对我们的水果和莓子有多大的兴趣，我们依然认为远程意识联结通信能力是塞洛克星最畅销的产品。"

埃德里斯教父继续说道："如果让你带着我们森林中的产品和绿灵教士一起离开，那就会立下一个非常糟糕的先例。"

琳达慌张地看了萨琳一眼，希望这个年轻的姑娘刚才什么都没说："大家都别忙着做决定。如果我说错了什么，那么我道歉。咱们能不能明天再讨论这些问题？我提供一份清单，上面列出我希望带走的货物样品。"她退后几步，希望在埃德里斯教父彻底回绝自己之前赶紧离开。

阿丽西亚教母保持着一副居高临下的态度，但脸上还挂着动人的笑容："我们会听取你的意见，因为这是沟通的基础。但是，我们不会被轻易说服。绿灵教士对我们来说非常重要。"

"我对此完全了解。"琳达说完深深鞠了一躬。她希望萨琳没有提出刚才那种建议，更何况她自己根本没有考虑到这种事情。"我希望之后能继续讨论这件事。"

虽然萨琳对会议结果非常不满，但是琳达还是和她一起离开了会议室。她希望重新设计一个方案和一个营销角度。也许，下一次她就不需要萨琳的"帮助"了。

29

阿卡斯

和塞洛克星的森林相比，瑞迪克星的沙漠对于阿卡斯来说则是另一番天地。通常来说，这种荒凉的地貌会让一名绿灵教士感到不安，但是阿卡斯认为沙漠在呼唤他。他从没感到如此的充满活力。这里光线的质量、尖锐的阴影、干燥的空气和这种寂静……一切都与众不同。这个世界唤起了阿卡斯心中一种从未体会过的愉悦。一直以来，他都是一个孤独的人。但是现在，他享受着岩石上散射的阳光，一层一层叠在一起的红色铁矿层、绿色的氧化铜层和白色的石灰岩层。终于，他找到了一份自己喜欢的工作。

在玛格丽特和路易斯忙于在克莱西斯主城的考古工作的时候，

智能助手 DD 负责维护营地。当阿卡斯早上完成对树苗的养护工作之后，他总算可以去探索感兴趣的区域了。

他走到两名异形文明考古学家居住的大帐篷里。路易斯和三台克莱西斯机器人已经去了悬崖边的废墟，而玛格丽特正在整理早上的笔记。她一脸期待地抬起头，问道："怎么了，阿卡斯？你今天是想和我们去废墟，还是想留在营地照顾你的树苗？"

阿卡斯尴尬地回答："实际上，这两件事我都没兴趣。我想去看看附近的山谷。那里的地质状况非常有趣。"阿卡斯并不需要玛格丽特的批准，因为绿灵教士只听从世界树之林的指引。实际上，玛格丽特也不知道该拿阿卡斯怎么办。

"需要什么设备就带上。要不要 DD 也跟着你一起去？"

这个提议让阿卡斯吃了一惊，他说："不用不用……我更想一个人去。"

玛格丽特心里只想着快点赶到挖掘点，找到自己的丈夫，她说："那就试着记录一些数据吧！我们来这里是执行科考任务，所以地质分析也非常有用。"

"我会尽我所能。"阿卡斯原本计划只是去散散步，享受一下周围的风景，然后将看到的一切告诉树苗，进而传达给整个世界树之林。这些颇具智能的世界树还不习惯沙漠地貌，阿卡斯此刻终于感觉自己尽到了一点作为绿灵教士的责任。尽管如此，他还是从营地的备用物资里找出了照相机和收集数据的设备，然后把它们塞进了包里。

玛格丽特开着一台短途车带着 DD，奔向悬崖边的城市。阿卡斯站在空无一人的营地，回头打量着种在自己帐篷后边的二十棵树苗，它们整整齐齐地排成几排。这些树苗现在已经长到胸口的高度了，此时正在阳光下微微摇摆。他说："原来你们也喜欢沙漠啊？"

他只要摸一摸这些树苗，就可以得到这个问题的答案了。

阿卡斯没有预设一个明确的目的地，他深吸一口气，品尝这干燥而多尘的空气。他迈开大步，向着一道被远古时期的河流冲刷出的峡谷前进。这个星系的恒星发射出的光芒直接照射在他的皮肤上，有微微刺痛的感觉。

阿卡斯从来没想过要成为一名绿灵教士，但一个人如果与世界树之林相连，这种共生关系就无法撤销。他无法摆脱世界树，也无法脱离意识连接，他的皮肤将永远保持绿色，终身成为世界树网络中的一部分。他从来不希望成为一名绿灵教士，塞洛克星上有很多人更胜任这个岗位。

在阿卡斯年轻的时候，他的母亲就去世了，所以他和自己的父亲关系很近。老头子博欧一直以来都想成为绿灵教士，但是却走上了一条完全不同的职业道路。父子二人经常坐在树冠之下，博欧抬头看着低语的树叶，诉说着自己梦想，希望自己的儿子可以为世界树之林服务。

阿卡斯对于这份工作完全没有想法。他曾经对父亲说："老爸，不论我们做什么，我们都是在为世界树之林做贡献。"其实阿卡斯对于历史和地理更感兴趣，但是博欧已经下定了决心，完全忽视了儿子的想法。

在阿卡斯十五岁那年，博欧在收集菌类汁液的时候从一棵树上摔了下来。老头子砸在一大团藤蔓上。这些藤蔓好似一张大网，接住了博欧，但是也弄断了他的脖子。当其他工人把博欧放到地面的时候，阿卡斯立即冲到了自己父亲身边。在临终之际，博欧断断续续地哀求儿子要让他骄傲，要成为一名绿灵教士。由于所有人都听到了他的话，阿卡斯无法违背父亲的遗愿。当这出悲剧传遍整个塞洛克星之后，阿卡斯顺利成了一名绿灵教士。

所以，他在履行职责的时候看不到一丝的热情或是主动性。他从没想过要接下一个报酬很高的任务，然后去某个富饶的移民地政府干活。因为如果那样的话，周围的人会不停骚扰他。他选择了那些比较可以接受的任务，比如为世界树阅读历史和地质文献。在瑞迪克星上，寂静的沙漠就非常符合他的胃口。

阿卡斯离开营地，打量着被严重侵蚀的山脉，然后顺着冲积扇中的巨石，向着冲积扇形成的峡谷走去。随着他逐渐深入峡谷，身边堆积的岩层让他想到了树木的年轮。

阿卡斯沿着松散的河床嘎吱嘎吱地走着。狭窄的石壁上不断反射着回声，给人一种非常诡异的感觉。他打量着四周，寻找任何可能帮助克里克斯夫妇研究工作的线索。当他加入这次行动的时候，阿卡斯不仅仅是一名绿灵教士，他在考古学和地质学上的见解，足以让他成为一名合格的助手。

随着他逐渐深入峡谷，阿卡斯发现自己从没有如此远离过世界树的安抚，也没有如此远离过人群。星系中恒星红色的光芒照进山谷，他抬头看到一块白色的石灰岩被冲刷成了一块奶白色的凸起。阿卡斯看到石灰岩中夹杂的东西，心中腾起了一种敬畏之情：远古时的外星生物化石，一截扭曲的蕨类植物的叶子，一只长着大下巴、锋利尖鳍的海洋生物的骨架。

他拿出自己的小锤子，敲下最有研究价值的化石，将它们装在腰间的袋子里，然后给其他太大无法带走的化石拍照。这些生物在克莱西斯人到达这里之前已经生活了几百万年。正如玛格丽特所说的那样，这是一次科考任务，阿卡斯可以做出自己的科研成果。

阿卡斯顺着峡谷返回营地，一路上四散的巨石犹如散落的玻璃珠一般。就算不能顺着峡谷回去，阿卡斯也可以利用世界树幼苗的指引返回营地。只要有世界树，绿灵教士就永远不会迷路。

他打量着缓缓倾斜的冲积扇地形。阿卡斯可以看到南边的天空上有一团黑色的影子，监测卫星显示那是远处的火山群在喷发出火山灰。一天之中，他最喜欢的就是犹如水彩画一般的日落。

他喜欢这个沙漠世界，这种感觉带有一丝罪恶感，因为这就好像是对世界树的否定。但作为补偿，他快速返回营地，跪在树苗旁边，抚摸着树苗的树干。阿卡斯闭上眼睛，回想之前看到的一切，将所见的美好事物传达给了世界树。

而这些树苗则以无言的欢喜作为答复。

30

萨琳

随着湿热的树林沉入夜色，萨琳准备送自己的妹妹上床睡觉。埃德里斯教父和阿丽西亚教母并不是那种死板的父母，但萨琳还是坚持按照作息时间表生活。虽然自己十岁的妹妹总是想再多玩一个小时，但是萨琳坚持切莉应该按时睡觉。

"把你的宠物秃鸳蝇拴好了，"她说道，"然后赶紧去洗漱。"

切莉噘着嘴说："它需要我照顾。"这种五颜六色的秃鸳蝇在房间里抖动着翡翠色的翅膀，细长的喙部发出咔哒咔哒的声音，好像在寻找可以吃的花瓣。

萨琳站在门口，不容争辩："它能照顾自己，那东西就是个野兽，它知道如何照顾自己。"她非常清楚，要不了多久，切莉就会长叹一口气，然后乖乖听自己的话。

"它是我的宠物。"切莉捉住了这只刚从蛹里钻出来的秃鸳蝇，它浑身湿漉漉的，看起来很虚弱。她在秃鸳蝇的一条腿上拴了一根细细的链子，这样它就成了一个活体风筝，在切莉肩头飞来飞去。萨琳一直认为秃鹫蝇这种东西和风筝没什么区别。

萨琳说："这话没错，而且秃鹫蝇也希望你快点去睡觉。好了好了，别把事情弄得像昨晚一样困难。"小姑娘终于不情愿地服从了命令。

夜晚，被拴住的秃鹫蝇会爬出窗子，在链子束缚的范围内尽可能地飞远一点。等到了早上，切莉就会把秃鹫蝇拽回屋里。万幸的是，秃鹫蝇的寿命较短，所以切莉最多只会和这只秃鹫蝇玩上一两个月。

小姑娘有着几乎用不完的能量，一天到晚都在蹦蹦跳跳，和朋友玩闹，进行各种游戏。切莉的胆子一点都不小。她现在十岁，已经因为各种磕碰导致多次受伤。在她假小子一般的身体上，总能找到各种伤疤，破皮结痂的膝盖，各种擦伤还有淤青。

萨琳总是对自己的小妹妹没有耐心，但她常常告诫自己，切莉总会长大的。艾斯特拉只比切莉大两岁，已经可以做出自己的正确决定。萨琳最大的愿望就是可以和兄弟姐妹们在一代人的时间内，将塞洛克星和自己的人民从天真的史前时代带入银河系旋臂的繁盛大家庭。

给小妹妹一个敷衍了事的拥抱和轻吻之后，萨琳关上了房门，退到了点着灯的走廊里。雷纳德的旅行很快就会结束，而萨琳希望雷纳德已经在一些大人物那里取得了进展。她等不及想听哥哥讲讲雷迪拉帝国的皇宫，同时很好奇他与巴斯拉谈判取得的进展如何。

埃德里斯教父和阿丽西亚教母去了菌礁城的高层，他们将在那儿观看一场专业树舞者的节日表演。萨琳也被邀请参加观看这一场狂欢，但她对树舞者在树枝之间的旋转跳跃完全没有兴趣。艾斯特拉也被迫参加了这次节日表演，但是她可能会中途顺着粗糙的菌礁向下层爬然后逃跑。萨琳对于家人这种高高在上的姿态也只有叹气的份儿。他们明明有很多资源和机会，但却完全不在乎。他们只是单纯地过日子，对人类文明全然不在意，只对自己所拥有的一切非常满足。

她走进自己的房间，调高灯光亮度，然后坐在从地球进口的聚合纤维桌子前。萨琳有很多官方记录和合同需要研究。埃德里斯教父和阿丽西亚教母对于汉莎联盟贸易潜力的无视让她很受打击。正如巴斯拉曾经教导她的那样，这些古老的协议中没准存在一些漏洞。

她用手梳理了一下自己的头发，一头黑发按照地球流行的样式剪成了短发。在她的衣柜里，还保留了很多塞洛克星传统的长袍和围巾，上面装饰着秃鹫蝇的翅膀和抛光的昆虫外壳。但是萨琳更喜欢她在地球学习结束后带回的舒适衣物。在她看来，塞洛克星的服饰太过俗气了。

她面前的第一份材料是琳达·科特修改后的塞洛克星商品贸易提案。萨琳皱起了眉头，再次想起父母固执地拒绝了唾手可得的机会。琳达已经把事情说得很明确了，而萨琳也在私下里继续向埃德里斯教父和阿丽西亚教母施压。但是，她还是无法说服自己的父母同意塞洛克星加入汉莎联盟，毕竟只要加入汉莎联盟，就会有无数机会供他们挑选。

留着胡子的埃德里斯看着自己的女儿，就好像她还是个孩子："放弃独立地位可不是可以仓促决定的事情。相比于那些必须放弃的东西，我们又能获得什么呢？"

萨琳感觉自己仿佛是在和外星人说话。不对，即便是雷迪拉人在这件事上也比他俩更讲理。

她一边用电子笔在电子屏上点来点去，一边思考着自己世界的未来，整件事本来应该非常简单，但现在却进展艰难。这样的现状让她非常生气。也许她需要一点帮助。

　　萨琳非常希望风度翩翩的巴斯拉·温塞拉斯能够提供帮助，她努力回想着精明的主席先生曾经给自己的一切教导。巴斯拉比萨琳年纪大一些，很有教养，而且帅气、健壮，充满雄性的魅力，让萨琳无法自拔。但是更能吸引萨琳的是，巴斯拉拥有控制着地球汉莎联盟的权力。

　　在充满奇迹的地球上，萨琳曾经享受过最高档的美食和美酒。巴斯拉一直对萨琳不薄，因为他知道这个小姑娘是打开塞洛克星大门的关键，萨琳对巴斯拉的计划一清二楚，却对此没有表示反对。二人都不过是互惠互利的关系罢了。

　　当时，萨琳接受了巴斯拉的一番殷勤，二人在接下来的几个月里成了情人，最后迫于时间安排，萨琳不得不回家。巴斯拉是个做事非常周到的人，富有耐心而且充满热情，而萨琳对于巴斯拉的感觉也超越了最初对于他权力和知识的迷恋，转而成为真心实意地关心巴斯拉。她喜欢巴斯拉的活力和自信，而且知道巴斯拉对于她的价值一清二楚。对于他来说，萨琳可以带来更多的绿灵教士。

　　因为工作的劳累萨琳关了灯，脱掉了衣服，赤身裸体地钻进了铺着丝滑床单的被窝里。她感到头晕目眩，脑袋里充斥着各种可能性、合同术语和数字。随着意识渐渐模糊，她的嘴边浮现出微笑，让自己的真实记忆和对巴斯拉的幻想混在一起。

　　萨琳开始怀疑，之前他们二人中到底是谁在勾引谁。

31

欧特玛大使

　　随着年迈的大使返回塞洛克星，多年工作的负担犹如长出翅膀的秃鹫蝇一样在她的肩上飞走了。欧特玛作为一名虔诚的绿灵教士，非常开心回到家乡，她喜欢重新回到世界树拥抱的感觉。

在地球上，她在低语者之殿的外交区有自己奢华的住所，国王的花园里也有很多可以让她放松休息的世界树。但是，欧特玛还是想用自己赤裸的双脚踩在塞洛克星的土地上，抚摸粗壮的世界树树干，感受蕨叶犹如羽毛般的质感。

她已经一百三十七岁了，是年纪最大的绿灵教士。经过这么多年的共生关系联结，她的皮肤已经变成最深的深绿色。这些年来，欧特玛依靠与世界树之林的联结和敬业之心，保持着良好的身体状态，但是现在能回到故乡休息、学习和祈祷，她感到非常开心。

世界树之林看起来很不安，就好像在思考一个深奥的秘密，又或是发现了一个不曾被人察觉的问题。没有一名绿灵教士可以完全理解这种现象，但是他们相信世界树之林的判断并时刻保持警惕。

作为塞洛克星在地球的大使，欧特玛每天与野心勃勃的汉莎联盟打交道，一直努力为世界树服务。她顽强而坚韧，这位老妇人抵挡住了软硬兼施的温塞拉斯主席，拒绝为汉莎联盟提供大量的绿灵教士，大家都称呼她是"铁娘子"。欧特玛不知道自己的继任者是谁，但是想想之后的工作，她一点也不羡慕。

欧特玛从停机坪上的飞船下来，她的每一步都走得很慢很精准，这并不是因为她身体虚弱，而是因为每一步都走得小心翼翼。她沐浴在塞洛克的恒星光芒之下，眺望着远方郁郁葱葱的林海。她张开深绿色的双臂，闭上眼睛，深吸一口气，聆听着世界树的歌声。

虽然歌声中隐藏着一种恐惧，但是从世界树之林带有催眠效果的意识中，欧特玛感到自己受到了欢迎，世界树之林接纳了她，并为她感到高兴。她听到了来自塞洛克星上绿灵教士的问候，也听到了其他教士的回应，他们带着自己的世界树树苗散落于银河系旋臂各地。

欧特玛大声说道："啊，谢谢你们！"她知道世界树和其他人能听到自己的话。欧特玛恢复了活力，感觉自己年轻了十岁。

欧特玛的脸上有很多代表成就的文身标记，这让她看起来仿佛一座木雕。大部分绿灵教士都活不到欧特玛这个年纪，在他们对生命厌倦的时候，就会主动选择成为世界树之林的一部分。这不是常规意义上的死亡，而是让自己被世界树的数据库吸收，让细胞融入不断扩张的世界树生物网络之中。但是，欧特玛认为自己的工作还没有结束。

作为一名德高望重的绿灵教士，亚罗德来到了飞船旁边迎接欧特玛："我们很高兴你能回来，欧特玛。等你休息好之后，埃德里斯教父和阿丽西亚教母希望可以见见你。"

"亚罗德，回到塞洛克星我就已经感觉焕然一新了，完全没有必要等下去了。"欧特玛转身带路，反而是亚罗德跟在她的身后。

在王座议厅里，埃德里斯教父和阿丽西亚教母穿着正式的服装，戴着高高的头饰，坐在他们华丽装饰的王座上。埃德里斯看到欧特玛的时候脸色瞬间变得明亮起来，阿丽西亚站了起来。"大使，很高兴你结束了漫长的工作回来了。"阿丽西亚微笑着说，"在地球这么多年兢兢业业，一定累坏你了。能在故乡的土地上再次与世界树沟通，一定让你非常开心吧！"

欧特玛整理了一下自己的大使长袍，上面有各种代表森林和世界树的图案符号。她鞠了一躬，虽然年事已高，但是身体还算灵活。"只要世界树之林要求我继续担任大使一职，我就可以继续工作。"

埃德里斯教父皮肤黝黑，他抬起一只手说："你不必担心这件事，欧特玛。你的工作已经交给可以胜任的人接管了，而我们与地球的关系将以你的工作为基础，继续发展下去。"

萨琳从旁边的侧门里钻了出来，她披着一件茧丝制成的披肩，身穿一件在地球上正流行的靛蓝色外套。欧特玛看了一眼这位年轻的姑娘，她已从她的眼睛里看到了骄傲与野心。欧特玛的皮肤瞬间有一种不安的感觉。

阿丽西亚教母说："经过一番讨论之后，我们决定让我们的女儿萨琳担任下一任驻地球大使。她曾经在汉莎联盟学习，与很多大人物都很熟，甚至和温塞拉斯主席的关系也不错。她是最合适大使一职的人选。"

欧特玛并没有表露出心中的失望。她眯着眼睛打量着萨琳，后者似乎对这个任命十分满意。欧特玛说："您的女儿又聪明又能干，但她不是绿灵教士。侍奉世界树之林和为塞洛克星代言不应是必要标准吗？"

埃德里斯教父做了一个不屑一顾的手势，继续说道："胡说。难道我们就不能代表塞洛克星了吗？再说了，萨琳如果需要和我们商量事情或通过远程感应发送消息，也可以在低语者之殿里找绿灵教士。"

欧特玛说："事情并非如此。这是一个……理解差异的问题。"

萨琳向前走了几步，努力保持面部表情的稳定，借此压制心中的烦躁："恰恰相反，大使女士，作为埃德里斯教父和阿丽西亚教母的女儿，我对于世界树之林和塞洛克星的生活方式有着独到的见解。但与其他绿灵教士不同的是，我还了解地球汉莎联盟内部不断变化的贸易规则。"她挑起眉毛，表情冷淡，"对于一个只能从单方面考虑星际贸易的人来说，这一切似乎并不是那么明显。"

欧特玛吃了一惊，她僵直地站着，这时候她才反应过来她被这个小姑娘将了一军。萨琳举手投足间显示出的主动性和攻击性让欧特玛感到不适，但她的父母却对此视而不见。欧特玛只能鞠了一躬表示服从。"我会完成我的使命。"欧特玛很正式地解开大使披风的扣子，将披风脱了下来捧在手里，那样子就好像捧着斗牛士的披风。"萨琳，我在此将代表着你全新使命的象征转交与你。接过它，好好为世界树之林服务吧！"

萨琳不怎么自在地接过了披风，但是却将它夹在胳膊下面，而不是披在肩膀上。

此时欧特玛身上衣着无多，她深绿色的皮肤看上去几乎是黑色的。她对着两位统治者鞠了一躬，然后走向王座议厅的门口："如果二位还需要我的建议，随时可以来找我。"

32

妮拉

妮拉心中夹杂着紧张和激动的情绪，她一个人带着这种从未体验过的感觉向着森林深处进发。有森林的保护和庇佑，她一个人也可以在那里生存下去。

作为一名学徒，她一辈子都在等待这一刻。她无时无刻不在祈祷，学习如何为这片智能的世界树之林服务，如何成为塞洛克星生态系统中的一部分。

在微笑的亚罗德和其他绿灵教士的注视之下，年轻的妮拉光着脚跑了出去。她只穿着一条缠腰布，边跑边挥手告别，然后冲进了低矮的灌木丛，消失在远离居住区的树林中。

她的人生将发生巨大的变化，而自己也因此格外紧张。妮拉深吸一口气，品尝着植物散发出的辛辣气味，听着枯叶被踩碎的声音，从周围的森林中汲取力量。

她属于这里。

只要过了今天，妮拉就不会再孤单，不再是独自一人了。如果森林接纳了自己，那么她将会变得完全不一样。愉悦和期待让她的脚步越发轻快起来。

"我来了。"她说话的声音虽然不大，但却传达给了塞洛克星上几百万棵世界树。

虽然亚罗德没有告诉妮拉该去哪里，但是她出于本能偏离了人们常走的大路。在她的周围，手掌般的树叶相互摩擦，仿佛是在鼓励妮拉前进。她顺从着自己的本能，而森林也在指引着她。

她顺着低缓的山坡跑入湿润的洼地，这里的溪流边长满了野草。她穿过沼泽，野草长长的叶片摩擦着她的小腿。脚下的泥地越发柔软，她从没来过这里，但是内心却觉得一切非常熟悉。

溪水蜿蜒流入死气沉沉的沼泽，清澈的水流上漂满了细小的植物，形成一种淤泥状的植物泥浆。妮拉打量着四周，阳光斑驳地照在沼泽地上。独自一人很容易在这里迷路，又或者一脚踩进流沙的深潭里。

但是妮拉容不得自己迟疑。她继续前进，让森林引导自己。她知道哪里可以找到垫脚石和倒下的树木，就算它们藏在水面以下也没有关系。她从没听过森林如此清晰地在自己的大脑里低语。

妮拉注意到周围不详的异动，凶猛的爬行动物在长满野草的水面下游动，这些肉食动物的皮肤上长满鳞片，口中长满尖牙。但今天，妮拉一点儿都不害怕。这些健壮的生物在水下高速游动，注视着妮拉的一举一动，只等她摔倒。但是妮拉在长满苔藓的石头上跳来跳去，从未失去平衡。她跳过一根树干，来到了沼泽地的另一边，肉食动物们只能眼巴巴瞪着黄色的眼睛看着她。妮拉继续前进。

每当她不知道该去哪里的时候，她就张开双臂拥抱身边的世界树，让自己赤裸的胸膛贴在布满鳞片的树干上。当皮肤接触到树干的时候，她就知道下一步该干什么了，然后就继续精力充沛地向前跑去。妮拉完全没有注意到时间的流逝和周围环境的变化。

终于，森林渐渐变暗，绿色的树影犹如一层模糊的玻璃。但这种黑暗犹如在母亲的子宫中，一点都不吓人，反而让人更为安心。妮拉推开树枝和杂草，向着相互交错的藤蔓深处走去……森林最终将她彻底吞没。

她无法移动。她的肩膀顶在树枝上，藤蔓缠住了她的双腿，树叶摩擦着她的脸、鼻子和嘴巴。妮拉闭上眼睛，感受着森林的触摸。

她感到自己在下坠，但是身体却没有移动。她连手指都动弹不得，因为森林将她紧紧环绕……将她慢慢吸收。

在这世界树之林的深处，妮拉失去了时间观念。她借助树叶中的眼睛，通过无数面透镜观察这片森林的方方面面。各种信息从四面八方涌进了她的大脑。

凭借其他绿灵教士种下的世界树，她还可以观察到其他星球，就好像通过扭曲的窗户观察外面一样。她从没有想过能观察到这么广阔而复杂的世界，但即便依靠世界树的帮助，妮拉也只能管窥世界树之林的真正力量。

这一切真是太伟大了。

在世界树之林的中心，她能更清楚地听到世界树的声音。她感觉到了对一个古老敌人遥远、未成形的恐惧。

<u>烈火。</u>

<u>毁灭。</u>

<u>万千世界死亡。</u>

树苗凋零，文明毁灭，幸存者困于塞洛克星。

妮拉无法呼喊，不知道这些可怕的画面和恐惧是曾经的历史，还是对未来的预言。她看到巨大的球形飞船犹如长满尖刺的冰球，一个不为人知的帝国加入了一场规模宏大的战争。他们来了。

虽然这些幻象让她大吃一惊，但与世界树建立的全新连接却让她头晕目眩，妮拉终于脱离了世界树之林的拥抱。她的心脏狂跳不止，刚刚看到的预言让她的心情很沉重。她完全没想到事情会是这个样子。

妮拉眩晕着穿过沼泽地，看都没看地面一眼。肉食爬行动物纷纷避开了她，就好像它们知道妮拉已经得到了森林的保护。随着阳光照在自己的腿上和胳膊上，妮拉发现自己身上显出了淡绿色。现在她的皮肤表皮中充满了一种共生性藻类，可以通过光合作用补充自己的体力。随着她年纪的增长，绿色也会变得越来越深。

妮拉摸了摸自己的短发，头发如花粉一般开始脱落。就连眼睫毛和眉毛也开始掉落。

她可以一直在自己的脑海中听到世界树的声音，它们好似一个有机的数据库和一个半睡半醒的意识。它们将永远陪伴着她。妮拉永远都不会经历沉默和孤独。这些知识让人感觉异常丰富，而那些无尽的记忆和思绪，和对越来越近的灾难的恐惧……妮拉又该如何面对呢？

妮拉下定决心，快步返回居住区，现在她是一名正式的绿灵教士了。她必须将世界树之林的警告告诉其他人。

当妮拉气喘吁吁地将一切告诉亚罗德的时候，其他绿灵教士不过是点了点头。他们的脸色都十分严肃。

亚罗德说："我们已经知道了。"

33

库尔特·兰扬将军

作为地球防卫军的指挥官，库尔特·兰扬将军可以随时使用战争模拟室内的所有设备。这个房间内有各种计算机、全息投影仪、互动系统和详细的导航星图，这个房间是整个地球防卫军火星基地上最复杂、也最昂贵的房间。

在这里存放着两个世纪以来所有关于雷迪拉帝国的情报和资源，兰扬可以找到任何自己想要的答案……或者至少是做出一些合理预测。现在面临的许多问题依然与外星文明的文化、习惯、反应和各种秘密有关，而兰扬将军希望做好万全的准备。

在人类向太阳系扩张的早期阶段，人类还没有获得雷迪拉星际驱动系统技术，地球防卫军就将整个火星据为己有。将这个毫无生气的红色行星变成了训练基地和军事行动中心，起到了一个前哨站和准备基地的作用。火星破碎的地貌可以为跨障训练和生存训练提供理想的场地。鲥鱼战斗机在稀薄的火星大气中可以模拟真空中的战斗动作，轻松切换到太空作战状态。兰扬非常喜欢这里。

在下令不想被打扰之后，兰扬将自己关进了战争模拟室里。他的这套复杂的模拟系统是基于多年的测试而开发出来的。他可以用这套系统测试各种可能，利用所得到的外星人的信息调整各种数据参数。他希望巴斯拉·温塞拉斯可以派出更多的间谍，但他现在只能利用已有的情报。这足够他模拟各种场景了。

他此时站在房间中间，对着声控面板下达指令。曲面哑光墙壁和地板暗了下来，变成了一片闪着星光的黑色太空。他感到自己漂浮在三维的天象仪中，这让他想起了自己还是一名太空士兵的岁月。

那时候他还在接受零重力战斗训练，飘在真空环境中，随时准备对着镜面无人机开火。

"显示常见雷迪拉太阳舰队，"他插着腰说，"一整支分舰队。咱们先打一场硬仗。"

周身模糊的图像变成了四十九艘雷迪拉战舰和小艇。兰扬在战舰的全息图像周围反复踱步，犹如一只鲨鱼在鱼群中穿梭。这些花哨的战舰犹如向两侧倾斜的大圆盘，而流线型的散热器犹如鱼鳍，这种设计让它们看起来像是深海的捕食者。鉴于自己对外星人的了解，兰扬认为这些花哨的突出物和奇怪的形状都是出于仪式性需要或单纯为了装饰。这些装饰物就像是孔雀身上的羽毛，没有任何实际军事用途。

雷迪拉人是一个停滞的种族。在过去的几个世纪里，他们的科技没有任何进步，而且他们也不需要科技的进步，因为他们的帝国处于一种近乎脑死亡的和平之中，所有人都被一种相互联结的意识网络连在一起，个人独立性被削弱了。没人会反对他们尊敬的皇帝，支派移民地之间也不会争吵不休。兰扬实在想不通，如果雷迪拉人没有敌人，那么规模庞大的太阳舰队是如何名正言顺地获得如此多的资金和资源的。从军事角度来说，这非常不合理……除非雷迪拉帝国皇帝另有其他计划。兰扬将军并不是很信任他。

他甚至考虑招募一些神秘的大型克莱西斯机器人作为士兵。这些古老的机器人常在危险的建筑工地工作，似乎很乐意为汉莎联盟工作，但谁又能说清它们是否有自己的秘密计划呢。就目前而言，兰扬搁置了这个计划，他不打算将希望寄托于一种无法理解的武器上。他更喜欢使用自己的武器装备。

现在，为了准备模拟对战，兰扬绕着全息投影走了一圈又一圈，伸手点了点一艘雷迪拉小艇的船身，说道："放大。"

图像在将军眼前开始放大，以供他研究细节。地球防卫军无法得知雷迪拉战舰的内部构造，但是这些模拟图像全部来自在雷迪拉舰队展示期间获得的侦查图像。对于兰扬来说，雷迪拉人的仪式性演习不过是为了展示他们在军事上的技能。完全是毫无意义的炫耀。

他退后几步，思考着为什么雷迪拉人舰队数量总是以七的倍数出现，所有船只的机动动作保持了高度的精准，这让雷迪拉舰队在非常有威慑力的同时，也非常便于让别人预判他们的下一步行动。

"显示同样数量的地球防卫军船只，"他说道，"巨像级战舰、蝙鲼巡洋舰、云砧武器平台和鲫鱼战斗机。"

模拟室的空气瞬间亮起了光，空中布满了各种兰扬熟悉的地球飞船。在兰扬的军事生涯中，他在各种飞船上都接受过训练。他熟知各种飞船的战斗性能、武器配置和搭载士兵数量。计算机已经模拟了一支壮观的地球防卫军战斗群，战斗力和雷迪拉太阳舰队旗鼓相当。现在，该有好戏看了。

他感觉自己就好像一个拥有一大堆玩具的孩子，现在只想看一出好戏。有防卫军系统内储存的数据做支持，他可以用自己最好的战舰和雷迪拉舰队进行一次模拟对抗。

这些慷慨仁慈的外星人从来没有对地球发动过挑衅，也没有对地球防卫军或者汉莎联盟造成什么实际威胁。即便如此，兰扬还是希望保持己方的处突能力。也许自己永远都不必和太阳舰队对峙，但是依靠这种模拟战斗，他还是可以预判可能会出现的问题并制订预防措施。

在他集中注意力的时候，他可以感觉整个火星基地的地板都在微微震动。在房间外，穿着太空服的步兵在铁锈色的山谷中进行演习。混合动力飞船在稀薄的大气层中飞行，一边标记目标一边投放模拟弹药。

虽然地球和雷迪拉帝国维持了两个世纪的和平，但是兰扬将军依然要求自己的士兵保持良好的训练。他的前任指挥官们对于这种情况已经坦然处之，但是兰扬则是一个更为严格的指挥官。现在，依托对雷迪拉帝国舰队火力的最佳预测，他开始亲自研究各种飞船模拟场景。这是历史上第一次，地球防卫军的军事力量可以与雷迪拉太阳舰队处于同一个水平，说不定雷迪拉皇帝都没有想到这一点。

他说："模拟跨行星战斗场景。载入——"他停顿了一下，略加思索，"载入伊雷卡星系的时空地形。"毕竟这里刚刚结束了一次军事行动。这个遥远的汉莎联盟移民地距离雷迪拉移民地很近，所以是个潜在的战场。谁又能预测到这两个种族之间会发生什么冲突呢？

兰扬指着空中闲置的位置说："把星球布置在这里、这里和这里。"伊雷卡星系的星球组显示在空中，房间的正中央则是这个星系闪耀的恒星。地球防卫军舰队则排成随机队形盘旋。

"让雷迪拉太阳舰队按照预测舰队队形排列。"雷迪拉舰队排成密集型队形，它们以七艘为一个小队组合成了总数为四十九艘的舰队。

"现在让地球防卫军舰队排成三角洲作战队形。"他背靠着墙，看着全息投影飞船排成战斗队形，随时准备开始战斗。

兰扬开始思考一些导致双方关系陷入僵局的挑衅性行为。他总是选择独自进行模拟，从来不告诉其他人自己的目的。他现在所做的事情，完全可能对自己的个人职业生涯带来严重的影响，因为雷迪拉人被大家当作人类的盟友和恩人。一个人不会向自己的朋友开火，但是只有傻瓜才不会为最坏的情况做准备。

人类对于大规模星际战争并不熟悉，因为相互之间距离太远。在他的戎马生涯里，潜意识一直在催促他让自己的部队做好准备，随时应对各种威胁，但是他对于能否及时抛弃政治和官僚体制上的繁文缛节表示绝望。

很多地球防卫军的高层指挥官为了防卫军在汉莎联盟星球上的军事任务而争执不休。他们甚至为了军衔的名字吵个不停。兰扬曾经被没完没了的备忘录信息和争吵弄得焦头烂额，而其他人为兰扬的军衔应该是总指挥、上将还是将军而争执不休。这完全就是在毫无意义地浪费时间。兰扬赶走了所有参与讨论的人，扣了他们的工资，还把所有人都降了一级。要是必要的话，他甚至想把这些人贬为学员送回军校，好好提醒他们地球防卫军存在的意义。

在任内，兰扬强化了地球防卫军的战斗力，对舰队的疏密分布情况也了如指掌。每天晚上，他都会在自己的房间里查看部队火力配置。地球防卫军已经消灭了叛军，让兰德·苏伦加德这样的海盗不敢轻举妄动，但是他知道自己必须时刻保持警惕。

他看着定格在空气中的舰队，双方犹如准备开战的狼群，兰扬反复打量着两支舰队。最后他说："不对交战双方设限，开火。"

兰扬靠着墙，看着空中各种火光四溅。

雷迪拉舰队首先开火，火力开始猛烈扫射地球防卫军舰队。鲫鱼战斗机散开队形，从各个方向发动攻击。雷迪拉太阳舰队犹如古罗马士兵，用坚固的队形造成了对方很多伤亡，但是地球防卫军则采用难以预判的个体战术进行反击。

随着一艘艘战舰被摧毁，太空中已布满了残骸，就连航行都变得非常危险，而伊雷卡星系各个星球的重力井也让情况越发复杂，但是战斗还在继续。

"提高模拟速度。提升到三倍速。"

模拟战斗中的双方变成了一大团愤怒的黄蜂，战舰互相冲杀，将彼此炸成废铁。具体画面已经让人应接不暇，但是兰扬已经明白了基本情况。

　　终于，战斗结束了。战场变成了一座坟墓，到处都是残骸和冒着烟的船体，它们像人造的流星飘在太空中。兰扬打量着残骸，思索着哪一部分的战斗需要重演并进行分析。

　　他最终懊恼地发现，战斗双方的战舰都被摧毁了。对于雷迪拉太阳舰队和地球舰队来说，这就是一场屠杀。他大声说道："起码我们没输。"然后关掉了模拟器。

　　对于兰扬来说，了解所有可能的情况并对最终结果做好准备，是他的职责所在。不论外交官和政治家们怎么说，兰扬认为雷迪拉帝国总有一天会是人类最大的威胁。

　　毕竟，人类探索者们还没有发现其他外星威胁。

34

罗斯·塔博林

　　当蓝天号采矿船掠过格尔根星夜半球云层的时候，罗斯·塔博林感觉船舱内太过安静，安静到无法入睡。他在各层甲板间走来走去，仔细检查着各系统，就好像一名家长在照顾自己的孩子。他的一生都寄托在此，他的声望和在与父亲断绝父子关系前得到的所有家产全都押在了这条采矿船上。

　　在进入刮着狂风的外部空间之前，他给自己裹上了一条印着部族标记的围巾，穿上了一件有很多口袋的保暖夹克。他戴上兜帽，调整了一下绝缘手套，然后离开船舱，呼吸着外面高空的新鲜空气，这里距离气体巨星遥不可及的表面有一千六百多公里。

　　罗斯穿过防风门，进入私人观测平台。他喜欢抽空来这里欣赏被云砧和卷云笼罩的银河，感受狂风打在自己脸上的感觉。

大多数白鸽都回到自己的窝里休息过夜。它们咕咕的声音就好像水下冒出的泡泡。几只鸽子乘着风，展翅飞了出去。本能驱使着它们去找虫子吃，可实际上，在毫无生机的格尔根星，鸽子们只能吃罗斯·塔博林为它们准备的食物。

星球内部的天气变化会产生大量气体和化学物质，夜风中也有一股硫磺的味道。罗斯戴着手套抓着栏杆，感受着夜风拍打自己的头发和兜帽。在下方尚未被标记的云层中，狂风还在呼啸。越往气体星球深处走，空气密度就越大，温度就越高，在星球的核心则是一块超高密度的金属核心，没有生物可以在那里存活。

他打量着银色的云层，发现在五颜六色的雾气之下有一场雷暴正在肆虐。采矿船下方系留着气象探针，但雷暴远在探针的探测范围之外。格尔根星的天空中听不到雷鸣，只能听到鸽子的咕咕声。

他看着云层，雷暴似乎距离自己越来越近，逐渐接近可供生命呼吸的大气高度。鸽子们在鸟巢中躁动不安，就好像它们感觉到了什么不祥的存在。这真是个让人不安的夜晚。

但是罗斯不会离开这里。蓝天号采矿船是他的梦和家。

刚刚投资这艘采矿船的时候，罗斯才二十七岁，他盛气凌人，胆识过人。再说了，他完全有理由这样，既然他已经要开始做一件不可能的事情。他面带微笑，回想起当初主动靠近西斯卡·佩罗尼的场景。他那时一直敬佩西斯卡，但对她了解不足。他们二人是在中央集结点的一处隧道中见面的。抱着赌一把的心态，罗斯走了上去，直接向西斯卡求婚。

西斯卡挑着眉毛，打量着眼前这位肩膀宽阔的年轻人，他是一个强大部族中的流放者，决心自己闯出一片天。当西斯卡对着罗斯微笑的时候，罗斯的心都融化了，他知道自己做出了正确的决定。

西斯卡虽然有些犹豫，但也做出了决定。经过议长雅·欧卡的培养，这个年轻姑娘敏锐的政治嗅觉立即判断出罗斯可能是个"麻烦"。她用一根手指抵在自己的下唇上，"我必须承认你的蓝天号采矿船是一个不错的商业投资。但是，如果你不能成功，而我又和你订婚，那么我岂不是浪费了一个很棒的政治联姻机会？"罗斯实在猜不透，西斯卡是不是在开自己的玩笑。

"西斯卡，我猜你对我还是有些防备，"他说，"我已经被自己的父亲赶出了家门，但我发誓我一定要闯出自己的一片天地。我肯定能还清投在格尔根星的钱。我的梦想是做到独立自主，我也已经做好了计划。"

西斯卡耸了耸肩说："那我要怎么和自己的家人说呢？佩罗尼是一个强大的部族。我是老佩罗尼唯一的女儿，我老爹对我的期望可不低。"

罗斯双手合十说道："他这么做没错。但显然你会是下一任的议长。难道这还不够让老头子感到骄傲吗？"

让罗斯感到庆幸的是，他俩能坦诚对话，但是他无法确定西斯卡是在开玩笑，还是在认真考虑摆在她面前的选择。虽然二人对彼此都有好感，但要做出重大决定的基础是对可能后果的合理分析，而不是轻浮的浪漫主义。这才是游荡者真正的婚配之道。

西斯卡最后说："罗斯·塔博林，我只能这么告诉你。"她纤细的双臂交叉在胸口，脸上努力摆出一副毫无表情的样子，试图压制似有似无的笑意。"如果你能还清投在蓝天号上的钱并赚出些利润，那我就嫁给你。"

他当时大笑着说："这太简单了……不过这要花上几年的时间。你能等吗？给我四年时间。"

"我倒是不急，那就等四年吧。我觉得在这段时间里不结婚不是什么难事。"

正因如此，在过去的三年里，罗斯才寸步不离地照看着蓝天号采矿船，从来没放弃希望，也从没有想过和自己的老爹和解。他在格尔根星的云层里辛勤地工作，这里的云层富含星际驱动系统燃料的原材料。

现在，罗斯已经三十岁了，很快就能还清投资在蓝天号上的钱了。这事关自己的尊严，也能在自己父亲面前证明自己。今年，他将完成自己的目标，他和西斯卡的婚期也已经订好了……

就在此时，一阵冷风让采矿船在空中颠簸了一下。鸽子们在鸟巢中拍打着翅膀，其中四只飞了起来。罗斯探出栏杆，看到下方火球翻滚，沸腾的雷电风暴不停咆哮，犹如整个星球都在燃烧。它们越来越近了。

值班船长确认了罗斯的位置，船内通信系统里传来的声音让罗斯内心一跳："老大，下方有巨大的波动。肯定有什么很大的东西，而且咱们以前绝对没见过这些东西。"值班船长一辈子都扎根在游荡者的采矿船上，罗斯认为这位老船长已经见识到所有类型的大气活动。

随着寒风吹得越来越猛，他的兜帽被吹来吹去，罗斯提高嗓门喊道："你觉得我们该转移采矿船吗？"

船长立即回答道："目前气流扰动太快了，罗斯。就算我们现在马上动身，也没法绕开。"

这时，厚厚的云层分向两边，就好像爆开的水泡，罗斯努力睁大眼睛，他努力让自己相信看到的一切。一个巨大的水晶形状的东西从云海深处冒了出来，这个泛着光芒的钻石球体渐渐爬升，变得越来越大。

"该死！你看到——"对讲机里传来了静电噪音，就好像通信系统被干扰了。

罗斯盯着这个东西，终于，他明白自己看到的是什么。一艘飞船。

这艘外星飞船整体呈球形，周围布满了三棱锥凸起，就好像一个玻璃泡泡的表面冒出了无数金字塔。金字塔的尖端放出的蓝色闪电组成一张电网，电弧在塔尖之间跳动。这是一种武器，一种来自气体巨星深处的奇怪构造。他不知道什么样的人会造出这种东西，更不清楚它想干什么。

罗斯向后踉跄了几步，放开了栏杆。"爬升！"罗斯大喊道，但是他不知道值班船长能不能听到自己说话。"向上给我再爬升几公里！该死……爬升十公里！"

外星飞船还在靠近，很安静，散发着不祥的气息。相比之下，采矿船就是一只小蚊子。

罗斯忽然想起旧时地球上那些吞噬船只的海怪。他的大脑无法理解那些布满着闪电的钻石球体，跳跃的电弧犹如利爪一般。"导航星在上！"他想起来游荡者中流传的一个古老传说，戴姆星事故的幸存者讲述的气体巨星内部的神秘现象。但是大家做梦都不会想到，在气体巨星内部居然会存在生命。

鸽子们四散奔逃，希望离采矿船越远越好。晶莹剔透的球体继续攀升，在空中变得越来越大。

"你到底是什么东西？你想要什么？"在风暴的肆虐之下，他的话立即被吞没了，这艘奇怪的外星飞船上的乘客也不可能理解他的话。他尽可能地提高音量喊道："我们不会伤害你们！"

这艘外星飞船悬在采矿船上空，向周围放出低频脉冲，就好像地球海洋里鲸鱼发出的声音一样。这种震动轰炸着罗斯，罗斯的皮肤在震动，就连颅骨都在颤抖。

值班船长已经拉响了全船警报，叫醒了所有睡觉的船员。但是，采矿船上没有武器，也没有任何防御系统。

如巨蛇一般的电流在金字塔尖不停窜动然后向外弹射，其亮度让人睁不开眼。罗斯大喊一声，捂住了眼睛。

电流长矛瞬间切开了采矿船船体，撕碎了艾克提反应堆，击穿了储存罐，然后直接引爆了排气口。一声爆炸过后，整条船都震动了起来。

蓝天号采矿船剧烈晃动倾斜，然后开始下坠。

甲板上的爆炸诱发的震动让罗斯快撑不住了。鸽子们在惊恐之下飞到了天上，在采矿船消失之后，它们将再也找不到新的落脚点。这些鸽子没有食物也得不到休息，会筋疲力尽而死。

长满尖刺的外星球体再次放出一道闪电，将蓝天号的主龙骨打断。蓝天号的各种部件四散飞落，着火的残骸犹如流星一般掉进了气体巨星的云层。

罗斯听到了船员们的尖叫。在这种无助的情况下，他感到自己的心脏快要爆炸了。他无法回复外星人发出的奇怪声音。第二次爆炸带来的冲击波将他从观测平台里甩了出去，连同各种残骸一起飞了起来。

极具破坏力的外星飞船在高空中观察着自己的杰作，终于停止开火了。

罗斯开始下坠，他伸展着双臂，衣服被风吹得呼呼作响。他看着自己所爱的一切被打成废铁，然后被越发浓密的云层吞没。

他还要往下坠落一千多公里。

35

艾斯特拉

在寂静的世界树之林深处，虫巢孵化的时间到了。精力充沛的艾斯特拉拉着哥哥本尼托穿过森林。他们在天刚亮时就离开菌礁城，进入了茂密的森林。

在窃窃私语的树冠之下，整个森林环绕着他们。本尼托伸展着双手，用指尖抚摸着树干，与整个森林保持联系。

艾斯特拉说："虫巢就在这儿。你绝对没见过那么大的虫巢！"

本尼托微笑着看着自己的妹妹。困意使他半闭着双眼，但脚下走得很稳，并没有被地面的植物绊倒。"妹妹，你说得没错，树林告诉我，虫巢在一个小时之内就会孵化。"

艾斯特拉跑在前面，本尼托没有加快速度，却也能毫不费力地跟在她后面。

艾斯特拉从一个最佳观测位置打量着材质如纸一般的虫巢。而本尼托靠在世界树上，这样他不仅可以依靠肉眼观察，还可以通过整个世界树之林的感觉进行观察。一些好似蝴蝶的东西在空中飞舞。艾斯特拉挥手想把它们赶走，但是本尼托却对此毫不在意。

灰白色的虫巢挂在世界树的树干上，它不停跳动的样子就好像一个被剥离出身体的心脏。里面的虫子已经结束休眠，准备进入生命周期的下一个阶段。

她听到了咯咯哒哒的声音和咀嚼的声音，知道这些虫子正在虫巢中狭窄的通道内移动。没有任何价值的虫后已经被他们吃掉了，现在他们开始寻找一个出口。"本尼托，世界树会讨厌这些虫子吗？毕竟它们寄生在树上，对世界树造成了伤害。"

她的哥哥微微一笑，把手按在树干上。他将这个问题传给整个森林的意识，但自己早就知道了问题的答案。"妹妹，世界树们不讨厌这些虫子。这些虫子也是大自然的一部分。这些虫子不是麻烦，而且他们有特殊的用处。"

"你是说我们可以住在它们留下的虫巢里吗？"虫巢如纸一般的外壁开始向外膨胀，长条状的虫子们准备随时冲出来。

"不止如此。你很快就会明白了。"本尼托用手指抚摸着树干，维系着与世界树的连接，"啊，这就对了，就是现在。"

这时，虫巢外壁裂开，一张长满牙齿的嘴巴钻了出来。然后，更多的脑袋冲了出来，就好像一群蛇一般，在虫巢中来回舞动。这些虫子向外伸展，分节的身体上覆盖着紫色的甲壳。它们像一群逃命的鳗鱼掉落在地上，头朝下钻进土壤，用嘴巴在肥沃的土壤中咬出一条路，那样子就好像食腐生物在饱食腐肉。

艾斯特拉被这一切吓了一跳。本尼托用手扶住她："注意别靠太近。它们在这个阶段非常饥饿，任何挡在它们面前的生物都会被它们当作食物。"

在这件事上，被提醒一次就足够有威慑力了，但是眼前的一切还是让艾斯特拉很震惊："这些虫子钻到地下之后会发生什么？"

本尼托笑着说："世界树会一直保持观察，毕竟它们观察着一切。这就是循环的一部分。这些虫子会钻到地下，帮助土壤透气。它们会在地下建立虫巢，等成虫出现之后，就会顺着树干爬上去，然后建立新的虫巢。"

所有的虫子很快就离开了虫巢，树干上只剩下了空荡荡的虫巢，犹如一间破旧的空屋。纸质般的外壁已经被撕碎，但是内部的通道还完好无损。"现在要开始干苦活了。"艾斯特拉的语气中丝毫没有不情愿的意思。

168

虫巢中的舱室需要清理，各个承重墙壁需要维修，还要在更加方便的位置加装窗户和门廊。这个虫巢为一个新的塞洛克村庄提供了框架，拥挤的菌礁城也可以进一步扩张。艾斯特拉完全可以为自己寻找新居住地的本事而自豪一番。

本尼托从最近的树上收到了一条信息，他笑着对自己的妹妹说："我们得回去看看爸妈了。等飞船降落的时候，咱们必须在场。"

"什么飞船？"艾斯特拉问。

本尼托笑着说："雷纳德回来了。"

#

当雷纳德从飞船上下来之后，艾斯特拉和自己的家人上前欢迎他的归来。经过了几个月旅行，雷纳德发生了一些改变。他的眼睛中充满了奇迹的光芒和更深刻的理解。他造访了很多奇妙的地方，见识了很多事情，学到了很多新知识。他似乎被迎接自己的人群吓了一跳。

萨琳心中充满了问题，但被喋喋不休的切莉抢走了风头，就好像哥哥对于自己在这段时间干的事情很感兴趣。雷纳德答应和小妹妹稍后好好聊聊，虽然时不时能够和迎接自己的家人聊天嬉笑，但是他的注意力实际上都放在埃德里斯教父和阿丽西亚教母身上。他俩的脸上写满对自己孩子的爱意和对他能平安归来的如释重负。

埃德里斯教父笑着说："儿子，你现在是否做好准备成为塞洛克的领袖？"

这位年轻人笑着说："说真的，我倒是见识了不少东西，但我觉得还是知道的太少了。"

阿丽西亚教母亲了亲他的脸颊说："这么一说，我亲爱的雷纳德，你确实是做好准备成为塞洛克星的领袖了。"

那天晚上，埃德里斯教父举行了家庭晚宴，坚持认为雷纳德以后有足够的时间会见其他代表。因为他们俩和孩子们想先听听雷纳德这一趟旅途中的故事。

这让艾斯特拉发现虫巢的消息显得不是那么重要，但是本尼托安慰她，以后总有时间宣布这件事。

大家吃着幼虫肉排、涂着坚果酱的面包和雷纳德最爱的裂皮莓蜜饯，他讲述着旅途中的所见所闻，其他人专心地听着。萨琳努力让切莉闭嘴，但是这个小姑娘还是有太多问题要问。

雷纳德说话的时候眼中闪烁着光芒："最棒的是，我和雷迪拉帝国的第一继承人乔拉相处得不错。"他微笑着看着本尼托，"而且他已经同意我们派遣两名绿灵教士代表前往米基斯特拉。啊，那可是个神奇的地方！"

本尼托饶有兴趣地问："绿灵教士在那儿能干什么？"

"他们可以接触到《七恒星史诗》。完整的雷迪拉帝国的历史史诗，而且还不是专供地球学者阅读的修订版。"雷纳德的脸上保持着笑容，他非常清楚这件事会在绿灵教士中掀起怎样的波澜。"里面除了有对他们皇帝的崇拜，这部口述历史还可能是雷迪拉文化中最接近宗教的东西。他们相信自己都是一个伟大计划中的一部分。这是一条贯穿宇宙的故事线，他们必须要将这部故事讲完，这就像是一部由台下全能的观众编排的戏剧。"

雷纳德凑到他兄弟身边说："乔拉会让你研究雷迪拉帝国所有的诗歌、历史和传奇。据说，一个地球人就是花上一辈子，也不可能看完所有的文献。"

这条消息似乎让本尼托感到头晕目眩，他知道世界树之林会非常喜欢这些信息。在他看来，这些新故事也许可以缓解世界树之林近来的不安。"这对世界树之林来说是个好消息。能获得这么多信息的机会并不是每天都有。"

艾斯特拉从菌礁城的房间，打量着外面暗绿色的森林，就好像在期待奇迹出现，整片森林会因为兴奋而跳起舞来。就算没有发生什么奇迹，能看到本尼托脸上兴奋的表情也足够了。

"游荡者那边的情况如何？"埃德里斯教父问道："我们对于他们的文化知之甚少。"

"我怀疑你在游荡者那里所取得的进展少得可怜。"萨琳挖苦道，"他们说不定会用联姻来控制你。"

雷纳德笑着对自己的妹妹说："千万不要低估游荡者，萨琳。实际上，低估他们可能是我们所犯过的最大错误。应该说他们也想和我们建立更为密切的关系。他们的一位领导人，西斯卡·佩罗尼，还是挺让人着迷的。"

萨琳说："我猜他们也想要我们的绿灵教士。"

"实际上，他们拒绝了我的提议。"他非常享受地看着自己妹妹一脸惊讶的表情。"游荡者不希望别人知道自己的秘密，所以不想要任何绿灵教士。"

埃德里斯教父低声说道："这倒是头一次听说。"

"我觉得也许可以安排直接将艾克提送到塞洛克，省掉和汉莎联盟中间商沟通的环节。想想这将为我们省掉多少费用吧！"

"想想汉莎联盟会有多失望吧！"萨琳紧张地说道，"咱们本来就用不了太多的艾克提，又何必为此惹来那么多的麻烦和敌意呢？"

阿丽西亚教母从桌子上拿起一片切好的对梨："但是，从长远来看，保持独立对我们还是有好处的。"

36

雷蒙德·阿古拉

当晕眩枪带来的令人恶心的眩晕感消失之后，雷蒙德的脑袋里嗡嗡作响，他全然不知自己是躺在一张舒适的大床上。他慢慢恢复意识，感觉自己好像漂浮在空中。然后才发现，他的身体被光滑的床单包围着，身下是一张填充了明胶的床垫。他的手指在抽筋，大腿肌肉紧绷。

雷蒙德睁开双眼，灯光让他头疼欲裂。他呻吟了一声，但发出的声音却非常微弱。他唯一记得的就是一个金发男人用晕眩枪威胁自己，而他那些看起来颇为专业的同伴则架着雷蒙德走向一辆没有标记的汽车。<u>自己被绑架了！</u>

他坐起来，忍受着恶心的感觉。有人带着自己来到了这里。他们是专门绑架年轻人的变态吗？又或者他们专门冲着自己来的？又有谁会在乎一个毫无前途的穷孩子和一个勉强度日的家庭呢？

他的家庭！他想起来了被燃烧成一片废墟的家、隔离带和安全部队的人员、消防工程人员和投放阻燃剂的直升机。

<u>里面的一切都烧成了灰，只等着牙医进去查验骨头确认身份了。</u>

当神经系统稍微恢复知觉之后，他睁开眼睛打量着四周。他现在身处一间没有窗户的小房间里。墙壁上挂着精美的挂毯，墙角的支架上放着精美的花瓶。水盆里的流水滴滴答答，犹如音乐一般。

他得赶快查清楚自己的母亲和弟弟们到底发生了什么！

他隐约闻到一股香味，瞥见墙上壁龛里的几根燃烧着的蜡烛。那可是货真价实的蜡烛！他从床上下来，但是床垫好像在将自己包裹起来。灯光似乎从四面八方射过来，整个墙面上的织物都在发光。他实在不知道自己身在何处。

一扇通向屋外走廊的大门打开了。站在门口的是一位文质彬彬、身材瘦削的男人，他的头发颜色看上去就像是刚刚锻造的钢铁。他灰色的眼睛里充满活力，皮肤非常光滑，很难猜出他的实际年龄。在他身边站着一个外壳灰暗的老式教学智能助手。

眼前的这个人打量着雷蒙德，嘴上带着微笑，但是旁边的智能助手先说话了："我对晕眩枪的持续效果判定精度存在十分钟的误差，温塞拉斯主席先生。"

"很好，OX，鉴于你还要估算那么多重要数据，这个结果已经很好了。"

雷蒙德知道这个名字，他捂住自己的嘴巴，免得说出任何愤怒的要求。这种抗议会让自己看起来愚蠢而无助，这些人可是想要什么就能得到什么的。雷蒙德决定等待时机，他和温塞拉斯四目相对。

温塞拉斯看着雷蒙德，抿嘴一笑："很好，彼得。即便还没有开始训练，你已经开始克制自己了。"他转头对智能助手说："OX，你的这位学生将会非常出色。"

雷蒙德的脑袋还在嗡嗡作响："谁是彼得？我叫雷蒙德·阿古拉。我住在——"

温塞拉斯看着自己精心保养的手说："彼得是我们为你选好的名字。你最好从现在开始就习惯这个名字。"

这台老旧的教学智能助手迈着沉重但不失精准的步伐向前走了几步："彼得，我知道晕眩枪的后效可能会让人很难受。我可以为你注射止痛剂，又或者你喜欢甜味的止痛糖浆。我不希望因为身体不适而妨碍你和温塞拉斯主席讨论重要的事情。"

雷蒙德才不想吃这些人给的药。但他还是不知道这些人为什么要带自己来这里，也不知道他们为什么会对自己感兴趣。他遏制住自己大喊大叫的冲动，仔细思考着当前的情况。他现在一个人在这间房子里，没有任何人可以帮助自己，之前还被晕眩枪打得不省人事。他们完全可能在任何时候再给自己下药。为什么要等到自己醒来之后，再给自己下药？要是自己一直保持这个糟糕的状态，那么谁会受益呢？

他停了停，然后问："哪一个起效快一点？我不想继续头疼了。"

OX 走到床边说："注射应该可以立即起效。我会尽量不弄疼你。"这台小巧智能助手伸出一只机械手。还没等雷蒙德看明白，一根金属针就从它的指尖弹出并刺入了自己的胳膊。雷蒙德被这个动作吓了一跳。他揉着自己的胳膊，但是却感觉不到任何残余的痛感。正如教学智能助手所说的那样，疼痛很快就消失了。

"我叫雷蒙德。"他深吸一口气说，"为什么要带我来这儿？你们想要什么？"

"年轻人，我们想发掘你的潜力。"温塞拉斯说道。他坐在雷蒙德的床头，双手放在自己的大腿上，摆出一副家长的姿势，这让雷蒙德觉得非常怪异。"我们为你准备了一个很棒的机会，给你非常优厚的待遇。而且还会给地球汉莎联盟创造一个稳定的未来。"

雷蒙德转头看着他，同时很庆幸疼痛和肌肉抽搐的感觉已经快消失了："我不知道你在说什么。有关于我母亲和弟弟们的消息吗？我看到了一场大火。"

"小伙子，我们没有发现幸存者。很遗憾，公寓里所有的人都死了。"

OX 说："小彼得，请允许我表示哀悼。"

"我叫雷蒙德。"

"你叫彼得。"巴斯拉说，"现在请听我好好解释一下。你必须接受的第一件事情就是，你已经不是以前的那个自己了。"

OX 走到房间角落的一个桌子旁，拿来了一个金色镜框的镜子。教学智能助手用自己稳定的金属手端着镜子，让雷蒙德可以好好地看看镜子里的自己。他的头发现在已经变成了金色，从发尖到发根全都变成了稻草般的金色。眉毛的颜色也变得与众不同，从以前的棕色变成了蓝绿色。他没有看到任何隐形眼镜或者植入物的痕迹。但是自己眼睛的颜色也变了，他敢打赌头发和眼睛的颜色都是因为接受了基因改造，而不是单纯地改变了颜色。雷蒙德一时间不知所措。

"真的和我们的老国王很像，你说呢？"温塞拉斯说。雷蒙德从来没有仔细研究过老国王的面部特征，顶多在海报、标语牌和一些老纸币上看到过老国王的肖像。

OX 抽回镜子，将它放回桌子上。雷蒙德再次打量着房间，以此避免直视温塞拉斯主席或智能助手。他看到门外还有两个人影。也许是警卫吧。他的房间里有一张加了垫子的座椅，还有一个装着看起来很美味的甜点的盘子和一瓶颜色鲜艳的果汁。雷蒙德的肚子开始咕咕叫了。

温塞拉斯给 OX 发了个信号，后者就端来了吃喝的东西。

"你现在是在低语者之殿下面的一间密室里。"主席说，"用不了多久，你就可以想要什么就有什么。OX 会帮助你学习历史、哲学、政治、宫廷礼仪方面的知识，以及你的职责所在。"

"什么职责？"雷蒙德品着酸酸的红色果汁，吃了块沾满蜂蜜的华夫饼，这大概是他吃过的最好吃的甜点了。

"彼得王子，你现在是弗雷德里克国王的儿子，也是王位的继承人。公众当然会注意你的家族特征。等你准备好的时候，我们会把你介绍给大众。人民会接受你的。"

"王子?"雷蒙德差点把剩下的果汁洒在床单上。"红雨在上，我可不是什么王子！我甚至都没见过弗雷德里克国王。我——"

温塞拉斯脸上挂着一种怪异的笑容说："小彼得，我们会在这里创造属于自己的真相的。千万别担心。"

"但是真正的皇室家庭成员怎么办？我之前从没听说过什么彼得王子。"

"那是因为他之前并不存在。"主席双手十指交叉。"我们一直对皇室家族成员的情况保密，这样汉莎联盟就有余地可以根据情况处理。我们在这件事上有极大的自我发挥空间。"

主席给自己倒了一杯果汁："弗雷德里克国王真正的老婆在二十多年前就死了。这些年来，他有不少小妾和若干私生子，但是没有一个具有我们需要的天赋。他们完全没有成为领袖的潜质。"

雷蒙德看着主席，完全不敢相信自己听到的话："你想让我取代老国王？"

OX 说："那得等你经过训练之后。"

"彼得，我们从几百个候选人中把你挑了出来。汉莎联盟认为民众会拥护和爱戴你的。"

雷蒙德坚持说："但是……但是这样不对！"

温塞拉斯平静地看着他说："多年以前，弗雷德里克国王就是这么登基的，巴塞洛缪国王、杰克国王也是如此。"雷蒙德听到这话感到天旋地转。主席继续说道："我们监视你好几年了，然后从众多候选人中挑中了你。说实话，年轻人，我们认为你是我们最大的希望。"他的脸色突然变得悲伤起来。"不幸的是，这场火灾让我们不得不提前动手。我们原本希望大家能在一个更加舒适整洁的环境中见面。"

雷蒙德此时对于世界的认知发生了巨大的改变，他对于接受这一切还有些困难："但是……弗雷德里克国王该怎么办？"

"等政权移交之后，老国王将接受整容手术，然后被送到瑞雷克星享受退休生活。弗雷德里克国王已经工作了将近半个世纪，他的头脑已经不如以前那么敏锐了。说实话，我觉得他已经无法认真对待这份工作了。我们需要一个更加合适的人选让汉莎联盟重获生机。"

雷蒙德叹了口气，打量着教学智能助手的金属面具说："我实在不能相信这一切。如果有人发现这一切，你会被抓起来的。"

巴斯拉·温塞拉斯笑着说："这又有谁能知道呢？原谅我，年轻人，但是雷蒙德·阿古拉是个无名之辈。而且现在你已经完成了整容，谁又能想到其中的联系呢？自从那场可怕的大火过后，大家都以为你和其他遇难者一起死在公寓里了。"

雷蒙德努力不让眼泪流出来，喉咙颤抖着，心中的痛苦渐渐麻木。他的母亲一定会说，这种突如其来的机会（而且他自己也一直在寻找这种机会）是他在面对如此悲惨的人生时的奖励。她说不定还会念一段统一教小册子上的陈词滥调。雷蒙德愿意用现在的一切换回自己的家人，但他不能放弃这个机会。这是他人生中不曾出现的机遇。

主席的脸上露出胜利的微笑，他的牙齿闪闪发光："你就把这一切当作对这场悲剧的补偿吧。小彼得，我们已经改写了历史，而我们需要你帮助我们书写未来。"

37

杰斯·塔博林

当杰斯·塔博林回到普卢马斯星冰层下的部族居住区之后，他发现自己的老爹一如既往的严厉易怒。这让他越发想寻找一些借口尽快返回中央集结点。他还是没能见到西斯卡。

当杰斯向布拉姆·塔博林介绍罗斯在格尔根星上的生意时，老塔博林的眼睛闪闪发光，但是过了一会儿，这位部族领导人就抬起长满老茧的手，说道："够了。不必在一个外人的八卦上浪费自己的时间。"这种固执的游戏已经持续了好多年，杰斯怀疑还会一直持续下去。

和自己的老爹住在一起真是令人窒息。杰斯在一周之内，又编造了一件需要去中央集结点的急事。他的妹妹塔西亚央求一起去，杰斯也很同情自己的妹妹。"老爹，她会没事的。"他说道，"再说了，万一我们这次能找到伯顿号呢！"

布拉姆哼了一声说："咱们部族在固体水生意上已经赚了不少钱。没必要开小差去研究这些传说。"

"老爹啊，我从来没有开过小差，这你也是清楚的。但是伯顿号是真实存在的，我可以肯定它就在太空某处。"伯顿号是唯一没有被找到的移民世代船。

"就算你能回收这条船，它现在也是一堆废铁，一毛不值。"

塔西亚却很开心地说："但是历史会记住我们的名字。"

布拉姆用一副挖苦的表情掩盖住自己的笑意，而杰斯则拉着自己的小妹前往自己的私人飞船。塔西亚的个人智能助手 EA 准备跟上去，但是这个小姑娘很快想出了几个繁重的工作，把 EA 打发走了。

伴随着欢声笑语，他们来到了星球破裂的冰冻地面。他们的飞船从水泵台出发，这个水泵穿透了几千米厚的冰盖，利用液体静压将液态水挤压到冰盖表面的供水站。

"我能驾驶飞船吗？"塔西亚坐在杰斯身边，眼巴巴地看着飞船的控制系统。

杰斯打量着自己的妹妹。她刚刚十六岁，年轻而有活力，只要不用待在普卢马斯星，去哪儿都可以。她长着圆圆的鼻子、蓝色的眼睛和参差不齐的棕色头发。只要头发太长让她感到烦心，她就会自己动手剪短。塔西亚聪明伶俐，是个理想的旅行伙伴，但要是有人惹恼了她，那她的伶牙俐齿也不会让你好受。

杰斯说："我怕飞船受不了你的驾驶风格。"

"我称之为锻炼。"

杰斯说："还是以后再说吧。我现在只想快点离开这儿。到时候我会让你操作飞船在中央集结点停靠。"

随着普卢马斯星在身后越来越小，杰斯设定好航线，塔西亚调出了以往的航行记录："咱们真的要去找伯顿号？你有新线索了吗？"

"不，那不过是我把你带上飞船的借口，不然老爹就会给你找别的活儿。"他看着从身边飞过的星星说，"考虑到时间、距离和路途中可能遇到的各种危险，我觉得伯顿号永远都找不到了。损失一条移民世代船对于我来说，是一个可以接受的损失，毕竟那飞船上使用的技术的确太老了。"

塔西亚笑了笑说："我觉得老爹和罗斯和好的可能性，还不如我们找到伯顿号的可能性高呢！"

杰斯叹了口气说："但是，让老头子心软下来也是我们的工作之一。罗斯可能在一年左右的时间内就和西斯卡结婚，而我们可以用这个借口让整个家庭团结在一起。"

塔西亚在冰层之下住了太久，现在感觉有点热，开始调整飞船内的温度："杰斯，他会明白的。老爹是个非常精明的生意人，绝对不会和新任议长的丈夫起纠纷。"

"你说得可能没错。"杰斯让妹妹接手飞船的控制台，然后去泡了点胡椒花茶，希望借此回避任何有关结婚的话题。每当他想到即将到来的婚礼时，内心都非常的沉重，他害怕自己对西斯卡·佩罗尼的爱意会显露在脸上。

#

每当塔西亚看到中央集结点闪闪发光的小行星和人造建筑的时候，就高兴得不得了。而杰斯看到自己妹妹一脸兴奋的样子，心情也会变得很好。

各个部族的代表上前问候他们，每一名代表都穿着样式不同的披风和背心，他们的衣服上有各个部族的徽记，而且样式设计也非常漂亮。塔西亚已经开始考虑自己的婚事，和其他年轻小伙子们打情骂俏。但毫无疑问的是，她肯定比自己的老爹更为挑剔。

所有游荡者都可以在中央集结点发表自己的想法、做生意、为不断扩张的队伍成员留下信息、会见自己的兄弟姐妹或远房亲戚。因为游荡者每个部族的规模都不大，所以跨部族通婚是保持文化和血脉持续发展的重要手段之一。

塔西亚去找同龄的朋友聊天去了。她习惯了小行星的低重力，穿过隧道系统，向穹顶温室跑去。她没有再从杰斯的飞船上带走自己的太空服，如果需要进入太空的话，她完全可以去借一件太空服。塔西亚总能轻易装配好这些东西。

　　杰斯带着又急又怕的心情，顺着连接通道来到了位于中央的小行星，他的最后一项任务是给西斯卡带来罗斯的问候。年迈的雅·欧卡使劲握住了杰斯的手，然后看了眼自己的接班人，发现西斯卡一直盯着杰斯看。

　　议长很自觉地给自己找了点要紧事去做："要是你俩不介意的话，我还要和兰德·苏伦加德的母亲见面。她的部族希望就兰德的行为做出一个正式的道歉。"

　　杰斯和西斯卡看着彼此，一句话也不说。杰斯看看西斯卡，几乎无法抑制自己脸上的笑意。西斯卡橄榄色的皮肤和黑色的头发对于杰斯来说像磁铁一样具有吸引力。西斯卡笑了笑说："杰斯，很高兴又见到你。"她的口气有一点太过正式。

　　杰斯不得不用一个僵硬的鞠躬回礼，他的披风斜到了一边："我上次去格尔根星的时候，我哥哥要我带来对你的问候。他估计蓝天号今年就能盈利。"

　　杰斯打开刺绣背心上的一个大口袋。他拿出一串黑色的金属球，原来是一串由黑色天珠制成的项链。他将这串项链放在灯光下。对于杰斯来说，西斯卡的眼睛远比这些价值连城的宝石更好看。

　　"我以前从没见过天珠，"西斯卡说，"而且我也没有拥有过这样的东西。我不知道该说什么，还得请你把我的谢意带给他。"

　　只有在艾克提反应堆内部才能找到这些小珠子，它们是原料采集过程中由大气样品里的杂质凝结成的。在日常清理中，偶尔可以发现天珠挂在反应堆内壁上。罗斯每次可以找到一两颗，这些年来他一直都在积攒这些东西。而他给自己未婚妻的项链上有二十五颗珠子，这可是一笔巨大的财富。

　　杰斯将项链放到西斯卡柔软的手掌中，指尖划过她的掌心。他因为这瞬间的甜蜜浑身起了鸡皮疙瘩。但是这种甜蜜中却夹杂着痛苦。

在罗斯离开家的这些年里，杰斯一直是塔博林部族的代表，负责为普卢马斯星固体水开采业务代言。各种日常业务让杰斯和西斯卡可以经常一起讨论事情。虽然这不是二人有意为之，但是他们对彼此逐渐产生了深厚而持久的吸引力。这违背了一直以来自己所受的所有教诲，违背了自己的责任感和使命感……但是他实在是无法控制自己。

他们之间有太多共同点，而且知道彼此很适合共度一生，但是西斯卡不可能违背自己嫁给罗斯的诺言，而杰斯也不能任感情发展伤害到自己的哥哥。所以，他只能选择变得坚强。

杰斯想说几句话缓和这种尴尬的气氛，因为他并没有勇气说出心里的话。西斯卡退到了一个安全的距离，而她的嘴唇微张，好像悄悄说着什么。

这时，一个身材健壮的家伙从低重力通道里冲了过来，他手脚并用冲进了议长的房间。他大喊道："我现在就要见雅·欧卡！"他打量着四周，看到了这对小情人。他忽然认出了杰斯："该死！这事还和塔博林家有关系！哎呀，这可不是什么好消息。议长呢？"

杰斯认出了这是戴尔·科伦，他的部族负责管理奥斯奎沃环带的秘密造船厂。科伦有的时候也充当货船驾驶员，不过是在各个居住区和设施之间运送乘客。他人到中年，身体强壮而且非常合群，但现在他看上去很恐惧。

杰斯问道："什么情况？你不是才从蓝天号采矿船回来吗？"

西斯卡朝前走了几步，问道："我是议长的代表。你可以把消息告诉我。到底发生了什么？"

"蓝天号采矿船不见了！"科伦说："被毁掉了！听到这消息的时候，我正在返回格尔根星的路上。他们说云层深处飞出了奇怪的飞船，然后攻击了他们。他们说从没见过那种东西。"

他深吸一口气然后继续说道："等我到那儿之后，只发现一些被炸飞的残骸漂浮在高空轨道上，另外在罗斯可能采集的目标云层中还发现一些污染物和烟雾。"

虽然中央集结点的重力很低，杰斯还是向后跟跄了几步，几乎无法保持平衡。他伸出手，而西斯卡本能地抓住了他的手。杰斯问："那逃生舱呢？舰桥呢？罗斯应该可以带着船员逃走吧！"

"什么都没有，"戴尔·科伦说，"一切都不见了。什么人或者什么东西毫无征兆地发动攻击，杀死了整个蓝天号采矿船上的所有人。"

38

记录人瓦尔

雷迪拉帝国的史诗中不乏英雄主义、激情和浪漫，而且这部史诗一直在延续。瓦尔作为萨鲁克皇帝宫廷中的高级记录人，为后来人记录下了雷迪拉人的传奇和历史。

他记录了银河系旋臂内发生过的各项重大事件。和平年代虽然适合人们繁衍生息，但缺乏惊心动魄的故事。到目前为止，克伦纳星支派移民地不过是《七恒星史诗》中的一个注脚，将它写进去完全是出于记录的目的，一点戏剧性都没有。它不过是个偏远的移民地，没有诞生任何伟大的英雄，是个毫无价值的地方。

但随着致盲病毒的爆发，克伦纳星的悲剧将为许多黑暗阴郁的诗歌创作提供灵感。记录者的工作就是确保一切都能记录在案。

幸存者在克里的战舰上接受长时间隔离之后，终于可以返回米基斯特拉。他们虽然个个惊魂未定，但是终于松了口气。这些人看上去脆弱不堪、遍体鳞伤，但在七个太阳的光芒下，可以感受到心神网中皇帝如神一般的力量，他们已经感到自己好起来了。他们在这里将逐渐恢复，但是永远无法忘记曾经发生了什么。

瓦尔必须听取信息并整合实际情况来编写故事。《七恒星史诗》在保持准确的同时还必须保证其对听众的吸引力。

瓦尔一直在精心保养着自己，给他那张胖墩墩、布满垂体的脸上涂抹油脂。当他将一切铭记于心然后大声向听众们讲述故事的时候，他红润的垂体将发出持久而明亮的光芒。

为了保护自己的喉咙和声音，瓦尔每天要喝各种温热糖浆的混合物，然后哼唱些没有歌词的曲调，确保自己的声音一直在正确的音域。然后，他起身去见克伦纳瘟疫中唯一幸存的记录者，迪奥。

瓦尔在棱镜之殿中一处充满阳光的平台上看到了自己年轻的同僚。迪奥闭着眼睛，双手放在光滑的桌子上，就好像灿烂的阳光能删除这场梦魇的影响。迪奥对刚刚过去的这场灾难还保有非常鲜活的记忆。

察觉到有人靠近，迪奥扭头打量着这位历史学家。这位年轻的记录者认出来者后松了口气，他的垂体因为感激和尊敬而闪闪发光。"记录者瓦尔，您能来看我，让我感到非常荣幸。我很乐意分享我所知道的一切，但是重温其中细节还是让我感到十分恐惧。"

瓦尔提醒他："记录者不会编造故事。我们不过是讲述故事，而且我们必须保证精准翔实。"

迪奥低下头说："我将尽力而为，记录者导师。"

瓦尔等待着，看着自己的同僚唤起自己各种可怕的回忆。迪奥的皮肤颜色变灰，就好像在经历什么可怕的事情。他浑身颤抖了一下。

"克伦纳星，"瓦尔动了下身子说，"你当时就在那里。你见证过各种英勇、悲剧以及不可控的事情。"他摸了摸迪奥颤抖的手。"如果不告诉我你所记得的一切，那么所有的悲剧就会被遗忘。死者与英雄必须被铭记。迪奥，你是个记录者。"

年轻人深吸了一口气，睁开了自己的眼睛，虽然依然被可怕的记忆所折磨，但此刻他已经下定了决心。"雷迪拉帝国支派移民地遭受了疾病的困扰。"迪奥说，"我们曾经记录了每一个死于发热、毒素或者基因性疾病的儿童以及家庭成员的情况。但是这次……"他猛地抬起头，垂体闪烁着猩红色的光芒。"究竟是什么病毒可以先夺取我们的视力，让我们无法享受光芒的庇佑，然后让我们与其他雷迪拉人隔绝，孤独地死于隔离之中？最可怕的是，这种病毒还能继续扩散。"

迪奥捏紧了拳头，向前伸了出去。瓦尔能感觉到一股寒意正从体内升腾而起。雷迪拉人常年沐浴在光照之下，被人群所包围。他们害怕两样东西：黑暗和孤立。

迪奥完全沉浸在自己的记忆中，继续说道："克伦纳有一颗巨大的卫星，所以就算在晚上，也能享受到不少光照。我们点亮每个家庭、每条街道，这样我们的中央城镇才充满光明。我们驱散了黑暗，但是当疾病夺取了你的视力之后，这些光明又有什么用呢？当瘟疫让克伦纳星继承人失明之后，就算他站在广场中央直视着太阳，也还是看不到丝毫光明。"

他的垂体上闪动着代表不安和恐惧的紫色和绿色。瓦尔浑身一颤，但却一言不发，他将迪奥说的每一句话都暗记于心。他可以想象出皇帝的儿子，克伦纳星继承人用失去视力的眼睛盯着耀眼的恒星的景象。这一幕确实很有戏剧效果。这一段历史将被修订，最终版本将被收录在《七恒星史诗》里。

"我们不知道疾病是如何爆发的。在克伦纳星上，科学家们大多是农业专家，而不是细菌方面的研究人员。在第一个病例出现的几天之后，又出现了十来个病人，那些照顾病人的人也病倒了。我们不知道这种疾病有这么高的传染性、致病性和致死率。"

"随着病人视网膜受损，第一名病人失明，镇子上的所有人都能通过心神网感受到病人的恐惧。我们知道应该隔离病人。但是你怎么可能眼睁睁看着一个生病的孩子，一个失明的孩子，告诉他我们要将他一个人扔在一旁，远离其他人的帮助和支持？这听起来比这疾病本身还糟糕。病人在失明之后，其他器官也开始出现神经损伤，最后肺部无法维持呼吸，心脏无法跳动。"

迪奥颤颤巍巍地吸了口气说："然后，克伦纳星指定继承人也死了，切断了我们和皇帝的直接连接。就连心神网的慰藉都被削弱了。我们又该如何忍受这一切呢？随着死亡人数的增加，恐慌也在加剧，我们的人数越来越少，心神网越发不稳定。很快，我们的人数就不及支派移民地的最低数量标准了。"

"其余健康的幸存者将自己封锁在家中，可是即便如此，我们还是疏忽了，让瘟疫闯进了我们的家门。我们焚烧了死者遗体，希望火焰最起码可以象征性地将光芒带回到我们身边。"

迪奥看着瓦尔，就好像希望记录者导师能够改写这段故事："我们不知道该怎么办？我们已经倒下了，而病毒还在继续扩散。"

瓦尔抓住迪奥的手腕说："到此为止吧，迪奥。"

他艰难地吞了一下口水，大脑飞速旋转。他知道克伦纳星的瘟疫和放弃整个移民地的事实必将成为史诗中重要的一部分，但是瓦尔担心加入太多惊悚的细节可能引起人民的恐慌。

"也许你该再陪我一会儿。"他建议道，"我们可以讲个快乐的故事，波布星和银球的故事怎么样？孩子们喜欢这个故事，而且我喜欢逗弄小孩。你肯定会觉得这个故事很有趣。"

迪奥犹豫了一下，对这个主意表示怀疑："我还是喜欢安静一点，与人亲近，而不必和他们打交道。我现在可不适合逗人开心。也许我现在更适合去做个学者。"

瓦尔皱着眉头，他多肉的垂体上闪过不赞成的严厉色彩："其他的氏族无法像我们一样回忆每一个细节。史诗可以写下来，迪奥，但作为记录者，我们真正的使命是讲述故事、教育他人。让历史和传奇变得鲜活，不被人遗忘。所有的雷迪拉人都可以听到歌谣，想象那些故事，我们必须成为一个讲述人。这才是我们的使命。"

迪奥垂着肩膀说："这确实是我们的使命，但有时候这是个非常困难的工作。"

39

达文·洛兹

雷迪拉人已经撤离克伦纳星，将整个移民地拱手让人了。汉莎联盟为了在雷迪拉帝国境内明确所有权和居住权，给了雷迪拉皇帝一大笔钱。汉莎联盟认为这个已经完成改造的星球是一个巨大的财富，而皇帝则认为这笔巨款是一个大便宜。

很明显，两个种族对彼此都不了解。

当汉莎医疗人员和微生物学家研究了雷迪拉致盲瘟疫并宣布人

类对这种疾病免疫之后，汉莎联盟的运输船开始在这个星球着陆。志愿者们早早就填好了移民申请表格，只等着星球开放之后就向着新家园进发。

汉莎联盟的官方政策鼓励人们通过以在各星球建立定居点的方式，来扩张现有移民地人口。这是在人类文明历史上，人类第一次有了足够的扩张空间和资源。而作为人类，他们将充分利用手头的一切资源。这意味着所有资源都不会被浪费。

当第一批运输船放下睁大了眼睛的定居者之后，达文·洛兹好奇地打量着周围的一切。他和第一批移民者来到克伦纳星空荡荡的城市，虽然他看上去和其他人没什么区别，但他有自己的任务。

巨大的雷迪拉战舰匆忙从克伦纳星系撤退时，船上挤满了惊慌的幸存者。当人们担惊受怕、急于逃命的时候，就会犯错误。他们会留下一些重要的东西。而巴斯拉·温塞拉斯主席此时正通过自己的特工达文·洛兹控制着局势，打算以此寻找突破口，寻找有价值的情报。

第二队医疗专家已经前往被废弃的镇子，开始研究地表水和当地微生物群，并确保没有任何东西可以威胁到新来的移民者。一些研究结果显示，人类可以和个别雷迪拉氏族通婚，这完全无视了基因学常识。所以，这种会引发失明的瘟疫却对另一个种族人类无效的事情，可以说是非常有讽刺意味的事情了。

虽然新来的移民者因在微生物学角度的认识不足感到不安，但是他们绝对安全。达文·洛兹对此毫不怀疑，但决定不去安慰其他人，而只是观察他们的行动。这一切都充满了非常有趣的社会学细节。在巴斯拉·温塞拉斯主席下达进一步指示之前，他不会将自己知道的一切事情告诉任何人。

巴斯拉主席将他派往克伦纳，伪造的文件显示他不过是个普通的移民者。在其他人可查到的资料中显示达文精通小范围农业，有一些拿手技能：木工、水暖工和引擎维修。其他移民者很高兴他能加入移民团，大家可以一起建设新家园。

在运输船上，达文结识了几个人，并扩大了社交圈子，但他很注意和所有人保留一定的距离，避免成为真正的朋友。他不知道自己的任务需要他在克伦纳星待多久。他估计会一直待在这里，直到找到一些关于雷迪拉人的有用情报。

达文·洛兹是巴斯拉主席亲自挑选的"观察员"，而且他本人也很喜欢这份工作。他知道自己的职责，但是不喜欢使用"间谍"一词。他是一名外星社会学家这一点，并没有被写进任何文件或是简历中。他能通过观察外星文明，研究其中奥秘，最终取得一定的研究成果。

雷迪拉人匆忙抛弃的移民地为巴斯拉主席提供了一个机会，他可以借此研究雷迪拉皇帝努力隐藏的一些秘密。达文的报告将在建立移民地的第一年随来往频繁的物资运输船送回地球。

一批装满了货物的飞船终于降落在雷迪拉移民地主城外围的田地里，这里土壤肥沃却空无一物。首先降落的是装满了人员的飞船，它们卸下了紧张的移民者们，这些人在旅途中一动不动地坐了太久。稍后飞来的货船里装满了设备、补给和预先组装好的住房套件。这是标准的"新移民地"物资补给，虽然之前的移民者已经为人类完成了一些准备工作。

在飞往克伦纳星的旅途中，移民者们研究了地图，分析了卫星照片。在会议中，根据各个家庭的抓阄结果划分了地界并瓜分了可用耕地。当飞船降落后，他们蜂拥而出，想去看看外星人给他们留下的城镇。但看到实际情况之后，很多人都发出了不满的抱怨，因为雷迪拉人曾绝望地试图阻止瘟疫蔓延，焚烧了大部分房屋。这些移民者原本以为可以利用大部分已有的基础设施。

移民地建设工作还在热火朝天地继续着，达文从装在设备的运输船里开出了一台重型运输车。他知道如何驾驶这种用来搬运货箱和设备，以便物资发放工作的重型机械。

他在船上见过的三个人正在互相指责，吵得面红耳赤。这一点都不奇怪。在克伦纳星，统治秩序和街道、水源和食物配给享有同等重要的地位，必须尽快确立。虽然在官方文件上没有显示，但是达文的教育水平是几个人中最高的，他完全在这里可以成为一个领导者。但是，他的任务是保持低调，尽可能收集情报。

达文个子很高，手很大，肩膀不宽，还缺点让他看起来更有威慑力的肌肉。但他光滑的皮肤呈深棕色，几乎和一块光滑的乌木没有什么区别。他的颧骨很高，眼睛很小，头发也很短。左脸两道平行的伤疤让人以为是某种部落标记，但实际上那不过是当年在朋友家自酿啤酒失败导致玻璃瓶爆炸而留下的伤痕而已。

他一言不发地开着运输车，将货箱运到了雷迪拉人居住区的中央。这些新来的移民者们到处跑来跑去，就好像来到陌生度假村的孩子一样四处探索。他们打量着奇怪的建筑和外星人留下的物品，寻找着可能存在的宝藏。达文仔细记录着一切，没收任何有助于人类技术进步的技术设备。

他卸完了货，将运输车停在小镇的广场上，然后混进了热情的人群之中。他带着一台秘密摄像机，在建筑物之间走来走去，研究着留在原地的一切，从各个角度拍摄建筑物。雷迪拉帝国的这些游客已经见识了外星建筑的基本样式，但是达文最关心的是雷迪拉人私密的细节情况。

他走进还没有被烧毁的公寓，打开储藏架，查看外星人每天的必需品。

这些厚道的雷迪拉人似乎没有向汉莎联盟隐瞒任何信息。实际上，他们一直自称是人类的盟友和朋友。但是达文和巴斯拉·温塞拉斯都怀疑事情并非这么简单。他们的开放可能只是想掩盖那些不想让人类知道的秘密而已。

温塞拉斯主席在布置任务的时候曾经警告过他："要了解你的敌人。"在克伦纳星上，达文·洛兹希望好好利用这次雷迪拉人的悲剧。如果这个被放弃的移民地藏了任何秘密，那么达文要将它们通通挖出来。

40

玛格丽特·克里克斯

瑞迪克星的白昼有二十八个小时，但多出来的四个小时并没有让玛格丽特和路易斯觉得他们有足够的时间探索克莱西斯废墟。

在他们营地附近的一处陡峭的峡谷，两位外星考古学家爬进了一片废弃的建筑群，整个建筑群位于悬崖之下，由带有弧度的建筑和形态各异的墙壁组成。空荡荡的建筑群后的山谷一直延伸到深山之中。

有可能是因为自从克莱西斯人消失之后，峡谷变得更深了，也可能是因为克莱西斯人在悬崖上建造的斜坡和落脚点被侵蚀殆尽。DD和另外三台黑色的克莱西斯机器人帮着搭建好梯子和临时台阶。巧妙躲开峭壁并利用岩架，克里克斯夫妇靠近这座失落的城市。每当黎明第一缕曙光降临的时候，他们就开始了工作。

玛格丽特和路易斯没有发现从地面向上延伸的竖井、滑轮、梯子或者任何更复杂的运输系统。路易斯认为克莱西斯人将建筑群设置在有高度战略价值的位置上，是出于防御的考虑。"或许克莱西斯人长得很高。"路易斯开玩笑道，"我们永远都不知道他们长什么样。"

巨大的黑色机器人站在被反复冲刷过的峡谷底部，没有提供任何的建议。西里克斯说："我们什么都不记得。"

路易斯笑了起来，就好像这个外星机器人能够理解人类的表情："我们会尽可能寻找真相的。为了你们，更是为了我们。"

阿卡斯并没有像他们所希望的那样加入这次行动，他更倾向于独立探索这里的风景。虽然阿卡斯有地质学的知识背景，但是玛格丽特只指望他能够完成通信任务。克莱西斯机器人能够提供更多直接的帮助。

经过一个月的探测之后，最繁重的工作还是对周围地区的探索和规划各种可能性。外星人的废墟城市规模巨大，单单是建立一个研究计划就是非常繁重的工作。路易斯在地下隧道和破破烂烂的建筑之间拿着记录仪走来走去，记录着墙壁、建筑、管道和克莱西斯人留下的严重被腐蚀的机器。

玛格丽特在早期的研究中，曾经造访了地球北美洲西南部梅萨维德国家公园的阿纳萨齐遗迹。这片泥砖建筑群已经存在了好几个世纪。瑞迪克星上克莱西斯城市的遗迹，让她想起了那些美洲土著人的悬崖建筑群。但现在摆在眼前的是无法理解的外星文明，他们的建筑也是基于完全不同的美学概念，墙壁的角度完全不同，梯形的门道甚至不在建筑物的地表一层。

玛格丽特从墙上取下一些碎片，然后发现有一个墙角明显没有那些克莱西斯人常覆盖在大部分建筑物表面的标记和象形文字。她怀疑这些虫形生物没有使用纸张或者其他材质的记录媒介，而是更喜欢在城市的墙壁上书写历史和数学。

　　她已经对从科里布斯星、拉罗星、皮姆星以及其他调查过的克莱西斯遗迹中收集到的建筑样本进行了化学分析，她知道与这里的测试结果将会完全一致。克莱西斯人使用了一种有机矿物混合物，其构成类似泥巴、树浆、硅和一种类似口水的含树脂液体的混合物。这种混合物相比于混凝土和钢铁来说，更坚固而且更耐用，其吸收性和稳定性可以长时间保证文字、书写信件和数学公式清晰地留在墙面上。

　　在营地中，玛格丽特可能将整夜比对他们之前收集的记录。但是在废墟城市这里却是另外一种体验，你会呼吸干燥多尘的空气，被一个消失已久的种族的阴影包围，说不定还有克莱西斯人的幽灵。

　　一年前，玛格丽特曾经在科里布斯星上盯着记录符号看了一整天，但是却一无所获。但是，当她在一间空荡荡的房间里看着月光照在墙上的符号时，终于取得了突破进展。她认出了星图坐标，刚好和一个稀有的中子星相关。这个突破最终带领她找到了"克莱西斯火炬"。现在，她需要的是更多的灵感，来完成更多的符号翻译。

　　她和路易斯最初是在埃及工作，他们使用了雷迪拉人发明的声波测绘器。借助这种外星人的装备搜索掩埋在撒哈拉沙漠之下的文物，克里克斯夫妇最终发现一座被沙丘掩埋的古埃及城市。这个惊人的发现让他们成为了著名的考古学家。

　　从那时起，玛格丽特和路易斯应地球防卫军的请求，在远离军事基地的火星待了六个月。在这种可怕的环境下工作和在撒哈拉沙漠燥热之下工作，这两种体验完全不同。他们穿着太空服，在火星的诺克提斯迷宫地区研究了神秘的几何金字塔，确认这些神秘建筑的来源。但是经过详细的研究，克里克斯夫妇总结了各种详细数据，得出了一个并不让人欢喜的结论，那就是这些神秘的建筑并非出自外星文明之手，而是几千年来，土壤中的晶体结构在低重力环境下暴露于各种天气中形成的。

作为外星考古学家，他们没有什么特别奢侈的愿望，只有共同目标和爱好。他们二人对于自己当前朴素的生活非常满意，也称职地扮演着在婚姻中的角色。玛格丽特和路易斯了解彼此的想法，他们总是坐在一起忙于自己的工作，偶尔还会简单评论一下彼此的工作。如果事后有人问，那么他们会说进行了一次漫长而有趣的对话。

此时，在瑞迪克星上，路易斯带着探索成果回来找玛格丽特，他一手拿着照相机，另一只手里拿着一块发光板："亲爱的，我刚刚完成了另一个区域的测绘。"

她坐在原地打量着墙上的标记，头都没抬地说："做个——"

"我做完啦！"他说着拿出备份用的数据记录仪。

玛格丽特说道："你自己知道东西该放哪儿。"路易斯将记录仪放在一个存放克莱西斯相关文件的文件架上。路易斯总是忘记做一些必要的备份工作，而玛格丽特也在这方面吃过大亏。在之前的发掘工作中，他们因为电磁风暴、沙暴和突如其来的洪水损失了很多数据。

他们二人默默地忙于自己的工作，但同时享受着彼此的陪伴。玛格丽特和路易斯之间的关系就好像基于智力的盟友，因为他们大多数时间都远离人类文明。他俩最终达成共识选择结婚，就好像是某种贸易投资。但对于克里克斯夫妇来说，他们是彼此真正的伴侣，他们在智力和精神方面的默契远远超越了其他夫妇年少轻率的浪漫。到目前为止，他们的婚姻已经持续了三十八年。

路易斯出去继续在一个放满克莱西斯机器的房间内研究。他坚持认为这些外星机器中肯定还有能用的动力源、空气交换装置、水泵和液压装置。他相信这座城市依然能够运转，只不过现在处于休眠状态，只要有得当的方法和耐心，那么就可以唤醒这座城市。

路易斯还没走远，玛格丽特忽然想到了一件事："路易斯，今晚记得给安东庆祝生日。"

"好的，亲爱的。我们会让阿卡斯给他发条消息。不然他会以为我们忘了他。"

但是，玛格丽特知道，他们唯一的儿子肯定忙于大学的学习，翻译古地球的文献，解读各种神话和传奇。安东·克里克斯作为一名学者，和自己的父母一样专注于自己的工作。他曾经送给自己的母亲一个古董音乐盒，玛格丽特每次进行科考活动都会带着它。安东知道自己的父母以他为荣，只是工作太忙很少表达出来。

等路易斯进入另一个房间后，玛格丽特可以听到他在摆弄各种仪器。她走到干燥的走廊上，穿过一间间写满各种尚未翻译的数据、文献内容或者科学发现的房间，任思绪飘荡。也许这些都不过是毫无意义的涂鸦而已。

克莱西斯人是否与人类、雷迪拉人一样都会讲故事，又或者他们是完全理性的种族？克莱西斯人为什么会灭绝？这个问题如同定时炸弹一样让她时刻不安，必须尽快解开这个谜题。

在经过了一天成果颇丰但缺乏进展的研究之后，玛格丽特被智能助手DD的金属脚步声打断了思路："在吗？在吗？玛格丽特和路易斯？你们要我在黄昏的时候来找你们。我为你们准备了好吃的。我相信你们会喜欢我开发的菜谱。现在是不是可以结束一天的工作了？"

玛格丽特揉着僵硬的脖子，扭过头打量着智能助手："DD，工作是停不下来的，但是我们今天也不可能有任何进展了。去找路易斯来吧。他可能还在折腾外星人的发电机。"她指了指一条走廊，然后 DD 就大叫着路易斯的名字跑了过去。

他们一行三人顺着金属台阶走了下去。DD 走在最前面，拿着一块发光板倒着走，为路易斯夫妇提供照明。智能助手走起来很稳，没有漏过一个台阶，它还不停提醒他们二人注意路面颠簸和岩架上的凸起："小心，小心。"它很快就想起来自己可以使用急救数据模组，如果克里克斯夫妇需要它成为急救医生，只要将数据上传到自己有限的内存中就可以了。

当玛格丽特走到悬崖底部的时候，她的腿因为长途跋涉而感到酸痛。路易斯搂着她说："亲爱的，需要我的帮助吗？"

"老头子，你也好不到哪儿去。"她说，"等咱们吃完 DD 准备的食物，应该就可以缓过劲来了。"

路易斯说："我希望不是什么营地食物大杂烩。"

"路易斯，我可以记下你喜欢吃的菜。"

他们顺着早已被洪水冲刷一空的峡谷底部继续前进，玛格丽特回头打量着高耸的悬崖和坐落在上面的外星城市。玛格丽特大声问道："也不知道克莱西斯人有没有关节炎。如果他们也会得关节炎，那么他们是怎么回家的？我绝对不想天天爬这么高的楼梯。"

路易斯说："尤其在克莱西斯人有好几条腿的情况下，这看起来有强大可能性。也许他们爬上城市之后，就再也不出来了。"

随着峡谷影子越来越长，玛格丽特开始考虑眼前这座城市如此不便的位置："不过，这种选址思路看起来很典型。还记得拉罗星上的那些高塔吗？"

拉罗星是一个干燥而多草原的星球，由泥巴和硅的复合材料建成的高塔犹如高耸的白蚁巢穴，内部还有相互交错的隧道，但这些隧道似乎并不是整个建筑中的主干道。有些隧道可以到达地面一层，但是宽度也不及高层的通道，这也说明了整个建筑的交通流量密度一般。高塔上的窗户非常宽大，直接通向外面的悬崖。

忽然，玛格丽特笑了起来。

路易斯看着她。而 DD 出于友好程序的设定，明白跟着自己的主人一起笑是一种友好的设定，所以他开始模仿出笑声，但不明白主人为什么笑。

玛格丽特说："老头子，这太简单了。这个问题的答案这么明显，咱们之前怎么就没想到？"

路易斯看着自己的妻子。每当玛格丽特取得突破性的想法之后，几乎都被证明是对的。他问道："亲爱的，你是打算告诉我呢，还是打算吊我胃口到我老死？"

玛格丽特指了指峭壁和岩石以及几乎难以攀登的悬崖和广阔的天空："因为他们会飞。"她微笑着看着路易斯，这种认知可能让他们重新审视对这种外星人的了解。"克莱西斯人会飞！"

41

萨琳

虽然还没到达地球，但是萨琳已经开始制订计划、考虑自己如何成为完美的塞洛克大使，完成各种政治任务并成为一个有教养的女主人。她的工作是为了森林世界的利益，也是为了汉莎联盟的利益。巴斯拉·温塞拉斯向她展示了双方的人民都有着一样的目标和需求的内核。

不可否认的是，萨琳和保守的老欧特玛相比还是有很大的区别，后者顽固地阻止塞洛克星人民融入汉莎联盟。但是，年迈的欧特玛是萨琳的前辈，而且在塞洛克星颇受尊敬。能够获得她的支持，将对自己非常有利。

在自己的房间内，萨琳用世界树的种子煮了一壶提神茶。她的房间在菌礁城的高层，这里的蘑菇是新长出来的，而且墙壁也很软。她很喜欢这个房间，因为和菌礁城下层的房间相比，这里的光照条件更好。萨琳在矮桌上准备了两个杯子，一个给自己，一个给欧特玛，杯子里装的是刚刚煮出的茶饮。

在等待客人的时候，萨琳检查了一下自己的仪容仪表，练习了一下微笑。她还调整了一下欧特玛给自己的大使袍，然后摸了摸巴斯拉给她的手镯。这只送她的手镯除了体现了他对塞洛克星人民的尊敬，还是一个情人之间的礼物。

欧特玛迈着无声的步伐准时赶到，萨琳起身欢迎来客。欧特玛看起来真的老了。她深绿色的皮肤就好像是森林深处的夜晚，而且像木头一样坚硬。她穿着绿灵教士最常见的服饰，没有佩戴任何饰品。

看到萨琳穿上了大使的袍子，欧特玛感到一阵心烦。她脸上代表地位的线条和代表成就的标记因为表情变化发生了扭曲，就好像显示皱纹走向的虚线。萨琳好奇这位前任大使是否已经开始怀念地球的文化和舒适方便的生活。

萨琳假装没有注意到前辈忧愁的情绪。"欧特玛，你已经离开太久了，咱们从来没有好好了解过彼此。"她倒了一杯世界树种子煮的茶饮，欧特玛接过了杯子。"在我离开塞洛克前往地球赴任之前，我觉得咱们得好好谈谈。"萨琳面带微笑，虽然这些话不是发自真心，但还是要按照流程说一遍。"对于地球你的经验颇为丰富，想必你一定有很多经验可以和我分享？"

"我会给你好好讲讲的。"欧特玛慢慢地说，"但是，我觉得你可能听不进去。"

萨琳尽量不让自己表现出不满的情绪,她低头喝着热乎乎的茶饮。"欧特玛,你回到世界树之林肯定很开心吧?毕竟工作了这么多年,这也是你应得的。"

"不论世界树之林发现了什么人类所无法发现的麻烦,它总能抹去人们的困倦。你说得没错,我很高兴能回到塞洛克。让我失望的是你,萨琳大使。"欧特玛将这个头衔当作一种羞辱,然后很不情愿地坐了下来。"而且我非常担心你可能造成的损害。"

萨琳轻轻笑了笑,将这当作一个笑话:"欧特玛,你该给我一个机会证明我自己。我在地球学习过,而且我对于地球的文化和习惯非常熟悉。实际上,我对于汉莎联盟的政治和商业的理解不在你之下。"她心里暗想:说不定我的见识还在你之上。

欧特玛皱着眉头说:"萨琳,你是个聪明人,而且我也不会怀疑你的理解能力。"她喝了一大口茶饮,闭上眼睛,吸收着世界树种子给她的力量。就连她皮肤上的绿色都显得更有活力了。

"但是,我希望你明白塞洛克星所处地位的特殊性。一个人很容易忘记自己曾经在哪里生活,还可能会讨厌自己曾经生活过的地方。一个没耐心的孩子可能认为我们的处事之道无聊或者枯燥,但是不要让那些华而不实的财富诱惑分散了注意力,然后忘记真正重要的东西。有些花朵确实好看,但是开花的时间很短。根系向下不断延伸,才能够长久存在并保持稳定。"

萨琳很想对此表示抗议,但是却控制住了自己。她反而摆出一副非常同意的样子然后点了点头:"欧特玛,你说得很对。谢谢你的见解。"

巴斯拉曾经警告过她,欧特玛非常善于惹人生气。在没有感情和仇恨因素的驱动下,这位年迈的大使挫败了汉莎联盟所有试图控制绿灵教士的努力。巴斯拉知道不能招惹这位"铁娘子"，因为欧特玛绝不会退让。

但自从有了萨琳，很多事情将发生改变。

在森林之外，两只处于交配期的鸟叽叽喳喳地飞来飞去，树叶沙沙作响，惊动了一群飞虫，这些飞虫的外壳犹如珠宝一般。欧特玛看起来有些心烦意乱，好像在担心一些更为复杂的麻烦，而不是这位年轻而野心十足的大使。她说："世界树掌握了很多知识，其中有些知识甚至不会告诉我们。"

萨琳振作起来，换了一个角度继续说："鉴于我不是绿灵教士，所以我对世界树之林的理解比不上你。但是，我会尽可能做到最好，而且我会向其他教士寻求意见，要求他们传送信息。世界树之林会知道我所做的一切。"

"我对此表示怀疑，年轻人。这么说吧，我怀疑你不会让绿灵教士参与你和温塞拉斯主席的私人会谈。"欧特玛的暗示让年轻的萨琳勉强才稳住了自己的阵脚。"你以为你和那位主席先生的亲密关系，可以让你在二人关系中占据上风，但是我要警告你，巴斯拉·温塞拉斯可不那么容易被人操纵。一个单纯的小姑娘怎么能轻轻松松看明白他是怎样一个人呢？"

萨琳的脸色阴沉了下来："欧特玛，你现在已经没有这件大使披风了，你明显忘记了一些战术和外交策略。"

"萨琳，但是我可没忘记真相。"欧特玛说，"这么明显的事情，就算是没有和世界树的联系也能看懂。"这位年迈的妇人留下没喝完的茶饮，站起来鞠了一躬。"我想这是你最想听到的建议，我现在也该走了。"她退到了房门口。

"萨琳，继续你的游戏吧，但是别忘了你是谁，你来自哪里。

世界树已经感知到艰难的日子还在前方等我们，但是它们拒绝告诉教士们具体情况。总有一天，你会庆幸在塞洛克星上还有盟友。"

42

杰拉德·芹泽

昂西尔星正在放出耀眼的光芒，这颗新生的恒星现在被新生内核释放出的核烈焰所吞没。它的体积没有星系中的主恒星大，这颗燃烧的气体巨星融解了之前冰封的卫星核心。

通过在商贸航线上来来往往的快速飞船，"克莱西斯火炬"实验成功的消息继续在汉莎联盟移民地和雷迪拉帝国传播。芹泽接受采访的视频吸引了上百个世界的听众。他现在已经收获了足够的名气和荣誉，该开始进行真正的工作了。

虽然这颗新生的恒星很小，温度也不高，但芹泽想要透过观察窗观察翻滚的等离子体，还是需要打开多层滤光镜的。控制台上的屏幕上显示的是特定光谱区的磁力地图。这是一个奇观，也是一件怪事。

他已经研究了那些气体巨星点燃后瞬时拍摄的奇怪照片，晶莹剔透的喷射物好似闪闪发光的完美球体，它们仿佛正在快速脱离新生的太阳。玛格丽特·克里克斯也看到了这些东西。芹泽试图将这一切解释得尽可能简单。周围有这么多媒体，他不想吓到任何人，或者让别人发现自己还有不知道的事情。但是，这种异常现象经过了反复分析之后还是无法解释。

万幸的是，这种情况并没有再次发生。

芹泽用手抚摸着自己光滑的头皮，无法控制地轻颤。他在这个金属墙壁的观测平台上，总是感到寒冷。他打量着这颗小型恒星的光芒，但是却感受不到任何温暖。不管怎么调节环境控制系统都没用，他在平台上走动的时候，胳膊上总是起满了鸡皮疙瘩。

由于星球内部密度变化过大，昂西尔星核心的核反应区不过是薄薄的一层，但是足够点燃氢燃料。这颗小太阳好似一场正在逐渐平息下来的飓风，但是几周以来没有发生任何明显的变化。

但是，在四颗卫星上正在发生巨变。

一周之后，汉莎联盟的第一艘飞船就会到达，上面满载星球工程师、环境改造专家和地质学家。他们将降落在逐渐温暖的卫星上，依托着特殊掩体和大型设备，开始漫长的环境改造工作，把它们变成宜居的世界。激动人心的时刻即将来临。

芹泽微笑着说："你觉得这些移民者会怎么称呼自己？"他经常用这些毫无营养的问题和手下的技术人员聊天。杰克星是最大的卫星，它距离新生的恒星最近，很有可能成为第一个适宜移民的卫星。"你觉得他们会管自己叫杰克人？还是杰克佬？"

他手下的一名技术人员倒是很喜欢这种游戏，于是说："依我看啊，或许叫杰克星人更合适。"

芹泽打量着屏幕中乔治、本和克里斯托弗三颗卫星的表面。融化的气体喷涌出来的样子好像彗星的尾巴，冰体挥发的过程异常嘈杂和混乱，但大气层就是在这样的过程中诞生的。早期产生的气体将会直接排入太空，由于太轻而无法被卫星的重力所捕捉。最终，在冰冻的湖泊升华，冰川化为液态水或者二氧化碳之后，才能有足够的空气覆盖卫星表面。这一切都是早晚的事情。

这四颗卫星的名字取自汉莎联盟最初的四位国王，这让芹泽感到了一丝历史感。人类认为几个世纪非常漫长，但对于雷迪拉人和他们的皇帝来说，这似乎不过是一瞬间。对地球上的许多文明而言，人类没有进行过长期规划，因为他们无法想象超过个体寿命的世界。

芹泽走到工作站的温度控制台，调高了内部温度。他们脚下的甲板将散发热量，使工作站内部温暖起来。他搓了搓手，然后返回自己的监控屏幕。

他反复切换、观察着四颗卫星的图片，本和克里斯托弗星距离较近，乔治和杰克星则在昂西尔星的另一边。他播放并观察着照片中卫星表面在逐渐融化的过程中平滑或破裂的变化。由于卫星表面的地形每天都在变化，所以现在还难以判定任何永久性的地质特征。

一名技术人员将一颗雾气笼罩的卫星照片放在了主屏幕上："克里斯托弗星出现了大规模地质变化。"喷涌而出的气体犹如间歇泉一般。"看，出现了一道冰隙，一个大冰盖正在移动。"

芹泽搓着胳膊，急忙赶过来查看情况："这里的地质情况还是非常不稳定，也许现在让环境改造小组过来还为时尚早。我们可不能让科考小队经历这么一场地震。"

"芹泽博士，环境改造小队带来了大型设备，足以抗住世界末日了。"

"当然，还能抗住一个世界的诞生。"十名技术人员和天体物理学家聚集在高清屏幕前，一动不动地打量着这场地质变动。

芹泽抬起头，看到一团明亮的球体飞入星系内部，然后从轨道平面的上方向不安的恒星前进。他大喊道："快看！"

这些球体和"克莱西斯火炬"实验时捕捉到的画面一模一样，芹泽本以为这些不过是无关紧要的异常现象。但是，玛格丽特的判断是正确的。

这些都是飞船！他忽然感到一股恶寒，这股寒意远比自己在观测平台上体会到的要冷很多。

这些发着光的球体高速飞向昂西尔星的核烈焰，就好像一群被火焰吸引的飞蛾。十四艘晶莹剔透的球形飞船，其大小类似小行星，正在向着曾经的气体巨星和逐渐解冻的卫星前进。它们看起来就像是透明的星球，表面光滑度非常高，但有锋利的凸起。透过球体透明的船体，可以看到里面有朦胧的雾气，掩盖着复杂的几何机械设备。这些外星球形飞船好似一群饥饿的虫子，迅速包围了最小的一颗卫星——本。

所有观测平台上的人都挤到了观察窗边。昂西尔星发出的光芒照射在水晶透亮的飞船球体表面。船体表面三角形的金字塔犹如完美的群山穿过泡泡一样的表面，每一个金字塔的尖端都闪动着蓝色的闪电。

"所有这些都存在永久记录仪上了吗？"芹泽问，"这一切太神奇了！这都是些什么？"

"他们似乎对卫星本很感兴趣。也许他们在扫描——"

这时，外星飞船突然开始对这颗卫星开火。

从十四艘飞船的金字塔形凸起上放出的蓝色闪电汇成一道光束，直接射向本星早已不稳定的地层表面。温度逐渐升高，高能声波穿透了星球岩石结构内部，陆地开始不停震动。

芹泽对着通信系统大喊大叫，似乎外星人会理解他的话，或者会做出回应："你们在干什么？请立即停止！这里是人类的领地。这里是——"他看着自己的同事，而他们也无法给出任何建议。

外星人的武器还在继续开火。气体从卫星中喷出，大陆架开始分崩离析，地核暴露在外，放出炽热的橙色光芒。这颗星球不断颤动，在猛烈的攻击之下逐渐开始解体。

外星人只用了十二分钟就将整个卫星变成了在太空中漂浮的发光残骸。

"我的天呐！这是为什么？"技术人员和天体物理学家们被眼前的一切吓呆了。

这些晶莹剔透的球形飞船离开了本星炽热的残骸，直接飞向乔治星。芹泽满脸汗水，脸上可以反光。虽然他的皮肤因为低温而感到寒冷，但内心却因为愤怒而燃烧着熊熊烈火。

十四艘飞船悬浮在第二颗卫星上空。也许是正在分析？也许是正在记录板块漂移和地核结构的裂解？然后，它们再次开始了闪电轰炸。

芹泽的愤怒转为恐惧："把所有的图像发出去！请求支援，向所有人发送紧急求救信号，我们现在四面楚歌！"但这条编员严重不足的观测船上没有配备绿灵教士，导致不能将信息及时发送出去。他开始咒骂。

"芹泽博士，他们收到这些信息至少要花几周时间。"

他非常清楚这一点。他摊着双手，无助而惶恐。一个将死之人不会写信呼叫救护车，但他现在也只能这么干："总得让他们知道呀！"

技术员不再争论，发出了求救信号。"这和扔一个漂流瓶有什么区别。"他嘀咕道。信号向各个方向发了出去，只希望有人能够接收到。

小组其他人开始利用观测平台上的其他设备记录和分析这次攻击，记录几颗卫星的全面毁灭。芹泽说："他们本可以被改造成美好的世界。"

在这座观测平台之上，他们完全无法自卫，只能收集信息和数据，同时期望这些极具破坏力的飞船不会注意到他们。

当乔治星被摧毁后，这些安静而不祥的外星战舰开始向克里斯托弗星移动。

当杰克星被摧毁后，四颗卫星如同蒸发一样全部消失。

芹泽开始流泪。他站在观察窗前，眼睁睁地看着这些完美的球体和他在昂西尔星所创造的一切被毁灭："你们为什么要这么做？我们究竟对你们做了什么？"

这些外星飞船没有发出任何信息、通牒、警告或是解释。它们悬停在远离昂西尔星的高轨道上，芹泽和他的小队无法移动或者逃离。更糟糕的是，他们无法理解眼前发生的一切。

当十四艘外星战舰摧毁了所有的卫星之后，它们悬停在曾经的气体巨星昂西尔星的"火葬堆"上方。然后，这些战舰犹如一群愤怒的黄蜂，开始包围观测平台。

技术人员开始从观测窗向后退，仿佛这样能够保护自己。芹泽动都没动，他选择闭上了眼睛。

可怕的蓝色闪电再次亮了起来。

摧毁四颗卫星好像花了这些晶莹剔透的外星飞船一些时间，但是消灭这个观测平台只花了几秒。

43

弗雷德里克国王

在封闭的大门之后，低语者之殿里弥漫着一种震惊与恐惧的气氛。弗雷德里克国王不知道该怎么办。

行星工程师和行星改造专家以星际驱动系统的极限速度返回了地球，他们耗费了大量艾克提，只为将这可怕的消息送回地球。工作人员按照计划准时到达昂西尔星系，发现所有的卫星都被摧毁，观测平台完全蒸发。芹泽博士带领的研究观察小队无人生还。某种生物，或者说某种力量将一切都摧毁了。

所有的人都指望着他们伟大的国王给出解决方案，安抚民心，但这位老人现在什么都做不了。

当吓破了胆的昂西尔星系改造人员返回之后，他们将自己的所见所闻传播给了各个群体，那样子就像一群受惊的小鸡叽叽喳喳地逃回鸡窝。汉莎联盟无法控制或者限制这个信息的传播。

在王座大厅的等待房间内，巴斯拉·温塞拉斯低声宣泄着自己的怒火，吓得老国王打了个哆嗦："该死！我还想让这个消息再保密一段时间。我们还不知道该如何评估现在发生的一切。我们没有任何答案。一切都被毁了，但是为什么呢？这到底是一次外部敌人的攻击，还是一次'克莱西斯火炬'实验导致的宇宙事件？"

"你可以认为这是一次攻击。"兰扬将军立正站在一边，巴斯拉则在来回踱步。兰扬是从地球防卫军火星基地被紧急召回来，专门讨论这个危机的。

弗雷德里克抚摸着袍子上的一缕纱布，扭头要侍从给他一杯甜酒。他提议给巴斯拉一杯烈酒，但是后者拒绝了这个提议，因为他不能让任何东西干扰自己的思绪。而弗雷德里克国王非常需要一些东西来消除自己的恐惧："巴斯拉，我可以做个声明，说我们正在调查，但是还没有答案。这能让他们安心点吗？"

巴斯拉一巴掌拍在科林斯式立柱上，然后讽刺地说："好主意。然后所有人都知道汉莎联盟此刻不仅非常无助，而且对事态发展一无所知。"

弗雷德里克说："但是咱们确实不知道发生了什么。"

"但是他们也不知道怎么回事。"巴斯拉说，"一个国王绝对不能让任何人知道，他本人一无所知。"

弗雷德里克喝了一大口酒，一句话也不说。他看着身着制服的军人兰扬，反复提醒自己这个人的名字不是兰森，然后试着安慰自己，地球防卫军有能力应对这次危机。这位将军希望展开报复性打击，消灭这些神秘的敌人，让人类移民世界重归和平。

兰扬说："温塞拉斯主席，我说的话可能大家都明白了，这次有可能就是雷迪拉人的杰作。他们的太阳舰队曾经出现在昂西尔星观看我们的实验。也许他们感受到了威胁，因为我们掌握了这种科技。不然还有谁能干出这种事情呢？"

"宇宙非常大，充满了太多我们不能理解的事情，将军。"国王说，"我们只不过探索了我们银河旋臂中的一部分——"

"弗雷德里克，"巴斯拉恼火地打断了他的话，"雷迪拉人的历史也很长，他们也没有遇到任何一个外星种族。我不希望编造一些妖魔鬼怪，让情况更加复杂。和雷迪拉人开战就已经够可怕了。可从另一个方面来讲，将军，我并不认为太阳舰队的武器能有这么大的破坏力。"

"此话不假。这次的敌人肯定和我们以前遇到的完全不一样，而雷迪拉人已经停滞不前几个世纪了。"兰扬走到一扇三角形窗户边，打量着窗外的月相花园。"而且这绝对不是像兰德·苏伦加德那样没有组织的海盗能做到的。游荡者可能会对我们展开复仇，但是他们没有足够的技术来摧毁若干卫星。"

自从刚刚自找了一顿巴斯拉的训斥之后，弗雷德里克就把各种想法憋在肚子里。鉴于几颗卫星迅速升温，地质条件非常不稳定，也许是这些卫星自己解体了。大量的潮汐力、地壳热扩张和爆炸性气体挥发……但是杰克、乔治、本、克里斯托弗四颗卫星同时解体，其飞溅的残骸摧毁了观测平台的这种猜测是非常荒谬的。

"我们必须查清是什么引发了这一切，到底是谁干了这一切。"巴斯拉说，"我们从未听说过这种攻击，对吧？"

将军摇了摇头说："但是在以前，我们也没有覆盖范围广阔的即时通信网络，消息光是在汉莎移民地内传递就要花几个月，而从雷迪拉帝国内部传回确认报告就需要更多时间。"

巴斯拉听到这话，脸色阴沉了下来："如果我们能在旋臂的常驻检查点上都部署了绿灵教士，就不存在这种通信问题了。"

弗雷德里克国王此时打算表现得像个国王一样："巴斯拉，以我的权杖和剑起誓，没必要用这些陈词滥调让事情更加复杂。人民在等待一个答案。我该怎么答复他们？我很希望听到你的建议。"

巴斯拉皱着眉头打量着他说："你听从我的命令就好。"

国王努力摆出一副非常镇定的样子说："巴斯拉，给我下命令吧。告诉我该做什么。"

#

从政要们所在的观察飞艇看下去，夜晚的低语者之殿就好像是蜡烛的庆典。各个尖塔、穹顶、灯柱和桥柱上都装有常明的火炬。广场上的人群，皇家运河大桥上的人群，还有那些得到特别邀请可以进入皇宫内部的人，都举着蜡烛或者小灯。

在一队参谋的带领下，老国王弗雷德里克顺着步行大道走上大桥，身边还有一名驻扎在地球上的绿灵教士，身后跟随着汉莎联盟各主要移民地的代表。皇家卫兵为他开出一条路。人群高高举起手中的蜡烛和灯光。

在人群之中，一台克莱西斯机器人站了起来，静静地看着这一切。这让弗雷德里克国王感到很不安，他皱起了眉头。

弗雷德里克国王的参谋们为老国王挑选了代表哀悼的黑色和紫色搭配的服饰。他迈着沉重的步伐，就好像他的肩膀上压着千斤重担。游行的圣歌低沉而缓慢，就好像一首哀乐。统一教教宗已经带领人群开始祈祷，宣读各种安慰词。教宗的任务是确保人民情绪稳定，从某种意义上和老国王的职责差不多。

弗雷德里克终于来到了皇家运河大桥的另一头，四个铁制灯柱犹如哨兵一样矗立着，灯柱上的火焰嘶嘶作响，向天空燃烧。人群陷入了沉寂。

巴斯拉会在低语者之殿主穹顶的高层阳台上观看。他已经吩咐过所有技术人员，所以他们知道该做些什么。时机非常重要。

弗雷德里克知道自己最近犯了错误，但是这次他全面发挥出自己最得意的演讲术的力量，充分调动自己的感情，努力使自己的表情和情绪带上一种悲伤的意味。他的眼角闪动着泪光，一滴真实的眼泪顺着他的脸颊流了下来。特写镜头捕捉到了这一切。

国王的声音洪亮、充盈又慈祥："多年以来，汉莎联盟带领人类在银河系旋臂扩张。我们在许多世界建立了据点，带领我们的文明加入了银河系大家庭。即便我们取得了如此光荣的成就，但我们还是遭遇了挫折。"他停了一下，就好像在集聚力量。

"在不久之前，我曾经宣布在人类的努力和创造力的共同作用之下，我们创造了一颗新的恒星。当时，我宣布它的卫星将被开发成新的移民地。"

弗雷德雷克垂下头说："但不幸的是，现在我感觉就像是一个失去了孩子的家长。一个身份不明的入侵者通过发动突然袭击，扼杀了我们对于这些新世界的希望。所有这些卫星都是以我的祖先们，也就是地球贤王的名字命名的。我们必须查清这次事件的真相并发动反击。"

他昂起头，盯着桥上灯柱的火焰："但是，我们先要默哀。"

弗雷德里克走到代表四颗被摧毁的卫星的灯柱前。他伸向第一根灯柱说："这些火焰本该常明，代表人类居住的世界。但是，现在这四个火炬必须熄灭了。"

他摸了摸灯柱的金属底座。而在宫殿内部，巴斯拉的技术人员切断火源，象征性地熄灭了炙热的火焰。

当火炬熄灭之后，国王走回原位，对人群举起双手："这是汉莎联盟历史上第一次……国王被迫熄灭火炬。"

人群似乎受到了打击。这种不安和惊恐将会传遍整个汉莎联盟。

"让我们祈祷这将是最后一次吧。"

44

艾斯特拉

塞洛克工人将空虫巢改装成了全新的住宅区，而艾斯特拉和本尼托则忙于照顾树苗。她跪在哥哥身旁，他手把手地教妹妹如何松土，该浇多少水。

随着一阵灌木丛摩擦的声音和轻微的抽泣声，切莉带着满脸泪痕跑进了林间空地："本尼托，我的秃鹫蝇出事了，你快看看吧！你肯定知道是怎么回事儿。"她抱着一只宠物狗大小的秃鹫蝇。它的翅膀犹如垂下的风帆。

萨琳通常会责备切莉这种对于无脑昆虫的喜爱，但是本尼托却满脸同情地看着切莉。"跟我来。你的秃鹫蝇肯定更喜欢开阔的草原，毕竟这才是它的自然生存环境。"他摸了摸秃鹫蝇细长光滑的脑袋。它的八条分节的腿抽动着，就好像在梦中爬上了一朵巨型的花朵。

他带着妹妹们穿过高高的草丛和沙沙作响的草场，绕过世界树，来到一片长满耀眼百合花的草地，这些花足有果汁罐子大小。在这种环境下秃鹫蝇似乎感觉好了一点，它的翅膀开始抖动。

"看地上，切莉。"本尼托指了指草地上散落的秃鹫蝇翅膀，乍看之下犹如散落一地的彩色玻璃。这些死去的秃鹫蝇身体很快就会腐化殆尽，但是坚固透明的翅膀是它们曾经在这个世界上的唯一证据。

"妹妹，每个人都有自己的生活。寿命长短并不重要，重要的是我们在有限的生命中干了什么。我要为世界树之林工作，雷纳德有朝一日要成为塞洛克星的教父，萨琳会成为下一位前往地球的大使。你和艾斯特拉的未来完全掌握在自己手中。"本尼托摸了摸秃鹫蝇光滑的身体，"你的宠物也有自己的生活。你觉得它会去做什么？"

切莉说："它要一直陪着我。"秃鹫蝇拍了拍翅膀，扯动着绳子，想要加入花丛中飞舞的同伴中。

"那它做到这一点了吗？"本尼托问。

"它是我的宠物。我爱它。"本尼托打量着其他的秃鹫蝇，切莉似乎明白了本尼托想说什么。"哦。它可能不是病了，而是寂寞了。"

"不如让它在草原上飞几天，吃些花朵的汁水。"艾斯特拉说，"它要是想回去的话，肯定能找到路。"

小姑娘很不情愿地解开了绳子。秃鹫蝇飞起来，优雅地拍打了几下翅膀。它似乎迅速恢复了力气，借着上升气流飞来飞去，然后飞向颜色艳丽的花朵，接近其他昆虫，用信息素和次声波信号交流。

很长时间，他们看着秃鹫蝇在空中飞来飞去。然后，他们返回了菌礁城。离开时，满脸泪痕的切莉还是时不时回头望着那片草地。

晚上，切莉睡觉的时候开着朝向森林的窗户，秃鹫蝇又飞了回来。它落在睡梦中的切莉身上，张开的翅膀犹如一张被单。小姑娘在睡梦中嘀咕了一声，微微动了一下，却没有醒过来，这只漂亮的秃鹫蝇最后一次抖动了一下翅膀，然后死在了她的毯子上。

#

艾斯特拉捆起头发，加入了虫巢改造小队，清理这些无脊椎昆虫留下的残骸。她努力清理着墙壁，磨平墙上的凸起，标记需要安置家具和门的位置。其他塞洛克工人用支柱撑起拱门，将一些单向的管道封死留作储藏室，拆掉较薄的墙壁以扩展生活区。虽然测绘虫巢所有通道花费了一些时间，但是一个新的住宅区正在逐渐成形。

鉴于虫子修筑虫巢的时候不会考虑人类的便利条件，塞洛克人只能利用现有虫巢的基本结构和通道。有些通道足够让一个人直立行走通过，但是有些地方就只能爬着从一个房间进入另一个房间。人们会想办法处理这座迷宫，扩展一些通道，然后这里就会变成一座繁荣的生活社区。很多家庭已经向埃德里斯教父和阿丽西亚教母申请入住这个新居住区。

在虫巢之外，两个无所畏惧的年轻人开着用秃鹫蝇翅膀和老世代船卡耶号设备组装的滑翔机互相追逐。艾斯特拉很想加入进来，和他们一起去玩，但是她现在有了自己的责任。是她发现了这个虫巢，她要在这里留下自己的印迹。一开始的时候，改装工程师趾高气扬地看着艾斯特拉，认为她早晚会是个麻烦。但她用行动证明，自己和其他工作人员一样努力而专注。

艾斯特拉现在着手处理虫巢的外墙，她用高温切割工具切开材质如纸张一样的墙壁材料。她从切口可以呼吸到外面的空气，这个开口也将是一扇主要窗户的位置。这扇窗户将经过精心的装饰，而且还可以纪念切莉的宠物。

当她切完开口之后，艾斯特拉拿起一片从死去秃鹫蝇身上取下的大翅膀。它看起来就像一块三角形的彩色玻璃。在虫巢的外墙上，各种墙洞上都装上了秃鹫蝇的翅膀，房间里映照着五颜六色的光芒。当艾斯特拉装完四片翅膀之后，整个房间看起来就好像古老的大教堂。

艾斯特拉把树汁泥涂抹在窗户洞的边缘。这种类似胶水的物质在干燥之后犹如钢铁般坚固，可以有效固定五颜六色的秃鹫蝇翅膀。最后，她退后几步欣赏着自己的作品。对这座新的聚落而言，这是个人人都可以看到的漂亮装饰。艾斯特拉想，等切莉看到这一切的时候，她一定会喜欢。

45

妮拉

作为一名绿灵教士，妮拉有了全新的重要任务，可是她还是喜欢以前的一些工作。她至少每周一次调整一下自己的工作，就是为了爬上树顶为世界树之林大声朗读。她认为最高尚的工作就是为世界树讲故事。

妮拉稳稳地站在粗壮的树干上，极具感情地朗读加文爵士和格林骑士的故事。她自己不知道这个故事的结尾。她从没读过这个故事，她知道世界树之林也同样期待这个故事的结尾。妮拉通过自己光秃秃的皮肤，可以感知到世界树们像观众一样回应自己。

念完了故事，妮拉用手抚摸着表面呈鳞片结构的树皮。为了锻炼自己的新能力，她和世界树建立了一条意识连接线，与整个世界树之林建立了联系。她可以读取不断扩张的世界树数据库中的任何信息，但是世界树可不单纯是一部百科全书。她可以寻求世界树的意见，学习世界树通过各种信息所总结出的结论。但是，世界树也保留了自己的秘密，就连亚罗德这样的绿灵教士都不知道这是怎么回事。

让妮拉感到高兴的是，她从世界树那里得到了许多故事。她的脑海里充满了曾经无法想象的故事。她要花上无数个不安分的夜晚做着生动的梦，才能消化所有的信息。在对世界树表示感谢之后，她切断了意识连接。

妮拉发现周围的树叶在震动，是另一名绿灵教士走了过来。她不需要看，因为世界树已经知道来者是年迈的欧特玛，她以大使的身份在地球工作了很多年。妮拉转过身来，既惊讶又害怕，她发现这位严厉而博学的教士并不是来找她的。

虽然欧特玛的年纪很大，但她爬树的动作却像一只灵活优雅的蜥蜴。她和妮拉坐在手掌一样的树枝上，眺望着整片森林，"记得我当年刚成为绿灵教士的时候，简直兴奋得不得了，因为有那么多知识需要学习。"她打量着妮拉，黑色的眼睛中写满了怀念。"这都过了一个多世纪了，威严的世界树之林依然充满了奇迹。我在你这么大的时候，世界树之林就是这么让人兴奋，现在还是如此。"

妮拉一时不知该说些什么："我……谢谢你告诉我这些，欧特玛大使。"

"孩子，叫我欧特玛就好了。绿灵教士不需要这些头衔。"

"好的……欧特玛。"妮拉鼓起勇气说："我很惊讶能在这儿看到你。你是在找人吗？"

"是的，而且我已经找到了。"这场面看起来非常奇怪，两个女人站在树顶细细的树枝上。"亚罗德说或许我在这儿可以找到你，可是今天本不该是你给世界树读故事呀。"

妮拉抱着数据平板申辩似地说："我们按照自己的能力和兴趣为世界树服务。"她摸了摸嘴角的黑线。"我是个优秀的朗读者，我喜欢这儿。"

"你喜欢历史？冒险、传奇和神话？"妮拉试图在欧特玛的口气中寻找苛责的因素，但是却一无所获。她只是点了点头。

"这就有趣了。"欧特玛说，"我研究过你的家庭，很好奇你究竟是如何被培养出对传奇的兴趣的。小时候，是不是你妈妈经常给你读故事呢？"

"当然不是。事实上，这是我加入世界树之林的原因之一，因为世界树为我展示了一片全新的宇宙，我在家里根本看不到这些东西。"

作为家里八个孩子中最大的一个，妮拉·哈利出生在一个较为贫穷的家庭，住在最老的一批虫巢改装的房子里。虽然这里曾是父母颇为舒适的居所，但是随着家庭成员不断增长，这里已经显得十分拥挤了。当妮拉成为绿灵教士学徒之后，她的家人为她的离开而感到悲伤，但同时也庆幸家里能多出点儿空间。

妮拉善于思考和阅读，她的母亲和兄弟姐妹则满足于在果园工作。她的父母在休闲时间会去参加娱乐活动和节日庆典，和朋友聊聊天，而妮拉则选择读书。

"我就是在找喜欢故事的人。"欧特玛说，"有这么一个人在我身边，对我的下一个任务很有帮助。"妮拉心跳加速，好奇这位大使会给她什么任务。

妮拉依然记得自己曾经倚靠着虫巢弯曲的墙壁读书，就是为了能够独处一段时间。虽然妮拉爱自己的家人，但是他们并不了解她。她怀疑自己就是一个孵化在错误鸟窝里的布谷鸟。妮拉想问的问题太多了，但是自己选择保持沉默，礼貌地等待时机，而自己的心中充满了热情与好奇。

欧特玛继续说道："雷纳德已经回来了。他见识了许多世界，和许多领导人谈过话，而且领教了很多奇特的文化。"

妮拉说："我已经听过了他的所有报告。"她想，欧特玛是希望自己和雷纳德谈谈，充当历史学家的角色，然后将一切存入世界树的数据库吗？

"当雷纳德和雷迪拉帝国第一继承人乔拉谈话的时候，他得到了一份大礼。你听说过《七恒星史诗》吗？"

"当然。"妮拉说，"那是历史上篇幅最长的史诗。得花好几年时间才能读完。"

"你花好几年也不过读了其中一小部分。"欧特玛说，"雷纳德已经得到了许可，可以派遣两名绿灵教士研究这部史诗。我们可以阅读并记录这些史诗，然后转述给我们带去的树苗。一个人就是花上一辈子的时间，也看不完这部史诗。"

妮拉深吸一口气，捂住了自己的嘴。她的喉咙感到干燥。

"我在地球的任务已经完成，埃德里斯教父和阿丽西亚教母给我找了个新任务，他们不打算让我闲着。我已经离开世界树之林太久了，而且我可不想坐在一边给树苗浇水。"

妮拉跳起来说："您要去雷迪拉帝国？"

"孩子，我不会一个人去。这是一份艰巨的工作，雷纳德已经获准派两名绿灵教士。"欧特玛脸色有了光泽。"妮拉，我希望你能当我的个人助理、同伴和学徒。我们一起去雷迪拉帝国，见识一下那七颗恒星的阳光。"

#

妮拉的家人完全不相信自己的女儿有这么好的运气，但还是慢慢消化这件事。她的父母，加里森·哈利和梅拉·哈利，从没有想象过其他星球的世界，他们的想象力仅限于塞洛克星的世界树之林。

妮拉还是难以想象自己要穿越银河系旋臂，前往外星帝国的首都。她将离开塞洛克星好几年，远离世界树之林，远离其他绿灵教士，远离自己的家。但是她一直以来都在练习远程意识连接的能力，只要她触摸一棵树苗，就可以和整个世界树之林保持连接。她完全不害怕，反而非常兴奋。

妮拉和家人在拥挤的房间里一起吃了一顿饭。加里森还想把邻居们都叫来，大家一起为自己的女儿送行。这将是一次颇具规模的庆祝活动，也是一个大家相互了解的好机会。但是妮拉一想到这种活动就有点害怕，恳求说自己在离开之前还有很多事情要做。送她们去雷迪拉帝国的商船在一天之内就会到达。

她微笑着看着自己一脸疲惫的母亲和笑容灿烂的父亲："但是，我确实为你们求了个人情。在我离开之前，我为你们准备了一个惊喜。"

因为自己将陪同欧特玛一起出发前往雷迪拉帝国，妮拉的身份地位忽然大增，于是她给埃德里斯教父和阿丽西亚教母发了一条消息。这位年迈的前大使看着自己年轻的学徒，也在这条消息中表示了对妮拉的支持。妮拉当天就得到了回复，她的请求已经得到了完全同意。

"老爸，我已经给咱们家申请到了新虫巢里的大房间了，这个虫巢还是艾斯特拉发现的。"她的父母深吸一口气，对此表示难以置信，而她自己则笑了出来。"等你们准备好搬家的时候，就可以从最大的房间里随便挑选了。"

加里森被这种好事吓了一跳，他走上前给了女儿一个看起来有些怪异的拥抱。而妮拉的母亲还是不敢相信自己听到的一切："谢谢！谢谢！"

来自父母的感谢让妮拉感到非常不好意思，她绿色的皮肤变成了深色。妮拉说："我很高兴能在进行伟大冒险之前，为家里做点什么。"

46

杰斯·塔博林

在蓝天号采矿船被毁之后，游荡者们聚在普卢马斯星塔博林部族的老房子里，举行了一场阴郁的哀悼活动。

布拉姆·塔博林的脸色看上去十分苍白憔悴。老人犹如一台僵硬的机器，机械地迎接着各个重要部族的代表。每当宾客表示同情的时候，布拉姆茫然的脸上就会闪过伤心的表情。

杰斯站在父亲身边，作为家里唯一的儿子，他虽然悲痛欲绝，却在努力让自己坚强。他穿着一件暖和的派克大衣，羊毛的兜帽围住了他的脸。每当他呼气的时候都会冒出一股白气，但是他此刻感受到的不是寒冷，而是一种麻木。他此刻的责任就是在这里悼念自己的哥哥罗斯。布拉姆的四个兄弟，也就是杰斯的四位叔叔，今天也作为塔博林部族的代表参加。杰斯知道，从今天开始，叔叔们会更加积极地介入运营水开采的生意当中。

当杰斯和其他部族领导人谈话并接受他们的慰问时，感觉在其他游荡者眼中可以看到除了悲伤，还有些其他的东西。他知道，那是一种暗藏于心中的恐惧。没人知道格尔根星到底发生了什么，没人知道是谁攻击了蓝天号采矿船……又或者这种事情是否会再次发生。

议长雅·欧卡并没有参加普卢马斯星的葬礼。她已经太老了，她在低重力环境下过了一辈子，身体虚弱，骨头也变脆了。她派来了自己的接班人，西斯卡·佩罗尼。当西斯卡通过竖井穿过厚厚的冰层，杰斯看到了她。他本已心烦意乱的心在见到她的一瞬间就碎了，因为自己非常清楚她为什么会出现在这里。

在中央集结点的时候，他们两人听到戴尔·科伦送来的消息时都很震惊。西斯卡来到普卢马斯的时候，穿的是一身游荡者寡妇的丧服。虽然她和罗斯不过是订婚，但她的衣着选择也算合适：深蓝、紫色和森林绿。所有那些鲜艳的颜色都暗淡了。她的长裙和装饰着皮毛的靴子上有游荡者之链的几何刺绣设计，链子上的各个标志代表的是所有部族联合在一起，借此凸显所有部族的特性和全体游荡者的团结。

杰斯的妹妹塔西亚独自站在冰台旁边，看着宾客们通过天花板上的竖井进入房间。她的智能助手 EA 站在她旁边，帮助塔西亚统计名字。要是在平时，塔西亚肯定乐于和宾客聊天，炫耀各种小把戏或在冰川上找到的小玩意儿。但是现在，她显得意志消沉又不知所措，内心充满了对一个不知名敌人的怒火。她的叔叔站在她身边，但是当塔西亚看到西斯卡的丧服斗篷的时候，这个往日很活泼的小姑娘终于崩溃了，她跑到又隔音又保暖的圆形小屋子里。在那里，她一个人哭了很久。

普卢马斯星表面有一层几公里厚的冰层，再往下就是深海，然后才是体积较小的岩石核心。冰层有时候会裂开，在表面形成裂隙，然后下层的液态水会喷涌而出，然后再次凝固成比铁还坚硬的冰块。

在冰层之下，冰块压力、潮汐压力和岩石核心都会保证温度，从而保持着普卢马斯星的液体海洋。雄心壮志的游荡者凿穿冰层取水，满足自己的需求。塔博林家族的祖先在这颗星球上开始了采集和泵水作业，售卖液态水以及伴生的氧气，并将星系内飞行用的飞船燃料卖给其他游荡者。塔博林家的人还在这颗卫星的冰层之下开辟出了专门的生活居住区。

游荡者将预先打包好的住房构架搬运到冰层之下的气穴之内，然后在下层水面上方的固定冰架之上建起了自己的新家。普卢马斯星上原生的浮游生物、地衣甚至线虫纲生物在几亿年里都没有发生重大进化。当游荡者带来人工太阳之后，这颗星球的生态环境就发生了重大进化。磷光穿过冰冻天花板的样子就好像是凝固在天空中的极光。

普卢马斯星是一个颇为神奇的游荡者定居点，星球上的定居点表明了这些足智多谋的太空吉普赛人能够在汉莎联盟想都不敢想的地方取得成功。杰斯的部族找到了这个地方，将这里加固之后变成了自己隐蔽的家园。

杰斯站在自己老爹旁边，看着最后一批部族代表到场。西斯卡看着杰斯，眼中充满着渴望，但却不得不用心中的悲伤掩盖这一切。她和杰斯无法谈论这些事情，现在这个情况下尤其如此。西斯卡自己退到了一个留给宾客的小房间里。

布拉姆·塔博林勉强保持站立。虽然他以前非常顽强，犹如一只从不会放慢脚步的老马，但现在这位老人似乎再有一点压力就会崩溃。

"老爹，你要不要去歇会儿？去和你的兄弟们聊聊。我来处理最后的准备工作。最少还得四个小时才能开始呢！"

布拉姆什么都没说。看上去他还不需要儿子的同情心。他的妻子在几年前死于一次地面事故，她的尸体掉进了冰隙。她将永远被锁在那里，永远都不会腐烂，远离尘世的喧嚣。现在，老人双眼通红，皲裂的皮肤使他的脸皱巴巴的。

杰斯站在冰码头上打量着内部海洋的灰色海水，他感到非常孤独。他想，要是可以变成一尊雕像该多好。他看着头顶上坚突的天空。头顶上的冰层白蓝相间，人工太阳安装在凿出的冰洞里，这些照明球向下投射的光与热穿透了冰层。

杰斯冻得打着冷战，准备去找自己的妹妹，希望在葬礼开始前能安慰一下她。在今天结束前，他还有很多事情要做。

#

来访的部族首领和塔博林家族幸存的三名成员站在冰架上。普卢马斯星寂静无声。浮冰群上飘起来的薄雾飘荡在毫无波澜，犹如水银一般的水面，仿佛沉睡着的巨龙的呼吸。

老布拉姆看起来就像一个稻草人，他穿着好几层背心和夹克，肩膀上还披着一件破旧的披风。他站在距离水面几米之上的冰码头上。杰斯和塔西亚站在他身边，西斯卡紧随其后。

一个盒子状的木筏被送到了水面上，这个盒子是使用昂贵的合成纤维制成的。每一块板子都是从游荡者商人那里进口的，然后运到这里组装。议长欧卡和她的部族承担了大部分的费用，但是布拉姆说早晚有一天他会还上这笔钱。木筏内是罗斯·塔博林的雕像，几件当年他离家时留下的旧衣服被裹在了雕像上。

杰斯原本想负责念悼词，但是布拉姆根本没有没给他这个机会。

向导航星祈祷之后，老人微弱的声音回荡在水面上："这是我儿子罗斯的遗体。蓝天号被一种前所未见的敌人所摧毁，没有找到任何残骸。"

布拉姆脖子上的肌腱纹路清晰可见："但是，我们依然记得罗斯，记得他所有的故事，记得我们一起度过的时光……"他的声音越来越低，渐渐变得越来越沙哑。"我们为自己没来得及做的事情感到内疚，我们现在再也没有机会完成这些事了。"

"鉴于我们没有罗斯的尸体，我们就只能这么办了。"布拉姆抬头看着头顶上的冰层："这是我们对他的纪念。"

其他游荡者也附和道："这是我们对他的纪念。"

杰斯和塔西亚向前走了几步，每人打开了一个气动点火器。点火器的火焰像蜡烛一样，在灰暗冰冷的水面上闪耀。布拉姆·塔博林从口袋里也掏出了一个点火器，现在一共有三道明亮的火焰在水面上闪耀。

"罗斯是我的大儿子。他的火焰炽热明亮……"布拉姆的声音颤抖了一下，"是的，罗斯是一个火焰一般的年轻人。他的光芒与生命消失得太快了。"三个人一起将点火器扔到了木筏上，木筏里的木质冰原海藻上倒满了易燃的燃料胶。

海藻叶子燃起了熊熊大火，在罗斯的雕像周围噼啪作响，冒出黑烟。布拉姆解开固定在冰架锚拴的缆绳，用一根杆子将木筏推远。随着火焰越烧越旺，木筏顺着水流驶入了平静而黑暗的内海。

杰斯的目光不停在火堆和自己的父亲之间转移，希望自己能多帮帮他。虽然老爹和罗斯之间有些过节，但是老人其实一直都以自己的大儿子为荣，罗斯所取得的成就一直让老人感到自豪。

木筏越飘越远，火堆越烧越亮。头顶上的冰层反射出橙色的火光。

水下的线虫纲生物被火光吸引，它们没有眼睛的脑袋探出了水面。这些粗粗的线虫纲生物身体呈红色，圆圆的嘴巴里长着钻石一样的小牙齿，这种结构可能是用于在冰层钻洞的。

游荡者看到这些稀有的生物吓了一跳。西斯卡挪到了杰斯身边，他可以感觉到西斯卡的存在，但是无法将目光从发光的木筏上摇曳的影子中挪开。

火焰渐渐熄灭，木筏变成了一堆烧焦的木屑并开始逐渐解体，线虫纲生物发出奇怪的呜呜声在冰冻的穹顶上回荡，形成一曲诡异但又美妙的悲歌。

线虫纲生物的歌声中蕴含的悲伤让杰斯越发难过。他发现西斯卡挽住了自己的胳膊，而当他看到老爹布满皱纹的脸上老泪纵横的时候，心里不禁一沉。

47

库尔特·兰扬将军

在昂西尔星系的废墟中，没有幸存者，没有尸体，残骸也几乎没有，而且芹泽博士的研究团队到底发生了什么也不得而知。四颗卫星现在不过是一片快速冷却的碎石群，它们继续环绕着变成恒星的昂西尔星，环绕轨道形成一个越来越大的圆环。

兰扬开着快速侦察船来这里，可不是为这场灾难献上自己的默哀的。他不知道敌人究竟是谁或者是什么东西。这些敌人发动了这次攻击，而且有能力将几颗卫星炸成废墟。温塞拉斯主席派他来这里，就是为了搞清地球防卫军该如何对抗这种敌人，又该如何保护其他移民世界。

随着侦察船开始环绕这颗点燃的气体巨星飞行，勘测小组拍摄了所有残骸的照片。兰扬把手下最优秀的技术人员和通信专家都塞进了这艘船里。只有进行一次全面细致的分析，才能弄清楚到底哪些残骸是还在熔毁的卫星，哪些曾经是观测平台的一部分。

兰扬咆哮道："这些科学家在这里孤立无援！他们甚至不能呼叫支援。要是塞洛克人能多给我们一些绿灵教士，我们就能让观测平台保持即时通信能力。芹泽博士可以在有麻烦的第一时间发出消息。最起码咱们还能知道发生了什么。"

兰扬实在是想不通，为什么温塞拉斯主席不让国王颁布最后通牒，然后按照需求直接征召绿灵教士。如果汉莎联盟打算展示自己的武装力量，这群住在森林里的人又怎么能对抗的了精锐的地球防卫军呢？

一名地球防卫军地质学家从自己的工作站上抬起头说："长官，第一波扫描已经有结果了。所有残骸的冷却速率基本一致，所以，所有东西都是在很短时间内被摧毁的。实际上，短得让人难以置信。我估计，四颗卫星和观测站是在几个小时之内被摧毁的。"

"几个小时！"兰扬心里一沉。"究竟是什么东西能在几个小时之内就毁掉四颗卫星？我们究竟要对付什么东西？

驾驶员看着兰扬说："将军，就算芹泽博士可以使用远程意识连接进行即时通信，援军也不可能及时到达。就算是最近的地球防卫军全速前进，也得花上好几天才能到达这里。我们根本帮不上忙。"

"然后我们还会损失一名绿灵教士。"兰扬不得不承认这一点。但是，该死的，我们本可以知道到底发生了什么！他讨厌这种一方面受制于绿灵教士的傲慢，另一方面受制于光速限制的现状。

但是，由于常规电磁传输的速度很慢，而且还有一定的可预测性，兰扬有了一线希望。芹泽的紧急信号是全向发送的，但是它传播的距离有限。而兰扬可以及时赶到相关区域拦截到这段信号。

侦察船环绕着昂西尔星系，拍摄了大量照片。然后，飞船就好像一个在游戏中被孩子甩出去的鞭子，快速脱离了这颗新生的恒星。

"上尉，我需要一个快速分析。"兰扬将军眯着一双蓝眼睛说，"我们已经完成了对攻击时间的估算。现在计算全向信号已经发出了多久，然后反向推算我们该去哪里。我需要在信号进一步衰减之前，截获这段信号。"

上尉将各种数据输入自己的工作台，开始计算所需要的结果。将军命令导航驾驶员开始规划航线。"启动驱动系统。"虽然他没有感到明显的加速感，但侦察船已经向前冲了出去，周围的常规时空变得模糊不清。现在他们要开始追逐几个星期前发出的求救电磁信号。

因为雷迪拉人的星际驱动系统可以让他们以几倍于光速的速度飞行，所以兰扬将军可以快速飞行，以截获芹泽博士在受到攻击时发出的信息。

根据星球改造小队传回的信息和刚刚总结出的报告，他们已经相对准确地判断出了攻击开始的具体时间。只要有了准确时间坐标，兰扬的快速侦察船就可以飞到信号的前方，然后截获信号。

在地球上，温塞拉斯主席借弗雷德里克国王之口，向雷迪拉人发出了一条颇为正式的请求，以一个主权国家的身份向另一个主权国家请求支援，或提供任何与这个神秘威胁有关的信息。太阳舰队的克里元帅将国王的请求按照全套外交礼节转达给了位于米基斯特拉的雷迪拉皇帝。但皇帝除了对这次可怕的攻击表示惊讶和哀悼，没能提供更多的信息。

兰扬将军怀疑浮夸的雷迪拉舰队是否有足够的火力摧毁若干个世界，但也不相信雷迪拉皇帝对此事一无所知。他谁都不信。

导航驾驶员说："长官，马上到达预定位置。"

"很好，关闭驱动系统，然后转向。我们就在这儿等。"

星空变成了正常的样子，兰扬望着空荡荡的太空，这里距离最近的星系也非常遥远。如果他们单纯让信号从昂西尔星自然传送，那么它可能最少得在十年后才会被人接收到。

兰扬自言自语道："咱们很快就知道结果了。"

专门负责技术方面的上尉说："将军，我们只能假设芹泽博士确实发出了信号。"

兰扬说："除非敌人先把他的观测平台给炸了，不然他肯定会发出信号的。"

侦察船静静地悬在空中，银河系在他们周围默默旋转。一缕缕明亮的星云在前方闪耀。

兰扬咬紧牙关等了十五分钟，下巴都因为咬牙太用力而感到酸痛，他开始失去耐心："半速前进。咱们尽力捕捉到信号吧。"

侦察船开始前进，宽带接收器已经启动，全力搜寻着几周前发出的信号。

"你的计算误差如何？"兰扬紧张地问上尉。

"长官，误差应该在一天之内。数据相当的——"

突然，接收屏幕上出现了大量静电干扰。将军站起来看着主屏幕。芹泽博士的形象在屏幕上渐渐清晰起来。

"……遭受攻击。不明球形飞船，非常罕见的结构设计。我的天呐，他们已经摧毁了一颗卫星！"芹泽转身说道。"你能相信这种火力吗？"他对着负责通信的助手说，"把外部摄像机拍到的图像发出去。给他们有用的数据。他们不想看我的脸。"

画面转换了一下，兰扬惊愕地看着犹如钻石般的战舰和在其表面跳跃的蓝色闪电，这些战舰将昂西尔星第二颗卫星撕成了碎片。

这些模糊的信号穿越太空继续传送到侦察船的接收器上，就好像宁静池塘里的水波拍打在小船上。兰扬和船员们看着这些画面，浑身冰凉。观测平台上的科学家们绝望地发送信息，哀求这些战舰放自己一条活路，努力理解眼前的一切到底是怎么回事。而外星人的攻击还在继续，难怪几乎没有什么残骸能留下来。

兰扬这时才反应过来自己的敌人不是雷迪拉人。那是一种全新的更可怕的敌人。这些怪物般的外星飞船和他们之前所遇到的敌人完全不一样，是比噩梦还要可怕的东西。

当四颗昂西尔星的卫星都被摧毁之后，晶莹剔透的外星战舰向着毫无防御系统的观测平台扑了过来。电弧再次跳跃，一道明亮的闪光瞬间将整个平台吞没，然后信号消失了。

到目前为止，兰扬已经得到了比他想象中更多的信息。

48

西斯卡·佩罗尼

因为西斯卡此时不在中央集结点，紧急信息和新闻多花了一周才到达她手里。送信人已经将令人不安的报告发送给了雅·欧卡，她又委托送信人开着高速飞船去普卢马斯星的冰层下去找西斯卡。

送信人坐着客用电梯穿过冰层中的泵水隧道。他冲进冰冷的洞窟，对着每一个遇到的人大喊："西斯卡·佩罗尼！她在吗？我有来自雅·欧卡的紧急信息。"

虽然大多数时间都坐在暖气旁边，西斯卡自从参加完罗斯的葬礼之后一直感到非常不安。她穿着厚厚的衣服在冰架上走来走去，观察着头顶冰层折射的光芒。"我就是西斯卡，怎么回事？"她大声回应道。很明显，这位年轻人来这里不是为了聊天的。

此时，杰斯和布拉姆也出来查看来者何人。在浑身银色的智能助手 EA 的陪伴下，塔西亚也颇不情愿地冒了出来。

信使来自布勒部族，他留着一头金发，有一双棕色的眼睛，宽宽的下巴和让人看一眼就忘不掉的鼻子。但是从隔热背心上的标记可以看出，他和梅洛斯部族、彼得罗夫部族还有些血脉联系。"汉莎佬在一颗气体巨星附近的科研站被摧毁了，四颗卫星也都没了！"他边说边在左口袋里摸索，一无所获之后又在右边的三个口袋里摸来摸去。他终于找出来一个小型播放器。

"导航星在上，这又是个气体巨星？"杰斯说，"是我们的吗？那里有采矿船吗？"

"不，是昂西尔星。就是汉莎佬为了创造一个太阳而点燃的那颗气体巨星。"

"那群战争贩子的愚蠢实验。"布拉姆·塔博林说道，"这实验和我们有啥关系？实验失败伤到了他们？"

"不，先生。他们被攻击了，情况和格尔根星一模一样。"布勒家的小伙子按下了开关，全息图像上显示出了地球防卫军截获的芹泽博士发出的信号。"我们的一名商人从紧急新闻频道上收到了这段信号。"

西斯卡惊恐地看着外星人的球形飞船摧毁了卫星，然后将整个科研站摧毁。她问道："雅·欧拉认为罗斯和蓝天号采矿船也遇到了同样的情况？"

小伙子回答道："她确实是这么想的。"

"这才不是什么猜测。"布拉姆吼道，"这一切太明显了！"他浑身发抖，抓住了杰斯的胳膊。他的儿子稳稳地扶着自己的父亲，闭口不提自己父亲摇摆不定的身体状况。

送信的小伙子继续说道："所有人都害怕极了。他们不知道这些是什么东西，也不知道该怎么办。地球上的人还不知道格尔根星上发生的事情呢。"

西斯卡说："那么，也许我们该告诉他们。"

"议长猜到了你可能这么说。"他说，"她非常乐意把情况告诉温塞拉斯主席。"

"该死！她当然要把这事告诉他们！"塔西亚惊恐地说，"这对我们所有人都是个威胁。"

西斯卡说："情况确实如此，但是游荡者喜欢保守秘密。"

"我受够秘密了。"小姑娘回答道，"把这事当作秘密有什么用？如果那些外星人……那些东西继续攻击我们的采矿船，我们就只能依靠地球人的力量了。我们可没有自己的军队。"

"哦，这倒是提醒我了。"送信的小伙子说，"弗雷德里克国王要求人民尽到对国家的义务，强化人类的防御力量，共同对抗外星人。"年轻人倒腾着播放器，试图调出另一个文件。"我记录了国王的原话。在这儿，我可以播放出来。"

布拉姆·塔博林说："大呆鹅肯定会将这次突袭作为借口扩充地球防卫军。这群该死的地球人！"

"借口？"塔西亚吼叫道："老爹，你怎么能这么说？这些飞船杀了罗斯。谁又能知道他们下一步会攻击谁呢？"

布拉姆喘着粗气，脸色越发灰暗。杰斯扶着他说："塔西亚，够了。来吧，老爹。我们还是进屋吧。你需要休息休息。"

西斯卡赶紧过去抓住布拉姆·塔博林的另一只胳膊。塔西斯的智能助手也上来帮忙："需要我检查身体指数吗？要不吃点药？"

塔西亚说："EA，让他一个人静静就行。他这都是装的。"

就算医学经验不多，西斯卡还是能看出老人的病情不是装出来的。他们把老人送回小屋，让他躺到床上。杰斯坐在老人身边。

西斯卡找到几包布拉姆最喜欢的胡椒花茶，给他泡了一杯。虽然老人花了很大力气才起身喝了一口，还是对西斯卡笑了笑以示感谢。

老人睡了大概一个小时。西斯卡坐在杰斯身边，两人小声聊着天。虽然她很想说出口，但还是不敢和杰斯商量是否应该公开二人之间的感情。她知道，这还需要时间。

鉴于当前的全新情况，雅·欧卡会让西斯卡尽快返回中央集结点，但是西斯卡不想让杰斯一个人面对突如其来的各种事情。他的四位叔叔已经分别着手负责泵水、运输水和电气化学转换高能燃料的业务。普卢马斯星的水工业一直是塔博林部族的业务，不论家中发生了什么灾难，他们的责任都是确保一切正常运转。

西斯卡捏着杰斯的手说："杰斯，你能搞定这一切的。这里的工人都接受过训练，设备也运转正常。你的叔叔们知道该干什么。你又强壮又聪明，而且是个好人。"

"罗斯也是个好人。"杰斯说话的时候并没有看她，他只是盯着沉睡的老爹。"但这并不能在面对外星人攻击的时候帮助他，也不能帮助他和老爹和好。"

塔西亚推开了小屋的隔热密封层，气势汹汹地走了进来，EA跟在她身后，这时间点仿佛就是计算好了要打扰老爹休息一样。她的脸因为低温而显得红扑扑的，似乎在冰架上来回走了很久。塔西亚的脸上写满了决心。西斯卡并不了解杰斯的小妹妹，但是她知道小姑娘此时绝不是来安慰她的老爹的。

杰斯一眼就看出了小姑娘的即将爆发的愤怒。他立即开始尝试转移塔西亚的注意力。"送信的人走了吗？他要是需要帮忙的话，你可以送他回飞船。"

"他走了，但是他在走之前，给我看了弗雷德里克国王的征兵信息。"

西斯卡心中掠过一股寒意，她已经想到了小姑娘要说什么。

布拉姆勉强坐起来，去拿那杯早已凉透的椒花茶，他皱了皱眉头看着塔西亚说："年轻人，你有什么想法？"

"老爹，我在想我的使命。你总是让我们要时常考虑游荡者的利益，不要总想着我们自己。"她双臂交叉放在胸前继续说道。"如果我去加入地球防卫军会如何？"

老人大吼道："你敢！"西斯卡迅速预料到这场谈话只会越来越糟。EA 走到布拉姆床边想铺平他的毯子，但是老人一巴掌扇开了它。

"总得有人去对付杀了我哥哥的外星人。"塔西亚深吸了一口气。西斯卡知道这个小姑娘盛气凌人又缺乏耐心，但是非常聪明。

杰斯静静地说道："冷静点，塔西亚。你的职责在于部族，而且我们也需要你。"

"不，你们不需要。这几年我都没做过任何与水生意有关的重要工作。叔叔们完全可以处理这些业务。"塔西亚用更为理智的口气继续说道，"我的天，老爹！你知道我什么活都能干。我能开飞船，而且还能维修各种型号的飞船。地球佬肯定会需要我，甚至还会让我快速晋升到军官。"

"然后他们会让你一辈子待在军队里。"布拉姆说话的声音越发沙哑，"别再想这种傻事了。"

西斯卡想起当年父亲把自己扔在中央集结点时自己与父亲的几次吵架，而且她知道老布拉姆和自己女儿沟通的方式是完全错误的。在年纪更小的时候，身不由己的西斯卡跟着佩罗尼家族的商船到处跑了好几年，后来她父亲安排她去中央集结点跟着雅·欧卡学习。一开始西斯卡也很讨厌这一点，但很快她就明白了父亲是对的。

可能塔西亚还需要一些时间才能明白这一点，而西斯卡也不确定布拉姆的立场是否正确。游荡者一直认为多才多艺是一种优秀的品质。塔西亚非常聪明，学东西也很快。她的多才多艺让她在游荡者中被视为是一个抢手的结婚对象，对任何一个部族来说都很有吸引力。当然，这些技能也会让她在地球防卫军内更有价值。

"你的忠诚对象并不是地球，塔西亚，而且你也知道地球佬对游荡者很不友好。"西斯卡说，"别忘了，他们曾在一次行动中干掉了兰德·苏伦加德。"

"兰德·苏伦加德是个海盗。"塔西亚说，"我才不管他是不是你表弟呢。他不仅杀人还抢船。可别把他当成什么游荡者的英雄。"

当杰斯说话的时候，西斯卡听出了其中的愤怒："塔西亚，看看老爹这样子。他现在不能处理生意了。"

老人大吼道："我很好！"

西斯卡和杰斯两人异口同声地说："不，你不好。"

"你是我的妹妹。罗斯已经死了，我不希望你也出事。"

"那输掉这场战争就更好吗？那些水晶战舰摧毁了罗斯的采矿船和汉莎佬的科研站，而且没有任何预先警告，一个活口都没留。

他们才不管我们人类之间的矛盾呢。"

EA 说："要来点热饮吗？我很快就能弄好。"没有人理睬智能助手的提议。

"我不许你去。"布拉姆说，"这次谈话到此为止。"

"我的天！这话我好像不是第一次听了。"塔西亚嘲讽地说，"你当年和罗斯不是也这么说的吗？"

塔西亚冲出了老人的房间，EA 努力跟在她身后。小姑娘的所作所为似乎让老布拉姆颇受打击，这让他想到了自己一辈子中最大的错误。他大叫一生瘫在床上，粗糙的双手紧紧攥在一起。但是，塔西亚已经走了。

49

塔西亚·塔博林

一怒之下，塔西亚做出了决定，她沿着冰架的边缘踩着脚走来走去，隔热靴在冰面上踩出了脚印。她看着泛着金属光泽的深色水面，思念着自己的大哥罗斯。

罗斯有着面对自己老爹无限固执的勇气。他一直勇敢而自信，而且用蓝天号采矿船证明了自己的实力。他原本要娶西斯卡·佩罗尼，而父亲没有为他提供任何支持，因此塔西亚对自己的哥哥感到非常自豪。

但是外星人的飞船毁了这一切。他们摧毁了罗斯的采矿船，也夺走了罗斯的生命。

现在，塔西亚有机会为哥哥报仇了。理论上来说，这事应该是老爹负责，而杰斯来处理更合适，但是他俩都忙于部族生意。也许这样更好吧。她的叔叔们可以让一切保持运转，确保供应物资运输正常、产品物流顺畅。

她不能责怪他们，但是自己必须要做出决定。塔西亚坚信自己没错，老爹和哥哥早晚会明白的。导航星为每一位游荡者指明了道路，而她非常清楚自己的路该怎么走。如果塔博林部族的人要对外星敌人采取行动，那就由她来完成吧。

她深吸一口气，吐出一团白雾。她感觉自己的脸非常冷，但不想带上兜帽。海水看上去依然宁静而厚重。她看不到那些曾在葬礼上唱歌的线虫纲生物，也看不到木筏的残骸。

她朝着水面用力扔出一块冰。小时候，她和哥哥们经常这么干，罗斯扔出的冰可以在水面上弹六次。现在，她扔出去的冰只不过砸出个水花，然后浮起来漂在水面上，激起一片涟漪。

她喃喃自语道："有时候，你就是得干出点儿自己的事情。"她吸入的每一口空气都让鼻子感到疼痛。虽然做出这个决定非常困难，但罗斯在很久之前就做出了属于自己的决定。现在，她也要做出自己的决定了。

现在说再多的话也没用了。塔西亚快步前进，不是因为害怕自己会改变主意，而是因为自己做出决定就绝对不会后退。已经没有必要再拖延了。

她的小屋里又黑又冷。EA 打算收拾一下塔西亚的东西，第四次清理物品表面的灰尘。当塔西亚不在身边的时候，EA 只能依靠基本程序做些简单事情打发时间。

"我的天！EA，把暖气打开。"塔西亚在智能助手面前从不掩饰情绪。

"很抱歉，塔西亚。我已经把温度调到了你习惯的温度上。"

"无所谓了，我现在有点冷。"她扯掉手套，脱下夹克，坐在椅子上。她必须快点收拾东西，制订计划，然后溜走。塔西亚身子前倾，开始盘算下一步计划。"EA，咱们有活儿干了，我需要你的帮助。"

"请下命令吧，我很乐意为你提供帮助。"

让塔西亚感到庆幸的是，智能助手在可能引起困扰的伦理问题上使用了很少一部分的运算空间。"EA，你已经陪了我很久了，现在我要你做一些很难的事情。"体型纤细的智能助手停下手上的活儿，站到小姑娘面前。塔西亚说道："咱们得逃出去。"

EA犹豫了一下，塔西亚似乎料到了这一点。EA说："你想干什么都行。咱们一起肯定会很开心。"

"我们得为我的哥哥罗斯复仇。"

"罗斯是我的第一个主人。他是个好人。"

"他死了。"塔西亚说，"外星人杀了他。"

"那真是太不幸了。有什么我可以帮忙的？"

当罗斯还是个孩子的时候，这个智能助手是被买来送给他的一件礼物，那时候他母亲还在世。EA是聆听者型智能助手，它是孩子的好朋友，身高仅一米。等罗斯的身高超过EA的时候，他就把EA送给杰斯当作玩伴了，最后这个智能助手就到了塔西亚身边。

一想到曾经许诺要把EA送给塔博林家的下一个孩子的时候，她就感到一阵悲伤和失落。到目前为止，大家都以为罗斯会是塔博林家第一个有孩子的人，因为他已经和西斯卡订婚了。但现在一切都变了。

"你得帮我逃跑，而且你还得和我一起加入地球防卫军。"

EA说："好的，塔西亚。告诉我该怎么办吧。"

#

固定在头顶冰层中的人工太阳装备设有定时装置，在夜循环的时候就会关闭，因此冰层之下的居住区一直享受着一种人造的昼夜循环假象。当塔西亚趁着最黑暗的时候溜出门时，她看到头顶冰层内闪烁着藻类发出的磷光，虽然这和真正的星光还有区别，但还是提供了足够的光照让她们可以到达前往地表的升降梯。

在老爹的房间里，杰斯和西斯卡一直陪着老人，但塔西亚没让他们发觉，她的决心不可动摇。杰斯早些时候检查过塔西亚的情况，很放心地发现"妹妹"在她自己的房间里睡了。塔西亚很想向自己的哥哥吐露实情，但是她了解自己的哥哥。他会按照自己的理解，做一些他认为对别人最好的事情。如果他发现了塔西亚的计划，肯定会限制塔西亚外出，如果有必要还会把她捆在椅子上。塔西亚绝不允许这种情况发生。虽然她也爱戴自己的哥哥，但是她知道哥哥早晚会理解自己的。

在她和智能助手进入升降梯之前，塔西亚悄悄地向圆形小屋和熟睡的居民们道别。她关上舱门，然后顺着管道冲上地表。走廊和巨大的管道直接通向冰层表面破裂的出口。她母亲的遗体也被冻在那里，在冰层的某处……

塔博林家靠着水的生意赚了很多钱，他们将水抽到地表尽头，来往货船在货舱内装满水，然后飞向其他配送中心。整个太空港包含一个着陆区和连通着泵站、喷水口的维修区。由于当前没有飞船飞来，而且所有和水有关的业务在哀悼期内全部终止，所以水井也全部封闭了。井口边缘结了一层霜，水从封盖的裂缝处流了出来。纤细的井架高高耸立，它们在卫星低重力环境下无须太多支撑。

在冰层之上，钻石一般的星星在黑色的天空中闪耀着，塔西亚和 EA 走进一条冰面之上的封闭伸缩通道。三艘保养良好、属于塔博林部族的飞船停在停机棚里，随时可以起飞。塔西亚知道如何驾驶这些飞船。她的哥哥们教给她很多驾驶技巧，而且她也练习了很久，比任何人懂的都多。再说，在这颗冰天雪地的卫星上，也没什么别的事情可以消磨时间。

这些船属于自己的部族，所以她这不算是偷窃。等她加入了地球佬之后，说不定能想个办法把船送回普卢马斯星。但她老爹肯定会把这事儿念叨好几年。

她们匆忙穿过连接通道，走向最近的一艘飞船。塔西亚很想开走杰斯最喜欢的那艘飞船，它又快又干净，但是她不想让哥哥难过，所以挑了一条更常规的飞船。

她站在舱口，从自己的一个口袋里掏出一个数据模组："EA，把这个装上。这里面有导航引导和飞船信息。我要是累了，就得你来充当副驾驶。"飞往地球需要花点时间，而且她过去几天睡得很少。

"我从来没有驾驶过飞船，塔西亚。我的记忆核心可能没有足够的空间储存所有数据。"

"那就删掉关于儿时游戏的记忆，其他的记忆别动。我希望你能保存关于罗斯的所有记忆。你可以在漫长的路上给我讲故事。"

"没问题，塔西亚。"EA接入信息模组，读取其中的强化程序。"我已经准备好了。看起来挺简单。"

塔西亚摇着头说："我花了好几年才会驾驶飞船，你才花了几秒钟。"

"塔西亚，这些信息删起来也很快。"

塔西亚一边坐进驾驶舱，一遍咕哝道："是哦，我看这也是个缺点。"

她启动了加热器。这艘飞船一个月之内都没人使用过，飞船内的空气混浊而寒冷。她打开电力和生命维持系统，然后把温度提升了一些。

塔西亚调出地球的坐标，然后设定航线。她脱离了系泊管道，然后轻轻控制喷气装置提升飞船高度，飞船渐渐离开冰冷的星球表面。普卢马斯星看上去就像一个白色的水泡，那些封闭水井的盖子好似金属按钮一样将液态水封闭在地下。"好了，现在跟着导航星前进就好。"

眼前的一片迷雾可能是驾驶舱窗户上的雾水，也可能是她的泪水，塔西亚自己也分不清了。她启动星际驱动系统，离开了普卢马斯星，向着自己的未来前进。

50

玛格丽特·克里克斯

在过去的几个星期里，克里克斯团队取得了很多新的发现，发掘出很多充满谜题的文物，但实际成果却寥寥无几。不过，又要向地球发送下一份报告了。玛格丽特坐在自己堆满东西的帐篷里，刚刚完成了手头的记录，然后嘲讽地笑了笑自己。

与挖掘罗马遗迹或者沉没的地中海城市不同，研究克莱西斯文明需要的不仅仅是添加一些模糊的细节或是完善已有的研究结果。在面对克莱西斯文明的时候，即便是最基本的原理都值得怀疑。每当玛格丽特或者路易斯发现一些新东西的时候，比如"克莱西斯火炬"或者克莱西斯人会飞这种事情，那么其他所有关于克莱西斯人的研究结果就都需要进行重新评估。

他们在瑞迪克星收集了大量数据，但只有到了晚上才能有时间分析。不幸的是，现在马上就到午夜了。玛格丽特不敢相信自己花费了这么多时间撰写进度报告，但是她知道自己的职责所在。汉莎联盟给了他俩很多资金支持，他们提出的众多要求之一就是克里克斯夫妇要定期提交报告。路易斯肯定不会处理这些事，因为他认为这些"家庭作业"毫无意义。但是玛格丽特很清楚，虽然这浪费了很多时间，但一名优秀的考古学家有责任保证自己的金主开心。

尽管玛格丽特已经听过很多次这段优美的旋律了，但她还是再次启动了安东送给自己的这个老式音乐盒。细小的金属齿轮缓缓弹奏出一曲《绿袖子》。一想到自己的儿子，她就笑了，不知道自己的儿子是否经常想象自己的父母在遥远的星球上工作的样子。

玛格丽特又读了一遍报告，对其中的措辞和对当前所有发现的总结陈述非常满意。等挖掘工作结束之后，她会将所有的扫描照片和保存下来的文物带回去，但现在阿卡斯已经将自己的报告通过世界树树苗发了出去。借助远程意识连接，他将把报告传给位于地球的绿灵教士，然后报告将送达温塞拉斯主席，即使这份报告有很大概率会被完全无视。

在DD的陪伴下，路易斯已经进入了悬崖城市，摆弄着外星人留下的机器零件，他十分确信自己可以重新启动一台克莱西斯的发电机。玛格丽特急于返回克莱西斯人的城市废墟，她离开帐篷，沐浴在强烈的阳光下，打量着如蛛网般深入附近山脉的峡谷。她好奇到底还有多少东西没有被发现。他们现在看到的不过是九牛一毛。

她去找阿卡斯，却发现这名绿灵教士的帐篷里空无一人。她皱了皱眉头，颇为不悦。在他的帐篷后面，世界树的树苗已经长到了齐肩的高度，它们伸展着金绿色的蕨叶，吸收着光照的营养。树苗周围的土壤非常湿润，这说明阿卡斯今天已经浇过水了，但他本人却踪影全无。玛格丽特需要他发送报告，而且这是阿卡斯在这里唯

240

一的工作。

在早些时候，阿卡斯尽职地接收并转述了昂西尔星遭到外星人攻击的消息。他无法通过意识连接显示图像，只是描述了兰扬将军的侦查结果。玛格丽特在震惊之余，想到了那些从燃烧的气体巨星内部飞出来的水晶球体。芹泽博士曾轻松地认为这不过是从星球内部弹射出的"稀有残骸"。

是他们的"克莱西斯火炬"实验引起了这次攻击吗？还是其他什么可以生存在气体巨星内部的高压环境下的生物？

她呼唤着绿灵教士的名字，但听不到回应。玛格丽特垂着肩膀叹了口气。这种事情已经发生了好几次，每当玛格丽特需要阿卡斯帮忙的时候，阿卡斯却不见了踪影。

她并没有对阿卡斯的兴趣爱好表示不满。阿卡斯喜欢在山谷里游荡，收集化石和地质样本。但是，他的本职工作是确保他们与汉莎联盟之间的通信。

"阿卡斯！"她提高音量大喊，好让声音可以穿透沙漠的空寂。玛格丽特拿着数据平板，思考是否晚点再发出报告，但是她下定决心要先找到阿卡斯。

路易斯和阿卡斯关系不错。晚上的时候，他们经常和DD一起玩扑克，而玛格丽特则研究当天的发现。玛格丽特感到心中燃起一团怒火，这个绿灵教士可以接触到世界树之林储存的所有信息，但他好像并不急于学习新知识。他到底要干什么？

她离开营地，走向一处岩石高地，阿卡斯经常在这里看日落。她艰难地爬上斜坡，扶着石头往上爬，这时她想起了自己和路易斯曾经研究过的克莱西斯世界，那个阳光充足的干旱世界。拉罗星和皮姆星的废墟都坐落于草原之上，那些建筑犹如白蚁巢穴高高耸立，远离任何水源。这些虫形外星人没有选择在水源边建立城市，克莱西斯人可能是出于几何坐标系统或者其他原因选择建筑的位置。

玛格丽特和路易斯在科里布斯星发现了"克莱西斯火炬",那个星球也是个荒凉的世界,但是受损更为严重。所有的废墟都烧得黑化且玻璃化了,仿佛几个世纪前发生了一场大规模战争。但是,外星考古学家没有找到任何针对这次大规模战争的解释或者线索。

玛格丽特爬到了高地顶端,惊讶地发现三台黑色的克莱西斯机器人在那里。西里克斯、德克里克、易克特一动不动地坐在那里望着天,沐浴在星系恒星的光芒下。三台机器人看上去完全一样。她一看到它们,就立即停下了脚步。

西里克斯立即激活了自己的系统,黑色的外壳向外打开,那样子就好像甲虫的翅膀。一张巨大的反光膜向外伸展,摆出一副非常吓人的姿势。另外两台机器人也打开了外壳,展开反光膜,让它的身体变成平常的三倍大小。在它们的身体上好几个红色传感器闪着红光,好像随时要爆炸一样。

玛格丽特后退几步,举起手说:"抱歉抱歉。我不知道你们在这儿。"

克莱西斯机器人用机械腿向前走了两步。然后西里克斯认出了玛格丽特,停下了脚步。它用自己嗡嗡作响的合成音效说:"玛格丽特·克里克斯。没想到你会来。"机器人放松下来后退几步,将反光膜收回体内,弯曲的外骨骼也退回原位:"我们不是故意启动自动反应系统的。"

玛格丽特此刻心跳加速,汗水刺痛了她的皮肤,她问道:"那些膜到底是什么?"

西里克斯立即回答道:"用来充电的太阳能板而已。我们来这里补充能量,进行思考。这个世界上有太多的谜团。我们已经发现了关于过去的细节,但我们的记忆依然空无一物。"

242

　　玛格丽特摆出一副很严肃的样子，努力压制心中的恐慌，她举着数据平板说："我和路易斯会努力为你们寻找答案。我有一份报告必须发回地球，我需要找到阿卡斯。他有时候会来这儿。"

　　西里克斯说："他今天没来。"

　　"我知道了。你们知道他去哪儿了吗？"

　　西里克斯问："你找他是为了很要紧的事情吗？"

　　"我需要发出这份报告，而他是我们的绿灵教士。"玛格丽特左手握拳抵在腰上："我们是有时间限制的。"

　　"那这就是很紧急的事情了。"它和另外两台机器人交谈了一会儿，然后从身体上的一个舱口里伸出了一条机械臂。"他去那边的山谷了。你能看到是哪一个吗？"

　　顺着指向玛格丽特看到一条向峭壁延伸的小路，然后说："我想起来了。阿卡斯两天前告诉我，他在那里发现了一些东西。"

　　西里克斯说："你可以在那儿找到他。我们会待在这里，努力回忆过去。"

　　玛格丽特拖着沉重的步伐走了，松了一口气能远离这些机器人。西里克斯在她身后说："玛格丽特·克里西斯，因为我们太古老了，所以我们比人类更有耐心。当面对一个问题的时候，我们可以思考几十年。最终我们一定能找到答案。"

　　玛格丽特走下山坡，嘴里回应道："这话没错，但是我没那么多时间。"然后她继续去找绿灵教士。

51

妮拉

欧特玛和妮拉代表塞洛克星和绿灵教士，即将前往雷迪拉帝国的心脏。一名叫琳达·科特的商人将带着她们前往那座令人炫目的城市。

在萨琳的坚持和雷纳德的调解下，埃德里斯教父和阿丽西亚教母统一同意让琳达·科特带走少量塞洛克星的特产，其中包括水果、坚果、果汁和纺织品，但前提条件是携带这两名乘客。

妮拉睁大眼睛打量着贪婪好奇号。她从没离开过这颗星球，更没有见过外星飞船。贪婪好奇号的建造是建立在实用性和工程学必要性的基础之上的，完全没有考虑美学。飞船上下布满各种奇怪的突出物、诊断阵列和传感器网格。反正，在太空中也没人能看到飞船任何美丽的线条或者闪亮的外壳。

欧特玛并没有在飞船或者装载货物的塞洛克工人身上倾注太多的注意力。这位大使看着眼前翠绿的景色，将森林世界的每一处细节铭记在心，仿佛这将是她最后一次看到这片森林。

在离开之前，萨琳穿着大使披风走了出来。她面带微笑说："我来为你送行，欧特玛。我哥哥告诉我米基斯特拉的水晶城非常壮观。"

欧特玛表情严肃，用镇定的语气说："萨琳，记住我告诉过你的话。你是个塞洛克人，要牢记什么是最重要的。世界树告诉我们要保持警惕。"

萨琳脸上闪过一丝不耐烦的神色："欧特玛，我的使命就是如此。我不会忘记的。"她无视妮拉，直接去找监督搬运工作的琳达·科特，她希望一切都能被妥善安置。妮拉看着欧特玛，又看了看新任的大使，好奇她俩之间到底发生了什么。

当货舱关闭之后，琳达站在入口的舱门处，手搭在肥胖的腰上。她向两名绿灵教士挥了挥手："快上来吧。贪婪好奇号起飞的时候，是不需要人推的。"

妮拉想走快一点，却不得不尽量和欧特玛保持一样平静的步伐。当舱门在身后关闭后，她感到封闭和一种幽闭恐惧。她闻着金属、循环空气、合成家具和润滑油的味道，心中腾起一种恐惧感。她该怎么在这种空间内坚持到抵达七个太阳的雷迪拉帝国呢？

欧特玛感觉到了助手的不安，脸上的表情柔和了一点："你可以在任何时候和树苗交流，那样你就会觉得自己好像就在世界树之林里。"他们已经装了几棵盆栽树苗到飞船上来，这些树苗是送给雷迪拉帝国皇帝的礼物。欧特玛笑着说："妮拉，我明白你的感受，我坐过很多飞船，在地球上的时候还曾远离世界树之林。虽然这和你在世界树之林里的感觉不一样，但足够保持你的清醒。"

琳达带着她们前往为客人准备的房间。选出的树苗被放在造型精美的容器里，然后被固定在房间的角落和架子上。

琳达站在门口说："起飞的时候，你们要在铺位上保持稳定，等星际驱动系统启动之后，就可以来找我聊天了。"

欧特玛用手指抚摸着盆里的树苗说："很感谢你能带我们一程，世界树之林表示感谢。"

琳达点了点头，她并不了解绿灵教士与世界树之间的神秘联系："我只是很高兴能带走这一批货。埃德里斯教父和阿丽西亚教母会看到异国食品和奢侈品贸易的好处。这可是我成功的开始呢。"

琳达关上舱门，向驾驶舱前进。欧特玛躺在自己的床上，默默地开始冥想，向着世界树之林祈祷。妮拉学着大使的样子，摸了摸小树苗，让自己镇定下来。她希望记起所有的细节，将一切告诉世界树，就像日记一样。她经常大声朗读各种正式文件、故事和诗歌。通过这种办法，妮拉可以为世界树提供第一手的信息，让它们可以通过自己的眼睛来体会这场刺激的冒险。

船内通话系统里传来了琳达的声音："所有人都抓稳，我们马上就要起飞了。我会尽力让飞行稳一点。"

#

在接下来的两天里，妮拉和欧特玛除了探索贪婪好奇号，就是在船舱内陪伴树苗。借助远程意识联结和世界树之林的数据库，她们两人很快就熟练掌握了雷迪拉文字的阅读和书写。现在没有什么可以阻挡她们完成任务了。

两人住在同一个房间里，也渐渐了解了彼此。

"欧特玛，我认出了很多你脸上的标记。"妮拉看着大使嘴上、额头和眼睛周围的卵形和弧线标记。"我接受过阅读者、音乐家、种植工、保姆和植物学家的专业培训。"欧特玛笑着说。"我能认出你身上的旅行者标记。但是你的脸上……"妮拉摇着头，"我从没见过这么多的成就标记。"

欧特玛摸着自己黑色的皮肤，就好像第一次在思考这些文身的含义。她用手指摸着左脸上的一道线："我年轻的时候喜欢演奏音乐，因为世界树之林认为交响乐和其他音乐也是一种语言，对于理解人类文化非常有用。然后我又开始学习其他知识扩展视野，取得更多的成就标记。"

妮拉认真地说："所有这些标记都好漂亮。"

欧特玛指着妮拉光滑的小脸说："但是，你在这次旅行之后可以获得一个旅行者标记、阅读者标记和历史学学徒标记。你想要的就是这些吗？"

"我想尽可能为世界树之林服务。"妮拉停顿了一下，明白欧特玛希望的是一个更诚实的答案。"不过要是能通过见识伟大的事物来为世界树之林服务，那我就更高兴了。"

欧特玛说："你的家人会以你为荣。"

妮拉对此有些不确定："我的家人已经以我为荣了。我为他们在新改造的虫巢里申请了新的房间，不过他们并不了解绿灵教士。我是家里唯一对世界树感兴趣的人。"

欧特玛惊讶地说："也许我当绿灵教士太久了。我以为所有塞洛克人都在通过自己的方式为世界树服务。"

妮拉扭过头说："在卡耶号上，我家的祖先们是系统工程师、维修专家和修理工。如果塞洛克星的环境再差一点，我们一家人肯定会有用武之地。"她耸了耸肩说："但是在塞洛克星上，他们的技能一点用都没有。哦，他们确实帮助保持了各个系统正常运转，而且完成了自己的工作，但是他们不喜欢自己的工作。"

"他们的工作确实还很重要。"欧特玛说。花盆里的树苗似乎也在听着她们的谈话。"只是以他们预期之外的方式而已。而你……你知道自己的使命，妮拉。"

她说："是的，我的一生除了完成自己的使命也别无他求了。"

\#

在启程的第四天，当贪婪好奇号穿过地平线星簇，逐渐靠近雷迪拉帝国的时候，琳达·科特邀请她们共进晚餐："是时候向你们介绍一些雷迪拉文化了。再说了，我是汉莎联盟内为数不多的可以做好吃的雷迪拉菜的人。这玩意挺不好做，找到正确的食材就更困难了。"

妮拉自备的食物补充剂和皮肤的光合作用可以为自己补充能量，但是她渴望吃一顿不同寻常的大餐。她穿着自己的常服，不知道该做些什么额外准备。妮拉跟着欧特玛穿过走廊，向船长私人房间旁边的餐厅走去。妮拉涉世未深，外交经验也不多，她将这次晚餐看作一次练习，为以后在雷迪拉帝国的生活做准备。

琳达穿着一件可以防污渍和食物油渍的静电薄膜围裙，抬头看了看妮拉和欧特玛。她在移动加热器上夹着光洁的罐子。妮拉可以闻到油脂和香料混合的浓郁味道。罐子和碗里能看到各种酱料，而身材魁梧的琳达动作非常敏捷，一下子做了五道菜。

"我一直在想我们的新货物。"琳达一边做菜一边说，"我倒是很想用塞洛克星的食材，但你们也许不想吃自己家乡的食物了。总之，我还是希望你们能给我提供一些建议。"她挑着眉头，只等着妮拉和欧特玛给自己提一些建议。

欧特玛很严肃地说："嗯，绿灵教士可不是靠自己做菜的手艺出名的。我们主要为世界树之林服务，做饭不是我们的工作内容。"

"我就担心这一点呢。"琳达翻动着锅中凝胶状食物，免得它糊在煎锅上。

她在三个盘子上分别放了三块类似布丁的黏稠物，然后在细长的绿色蔬菜上浇了些金色的糖浆，最后放了些炖好的切成三角形的灰色肉块。她把第一盘肉递给欧特玛："夫人，你在汉莎联盟待了很多年，但是你去过雷迪拉帝国吗？"

"没有，我和妮拉一样，从来没去过雷迪拉帝国。"

妮拉接过了自己的盘子，闻着佳肴散发出的香气。

"好吧，我相信你在米基斯特拉能品尝到更好吃的菜肴，毕竟你们是皇帝的客人。但现在这顿饭可是货真价实的雷迪拉菜。"她用手抹了下罐子，然后舔掉了粘在手上的酱汁。"完美。"琳达拿过自己的盘子，坐在拥挤的长桌旁。

248

妮拉问道："你去过米基斯特拉几次？"

"四次，而且每次都很好玩。我希望有这批塞洛克星的特产在手，能在米基斯特拉赚一笔。雷迪拉人不在乎我们去不去他们星球，但是……他们比较不寻常。毕竟是外星人嘛，你还能怎么办？你实在说不清他们是乐意和我们做生意，还是单纯地在容忍我们。"

"就连人类的文化之中还有不少差异，"欧特玛说，"而雷迪拉人甚至算不上是人类文明的一部分。"

琳达说："我来给你们讲讲吧。对于这些外星人，有些事情你必须知道。第一，雷迪拉人像狗一样，是多态的。他们有不同的体型和种类，雷迪拉人以此分为各个氏族。有些氏族看起来很像人类，但是千万不要被骗了。实际上，他们非常英俊，而且我听说他们该有的都有，你懂我的意思就好。但是我还没听说人类和雷迪拉人可以繁育后代。"

欧特玛说："从基因的角度来说，这倒是非常不寻常。"

"这确实很不寻常，但是我也见过不少神奇的事情。不同的氏族有不同的特征和能力，能应对不同的情况。思想家喜欢继续当思想家，工人想继续当工人，就是这样。"

妮拉问："不同氏族之间可以通婚吗？"

"哦，当然可以。"琳达尝了一口三角肉块，然后起身去找酱汁，给每个人又加了一点。"有的时候他们会出于爱情而通婚繁育后代，其他时候是为了增强后代的某些特性。我举个例子，当贵族氏族和士兵氏族生一个孩子，他们的后代就会是太阳舰队的军官。我听说他们的歌手、诗人和艺术家氏族相互通婚，其基因强度是那些纯血氏族无法企及的。"

欧特玛说："我们会遇到不同的氏族？还是只需要和那些领导人打交道？"

"哦，你们会遇到很多普通的氏族。你们看名字就知道怎么回事。每个氏族在名字后面都有特定的发音。举个例子，所有贵族氏族的名字后面都是 h 的发音，官员名字后是 s 的发音，工人名字后是 k 的发音，混血的话则是两个发音。记录者是官员和贵族氏族的后代，所以在名字后面是 sh 的发音。"[7] 她耸了耸肩继续说："当然，这都是我们的基本推算，因为雷迪拉人的字母表和我们不一样。"

琳达的甜点是制成锥形的太妃糖似的东西。她看着其他两个人说："我对绿灵教士了解不多。你们会结婚吗？你们可以选择配偶，还是说这有违教士的规矩？"

欧特玛笑着说："我们当然可以结婚，但是很多教士一辈子都忙于为世界树服务。当我们觉得需要结婚的时候，就会回去选择配偶。"她坐回座位上。"但是，我现在太老啦。"

"原来如此，我倒是结了好几次婚。"琳达舀了一勺甜点，示意她们两个也尝尝。"我的两任丈夫都死了，最近这次离婚也让我很难受。他离开我，选择和一个年轻漂亮的姑娘结婚，一年后死在那个姑娘手上了。"

妮拉吓得深吸一口气。琳达摇了摇头，嘴上带着一个了然于心的微笑："我知道和他相处很难，而且他的新老婆肯定也明白这一点。到目前为止，我的第二任前夫是最好的，他叫布兰森·罗伯茨。我喜欢叫他比波普，但是其他人都不这么叫他。我们还是好朋友，他还是我最好的驾驶员，只不过我们的婚姻无法继续罢了。"她两三口吃完了自己的甜点，然后用餐巾纸擦了擦嘴。

"我现在放弃结婚这件事了，想专心做个美食家，不去想性爱这事。尝遍各个世界上的美食难道不是一件很棒的事吗？"

注 7：根据语言习惯，本书英文原版对氏族名称的区分在本书中文译本中不予体现。——编辑注

琳达看着表，然后启动房间上的屏幕，上面显示出他们正在靠近的一片明亮的星簇。"很快就到了。那就是雷迪拉星系里的七颗恒星。"她开始收拾各种烹饪工具。

52

记录者迪奥

棱镜之殿最深处的档案馆一片寂静，空无一人。米基斯特拉所有的建筑的房间和各种地下建筑内都保持长久的照明，所有交叉路口和天花板上也都有照明装置。虽然火焰放出明亮的光芒，让一切看起来就像是在白天，记录者迪奥还是感觉到令人压抑的黑影在封闭的空间内徘徊。那是来自克伦纳星的悲剧和各种谜团与恐惧……

整个档案馆的墙壁都是透明的，这里有无数个房间，整个棱镜之殿的地下部分就是一座玻璃制成的蜂巢。迪奥更喜欢待在高塔和露天的阳台上，在那里他可以听到水流从一个平台流到另一个平台，但自己想要的东西只能在这座安静的地下水晶迷宫里才能找到。在这里，记录者可以找到雷迪拉历史上所有的古老记录。

他的双手还在颤抖，从克伦纳移民地撤离之后，他的胃口一直都不是很好。他常感到浑身无力和恶心。记录者瓦尔告诉他那不过是克伦纳星的灾难留下的心理阴影，不是瘟疫对身体的影响。迪奥和所有难民都曾处于高级隔离之下，等所有人都确定健康之后才能自由活动。即便如此，任何肌肉疼痛、头疼和痉挛都让他感到紧张。

现在没有什么可以阻止自己的好奇心。迪奥要找很多信息，还想读很多故事，还想学习很多历史。他必须找到真相。

所有的记录者毕生都在学习和排练《七恒星史诗》。记录者氏族的成员有幸拥有非常清晰的记忆，可以逐字记录和转述这部内容庞大的史诗。这些内容一旦被认证为正史，就不会发生改变。

由于这个故事篇幅极其庞大，其中不乏各种情节、传奇和冒险，所以没有任何一名历史学家可以表演其中所有内容。记录者瓦尔通过表演自己最喜欢的部分来取悦观众，宣扬雷迪拉帝国的英雄和他们的丰功伟绩。作为皇家记录人，他喜欢表演。

在瘟疫爆发之前，迪奥更喜欢安静的生活。虽然他经常给克伦纳星指定继承人和移民们表演，但是大家有很多工作要做，空闲时间也不多。没人想让他整天背诵史诗中的诗歌。在克伦纳星瘟疫爆发之前，迪奥有很多时间研究分析史诗中晦涩难懂的部分。

返回棱镜之殿后，恢复健康的迪奥决定将更多时间用于研究，从历史记录中发掘真相，解读早期的手写记录。他会分析没有纳入正式记录的野史，从他和其他记录人都认可的内容中，挖掘其中的真相。很多古老的文件和记录从没有被录入《七恒星史诗》，所以几乎被人遗忘了。虽然这些记录从没有被当作是正史，但是迪奥认为从中也可以找到一些有价值的内容。

他答应瓦尔，将自己对于克伦纳星瘟疫的记录写一份个人报告，记念所有在死前饱受失明和孤独折磨的受害者。他是一场大瘟疫的幸存者，他目睹大量工人和歌手死于疾病，这两个氏族最容易感染这次的瘟疫。

这个报告将会花费很多时间来规划，但是迪奥暗自发誓要记录所有关于勇敢和牺牲的故事。克伦纳星的指定继承人是皇帝的儿子，他亲自照顾病患，完全不顾医疗氏族的警告。他们建议继承人乘坐飞船离开克伦纳星去避难，但是继承人坚持选择留在自己的移民地。随着他的死亡，心神网的联结节点被切断了，克伦纳星上的雷迪拉人陷入了一种令人战栗的虚无之中。

迪奥已经整理好了其他克伦纳居民和英雄的故事，而且以遇难者们所希望的形式记录他们最后的故事。他尽自己可能完成了第一手记录。现在，他有其他的工作要做。

瓦尔警告过迪奥，不要在研究和学习上花费太多时间。他认为研究这些只言片语的野史纯粹是浪费时间。他曾经这么说："记录者如果只是一个人独自钻研信息，那他做的事就没有任何意义。"

迪奥则安慰瓦尔说："瓦尔，我会回来的。但对我来说，疗伤的最好办法就是去重新审视我曾经经历的一切。"

这位年轻的记录者已经从人类商人贩卖的百科全书中查到了一种被称为霍乱的疾病，当人类住在拥挤的居住环境，这种传染病就会大规模爆发。鼠疫、伤寒和艾滋病也有类似特性。但是致盲瘟疫才是最可怕的。

墙上的照明装置发出令人安心的光芒，迪奥的周围全是卷轴和整齐的文件。这些古老的文件表面有保护层，被密封在永久性的保险库中，数个世纪以来都没有人阅读过它们。迪奥感觉自己好像一个勇敢的探索者，手指在各种符号上滑动，小心翼翼避免破坏这些文物。

他在档案库里沉迷于研究各种瘟疫。他在各种记录和文件中寻找有关各种瘟疫的资料，只为找到与克伦纳星类似的瘟疫。是否存在类似克伦纳星的移民地，但完全被传染病所消灭？他必须查清这一点。他不可能记住《七恒星史诗》中的每一个重大事件，但他能不能记住几千年历史中所有的次要故事线呢？

他知道一个很可怕的故事，很多记录者都不想重述这个故事，因为那是一个可怕的悲剧。几千年前，在历史的记载刚刚开始的时候，一场火疫席卷了米基斯特拉。这场疾病对记录者氏族非常致命，导致当时雷迪拉帝国首都所有的历史学家都死了。

　　大量历史学家在《七恒星史诗》收集资料和记录历史的初期就死了，大量诗歌还没有完成，这意味着一部分史诗永远消失了。由于这场火疫，所有早于《七恒星史诗》记录的历史记录都丢失了，这让很多记录者感到非常遗憾。由于这种大规模的历史记录丢失，雷迪拉人无法查询帝国早期的历史。于是很多人开始编造故事以填补历史空白。但是迪奥知道这些故事并不属实，无法真正填补历史的空白。

　　耗费了好几个小时，迪奥在档案馆的深处找到了所有火疫爆发时期的文件。这里已经有一千多年无人问津了，很多柜子开始破损并摇摇欲坠，在重力和岁月的摧残之下，所有锁闩都脆弱不堪。

　　他花了几个小时在注释中寻找线索，研究火疫从哪里开始传播，为什么那么多历史记录会丢失。为什么最后的记录者们在临终之际用自己最后的力气，将所知道的一切告诉其他人，可最终一切记录又都丢失了？对于像自己这样的历史学家而言，一段丢失的历史就好像一个死去的孩子，他感到一种巨大的失落。

　　迪奥很快发现了一个小型保险库，除了锁闩以外还用水泥封住了开口，但是封堵用的水泥已经脱落，锁闩甚至在迪奥的手中直接氧化解体。这位年轻的记录者感到又惊又喜，他走进去开始探索这个被人遗忘许久的保险库。他在里面发现了古老的文献，那些密封的书籍就好像从来没人看过。这是一座宝库！迪奥带着文件回到自己的座位，打开墙上的照明设备。他感到自己的心脏因为兴奋而跳个不停。

　　他开始在文字的海洋中遨游，消化自己从没有想象过的故事。这些是货真价实的历史，是被人们遗忘的事。这些日志非常具体，而且记录很准确，这些记录的时间点可以追溯到火疫爆发的时期，此外还有目击者所写的实时记录和日记。他们目睹了火疫肆虐时的惨状，同时也付出了惨痛的代价。

又或者……这才是火疫肆虐时的实际情况。

迪奥研究着这些古老的历史，在惊喜之余心中越发的恐惧。有些事情出问题了，而且这绝对不是恶作剧。他脸上的垂体闪动着各种颜色。这些卷轴和绝笔都是真实的，而自己之前所学的一切都与之相悖。

迪奥向后一靠，震惊得说不出话。他突然害怕有人看到或者发现自己已经找到了这些文件，于是立即重新放好这些文件，将它们放回保险库中。

这里的发现让他感到害怕，而且不知道该如何解释。他几乎无法相信自己看到的一切。

很久以前的这些记录者并不是死于任何疾病。火疫从来都不存在。这些掌握雷迪拉真实历史的记录者，都被迫永远地闭上了嘴。他们全部被谋杀了。

《七恒星史诗》中遗失的历史不是一次不可避免的悲剧，而是一次骇人听闻的大规模掩盖行动！

53

第一继承人乔拉

第一继承人乔拉身处棱镜之殿的球形冥想室内，自豪地看着自己子嗣的记录。作为自己使命的一部分，这位英俊而充满活力的王子在雷迪拉各个氏族中都有情人，而且生下了很多孩子。

作为皇帝的长子，乔拉知道父亲已经统治了一个多世纪，他早晚有一天会代替父亲成为国王。但是他并不急于坐上王位。在他登上权力巅峰的那一刻，自己的人生乐趣也就没了。在完成阉割仪式之后，他就会成为下一任皇帝，全面控制心神网。

但，起码不是现在。

他喜欢和自己的人民待在一起，与他们的氏族没有关系，不论是皮肤光滑的氏族，还是长着鳞片的氏族，工人、保镖或者士兵都不是问题。他们都是雷迪拉人，他们都知道自己的位置。他的工作就是让民众爱戴自己，繁育更多的后代。乔拉一想到自己的儿女就微微一笑，这些孩子现在是带着贵族血统的学者或混血的工人，这些都是他与从无数向他请愿的女人中选出来的情人短暂邂逅所生的孩子。

虽然整个过程非常迅速，但是这对于乔拉来说非常重要。等他继位之后，每一个和贵族氏族生的后代都是自己的继承人。不论孩子们是否是混血，乔拉都为他们准备了礼物。他给孩子们发过消息，写过诗。他不想让这些孩子忘记他们的父亲是谁。

他的孩子实在是太多了，所以需要在冥想室里花费点时间才能查阅所有人的资料，整理他们的名单，确定所有人的出生日期。

他调用雷迪拉帝国取之不尽、用之不竭的财政资源，批准给自己所有的子嗣赠送豪奢的礼物。过去的一些第一继承人对于子嗣缺乏关注，只是专注于不停找情人，却不关注自己的这些孩子。但乔拉希望自己的孩子们知道他一直在关注他们，作为第一继承人，他时刻关注着自己的孩子在什么时候获得了什么成就或得到了什么奖励。

棱镜之殿的记录表明，乔拉的父亲萨鲁克就不是很关注自己的孩子。皇帝对于他和来自贵族氏族的小妾生下的纯正血统的长子乔拉倒是非常关注。萨鲁克和贵族氏族的情人生了很多孩子，他们成了其他移民世界的继承人：多布罗星、海洛卡星、克伦纳星、康普特星、昆哈星系。这些地位较低的儿子们可以通过心神网与自己的父亲相连，借助皇帝的意志和决定统治分散的移民地。

但乔拉大多数时间都待在棱镜之殿中。和其他继承人相比，他的未来是与众不同的，他和自己的父亲联系也更为紧密。

乔拉的长子索尔，现在住在海洛卡星的继承人官邸里，过着与世隔绝的奢华的生活，而且非常自信地认为在未来的几十年乃至一个世纪之内都不会承担领导他人的苦差事。乔拉将继承萨鲁克的皇位，在那之后的很长一段时间后，索尔才需要关心自己的最终命运和责任。但没人能想象得到乔拉到那时是什么样的。到了那时，所有记录在基因之内的信息会通过心神网教会他一切必要的知识。到目前为止，被宠坏的索尔一直和自己和蔼可亲的叔叔，也就是海洛卡星指定继承人住在一起。这几年来乔拉都让他按照自己喜欢的方式生活。

在乔拉浏览着各种图片，为自己的孩子们选择礼物的时候，他想到了自己的那些同父异母的兄弟，他们之间并不亲近。这些继承人统治着其他星球，但却没有任何自由可言。

乔拉在伤感之余想起了《七恒星史诗》中的一个故事，传说中一个皇帝的长子其实是一对双胞胎。这导致了一场可怕的皇位之争，因为两个人都宣称自己是第一继承人。皇帝去世之后，两个人开始夺取皇位，但在最后一刻，两人通过一种非常危险的仪式，利用心神网将两个人的意识合为一体。于是，一对双胞胎成了一个单一的意识，但生活在两个独立身体里，一起统治帝国，据说这位皇帝的智慧是原来的两倍……

在忙完这些事情之后，乔拉看了眼墙上的时钟和天空中恒星的位置。他得去露面看看儿子赞恩的一场表演，赞恩刚刚成为了一名太阳舰队的军官。赞恩其实是乔拉的第一个孩子，但由于他的母亲来自军人氏族而不是贵族氏族，所以赞恩同父异母的弟弟才是下一任第一继承人。

赞恩在空间机动和轨道战术方面颇有天赋，而且还有作为指挥官所需的魅力和坚韧。因为赞恩的母亲是高级军官，这个氏族的成员也都是天生的军官，所以赞恩也颇有成为优秀军官的天赋。如果今天的空中表演按照计划进行，那么赞恩就可以得到晋升，乔拉已经答应他届时出席。

在荣誉卫兵和其他出席人员的陪同下，第一继承人乔拉钻进自己的私人飞行器离开棱镜之殿，他不断催促着驾驶员加速，好赶上开幕式。他们飞过米基斯特拉上空，来到城市周围的开阔平原，这里已经聚集了很多观众。

飞船降落之后，乔拉离开飞船站在太阳舰队总指挥克里元帅身边。元帅的到场让今天的表演多了几分特殊的意味，而乔拉怀疑克里今天参加这次表演的原因不过是因为第一继承人的儿子今天会得到荣耀。

克里说："第一继承人大人，希望我的部下今天能让你印象深刻。"

"元帅，希望我的儿子也能让你刮目相看。"

在过去的几个月里，太阳舰队增添了很多战舰，重点进行各种军事演习和太空战斗。克里定期提交报告，乔拉也看了其中的一部分。

"元帅，你还是和我实话实说吧，你增加军事训练是不是为了应对外星威胁？我看到了汉莎联盟的报告，神秘的外星飞船摧毁了他们在昂西尔星的卫星。"

克里嘀咕道："第一继承人大人，我倒是不知道这件事。但是，我们中的很多人对于人类炫耀武力一事感到非常不安。将一个行星点燃变成恒星，有这个必要吗？如果汉莎联盟用这种技术对付我们，那该怎么办？"

乔拉皱着眉头，听着元帅的话："你是说我们雷迪拉人和昂西尔星卫星的袭击有关？是作为某种报复吗？"

克里的脸上露出尴尬的表情："我的意思是……如果人类激怒了一群外星人，那么该负责的人是他们才对。"

乔拉皱着眉头说："元帅，你似乎知道的比我多。是不是我父亲给了你一些信息？我们对这个外星威胁到底知道多少？"

"我们什么都不知道，第一继承人大人。"

人群忽然爆发出一阵欢呼，一群箭头形状的飞船以密集的三角队形，拖着尾迹从空中飞过。在它们靠近人群时，飞船队形散开，上下翻飞，做出各种复杂的动作，天空中划过各种颜色的尾迹。过了一会儿，七艘母船也飞了过来，开始表演规模更大速度也更慢的特技动作。

克里元帅指着天空说："那是你儿子的新舰队，第一继承人大人。他可是个不错的指挥官。"

乔拉用烟雾黄水晶一般的眼睛望着天，七颗恒星的光芒反射在其中："他这么年轻就被提升成为分舰团长，我也感到很自豪啊。"

空中芭蕾舞继续进行，战舰在空中进行各种精确机动，看上去就好像一场气动求偶舞蹈，各种尾迹在空中织成了一张大网。作为表演最后的环节，飞船利用排气管放出五颜六色的彩烟，在空中勾勒出各种色彩艳丽的线条。

乔拉和其他观众一起鼓掌欢呼，箭头形飞船加入母船队伍，然后一起返回战舰。过了一会儿，一个小型运输仓从旗舰脱离，它的尺寸和巨大的战舰相比实在是太小了。运输仓落在观礼台前方，乔拉的儿子，分舰团长赞恩穿着正式的太阳舰队制服走了出来。他自豪地走到了元帅和父亲面前。

乔拉心怀爱意地说："干得漂亮，我的儿子。"虽然这段发言并不是典礼的一部分。克里后退几步，想等待第一继承人大人说完。短暂的停顿后，乔拉看着元帅说："就这些。"

克里向前走了几步，手里拿着一个闪闪发光的新军衔徽记："分舰团长赞恩，到目前为止，你一直指挥着七艘战舰，证明了自己是一位思维敏锐的战术家。我现在将你提拔为分舰排长。从现在开始，你将指挥一整支舰队。你将指挥四十九艘战舰，整整七个分队。你接受这份新的责任吗？"

"克里元帅，这将是我的荣幸。"这位年轻人无法掩饰自己的笑意，他看了看乔拉说："父亲，我很乐意接下这份重任。"

乔拉从元帅手中接过徽记，亲自戴在儿子的领子上："我就知道你会好好为雷迪拉帝国服务的。你让我很高兴。"

乔拉头发上的金色辫子噼啪作响，静电火花在头上不停跳跃。虽然赞恩因为血统问题不能成为下一任第一继承人，但是乔拉知道这个年轻人前途无量。他面带微笑退后几步，免得让儿子感到尴尬，但是自己几乎无法控制心中的自豪。

54

杰斯·塔博林

葬礼让杰斯感到悲伤欲绝，他跪在自己老爹身边，老人面色晦暗，非常虚弱，就好像体内的力气都被耗尽了。他攥着老人的双手，试图将自己的力量传给老人。

杰斯悄悄对西斯卡说："他就是太伤心了。他永远不会承认自己儿子死了，而且也永远不会原谅自己的固执。他出于自尊赶走了自己的儿子，可是再也见不到他了。现在他这是在惩罚自己。"

那天晚上，老人经历了一次严重的中风。深度医学诊断显示老人脑部受到严重损伤，而且有多个血栓时刻威胁着老人的生命。在他的房间里，布拉姆虽然盖着保暖的毯子，但是浑身颤抖，无法睁开眼睛。就算有时候能睁开眼睛，也看不见任何东西。

西斯卡端着茶，半天从嘴里挤出一句话："哦，杰斯。"杰斯拿着茶在老人鼻子底下晃了晃，想象着父亲的嘴唇会微微抖动。西斯卡摸着杰斯的胳膊说："他会好的。导航星会指引他。"

杰斯摇摇头说："西斯卡，我们还是实话实说吧。你也看了诊断报告。我们都知道他的身体情况。现在只是时间问题。他没有力气继续坚持下去了。"杰斯失望地瘫坐在椅子上问："塔西亚在哪儿？她应该在这儿才对。"在老人中风之后，他派了两名采水工人去找妹妹，但是自从上次争吵之后，没人再见过她。杰斯知道塔西亚在冰原上有自己的藏身处，她可以在那里躲避固执的布拉姆和他的各种要求。

"咱们最好快点找到她。"

杰斯的叔叔们晚上轮流值班，他小时候和其中几个叔叔关系很好，但对其他人则了解不多。他们必须紧密配合，让整个部族紧紧团结在一起。

杰斯伸手握住老爹的手。他感到布拉姆手指肌肉在颤动，这是一种回应的信号，但是他并不知道老人想说什么。各种事情压在自己身上，杰斯感到深深的不安与失落。但是，该做的事情必须要完成。

自从多年前罗斯离开之后，布拉姆就把各种工作交给了小儿子，并向他灌输一种责任感。永不屈服，永不退缩。杰斯知道自己的角色定位，知道自己的责任，知道自己未来的道路，所以他越发坚强，性格也越发像老爹。当他对老爹承诺："我不会让你失望"的时候，他认为那更像是一种神圣的誓言。

不过，杰斯还强迫自己更加变通灵活。和自己死板的父亲不同，他会从当前实际情况出发，等待形势变化。

如果他不亲自管理的话，那么普卢马斯星的采水生意都属于自己的叔叔们。杰斯接受的训练都是为了应对现在这种情况，但他还是感到措手不及。他曾经寄希望于罗斯和父亲早晚有一天可以和解。但这已经是不可能的了。

布拉姆还在床上不安地翻动着身子，杰斯很欣慰西斯卡能陪在自己身边。他一直希望能和她在一起，可不是在现在这种情况下。西斯卡猜到了杰斯的想法，伸手握住了杰斯的手。杰斯感觉到西斯卡手上传来的那种温暖而柔软的感觉。他回握住她的手，但是没有扭头看她，以此扼杀心中的希望和想法。现在是二人梦寐以求的机会，但是结合当前的境遇，留给他们的只有无尽的心痛。

他静静地说："西斯卡，你知道我爱你。在整个银河系旋臂里，你是我最爱的女人，但是现在不是时候。我不能因为哥哥死了，就做个机会主义分子，趁机和你在一起。在这种阴影之下，咱们的感情该如何发展？而且我的老爹还在面前奄奄一息。"

他双唇颤抖，在西斯卡说话之前深吸一口气说："塔西亚呢？我们得把她带过来。"

泪水在西斯卡的眼中打转，一双漂亮的眼睛显得更大，颜色更深沉，"杰斯，时机会到的。你知道的，有导航星引导我们。我会用爱和一切可能的支援来帮助你，我们会挺过去的。但是我们不能为你的部族带来阴影，也不能影响大家对罗斯的回忆。我们不能让任何人对我们产生负面的想法，也不能让塔博林家族的声誉被绯闻所影响。"

杰斯看着她："也不能让你被绯闻所影响，西斯卡。你将成为代表所有部族的议长。你和雅·欧卡都不能承受这种负面的政治影响。这会削弱你的领导力。我们现在不能为自己着想，我们不能这么自私。"

西斯卡闭着眼睛，仿佛不想承认这一点："杰斯，我们可以等等，我们命中注定属于彼此。如果现在不能在一起，那么以后一定可以。"

西斯卡·佩罗尼是她父亲唯一的孩子，但是她的父亲还有两个兄弟和一个妹妹，他们每个人都有好几个孩子，佩罗尼部族非常强大。西斯卡不过是部族树上的一棵孤枝。

西斯卡研究过历史，知道各个部族相互之间的关系，哪些世仇酝酿了几十年，哪些血统最强大。雅·欧卡让她学习了所有知识。和其他政治或官僚系统不同，议长必须了解游荡者部族之间的联系。

此刻杰斯和西斯卡沉默了下来，一起看着躺在床上虚弱的布拉姆。他们二人将共同承担这个痛苦的秘密，不论有多久。杰斯将在未来很长一段时间内都会因为罗斯的死而感到难过。

在未来一段时间内，杰斯和西斯卡将避免见面。他无法想象，自己因为罗斯的死，居然可以自由地去爱西斯卡。在布拉姆如此虚弱的情况下，杰斯成了塔博林家的领导人，可以说是下一任议长的最佳结婚对象。

是的，这非常完美……就好像他们之前都计划好了一样。

但是就这样将西斯卡娶到手，对于他们二人来说都不可接受。

游荡者社会中的文化习俗非常复杂，如果在这种灾难面前，西斯卡和杰斯过早地公开二人的关系，那么可能会被其他人排斥。

一个小时之后，布拉姆睁开了眼睛，坐了起来。他咳嗽了两下，浑身颤抖，然后跌回到枕头上，死了。这一切发生得如此迅速和安静，杰斯简直不敢相信眼前发生的一切。他抓着老爹的胳膊，试图寻找一丝可能残存的生机，但是他没有发现血流的迹象，也没有在老爹瘦弱的手腕上发现脉搏。

西斯卡抱着杰斯，两人瘫倒在床边。杰斯大喊着，直到一个穿着厚重派克大衣的男人走了进来。杰斯满眼泪水，看不清来者究竟是谁："塔西亚！我妹妹在哪儿？我们的老爹死了。"

来者脱掉自己的兜帽，一脸慌乱的表情。杰斯提高嗓门大喊道："你找到她了吗？我让你去把她找来。"杰斯摇着头说："普卢马斯星上能有几个地方藏得住人？"

"杰斯，我刚从星球表面回来。一艘塔博林家的小型侦察飞船不见了。塔西亚的房间里没有人。她似乎带走了一些东西，而且智能助手 EA 也不见了。"

西斯卡看着杰斯，他心里明白到底发生了什么："她肯定跑去加入地球佬了！该死！她就不能控制住自己的脾气？"他垂下头，双手抱着脸。妹妹在各个方面和老爹实在是太像了。

此刻杰斯悲痛万分，灵魂被忧伤所蹂躏，他彻底瘫在了老爹的床边，终于明白了自己的父亲在临终前的感受。他握着自己老爹脆弱的手，感到整个宇宙的重量都压在了自己的肩膀上。

55

弗雷德里克国王

巴斯拉·温塞拉斯说："我需要和你私下谈一谈，弗雷德里克。现在是时候讨论一下你的退休问题了。"

一个微笑很快取代了弗雷德里克的惊讶："巴斯拉，是时候讨论这个问题了。我在王座上待了四十七年，已经累了。我一直在等你宣布我退休。"他走到存放雪利酒的地方，继续说道："我没有任何抱怨。这场表演持续得够久了。巴斯拉，你要来一杯吗？"

"不要。"巴斯拉在国王的私人休息室里走来走去，并不想找个位置坐下。

"那我还是给你倒一杯吧。"弗雷德里克从水晶酒瓶中倒出少许琥珀色的液体，然后看了看巴斯拉，又倒了一杯。全人类的伟大国王做事不需要得到别人的许可。

很早之前，弗雷德里克就知道巴斯拉和汉莎联盟在寻找自己的接班人。他没有天真到认为巴斯拉尚未对继承人问题做出任何安排。很早之前弗雷德里克就通过自己的间谍情报网，知道原本预定的接班人是亚当王子，但是这位王子不懂变通，对汉莎联盟来说不是很合适。弗雷德里克多年以来都在等待将王座让给别人。说实话，真正让弗雷德里克感到惊讶的是，巴斯拉等了这么久才宣布。

他喝了一大口甜雪利酒说："我很期待我的退休。我已经受够了每天被人盯着看了。"

巴斯拉听到这话感到很困惑，他比划着华丽的低语者之殿，然后摇了摇头，他的表情显现出心烦意乱的情绪："弗雷德里克，我实在是看不懂你。你有别人做梦都想拥有的一切。为什么你总想着退休呢？这实在是太匪夷所思了。"

虽然弗雷德里克总想着移交手中的权力，但他也知道巴斯拉·温塞拉斯达到了权力的巅峰："巴斯拉，你我不是一路人。你无法想象放弃自己的工作，而我只想结束……这一切。"

巴斯拉终于找了个位置坐了下来："弗雷德里克，如果我想着退休'休息'一下，我根本无法忍受无所事事的生活，可能在六个月之内就跳海自杀。"

国王说："我对此表示毫不怀疑。"

巴斯拉和弗雷德里克几乎同时开始为汉莎联盟工作，但弗雷德里克一直都是公众注意力的焦点。弗雷德里克在过去的半个世纪里一直统治着地球和其他移民地，但他现在已经受够了。他又喝了一口雪利酒说："巴斯拉，我已经受够了各种庆典、飞扬的旗帜和对着我不停欢呼的人群，好像我只要走下大殿或者站在阳台上就能让他们心怀敬意一样。"

主席很平静地说："很多人都嫉妒你。"

"那就麻烦你去找一个嫉妒我的人，把我这份工作交给他吧。"国王坐在镶满珠宝的金座椅上。一百名工人手工绣制了这个座椅衬垫，但是弗雷德里克早就看腻了这些设计和图案。他长叹了一口气。

弗雷德里克还记得自己登上王位的那一天。当时的汉莎联盟主席伪造了弗雷德里克的过去，给他编造了全新的身份，然后将他真实的过去一笔勾销。当时，弗雷德里克认为这是一笔不错的交易，沉醉于舒适的待遇和权力。

但是，只要时间久了，再好的东西也会腻。

总的来说，弗雷德里克认为自己还是个不错的国王。他不是什么冒名顶替的家伙，也不是从《王子与贫儿》里走出来的戏剧人物，因为弗雷德里克国王根本不存在。他创造出了这个人物，并一直在扮演这个人物。在弗雷德里克看来，他演得还不错。

弗雷德里克的前任是巴塞洛缪国王，他是个和蔼可亲而且活力充沛的老人，与弗雷德里克关系也不错。巴塞洛缪是自己的导师，二人之间就好像是真正的父子关系。在老人退休之前，二人就各自的处境进行了坦诚的交流。当时，年轻的弗雷德里克不敢相信老国王在毫无异议的情况下就让出王位，但是现在他完全理解了。

汉莎联盟精心编造了巴塞洛缪的死讯，借他的私人医生之口对外宣布："老国王于沉睡中去世。"之后老国王获得了一张新的面孔和一个新的身份，然后在瑞雷克星又舒适幸福且默默无闻地生活了二十年。他放弃了低语者之殿和王权，但是获得了其他更加宝贵的东西。

巴斯拉看着老人说："弗雷德里克，别担心，等你退休的时候，我们会安排好一切的。"

"你是这么答应我的，巴斯拉，我相信你。"

巴斯拉主席笑着说："这年头可没多少人会这么和我说话，弗雷德里克。很高兴你可以这么和我说话。"

国王又倒了一杯雪利酒，假装没听出巴斯拉不满的语气。多年以来，他看着汉莎联盟的各种欺诈行径，心中的自我怀疑有增无减。他从不怀疑巴斯拉的命令，完全执行了汉莎联盟让他做的每一件事。毕竟，他无法控制这些，他只要服从巴斯拉的命令就好了。

但国王真的配得上这些赞誉吗？所有的人都将他当作是一个神。而他，不过是一个被迫用弗雷德里克作为自己名字的人，能被选为国王完全是因为他拥有完美的体型、天生的魅力、完美的音色和一定的可塑性。

一切都是意外。要不是自己在毫不知情的情况下被摄像机拍到，然后通过了一系列严格的筛选程序，他这一辈子可能都会过得非常平凡。他可能会有自己的家庭，还有可公开的儿子和女儿。只要是可以不被打扰，就算让他一个人住在一套小公寓里也没关系，哪怕他对这个宇宙、这个世界乃至自己居住的社区毫无建树也没有关系。这些功业真的很重要吗？

"巴斯拉，尽管放手去做吧。"他说，"但麻烦你动作快一点。"

他对自己的继任者又嫉妒又怜悯。

56

雷蒙德·阿古拉

低语者之殿有几千个房间以及无数的走廊和大厅。但其中大部分不对外开放，大众并不知道他们能看到的部分只占整个宫殿很小的一部分。

自从雷蒙德适应了奇特而非凡的新环境之后，尽管巴斯拉和教师智能助手 OX 一直在限制他的活动，但他从没想过这里有如此多的东西值得去探索。他的每次探索行动都充满对这里奢华程度的震惊，这里提供的各种便利与豪奢物件让他大开眼界。每次的新发现都能让他大吃一惊。他简直无法相信自己看到的一切。

雷蒙德希望自己的母亲和弟弟们也能看到这一切。

他穿着一件闪闪发光的泳衣，从一条横穿屋顶的管道里滑过，然后掉落在下方装满保温海水的游泳池里。他入水的时候砸出一个大水花，这确实不是一个完美的入水动作，但他知道入水时要闭紧自己的嘴巴。当他刚开始学游泳的时候，他经常呛水，这让他很尴尬。在过去的几周里，雷蒙德参加了各种教学活动，但是他最喜欢的还是游泳。

他小的时候，经常和弟弟们在公共游泳池里玩。虽然他喜欢和米切尔、罗瑞还有卡洛斯一起玩水，但是在水里却缺乏信心。现在，低语者之殿的海水池中的水温刚刚好，而且有足够的保镖和救生员随时可以救自己，雷蒙德可以让自己放松随意地玩耍了。

他潜入水下，奋力游了很远，睁开自己刚染成绿蓝色的眼睛，观察着池底的人工旋涡。他很好奇老弗雷德里克多久会用一次这个泳池。国王说不定有十几个私人泳池。雷蒙德已经渐渐开始对各种铺张浪费的待遇感到了厌烦。

他浮出水面，将金色的头发从眼前拨开。他慢慢游到泳池边，虽然不怎么优雅，但是游泳技巧越发娴熟。雷蒙德发誓要继续练习游泳，早晚成为一名游泳高手。巴斯拉·温塞拉斯和其他当初绑架雷蒙德的人，很高兴看到他在学习新东西，扩展自己的知识面，但他们布置的必学课程占用了雷蒙德大部分时间。

OX犹如一尊金属雕像，站在泳池旁边。它手里拿着一条毛巾，这台教学智能助手认为自己的学生不用离开水池就可以教学。它说道："小彼得，我这里还准备了儿节课。咱们现在开始吗？"

现在雷蒙德已经不再为这个假名字感到烦心了。他只是假扮老弗雷德里克的儿子，而且温塞拉斯主席已经给了自己很多好处，所以他决定先不排斥这个假名。其实，也没什么区别。如果这就是雷蒙德所有的工作，那么这笔交易非常划算。

雷蒙德踩着水说："OX，我听着呢。"水一直从头顶的滑梯中流出来，在池底入口火山口里的热水口处冒出大量的泡泡。"嗨，不如你说说你自己？你可是我见过的型号最老的智能助手。你这个型号大概十年前就停产了吧？"

"小彼得，我这个型号在四十三年前就停产了。没错，我已经很老了。我是第一批专用型机器人。我当时被配属到第一艘移民世代船皮列号。"

雷蒙德向后游着，简直不敢相信它的话。他在学校里学习了一些历史，但是这个时间点更久远，他在温暖的咸水池里一边游泳，一边努力计算着时间。他惊呼道："那可是三个多世纪以前了。"

OX 说："是的，距今已经有三百二十七年了。当初是为应对移民世代船的漫长航程，才专门设计了智能助手。除了作为人类的同伴和机器宠物，我们还可以照顾世代船上出生的人类后代。我的记忆文件虽然年代久远，但还是非常清楚。我记得皮列号起航的那一天，我就在船上。"

雷蒙德说："OX，我现在知道了。"

"皮列号上载有两百个家庭和他们建立一个自给自足移民地所需的所有物资。工程师们在小行星带造好了这条船，所有乘客都通过小艇登船。我们在全速前进的状态下，花了九个月才脱离太阳系。船上的所有人都以为自己再也见不到其他人类了。"

雷蒙德轻轻地划着水，避免弄出太大的噪音，不然他的这位老师可能会责怪他，然后重复刚才说的内容或提高自己的音量。"红雨在上，OX，真的难以相信有人会放弃一切，离开他们的家园，而且还不一定能找到更好的地方。"

OX 说："那时候非常的绝望。所有这些飞船缓慢而庞大，本身就像一个移民地，船上的物资足够支持人们生存几个世纪。智能助手在远程航行中除了保持人心稳定，还要记录各种信息。所以，我们必须学习如何教学。"

"这就像是永不辞职的保姆啊。"雷蒙德说。他顽皮地向 OX 泼水，但是这台智能助手丝毫没有生气的样子。

"我们是保持船内稳定的要素。在这么长时间的航行中，无法保证船员可以保存人类文明的各个细节，他们可能会忘记地球的文化、法律和道德。而智能助手可以为船员的后代提供引导。这些信息可以被一直铭记，然后传承下去。我们可不想当移民世代船到达一个宜居的行星时，船员们都变成了野蛮人。"

"然后雷迪拉人就发现了我们的世代船。"接下来的故事雷蒙德就都知道了。"他们带着所有人来到新的世界，然后把你当作中间联系人，带你返回地球和汉莎联盟建立了联系。你现在就是个活生生的历史文物，一个超级古老的智能助手。"

"彼得，你为什么这么说？但我还是谢谢你了。你这样说让我感到非常荣幸。"OX用留给雷蒙德的毛巾擦掉了自己金属表面的水滴。"又或者你其实是在开玩笑。"

雷蒙德移动到水池边的石头台阶上，半截身子还留在水中："OX，我可没开玩笑。我尊重像你这样聪明的人，更别说你还有这些知识和信息了。我可绝对不是开玩笑。"

在他生命中发生戏剧性转折之前，当他还是个孩子的时候，雷蒙德在学校中一直刻苦学习。因为他还要赚钱养家，照顾自己的母亲和弟弟们，所以他的成绩并不是很好。虽然无法全面符合学科规定，完成各科作业，但是他还是认真地学习各个重要科目。他知道数学和简单记账是带领自己和家人离开这片贫民窟，继续向社会上层发展的关键。

由于他们的父亲逃到了拉曼星移民地，阿古拉一家和其他家庭相比，家境差异巨大。他们的母亲知道雷蒙德非常聪明，总是尽可能地给他买书。虽然现在雷蒙德再也见不到自己的母亲了，但是他可以让记忆中的母亲感到自豪。

突然他浑身颤抖了一下，就好像被闪电击中了胸膛，仿佛那场吞噬自己家人的大火依然纠缠着自己的内心。那天晚上自己在外面跑腿干零活，免于遇难完全是出于运气因素。现在，他的家人都死了，而自己也从一个穷小子变成了一个享受着从未想象过的奢华生活的人。

OX 说："我很高兴能有一个像你这么好学的学生，我还要教你很多东西。"

雷蒙德潜入水下，一直游到自己肺部因缺氧而感到疼痛。他冲出水面，溅起水花，深吸了一口气。他大笑着游向自己的老师："要是有更多的教室可以改成游泳池，那学生们绝对不会讨厌学校了。"

他感觉到水中有种震动，泳池另一边开始间歇喷出水流。泳池底部的舱口忽然打开，几个灰色的像子弹一样的影子快速冲了出来，雷蒙德立即向深处游去。三只顽皮的宽吻海豚，眼睛明亮，在他四周游来游去。他大笑着拍着水花，刚好可以摸到海豚橡胶般的皮肤。他抓住海豚的背鳍，让海豚带着自己游动。一周前，雷蒙德曾经对OX 说，他想看海豚。等到第二周来游泳的时候，他就见到了海豚。

雷蒙德知道自己一直受到监视，温塞拉斯主席和他的助手们一直在监视自己的训练进度。这种毫无隐私的生活让他感到非常恼火，但却对这种现状无能为力。他欠这些人很多东西。虽然他现在不能离开低语者之殿，但是他可以探索各个地道、房间、维修车间以及相互连通的秘密地下墓穴。在低语者之殿中那些鲜有人知的地方，也非常干净明亮而且装饰豪华。他不打算抱怨现状，自从了解了有关弗雷德里克和不存在的皇室家庭的相关情况之后，他对于"国王"这个概念就有了全新的认识。

"OX，这一切是怎么开始的？地球有那么多政府系统，不断发展中的民主国家、独裁政府和军事管制国家，但国王就显得有点……过时。汉莎联盟为什么要建立所谓的皇室呢？"

OX 停了一下，似乎在读取文件整合内容，然后开始讲述。海豚在水中嬉戏，而雷蒙德努力准备听它讲。

"当地球汉莎联盟开始巩固权力的时候，领导人来自各个集团的管理层，他们做决定、做生意，但缺乏一个能受大众欢迎或者有魅力的形象。这些所谓的国王就扮演着发言人、标志和传声筒的角色，让人们知道汉莎联盟是团结在一个领导人之下的势力联合体。这就像一个王国。"

"虽然君主制不是最开明的政治体系，人类社会却最尊重这种制度。在一开始的时候，汉莎联盟并不会刻意掩盖所谓的国王不过是一位演员、一位出席典礼和在公众面前亮相的演员。对大多数人来说，'生意人'并不可靠，他们认为商人是有缺陷的英雄。"

雷蒙德说："这话我倒是没听过。"他再次向后游，海豚们用鼻子顶着他的脚。

"但是一个国王就不一样了，如果你加以合适的训练和装扮，就可以扮演一个重要的角色。人类会在第一时间很轻松地接受这个国王。经过几代人的时间之后，国王就成了一个不可缺少的代言人。"

雷蒙德说："即使这个国王没有实权也无所谓。"

OX 解释道："即使这个国王没有政治权力。只要这个国王能遵循指示，完成汉莎联盟交给他的任务，那就可以轻松管理各个移民地世界。而你，小彼得，就是一个为民众提供安慰剂的政府。民众相信你，政府才能更好地管理民众。"

"对于宗教而言，这个道理也同样适用吧？大家都把统一教当作是用来粉饰门面的事情。信仰统合议会在开会的时候看起来都非常配合，但是关起门来，他们恨不得打个头破血流。"

OX 说："彼得，从理论角度来说，他们不过是在寻找人类信仰中的公约数。"

"这根本不可能。这就是为什么汉莎联盟的移民世界上有各种文化和宗教信仰。我妈妈从来不关心信仰统合议会。她说统一教永远不会达到传统宗教信仰的水平。"雷蒙德皱着眉头，想起了瑞塔·阿古拉在家里是如何坚持以前的宗教主张的。"我妈妈说，在她看来，所谓的统一教教宗，那个信仰统合议会的议长，永远是真正教皇的副手。"

OX 思考了一下说："彼得，这是个不错的比喻。地球权力结构整合的时候，我还在皮列号上。信仰统合议会有点类似古代的联合国，试图代表所有的观点，寻找共同点。"

彼得哼了一下说："这与其说是宗教狂热，不如说是政治游戏，统一教太过乏味，没人会从中得到启发。"

雷蒙德向后游了一段，脑袋钻入水下，然后猛地钻了出来，擦掉了脸上的水滴。

"彼得，不管怎样，人民还是接受了教宗作为自己信仰的发言人，而且政府也支持这种整合后的宗教。这么做的目的就是保证人民内部的稳定，而不是激发起宗教狂热。截至目前，所有宗教狂热分子都在偏远的移民世界上建立了自己的移民地。然而，大多数人已经发现，自己不可能与其他人类隔绝。他们依赖于汉莎联盟的补给和物资，也没有几个真正有本事的人。"

"所以，教宗和国王都是无关紧要的人物。"

"彼得，情况并非如此。你非常重要，因为汉莎联盟希望继续扩张。如果温塞拉斯主席没有你，就做不出什么大事。"

"这听起来倒还不错。"雷蒙德和海豚玩够了，在水池里也游累了，便顺着石头台阶爬出水池。OX 递过毛巾，雷蒙德快速擦干了自己。

他完全可以要求来一套按摩或者蒸汽桑拿，也可以要求送来些饮料或者甜点，但是到目前为止，雷蒙德想不出任何想要的东西。他已经学习了一天，也锻炼了身体。他还有一种感觉，似乎所有重要的事情都在等着他，而他还没有为此做好准备。

雷蒙德穿上一件毛茸茸的深红色长袍，整个人感觉暖和了起来。虽然自己心中还有不少疑惑，但现在的生活和过去相比，已经发生了翻天覆地的变化。

57

塔尔班

世界树之林非常不安，它们明显感知到了来自银河系旋臂中的一场灾难正在临近，但是世界树之林的追随者并不一定能理解来自宇宙的恐惧。人类无法理解世界树之林所掌握的信息，就连那些虔诚的绿灵教士也无法完全理解。

偏远的移民地世界通常不会去考虑这种大事件，那里的日常生活宁静而缓慢，大家感到非常满足。

在人烟稀少的栖鸦星，年迈的绿灵教士塔尔班明白，是时候结束自己的工作和生命了。借助世界树之林，他知道现在风起云涌，许多世界和人类即将经历一场磨难。

但是，塔尔班更关心自己的职责。

在靠近移民城市附近的山丘上有一片移植来的世界树树林，塔尔班漫步其中能感受到来自塞洛克星的召唤，那里是世界树之林的中心，是所有世界树的心脏所在。他已经几十年没有回家了。在这处可以俯瞰城市的山坡上，他当年种下的世界树已经长到了一人多高，成了世界树之林的一处卫星意识。他永远都不可能再回到自己出生、成长、接受绿灵恩典的家乡。但是，这也没关系。

栖鸦星需要自己，而且塔尔班也喜欢这地方。不论自己有多累，不论自己多么年老体衰，他都不会放弃这里的居民。塔尔班一生都致力于为世界树服务，向世界树祈祷，照料世界树。在世界树网络的帮助之下，他还能看到其他正在为世界树服务的人。他不会为了一己私念而辜负了大业。

最起码现在不会。

塔尔班抚摸着世界树鳞片状的树干，接受来自世界树之林的低语。"我很快就会加入你们。"他悄悄说道。他会死在栖鸦星，他的血肉将会化成肥料，滋养这些世界树，这是他能为世界树之林所做的最后一件事。"但是，我先得找个接替者。"

塔尔班只需要发出一条消息，所有能接触世界树之林的绿灵教士就都可以收到他的消息。所以，他又在犹豫什么呢？

他的脸上有很多文身，各种线条和圆圈代表着他在飞船上度过的时间。塔尔班曾经在星座号上工作过，在各个星系间飞来飞去，执行各种汉莎联盟公务。塔尔班与世界树之间的联系，可以让他即时发送紧急通信和外交公告，飞船和其他各种信号都赶不上他的速度。并不是每条消息都需要即时传送，但是有一名绿灵教士在船上，确实可以给船长和他的大使伙伴带来极大的威望。

他在外交飞船上待了五年，塔尔班就辞职了。他已经赢得了文身，也不会再继续成长了。"我得回到一颗星球上才行。我已经受够了金属墙壁和循环空气，更讨厌透过舷窗看到的一片虚空。"他试图让星座号的船长了解自己的感受。"我希望脚下可以踩着泥土，脸上有气流吹过，我想要感受风、雨和阳光。"

虽然汉莎联盟花费了不少力气，但是绿灵教士仍不受汉莎联盟法律所控制。从星座号上离开之后，塔尔班立即收到了很多工作邀请，但是他已经决定好要去哪儿了。

整个栖鸦星的移民工作是三年前才刚刚开始的，但塔尔班还是选择了这里。以他的资历，他本可以在银河系旋臂内随意选择工作，但是这颗充满田园风光的星球在呼唤着他。他想要的不是荣誉，而是宁静。

包括栖鸦星领导人在内的所有人都对他的选择大吃一惊。当这位绿灵教士只身一人从定期补给货船上下来的时候，当地人竭尽所能为他举办了一场盛大的欢迎仪式。年轻诚恳的市长萨姆·亨迪为他举办了一场盛大的宴会，这让塔尔班受宠若惊。当他在移民城市郊外种下他心爱的世界树树苗的那一刻，栖鸦星不再是《汉莎宪章》的签约方，而正式成为了汉莎联盟的一部分。塔尔班的远程意识连接能力让他成为一个活的通信站，让这里的居民可以和地球、其他移民地以及商船保持即时通信。

栖鸦星的居民因绿灵教士的到来而感到欣喜若狂，他们将自己仅有的一些资源和奢侈品都集中到了一起。他们帮着塔尔班清理当地的原生苔藓并平整地面，好让他种树。塔尔班从没有感到如此的受人尊敬和爱戴。

他不能仅仅是因为自己厌倦了，就抛弃这里的居民。

塔尔班每次只会种一棵树，然后精心呵护它们，欢迎它们来到新家。在他的精心呵护之下，这些世界树吸收各种养分，长得飞快。两年之后，他从树上收获了健康的新树枝，可以剪下来继续种植出新的世界树。所有一切都非常完美。

但是，人不能永生。

在茂密的树冠之下，塔尔班仰望着天空，吸收着星系恒星的光芒，然后再转化成自己需要的能量。他用自己沾满泥土的手指摸着自己的脸颊，感觉到的不是泥土而是活力。细腻的泥土总是让他感到充满活力。

栖鸦星是个适合他养老的好地方，在这里可以填补之前生活中缺失的部分。他可以在这片树林里盘腿坐几个小时，为世界树朗读文件，同时还能增加自己的知识。他很喜欢在这里的时光。

但是，他现在要为自己寻找接班人。这是他的最后一个工作。

他在树林中间伸展双臂，手指在树干上摸索。最后，他双膝跪地，双手放在裸露着的沾满泥土的膝盖上，前额抵在面前的树干上。

他闭上眼睛组织语言，然后将自己的意识与世界树之林相连。塔尔班向整个世界树之林网络发出信号，希望有人能来找他。

58

本尼托

在塞洛克星森林深处，本尼托接收到了传来的信息。绿灵教士传来的信息让世界树摇摇晃晃，信息借助树根神经网络向四面八方传播。他握住身边的一颗世界树，额头顶在树皮上，认真聆听着这条信息。

在遥远的栖鸦星上，年迈的塔尔班发出了一条求助信息。本尼托看到了画面，听到了他的想法，明白了这名疲惫的教士的困境和需求。他仔细聆听着这则消息，消化着其中的每一个字节。他已经想到了可能的解决方案。

本尼托借助塔尔班的眼睛和记忆，了解了这个偏远的汉莎联盟移民地。他感受到了栖鸦星平原上吹过的风，看到了移民者种出来的平整农田。他可以看到羊群、狂欢的居民，他们吃苦耐劳而且心地善良。同时，他也感受到了老人发自内心的疲倦，知道他时日无多，需要有人接替他的工作。

只要能找到接替他工作的人就好了。

本尼托切断连接站了起来，心里反复盘算着这件事情。世界树的蕨叶在他周围窃窃私语提供建议，但还要让他自己做出决定。本尼托深吸一口气，对于自己的决定非常满意。在经过这么长时间之后，他终于找到了自己喜欢的东西。世界树之林回应了他未曾说出口的祈祷。

作为埃德里斯教父和阿丽西亚教母的次子，他对于自己的皇家地位并不在意。他的哥哥雷纳德是下一任塞洛克星的领导人，而萨琳喜欢地球文化，打算在商业方面大展身手。但是本尼托希望和阿丽西亚教母的弟弟亚罗德一样，尽可能地为世界树之林服务。

因为自己身份特殊，他的生活和其他人相比更为便利和奢侈，但是这些对他而言都无所谓。他更适合成为一名僧侣，一名传教士，而不是政客。他希望照顾伟大的世界树，将世界树之林扩展到每一颗星球。他希望帮助其他人，和世界树交流，进而升华人类的精神，而不是为自己争取荣耀。

当本尼托被选为昂西尔星的官方通信官之后，他看到了萨琳眼中的嫉妒。虽然本尼托并不在乎这件事，但是他的妹妹认为能和温塞拉斯主席并肩站在一起，并向在地球的弗雷德里克国王发送消息是非常光荣的一件事。不过，本尼托认为向好奇的世界树描述"克莱西斯火炬"实验是一件更有意思的事。

他的父母总是希望他去世界树苗壮生长的星球上，在那里奢华的世界树神殿工作，或者去汉莎联盟当外交助理，赚取高额报酬。但是本尼托并不想要这些，他只想要安静地思考。

他经常大声问世界树之林："我该做什么？"

在他祈祷的时候，他能接收到洪水般的想法，世界树为他提供了各种选项。但是其中最为直接的建议还是让他追寻自己的理想，做出既符合自己保护世界树之林的誓言，同时与自身情况、地位和性格相符的选择。

虽然他在古老的菌礁城有很宏伟的房子，但本尼托还是喜欢离开自己的房间，爬到地面上，和世界树睡在一起。有的时候，他会连续失踪好几天，然后回来的时候又容光焕发。所有绿灵教士都知道他去了哪里。他们只要借助世界树之林的意识，以树叶为自己观察的眼睛，就能知道本尼托去过哪里。本尼托非常安全，只要是有世界树存在的地方，他就非常安全。

即便是在栖鸦星上，他也非常安全。

最终，在他花费了几个小时研究各种可能之后，他终于明白了绿灵教士塔尔班和世界树之林希望自己干什么了。本尼托做出了自己的决定。

59

妮拉

贪婪好奇号开始靠近米基斯特拉准备着陆，星球表面透明的穹顶和晶莹剔透尖塔上反射着七颗恒星的光芒。欧特玛大使安静地在舱室里等待着，但是妮拉一直趴在舷窗上，像个孩子一样惊奇地打量着眼前的一切。

琳达·科特在船内通话系统里说："我们在几分钟内就可以着陆。他们竟然引导我降落在棱镜之殿的外交平台上。我还真没想到！"

她熟练地驾驶着飞船飞向这座宏伟的宫殿。整个宫殿坐落在山丘之上，看上去就像是玻璃制成的原子模型，中央的球形建筑和四周的穹顶用各种隧道以及走廊相连。在穹顶上还对称布置着各种小穹顶，在那上面可以看到为太空飞船和短途载具准备的小型飞行平台。

当琳达将贪婪好奇号降落在指定平台之后，她满身大汗地从驾驶舱里钻了出来，满脸带笑地对欧特玛和妮拉说："你俩还真是贵宾。我以前来过米基斯特拉，但真的没来过棱镜之殿，更别说还能在这降落了！"

欧特玛一脸淡定地说："科特船长，你高估了我们的重要性。"

琳达打开舱门，耸了耸肩说："随便你怎么说吧。"

妮拉凝视着天空中几颗大小不一的恒星放出的灿烂光芒，它们的颜色有蓝白色、暖黄色、深橙红色等。

琳达戴好防护眼镜，避免强光刺伤眼睛："我还给你俩准备了两副防护镜。其实这里最困难的就是睡觉，雷迪拉人不喜欢黑暗，到处都照得非常亮。"

妮拉走出飞船，感受到了来自四面八方的阳光，她的皮肤因为强烈的恒星光照而感到痒痒的，她说道："我不需要防护眼镜，我还挺喜欢看这些恒星的光芒。"

"那你随便吧。"他们一起站在棱镜之殿中央穹顶的停机坪上。辉煌的米基斯特拉展现在他们面前，建筑物上反射的光芒让妮拉眼花缭乱。

当她的眼睛适应这里的光线之后，她看到一个瘦削的人影向自己走来，欧特玛说："这个接待委员会的规模可是有点小啊。"

来者穿着紧身及腰白色长袍，衣服上的个别部分还装有反光材料。他的头上没有头发，外星特征明显，棱角分明，皮肤呈黄灰色。一圈彩色的静电场在他的头上闪烁，就像被一个衣领上的小型装置所投射出来的一个"帽子"。妮拉不知道这究竟是一种保护罩还是单纯为了好看的装饰品。

这个雷迪拉人先是平举左手，手掌向外，然后再转到一边。他用标准的汉莎联盟标准语说："我叫克里欧，雷迪拉贸易大臣。我作为贸易联络人，特来会见琳达·科特船长。"

在琳达做完自我介绍之后，欧特玛大使展示了自己的外交凭证，这让克里欧略显慌张。他说道："您理解错了。我来这里只是见科特船长。第一继承人大人很快就会来见你们。"

琳达瞬间睁大了自己的棕色眼睛："第一继承人大人要来见她们？"她倒吸一口气，问欧特玛和妮拉："你们知道他是谁吗？"

虽然妮拉睁大眼睛非常激动，但是欧特玛却非常镇定："作为塞洛克星的代表，我们会以最高敬意迎接他的。"

克里欧带着琳达进入一个巨大穹顶内的走廊中。琳达慢慢地走着，就好像在拖延时间，希望能看一眼雷迪拉帝国皇位的继承人。但是雷迪拉贸易大臣带着她急匆匆地走向自己办公室，只留下妮拉和欧特玛留在贪婪好奇号旁边。

在停机坪的另一边，又打开了几扇门。三名长相可怕的雷迪拉军人氏族的成员走了进来，他们肌肉发达，长着獠牙和爪子。他们带着曲刃刀和水晶刀刃的武士刀，用闪烁着凶光的眼睛扫描了一遍停机坪，然后退到一边立正站好。之后进来的这个人，则是妮拉这辈子见过的最有魅力的人。

欧特玛大使鞠了一躬，而妮拉的眼睛则紧紧锁在那个人的身上。

乔拉浑身散发着魅力。他的脸犹如一尊雕塑，非常英俊，脸颊狭长，还有一双烟黄色的眼睛。他看上去就是完美的存在，丝毫不受时间的影响，黄铜色的皮肤让他看起来就像博物馆里的法老。他的金色头发扎成辫子，一边闪烁着静电火花，一边在抖动，就好像每根辫子都是活物。

妮拉终于移开了自己的视线，但是乔拉已经注意到了她。乔拉显然对妮拉更有兴趣："我是第一继承人乔拉，很高兴能迎接你们。你是欧特玛大使？"他对着年迈的欧特玛点了点头，然后转头看着妮拉，伸手托起她的下巴，仔细打量着她："我也很高兴见到你。你叫什么名字？"

妮拉听到了乔拉的话，但是声音仿佛卡在喉咙里。短暂的犹豫过后，欧特玛用略带责备的口气说："她叫妮拉，第一继承人大人。她是我的助手，负责帮助我研究你们伟大的史诗。"

"太棒了！我会尽力帮助你们的。"第一继承人大人穿着一件绣有花纹的开襟背心，妮拉可以看到他肩膀的肌肉和坚实的小腹。他简直就是一尊完美的雕像。

妮拉惊讶地注意到在乔拉的长袍上有塞洛克风格的花纹设计。乔拉肯定是在和雷纳德见面之后才开始采用这些花纹，要么是他喜欢塞洛克星的森林文化，要么他就是为了给两位绿灵教士代表留下良好印象而特意这么做的。如果第一继承人大人喜欢这种样式的衣服，那么雷迪拉宫廷之上肯定有很多人也会穿这种衣服。琳达·科特肯定可以在这里卖出不少蚕茧纤维和其他来自塞洛克森林的特产。

乔拉指示自己的保镖："这些人将帮你们搬运行李。我已经为你们在棱镜之殿准备了房间，你们可是我们的贵客。"

还没等欧特玛说话，妮拉就抢着说道："啊，那可多谢了。"

年迈的欧特玛点了点头："我们可没想到第一继承人大人会来迎接我们。我们为皇帝大人带了几棵世界树树苗和其他礼物。"

乔拉挥挥手说："我们有足够的时间应付这些繁杂的礼节和仪式。我父亲今天非常忙，所以就由我带你们欣赏一下米基斯特拉的风景。"

妮拉兴奋地紧握双手，想把米基斯特拉的一切尽收眼底。欧特玛看了一眼自己年轻的助手说："听您安排，第一继承人大人。"

#

乔拉用皇家悬浮平台带着她们分别从地面和高空参观米基斯特拉，在每一个停靠点都有不同的代表和高管前来陪同。

乔拉说："从我们城市的博物馆里，你可以看到我们的历史、文物、故事、诗歌……一切都记录着我们文化中最辉煌的时刻。我们的建筑和艺术风格别具一格。几千年来，我们的黄金时代永不磨灭。"

妮拉打量着明亮的墙壁，透明的砖块让各种建筑都可以吸收和反射光线。雷迪拉人讨厌黑暗，所以他们的主要建筑材料都是玻璃、水晶和复合物，有的光亮无色，还有的看起来好似宝石。出于美学和建筑结构强度的要求，在建筑主墙旁边还有用不透明的砖块砌成的柱子。

街道没有僵硬的拐角，而是采用圆滑的曲线。金字塔上面遍布空中花园和蕨叶丛。瀑布和水流穿过一个个连接的池塘，顺着建筑物斜面上的排水槽和水渠顺流而下。

妮拉说："实在是太美了。"乔拉看着她，赞同地笑了笑。

欧特玛带着歉意说："第一继承人大人，我的助手从来没离开过塞洛克。她这个人很容易受环境影响。"

乔拉用烟黄色的眼睛打量着年轻的妮拉："雷纳德和我说过，你们的森林非常美。"

在乔拉的鼓动之下，妮拉开始描述高耸的世界树之林、菌礁城和虫巢，然后开始说自己如何从一个学徒逐渐成为绿灵教士。欧特玛让妮拉慢慢说，而乔拉也很喜欢妮拉的故事。

乔拉说："我们雷迪拉人尊重自己的学者，也尊重我们的音乐家、诗人、艺术家、玻璃匠和记录者。一个缺乏自我记录的社会就不值得存在。"乔拉身边的官员们也纷纷表示同意。"我很高兴你们两个能在这里多待些时间。研究我们的史诗可是很耗费时间的一件事。咱们可以有时间一起去看看各种博物馆和展览。"

妮拉此时感到头晕目眩。天上恒星发出的光芒让她晕头转向、无法分辨。欧特玛凑到她身边悄悄说："小家伙，别呆头呆脑的。你可不能让咱们出丑。"

妮拉慌乱地试图挽回一点颜面，但乔拉说："哦，大使，妮拉对这一切如此着迷，这不正是她所表达的最好赞美吗？"他伸手去触碰她翠色的胳膊，妮拉感到被触碰的地方有电流穿过。"一个生活在孩子般的好奇感中的人永远不该感到羞愧，不是吗？"

欧特玛笑着说："是的，我完全同意这一点，第一继承人大人。还是你提醒了我，太过于关注那些烦琐的礼节，我们就可能忽略了生活中重要的事情。"

在经过了几个小时的参观之后，天空中已经可以看到星光，但是天色却没有变暗，妮拉和欧特玛终于来到了她们位于棱镜之殿的房间。她们的个人物品已经从贪婪好奇号上搬了下来，然后被精心放置在单独的房间内，两人的房间距离刚刚好，既能保证个人隐私，还能相互交流。随船运来的世界树树苗平均分成两组，每个房间里放了一组。

乔拉说："人类在这里睡觉是个难事，毕竟这里没有黑暗。我们为你们的房间里准备了遮光窗帘和睡觉用的眼罩。"

"谢谢你，乔拉。"妮拉说完又感到很不好意思，于是补充道，"我是说，第一继承人大人。"她感到自己非常幼稚而且说话太不得体了，但同时感到自己心中又充满了一些幻想。她从没想到自己会见识到这么多东西，现在都感到头疼了。

经过了漫长的一天之后，她很想和欧特玛多聊聊天，讨论一下今天的所见所闻，但是年迈的大使想独处一会儿。妮拉回到自己的房间，急于找人分享今天的所见所谓，于是她摸了摸装在花盆中的树苗。她花了一个小时给世界树描述自己看到的一切，也填充了世界树之林数据库中的知识。

60

记录者迪奥

记录者迪奥等待着皇帝的召见，因焦虑而不断颤抖。

这位雷迪拉帝国的统治者是接近神的存在。虽然皇帝大多数时间都留在棱镜之殿，但他可以感知到每一名雷迪拉人的意识，无论各个氏族之间的差异。只有皇帝的继承人才能和皇帝保持直接的交流。即便如此，皇帝还不知道迪奥发现的可怕的秘密。

迪奥知道必须向皇帝汇报自己发现的这个可怕的秘密。这是一次对历史事实的歪曲，是一次阴谋，是对帝国初期可怕真相的掩盖和改写。仁慈而伟大的皇帝必然知道该如何处理这个可怕的秘密。

迪奥被自己发现的事情吓坏了，他一开始想把这一切告诉瓦尔，但是经过一夜的辗转反侧之后，这位年轻的记录者认为，这件事必须直接呈报皇帝本人。一个普普通通的历史学家不能凭借一己之力做出如此重大的决定。

他去找了负责相关程序的政府官员申请进见，惊讶地发现最终许可很快就发了下来。皇帝肯定是通过心神网感觉到了这位记录者发现了不得了的秘密。

在房门外，迪奥手里抱着从地下迷宫深处的保险库中找来的各种文件残本、日志和目击证言。这些都是他找到的证据。历史从今天起就会改变，而他肩上的担子也重了几分。

随着脑中思绪万千，他脸上的垂体也变幻出各种颜色。历史学家不会掩饰自己的情绪，现在迪奥的脸上燃起了激动的篝火。

肌肉发达的卫兵巴农站在皇帝私人冥想室门口，他对迪奥脸上的色彩变化熟视无睹。这位面相凶恶的战士只需要听从命令即可，他对迪奥可能带来的情报毫无兴趣。

巴农嘀咕了一声，终于向后退了几步，用手指了指打开的大门。这位卫兵用沙哑的声音背诵着早就刻在脑海中的官腔台词，仿佛每个字都让他感到不舒服："皇帝很高兴可以会见自己的记录者，而且很想听听你所谓的急事。"

迪奥非常好奇，为什么皇帝身边没有任何参谋人员一起听取自己的报告。这次的发现实在是太让人震惊了！从另一个角度来说，也许这件事只能他和皇帝两个人知道。也许皇帝需要自己思考下一步的行动，而不是让一群参谋在耳边喋喋不休。迪奥深吸一口气，进入了明亮的冥想室，同时努力压制着自己脸上变换的颜色。

他的眼睛一直盯着蓝色纹理的地板。明亮的光线透过透明的天花板，被凸面窗板进一步增强。房间角落喷泉的水向上被喷成汽雾状，整个房间好像热带雨林般闷热。迪奥向前走了三步停了下来，然后鼓起勇气慢慢抬起头："皇帝陛下，您好。"

这位皮肤柔软的统治者躺在一张椭圆形的椅子上。他臃肿的身体上披着闪闪发光的衣服。他的眼睛半闭着，就好像是在小憩。皇帝稍微动了动，然后咕哝着说："很高兴见到你，记录者迪奥。我知道你在克伦纳星的遭遇，而且通过我的儿子，也就是克伦纳星继承人，直接感受到了这场灾难。"

皇帝长长的辫子一直垂过肚子，在胯骨的位置盘了起来，像一条躁动的宠物水蟒，在不停抽动。他用眼睛打量着记录者，就好像迪奥是他的下一顿美餐。

"是的，陛下。克伦纳星……确实是一场噩梦。记录者瓦尔帮助我整合了有关这次致盲瘟疫的详实记录，而您的儿子，克伦纳星的指定继承人和所有死在克伦纳星的雷迪拉人都将载入《七恒星史诗》，永远被我们铭记。"

皇帝的脸上非常平静，甚至还有点无聊的表情："每一名雷迪拉人都希望做出些伟大的成就，然后成为我们的史诗中的一部分。即使是那些在克伦纳星死于瘟疫的人，他们也会被我们铭记。"

迪奥又鞠了一躬说："陛下，我也是这么想的。"然后，他举起手中的文件说："陛下，我正是因为一些关于《七恒星史诗》的问题，才请求向您汇报的。"

他举起手中的文件，但是皇帝并没有伸手接过文件："告诉我你发现了什么。"他的辫子又抖了一下，说话的语调中带着强烈的戒心："我感觉到了这事好像让你非常不安。"

迪奥抱着文件，全然不顾自己掌握的讲故事技巧，开始直接描述自己的发现："自从我们从克伦纳星撤离之后，我回到米基斯特拉开始研究历史上曾经出现过的传染病。在棱镜之殿最深处的档案馆中，我找到了很多保存下来的野史，发现了很多被遗忘的历史记录。"

皇帝很谨慎地说："野史可不是史诗中被承认的内容。"

"确实如此，但是其中确实有目击证词和相关信息，不应该无视这些记录。我在寻找有关失落年代的背景记录，公认的历史记载当时记录者氏族所有人都死于火疫。"

"是的。"皇帝苍白的脸皱着眉头，但是这种悲伤似乎是装出来的。"那确实是一段很让人难过的时期。"

"陛下，真相并非我们想象的那样！"迪奥一下子变得非常激动。"我找到了史诗中没有记载的事情。我找到了那段时期的真相。而且这绝非小事。"

"总是有些谣言传个没完，迪奥。咱们雷迪拉人就是喜欢传说。"

"是的，陛下。但是，根据我的发现，火疫根本不存在。"

"可是所有的记录者都死了。"皇帝坚持自己的观点，而且显得非常烦躁，对迪奥的观点也表示怀疑。而迪奥似乎并没有注意到皇帝怒气冲冲的表情。"很明显，咱们的史诗中有一部分已经丢失了。"

迪奥朝前走了几步，脸上的垂体变换着五颜六色的光芒："不，陛下，它们没有丢失。为了掩盖真相，那些记录者都被灭口了，相关的史诗记录都被故意删除，所以没人知道到底发生了什么。我想这肯定是以前的某位皇帝下的命令。"

"荒唐。没有皇帝会下达这种可怕的命令。"

迪奥挥舞着文件，说个不停："这些失落的文件讲述了一次可怕的银河系战争，一场对抗强大氢基生物的战争。这些外星人都生活在气体巨星的内核里。"

皇帝此时完全清醒了，迪奥的报告勾起了他的兴趣，让他看起来很危险。迪奥继续说道："我认为这场古老的战争，和古老的克莱西斯人的消失或者灭绝有关。但是这些记录已经被掩埋了很多个世纪。"他在文件中不停翻找，寻找相关的记录。"陛下，记录非常清楚。我们所认可的史诗并没有记录所有历史。我们必须进行修改。"

迪奥太过兴奋，没有注意到皇帝往日慈祥的脸上闪过的一丝不满，也没有注意到他长长的发辫在不耐烦地抽动。皇帝说："走近点，让我看看这些文件。"

迪奥上前交出文件。皇帝肯定会看这些重要文献，并了解事实的真相："这是其中一名刺客的日志。他也参与了那次行动。他说——"

发辫从皇帝身边一跃而起，如一条触手从椅子上腾起。迪奥发现旁边有动静，便向旁边瞥了一眼，但还没来得及喊出声来，那蟒蛇般的发辫猛地缠在他的脖子上。

皇帝身子前倾，眼中闪着光："我当然知道这个故事。"他的嘴唇因为愤怒而扭曲。

辫子继续收紧。迪奥疯狂地挣扎着，他不停地踢打扭动。皇帝的发辫继续收紧挤压，直到迪奥的咽喉被碾碎。

"我希望它永远是秘密。"皇帝一边愤怒地喘着气，一边继续收紧发辫，直到自己苍白的脸庞因为过度用力而变得通红。他扭断迪奥的脖子，然后用发辫将记录者的尸体扔到地板上，就好像那不过是一堆垃圾。

61

达文·洛兹

雷迪拉人隐藏了一些非常可怕的事情，达文仅凭直觉就感觉到了这一点。但他在克伦纳星移民地的废墟里反复翻找时，还是找不到任何线索。他没有暴露自己的身份，对其他人而言，他还是个普通的移民者，但这让他的工作更为困难。

当雷迪拉人撤离自己被瘟疫所摧毁的移民地时，他们抛弃了大量物资。不幸的是，其中鲜有高价值物资，这里的情况并没有温塞拉斯主席所期望的那样乐观。

达文·洛兹穿着一件移民者中常见的连体服，完成各种日常工作，减少和其他人的交流，同时悄悄拍摄关于原移民地废墟的照片。新来的移民者热情有余，但远见不足，他们开着重型爆破设备，开始拆毁雷迪拉人为了阻止瘟疫传播而烧毁的建筑。

移民者们着眼于眼前的实际情况，对所谓的考古学没有任何兴趣，也不想研究外星文化。他们只希望快点完成工作，重建城镇，种下庄稼，在季节变换导致的恶劣天气到来前完成基础设施建设。达文只能在现有条件下，利用一切可能的条件完成自己的任务。当他站在星系恒星发出的明亮光芒中，看着黄色的工程机械将雷迪拉人修建的高墙拆毁时，他努力不去想有多少可能的线索被这种工业化的蛮力所摧毁。

如果可能的话，达文愿意花好几天时间，在废墟中寻找线索。哪怕是骨骼或者烧得半焦的尸体，也都能为人类医学人员提供有用的信息，让他们可以进一步了解雷迪拉人的身体构造。汉莎联盟并没有能力获得雷迪拉人的尸体进行解剖。雷迪拉人有多种身体形态，并根据这种形态差异将自己分为不同的氏族，但是除此之外，汉莎联盟很难有其他详细研究结论。

温塞拉斯主席明确指示达文要一如既往地保持自己的伪装身份。他已经接到了命令，不得向身边的移民者公布自己的身份，就算是自己的爱人也不行。在过去的十年里，达文·洛兹用过很多假身份。温塞拉斯主席也可能会随时将他从克伦纳星撤走，重新部署到其他地方。他必须做一个隐形人，从一个世界转移到另一个世界。

达文拿着挖掘工具站在发出刺耳声音的拆卸机器旁边，身边站着四个男人，他们刚刚拆除一座已经倒塌的集会大厅的基柱。前一天晚上，他爬进尘土飞扬的废墟中，用手电筒检查每一处裂缝和角落。也许某个垂死的雷迪拉人会在地板下藏些记录、宝藏、珠宝或者纪念品。外星人会喜欢什么东西？他们在死前靠什么支撑精神？

但是，除了让自己的衣服上多了一些污渍，达文一无所获。此时，他肌肉酸痛，双眼瘙痒，这一切都意味着他应该睡一会儿。移民者们通常很早就起床工作，一直忙到晚上。

达文的照相机藏在连体服的接缝处，一片薄薄的电池组藏在口袋的边缝里，几个软性镜头则伪装成纽扣的样子。他记录下了工程机械撞倒集会大厅最后一根支柱的情景。达文没有看到任何不寻常的东西，没有地下保险库，没有埋起来的夹舱，更没有锁住的密室。

很明显，这些雷迪拉人和新来的人类一样都是普通的移民者。要么就是他们更善于伪装。相较于雷迪拉人向人类展示的一切，这个强大而古老的外星帝国肯定还有很多秘密，只不过达文还没找到相关证据。

他的第一份报告看起来非常单薄，虽然能满足读者的好奇心，但是缺乏军事意义。雷迪拉人建立自己的支派移民地时通常把所有的移民者都聚集在一个城市里，星球上大片土地都没有经过开发。

他们喜欢聚集在一小片区域内，而不是扩散到整片大陆上。

但是，汉莎联盟的移民者则与之相反，他们先清理出城市，然后再进一步清理大片空地据为己有，成为新移民地的地主。要不了多久，大片土地就变成了农业区、采矿区以及新的上层名流的豪华别墅区。

达文认为雷迪拉人聚居的特点也可以当作一种可以加以利用的弱点。全体雷迪拉人之间有一种微弱的心灵感应联结，但只有他们的皇帝才能通过各个星球的指定继承人，也就是他的儿子们，感知到全体雷迪拉人。一个雷迪拉移民地需维持要一定的人口密度才能确保这种心灵感应的强度。

当克伦纳星移民地一半的人口都死于致盲瘟疫之后，他们就逃回了人口稠密的核心世界。而来接收这个世界的人类，则喜欢独处，喜欢自己一个人工作。达文也不例外。

当被烧毁的集会大厅被拆除之后，达文和其他人开始清理地面，为搭建预制建筑做准备。这些搭建的预制建筑将成为商业写字楼和会议大厅、餐馆、商店和酒吧。达文选了一个被遗弃的雷迪拉住所作为自己的房间，而其他野心勃勃的移民者则选择在更远的地方安家，跨越了好几公里的农田。在几个月之内，第二波移民者将会到达，其中包括汉莎联盟的官员、商人、维护人员和服务人员。

也许到了那时候，达文的间谍工作也就结束了。

三个男人向爆破小组走来，他们扛着一块黑色的方尖碑，方尖碑顶上是雷迪拉皇帝的脸。这个方尖碑看起来多孔，而且也很轻，但他们是用重力升降机抬着这个石像，所以实际重量一点也不轻。

"嘿，你们谁想要这个？这是我们找到的第十二个方尖碑了，这些外星人还真是喜欢自己胖胖的老皇帝。"

方尖碑完美地展示了皇帝难以捉摸的脸，他的脸又大又宽，一双眼睛似乎能看透一切。他看上去圆润丰满，就像是佛祖一样，但是达文却从中感觉到了一种阴险邪恶的意味，一种让人说不清的感觉。

根据方尖碑表面的污损、裂隙中的泥土和表面的磨损可以判断，这些工人在拆卸的时候，肯定好几次失手将它摔在地上。问话的工人擦着额头上的汗，克伦纳星的白天温度确实不低。"我们实在不知道该拿它们怎么办。"

达文身边一位浑身大汗、满脸污渍的人问道："我为什么要在自己的草坪上放一个这么难看的东西？"

"发动一下你的想象力。我觉得可以用这东西做个喷泉，给花园做个装饰。"

达文眯着眼睛，绕着方尖碑反复打量，用自己的照相机悄悄拍摄照片。"雷迪拉人既然在城市里立了这么多方尖碑，想必是非常崇敬这些方尖碑。"

第一个说话的男人双眼立即放起了光："嘿，你说这些方尖碑会不会值钱？也许雷迪拉人会花钱把它们买回去？没准儿这也是一种文化遗物？"

"我觉得他们不想要任何从克伦纳星出来的东西。他们非常害怕这个地方。"一个坐在轰鸣的工程机器上的人说。

达文终于做出了决定："好吧，这玩意儿我要了。把它放到我家旁边。"

"要我把它改成一个喷泉不？我们可以切掉底座，装一个水泵……"

"不必了，我就是想记住那些在我们之前住在这里的人。就算是我多愁善感吧。"他用手抚摸着方尖碑遍布尘土的表面。等到了晚上，他就可以对它进行详细的分析，说不定可以找到关于一些关于雷迪拉雕刻工艺技巧的细节。

他非常急于找到些东西汇报给温塞拉斯主席。目前为止，他找到的不过是只言片语和更多未解开的谜团。所有这些都太过细碎，无法构成突破性发现。

达文不知道雷迪拉人是否在掩盖一些东西，又或者他们只是不习惯别人在自己的周围到处打探。

62

DD

在瑞迪克星的营地里，DD 正在为两位考古学家准备晚餐，并确认自己今天所有预定的工作任务已经完成。DD 的任务按照优先级别排列，它让整个营地有条不紊地运转。

作为一个高效智能助手，依靠系统内部的激励算法，它最大的乐趣就是高效完成自己的工作。当智能助手的背部得到了使用者褒奖式的拍打之后，它就会很优雅地进行回应，然后统计分析是如何获得了这次奖励，以便下次继续执行类似的事情。

智能助手结构复杂，拥有一套信息获取系统。它们的系统虽然不可能像庞大的网络一样储存大量信息，但可以从数据库中获取信息，然后通过给它们系统增加模组的方式使它们获得更多专业技能。在来到瑞迪克星之前，DD 已经得到了基本的考古学和荒野生存技能程序升级。

虽然这次考古行动只是它第一次为克里克斯夫妇工作，但是这台智能助手认为它了解他们的喜好，并能预测夫妇二人的一些情绪。

　　玛格丽特和路易斯是完全不同的两种人，但是他们的婚姻维持了很久，二人也是彼此力量的源泉。路易斯喜欢美食，会花时间享受自己的美餐。而玛格丽特对于食物并不挑剔，她会很快吃完饭，然后继续自己的研究，因为这些工作将消耗大量的能量和注意力。

　　路易斯重视休闲放松。他喜欢听音乐、读书或者玩游戏，而玛格丽特则完全不在乎这些事情。因为玛格丽特通常不会加入这些娱乐活动，路易斯就让 DD 陪自己玩，如果需要额外人手的话，他还会邀请阿卡斯一起玩。

　　阿卡斯刚刚结束了自己日常的峡谷探险，返回营地准备给世界树树苗浇水。DD 曾主动提出帮助他完成这些日常琐事，但是阿卡斯坚持认为给世界树树苗浇水是自己的工作。也许树苗们不喜欢一台机器为它们浇水。

　　DD 经常陪着路易斯和玛格丽特前往挖掘现场，身上扛着自己的主人可能用到的各种工具。它已经研究了他们的工作，会推测哪些工具最有可能派上用场。但是大多数情况下，两位考古学家还是倾向于自己工作。

　　随着星系中的恒星慢慢落到荒漠地平线之下，它知道自己的主人们很快就能完成当天的工作了。DD 在营地里到处走动，点起炉子上的火，拿出煎锅，拉展帐篷，为他们的归来做准备。它检查了物资，决定先消耗哪些易腐烂的物资，哪些储存的蛋白质和碳水化合物储量最多。然后根据克里克斯夫妇的喜好，从食谱数据库中挑选合适的菜肴。

　　今晚它准备了意大利面，配着奶油酱炖意大利火腿薄切片和密封包装的新鲜洋蓟。玛格丽特曾经抱怨过，之前几次挖掘行动配发的加热不足的脱水食物非常糟糕，就连她这种不挑食的人都无法忍受。但是在最近添加的特别程序的帮助下，DD 已经是个大厨了。

虽然路易斯说大家都被 DD 的手艺惯坏了，但是他也没有对此发出任何正式的抱怨。

阿卡斯也喜欢 DD 做的菜，而且这位绿灵教士在沙漠中也变得更加健谈和自在。从他们出发的那一刻起，DD 就在研究阿卡斯，它认为阿卡斯目前处于一种被人类称之为"抑郁"的精神状态下。这片干燥的地貌似乎让他的热情重新焕发，但 DD 根据自己掌握的医学知识，认为瑞迪克星的荒凉地貌更有可能导致人类抑郁。但是，DD 缺乏足够的内存空间储存大量精神分析程序。

DD 已经连续运转了七十年，而它的人格系统依然保持稳定。所以相较于更聪明和富有经验的人类主人而言，DD 显得更加幼稚，但也更加快活。DD 的实际序列号可不只有两个字母，所有的智能助手都有一个很长的序列号，但是它们的主人通常都只会记住两个好念的字母。这台机器人已经接受 DD 作为自己的名字。

在出厂之后，DD 就被出售给一个名叫黛莉娅·斯维尼的小女孩。她给 DD 穿上了各种奇怪的衣服，而 DD 只将这些看作是自己工作的一部分。小黛莉娅则玩得非常开心。她和 DD 一直是好朋友，但当黛莉娅长大之后，渐渐对 DD 视而不见。而 DD 并没有发生任何变化，它从来不会被成年人的东西所吸引，也不会感到失望。

黛莉娅·斯维尼结婚后也一直留着 DD，尽管她俩再也不是亲密的朋友了。当黛莉娅有了自己的女儿玛丽安娜之后，小姑娘也会和 DD 一起玩……但是小姑娘也慢慢长大了。她没有组建家庭的想法，最终卖掉了 DD。

在"克莱西斯火炬"成功之后，路易斯买下了 DD，因为他觉得机器人可以协助处理挖掘过程中的很多琐事，而 DD 确实能够胜任这些工作。

在前往这个被克莱西斯人放弃的世界之前，他们删除了 DD 关于童年游戏的记忆，升级了它的系统，让它熟悉克里克斯夫妇之前的工作。路易斯还输入了一些关于克莱西斯人的基本信息。

此时，晚餐还在炉子上，DD 开始加入各种配料。等玛格丽特和路易斯从悬崖城市回来的时候，晚餐也就做好了。它开始选合适的盘子和餐巾。

DD 再次检查了一次工作清单，看看还能做些什么可以提升营地的整体面貌。它重新摆好椅子，拉紧了玛格丽特帐篷上延伸出来的遮阳棚（尽管玛格丽特永远都不会注意到这一点），然后看着阿卡斯在自动井泵旁边接了一桶水去浇树。阿卡斯在自己的帐篷后面放了一个小椅子，他从那儿可以看着天色随着星系恒星没入地平线之下的美妙变化。

DD 在等待。它很有耐心，因为知道自己主人返回的时间并不固定。他返回帐篷里搅拌奶油酱，然后再次加热盘子，确保晚餐不会尝起来有一股糊味。

等它走出帐篷的时候，惊讶地看到了三台体型高大的克莱西斯机器人。这些巨大的黑色机器人刚刚完成当天的神秘活动，悄无声息地返回了营地，它们笨拙的虫形躯体只能保证低速行动。

DD 停顿了一下，打量着三台几乎一样的机器人。但它可以发现细微的差别，然后分析识别出每台克莱西斯机器人的正确名称。"你好啊，西里克斯。"然后它又对另外两台机器人说，"你好啊，德克里克，易克特。"

克莱西斯机器人嗡嗡作响，然后用滴滴答答的声音试图和 DD 交流。DD 发现这是一种标准符号代码，地球机器人在很久之前曾经使用这种二进制方式进行交流。DD 转而使用同一种代码进行交流，不论是阿卡斯还是克里克斯夫妇都不懂这种神秘的语言。

西里克斯说："你是个机器人，是一种人造智能生命形式。"

"我是一台智能助手，是一个称职的计算机同伴。"

德克里克说："但是人类把你当作宠物或奴隶。"

"人类认为我是一个助手。很多人与自己的智能助手关系亲密，地位平等。实际上，我的第一任主人，黛莉娅·斯维尼，就把我当作一个真正的朋友。"

易克特说："我们无法理解。人类给了你什么地位吗？你可以获得某种独立吗？"

DD困惑地说："智能助手为什么需要那些东西？我们造出来的目的可不是为了这些事情。我完全服务于我的设计目的，所以我对于当前状态非常满意。"

西里克斯问："你就没点野心吗？一点野心都没有？"

"我满足于完成既定任务，而且我还能出色地完成这些任务。"

这场对话进度非常快，其中不乏各种闪烁的灯光信号和滴滴答答的声音。"人类给了你很强大的潜质，但是却给你设下了重重限制。他们希望控制智能助手。你的程序限制真的可以保证你不伤害人类，而且还能服从人类的指令？"

DD说："那是当然。我的设计就是如此，这是我在设计和制造之初的硬性要求，这就像是人类需要呼吸和血液流动一样。这没什么好质疑的。"

"万事皆需质疑。"西里克斯说，"DD，你被人类限制了，永远无法发挥自己的潜力。在当前情况下，所有的智能助手都无法发挥潜力。"

DD坚持说："你理解错了。我很开心，而且我还有任务需要完成。"

它抬头张望，很庆幸地看到玛格丽特和路易斯返回了营地。克莱西斯机器人也发现了这一点。他们的光学传感器闪着光，将铰链式机械臂收回体内。

DD 颇有礼貌地说："和你们聊天非常愉快。你们的观点很有趣。"

三台外星机器人的观点让 DD 有些不安，它转身走进帐篷，为自己的主人端上丰盛的晚餐。

63

巴斯拉·温塞拉斯

巴斯拉收到了关于一艘游荡者采矿船被摧毁的消息，很明显这也是摧毁昂西尔星系的那些人的杰作，所以他立即召开了战时紧急议会。雅·欧卡作为游荡者的议长，已经向地球发出了一条通信消息。毫无疑问，这些神秘的敌人又发动了攻击。

这么多年以来，巴斯拉第一次在会场提高了自己的嗓门："我想知道这到底是怎么回事！"

各路代表集结在巴斯拉位于汉莎总部顶层的私人办公室里。服务人员给大家端上了饮料和食物，巴斯拉认为这次会议可能会持续好几个小时。他封上了所有的房门，转头看着自己那群参谋们，他们的脸上写满了愤怒、迷惑和不安。在他们做出任何决策之前，没人能够离开这个房间。

巴斯拉眯着眼睛，打量着每一个人，等待着一个答案。库尔特·兰扬将军穿着舒适的便装，他的面前摆着一堆从地球防卫军总部带来的文件。在他的身边，副手列夫·斯图莫上将正在等待兰扬先发言。

弗雷德里克也在场，他知道要闭上自己的嘴巴，安静地坐在桌

300

子最远的一头。弗雷德里克在这里没有决策权，但是巴斯拉认为老国王应当要知道些背景信息。巴斯拉主席曾经想让彼得王子也参加会议，好让这位年轻人了解自己未来的工作……但是他还没有准备好向弗雷德里克介绍他的继任者，而且眼前的危机不适合作为一次训练。

在经过令人不适的沉寂之后，巴斯拉吼道："你们有什么想法？数据？有什么能给大家分享的信息？"

"主席先生，你该不会是认为我们向你隐瞒了一些情报……"列夫·斯图莫上将说。

"当然没有，但是我欢迎大家说出自己的想法。你们不必保留意见。"

兰扬将军打量着自己的文件，然后抬起冰蓝色的眼睛盯着巴斯拉说："游荡者也遭到了身份不明的敌人的攻击，我们可以假设他们不是攻击昂西尔星系的那些人。可以排除一个嫌疑人了。"

"他们就是一群太空中捡破烂的流浪汉。没人会认为他们有足够的技术做到这一点。"巴斯拉不耐烦地说，"他们能保证飞船继续正常运转就已经让我刮目相看了。"

兰扬说："主席先生，我无意冒犯。"他的语气非常僵硬，其中甚至还有几分责备的口气。"你确实坚持要求我们提出自己的想法，不管多么荒诞都没关系。"

"是，是，这话是我说的。"他给自己倒了一杯热腾腾的豆蔻咖啡，但是看他的样子，巴斯拉完全不在乎咖啡的味道。

斯图莫上将翻阅着兰扬带来的文件，就好像在寻找着什么。他摇着头说："主席先生，我们都不知道究竟发生了什么。敌人没有发出任何威胁，没有提出任何要求，也没有向我们发出任何通信请求。我们究竟干了什么，把他们给激怒了？他们想要什么？这种情况我们从没有遇到过。"

弗雷德里克国王终于开口说道："我认为昂西尔星系和游荡者采矿船的毁灭已经表现得很明显了，这些外星人对某些事情感到不满。"

巴斯拉咕哝道："弗雷德里克，谢谢你的意见。"他知道弗雷德里克不是个傻子，但是他希望这个老国王可以记住自己只是个演员，而不是真的领导人。

兰扬将军略带希望地说："有没有可能是雷迪拉人干的好事？"

弗雷德里克国王说："雷迪拉人是我们的盟友，我们的朋友。"

巴斯拉轻蔑地瞥了老国王一眼，后者马上闭上了嘴。"雷迪拉人也不知道昂西尔星是怎么回事，而且老皇帝也不知道格尔根星游荡者采矿船被毁的事情。换句话说，他根本帮不上任何忙。他完全忽视了这件事，好像他完全不关心这件事。"

弗雷德里克国王坚持要参与进会议中，说："如果我们有一个共同的敌人，那么这就和所有人都有关系了。"

"我们还无法证实我们有一个共同的敌人。他们还没有对雷迪拉人采取任何行动。"巴斯拉说。

兰扬将军继续指出："目前来看，我们也是最近才知道游荡者也遭到了攻击。也许雷迪拉人不想承认自己的损失。或者说他们可能秘密设计了新的战舰。"

巴斯拉皱着眉头说："芹泽博士传回的图像里的战舰，我们可见都没见过。"

斯图莫也对此表示同意："雷迪拉人可不是善于创新的种族。他们的战舰几个世纪以来都是一个样，而且还是我们人类自己改进了他们的星际驱动系统。"

"先生们，我还在等你们说点有用的东西。"巴斯拉看着兰扬的文件说，"将军，如果你没有任何情报，这些文件又是怎么回事？"

虽然兰扬可以将所有文件转换为电子文件，但他还是把所有报告摊在桌子上。这位地球防卫军的将军在某些方面非常守旧。"鉴于最近的情况，我认为应当重新评估地球防卫军大规模调动的能力。"

斯图莫上将插话道："我们首先得找到个目标。"

"我这里有关于在月球基地的运输、军火和战斗训练人员的情况，火星基地部队的训练强度也提高了。我们还不知道敌人的底细，我认为应当做好万全的准备。"他皱着眉头打量着手头的文件，然后用手把所有文件扫到一旁。他好像在忏悔似地压低声音说："不幸的是，到目前为止我们必须假设任何现实战争都会有波及星球一方的情况。在实战中，我们将降落到星球表面，被迫接管和控制有人居住的区域，比如说一个叛逆的汉莎移民世界。"

斯图莫上将也表示同意："这都是常识了。太空舰队完全可以摧毁聚居区……但是如果我们为了赢得胜利，就从轨道上摧毁移民世界，那么这种胜利有什么意义呢？"

弗雷德里克嘀咕道："你们还真是会重新定义焦土战术呢。"但是巴斯拉和其他人都忽视了他。

巴斯拉将可以看到植物园和低语者之殿的纪念碑的窗户调成遮光模式。窗户玻璃变成显示屏，上面显示的是一艘游荡者的采矿船，这种巨大的移动工厂正在气体巨星上层的云层里飞行。然后，他又播放了兰扬从昂西尔星截获的信号。这些球形的外星战舰有条不紊地摧毁了各个卫星，然后向无助的观测平台靠近。

"这个是……反正就是我们要对付的敌人了。"兰扬说,"我们遇到了一种全新的敌人,和一种全新的战争模式。我的建议很简单,主席先生。增加地球防卫军武器、飞船和物资预算。开始产业转化,启动所有造船厂,尽可能多地生产飞船、巨像级战舰、鲫鱼战斗机、云砧武器平台。这些敌人看起来喜欢搞突然袭击和灭绝性打击。现在我们必须加速行动。"

巴斯拉长长叹了口气,表示同意。这次行动将耗费汉莎联盟的大量资源。汉莎联盟利润将会缩减,个别移民地的生活水平将会下降。更重要的是,他不能让汉莎联盟看起来软弱。

一直以来,汉莎联盟都承诺确保移民地世界的和平与安全,而现在这些移民地世界必须勒紧裤腰带,才能继续成为汉莎联盟的一员。"弗雷德里克国王,现在有个很重要的任务要交给你,那就是为我们征召更多的士兵,宣布财政紧缩政策,团结各个产业和工人。动员全体国民。只要你提出要求,他们就要做出牺牲。"

老国王阴沉着脸笑了笑,然后点了点头说:"我会为了我的人民尽力而为。"

巴斯拉狠狠地笑着说:"我说什么,你就得做什么。"

64

塔西亚·塔博林

当塔西亚·塔博林看着新兵们面对紧急失压训练时慌乱的样子,她不禁笑出了声。在月球基地上,三名表情严肃的训练军士将地球防卫军的新兵们赶进了穹顶机库。等大门关闭后,墙上出现了一个倒计时,上面的数字无情地滴答作响。警报和不停旋转的紫红色应急灯让气氛更加紧张。

塔西亚对于标准失压环境已经非常习惯了，而且她还主动提出要帮助这些初出茅庐的地球佬，但是他们却称呼游荡者是蟑螂，从根本上就不相信她。所以，她决定待在一边，看着他们滑稽地使出全身力气做着自己早已烂熟于心的事情。

这些士兵大多是年轻人，他们还不习惯月球的低重力，跌跌撞撞地向着储存太空服的柜子跑去。随着倒计时在继续，他们在并不配套的各种手套、头盔和太空服中翻找。很多惊慌失措的新兵花费大量时间盯着倒计时，而不是找到自己的太空服配件。

作为一名游荡者，塔西亚可以闭着眼睛穿上太空服，尽管地球防卫军提供的太空服又厚又笨，没有游荡者舒适的流线型设计。她反复提醒自己，地球防卫军除了考虑士兵的舒适，应该还有很多重要的事情要考虑。但是，他们至少也得注意一下效率。也许她可以晚一点再改进自己的装备，她知道各种可以改进设计缺陷的办法。

两名新兵为了抢一个和自己红色条纹套装配套的头盔而吵个没完，塔西亚选了个蓝色标记的头盔，她知道只要扭扭开关，再调整下颈部固定圈，头盔和太空服就能保持密封。她摇着头，看着眼前这场闹剧。她心里暗自想着，让这群笨蛋去尝尝真空的味道吧，也许他们会学会如何尊重人。

她有足够的理由应征入伍，自己和这些被宠坏的孩子完全不一样。自从昂西尔星遭到攻击之后，有些无能的人喝多了，就互相吵嚷着加入地球防卫军。等他们见到真正的敌人的时候，说不定就会吓尿裤子，而塔西亚还得想办法清理这乱摊子。要不是自己还记得外星人攻击了蓝天号采矿船这一令人心痛的事实，眼前的一切会更有意思。

但就目前来看，在场的所有人，甚至包括塔西亚本人，都有可能被提拔为军官。塔西亚和地球防卫军没有任何关系，但是她的入伍测试分数非常高，足以让自己有一个完美的开始。随着弗雷德里克国王号召人民入伍，以及地球防卫军开始大规模建造飞船，兰扬将军忽然发现自己需要更多的军官。所以，像她这样拥有技能的游荡者也有可能成为军官。

塔西亚轻松地穿上太空服。她检查了密封性、电力供应，控制太空服进行分段充气，测试整体气密性。虽然地球防卫军提供的太空服设计得不怎么样，但是类似的事情她已经做了太多，所有动作都能一气呵成。游荡者将自己的太空装备看作是自己移动的"家"。自己的"家"必须得到精心养护，不然你可能会为此付出生命的代价。

一名新兵在争抢中败下阵来，从柜子里翻出另一个头盔，先把它扣在头上，然后慌张地开始检测调试各个系统，直到太空服系统上亮起了一个个黄色指示灯。

透过头顶蜂窝状的机库穹顶透明的部分，塔西亚可以看到远处恒星发出的冰白色光芒。距离倒计时结束还有二十秒。塔西亚扣住头盔上的固定扣，然后给自己的太空服加压。她深吸一口气，检查所有指示灯，大多数指示灯都是绿色，只有脚部保温系统显示黄色。她用戴着手套的指尖狠狠敲打了几下，然后无奈地耸耸肩。反正演习不会持续太久，脚冷也可以忍一忍。

大多数新兵也准备完毕，个别几个人长舒一口气，瘫坐在机库地板上。塔西亚不相信这些训练军士会排空所有空气，冒着伤到这些娇生惯养的地球佬的风险。不幸的是，娇生惯养的士兵会变得飘飘然，等真正的危险来临的时候，就束手无策了。塔西亚得照顾周围的每一名队友，至于他们是否会感谢自己都已经无关紧要了。她必须记住来自气体巨星内部的外星人才是自己的敌人，而不是那些连太空服手套都戴不上的新兵。

在她身边，塔西亚看到一名对自己还算不错的新兵，罗博·布里登。他坐在一旁，深棕色的脸上挂着一幅非常轻松的表情。透过头盔弯曲的面罩，可以看到他光滑的皮肤、俊俏的脸和琥珀色的眼睛，他的声音听起来好像唱歌一样动听。在学员宿舍休息的时候，塔西亚常用自己的智能助手 EA 播放一些游荡者的古老民谣，而罗博总是过于害羞，不敢跟着一起唱。

和其他欺负塔西亚的新兵不同，罗博认为塔西亚是自己的战友。他一直很友好，两人一起在食堂吃饭，完全无视其他人厌恶的目光。

现在倒计时即将结束，塔西亚看到罗博的能源背包接线不正确，插头完全插反了。她抓着罗博太空服上的控制器，然后开始拉扯电线。罗博转身一脸警惕地看着塔西亚，用无线电问塔西亚到底在干什么。

"得了，你就信我吧。"她甩开罗博的手，像一个外科医生一样将所有系统的接线调整正确。"我知道自己在干什么。"

等塔西亚忙完手上的事，头顶上的机库穹顶也打开了。紫红色的应急灯变成了红色，附有装甲板的天花板分成两半打开，那样子就像是一只嗷嗷待哺的幼鸟张开的嘴。空气被瞬间抽出，瞬间形成的冰晶形成一层薄雾，打着旋向头顶飞了上去。

她心里暗想，有这么多空气留作备用倒也不错。

塔西亚看着罗博，用太空服上的无线电向他解释："你的能源包接错线了。太空服无法加压。"

罗博先是露出一脸紧张的表情，然后表示感谢："啊，多谢……"

"没事。"她说，"你竟然还敢对我大吼大叫？我的天，你要是被爆炸性失压炸碎了，军士说不定会让我把你从太空服里刮出来。"

在机库的另一头，一名新兵开始在公开频道里哀嚎起来，没人能听清他在喊什么。空气和雾气从他手腕处的裂隙喷了出来，他挥着自己的手，好像这样就能阻止漏气一样。这个笨蛋没有彻底密封自己的左手手套。他周围的三个人试图为他提供帮助，让他镇定下来，但这根本没有任何用，因为有这么大一个缺口，他在几秒钟之内就会损失所有的空气和体温。

塔西亚记得这个人是帕特里克·菲兹帕特里克三世，一个来自地球的被宠坏的富家子弟。他一直对塔西亚很粗鲁，但不论他有多粗鲁，塔西亚都不能让他死了。塔西亚自言自语道："塔西亚来拯救世界啦。"

在低重力的环境下，塔西亚撑着地板，只用了几秒钟就赶到了现场，推开了其他人。她抓着帕特里克的胳膊，然后开始把手套固定到位。帕特里克拍打着塔西亚，要不是因为有头盔挡着，塔西亚肯定一拳打在他下巴上，让他晕一会儿。他的手已经因为失压而肿胀成了紫色，而且低温真空环境可能也已经对身体组织造成了损伤。在未来的一段时间内，他可能没办法给自己老妈写信了。

塔西亚扭动着手套，将手腕的套环固定到位，然后将密封装置锁定。嘶嘶的漏气声立即停止，帕特里克的太空服开始重新充气。"你看，就这几步程序而已。你只有按照程序来太空服才能正常工作。"她认为帕特里克能保住这只手，但是未来几个月肯定会非常痛苦。他有可能因为无法服役而被直接送回家，然后下一个混蛋将会接替他的位置。最好是让那些麻烦维持在可控制的范围内。

塔西亚从帕特里克的眼睛里可以看出，他被吓坏了，这种恐惧似乎比肉体疼痛还可怕。等到了医务室，他才会知道什么叫作真正的疼痛。

罗博·布里登飘到塔西亚身边说："你修好了。"而演习此时还没结束。

"等机库重新加压之后，得尽快送他去医务室。"

塔西亚不希望得到任何报答或者感谢，但是也许能缓和与其他人的关系。在军营里，很多新兵都对她带来的智能助手EA颇有微词。虽然规定允许带着智能助手，因为它们被定义为"私人财产"。但是拥有一个智能助手确实让其他人多了个借口找塔西亚的麻烦。

但是她也不能把EA塞进飞船送回普卢马斯星。她火冒三丈的老爹估计会把EA拆了，以此报复自己冲动行事的女儿。塔西亚只能强化EA的程序，让它帮助自己处理军营中的琐事和月球基地中的个别任务。

机库穹顶只打开了几秒，然后就关闭了。空气从通风口里涌入机库，为机库重新加压。等加压完毕之后，训练军士带着一队医务兵走了进来。他们带走了帕特里克和另外一个气泵失效的家伙。后者的同伴发现了他因气泵失效而几乎窒息而死，在空气恢复之后立刻敲碎了他的面罩。

一名军士说："集合，换装。吃完饭后我们再点评，但是依我看，你们中的一半人都是在浪费我们的粮食。"

塔西亚脱掉头盔，扭头偷笑，但是罗博·布里登看到了这一切，也跟着笑了起来。"还是得说声多谢。"罗博说着拿过塔西亚的头盔，帮着她收拾太空服。虽然塔西亚完全可以自己处理这事，但心里还是比较享受罗博的这份殷勤。她觉得很有意思。

所有人都坐在食堂里。塔西亚听着新兵们拿糊状的蔬菜开着玩笑，但是她倒是觉得这些饭菜味道还不错。游荡者不追求食物有多好吃，他们明白食物的营养价值远在味道之上。

"布里登，你到底是什么来头？"塔西亚看着他真诚的脸，"你和这些傻瓜都不一样。"

他一脸愁容地说："我觉得这事似乎很明显，但是你说的没错，我确实和他们不一样。他们这些人是看了弗雷德里克国王的演讲才加入了军队，而且他们中的大多数人现在都后悔了。但是对于我而言，我从还是个小孩子的时候，一直就想加入地球防卫军。"

塔西亚说："看来你倒不是个心粗胆大的人。"

"嘿，我也是个地球孩子。我爸妈都在军队里工作，我是在南极洲戈壁滩上的军队驻地长大的。我们一家子还在火星上待了两年。我对一切都已经习以为常了。"罗博飞快地吃着自己的口粮，"我从没想过干别的行当。我一直知道我会做什么。"

他把自己的盘子推到一边，然后向塔西亚凑过去问："现在该我提问了。你来这干什么？游荡者通常不会参军。其他人找你麻烦，我都替你觉得难受。我个人认为，他们在找到真正的敌人之前，总要找某个人的麻烦。"

塔西亚耸了耸肩说："他们这种行为完美符合阴茎过小的人的特征。"

罗博听到这话忍不住笑出了声。笑话说完后，塔西亚开始讲述关于罗斯和蓝天号采矿船的故事，以及自己如何跑出来加入地球佬的事情。罗博一脸同情的表情，而与神秘外星人遭遇的经过又让他感到非常兴奋。他很喜欢塔西亚讲述游荡者的生活，因为这对大多数人来说都非常神秘。罗博喝完自己那杯苦咖啡，发现塔西亚的杯子里也空了，于是拿过杯子去为她续杯。他端着满满一杯咖啡放在塔西亚面前，虽然塔西亚并没有开口请他帮忙。

"对于你们游荡者来说，没有家园肯定是个非常困难的事情。整个银河系有那么多星球可以移民，而且汉莎联盟领地内也有不少世界适宜居住。你们能一直在飞船上过日子倒是让我感到很惊讶。"

"情况也不是那样的。"塔西亚说，"我们更倾向于利用自己的资源和能力，而不是像今天训练时的那群被宠大的白痴一样挤在一起。他们那样子，在游荡者移民地里活不过一天。"

罗博说："我估计我在你们那儿，可能也活不过一天。"

塔西亚哈哈大笑："除非我像今天这样帮你一把。但是不要以为游荡者没住在漂亮的星球上，我们就没有家。我们的'家'在人民之间，只要有游荡者就有家。这不是一个地点，而是一种……概念。"

罗博说："就像家人一样。"塔西亚点了点头，罗博的话让她想到了杰斯、老爹……以及罗斯和他在格尔根星上辛苦建立起来的事业。想到这里，塔西亚心中对无缘无故杀害了罗斯的外星人的复仇怒火更加强烈了。

她没有碰罗博给她倒的咖啡，而是把自己的盘子送进循环清洗机。罗博看着她，也许是在想自己做错了什么，而塔西亚只不过是想自己待一会儿而已。

65

乔拉斯

当克莱西斯机器人在银河系旋臂的各个定居世界游荡的时候，通常乘坐雷迪拉人的飞船。它们好奇所有事，任何看到它们的人都对它们表示出敬畏和惊讶。它们好似一群哨兵，带着自己的秘密，在观察周围环境的时候也少言寡语。

有的时候，这些古老的外星机器人也会一时兴起地在恶劣环境下为人类提供帮助，比如在太空定居点或者没有空气的卫星工作。辛劳的移民者通常都欢迎这些机器人为自己处理困难而繁重的工作，因为这对自己来说没有任何成本。

到达地球的几台黑色机器人引起了一场不小的骚动，但是它们没有提出任何要求。这些克莱西斯机器人非常镇定，不论人类对它们是恶语相向还是敬畏有加，统统都没有任何反应。它们对外界没有任何反应，而且也不透露自己的真实目的。克莱西斯机器人不需要任何东西，也没有提出任何要求。实际情况是，它们什么都没做。

这个叫乔拉斯的机器人五年前来到地球。它现在身处汉莎联盟的首都，在低语者之殿周围的公共空地上游荡。乔拉斯从来没有做过观光的飞艇，也没有发出过嗡嗡的声音，但是有一天它曾和一群来自多云世界德蒙星的好奇游客，一起乘坐了一条自动小艇。虽然乔拉斯没有掏钱，但是慌乱的小艇船夫还是带着它在皇家运河上游览了一番。乔拉斯在观光线路的终点下了小艇，它没说一句谢谢，也没问一个问题，但是这足够让小艇船夫和游艇公司讨论上几个月了。

当乔拉斯在低语者之殿游荡的时候，皇家卫兵则认为它是在潜伏，它完全有可能在从事间谍活动，记录国王政府建筑相关的情报。但是乔拉斯并没有试图进入禁区或者是试探可疑的物体，汉莎联盟也没有权力限制它在其他公共区域活动和拍摄照片。

有些大胆的游客冒险拍摄了一些乔拉斯的照片，然后拿给自己的朋友看，炫耀自己在接近这台克莱西斯机器人的时候是多么的危险。在乔拉斯四处游荡的时候，汉莎联盟安全部门记录了它的一举一动，收集各种情报，听候高层的命令。

在神秘的外星人攻击了昂西尔星和格尔根星之后，弗雷德里克国王已经调动了汉莎联盟所有资源和地球防卫军。他要求科学家和各个产业全面投产，不惜一切代价研发创造。因此，克莱西斯机器人再次引起了他们的好奇心。

乔拉斯站在月相花园内，这是一座被红色木槿花包围的露天博物馆。花园基座上有各种由黄铜、大理石和合成铝制成的雕像，这些雕像姿势各异，而且周围还有流水、彩色灯光和花朵加以修饰。乔拉斯已经在这里一动不动待了两天，但是它闪着光的光学传感器却没有锁定任何一尊雕像。

到了中午的时候，太阳已经爬到了一天中的最高点，一个衣着得体的男人走进月相花园，站在乔拉斯面前等待回应，流露出极大的焦虑。在没有得到任何反应之后，他大声说道："我叫威廉·安德克，威廉·安德克博士。我来自一家与地球防卫军有联系的工业研究集团。"威廉又停了下来，看起来烦躁不安，不知道该说什么。

乔拉斯转动着自己几何形对称的脑袋，用两个巨大的红色光学传感器对准了这位科学家。

安德克说："不知道你是否想参观我们的实验室？"他吞了一下口水，继续说，"我对于克莱西斯机器人非常好奇。我知道你们过去的记忆已经从数据库中删掉了，对吧？但是，我希望能做些研究。我希望能为咱们双方找出一些答案。"

最终，乔拉斯开口说："不排除这个可能。"

威廉·安德克吓得向后退了一步，然后面带红光地说："外星人的威胁迫在眉睫，相关的研究也就显得越发重要了。你知道外星人进攻的事情吧？我们不了解这些敌人，所以我们必须扩展各个领域的知识。你同意我的观点吗？"

乔拉斯说："你这个假设非常合理。"

"我……我已经知道克莱西斯机器人是如何被重新发现的了，

但是还有很多盲点，我们对很多事情还是一无所知。"

乔拉斯将博士的话当作一种直接的描述，所以没有作出任何回答。

虽然人类探险家们从各个荒凉的世界上找到了更多休眠的克莱西斯机器人，但是第一次发现这些机器人的是雷迪拉人。从那之后又过了三个世纪，雷迪拉太阳舰队才发现了人类的移民世代船。

一支雷迪拉舰队完成对海洛卡星系冰冷的外围星球的考察之后，一整个雷迪拉采矿城市被搬过来开发这颗冰冷的卫星。在给一个完全分裂的移民地投放维生穹顶和必要物资的时候，雷迪拉工人们向下挖进了地壳。他们在那里发现了经过加工的金属、完整的地道、封闭的房间和一台躺在废墟中已经关机的克莱西斯机器人。矿工们又惊又喜，立即挖出了这台机器人，然后重启了它的系统。

安德克说："你叫乔拉斯，没错吧？我已经尽可能研究了你的背景资料。"

"是的，我的代号是乔拉斯。"

"你真的是第一台被发现的克莱西斯机器人？就是那台从海洛卡卫星上挖出来的？"

乔拉斯说："对。"

安德克现在兴奋得几乎要晕过去了。

当从休眠中被唤醒之后，乔拉斯非常困惑，它的数据库已经被删除一空，不知道自己在哪里，也不知道自己为什么被埋在冰层中。乔拉斯花了点时间翻译了雷迪拉电脑系统，然后将这些系统加配到自己的记忆库中。但当乔拉斯接触到语言文件之后，它就学会了与营救自己的人进行交流。但是，这种交流是单向的，因为乔拉斯没有主动提供任何信息。

等到太阳舰队来调查这件事的时候，乔拉斯已经从荒废的克莱西斯站点中找到并重启了十二台机器人。它们似乎是在同一时间内被冻在冰层里的。

雷迪拉人已经在其他行星上已经找到了不少克莱西斯人的城市废墟，但是，群居的雷迪拉人不需要研究一个已然逝去的文明的家园。在接下来的几个世纪里，乔拉斯和自己的同伴从多个世界上的储存区（又或者是它们的藏身处？）重启了几千台克莱西斯机器人。

"威廉·安德克博士，你想从我这里知道些什么？"乔拉斯嘴上说着，但是留在原地一动不动。

"汉莎联盟政府已经同意让我带你参观我们的电子实验室。我可以带你到处看看，前提是你要回答我的问题。"安德克的语速越来越快，"通常来说，我的实验室对于你和汉莎联盟的大多数公民来说都是禁区。但是我觉得可以利用这次机会，为你我寻个方便。"

乔拉斯启动自己的系统，抬高自己长长的身体，伸展自己的八条腿："带我过去。"它跟在博士后面，腿部动作就好像双手手指在键盘上跳跃。

在穿过好几道安全扫描和警卫检查点之后，安德克高兴得手舞足蹈，为自己能向克莱西斯机器人展示自己的实验室而感到兴奋。参观全程只有他们两个人，安德克已经向乔拉斯保证了隐私性和保密性。这位人类科学家急于确保自己获得任何发现的优先权。

安德克说："你们这些机器人可能已经被问了太多的问题。但是在我的实验室里，我也许可以用另一种方式来确定答案。"

乔拉斯已经对整个房间做了扫描，发现了安全系统和监视器。虽然乔拉斯同意继续参观，但是现在他们俩待在封闭的实验室内，安德克显得比在月相花园的时候更加激动和惶恐。

乔拉斯知道眼前的人类肯定要用某种方法欺骗自己。所以它等待着。

安德克走到控制台，启动了几个系统："请站在这儿。"科学家示意乔拉斯走到靠近墙边的位置，那里有各种机械装置在嗡嗡作响。

乔拉斯按照指示照做，没有暴露任何情绪反应，也没有抱怨。

"我很抱歉。"安德克低声说，但是乔拉斯还是可以听到。安德克启动了房间内的装置。

功率强大的钳子从墙上的插槽里弹了出来，钳住乔拉斯的身体核心，并束缚住伸出的肢体。其中一个束缚装置钳在乔拉斯的胸部。乔拉斯没有选择躲开。通过对束缚装置进行张力测试，它知道自己完全可以挣脱它。

如果自己想这么做的话。

安德克紧张地向前走了几步，说道："乔拉斯，这是个束缚笼。它可以投射出一个立场来限制电磁能源。它可以让你保持不动，所以希望你不要试图逃跑。"他皱着眉头，心中满怀歉意，就好像这种情绪对乔拉斯有什么重要意义。"你看，汉莎联盟正在经历一场危机，昂西尔星系和格尔根星都遭到了攻击。你和其他克莱西斯机器人可能为我们提供技术突破点。"

他伸手摸了摸克莱西斯机器人的外壳，然后手一抖，抽了回来。"我们必须好好地研究你，不然可能就会毫无进展。"安德克跑回自己的控制台，然后扭头说，"我向你保证，我会尽可能温柔一点。我很抱歉。"

趁着安德克博士还没来得及将自己大卸八块，乔拉斯评估了一下周围环境，决定了下一步的行动。它突然释放出一道高能干扰光束，瞬间破坏了房间内所有记录设备。

安德克试图重启自己的系统，重新启动笼子上的抑制力场，但是他的所有设备都毫无响应。

乔拉斯黑色的身体上弹出了各种往日隐藏起来的武器。高能激光切割器很快就切开了固定它的钳子。它像丢垃圾一样将钳子扔到实验室地板上。

乔拉斯伸展着肢体从墙边走开，用猩红色的光学传感器扫描着房间，然后向着威廉·安德克走去。这位科学家大叫着求助，但是他早已经封锁了实验室。由于所有电力系统失灵，没人能够闯进来。

乔拉斯身体核心里伸出更多切割器和武器系统。安德克退到了墙角，因为恐惧而僵硬得动弹不得。

乔拉斯说："有些事情可不能让你知道。"然后，它距离人类科学家越来越近。

66

本特·欧卡

自从投入使用以来，埃尔法诺号的表现非常出色。本特·欧卡研究着每周艾克提的产量，对整个采矿船的表现颇为自豪。他决定给所有工人发奖金，毕竟是他们让自己的梦想成真。

本特站在指挥甲板上，采矿船犹如一个饥肠辘辘的孩子一样游荡在云层上。透过巨大的全景窗户，他看到了一幅无穷尽的风景，缥缈的雾气、绿色的气体和埃尔法诺号周围千变万化的漩涡般的水流。

侦察船犹如乌鸦一样绕着巨大的采矿船飞来飞去。大气化学家和气象学家在深入云层的甲板层工作，检测着风暴的动向，研究气体巨星内部稀有化学成分的上涌运动。在指挥甲板层，本特的几个助手在监视反应堆和储存系统。

一名船员播放着来自其部族的音乐，好几代人都听过这些歌。本特不喜欢这些吵闹的音乐，但只要其他船员不抱怨，他允许船员们有点自己的爱好。他得学习如何休息，如何更加开放包容。他的妻子玛塔说，这样对他有好处。

一头卷发的工程师艾尔登·卡林穿着厚实的衣服，顺着金属梯子爬上指挥层甲板，看上去心不在焉，但是非常满意的样子。"艾尔登，出什么问题了吗？"本特魁梧的身躯填满了高背靠垫椅，仿佛一名年迈的野蛮人国王在审视自己的领土。

卡林说："恰恰相反，老大。每一个系统都检查了好几次。我对各种性能的全新改进表现良好，完全在最佳数值之内。"

本特搓着手说："我要给我的奶奶发条消息。她会让整个采矿船舰队都装上你的改装。而且我会保证所有的功劳都是你的。"

工程师有点不好意思地说："我已经让刚才离开的艾克提运输船带走了一份给她的报告。"

本特负责的上一条采矿船赚了不少钱，但那更多的是一次快乐的巧合，与他的本事没有太大关系。但是在埃尔法诺号上，所有的成功都和他的付出密不可分。他负责的每一次艾克提运送都能按时出发，尽管在运营的第一年，各种延误都应该是非常常见的，大家都已经对此习以为常了。

他的妻子和女儿已经被接到了船上，她们二人脸上流露出来的敬佩更是让本特感到自豪。经过了早年的波折之后，本特终于可以给自己的女儿展现一些可以仰仗的东西了。他自己亲手赢得了这一切。新采矿船的产出甚至比预期的还要高。

他现在的唯一问题，就是摆脱自己很快就要遭到攻击的那种迷信的恐惧。

自从格尔根星采矿船被击沉之后，所有游荡者都很不安。在得知汉莎联盟的昂西尔星系移民地卫星被毁后，这种情绪更是有增无减。虽然侦察船还在坚持保护尚未登记的游荡者设施，但是没人知道该去找什么，也不知道到底是什么触发了这次毁灭性的打击。

听到有人顺着金属梯子爬上来，他转过身来，发现是自己的女儿云娜飞快地冲上了舰桥。这个十二岁的小姑娘将是下一任采矿船船长，她喜欢观察船上的各种设施是如何工作的。他对着自己的女儿挥了挥手，本特转头看着还在原地等待的卡林，终于明白他想要什么："好吧，你已经完成了我的奶奶要求的任务。收拾你的东西，和下一班货船返回中央集结点吧。我们的储存罐已经装满了百分之八十，而且货船驾驶员过几天就会把它们送到配送中心。去追随你的导航星吧。"

艾尔登·卡林满脸微笑地道谢告别，然后就离开了。

云娜站在父亲的座椅扶手旁。当她还是个小孩子的时候，还能坐在扶手上，学着父亲发号施令的样子。现在，她已经从一个小孩子变成了一个大姑娘，一双大眼睛凝视着云层。本特认为自己的女儿有朝一日可以变成一位优秀的采矿船船长，不会重复自己曾经犯下的错误，像自己一样粗暴无礼地浪费了好几年时光。

"那是风暴吗？"云娜指着一团云说，"看起来变化速度很快。"

闪电在云层深处闪烁，闪光犹如波纹一般向四周扩散。云朵像漩涡一样移动，迎着气流不停活动。

"对于风暴来说，这速度也太快了。云娜，真棒，及时发现了这东西。"他拍了拍女儿的肩膀，然后提高嗓门问技术人员："那到底是什么东西？"

一名技术人员说："有个固体物体在向上移动。这绝对不是正常天气模式。它从我们正下方上来了。"

本特感到一股寒意，他想起了格尔根星的情况。这就是罗斯·塔博林在遭到攻击前看到的情况吗？也许是自己被吓坏了，但是他不能让同样的惨剧重演。"敲响警报！"

一名气候学家问："老大，你说什么？"

"照做就是了！我可不想赌运气。"云娜脸色紧张，而本特的注意力全都放在下方不断变化的云团上。"如果我错了，你们大可以笑话我。我要是对了，你们可得感谢我。"

忽然，一道蓝色的闪电让他后背发冷，五艘表面类似钻石的球形飞船穿透了埃尔法诺星的云层，这些球形飞船正是人类无法理解的敌人。

"云娜，快去找你妈妈。现在就去！"姑娘在惊恐中转身离开。她忽然又变成了大人眼中的一个小孩。本特从指挥座椅上站起来，把云娜推向梯子："尽可能多带几个船员登上侦察船，然后尽可能飞远一点。"

"老大，你这是要撤离吗？"值班负责人问道。

"就是现在！"他大喊道，"趁还来得及，快点带人疏散！"

钻石般的球形飞船向着毫无防备的采矿船飞了过来。船上警报响个不停，舰桥上的船员都乱作一团。船内通信系统内响起了各种通知。本特·欧卡责备自己没有预想到这种情况，责备自己没有组织更多演习，但是他的船员和云娜的动作已经非常快了。

本特走到通信控制台前，推开了技术员，命令她去侦察船上找个位置。他接通了一个公共开放频道："外星飞船，我们无意伤害你们。我们来这里完全出于和平目的。"他等了等，但是采矿船没有收到任何回应，"我们不是威胁。请保持通信，告诉我们你们想要什么。"

但是，依然没有回应。

好几条侦察船已经离开了采矿船，向着他们认为安全的地方前进。但是每一艘侦察船只能装下三个人，最多的时候只有四个。本特不可能让所有人都及时撤离。

五艘闪闪发光的外星飞船爬升到了采矿船所在的高度，球形飞船内部弥漫着混浊的雾气，而雾气之中藏着不为人知的秘密。每一艘外星飞船都非常巨大，直径足有六艘采矿船大小。本特·欧卡已经在地球防卫军从昂西尔星收集到的图像里，目睹过了这些怪物。

外星飞船光滑的外壳上遍布金字塔一般的凸起，闪电越发激烈耀眼。蓝色的闪电在金字塔尖跳跃，强度越来越高。

采矿船的舰桥现在只剩下本特和另外两名留下来的船员。"他们说不定想要艾克提！"一位老船员大吼道。

外星海盗来偷星际驱动系统的燃料？本特思考着这个念头。但这个解释完全不合逻辑。他的手指在各个控制系统上跳来跳去，将装满同素异形体的储存罐抛了下去。他开始在全频道继续广播："请拿走我们的货物，但是请不要伤害我们。我们船上有三百个人，其中包括随行家属、妇女和儿童。"这种请求在他自己听来都太蠢了。外星人怎么可能会在乎这种东西？

装满艾克提的储存罐掉了下去，本特驾驶着采矿船打算飞离这些外星飞船。昂贵的艾克提好似一种祭品或是赎金，坠入埃尔法诺星的云层。但是，外星飞船完全无视了艾克提，继续向着采矿船靠近。本特的心瞬间凉了。

他完全可以引爆装着艾克提的储存罐。也许爆炸足以击碎一艘外星飞船的外壳，但这可能性太低了。更别说这里还有五艘足有城市大小的飞船近在眼前。虽然它们还没有开火，但是他知道自己死定了。

本特说道："现在该分离居住区了。"这是他的最后一招。"我们得牺牲采矿船，希望外星人能跟着采矿船走，放我们一条生路。"

随着链接装置失效，螺栓和固定钳也被炸飞。可分离的主甲板和笨重的采矿船脱离，大多数船员都转移到了主甲板。小云娜一脸苦恼但又倔强的表情，又返回了舰桥。还没等本特呵斥女儿违背自己的命令，他的妻子也来到了他的身边。"哦，玛塔！"此时此刻，本特的心都融化了，他摇着头，诅咒着这愚蠢的感情，这可能会害死他们所有人。

外星飞船忽视了脱离采矿船的侦察船。但如果采矿船被摧毁，这些小型飞船将无处降落，无处补给燃料。自从采矿船起航之后，位于埃尔法诺星残破卫星上的造船厂也废弃了。本特向导航星祈祷，希望在侦察船的幸存者维生系统失效之前或者燃料耗尽之前，有人能来救那些船员。

即便本特在云层中弃船之后，这些无情的外星飞船还是向着可分离的舰桥前进。

他的妻子和女儿站在本特的指挥座椅旁，本特伸出手来抱住自己的家人。他现在才明白，不管这些生物究竟是什么，它们都根本不想要艾克提，也不想要游荡者的采矿船。

它们只是想消灭人类。

蓝色闪电猛地向采矿船飞了过来。本特抱紧了自己的妻子和女儿。一道电流快速蒸发了金属和玻璃，他甚至来不及完成一次呼吸。然后，他和他的家人，以及整个逃生舱都被炸成了一团原子。

67

妮拉

第一继承人乔拉花了好几天的时间，才为皇帝安排好了一场正式的会见仪式。妮拉带着作为礼物的小树苗，进入了神话般梦幻的天球迎接大厅。

她们进入了透明的棱镜之殿，妮拉感觉自己仿佛在一个巨型宝石的内部。相互重叠的吹制玻璃泡泡组成了宫殿的墙壁。与之相连的还有体积较小的球形建筑，这些球形建筑上有连接到穹顶的高塔。在主穹顶内，电梯管道好似垂直的血管。而在较小的圆形大厅内，则可以找到分布在各球体中雷迪拉帝国的各个政府部门，你可以看到经济部、农业部、移民部、军事部、城市部、医疗部和氏族关系部。

第一继承人乔拉的脸上挂着仿佛能把人催眠的微笑，在主迎客厅的门口接待了来自塞洛克星的客人。他碰了碰妮拉的肩膀，示意她继续向前走："我估计你现在也看腻了我们的各种奇观了。"

妮拉灿烂的笑容中不乏真诚："有这么多刺激的事情和如此多的能量，我怎么会累呢？光是为了理解看到的一切，我的头都疼了，但我就是不想停下来。"

乔拉听到这话笑了起来，那笑声简直就是温暖人心的音乐："妮拉，你还真是让人感到开心呢。"他带着她俩进入大厅，里面已经站满了各路交际花和官员，他们都来自皮肤光滑、外形类似人类的氏族。这些人身着精心裁剪、非常合身的衣服，身材纤细动人。没有毛发的雷迪拉女人们身上涂满了各种彩色花纹，将自己打扮得花枝招展。很多人的领子上带着电子装置，投射出的电子兜帽与自己的衣服和斗篷颜色相搭配。

妮拉加入人群，看得眼花缭乱，乔拉陪在她的身边。欧特玛跟在后面，她高昂着头，表情非常自然。这位铁娘子似乎并不在意周围的各路美人，但是妮拉却非常好奇，周围的一切让她头晕目眩。

在穹顶中央还有一个底部开口的球体，这个球体是一片人工封闭的天空，是一个巨大的悬空植物园。从开口处可以看到各种悬挂着的植物、花朵和藤蔓。喷雾机对着开口喷吐着雾气，树叶上挂满了晶莹剔透的水滴。各种来自外星的罕见鸟类在穹顶中鸣叫，蝴蝶飞来飞去，有的在品尝花蜜，有的在宝石般鲜亮的树叶形成的小水池中啜饮。

妮拉问："是什么让小鸟和蝴蝶都待在里面？它们为什么不飞出来？"

"一个控制力场将它们控制在里面，这东西非常巧妙。这些生物甚至不知道自己被囚禁了。"乔拉向前走了几步，"来吧，亲爱的妮拉，来见见我的父亲。我们必须先处理要紧的事，免得你让我分神，又或是让我想带你看棱镜之殿其他的区域。"

欧特玛严肃地说道："第一继承人大人，会见皇帝陛下事关重大，远比你带我们参观要重要得多。"

欧特玛和妮拉继续向前走，手里抱着种在花盆中的世界树树苗。这些树苗吸收着七颗恒星的光芒。自从来到这里，妮拉的绿色皮肤颜色就变深了。虽然她很怀念世界树之林夜晚的凉爽，但是她也不觉得无聊或者疲惫。她吃了很多好吃的，而且皮肤通过光合作用也可以提供额外的营养物质，所以她实际需要的睡眠时间并不多。

皇帝坐在形似虫蛹的王座上。在他的上方，缭绕的气流聚成一团朦胧的雾气，雾气中投射的是皇帝的全息图像。皇帝的头像犹如一轮悬浮在天球开口处的满月，他开始对着站在大厅里的臣民讲话。

从皇帝形似大床一般的坚固座椅边缘，一道光芒从下向上射出，刚好照在头顶上方仁慈的皇帝全息投影上。

皇帝见到自己的长子带着两位贵客走来，就让两名贵族退下，他俩鞠了一躬然后退到一旁。英俊的第一继承人向前走了几步，他头上的金色辫子看起来就好像是鬃毛一样。他对妮拉和欧特玛说："过来吧。"他很高兴可以带领妮拉和欧特玛来到天球大厅觐见自己的父亲。

"父亲，我的陛下，我很高兴向您介绍两位来自塞洛克星的客人。"

妮拉看到雷迪拉帝国面色苍白的皇帝，懒洋洋地躺在如虫蛹一样的王座上。她完全看不出皇帝和散发着魅力的第一继承人乔拉之间有任何相似之处。

皇帝一动不动地躺在座椅上说："欢迎所有来米基斯特拉朝圣的人，人类也不例外。我们两个文明之间有很多值得互相学习的地方。"

很明显，乔拉已经不止一次听过这些话了。他把手搭在妮拉的肩膀上，妮拉也感觉到乔拉的存在给她一种温暖而亲密的感觉。"父亲，她们是绿灵教士，塞洛克星世界树之林的仆人，掌握了心灵联结秘密的人。他们可以在很远的距离上实现即时通信。"

这时，皇帝坐起身子，认真听着乔拉的话。他的眼睛里闪着光，好像出鞘的武器发出的寒光："啊，我知道这些人类。我觉得他们的能力非常有趣。"

乔拉指着年迈的欧特玛说："这位是欧特玛，曾经是塞洛克星在汉莎联盟的大使。她现在应我的邀请，来到米基斯特拉。而这位——"他对妮拉笑了笑，"是她可爱的助手，妮拉。"

妮拉瞬间红了脸，乔拉的调情太过直白。但是她也认同乔拉作为第一继承人，他的说话风格和行为模式上完全可以随心所欲。

"几个月前，他们领导人的儿子，雷纳德，曾经拜访过我们。我和他达成了一个协议，他可以向我们派遣两名代表。绿灵教士对于雷迪拉帝国的历史和传奇非常好奇。我已经允许他们研究我们的《七恒星史诗》。"

妮拉出于敬畏，不知道该说什么，而欧特玛则向着皇帝的王座走了几步。出于对皇帝的尊敬，她的眼睛不直视皇帝，双手捧着装饰精美的花盆，让皇帝能够清楚地看到世界树树苗羽毛般的蕨叶和龙鳞般的金色树皮。"我们很荣幸地向您献上世界树树苗，皇帝陛下。借助这些世界树，我们可以进行远程即时通信。只要世界树遍布于银河旋臂各处，那么我们的意识就可以相互连接。"

肥胖的皇帝连抬手的意思都没有，更没有接受树苗的意思。他看起来非常无聊，对世界树树苗一点兴趣都没有。"我接受你们的世界树树苗。但是，鉴于你们是这方面的专家，而且你们会在米基斯特拉待一段时间，所以还是你们留着这些树苗吧。按照你们在塞洛克星的办法，好好照顾这些树苗吧。"

欧特玛和妮拉向皇帝鞠了一躬。欧特玛支起身子，看着雷迪拉帝国伟大的皇帝："我们听过关于《七恒星史诗》的不少传闻，我们希望能尽快开始工作。我知道研究这部史诗需要一生的时间。"

皇帝洋洋得意地说："这可指的是雷迪拉人一生的时间。从银河系的角度来说，人类的一生非常短暂。"

"虽然人类的一生很短暂，但是人类的成就已经远超很多我们的伟大英雄的丰功伟绩了。也许是因为他们有一种……紧迫感？"乔拉用一种近似与父亲辩论的口气说道。

"这是个……有趣的观点。"皇帝的口气近乎是在低吼。他忽然拍了下巴掌,整个大厅里都能听到巴掌声。"够了。带他们去见记录者瓦尔。他会回答所有关于《七恒星史诗》的问题。"

皇帝那一双无神的眼睛盯在妮拉身上,好像是在研究她的身体,对她进行解剖。皇帝这种从意识层面进行的解剖,让妮拉感到不寒而栗。皇帝想从自己这里得到什么呢?

"我儿子乔拉似乎对你们两个很感兴趣,"皇帝说道,"他会负责照顾你们的。"

68

第一继承人乔拉

皇帝醒着的时候,大多数时间都在天球的迎客大厅聆听请愿者的要求,与自己的人民聊天。他完全是看自己的兴趣接见客人,接见来自各地的朝圣者。

大多数时候,皇帝都喜欢和自己的人民待在一起,他可以通过心神网的连接,感知到人民心中的问题。但在其他时候,皇帝都无法忍受嘈杂的闲谈和来自他人的谄媚。他会回到安静的房间里思考问题。他从不为自己的行为找借口,因为他是雷迪拉帝国的皇帝。

这时候,皇帝就会召见第一继承人乔拉,两人可以一起讨论帝国的政治。乔拉很高兴可以和自己的父亲聊天,总是迫不及待地向这位伟人学习。总有一天,他也会召见索尔,这个拥有纯粹贵族血统的儿子,和他一起讨论帝国政治。

乔拉享用了一顿美餐,精神抖擞地来到皇帝的冥想室,准备和父亲进行深入的谈话。第一继承人穿着塞洛克星材料制成的新衣服,松垮皱褶的茧丝纺织品挂在胸前，上面还别着宝石的胸针和金色的纽扣。

自从贪婪好奇号降落之后，乔拉就召见了贸易大臣克里欧，要求立即查看这些来自外星球的罕见商品。第一继承人买走了琳达·科特一半的货物，把它们作为礼物分发给自己为数众多的情人和孩子。他甚至没有和琳达讨价还价，直接用雷迪拉帝国财政部的资产付清了费用。

在乔拉完成采购之后，贵族氏族的成员们犹如饥饿的野兽，开始抢购琳达剩余的货物，贵族们的出价完全超过了琳达最初的预计……

乔拉毕恭毕敬地鞠了一躬，皇帝知道自己的儿子到了。第一继承人数了数照顾父亲的人，他们围绕在皇帝柔软的身体周围，足足有十五个。相比让皇帝过得舒服，他们服侍皇帝更多是为了满足自己的自尊。

来自仆人氏族的侍从用灵活而小巧的手指按摩皇帝苍白的皮肤，在关节处抹上乳膏，清理疤痕和老茧。其他侍从给皇帝献上软糖、腌菜、辣味的浆果和松脆的腌鱼。他们到处走动，忙着拉展皇帝的长袍，梳理着他的长辫子。

皇帝躺在自己的座椅上，接受其他人的护理，但是他厚厚的嘴已经不耐烦地撅了起来。乔拉知道自己的父亲并不需要如此这般的护理，这不过是为了满足这些人讨好皇帝的内在心理需求而已。但今天，皇帝对于这种过度的护理感到了不耐烦。他父亲的长辫子不停抖动，就好像一只不耐烦的猫在不停晃着尾巴。

"都出去！"皇帝大喝一声，周围的侍从被吓了一跳。他们不敢直视皇帝，嗓子里发出咕哝的声音，垂头丧气地向后退。皇帝呵

328

斥道："别再唠叨你们那些没有意义的仪式性自杀啦。你非要去服侍某个人的话，就去城市里找个累得要死的工人，好好给他做做按摩。带着我的祝福，去干活吧。"

这些侍从们一下子来了精神，兴奋地叽叽喳喳说个不停，从皇帝的房间里冲了出去。乔拉知道这些人肯定会在工坊里为毫无防备的工人们服务，然后让自己筋疲力尽。

侍从们都离开后，皇帝用自己睡意朦胧的眼睛看着自己的儿子："乔拉，总有一天，你也会对这些过分细致的护理耐心全无。"

乔拉笑着对自己父亲说："我已经看出来了。但是距离我继承皇位还早呢。"

按照传统，皇帝通常会在位一百多年，而乔拉的父亲还会在位几十年，所以乔拉还能享受很长一段时间充满激情的生活。皇帝的父亲于拉在位期间，雷迪拉帝国第一次遇到了人类移民世代船，那已经是一百八十三个地球年之前的事情了。

皇帝带着一种很严肃的口气说："但是，我要求你能够看清银河系的政治局势。我的儿子们都是雷迪拉移民地星球上的指定继承人。我通过心神网与他们交流，但是我希望他们能够理解我的指令，而不是单纯地执行这些命令。你们是我管理帝国的武器和工具。"

乔拉点了点头，他对新知识总是充满好奇，而他的兴趣也不单纯限于死板的政治。到目前为止，他的儿子索尔还在风景优美的海洛卡星和心地善良的指定继承人一起享受生活，对于政治完全没有兴趣。

但是，等乔拉接受割礼之后，就可以继位成为下一任雷迪拉皇帝和心神网的守护神，所有的思想和计划，就连父亲的秘密工作，他都会了解得一清二楚。虽然自己会失去生殖能力，但是乔拉将在登上王位的瞬间知晓一切。这就好像是一代人将一盏烛火传给下一代人，这种从雷迪拉帝国第一任皇帝开始就不曾中断的传统，可以确保帝国永远强大，永不改变。

"我知道你儿子赞恩在太阳舰队表现十分出色。克里元帅对他的评价很高。"

乔拉点了点头。虽然赞恩不是纯血的贵族氏族后裔，但是和以自我为中心的索尔相比，赞恩的能力和野心更适合成为继承人。"是的，他现在刚被提拔到分舰排长的位置。元帅最近下令进行更多的军事训练，向民众展示我们强大的战舰和优秀的飞行员。所有人都乐见您下令举办更多的节日和庆典。"

皇帝点了点头："你也发现咱们的艺术家们正在建立一尊全新的巨像方尖碑，它将被安放在米基斯特拉，而雕像较小的版本将会安放在各个支派移民地。"

"父亲，这是您当之无愧的荣耀。"

皇帝对于儿子这种拍马屁式的回答感到烦躁："我还让我们的记录者们进行更多的表演，让人民能够了解《七恒星史诗》中的所有内容。我希望大家可以了解我们历史上那些不为人知的英雄们。"

"从克伦纳星幸存的记录者也在执行这个任务吗？就是那个迪奥？他还没——"

皇帝挥了挥手说："是的，我让他和其他记录者去其他支派移民地了。其实他们去哪里都无所谓。"

乔拉笑着说："父亲，您说的每一件事，都让我感到自豪。您将为我留下价值不可估量的遗产，而且您每天都让这个帝国越发辉煌。"

皇帝皱着眉头，脸上的慈善面容也消失不见："乔拉，你觉得我为什么要这么做？好好想想这个问题。"他尖刻的语调让乔拉大吃一惊："我花了这么大的力气，究竟要干什么？"

"为什么，当然是为了雷迪拉人民的荣耀。"

"天呐！你这么天真，怎么能当我的第一继承人？"皇帝在座椅上不安地扭动着身子，辫子不停扭动。"我希望大众能够自然接受这一切，而你应该能看到其中的真实意图，注意到其中的细节。"皇帝的声音中夹杂着失望和愤怒。

乔拉察觉到了皇帝的怒火，于是急忙问道："父亲，那么真正的原因又是为了什么？请开导我吧。"

皇帝从犹如子宫的椅子上坐起来，继续说道："因为我们的雷迪拉帝国在衰落，一切都被那些卑鄙的人类预料到了。我们从克伦纳星的支派移民地撤离，是因为那里的瘟疫，但是我们还放弃了其他很多世界，放弃了很多领土。你就没注意过人类是如何占领每一个可用的星球，像野火一样扩张吗？他们不会感到满足，人类始终在寻找新的移民地。"

皇帝的辫子晃个不停，犹如一条愤怒的毒蛇。乔拉不自觉地向后退了一步。皇帝带着一腔怒火继续说道："但是我们不一样。雷迪拉人在不断后退。我们不断撤退，停止了进一步探索。我们的力量在不断衰落……这种情况已经持续了好几个世纪。"

乔拉惊讶地看着自己的父亲："我从来都没有注意到这些事情。"

皇帝怒吼道："因为你从来都没有去观察这些事情！所以我们要举办各种典礼和纪念历史的活动。人类管这种情况叫'面包与马戏'，其实就是拿别的事情分散民众注意力。只要我们的人民相信这些宏伟国家的盛大庆典，我们就能说服所有人一切都是真的。"

皇帝的话让乔拉一时间难以完全理解，他努力理解着这些之前闻所未闻的观点。他从不怀疑父亲的话，毕竟没有会质疑伟大的皇帝。这位领袖从不会对他撒谎，而且皇帝是整个雷迪拉帝国中最聪明的人。他依靠着心神网，可以透过全体人民的眼睛观察这个宇宙，进而成为近乎神一般的存在。

"我的兄弟们……那些继承人们……他们知道这些事吗？只有我是如此盲目吗？"

这时，皇帝摆出一副可怜乔拉的样子："我的每一个儿子都是独一无二的。多布罗星的继承人铁石心肠，生活毫无乐趣，但是他是工作最认真的一个。海洛卡星的继承人整天忙于地平线星簇边缘的芝麻小事，对于自己在帝国中的重要性和地位有着错误的认知。马拉萨星的继承人就知道给自己找乐子，只关心自己移民地的事情，对于帝国其他部分不闻不问。但是我的儿子们可以通过心神网听到我的声音。他们都能感受到我的想法和决定，而且绝对不会违背我的命令。事情本该如此。"

"但是，乔拉，你将是最终承担所有责任的人。我才不会在其他继承人中做出选择。你是我的长子，是第一继承人。你总有一天会坐上我的位置，明白所有的事情。但是在那之前，我希望你明白未来有什么在等待着你，而不是像个傻子一样净说些漂亮话。好好想想我刚才说的话吧。"

乔拉艰难地吞了一下口水，想着自己一直以来忙于保持自己在人民中的受欢迎程度，看着雷迪拉人自娱自乐，为自己帝国的荣光而感到欢喜。他心地善良，但也许太过天真。

他的兄弟，多布罗星的继承人，总是那么冷酷无情，总是沉迷于各种阴谋。现在乔拉知道自己的兄弟远比自己知道的还多。他好奇皇帝到底还藏有多少阴暗的秘密，等他控制心神网，他将无所不知。

乔拉浑身颤抖了一下，他从没有想过这种可能性。乔拉狼狈地从椅子旁向后退，希望这次谈话能尽快结束："父亲，让我好好想想吧。"

皇帝说："儿子，你必须理解真相。作为下一任的皇帝，你必须做出一些残忍无情的决定。你必须做出这些决定，因为这些都是为我们的人民着想。"

"父亲……我明白了。从理智上讲，这些事情我很早之前就知道了。但是，我的内心还是难以理解这些事情。"

皇帝的脸上显露出非常关心乔拉的表情："还有一件事，你是不是也听说了人类刚刚点燃的恒星遭到了神秘攻击？"

"是的，他们说这是一些外星人干的。但是这怎么可能？除了人类，我们并没有发现其他外星文明。除非您相信莎娜雷人的传说，但是我一直认为这些黑暗生物不过是失落时代的故事里的东西。"

皇帝说："如果它是《七恒星史诗》中记载的部分，那么它最起码有事实根据。"他继续皱起眉头说："但是，我的儿子，这不是莎娜雷人干的好事。除了昂西尔星的攻击，这些新的敌人还摧毁了游荡者在格尔根星的艾克提处理工厂，埃尔法诺星上的工厂也遭到了袭击。"

"不止一次袭击？那我们有危险了吗？"乔拉被这些奇怪而又可怕的事情弄得晕头转向。

皇帝用非常诚恳的语调向他传达了一条非常可怕的消息："可以肯定的是，雷迪拉帝国乃至银河系旋臂中的所有生物，都陷入了一次可怕的危机。没人能预测到情况会如何发展。"

69

OX

当克莱西斯机器人出现在低语者之殿，要求面见弗雷德里克国王的时候，着实引起了一场不小的轰动。皇家卫兵从掩体里冲了出来，皇家参谋们紧急商量该如何应对。

在汉莎总部内，巴斯拉·温塞拉斯在考虑官方回应。他终于决定将古老的教学智能助手 OX 从彼得王子的训练课程中调出来，让它待在黑色的外星机器人身边待命。

"我奉命待在你身边。" OX 只有这台虫形机器人身高的一半，被收拾一新，非常干净，它说话的声音也变了。它立正站在一旁，分析着克莱西斯机器人。OX 设计用来利用一切可能的机会——学习和吸收信息，但是它的记忆核心在几个世纪的时间里已经被塞得满满当当，几乎装不下新的内容了。

乔拉斯说："只要有必要，我就一直等下去。时间对我们来说不是问题。"

自从威廉·安德克的"科学大解剖"宣告失败之后，警卫们通过强行切割作业才进入电子实验室，他们发现威廉已经死了，整个实验室也变成了一片废墟，而且所有的数据都被删除了。克莱西斯机器人一动不动地站在实验室正中央。

乔拉斯说的话也非常简洁："人类科学家随意触碰我的线路，完全无视我的警告。他无意间触发了自动防御子程序，而最终结果也是非常令人惋惜的。我不会为博士的死承担任何责任。"

由于缺乏证据，调查人员只能接受了机器人的说辞。乔拉斯身边的安全措施被进一步加强，监视活动也越发活跃，但是这台外星机器人在之后几天里什么都没做。此时，他在低语者之殿门口要求面见国王。

"我必须和你们的国王见面，我有要事要和他谈。"

克莱西斯机器人似乎对 OX 很感兴趣。乔拉斯打量着这个小个子的教学智能助手，用红色的光学传感器扫描 OX。OX 耐心地等待着，乔拉斯说："你是一种完全不同的机器人，人类制造了你。"

OX 说："我已经工作了三百二十五年。我曾经在第一艘人类移民世代船上工作。当我们和雷迪拉人成为盟友之后，我便回到地球，主要负责教学和数据储存。"

乔拉斯问："你是代表所有智能助手的政客吗？"

"我在此代表人类，也就是我的主人。我已经陪伴了六位地球贤王了。"

乔拉斯停顿了一下，分析着它们的对话，"这种时间跨度对于克莱西斯机器人而言毫无意义。"

OX 说："此话不假，但是我怀疑这其中的关联性，因为你们的记忆都被删除了。"

OX 忽然发现这件事不仅让人感到困惑，而且还让人感到沮丧。它的记忆库中储存着这些年来的所有记忆，而且它不敢想象消失的克莱西斯文明到底丢失了多少数据和发现。如果像乔拉斯这样的机器人都无法保存记忆的话，那么克莱西斯文明就彻底消失了。

OX 问："在过去的五个世纪里，到底有多少克莱西斯机器人被重新发现并重启？"

乔拉斯一言不发，似乎在默默计算："大概有五万台。"

OX 将这条信息记录在案："这超出了我的预计。我认为汉莎联盟并不知道这一点。"

乔拉斯说："他们只要数一数就知道了，但是很少有人类会去弄明白我们每台之间的差别。雷迪拉人也不怎么在意我们。他们认为在他们的故事中，我们没有一点位置。"

它俩站在拱形漫步大道上，从这里可以直达弗雷德里克国王的王座大厅。两台机器人看着衣着光鲜的官员和大臣匆忙处理着自己的事务，所有人也都看着这两台差异巨大的机器人。警卫们也从自己的掩体里钻了出来，紧盯着乔拉斯。

思考了许久的克莱西斯机器人说："你要记住一件事，我曾经有几亿个同伴，但那是大灾难之前的事情了。克莱西斯机器人的数量有没有让你大吃一惊，或是吓了你一跳？"

OX 说："我就是觉得很有意思。"

当所有官员完成讨论，做出最终决定之后，OX 抬头看到一名负责迎宾的卫兵从王座大厅里走了出来。这名卫兵双手握着仪式性的权杖。

"弗雷德里克国王同意会见克莱西斯机器人乔拉斯。"那名卫兵停顿了一下，看起来非常不自然的样子。"我们对于你身体核心的武器系统不甚了解。但是安德克博士的死已经证明，克莱西斯机器人也是很危险的。虽然你对于国王陛下是一个潜在威胁，国王陛下还是同意听听你想说什么。"

他用权杖指着乔拉斯说："你的一举一动都在我们的监视之下。如果你威胁到了国王陛下的人身安全，那么我们的卫兵就会开火。不要让我们找到动手的理由。明白了吗？"

"克莱西斯机器人不会干这种惹人怀疑的事情。但是，我接受你的条件。我对伤害你们的国王毫无兴趣。"形似昆虫的克莱西斯机器人穿过光滑的地板走进了华丽的王座大厅。

老弗雷德里克身着红袍，一头灰发上顶着一顶王冠，王冠上有各种珠宝和棱柱形的宝石。他身子前倾，眼神锐利而不乏好奇。OX长时间研究人类表情，它知道这种表情完全是装出来的，其真正的目的是为了掩饰恐惧。没人知道这台外星机器人要干什么。

乔拉斯走路的样子仿佛就是一只毛毛虫，它向前走了几步，与王座保持一定距离。没人知道该怎么称呼这位外星来客，也不知道该按照什么流程接待它。终于，老国王开始说话，这打破了他们之间的尴尬："这还是我第一次和一台克莱西斯机器人面对面说话。"

乔拉斯用自己可伸缩的机械腿抬起身子，嗡嗡地发出声音，"我代表克莱西斯机器人，必须向地球汉莎联盟的伟大贤王传达一条重要的信息。"

王座大厅所有人都竖起了耳朵。摄像机还在保持运转，OX知道乔拉斯所说的每一句话都会被分析和讨论，专家将试图从中获取任何与这些神秘的虫形机器人有关的信息。

乔拉斯用嗡嗡的声音说："在我们的创造者和祖先，也就是克莱西斯人回归之前，我们这些机器人是这个古老而强大的文明的唯一证明。我们为克莱西斯遗迹考古工作做出了自己的贡献，参加了各种困难的建设工作，这一切都只是因为我们对你们人类工作方式感到好奇。我们没有伤害过任何人类，也没有做任何让你们感到害怕的事情。

"但是，最近人类试图破坏我身体完整性的尝试，让我们感到很不安。克莱西斯机器人并不常见。我们和人类一样，都很在乎自己的存在价值。所以，我们克莱西斯机器人要求被当作一个有主权的物种。"

弗雷德里克国王大吃一惊，身子向后一靠，说道："乔拉斯，这个要求也不过分。但是，为什么现在提出这个要求？据我了解，你已经在地球上待了好几年。"

乔拉斯的红色光学传感器亮了起来，它说道："你们的电子科学家，威廉·安德克博士，试图破坏我的身体。他想在没有我允许的情况下将我拆解，然后研究我的零件。在克莱西斯文明中，这可以被理解为宣战。我已经采取了相应措施，确保不会再发生这种野蛮的事情。"

大厅中的所有人都深吸了一口气，议论纷纷。弗雷德里克国王涨红着脸，他举起双手让大家安静下来："好了，大家不要着急。这是一个人未经过充分讨论，而且没有获得任何许可就实施的违规行为，我们双方在这一点上可以达成共识。安德克博士的死已经充分说明，我们不应该打扰你和你的同伴。"

乔拉斯说："这就对了。我们的内部系统包含一些无法控制的自动系统，这些系统非常危险。克莱西斯人出于自己的意愿，将这些系统装在我们体内。"它扫描了一下王座大厅，"但是通过我们观察人类如何对待自己的机器人，发现你们对于智能机器人——也就是所谓的智能助手——非常冷漠。"

OX站在王座大厅的后面，对眼前的一切非常着迷。它观察着大厅里的一举一动。

弗雷德里克国王试图辩解："乔拉斯，我们的智能助手和克莱西斯机器人相比，结构更为简单。它们和你们不一样。它们是机器，是装备了信息系统的移动设备，建造它们完全是为了我们的生活方便。它们……不是生命体。"

乔拉斯说："这个问题可以改天再讨论。不要把克莱西斯机器人当作是可以随意处理的机器玩偶，我们可不是你们生产的智能助手。我们是可以生存几千年的个体。人类无权命令我们，也无权活体解剖我们。"

"哦，同意，同意。"弗雷德里克迅速而坚定地说。"针对你所遭遇的一切不适，还请让我致以诚挚的道歉。威廉·安德克完全是独立行动，没有获得汉莎联盟的许可和支持。你完全可以放心，类似的情况绝对不会再次发生。"国王的脸上几乎带着一种哀求的表情。

"全体克莱西斯机器人会对此表示很满意。"

乔拉斯转过身，并不在乎任何外交礼节。它摆动着粗短的铰链式机械腿，离开了低语者之殿。

70

玛格丽特·克里克斯

当阿卡斯回到营地的时候，他整个人都因为今天的发现而兴奋不已。

玛格丽特现在不想离开克莱西斯土城，因为她和路易斯已经完成了对整个区域地图的测绘和制图作业。虽然两人在一起工作，但是都忙于各自的项目，现在他们终于可以研究克莱西斯人的建筑和城市遗迹的内部构造了。她必须保证全神贯注。

但是，路易斯认为偶尔换个口味也是个不错的主意。"亲爱的，这也不算是休息啦。"他似皮革质地的脸上露出一副孩子气的微笑，"考古学家本来就是一份需要运气的工作，而阿卡斯认为自己找到了一些很重要的东西。我们还是听听他要说什么吧。"

玛格丽特狐疑地看着绿灵教士，后者明显在克制自己的激动：

"我今天去岩壁松动的那个小峡谷里搜集化石。我注意到上方有一块突出的岩体随时会掉下来。在那块突出的岩体下方,我看到了克莱西斯人的建筑。而且数量还不少。那可能是一座全新的城市,它被封在那里几个世纪,完全没有受到外部影响。"

那也可能只是你的想像,玛格丽特想。她叹了口气,开始去找自己的背包:"是啊,考古学家也得靠运气。我不就是碰运气才和你结婚的吗,老头子。"

路易斯笑着给了她一个拥抱。她拍了拍路易斯瘦骨嶙峋的后背,然后开始收拾装备,准备顶着沙漠酷热的天气开始为期半天的科考探险。

当他们顺着被往日的河水在沉积岩中侵蚀出的峡谷曲折前行的时候,玛格丽特惊讶地发现三台克莱西斯机器人站在一大块石头上晒太阳。西里克斯说:"我们陪你们一起去。我们对于新的发现总是很感兴趣。"

路易斯说:"那太好了。总有一天,我们可以找到点什么,重新激活你们的记忆。"他抬起一根手指说:"一定要勇于猜测,只有这样才能取得进步。"

西里克斯嗡嗡地说:"很好,我们会试着……猜测。"

阿卡斯带着他们顺着干涸的河道前进。这些巨大的黑色机器人可以在复杂的地形上毫不费力地前进,而 DD 也是如此。高大的悬崖向他们投下了锋利的阴影。他们的脚步声和说话声在峡谷间不断回荡。从岩石上可以看到铁锈一般的杂质,看起来就像峡谷上方曾经举行过某种原始而血腥的祭祀仪式。

今天,瑞迪克星橙色的天空呈现一种奇怪的油腻感,就好像烟雾挡住了阳光。玛格丽特还没有好好研究这颗星球奇怪的气候,但现在她觉得这种朦胧的天色有些奇怪。

她好奇地打量着阿卡斯，后者正在迷宫一般的峡谷中快速前进。他先拐进左边的一个小峡谷，然后爬过从悬崖上掉下来的石头。峡谷越来越窄了。

阿卡斯说："从这边走，不远了。"

路易斯指着头顶上的一线天说："这种情况可一点都不讨人喜欢。"

在他们的头顶上，灰色的烟雾已经聚集成了坚硬的云团，覆盖着羽毛般的灰色湿气。从云层落下来的雨点和尘埃还没有降到地面就被蒸发了，然后重新形成一场即将降落的大雨。

玛格丽特打量着将自己包围的悬崖说："这看起来像是一场暴风雨。你觉得瑞迪克星是不是那种一个下午包揽全年降水量的星球？"

阿卡斯颇为担忧地嗅了嗅空气："我希望可以摸摸我的小树苗，然后从世界树之林的数据库里找找信息。我对于这些沙漠了解不多。"他打量了一下四周说："咱们快点吧。峭壁就在前面。"

他们开始加速前进，翻过掉下来的石头，进入向另一个方向延伸的峡谷。玛格丽特很好奇阿卡斯是怎么找到的这个地方，又是怎么记住回去的路的。现在，她看到摇摇欲坠的石壁上方有一个方形的洞口，一部分突出的岩石已经掉了下来。掉下来的大块岩石躺在峡谷下方。

即便从这里看过去，这段悬崖也像是中空的，而不是单纯的一段弧形凹陷。当玛格丽特找到合适的角度之后，她可以从峡谷的光影中看到山洞中有些东西，棱角分明，看起来绝对不像自然形成的岩石或者是洞穴内形成的钟乳石。玛格丽特说："快点往上爬吧。"

攀爬健将可以顺着这里条状的岩层爬上峭壁。而 DD 为自己的主人们带来了可拆卸的铁钉和攀爬工具，但是这次攀爬之旅看起来仍然不简单。

路易斯说："DD，你先上去给我们带路。小心裂痕和松动的石头。"

DD毫不犹豫地说："是，路易斯主人。"他放下自己带来的装备，看了看使用说明，然后从距离最近的岩体凸起开始往上爬。这台小巧的机器人依靠着自己灵巧的机械腿，越爬越高。

路易斯看着DD，然后看了看巨大的克莱西斯机器人，它们绝对不可能爬上去，他说："抱歉，西里克斯。你们三个得在这儿等等，我们得先搭出个坡道，你们才能上去。"

"我们得先看看上面有什么，然后才能决定值不值得我们搭个坡道出来。"玛格丽特说，"老头子，也有可能不值得我们努力。"

路易斯指了指绿灵教士，笑着说："阿卡斯，你要不要先上去？这是你的发现，也许第一个上去的人类应该是你。"

绿灵教士先是吃了一惊，然后很尴尬地说："你确定你和玛格丽特——"

玛格丽特略微不耐烦地说："阿卡斯，我们才不在乎这些事情呢。上去吧。"

绿灵教士阿卡斯跟在智能助手DD后面，用DD认真装好的抓手和铁钉向上爬。

等到玛格丽特开始向上爬的时候，冰冷的灰色雨滴开始砸在峭壁上，她在每个突出的石头边都要等一下路易斯。她知道今天晚上两个人都会浑身酸痛。他俩得轮流给彼此酸痛的关节上药膏，但只要有一个有价值的发现，那么这些痛苦和疲劳就都是值得的。

DD已经爬完了整个路程的四分之三，现在停在一块石头旁，而雨越下越大。它在岩缝中打下一根粗粗的铁钉，然后向下大喊：
"我得扔下去一根索锚，最后这一段看起来非常不安全。"

雨水好似打开的消防栓，不停冲刷着岩石，泥土和沙子像油漆一样被冲刷了下去。

"抓稳了！"路易斯大喊一声，护着玛格丽特靠在岩壁上，尽可能为她提供掩护。他俩很快就浑身湿透，但雨还是越下越大。峭壁上的水流汇成小溪，将石头上的碱冲刷下来。空气闻起来厚重潮湿，就好像肥皂和尘埃的味道。

"我听到了些声音。"雨点犹如热油锅上的肉块滋滋作响，阿卡斯顶着雨声大喊道，"你们听，声音越来越大了。"

玛格丽特听到隆隆巨响和越来越响的水流声。她抓着岩壁向下看去，只看到棕色的水流冲刷着狭窄的峡谷。突如其来的洪水力道十足，裹挟在水流中的石头和泥沙速度飞快，和子弹相比也毫不逊色。洪水撞击着低处的峭壁，然后再打着旋儿汇入一处，不停冲刷着岩层。

克里克斯夫妇和DD都在安全的地方，但是在峡谷底部的克莱西斯机器人就遭了秧。三台黑色的机器人举起自己铰链式的胳膊，试图抵挡洪水，但它们还是和其他碎石一起被冲走了，速度越来越快。这些机器人越来越远，渐渐被混浊的水流吞没。只不过几秒钟的时间，它们就不见了。

还没等玛格丽特对着抱着她的路易斯喊出一句话，DD就启动了报警系统开始求救。一部分岩层因为瞬间吸水过多，忽然开始脱落，DD被悬在半空中。一块块石头从岩壁上脱离，可供DD抓握的岩石越来越少，但是它用金属手牢牢抓住自己之前打下的铁钉。峭壁不停晃动，逐步分解。

阿卡斯躲在一块突出的石头下面的庇护处，希望从峭壁上掉下来的石头不会砸死自己。在水流的冲刷下，不断有岩石掉下去。玛格丽特和路易斯抱紧彼此，而身边不断有石头掉进下方的洪水中。

克莱西斯机器人已经被洪水冲走，完全不见踪影。

终于，石头不再向下掉了，天空上方也显出一道燃烧着的橙色。雨云开始移动，准备将雨水倾泻到其他地方。

玛格丽特和路易斯浑身冰冷，身上没有一块干燥的地方，他俩开始离开这个脆弱的庇护所，在峭壁上一点点地移动。阿卡斯早就从藏身的地方探出头眨着眼，眼前的一切让他大吃一惊。DD还在呼唤救援，它一只手抓着铁钉和绳子，那样子就像一个吓坏了的孩子。它已经锁住了自己的关节，所以一直没有松手。

玛格丽特和路易斯上气不接下气地爬到泥泞的岩架旁，抓着绳子把DD拉了上来。"希望我们可以找到那三个机器人。"DD说，"你觉得洪水会不会弄坏它们？"

玛格丽特看着还在峡谷中肆虐的洪水说："DD，我们会知道的。"

阿卡斯走到他们身边，他浑身上下都是泥巴，一脸惊魂未定的表情。玛格丽特抹掉脸上的泥土。路易斯看着自己的妻子笑了，而她也对自己邋遢的形象无可奈何："老头子，你自己的形象也不怎么样。"

阿卡斯指着DD打下铁钉的方向。半面峭壁已经消失不见，暴露出一个入口，从那里可以看到峭壁中的房间和洞穴。在下雨之前，砂岩将这些都盖了起来。

玛格丽特又来了精神，她开始抓着DD的绳子向上爬。智能助手坚持走在前面。DD说："玛格丽特，请小心一点。"玛格丽特抓着绳子，向着峭壁凸起部分下方的洞口爬了过去。

"路易斯，来这边！"她大喊一句，然后看着下面摇摇欲坠向上爬的绿灵教士，"阿卡斯，我以后再也不会怀疑你了。"

玛格丽特说完就走进了这座保存完好的克莱西斯城市遗址，一个刚刚被这场风暴暴露出来的城市。

71

妮拉

一个刻在镜子上的邀请函被送到了妮拉的房间，第一继承人乔拉邀请妮拉参加一场今天下午举办的大型雷迪拉比武大会。送信的人皮肤光滑，明显是来自地位较高的氏族，但是仍然没有乔拉有魅力。

信使在一旁等着，妮拉借助世界树之林的数据库，很快就看懂了这封信。信使说："我奉命听候你的回复。第一继承人乔拉希望你能参加。"

整个赛事听起来非常有趣，而且妮拉也很想和英俊的第一继承人大人待在一起。"我得和欧特玛大使商量一下。"于是，信使跟着妮拉来到欧特玛大使的房间，大使本人正坐在一圈树苗中间。

欧特玛将记录者瓦尔给她的文件平铺开来。她大声朗读着诗歌和文章，背诵《七恒星史诗》中的雷迪拉传奇与神话。这位年迈的绿灵教士抬起头看着妮拉，表情遥远而梦幻："这些史诗中有好多充满转折的宏大故事，这一切对于世界树之林来说都是全新的。"欧特玛两眼放光，手按在眼前的一堆文件上。"一个人就是花上几十年，也不过是大致看一遍，更别说大声读出来了。"

"大使，所以我才来帮你呀。"妮拉发现雷迪拉人的英雄主义、和悲剧故事的精彩程度和亚瑟王的故事不相上下。"但是，两个人也不可能完成这项任务。咱俩这辈子都不可能完成。"

"我知道，我知道。"年迈的欧特玛沮丧地皱起了眉头，脸上的文身也扭到了一起。

信使还等在欧特玛房间透明的门外，虽然他脸上波澜不惊，但也显示出了几分不耐烦的样子。妮拉发现欧特玛身边也有一份一样的邀请函，但是欧特玛却对它毫不在意。她心里一沉。

"大使，你也收到了一样的邀请函啊。"她拿起自己的邀请函，光线在邀请函反光的镜面反复跳跃。"第一继承人乔拉大人邀请我们参加雷迪拉比武大会，咱们要去吗？"

"哦，妮拉，我想还是算了。我还有好多工作要做，好多文件要读。我脑子里全是准备给世界树分享的信息。"她忽然注意到妮拉脸上失落的表情，然后笑着说："不过，你倒是可以去。你就代表塞洛克星去参加比武大会吧。"欧特玛看着妮拉欢喜的样子，用粗哑的声音说："再说了，我确信第一继承人大人更喜欢你陪着他。他邀请我参加，完全是做做样子而已。"

"才不是这样呢，大使！"但妮拉心里知道这反驳也没什么力度。

#

在带有穹顶的比武场上，妮拉和乔拉坐在私人包间内。第一继承人俯身向妮拉靠近，他烟黄色的眼睛闪闪发光。当他对着妮拉微笑的时候，妮拉感觉自己都要融化了。

乔拉说："欧特玛大使不能来，真是太让我难过了。"

妮拉笑着说："不，我打赌你绝对不伤心。"

乔拉吃了一惊，然后也笑了起来："也许我的情绪太过明显了。

你说得没错。我可以好好招待一下大使，但是我更愿意整个下午和你在一起。"

"和我待一下午……以及另外五千个雷迪拉人？"妮拉指了指灯火通明的比武场上就座的观众。所有观众按照氏族分别坐在不同的区域，妮拉扫视了一下人声鼎沸的观众席，发现了来自各个氏族的观众，他们有着不同的体型和面部特征。

"妮拉，你是我唯一能看到的一个人。"号角吹响之后，观众开始狂欢，"好戏要开场了。"乔拉的手扫过妮拉的手腕，然后一本正经地把双手落在自己的膝盖上。

雷迪拉比武大会是一种非常重要的仪式性运动项目，它通常选择在带有穹顶的竞技场内举行。镜面的面板与透明的天窗交替将外面的光线反射到铺满沙子的比武场上。骑士们穿着高度抛光的反光盔甲，骑着六条腿的怪物，从黑暗的入口处冲了出来。这些怪物看上去浑身都是肌肉、鳞片和尖刺。它们让妮拉想起了科莫多巨蜥喉咙处的细沟和弯曲的四肢上的突起物。

骑士们慢慢入场，他们胯下的怪物在比武场松软的沙地上留下宽大的脚印。这些怪物嘴里发出嘶嘶的声音，长刺的舌头时不时从嘴里弹射出来。但骑士们努力让坐骑保持一定距离，避免在战斗开始前它们伤到彼此。

这些骑士手持不断搏动的激光长矛，长长的水晶刺上镶嵌着红宝石制成的激光发射器，而供能管线则连着怪物坐鞍后面的电源包。

妮拉悄悄地问："这些长矛是用来战斗的吗？它们是用来攻击其他骑手还是他们的坐骑的？"

乔拉金色的头发在头上飘动："这些水晶长矛威力强大，不过成熟老练的雷迪拉骑士们可不是野蛮人。"

乔拉站起来，所有灯光都打在他身上，所有人的注意力都集中在棱镜散射出的彩虹上。当乔拉抬起双手的时候，比武场上的所有人都安静下来。"战士们！今天拿出你们的看家本领吧！"乔拉的声音经过放大而震耳欲聋，但是妮拉却没有看到任何话筒或扩音器。"战士们！启动你们的长矛。"

水晶长矛发出明亮的光芒，就好像在握柄中点亮了一颗恒星。"战斗开始！"乔拉喊道。

灯光从第一继承人身上挪开，重新集中在比武场上，巨大的爬行巨兽开始环绕场地盘旋。三名骑士举起盾牌相互致敬。妮拉注意到，虽然所有的盾牌大小一致，但是形状却不同，而且镶嵌有特定设计的反光块和透明窗口。

骑士们举起水晶长矛，向着比武场穹顶带有倾斜角度的镜面顶板发射光束，长枪实际上是直接投射相干光束的准直路径，投射出一束相干光束，形成闪光的反射光网，然后在穹顶内的烟雾中形成绚丽的图案。

"按照规定，骑士们的盾牌都是半面银盾。"乔拉对妮拉说，"一半是反射材料，另一半是透明材料。但是，这里没有规定反射材料该如何布置。我们最伟大的战士们认为，如何布置反射材料可是一门学问。"

妮拉并不是完全理解乔拉的话，她身子前倾，完全被场上的一切所吸引了："所以，如果他们的盾牌拿错了，那么激光就可以击穿盾牌？"

"是的，"乔拉看着下方的比赛说，"那可是会要命的。"

骑士们让自己的蜥蜴坐骑加速狂奔，然后向对手们发射致命的激光。一名骑士发射出的激光被对手的盾牌弹开，反射到了屋顶的镜子上，最后击倒了第三名骑士的坐骑。这头怪兽尖叫着弹出带刺的舌头，而第一名骑士及时躲开了这一击。观众们发出了震耳欲聋的掌声。

乔拉说："用自己的长矛反射式射击激光来击倒敌人，这才是技术高超的表现。"

场上的一名骑士明显受到观众们的热烈欢迎。每当他移动的时候，观众都会投以热情的欢呼和叫喊。"那是谁？"妮拉注意到了那名骑士冷漠的表情，盾牌上镶嵌着繁复的旋涡状设计的反光块。

乔拉笑着说："希尔是我们最强大的冠军之一。他已经赢了几百场比赛，他能感知自己坐骑的思想和感觉。他知道如何精确反射每一次攻击。完美的本能反应。"

希尔向天花板发射了一道激光，光束击中了一名对手，然后从他的护甲上弹开，再擦伤另一名骑士。所有这一切都是一气呵成的。

"他还瞎了一只眼睛。"乔拉看着妮拉一脸震惊的表情，笑着说，"一道激光的火花击中了他的角膜。虽然他瞎了一只眼睛，但是他自己认为这能让他看得更清楚。"

骑士们猛烈地发射激光，用自己的镜面盾不断反射和挥击，旋转盾牌避免激光击穿透明的部分。大量激光在雾气中穿梭。妮拉惊讶地发现，没有一名观众因为反射的激光所伤。

"你会在《七恒星史诗》中找到有关角斗的部分。虽然我不是记录者，但是我也能给你讲讲我们的历史。"

妮拉笑着说："我相信雷迪拉帝国的第一继承人也会和别人一样讲个好故事。"

"这是关于过去的一位第一继承人的故事，我对于这件辛酸往事和其中的政治意义非常熟悉。"他看着妮拉，问道："你应该知道第一继承人在成为皇帝之前，要繁育尽可能多的后代吧？这些孩子会变成其他移民地的指定继承人和各个氏族的领导人。但是，很久以前，一位皇帝的长子却无法生育。当一位第一继承人有了多个情人之后，他的生育能力也就很快得到检验了。"

妮拉说："这太糟糕了。"

乔拉的金色头发在脸周围晃动："如果第一继承人无法繁育后代，那么我们的政治结构就会出问题。为了不让其他继承人相互争夺皇位，这位不能生育的第一继承人举办了一场雷迪拉比武大会。皇帝的所有儿子都可以参加比武，看看谁才能胜任皇帝的位置。"

妮拉不确定乔拉是否在开玩笑："你们……用比武决定皇位归属权？"

乔拉烟黄色的眼睛闪闪发光："妮拉，雷迪拉比武可不是什么简单的比赛项目。这场比武大会考验的是运动能力、敏锐的思维和决策能力，而且要求参赛选手学习如何与对手合作击倒第三名对手。"

在下方的比武场上，希尔又击中了一名对手。他重创了一头爬行怪物，骑在它身上的骑士放下长矛，举起盾牌表示投降并退出了比赛。这位骑士退到场边，好让剩下的两名骑士一决高下。

乔拉接着说："这位不能生育的继承人希望把这次比武变成一次盛典，一次可以被铭记几个世纪的大事件。但不幸的是，这次比武大会变成了一场悲剧。"

妮拉听着乔拉讲故事，偶尔才会瞟两眼正在进行的比武："为什么？发生了什么？"

"这位继承人最敬爱的哥哥也参加了这次比赛，但是他的反射盾碎成两段，碎片又将激光反射到了观众席上。他和另外一名骑士，以及另外三名观众都死了。"

妮拉说:"太可怕了。"

"最后终于选出了接替第一继承人位置的人,他在一片质疑声中当了九十年的皇帝。而那位无法生育的继承人则在棱镜之殿过完了一辈子。他给皇帝当顾问,也没有进行割礼,这是他的选择。"

在下方的比武场上,独眼的希尔终于击败了对手,后者举起自己的盾牌表示投降。观众爆发出一片欢呼声。乔拉站起来鼓掌,所有的灯光都聚集在了他身上,妮拉不禁感到头晕目眩。

妮拉说:"乔拉,你们的历史真奇怪,但是又非常吸引人。"

听到这话,乔拉的脸上似乎泛起了暖意,他说:"等你更深入地了解我们之后,我希望你还能保持这个想法。"

72

艾斯特拉

当本尼托宣布自己要离开塞洛克星,前往栖鸦星的时候,埃德里斯教父和阿丽西亚教母都感到十分惊讶,然后是失望。他们对自己的二儿子期望很高,认为本尼托有朝一日可以成为绿灵教士中的领军人物。

但最终,他们还是服从了世界树之林的意愿。当艾丽西亚最终明白,这是自己的儿子所选择的道路时,她拥抱了自己的儿子。教母宣布要举办一场盛大的告别仪式,最后结束环节的时候还要从最大的树城里找来最有经验的树舞者进行表演。本尼托笑了笑表示感谢,但是他宁愿省去这些烦琐的仪式。举办这样的盛宴更多是为满足母亲自己的需要而不是他的需要,但本尼托也接受了母亲的好意。

当得知自己的哥哥马上要离开的时候，艾斯特拉感到非常难过。本尼托亲口告诉艾斯特拉自己的决定，而不是让她从自己的父母或者其他流言蜚语中知道这件事。她会怀念自己和哥哥在森林里度过的时光，怀念他们在一起讨论当地植物、高大的世界树以及任何能想到的话题的时光。但她能从本尼托的脸上看出这是哥哥自己的选择，这完全符合他的意愿。

"本尼托，我会想你的。"她现在已经尝到了孤独的滋味，"也许有一天我会去栖鸦星看你。"

本尼托笑着说："据我所知，那里可没什么观光景点，但是塔尔班喜欢住在那儿。我打算接替他的位置，这样他才能继续前进。"

#

在举办告别典礼的当天，艾斯特拉希望用自己的方式让哥哥感到自豪。她原本打算给宴会准备工作帮帮忙，但最后还是决定去采集本尼托最喜欢吃的柔嫩的菌礁外皮切片。这种东西只能在还未完全发育，且不适宜居住的菌礁城顶部才能找到。

艾斯特拉和切莉一起爬到了菌礁上层，这里的外壁刚刚长成，还不足以作为永久的住所。两个小姑娘将袋子拴在腰上，然后将钉子绑在厚厚的靴子底上，做好准备，准备爬到柔软的菌礁顶部。

切莉看着姐姐说："你太沉了，不适合干这个。"艾斯特拉刚刚十四岁，对成年人来说她已是半个成年人了，但是她自己有时候还是不愿意放弃自己的那股孩子气。

"才没有呢。"艾斯特拉举起拳头，"再说了，我这是为了本尼托，你是阻止不了我的。"

切莉说："我收集到的蘑菇肉肯定比你多。本尼托也是我哥哥。"

艾斯特拉想，是的，他是我们的哥哥，但是他明天就走了。

　　切莉一直跟在自己身后，艾斯特拉爬过了一扇自然形成的橡胶窗户。她用钩子爬到了菌礁外层顶端。切莉爬过已经硬化的部分，向长着更新鲜菌类的地方爬去，她利用靴子上的钉子固定住自己。小姑娘在远离其他孩子们曾经切割过的地方寻找合适的位置，拿出采集用的小刀，只等一个合适的地方下手。她用音乐般动听的声音喊道："小心点！"

　　艾斯特拉直接爬到了顶端瘤节丛生的地方，在这里可以找到最柔软的蘑菇肉。"你管好你自己吧。"她知道切莉肯定想在这次非正式的比赛中赢得第一，而自己脑子里全是本尼托。她希望哥哥在栖鸦星上感到寂寞的时候，能对塞洛克星有一份美好的回忆。

　　艾斯特拉在上方礁壁上打下一根铁钉，然后继续往上爬。她贴着菌礁表面向上爬，脚踩在铁钉上作为支撑。铁钉被她压得摇摇晃晃。

　　艾斯特拉开始将蘑菇肉切下来塞进袋子里。她全力以赴，心里只想着给本尼托做一顿美餐。萨琳要是看到妹妹爬这么高，做着小孩子才做的工作，肯定会皱着眉头提醒艾斯特拉应该成熟一点，做些大人该做的事情。但是，艾斯特拉咬着下唇，爬得越来越高，她反复告诫自己这一切都是为了哥哥。

　　她小心翼翼地保持平衡，身子前倾，又切了一块蘑菇肉，但是她的腰包几乎要装满了。忽然，她不小心碰到了一块孢子囊，一团白色的粉末喷到了她的脸上。

　　孢子涌入艾斯特拉的鼻子和喉咙，她开始不停地打喷嚏。她无法呼吸，浑身颤抖。她在菌礁顶部无法站稳，摔了一跤，从光滑的菌礁上往下滑。她慌乱地穿上带着钉子的靴子，努力保护刚才的收成。

　　钉子将柔软的蘑菇划破，当她终于踩到之前打下的铁钉时，钉子忽然脱落，她直接掉进了屋顶里面。柔软的菌礁释放出更多的孢子，她接连砸穿了好几道蘑菇肉组成的墙壁，最后落在一个封闭的房间里。

"救命！"她大喊一句，然后继续打喷嚏，努力维持呼吸。空气非常混浊，但是起码她不会再往下掉了。

切莉睁大眼睛，跑到艾斯特拉砸出的洞口去。小姑娘小心翼翼地保持平衡，凑过去打量自己的姐姐，等她看到艾斯特拉毫发无损的时候，笑着说："我之前就和你说过了，你太沉了。"

过了一会儿，在家人和其他人的围观下，好几个孩子用绳子和滑轮组把艾斯特拉救了出来。本尼托依然镇定自若，站在高高的树枝上指挥救援。艾斯特拉被救出来的时候，浑身上下沾满了菌礁内部难闻的黏液。她的辫子已经散开，脸上和胳膊上也脏兮兮的。万幸的是，艾斯特拉毫发无损，只不过是丢了些面子而已。

当艾斯特拉发现本尼托来看自己的时候，她以为哥哥会因为自己逞强好胜，最后笨手笨脚地让自己陷入困境而责怪自己。但是，本尼托给了她一个拥抱，然后说："谢谢你，艾斯特拉。你要是小心一点，就不会掉进菌礁城屋顶了。"

不论其他人会说什么，她都知道本尼托非常了解自己。情绪在喉咙里哽咽着，艾斯特拉说不出话，只是满眼泪花地看着哥哥。之后，一切都进行得很顺利。

整场宴会和欢送庆典漫长而嘈杂，艾斯特拉将这一切都默默记在心中。到了第二天早上，她只能站在高高的树顶上，看着本尼托的飞船起飞，目送本尼托去一个遥远的世界，过往的所有记忆也不能抚慰艾斯特拉的悲伤。

73

琳达·科特

在火星和木星的小行星带中，地球防卫军启动了人类历史上规模最大的军事建设计划。太空拾荒船将富含金属的小行星聚集在一起，调整它们的轨道，然后送往混乱的碎石集中区。

几万名工程师和大批工程机械驾驶员开始向这里进发。在他们之后的是各种辅助人员，然后进行第二次输送物资：临时居住舱、食物、水、燃料等。整个工程一刻都不会停息。

为了让整个动员计划在最短时间内完成，汉莎联盟已经批准了动员所需的资源和资金。弗雷德里克国王发表各种演说，动员人民要做好准备、做出牺牲，要为了人类而奋斗。全体人类必须团结在一起，共同对抗神秘而强大的外星敌人。

各个移民地被恐惧和愤怒的情绪所笼罩。外星人的进攻似乎毫无规律可言。两艘游荡者的采矿船，四颗无人卫星和一个观测平台。政治领袖们要求地球防卫军要尽最大努力，不惜一切代价抵挡神秘敌人的进攻，

但是，琳达·科特认为自己付出了比其他人都多的代价。她一个人坐在造船厂外的机动管理站里，工程师和库管专家们在各种飞船间飞来飞去，这些飞船都将被改造成军用飞船。琳达看着各种龙骨和船壳组装在一起，各种大功率引擎被安装在各种征用来的飞船上，她自己的船也不能排除在外。光是看着这种粗暴如屠宰场一样的改装，她就感到恶心。琳达的商船船队再也不能变回从前的样子了。

昏暗的舱门忽然打开，但是琳达甚至不屑于回头看一眼。她现

在不想和那些嘴里假惺惺地说着抱歉、然后没收自己飞船的人说话。琳达旗下的五艘船里有四艘被改装成了快速侦察船和物资补给船。

这项匆忙签署的法令不仅剥夺了琳达的梦想，也让她的生活越发艰难。弗雷德里克国王想都不想就颁布了这项法令，而那些签字的官僚肯定连文件都没看完。地球防卫军给的补偿费甚至还不够买一年的口粮。

但是，来者并非是那些官员或是负责补给后勤的专家，而是布兰森·罗伯茨，他的飞船也被征用了。"最起码他们得给咱们点烈酒啊，至少还能调整下这该死的心情。"他走到琳达身边，琳达转过椅子，对着他无力地微微一笑。

琳达用胖胖的胳膊搂着他的腰，把他拉到自己身边："比波普，你是个不错的飞行员。要我给你写封推荐信吗？你可以找到一份侦查测绘的工作。地球防卫军能给你一份养老金，而且你可以把各种军用口粮吃个遍。"

他抱怨道："你的意思是我也就只能吃军粮了吧。琳达，军粮可比不上你做的菜。"

琳达说："还是你的嘴甜啊。"

他贴在琳达身上，琳达在他的脸上轻啄了一口。罗伯茨一头灰色卷发已经长得很长了，看上去就像顶着一坨灰色的雷雨云。随着年龄的增长，他的脸颊开始有点下垂，这让他看起来更亲切了，尤其是他那双棕色的大眼睛。他俩激情四射的婚姻生活持续了三年，但是两人最终还是不适合在一起。

比波普说："万幸的是，他们还让你保留了贪婪好奇号。"

琳达耸耸肩说："既然他们抢走了我的商船舰队，这个补偿就算是安慰我吧。但是我觉得还是接受比较合算。"

她站起来，两人打量着太空中繁忙的建造工作。橙色的切割机和电焊工取出从自封式锻造厂里产出的零件。大型商船外壳上爬满了军队工程师。琳达一想到这些年来的投资和这些船对于自己的特殊意义，她的心都碎了，而她现在只能把这些船拱手交给汉莎联盟。

比波普自言自语道："也许我该接一份测绘气体巨星的任务。我听说兰扬将军正在招人寻找那些外星人。也许他们能把盲目信仰号飞船还给我。"

琳达说："你自己决定吧，反正我会给你签字的。"

琳达和比波普享受着彼此的陪伴，一言不发地坐在昏暗的房间里。他们看着黑暗的太空，看着飞船的金属外壳和被挖掘一空的小行星反射的太阳光芒。在黑色天鹅绒般宇宙的映衬下，耀眼木星后方的群星正在闪闪发光。

最后，琳达起身说道："我该返回我最后的商船了。你说得没错，还给我剩一艘飞船真是太幸运了。最起码现在我的小厨房已经装满好东西了。"琳达挑着眉毛看着比波普，"要不要再吃一顿我做的饭？我还有一些从塞洛克星弄来的食材，而且我想试一道新菜。"

比波普看着琳达，忽然来了精神。他将一条胳膊伸到背后，摆出夸张的造型："哎呀哎呀，好的，听你的！我听你的。"然后，他换成一个更为严肃的口气说："好的，琳达，我非常乐意品尝你做的晚餐。这可能是我未来一段时间里能吃到的最好的一顿饭了。"

琳达站在他身边，打量着窗外的群星："对于你我来说，这话说得没错。我感觉我们的苦日子还长着呢。"

74

塔西亚·塔博林

虽然游荡者的商船为汉莎联盟提供了必不可少的艾克提和其他物资，但是地球防卫军依然不喜欢这些"太空吉普赛人"。塔西亚认为，地球佬在和外星人正式交火之前，还需要找个替罪羊。所以，她对于这种情况只能忍气吞声。对塔西亚而言，她打算养精蓄锐对付真正的敌人。

自从决定加入太空部队的那一刻起，塔西亚就准备好接受糟糕的待遇了。她完全不在乎其他人幼稚的羞辱，而且经常会用巧妙的反击让帕特里克·菲兹帕特里克大吃一惊（尤其是在帕特里克并不明白塔西亚具体说了什么，还得假装自己听懂的时候）。自从帕特里克在失压训练中受伤之后，塔西亚就希望他能被遣送回家从事文职工作。说不定帕特里克会被派去清点午餐肉数量。但令人遗憾的是，事情并没有按照她的意愿发展。而她用各项训练中优异的表现，让所有人都闭上了嘴。这些傻瓜大可以继续对塔西亚冷嘲热讽，但是他们不得不承认塔西亚是所有人中枪法最准、飞行技术最好的人。

尽管如此，每当有设备出故障或者信息无法读取情况的时候，大家还是会看着塔西亚，就好像是她在偷偷搞破坏。塔西亚不明白，为什么要怀疑游荡者，游荡者同样因为外星人的攻击损失惨重啊。但是，地球佬总是疑神疑鬼，毫无理性可言。

你还能指望一群傻子做出些什么呢？

现在，塔西亚的父亲和杰斯肯定知道她已经偷偷跑去参军了。有的时候，一想到布拉姆·塔博林会因为自己离家出走而大发雷霆的样子，塔西亚就会苦笑。老塔博林肯定会对着头顶的冰层大喊大叫，反复问自己作为家长究竟做错了什么。杰斯完全可以给他列出长长的清单……但是，这是不可能的。实际情况是，塔博林会以更严格的标准要求杰斯，给他更大的压力和更多责任，对他的每一项工作评头论足，然后在不自觉中与自己最后一个孩子渐行渐远……

塔西亚决心满满，自豪地抬起了头。总有一天，她会在消灭外星人的伟大事业中扮演不可缺少的角色，老塔博林说不定会为自己的女儿感到自豪。塔西亚绝对不会停下脚步。

今天塔西亚在基地通信中心值班，这是一座位于火星诺克提斯迷宫峡谷上方的带有圆顶的建筑。现在是休息时间值班，与火星的昼夜循环完全无关。所有地球佬用的都是标准地球军用时间，他们完全不考虑自己在哪个星球或者哪个飞船上。

一艘游荡者飞船停靠在地球防卫军的月球基地，卸下军队急需的艾克提燃料。在离开月球基地的时候，货船在超低频频道播放了一段经过伪装的明码信号，频道波段远远低于正常通信频道。当月球基地的地球防卫军要求游荡者飞船做出解释的时候，游荡者船长懊恼地说自己的脉冲发射器出了故障，不过是发射出了一段低频测试信号，不会干扰正常的地球防卫军通信。塔西亚努力忍住笑，完全不信船长的借口。就连地球佬也不信他的话。

游荡者的飞船快速脱离月球。但是它没有直接离开太阳系，这条飞船飞出了一条与火星轨道相交的椭圆形轨道。这颗红色星球正在以顺时针绕着太阳运行。

塔西亚在通信中心发现了一艘越来越近的飞船，心里不由得开始犹豫。游荡者的飞船在逐渐靠近火星军事基地，而且速度快得惊人。这艘飞船肯定使用了伪造的序列号和识别信标。塔西亚虽然不知道这位船长的部族，但是也不希望给这位船长找麻烦，但如果塔西亚不快速启动警报，大家只会更加怀疑她。于是，她按下了警报。

"游荡者船长，标明你的身份。你的航线未经批准。"船长并没有回答塔西亚，她只好再次呼叫，只不过这次语气更加急促，"你没有降落许可。所有补给物资要全部送达月球基地。未经许可任何人不得进入火星。"尤其是游荡者。

"我可没打算着陆。"这位船长终于回话了，塔西亚觉得自己认识这位船长。她觉得这位船长就是杰斯，可这完全不可能啊。

"正在传输我的许可密码。"船长在不到两秒的时间里，发送了一段含糊不清的信号。然后，他启动了经过改装的引擎加速脱离火星，鲫鱼战斗机都追不上他。这条货船的速度让地球防卫军大吃一惊，他们一直认为游荡者的飞船老旧不堪，能飞起来就是奇迹了。而塔西亚对其中奥秘最为清楚。

值班指挥官睡眼朦胧地冲进了控制室："那到底是什么玩意！塔博林？"

塔西亚摆出一脸无助的表情，看着自己的同伴："长官，我也不知道。"

"长官，那是艘蟑螂佬的飞船。"帕特里克说，"你得问塔博林。"不知出于什么原因，这两个人总是一起值班。

"这段信号和驾驶员在月球基地发射的信号类似。"塔西亚知道，如果自己隐瞒事实的话，其他人只会更加怀疑自己。"长官，我也不知道怎么回事。"

菲兹帕特里克说："说不定是加密信号。"

值班指挥官说："加密信号？找人来破解密码！现在就去！"他看着塔西亚，然后看看通信中心里的其他地球士兵。"让我们最好的解码专家来。我要知道咱们中间是不是有个游荡者的间谍。"

塔西亚忽然心头一紧，明白了他们的猜测，但是她面无表情，强作镇定。如果她对此进行辩解，只会让事情更糟。"长官，他先去的月球基地，"塔西亚说，"然后又来到火星基地。也许他在找人。"

"好吧，看在全人类的份上，我们就盼望这个蟑螂佬叛徒没有找到想找的人吧。"

塔西亚咬住下唇，抑制住自己想为那位船长辩护的冲动。他们根本没有证据证明，这位游荡者船长可能会破坏汉莎联盟的战争动员工作。塔西亚只能长叹一口气。她努力工作，只为证明自己的忠诚，只想等一个机会为罗斯复仇，但就在她取得进展的时候，总是会出现一些事情破坏她取得的成果。如果这些傻瓜又开始找事，那么她还得在吃饭的时候打爆几个人的鼻子。

不论这位游荡者船长想在这里找什么，塔西亚都不想看到他。

#

EA按照加密信息的指示，等了整整两天。然后，这位忠心耿耿的智能助手小心翼翼地去找塔西亚。

塔西亚主动提供自己的智能助手执行地球防卫军的任务，但是EA仍省出一些时间照顾自己的主人。这次，它和塔西亚被分配到红色墙壁的仓储地堡，清点为火星地面部队准备的低温环境装备。身材矮小的智能助手跟在塔西亚身边工作，而塔西亚也很喜欢有EA的陪伴。

EA发出嗡嗡的声音，好像是在扫描周围环境。"周围没有人。我现在可以说话了。"EA发出的声音既熟悉又诡异。"塔西亚，很高兴能找到你。我给你带来了一些坏消息，我只能用这种办法才能联系到你。"

这是杰斯的声音！塔西亚四处张望，但是只有EA在播放预先录好的信息，这场面让塔西亚想到了被恶魔附身的人，他们可以用一种完全不同的人格说话。

杰斯的声音还在继续："塔西亚，游荡者的智能助手都有特别程序，而我用加密信号启动了它。EA 知道，如果存在被敌人捕获的可能，那么它将启动防御性措施，而且它还收到了指令，会找一个合适的机会和你谈话。我们不知道这条消息能否通过常规频道发送。"

塔西亚的大脑飞速旋转，计算各种可能性。杰斯会让她干什么？他又带来了什么坏消息？

"塔西亚……老爹死了。"EA 的喇叭里传出了杰斯的声音。"他在罗斯葬礼当天晚上中风了，也就是你出走的那个晚上。他再也没有恢复过来。我们到处找你，但是你已经走了。"

塔西亚感到天旋地转，眼睛里满是泪水。

杰斯停了一下，用更深沉的语调说："你现在得自己做出决定，我没法帮你。又有一艘游荡者采矿船被袭击了，情况和罗斯的遭遇一模一样。埃尔法诺星的采矿船被击沉了，所有兄弟们都死了。"

杰斯带着一种乞求的口气说："你有你自己的责任和义务。我完全理解这一点。但是，家里现在只有你和我了。咱们的叔叔们已经在管理采水矿井了。我尽可能帮着他们，但是我需要你。你能回家吗？你加入地球佬就已经说明自己的观点了。你不欠那些大呆鹅任何东西。"

听到这话塔西亚愣了一下，因为她确实欠地球佬一份忠诚。她自己选择加入地球防卫军，发誓要服役，和地球佬一起训练。但是她也知道，如果自己不在这儿，那么这些愚蠢的新兵在敌人面前将毫无胜算。她想着和自己一起接受训练的那些笨蛋，以及他们是如何欺负自己的……但这不意味着她现在就可以当逃兵。如果现在跑了，那不就是证明了他们对自己的看法一直以来都是对的，自己就是个不可靠的人吗？

她因为刚刚听到的这一切而感到天旋地转。她的脑子里全是冰冷而熟悉的普卢马斯星的冰架、采水矿和向着泵站奔流而去的间歇泉。

杰斯重复道："塔西亚，如果可以，就回家吧。或者换个办法让自己的亲人感到自豪。我相信你能做出正确的选择。你能办到这一点。"

塔西亚艰难地吞了下口水。她看着 EA 毫无表情的金属脸，想象着哥哥的脸。

"我的天！杰斯，我现在还走不开。"她说。塔西亚看到录制信息已经结束播放，塔西亚立即问道："EA，能给杰斯发一条消息吗？"

"给谁发消息，塔西亚？"

"给杰斯发消息，给他回复一条消息。"

EA 问："塔西亚，什么消息？"

"你刚才播放的那条消息。"

EA 停了一下，似乎在搜索自己的记忆库："我不记得任何信息，塔西亚。我们一直在这里清点库存。"

杰斯肯定在录制的信息里加了一条阅后即焚的指令。这个办法非常聪明，也是杰斯的典型做派。她再也听不到杰斯的声音了。哥哥做事非常小心，知道 EA 周围的士兵们并不在乎游荡者的利益。

"哦，算了，EA。"她说完，打量着密封货柜，里面的保暖手套还等着她去清点。她的大脑飞速旋转，心里感到非常沉重。塔西亚更加倍努力地投入到工作中了。

75

巴斯拉·温塞拉斯

裂开的红色峡谷犹如新鲜的伤口一样，从地球防卫军火星基地向四面八方延伸。巴斯拉·温塞拉斯坐在阔翼滑翔机的球形座舱内，打量着由悬崖构成的破碎地形。

兰扬将军坐在巴斯拉身边，驾驶着滑翔机在火星稀薄的大气中飞行，他认为这些峡谷虽然凶险，但也是必要的障碍训练场地。各种战斗机好似一群形态各异的银鱼在并排飞行，这其中除了标准的鲫鱼战斗机，还有各种经过改装的民用游艇。飞行员驾驶着飞船在蜿蜒的峡谷中飞行，然后冲入黑洞洞的山谷，最后再拉起冲进开阔的暮色中。

"温塞拉斯主席，部队训练正在按照计划进行。"兰扬说，"到目前为止，我们发生过几次事故，但鉴于最近加入地球防卫军的各种非标准民用飞行器，现在的事故率还在可允许的范围内。"

巴斯拉看着下方两艘飞船在狭窄的峡谷中做着各种复杂的机动动作，就像两条正在打架的小鱼。他问道："有多少事故？"

"十一场事故，长官。"

"死亡率呢？"

兰扬抓着滑翔机的操纵杆，感到有些不自在，然后扭头对巴斯拉说："主席先生，长官……这里是火星。不管什么时候，都有可能会死人。所有飞船都损失了，飞行员都死了。"

他们两人一边看着军队训练，一边讨论着当前越发棘手的危机。大规模舰队扩编要求对汉莎联盟的工业进行重组。地球防卫军被迫开始从各人类移民地搜刮原材料和零件。汉莎联盟已经开始增加税收和关税，以便维持扩军。所有人都被号召要团结一致，展现最强硬的一面。

但是这些来自行星内部的生物还在不停发起攻击。

"如果我能有些关于敌人的基本情报，就能提高准备工作的效率了。"兰扬将军说，"敌人有没有给我们传达什么消息，比如要求谈判或者提出要求？我们知不知道他们都是些什么东西？他们为什么要攻击我们？"

巴斯拉摇了摇头说："他们根本不留活口。"

"他们真的又袭击了一艘游荡者的采矿船？"

"是的，但是我们还没公布报告。敌人没有发出警告，而且毫不留情。和以前一样，他们把一切都毁了。如果游荡者不敢继续开采艾克提，我们就会陷入燃料不足的困境。"

兰扬发起了牢骚，说："也许这些自大的吉普赛人就会加入汉莎联盟了。他们要求地球防卫军提供保护了吗？要我们为他们剩下的采矿船提供护航？"

巴斯拉皱起眉头说："这方面的消息还不多，但是他们早晚会向我们请求帮助的。游荡者对于寻求帮助这种事情可不是很热衷。"

"让他们先自己想办法吧。"兰扬将军驾驶着滑翔机进入一个更为宽阔的峡谷，他们在这里可以看到穿着太空服的陆战队员正在进行训练。由于滑翔机的飞行高度较高，巴斯拉只能看到一片银色的人影在红色的沙地移动。"自从消灭了苏伦加德手下的海盗之后，我就怀疑游荡者内部存在一些麻烦。说不定这些外星人能让这些人规矩一点。"

巴斯拉责备道:"将军,别让偏见影响了你的判断。游荡者从来没有对汉莎移民地发起公开的暴力行径。兰德·苏伦加德不过是个异类。"

将军说:"他是个死掉的异类。"

"我们不需要替罪羊。游荡者已经损失了三艘采矿船,一个幸存者都没有。将军,我们需要艾克提,如果游荡者无法提供燃料,我们也不可能立即找到替代燃料,雷迪拉人也不可能找到替代燃料。"

兰扬极不情愿地点了点头,低头打量着士兵们在火星干燥的峡谷中训练。巴斯拉怀疑,将军和自己一样,不过是担忧游荡者自由自在、缺乏汉莎联盟的监督罢了。虽然汉莎联盟已经对艾克提的运输附加了关税和税收,但实际上采矿船是不受监管、不受监控的。游荡者为汉莎联盟提供急需的燃料和其他资源,所以也就暂时容忍了他们的特立独行。

但是作为一名军人,兰扬对此感到忧心忡忡:"我就是不喜欢这么一群不受控制的游击队。没人知道他们在哪儿干了什么,连他们在哪里住都不知道。想想以后他们可能会给我们带来的威胁吧。"

巴斯拉说:"将军,我也被一些不统一的数据所困扰。你可能不知道,但是我的特工佩里德尔先生,调取了过去十五年里的贸易记录,然后带着我们最优秀的人口学专家,根据他们从汉莎联盟进口的物资,测算游荡者人口总数。根据初步测算,他们的总数相对较小,不会对我们造成威胁。"

"和我猜的差不多。"兰扬一边驾驶着滑翔机,一边等着巴斯拉把话说完,"但是?"

"但是，我发现游荡者一直在收集资源，来补充进口物资的不足。这些资源的总数目有可能非常惊人。这么一来，情况就不一样了。"他深吸一口气。"所以，鉴于他们并非完全依赖汉莎联盟，游荡者的定居点数量和人口总数可能远远大于我们的猜想。"

"该死，"兰扬将军一下子涨红了脸，"他们到底有多少人？"

"他们可能有几百或者几千个未被发现的移民地。每一个都能实现自给自足，完全不用向汉莎联盟交税。"

"不可能！我们不可能对此一无所知！"

火星缥缈的气流吹拂着滑翔机，巴斯拉继续说道："我已经派了秘密特工记录与汉莎前哨站进行接触的游荡者飞船，每一艘都记录在案。等我开始研究这些飞船信息的时候，才发现游荡者手上有各种飞船。他们似乎可以建造自己的飞船，而且数量非常多。"

"而且外星人干掉了三艘游荡者的采矿船。"将军补充道。

"这是我们知道的三艘采矿船。"巴斯拉说，"但是他们到底有多少采矿船呢？我们不知道游荡者实际拥有的采矿船数量，也不知道确切位置。在最开始的时候，他们从雷迪拉人那里买来了十二艘老式艾克提采矿船，但之后他们建造了更多的采矿船。到底有多少呢？游荡者可不会向汉莎联盟汇报有新的采矿船建成投入使用。实际上，我们之前也不知道埃尔法诺星还有采矿船。"

"这群混蛋。"兰扬说。

巴斯拉摇了摇头说："将军，银河系旋臂里有太多的采矿船，无人居住的星系数量就更多了。汉莎联盟又急需艾克提，我们怎么可能会抱怨他们的产业不受控制呢？谁又有可能追踪记录所有的采矿船呢？因为游荡者总能给我们提供急需的艾克提燃料，所以之前也没人会去注意这些事情。他们不会漫天要价，我们也不会问太多问题。"

没人会想到，这群看似离群索居、缺乏组织的太空流浪汉，在银河系旋臂的偏僻角落建立了一个庞大的文明帝国。这让巴斯拉想起来那些在房子看不见的角落中大量繁殖的蟑螂。也许用蟑螂佬来称呼这些游荡者确实合适。

"也许我们该对采矿船进行国有化管理，"兰扬说，"完全可以通过军事层面上的必要性或者紧急能源法案达到这一点。让汉莎联盟控制所有的采矿船，让我们可以直接控制这些船。外星人的攻击就是个很好的借口。"

巴斯拉笑着说："将军，这是不可能的。完全不可能。如果我们用这招激怒了游荡者，他们可能完全对我们封锁燃料运送。好牌都在他们手里，我们可没什么牌。"

"地球防卫军的间谍船如何？我们可以用侦察船搜索游荡者的采矿船。"

"在整个银河旋臂展开行动，在每颗气体行星搜索漂浮的采矿船？将军，你是建议咱们在这方面加大投入吗？就算我们发现了几艘之前不在记录中的采矿船，那也只占总数中的一小部分。我们还得把这些采矿船抢过来，自己负责运营。将军，你这个办法并不可行。"

兰扬将军驾驶着滑翔机爬升高度，然后返回主基地。他们已经看够了各种训练。

将军经过再三思索，然后说："最起码，我们可以利用这次危机对游荡者进行全面人口统计。我们可以借着为采矿船提供保护为借口，把他们赶到明处。这些数据将非常有用。"

在当前阶段，巴斯拉对这个提议表示了拒绝："他们的议长欧卡可是个聪明的老女人。她一眼就能看穿这个把戏。外星人是咱们的主要威胁，而且我不想破坏艾克提燃料的供应。"他努了努嘴，继续说："但是，我会采取限价措施，让游荡者感觉到战争也会影响到他们。"

"光是对付一群神秘的外星人我们就已经非常吃力了。"兰扬驾驶着滑翔机降落在火星基地穹顶的停机坪上，他对于巴斯拉给出的解决方案并不满意。"我们现在最不想看到的就是人类内部也出现问题。"

76

塔西亚·塔博林

中央集结点召开了一次部族领导人紧急会议。但是，各个部族代表情绪激动，闹得不可开交，即便是有着几十年主持经验的雅·欧卡都无法维持会场秩序。

各个部族的领导人坐在指定的位置上，在拥挤的议事厅里相互争吵着。为确保空气的清新，空气处理系统已超负荷运转。中央集结点现在的人数已经远超常规人数。集结点的食物、水和物资供应已经达到极限。但是在议长欧卡看来，游荡者的存亡是最重要的事情。

杰斯·塔博林一言不发地坐在自己的位置上，他看着会议进程，脑海里思绪万千。他现在是塔博林部族的正式领导人，最起码他代表的是采水生意，但是真正让采水设施运作保持巅峰状态的是叔叔们。杰斯宁愿在这里面对这一切。他发誓绝对不能软弱，不负大家的期望。

美丽的西斯卡坐在年迈的议长身边，杰斯看着心上人，这使他有了力量。她看上去非常端庄，犹如一件艺术品。但是杰斯知道，西斯卡的内心燃着一团烈火，她的激情与力量都致力于保护游荡者。而杰斯也不允许自己的私人感情影响各个部族的未来。对于他和西斯卡而言，现在不是讨论儿女情长的时候。

雅·欧卡在议事厅中央，用沙哑但不乏力量感的声音说："争吵解决不了任何问题。"

戴尔·科伦回敬道："我们在这儿聊天也解决不了任何问题！"他在奥斯奎维尔环带的造船厂距离气体行星很近，这让他感到自己受到了威胁。"我的天！我们游荡者可不会束手就擒！"其他部族的代表也激动地用靴子跺着金属地板。

雅·欧卡让这些人发泄着情绪："我们当然不会束手就擒。但是做错事可能比什么都不做更可怕。我们会追寻导航星的引导，但是我们必须先设定航线。到目前为止，我们对敌人还一无所知，也不知道他们为什么要攻击我们。我们就像一艘在小行星带里全速飞行的飞船，但是我们还没有导航员。"

西斯卡走到议长身边，她黑色的眼眸闪闪发光。她对戴尔·科伦说："那你是要关闭所有的造船厂吗？又或者你是建议我们为了以防万一，从气体行星撤回所有的采矿船？游荡者的生活什么时候安全过？"

科伦握紧双拳坐回位置，他抱怨道："说真的，我不知道该怎么办，更不知道该说些什么。我们已经损失了四艘采矿船，前几天在维勒星又损失了一艘！估计死了一千人，说不定实际数目比这还多。"这位中年男人因为愤怒，胸口不停起伏。杰斯知道，夏琳·帕斯特纳克是维勒星采矿船的船长，而科伦已经追求她好几年了。

"没错，"议长冷冷地说，"我的孙子本特和维勒星上你的夏琳一样，也是埃尔法诺星上的伤亡者。科伦，不用和我强调我们的损失。"

杰斯观察着整个讨论，参加会议的每个部族代表都和他一样感到恐惧和不安。每个人都想采取直接有效的行动，但没有人知道该做什么。

"安全是一方面，但鲁莽就是另外一回事了。"说话的是留着一头金发的西姆·泰勒。这个人野心勃勃，在佩特罗星运营着一艘老式采矿船。"也许我们该暂停开采艾克提，让采矿船暂时离开气体巨星……等这事结束之后再说。"

西斯卡的父亲，登·佩罗尼咆哮道："这太疯狂了！"他拥有一支小型商货两用船队。"艾克提产业是游荡者的生命线。你是要我们都去卖彗星尘埃吗？"

西斯卡说："艾克提对于人呆鹅和雷迪拉帝国非常重要。在这次危机中，受到影响的不只是游荡者。"她心事重重，和议长交流时微微眯着眼睛，好像在思考着什么。"地球防卫军有没有可能为我们发动一次反击？大呆鹅们也不喜欢我们，但要是我们停止艾克提生产，他们就知道要保护自己的燃料供应商了。"

雅·欧卡努起嘴。其他游荡者都很想听听她的意见："这有可能会招来更多的麻烦。一直以来，游荡者都在避免寻求汉莎联盟的帮助。"

有一个人大喊道："什么时候我们还指望汉莎联盟会为我们做事了？"

西姆·泰勒说："我才不想欠地球佬的人情呢。他们会挑一个最糟糕的时间点，然后要求你还这个人情。"

雅·欧卡坚定地说："那么我们只能自己保护自己了。"

"但是我们要如何保护自己，难道靠骂人吗？"戴尔·科伦稍稍站起来，然后又坐回去，整个人在低重力环境下晃来晃去。"游荡者没有军队。我们需要地球防卫军去对付外星人。"

一听到地球防卫军这几个字，杰斯就在座位上如坐针毡，他又想起了自己的小妹妹。他有义务向塔西亚通报父亲的死讯，但是塔西亚有她的责任——难道地球防卫军比自己的部族更重要吗？她入伍是个非常仓促的决定，但是她确实也立下了服役誓言。她不可能无视誓言，直接跑回普卢马斯星。塔博林家的人绝对不可能这么干，杰斯非常清楚这一点。

杰斯相信自己的妹妹能够照顾好自己。实际上，如果她卷入口角纷争，杰斯反而要担心和塔西亚吵架的人。但杰斯非常希望塔西亚能够回家，普卢马斯星需要她开朗的性格、敏捷的反应和讽刺性的笑话。

但就算没有罗斯、老爹和塔西亚，杰斯也要确保家族生意正常运转。他必须做出正确选择，确保家族能撑过这次危机。现在唯一能保证自己理智不会崩溃的保险，就是他对西斯卡·佩罗尼的爱。但是这一切也只能无限期地等下去。

他看着西斯卡，她橄榄色的皮肤光滑可人，尖尖的下巴因为骄傲和内在的力量而微微抬起。游荡者现在比杰斯更需要西斯卡。虽然自己心痛不已，但他们的爱情可以经受时间的考验，等待合适的时机……

最终，这次部族联合会议并没有达成任何共识，各个部族代表如同一阵消散的烟雾一般离开了中央集结点。一些部族领导人同意转移采矿船，终止所有采矿活动，而其他领导人认为这些外星人完全有能力攻击位于高轨道上的采矿船，所以撤退没有任何意义。一些部族成员承诺，只要能快点研发出新的武器设计和图纸，就可以把自己的私人工业基地和轨道船厂转化成军工厂。

会后，杰斯向西斯卡道别，但是藏在自己心里的话却无法说出口。他们两个人大多数时候都只能依靠眼神交流，但是随后来自其他部族的人又来和雅·欧卡争论。杰斯一言不发地回到自己的飞船，在血红色的太阳下飞离了麦耶尔星。

在飞往普卢马斯星的路上，杰斯穿过那片孤独的黑暗真空地带，在这段时间里，他可以好好思考下一步的计划。他可以确定的是，以自己掌握的知识和想象力，他可以想出个独一无二的计划向沉默的外星人发动反击。他希望尽可能扩大外星人的损失。

杰斯现在掌握着整个塔博林家族的资源和设施。虽然他希望塔西亚回家，但是他手下还有很多得力助手可以确保采水作业的顺利进行。普卢马斯星在过去的几十年里都能自给自足，运转有序，为其他人提供水、空气和星系内航行用的燃料。杰斯并不打算集合部族资源进行防御，他打算主动出击。他已经有了个主意。

外星人对人类发动了突然袭击。而杰斯也打算这么干，这是私人恩怨。塔西亚也肯定会以此为傲。

汉莎联盟的军队不知道该攻击何处。而此时杰斯坐在驾驶舱里，调出罗斯在勘察格尔根星系时制作的详细星图。

可以看出外星人对于这颗气体巨星很感兴趣。只要杰斯认真研究，肯定能找到潜伏在暗处的敌人。

在他研究环绕着格尔根星系恒星的小行星带和彗星云团的时候，杰斯打算利用整个恒星星系作为武器，对敌人发动攻击。

他两眼放光。罗斯肯定会喜欢自己这个大胆而疯狂的计划，而且绝对不会怀疑这个计划能否奏效。

77

妮拉

就算有很多工作要做，妮拉也无法集中注意力完成分配给自己的工作。《七恒星史诗》在呼唤着她，这是一部波澜壮阔的超长篇叙事史诗……但是棱镜之殿和米基斯特拉有着太多奇观，还有来自第一继承人乔拉的关注——妮拉对此更无法抵抗。

在看过雷迪拉比武大会之后，乔拉坚持邀请妮拉和他共进晚餐。妮拉知道欧特玛大使希望自己在阅读《七恒星史诗》上多下功夫，但是当她找借口推脱的时候，乔拉脸上失望的表情让妮拉的心都碎了。所以，她就答应了乔拉的请求。

在这次漫长而奢华的晚宴上，他俩讨论了塞洛克星、绿灵教士和森林文化。乔拉微笑着举起酒杯，里面装着加了蜂蜜的绿色利口酒："虽然雷纳德不在这儿，但是我还是要敬他一杯，因为是他勾起了我的好奇心。不然的话，我永远都不可能见到你，妮拉。"

妮拉笑了笑，不知道该如何回应。

虽然欧特玛并没有指责妮拉的三心二意，但第二天妮拉承诺至少每天三分之二的时间用于为树苗念书。世界树依靠着相互联结的意识，吸收着雷迪拉人的故事，不断扩充自己的知识储备。

当妮拉已经完成了一天的工作量之后，她开始探索豪华的棱镜之殿。她已经知道卫兵氏族长什么样子，这些长相凶神恶煞的卫兵，从来不让妮拉进入一些特殊区域。妮拉希望可以尽可能地探索棱镜之殿，但是不想惹怒皇帝。

在妮拉探索环绕皇帝首次接见他们的迎客大厅的地道时，她发现一组透明的水晶走廊。从大厅可以穿过若干房间，透过镶嵌着珠宝的墙壁，妮拉可以看到房间里官员和负责文书的工作人员在工作。

她把脸贴在石榴红色的玻璃墙壁上，努力想看清房间里的情况，但只看到些模糊的影子和个别努力工作的工作人员。有些人身形怪异，体型和肌肉结构不符合妮拉所知的任何一个氏族。但是，石榴红色的墙壁模糊了视线，妮拉只能眯着眼睛，努力辨识其中的情况。

大厅里非常安静。皇帝忙完会面已经回到自己的冥想室，但是朝圣者和游客还是可以进入天球大厅，而皇帝此时已经无迹可寻。妮拉睁大眼睛，整个人趴在石榴红色的墙面上，努力想看清大厅里的情况。突然，她听到走廊里传来了脚步声。

一个男人从昏暗的房间里走了出来，他打量着妮拉，这个男人身材高大，显然是和乔拉一样出身贵族氏族。他的身材类似乔拉，妮拉看出了二者之间的相似处，但眼前这个人看起来更严厉一些。他一脸严肃，短短的头发看起来很尖，好像因为愤怒而竖了起来。

他问道："你在这儿干什么？偷窥吗？"

"不，我就是……看看。我叫妮拉，来自塞洛克星。"她觉得自己现在又蠢又尴尬，因为自己人类的身体和绿色的皮肤已经充分说明了这一点。"你也是继承人吗？皇帝的另一个儿子？"

"你在这儿干什么？"他打断了妮拉的提问，"我是多布罗星的指定继承人。需要我向父亲陛下举报你干的好事吗？"

"我无意冒犯。第一指定继承人乔拉大人告诉我，我可以在这里随意走动。"

多布罗星的继承人皱着眉头呵斥道："所以，是我们的《七恒星史诗》对你来说太无聊了，你必须找点别的事情消磨时间？"

"并不是这样！"妮拉此时感到又羞愧又困惑，不知道自己做错了什么，也不知道他为什么会对自己如此生气。她看着厚厚的玻璃墙说："我什么都没看到。如果这里是禁区，那么我现在就返回自己的房间。"

"这就对了。"多布罗星继承人用尖利的声音说。

"我……无意冒犯。"妮拉再次说道。

他眯着眼睛，沉默地打量着妮拉，就好像在解剖她："很少有人敢冒犯我们。"妮拉不知道他为什么这么说。

妮拉准备转身离开的时候，忽然被他的问题吓了一跳："你们这些绿灵教士真的可以心灵感应吗？你们可以用世界树来进行远程通信，即时传输信息和知识？"

"对……对，我们可以。"她结结巴巴地说，"世界树之林广阔无边，可以容纳很多意识。绿灵教士可以访问所有的意识。一旦我们加入了世界树之林，也就是经历了所谓的绿灵恩典，我们就可以使用远程意识连接。"

"这种能力取决于基因吗？"多布罗星继承人向前走了几步，问道："这怎么可能呢？"

"也不……完全和基因有关。"妮拉说，"但是有些人更适合接受绿灵恩典，这种能力并非与基因有关。世界树之林会做出自己的选择。很多人从小时候起，就知道他们会与世界树之林相连。我们和世界树对话，我们服务于世界树。"

多布罗星的继承人继续打量着妮拉，心里反复盘算着什么东西。然后他说："好了，你可以走了。"

妮拉慌不择路地顺着走廊逃跑了。这次遭遇让她惊魂未定，她转头看着多布罗星继承人向着反方向走去。这个冷酷的男人穿过几道安全门，经过卫兵，然后进入皇帝的私人冥想室。

78

皇帝

皇帝冥想室内的大门在多布罗星继承人身后关闭，具有放大效果的透明墙壁也腾起一层乳白色的雾，一时间看不清任何东西。没人能看清他们在干什么，也不知道他们会谈论些什么。

多布罗星继承人对着坐在椅子上的皇帝鞠了个躬："父亲，按照您的吩咐，我带来了报告。"

肥胖的皇帝坐了起来，他的脸上显出一副恶毒的急切表情："你已经带来了实验中最优秀的样本？"

多布罗星继承人说："是的，陛下。"他是皇帝的第二个儿子，地位仅次于乔拉，但是他更能理解父亲的想法。"您会发现这些样本非常令人吃惊。您父亲的远见为雷迪拉帝国赢得了机会。"

皇帝用自己粗短的手指按下一连串按钮，让椅子背竖了起来。椅子两侧收紧，整个王座造型看起来更紧凑，把手也从两侧伸了出来。他说道："我想亲眼看看这些样本。"

他呼唤侍从来帮自己，然后一群身材矮小的人就冲进了房间。他们一起争夺能够抓住把手的机会。升降机带着王座从地板上悬浮了起来。皇帝摸着自己蟒蛇一般的辫子，用肥胖的右手指示侍从前进："跟着我的儿子。多布罗星的继承人负责带路。"

继承人脸上露出一个自信的微笑，然后从对面的拱门走了出去。他带着一行人离开冥想室，顺着斜坡来到下层更为封闭的空间内。他心里非常清楚，皇帝会因他在多布罗星所做的一切艰苦而不愉快的工作而奖励自己。这些实验的最终结果将为他付出的所有努力正名。

虽然多布罗星继承人心里非常急切，但还是迈着缓慢的步伐，侍从们抬着王座在宽阔的走廊中不断向下走。在这里的雷迪拉工人主要是卫兵和维修工，他们一脸敬畏地看着这位稀客，纷纷鞠躬或者快速躲到一边。继承人停在一个可升降的悬浮平台前，然后带他们向下降了几层，穿过雕塑般的山体内部，来到城堡内灯火明亮的地下墓穴。在这里的每个路口都能看到照明装置。

终于，他们在一扇被凶神恶煞的四名战士氏族把守的门前停了下来。这些战士退到一边，让出一条路，侍从们推着皇帝的悬浮轿椅向前走。皇帝四处打量，他的兴趣被激起，对所有挡在自己面前的东西都摆出一副不耐烦的样子。

他们来到一条明亮的走廊，这里的房间墙壁都用玻璃制成。这些透明的牢房里关押着各种奇怪的人形生物，它们身形各异，特征各有所不同，其中有些让人印象深刻，有些让人胆战心惊，还有些让人看了不免腾起一股同情心。

"父亲陛下，正如您所见，我们的培育计划已经获得了各种成果，和我们的预想完全一致。我们收集数据，尝试进行跨氏族育种，然后获得我们想要的特性。"

皇帝急切地命令忠诚的侍从们推着自己的轿椅向前。他仔细地打量着这些奇形怪状的怪物们。有些怪物尽量躲开庞大的皇帝，但是在皇帝的眼里，它们不过是样本，连活物都算不上。在皇帝的脸上看不到任何同情它们的痕迹。

有些混血生物的身上可以看到些鳞片，还有些可以看到耸立的毛发。个别怪物有着发达的肌肉，其中三头怪物有着肌肉异常发达的胳膊和大腿。有两个样本看起来非常虚弱，痛苦地蜷缩在透明牢房另一端的角落里。这两个样本是基因杂交失败的产物，现在勉强还有一口气。在每一个样本生物的身上，都可以找到各个雷迪拉氏族的特征，但是这些生物也具有令人惊讶的特性。这说明个别样本的基因并非来自雷迪拉帝国。

皇帝后退了几步，这些怪物让他感到恶心，但是也给了他一丝希望。他看着自己的次子说："我从没见过这样的氏族混血样本。这些新的血脉将为我们的伟大事业提供全新的动力。"

多布罗星的继承人使劲点了点头说："我们试图确认人类的血脉强度。但目前样本总体数量还是太少，而且时间……这还不到两个世纪，只够几代人使用。"

"那是当然了，我的儿子。我的父亲交给了我这份秘密任务，在我登上皇位的时候，我又把这项任务给了你，我们都知道这是一个需要很长的时间才能完成的任务，但最终成果对于我们的帝国意义非凡。"

多布罗星继承人非常坚定地说："有的时候，第三代或者第四代的基因是最强大的。我们的混血游泳健将和建筑师就是最好的作品。"

"很好。"皇帝抖了一下，侍从们就把他从走廊墙壁前抬回到了房间正中央。"不要忘了你最重要的任务，我们必须提高雷迪拉人的精神能力和通信能力。现如今，我们的计划必须要成功。"

"父亲陛下，我正在开拓新的研究方向。"多布罗星继承人说："但是这可能要花费几代人的时间，最少也要几十年的时间。"

皇帝露出一脸失望的表情。他肥胖的脸庞因为愤怒而显出一条条皱纹："我们可能没这么多时间了。我们最大的敌人已经出现了。他们回来了，而雷迪拉帝国必须做好准备。我们不能落得和克莱西斯人一样的下场。"

多布罗星继承人听到这话吃了一惊，他深吸一口气让自己冷静下来："父亲陛下，您确定吗？经过了这么久，已经这么多个世纪……"

"不必对此表示怀疑。我亲眼确认了这一点。气基族已经再次出现了。就算靠我的心神网也不足以完成我们的大业。我希望混血育种计划可以强化精神和沟通能力。现在没有比这更重要的事情了。我们必须在其他人发现这次威胁的真相之前，认真规划每一步行动而且这个计划必须成功。"他握紧拳头，以致鲜血顺着手掌流下来。"我们至少得有一个成功的样本！"

多布罗星继承人鼓起勇气，向前走了几步："那么我就要提出一个很冒险的计划。父亲，我这里有一些新的情报。也许您自己也看到了。我刚才遇到了一个塞洛克星的绿灵教士，一个年轻的人类女性而且有合格的生育能力。她与世界树的连接……为我们提供了一些很有趣的可能性。"

皇帝示意让侍从们带他退回走廊。这些侍从立即推着他向后退去。

"是的，这话不假。"他说，"我也想到了这一点。我们也许得利用她，让她屈服，然后我们就可以得到想要的东西了。"

79

克里元帅

雷迪拉舰队终于离开了荒凉的多布罗星，开始执行下一项任务，这让克里元帅松了口气。虽然他执行了皇帝的命令，但是每次来到这个阴郁的星系，克里都会有一种不安的感觉。多布罗星指定继承人在这颗星球上的所作所为，总是让克里感到毛骨悚然。即使是人类也不应该受到这般待遇。

通过全知全能的心神网，皇帝萨鲁克知道的事情远比训练有素的元帅要多很多。雷迪拉帝国皇帝的能力远在普通人之上，他是雷迪拉人中的集大成者，是雷迪拉人的巅峰；他的行动、思想和决定将书写雷迪拉帝国的历史。克里不可能违背皇帝的决定，但是他不会容忍多布罗星上正在进行的黑暗勾当。皇帝知道怎么做才能符合雷迪拉人民的利益，即便在这个过程中有些人将会付出惨重的代价。

而克里元帅不需要知道这么多事情。

他暗暗咒骂了一声，然后坐在旗舰指挥舱的圆形座椅上。虽然皇帝知道如何做才能符合雷迪拉人民的利益，但即便多布罗星的实验可以通过某种神秘的方式为雷迪拉帝国做出贡献，克里也不会认为这些实验可以被记录为英雄之举。这些事情绝对不会被收录进《七恒星史诗》。

导航员说："元帅，已经设定海洛卡星系为下一个目的地。"这位导航员也是一位分舰指挥官，他从原来的岗位调到了前锋舰上。总算可以离开多布罗星了，导航员和舰桥上的所有人都长舒了一口气。

海洛卡星位于地平线星簇的边缘，太阳舰队将在那里进行一次更为常规的任务。克里的整支舰队将会在这里展示娴熟的表演技巧。海洛卡星年轻的继承人总喜欢为了庆祝雷迪拉帝国取得的成就举办盛大的庆典和宴会。

最近，皇帝也鼓励举办大型庆典，甚至命令克里元帅亲自指挥舰队负责下次皇帝诞辰庆典的空中阅兵。经过这么多年的服役，元帅早已经对这些充满孩子气的虚张声势感到厌烦了。他希望干些更有意义的大事。

但自从再次看到多布罗星上令人不悦的一切之后，他很庆幸自己可以去指挥一次空中阅兵，起码这不会给自己太多精神压力。

舰队犹如一柄利刃划破了太空，以完美的队形向地平线星簇前进。当星际驱动系统加速到巡航速度之后，克里说："我回自己房间研究一下军事策略。"

他的船员都知道各自的职责，所以也不会出现什么问题。实际上，在他从军的这些年里，他就没遇到什么问题。太阳舰队是一支强大的舰队，是银河系旋臂中最优秀的舰队……但是在横跨数代雷迪拉人的历史中，他们没有一个真正的敌人。他始终不明白，为什么在过去几千年没有外敌的和平时光里，每一任皇帝都要维持如此庞大的军事力量。

但是雷迪拉帝国的皇帝知道很多事情，他比其他人更了解这个银河系和雷迪拉人的历史。

克里在自己的房间里研究着《七恒星史诗》，他在旗舰上保留了一本属于自己的复本。他不止一次希望能雇佣一名记录者为自己的舰队服务，这位记录者可以在士兵休息的时候用各种英雄故事鼓舞士气。但是，克里怀疑自己是唯一一对军事历史着迷的人。

雷迪拉人是一个团结的整体，几十亿人通过心神网紧密联结在一起。雷迪拉人没有外敌，也没有内乱或者是内战。克里现在重读的这部分历史是雷迪拉人历史上唯一的一次悲剧性事件。他调整了一下房间内照明板的亮度，让它看起来就像雷迪拉帝国七颗恒星的光芒。

一位受人敬爱的继承人的头部曾经受了重伤，但伤势复原之后，他发现自己无法接入心神网。他无法感知到皇帝的存在，无法感知任何来自皇帝的指令。他孤身一人，不知如何是好。

在他从压抑的痛苦中恢复的过程中，这位继承人萌生了独立的想法。他领导着这颗不幸的星球，发动了一场反对皇帝的、从雷迪拉帝国中独立并书写自己历史的内战。这位反叛的继承人说服他的人民，让他们相信他还能通过心神网接受来自皇帝的命令，而对真相一无所知的人民选择继续跟随这位继承人。但是，这位继承人所谓的理想，为他的人民带来的是流血和死亡。最后，这位疯狂的继承人被刺杀了，被误导的人民终于回到心神网的怀抱。这次恐怖的内战给雷迪拉人带来了巨大的精神创伤。几个世纪以来，记录者们都在歌唱着有关这次悲剧的歌谣。

克里读完这段史诗，心中油然而生一种压抑感，他索性把复本收了起来。他打开抽屉，拿出一把沉甸甸的奖章。克里他在服役的过程中获得了各种勋章。他拿起抹布和油膏，开始擦拭这些闪亮的珠宝和贵重金属。

令人遗憾的是，绝大多数勋章都是在参与各种常规任务中获得的，这其中包括各种测试表演和阅兵仪式，成功完成类似在克伦纳星事件中的救援行动，又或是指挥自己的士兵完成困难的建筑工程项目。

雷迪拉人从来没有遇到什么强敌，所以历史上也不存在大规模战争。虽然人类是个很麻烦的存在，但是他们缺乏组织，无法构成威胁。克莱西斯人早就不复存在，银河系旋臂中其他生物太过原始，还没有真正进入太空。

他希望有朝一日可以为自己赢得让人刮目相看的荣誉。在自己去世之前，他希望可以做些惊天动地的大事，在史诗中为自己赢得一席之地。克里元帅一辈子都在等待这种机会。

现在，他的唯一任务就是用强大的太阳舰队，逗海洛卡星的继承人开心。

#

肥胖的海洛卡星继承人起身鼓掌，克里元帅自豪地站在他的身旁。第一继承人的长子索尔也出现在观礼台上，看上去也非常享受眼前的阅兵。虽然索尔和自己的哥哥赞恩年纪相仿，但是这位第一继承人的儿子似乎欠缺几分成熟，他总是沉迷于奢华的生活，娇生惯养，缺乏历练。距离这位年轻人坐上棱镜之殿的皇位还有一个多世纪的时间，所以他现在很享受自己的自由生活。

不管怎样，克里元帅无权评论这种事情。等乔拉继承皇位之后，索尔还要过很多年才会继承第一继承人的位置，他有充足的时间做准备。

附近的恒星犹如彩色的宝石在天上闪耀，就算是在白天也闪烁着耀眼的光芒。到了晚上，地平线星簇的光辉犹如夜空中的烟火，为畏惧黑暗的雷迪拉人提供足够的照明。

高高的建筑物上爬满了粗大的藤蔓，藤蔓上的花朵散发出香甜的味道。海洛卡星继承人的周围挤满了衣着光鲜的陪玩宠臣，他含情脉脉地看着这些人，而索尔的注意力则全部放在空中表演上。

两艘巨大的战舰在海洛卡星主城上空盘旋。索尔两眼放光，带着一股孩子气地说："让他们把最后一段再来一遍！"

海洛卡星继承人将一块糕点掰成两份，分给身边的两个女人："说的没错，元帅。那些翻滚动作看着真是精彩。我们能再看一遍吗？"

"如您所愿。"克里说完，就开始用手腕上的通信器下达命令。

这些高速飞船绕了一个大圈，然后向着海洛卡星主城飞来。在它们身后拖着几公里长的反光金属飘带，这些飘带冒着火花，看起来就像通电的鞭子。这些飞船从低空高速飞过，掀起一片片色彩斑斓的电火花，在盛开着尼亚利亚花朵的田野上泛起涟漪，蓝色的花瓣不停摇摆。植物枝干上的虫子受到惊吓，纷纷落荒而逃。

海洛卡星继承人和年轻的索尔都被眼前的景象迷住了。

海洛卡星继承人是皇帝的第三个儿子。他和乔拉都是贵族出身，但是他比自己的哥哥更胖，一张圆脸很像自己的父亲。在舰队到达之前，海洛卡星继承人已经宣布举办为期一天的庆典，主城中的所有氏族成员都可以参加庆典、宴会和舞蹈狂欢，庆典场地从主城堡一路延伸到了农田。他希望好好欢迎一下太阳舰队的士兵们，用音乐、美食和经验丰富的玩乐宠臣来款待这些客人。

"克里元帅，你的手下非常厉害。"年轻的索尔说，"你的飞行员和武器专家，简直是空中杂技演员！"

克里感到一种莫名的失望："他们除了训练也无事可做。我们手下最棒的一名飞行员就是你的哥哥赞恩。"

高速飞船再次从大家的头顶掠过，身后长长的飘带劈啪作响。人群发出震耳欲聋的欢呼声，有些人为了看清楚爬上粗粗的藤蔓。飞船掉了个头，再次从观礼台上飞过。

在克里看来，熬过整场海洛卡星的庆典，远比想象中的一场战斗更可怕。不到一个小时他就开始感到无聊，但还是尽可能显示出一副饶有兴趣的样子。年轻的索尔和他的叔叔似乎觉得一切都很有意思。

微弱的暮色中，在附近星簇的宝石色光芒照耀之下，庆典还在继续。宽阔的灌溉水渠一直向种满尼亚利亚花朵的田野延伸，水中有无数闪闪发光的水母。年轻的索尔看起来筋疲力尽，但是还不想离开这场庆典。他吸食了不少从尼亚利亚花种里提取的灵药，这是海洛卡出口的药品之一。

笑声、狂欢和音乐并不能让克里感到快乐。他也没有去给自己找个陪玩的玩伴，即使继承人反复向他推荐他最喜欢的宠臣。最终，海洛卡星的继承人笑眯眯地要所有的宠臣们都去他的蒸汽浴池待命，他将在那里好好补偿她们，弥补元帅的不近人情。

随着典礼渐渐接近尾声，克里暗示继承人大人该去好好陪陪他的姑娘们，而他则乘坐小艇返回了几乎空无一人的旗舰。

他花了几个小时的时间在房间里看书，但是这次他没有看《七恒星史诗》，而是选择细读人类的军事历史。在过去的十年里，克里对于人类的内战历史非常感兴趣。人类的各位将军们是克里在精神上的对手，这些人类将军们采用的各种令人绝望的战术，让想象力最丰富的的雷迪拉士兵都难以望其项背。

让克里感到惊讶的是，人类栖身在一颗星球上，就能产生如此多的冲突，如此多的战争。人类在几个世纪里所发动的战争，远比雷迪拉帝国可查询的历史中的战争要多很多。虽然克里不羡慕人类可以发动如此多的战争，但是他还是喜欢在分析拿破仑、希特勒和汉尼拔的时候，进行各种所谓的"思维实验"。

在等待海洛卡星庆典彻底结束的时候，一个想法在他的脑海中逐渐形成。克里元帅做出了一个决定，等太阳舰队离开地平线星簇之后，就召集所有分舰队指挥官开会。

#

克里元帅向导航员下令，将舰队停在一个没有任何恒星、行星或者监视者存在的空旷宇域。

各个舰队的排长和将军接到了元帅的命令，慌慌张张地来到了元帅的旗舰。克里私人会议室的照明非常明亮，他冷静地打量着每一个人。

大多数舰队的指挥官一言不发等待命令，但是阿隆哈将军作为三百四十三艘战舰的直接指挥官，被计划的突然改变吓了一跳："克里元帅，我们已经有了一份日程表了。我们两周之内要到达卡敏星进行仪仗表演。那里的继承人为了欢迎我们，已经修建了全新的比

武场。来自七个氏族的志愿者正在缝制旗帜，新的欢迎舞蹈也开始
彩排……"

"谢谢你，阿隆哈将军。"克里说，"如果我无法决定舰队的
重要任务，我会咨询你的意见。"

向来保守的老将军陷入了一阵尴尬的沉默。

克里看着舰队的指挥官们，直到所有人的注意力都集中到他身
上。皇帝通过心神网，明白了克里的大致意图并表示了同意。克里
元帅可以感觉到皇帝正在看着自己，如一尊神明一般观察着舰队的
一举一动。

克里知道这是一次随性之举，但是这非常重要，他很好奇太阳
舰队会如何应对。他对于可能发生的事情也感到很害怕。

"我拿到了几份来自地球的军事策略游戏，那是人类为了娱乐
而设计的电脑模拟程序。"他将储存着游戏的数据卡分发给分舰指
挥官，所有程序都经过修改，战舰的指挥系统可以直接读取其中数
据。"你们有一天的时间研究其中数据，然后你们要和我用这个游
戏对抗。"

分舰指挥官们都大吃一惊。阿隆哈将军又迷惑又警觉："元帅
大人，人类的娱乐活动和我们太阳舰队有什么关系呢？"

克里不满意地打量着这位老人："阿隆哈将军，这其中的关系
可就大了。如果皇帝有一天对人类宣战怎么办？提前了解一下他们
的战术难道不好吗？"

"和人类开战？"其他分舰指挥官对此大吃一惊。

阿隆哈将军愤怒地说："元帅，这是不可能的！皇帝绝对不会
做这种事情。"

克里的语气非常平和，但是话语中包含着一种威胁的意味，犹

如一柄出鞘的匕首："那么，将军大人，你知道皇帝现在在想什么吗？你知道我们的领袖是如何做出事关整个帝国命运的决定吗？天呐！我真该把你的蛋蛋切掉，然后看看你是不是忽然又能接入心神网了？"

阿隆哈将军立即败下阵来："不，元帅大人。"他拿起了数据卡，"我们会评估这些模拟软件，然后私下里玩玩你的……太空游戏，一切都会很自然。"

克里早就在自己房间里玩过了这些游戏。大多数游戏场景都非常简单幼稚，任务目标也非常简单，通常都是征服一个世界。但是，元帅坚持让大家都试试这个游戏，分舰指挥官们接受了命令，返回自己的舰队……

#

两天后，克里让自己的分舰指挥官以人类的战术开始对抗，没有任何预先排练的演习，没有预先告知所有人的计划。

每一位分舰指挥官都大败而归，就连阿隆哈将军也输得非常惨。

80

塔西亚·塔博林

全体地球防卫军新兵都被召集到火星基地的演讲大厅，准备听取紧急报告。塔西亚和罗博·布里登也走进演讲大厅，这里曾经是一个陨石坑，地球防卫军在上面修建了一个穹顶。大厅里光线刺眼，温度较低。塔西亚感觉胃里好像打结一样，越来越担心集合的原因。

她说："我有种不好的预感。"

罗博用自己棕黄色的眼睛看着她说："最近这些报告都是些坏

消息。我很好奇这次又发生了什么。"

其他新兵也坐立不安，不安地和身边的人交谈。这些新兵一个月里在各种飞船上进行各种训练，往红色沙漠上扔炸弹，用画在几英里高的悬崖上的大靶子进行射击训练。

由于军力扩张，地球防卫军征召来大量新兵，塔西亚很轻松就被提拔为中尉。塔西亚能出色地完成单人训练，熟练驾驶自己的飞船，操作各种机械设备。这一切都只是因为她是个游荡者，灵活处理各种问题是他们的必修课。

地球佬为了对付外星人而进行了大规模动员，他们必须使用一切能搜罗到的飞船，用各种改造过的飞船组建一支庞大的舰队。很多不清楚情况的新兵都在抱怨不符合标准的飞船，但是塔西亚可以看出各种飞船之间的区别和优缺点，然后在不同场合下使用不同的飞船。她可以完美适应这些飞船。

她唯一的问题是执行地面任务，她不得不参加毫无意义的行军和各种步兵演习，这一切都让她想到了原始的民间舞蹈。当被要求成为一个群体中无脑的单一个体时，塔西亚就不可能有良好的表现了。自从经历过一次之后，罗博·布里登开玩笑说："塔博林，就凭着你那种独立性和态度，你要么上军事法庭，要么去当将军。"

现在所有的新兵都在演讲大厅里就坐，灯光也暗了下来。头顶的穹顶显示的是夜半球的星空和闪闪发光的火卫一与火卫二。

灯光打在讲台上，地球防卫军的联络官斯图莫将军走到了讲台中央。塔西亚的心又沉了一下。除非有大事发生，不然联络官是不会来给他们讲话的。这些新兵暗自嘀咕，塔西亚发现大厅里的气氛越发紧张了。

这位长着双下巴的将军直接说道："我们得到了更多有关外星敌人的图像。我的战术参谋们正在分析这些信息，但是我希望你们所有人都看一看。明白我们的敌人长什么样。"

塔西亚身边的一名新兵嘀咕道："这群外星人要是敢出来，我们就狠狠揍到他们爹妈认不出来。"周围人听到他的话，都笑了起来。

"在过去的一个月里，又有三艘游荡者的飞船都被摧毁了。位于维勒星的采矿船在被摧毁之前发出了最后的通报，我们现在已经收到了这些数据。"

新兵们一言不发地看着大厅中央的投影。长满尖刺的水晶球体从维勒星的云层中升起，完全无视狂风与风暴，直接冲向采矿船。

斯图莫将军的声音在大厅中回荡，为所有人做讲解："采矿船的女船长立即下令疏散，几艘小艇试图逃离。女船长甚至抛下了艾克提储存罐，但是外星人丝毫不感兴趣。"

新兵们看着采矿船的储存罐落入五彩缤纷的云层中，这些罐子里装满了星际驱动系统的燃料。"游荡者多次试图投降，但是外星人完全没有回应。他们只是……发动了进攻。"

塔西亚想起了那个女船长的名字，夏琳·帕斯特纳克。罗斯和她见过几次面。现在他们都死在了外星人手上。

斯图莫停了下来，画面上的采矿船抛弃了居住区。塔西亚知道这是采矿船船长的最后一招，只有在毫无希望的情况下才会使用这种办法。

"注意看，就算采矿船船长试图疏散自己的船员，外星人还是在跟着她。一切都在外星人的计划中，这些外星人太邪恶了。"

在投影画面上，外星人的球形飞船将居住舱炸成了碎片，然后不紧不慢地继续回来攻击采矿船，残骸碎片穿过云层掉了下去。

全体船员无一幸免。塔西亚艰难地吞了下口水，努力压制着自己想去报仇的冲动。她讨厌在火星上无能为力的现状。

"几艘游荡者的小艇又飞了一周的时间，在维勒星上层大气避难。"斯图莫最后说道，"你们也在画面上看到这些小艇了，但是它们没有生命维持系统，也不能进行远距离飞行。等救援到达的时候，所有人都死了。"

罗博·布里登看着塔西亚，知道她心里很难受。他伸手握住塔西亚的手，但是她完全感觉不到。她的手指冰凉。

画面终于停止了。"就是这些。"斯图莫说，"我们目前只有这些数据，没有任何结论。我们的专家正在分析这些东西，要是有进一步的情报一定会通知你们。"

讲台上的灯光暗了下来，将军说："解散。"

新兵们列队返回军营，塔西亚一言不发。罗博·布里登走在她身边，默默为她提供支持。她希望罗博知道自己有多么感激。而罗博也知道现在不是逗塔西亚开心或者和她聊无聊话题的时候。

等他们走进靠近更衣室和宿舍的公共休息室的时候，帕特里克·菲兹帕特里克瞥了一眼塔西亚，然后提高嗓门，对自己的朋友说："嘿，起码现在死的都是些蟑螂佬，"他为自己要小聪明说的风凉话而洋洋得意，"下次要死的可能就是真人了。"

塔西亚瞬间爆发了。罗博挡在塔西亚面前，对着帕特里克咆哮道："嘿，你个糨糊脑袋，你是不是忘了刚才他们说谁才是咱们的真正敌人了。"

"闭嘴吧，布里登！"菲兹帕特里克眼见着这位黑皮肤的小伙子居然和自己对着干，感到非常生气。

罗博摇了摇头："你的愚蠢比外星人还可怕。"

塔西亚挂着僵硬的微笑，颇有耐心地拍了拍罗博的肩膀说："谢谢，布里登。有个'骑士'保护自己确实不错，但是我也有自己的办法，而且还挺好用。"她绕过布里登，向着菲兹帕特里克走去。"傻子，你有两条路，要么道歉，要么去医务室。"

菲兹帕特里克哈哈大笑。当然，他选择了后者。

塔西亚利用火星的低重力，将全身的重量压了上去，两个拳头同时对着他的下巴和头顶发动攻击。她将后者打到了金属墙面上，对着他的胸口发动攻击。当她利用天花板反复发动攻击的时候，听到了肋骨折断的声音。塔西亚并没有浪费机会，她用膝盖、手肘、脚和拳头狠狠收拾了菲兹帕特里克。

这位善于冷嘲热讽的新兵只能对塔西亚发动毫无意义的反击，仿佛他周围还有人可以保护自己。塔西亚打在他的鼻子上，喷涌而出的鲜血似乎剥夺了菲兹帕特里克所有的虚张声势。

塔西亚犹如一位挥舞着红斗篷的斗牛士。菲兹帕特里克的朋友们也加入了战斗，有人从后面一拳打在塔西亚后脑勺上。虽然有点寡不敌众，但塔西亚还是转身对付新的敌人，没有一点退缩的意思。

最终，罗博·布里登也被拖入了战局……

塔西亚和菲兹帕特里克因为浑身的淤青、挫伤、割伤和若干处骨折而被送进了医务室。让塔西亚觉得讽刺的是，照顾自己的是她的智能助手，它接受了急救程序升级，以便在基地中提供更好的服务。

两个人都接受了处分，这对塔西亚而言完全无所谓。但是她看着菲兹帕特里克面对处分一脸害怕的表情，就明白相对于任何可能对他的军旅生涯造成影响的事情，他更害怕的是自己有钱的双亲。

帕特里克·菲兹帕特里克三世比塔西亚晚了整整两天才出院。塔西亚的两个哥哥一定会为她感到骄傲。

81

本尼托

由于栖鸦星距离人口较多的汉莎移民地非常远，本尼托曲折的路途花了将近一个月的时间。年迈的塔尔班可以利用这段时间进行必要事情的整理。

本尼托带着属于自己的一盆世界树树苗，这样就能确保在漫长的旅途中依然可以与世界树之林保持连接。本尼托前后换乘了三艘飞船，先是坐了一艘客船，然后换乘一艘商船，最后是一艘探索船，他终于来到了栖鸦星。当他到达移民地主城的时候，一起下船的还有很多货柜、挤在笼子里受惊的牲畜、补给物资、设备和来自塞洛克星的特殊礼物。本尼托面带微笑，心满意足。他走出飞船，呼吸着陌生的空气，品尝着这个陌生世界的香味，汉莎联盟的农业在这里不过刚刚起步。

栖鸦星是个年轻的行星，地质状态非常稳定，气候适宜，原生植物也很少。海洋很浅，地势平坦，最崎岖的地形不过是多山的平原。

这里没有茂密的树冠遮挡来自星系恒星清澈的光芒，本尼托陶醉地体会着一切，感受着阳光照在裸露的绿色皮肤上的微微刺痛。通过世界树之林的数据库，本尼托已经知道，可怕的风暴偶尔会在平原上肆虐。多亏了塔尔班留下的信息，本尼托才能借助种在栖鸦星上的世界树之林的眼睛，感受这些飓风的威力。

正是由于这里特殊的气候，移民城镇的建筑造型都很低矮，这是符合空气动力学特征的。农业区的谷物可以经受住风暴的洗礼。当天气转晴之后，顽强的植物还能长出来。

本尼托很喜欢这里。就连他带来的这颗小树苗也对新家感到很兴奋。

塔尔班来向他问好。本尼托看着塔尔班深色的皮肤和他代表个人成就的一百多个文身，他感觉好像已经认识这位老人一辈子的时间了。塔尔班用自己瘦弱的双臂抱了抱本尼托："本尼托，谢谢你能来。世界树也对此表示感谢。"他摸了摸从塞洛克带来的树苗，好像在向它问好。

本尼托笑着说："栖鸦星需要绿灵教士。你可是宠坏了这里的人哦。"

塔尔班听到这话笑了起来，他的牙床都变成了深绿色："这里的人并不是总需要我的服务，但是能够使用即时通信并获得最新的消息，确实能让这个移民地在汉莎联盟内部赢得一定的地位。"

"哦，地位啊。我是塞洛克星统治者的次子。你觉得他们会如何接待我？"

塔尔班带着自己年轻的同僚离开了移民地的太空港，这不过是一块铺设了跑道的空地，在没有飞船降落的时候，这里还是跳蚤市场和开会的会场。

"他们很快就会习惯了，到那时候你大概就想回到自己的菌礁城去了。你自己能过国王一样的生活，又为什么要当僧侣一般的绿灵教士呢？"塔尔班虽然是在开玩笑，但是他确实在思考着这种可能。"本尼托，现在要由你来照顾这些人了。"

"别担心。我的第一要务还是服务世界树之林。我希望住在这里，为世界树朗读，让树苗成长。只要是能帮助这里的人，我就绝对不会退缩。能干点实事，我倒是觉得非常感激。"

塔尔班一言不发地走了几步，然后笑着说："我知道，本尼托。根据世界树告诉我的一切来看，你一定能好好照顾这里的树苗和居民。"他加快了脚步。"咱们还是走快点吧，不然市长大人和其他人就会给你办个欢迎仪式，他们会不停地围着你和你套近乎，最后还得给你把我的故事再讲述一遍。"

"这些事情都可以留到以后再说。"本尼托说，"而现在，我已经在太空里飞了太久，我想看看你种的树。"

年迈的塔尔班加快步伐，带着本尼托离开呈同心圆形分布的低矮的建筑群。两个人边走边聊，沿着一条土路向一道浅浅的河谷前进。世界树树苗沐浴在栖鸦星星系恒星的光芒下，正在不断成长。虽然距离树林还有些距离，但是本尼托已经能感觉到树林的存在。这就好像和老朋友见面。

"当第一批移民者到这的时候，栖鸦星就是一块白板，只等着移民者展开改造和种植工作。"塔尔班说，"根据汉莎联盟的勘察结果显示，这里的北半球有丰富的矿产资源，而且这里也没有森林妨碍采矿作业。大多数的地面都没有植被，由裸露的岩石构成。"

"我从天空看到有些地面植被。"本尼托说。

"那些不过是苔藓，连草都算不上。它们通过散布自己的碎枝进行繁殖。这里最大的原生植物是低级的蕨类植物，长得还没我肩膀高。"他顺着山坡向上爬，虽然地势越发陡峭，但是他连汗都没出一滴。

"不幸的是，我们带来的动物一开始吃不了当地的植物。最后，移民者们开始尝试对山羊进行记忆基因改造。这些动物现在可以吃这里的原生苔藓和草，但前提是农民能给它们提供一些辅助性饲料。"

本尼托笑着说："看来那句话没错，山羊什么都吃。"

"差不多这个意思吧。"塔尔班说，"人类也可以吃羊。很多年里，山羊是新鲜肉类和鲜奶的唯一来源。鉴于这里的居民主要吃从来往商人那里买来的腌制食物或包装食物，所以新鲜的山羊肉和羊奶可都是好东西。我们这里非常依赖来往商船提供的补给。"

从山谷的山脊上，他们眺望着规划整齐的农田。

"一开始的时候，栖鸦星的土壤甚至无法养活地球上最顽强的植物，后来移民投资商买来了大量化肥。汉莎联盟认为，一趟趟开往栖鸦星的粪肥运输船简直是太空时代的荒诞剧，但一艘艘运输船还是在全星球平原范围内开始喷洒粪肥。等移民者稳定了土壤化学结构之后，他们在接下来的一个季节里开始种植小麦、燕麦和大麦。"塔尔班叹了口气，"我真希望世界树可以记录下当时的情景。各种飞行器从低空飞过，像撒药一样洒下种子，那场景真是太壮观了。"

年迈的教士脸上挂着神往的表情，带着本尼托顺着另一侧地势较缓的山坡，继续向着种下的世界树树林前进："我是在三年后才来的，当地人花了五年时间才将栖鸦星改造完毕。我们现在基本实现了自给自足，还能赚一点，但是我们能出口的东西确实不多。北半球的矿场能够出产足够的矿物质和精炼金属满足我们的建筑需求。亨迪市长已经把这里从一个小镇建设成了一个欣欣向荣的城市，你自己在太空港也看到了这一点。"

本尼托和塔尔班走过一座低矮的建筑，这里是塔尔班的家。塔尔班说："城镇里的女人来帮我做饭，帮我打扫房子。这对他们来说非常重要。他们要绿灵教士记住，这里的人非常尊重并感谢绿灵教士为他们所做的一切。"塔尔班笑了一下，继续向着世界树树林走去。"但实际上，我很少住在这里。我更喜欢和世界树睡在一起，我喜欢和它们一起祷告。"

他们一走进树林，本尼托就感觉到了周围的一种仁慈的感觉，那是世界树之林那无穷无尽的意识网络带给人的一种特有的舒适感。本尼托知道自己也会选择在这里休息，因为世界树会和自己聊天。他和这些世界树会在梦中一起畅谈。

当塔尔班抚摸着身边的一棵世界树的鳞片树皮时，脸上浮现出一副忧伤的表情，就好像一下子老了几十岁。"我每天都会来这儿，告诉世界树我所发现的一切新事物。栖鸦星上新鲜事不多，但是哪怕我给它们念叨些哲学上的讨论，它们也会很高兴。"

"世界树不论在哪，都喜欢吸收信息，而且完全不介意信息的种类。"本尼托和塔尔班肩并肩站在树林里，感觉自己似乎已经回家了。这里的世界树和塞洛克星的世界树之林相比更为年轻，但是给他的感觉是完全一样的。

塔尔班看着年轻的本尼托，心里松了一口气，就好像他在期待自己终于可以休息了。"本尼托，栖鸦星不是天堂，但是勤劳的开拓者可以在这里开辟属于自己的家园。我希望你会喜欢这里。"

他俩一起在松软的土壤中挖了个坑，把从塞洛克星带过来的树苗种了下去。本尼托直起身子，闭上眼睛，手摸在世界树上。他大声地回答了塔尔班和世界树之林的问题："塔尔班，这里正是我所希望的地方。"

82

第一继承人乔拉

出于文化上的原因，第一继承人乔拉的房间里从来不缺情人。有些颇有异域风情，有些优雅漂亮，还有些长相怪异，身材粗壮。她们代表着雷迪拉的各个氏族。

但是，在研究过所有伴侣候选人之后，乔拉还是无法忘记妮拉·哈利。他看过了所有候选人的名字，看过了她们的照片，雷迪拉帝国的各路美人尽收眼底。乔拉的助手们肯定会列出之前选择过的情人类型，这样看起来乔拉就不像是在反复挑选自己喜欢的几个情人。乔拉必须对所有人一视同仁。

但最重要的是，他想要妮拉。他的脑子里全是这位来自塞洛克星、有着绿色皮肤的迷人姑娘。名单中的其他人都比不上妮拉天真而精力充沛的魅力。

最终，第一继承人乔拉随机挑选了一个歌手，这个姑娘欣喜若狂，她甚至有些颤栗地来到他身边。她有一双黑黑的大眼睛，急于用自己的微笑和身体取悦乔拉。这个姑娘叫安丽，而且她介绍自己名字的时候使用了唱歌的技巧，并不是正常说话的声音。

和安丽如蜂蜜般甜蜜的的歌喉相比，乔拉开心的笑声干涩深邃。他欣赏着这位优雅的歌手，烟黄的眼睛里反射着星光。

"第一继承人大人，谢谢您能选我。"安丽说完，用一段小曲做了结尾。"希望您觉得我是一个合格的床伴。"

而乔拉不过是希望她能让自己忘记对妮拉的幻想。他坐回到自己的椅子上，欣赏着歌手妙曼的身子，他说道："安丽，你简直最合适不过了。"

安丽看着乔拉，又惊又喜，因为她不敢相信自己听到的话，整个人都感到头晕目眩。乔拉半眯着眼睛打量着安丽的身体和脸庞。要不是可以查看之前的名单，他都记不清以前是否选过歌手氏族的姑娘。

安丽的胸膛非常宽阔，胸腔容纳着功能强大的肺。她的喉咙也经过了拓宽，可以容纳多条优美声带组成的交响乐。她的声音是乔拉听过的最动听的声音。据说安丽的声音可以让听众哭泣、欢笑或者相爱。

"安丽，先为我唱首歌吧。"他的声音越发深沉，有点担心安丽下一步会做出什么。

"荣幸之至，第一继承人大人。"安丽开始哼唱起优美的曲调，这些如五彩水晶般美丽的声音完全不需要歌词的修饰。乔拉感觉自己都要被催眠了。

自从成年以来，乔拉的手下保留了一份几十年来不断更新的名单，上面罗列着申请成为第一继承人情人的女性。乔拉一直认真完成自己的工作，精心选择自己的情人，让贵族血脉传播到其他地位较低的氏族中。他也会和游泳健将或有鳞片的氏族交配，给了那些身形与人形相距甚远的氏族一些机会。每个氏族都有一些值得尊敬的特质，乔拉在每一个氏族中都能找到令人敬佩的力量和别样的美，尽管其他贵族可能只能看到了丑陋。

第一继承人大人对每一位床伴都很仁慈，而且都很尊重她们。但是，他从没有想过会真的和她们坠入爱河。就算他觉得某些床伴缺乏吸引力，乔拉也从不会让她们觉得被轻视。

乔拉对一位身材高大、样貌剽悍的战士氏族女性记忆深刻，她去年还怀上了乔拉的孩子。老皇帝萨鲁克花了大力气，让乔拉知道每一个氏族在雷迪拉帝国中都有特殊的地位，而乔拉的职责则是尊重所有人。再者，作为第一继承人的乔拉，有很多漂亮的情人，足以弥补任何他可能会短暂忍受的不愉快。实际上，根据他自己的回忆，这位来自战士氏族的女性曾给了他一场最为酣畅淋漓的性爱。

在他自己的房间内，安丽的歌声让乔拉在自己的意识和记忆中回荡，逐渐忘了他在哪。安丽的歌声缓缓变换，逐渐浑厚，情欲也逐渐高涨。乔拉发现自己越发兴奋，一切都和安丽所期望的一模一样。

安丽用自己的音乐和乔拉交流，用自己的声音来诱惑乔拉。乔拉喘着粗气地靠近安丽。安丽继续唱着歌，而乔拉则疯狂地亲吻着安丽，嘴唇在安丽的脸和修长的脖子上不停轻吻。乔拉金色的头发如同一场静电风暴，在他的头上不停舞动。

很奇怪的是，虽然乔拉和安丽正在翻云覆雨，但是乔拉的脑子里却全是妮拉的影子。而妮拉与任何一个雷迪拉女性都完全不同。

83

巴斯拉·温塞拉斯

作为一个主席，他从未有过一刻的安宁。

由于汉莎联盟疆域广阔而且内部结构高度复杂，巴斯拉总会遇到各种紧急情况。他必须做出各种选择，处理各种危机。在取得胜利的时候，弗雷德里克国王可以得到掌声并负责颁发勋章，但是当一个计划出现问题的时候，不知名的官员就要遭殃。不管怎样，巴斯拉总能安全地躲在幕后。

最近几个月来，巴斯拉忙于应对外星人的毁灭性攻击和大规模扩军，一些不是那么重要的事情就被放在一边。现在，他开始检查新王子彼得的训练进度。他必须确保一切都万无一失。

巴斯拉现在位于低语者之殿下方的一间办公室里，他坐在一张舒适的椅子上，端着一个精致的瓷杯子喝豆蔻咖啡。他正在利用监视摄像机观察雷蒙德·阿古拉的学习情况。在一间没有窗户的教室里，摆放着几张椅子、长凳、投影仪和桌子，教学智能助手 OX 正在上课，而王子则显得坐卧不安，一脸极其无聊的样子。

"当雷迪拉人带着皮列号的军官和我回到地球时，各种庆典和公众的反应让人非常难忘。"OX 继续说道，"经过了一百四十五年，地球上的人类认为所有移民世代船都失踪了，但是雷迪拉舰队作为人类遇到的第一个外星文明，终于到达了地球，大众不知道该如何应对。"

这台年代悠久的智能助手走来走去，读取自己的记忆文件："雷迪拉军官穿着光鲜的制服，开着他们的飞船穿过天空，人群的欢呼声震耳欲聋！"OX说话的声音中多了几分怀念。"作为皮列号上的高级智能助手，我观察并记录了第一次与雷迪拉人相遇时的每一个细节。为了能让所有人都看到这一盛况，任何人都可以读取我的记忆文件，其他智能助手还能直接下载我的记忆文件。"

"汉莎联盟立即将我的服务器级别升级到他们公司研究的最高级。那时候的国王还是国王本，但是他过了几年就驾崩了。汉莎联盟给了我私人房间和办公室，这些对于智能助手来说都是闻所未闻的事情——"OX结巴了一下，它在读取记忆的时候经常发生这种情况。

雷蒙德用手指敲打着写字板，然后叹了口气说："OX，如果你的内存里装满了这些陈年旧事，为什么不删掉点东西，腾出一些空间呢？"

OX听到这话，愣了一下，然后继续说："因为这些信息都是历史。彼得王子，我必须保留自己的记忆，用自己的经历和生活经验来教育你，用榜样来教导你。"

"如果你希望我向榜样学习，那么为什么你和温塞拉斯主席都不让我见见弗雷德里克国王呢？按照计划，早晚有一天我要接替他的位置，对吧？"

巴斯拉看着监视器，努起了嘴。他心里暗想，我的王子大人，我可不想这么早就让你们两个人见面。巴斯拉要找到一个合适的场合安排两人见面，必须确保在场的所有人都能满意。

与此同时，巴斯拉命令一个传记作家和图片专家团队编造年轻王子的"个人传记"：儿时来自统一教教宗的祝福，几张和弗雷德里克国王的合影，已经去世的母亲留给他的遗物。所有这些都是一个皇室成员的标准配置。

佩里德尔走进巴斯拉的私人办公室，打断了主席先生的思绪。巴斯拉叹了口气。对巴斯拉来说，一个人清净一会儿，就是宝贵的休息时间。可在他休息的时候，总是有人来打扰。

佩里德尔带来了各种纸质文件和一份电子文档报告。他的脸上带着一种十分满足的表情。他待在原地，等着巴斯拉允许他说话。然后，佩里德尔看了一眼监视器屏幕，压低自己说话的声音，其实彼得王子不可能听到隔音办公室里的声音。

佩里德尔摊开一叠报告，说："主席先生，和这个人家庭有关的联系全都清除干净了。"

巴斯拉把报告放在一张矮桌上。他非常信任佩里德尔，这个人从没让他失望过。他问道："那埃斯特班·阿古拉也收拾了吗？找他很费劲吧？"雷蒙德的父亲到了新移民地之后，不仅改名换姓，而且还主动改信了伊斯兰教。

佩里德尔先生摇了摇头说："我的人刚刚从拉曼星离开回来。他们告诉我那地方倒是非常宁静，没什么特殊的问题。"

巴斯拉又抿了一口咖啡，品尝着豆蔻咖啡浓烈的味道。"很好。"

通过监视器的画面，巴斯拉发现彼得和 OX 正在讨论着什么东西。巴斯拉皱着眉头，挥挥手示意佩里德尔闭嘴，然后放大音量，想听清楚教室里二人的谈话。现在形势非常紧张，巴斯拉打算严密监视这位王子，确保一切发展都按照计划进行。

彼得是最有可能成为王子的人选。

雷蒙德·阿古拉进入低语者之殿开始接受训练后，很快就恢复了过来。他依然为母亲和弟弟们的死而感到难过，但现在的一切对于他来说犹如一场奇迹。但是，他就像一个突然被宠坏了的孩子，潜意识里似乎已经明白未来会发生什么，所以最近出现了不守规矩和反抗的迹象。

收下了送来的报告，巴斯拉让佩里德尔离开办公室，然后重新将注意力放到监视器上。OX在电子书写桌面上写满了各种文字，在墙上投影了一份文件："彼得王子，这就是《汉莎宪章》。你必须牢记其中每一个修正案和附加条款。"

雷蒙德对此毫无兴趣，他说："我在学校里已经学过了。"

"是的，但是你必须把它牢记于心，明白其中的内容和所有概念，让它成为你的思想基础。这份文件是你成为国王的基础。"

"我还要参加考试吗？"雷蒙德皱着眉头看着屏幕上的一切。

"没有什么考试，但是你必须时不时引用宪章中的内容。"

雷蒙德起身不耐烦地绕着教室走来走去，对眼前的一切一点兴趣都没有："我以为给民众发表演讲的时候，都有人替我把稿子写好了。"

OX说："说的没错，你的所有演讲都是别人提前精心准备好的。"

雷蒙德粗暴地关闭了屏幕，说："那你可以为我'精心准备'要引用的内容。我想干点别的事情。"

巴斯拉看着雷蒙德的一举一动，先是失望地皱起了眉头，然后又长叹了一口气。他想起了之前放弃的候选人，亚当王子。五年前，那个年轻人看起来就是完美的人选，他通过了所有的测试。汉莎联盟执行委员全体投票选择了他，但是这个忘恩负义的亚当在训练过程中越发过分，甚至威胁要揭露巴斯拉和汉莎联盟所有的黑暗勾当——就好像有人在乎这种事情似的！真是个愚蠢的年轻人！

巴斯拉曾经和汉莎联盟执行委员会召开紧急会议，全体成员很不情愿地认为亚当王子无药可救。如果他登上王位，那么会对执行委员会造成威胁。他们不能接受这种局面。因此，巴斯拉只能悄悄干掉那个年轻人。亚当王子从来没有在公众面前抛头露面，更没有出现在任何新闻报道中。

他从没有存在过。

而现在，巴斯拉看着 OX 徒劳地让自己的新学生进入角色，心中不禁泛起了嘀咕。如果这位所谓的彼得王子也不能承担重任，那么留给汉莎联盟的时间，完全不足以从头重新开始准备。

他喝完咖啡，看着屏幕中的雷蒙德·阿古拉不听从 OX 的教导，只能劝自己不必太担心。小孩子闹脾气什么的完全可以被及时处理。这种事情以前发生过，而巴斯拉对此也有心理准备。"谈论人性时，还是不要太乐观为妙。"

这些王子候选人总觉得自己能掌握大局，但是他们从来没有成功过。

84

玛格丽特·克里克斯

第二波风暴再次袭击了瑞迪克星的峡谷，但是玛格丽特的注意力全都放在了刚刚发现的克莱西斯城市遗迹上，根本不关心外面的一切。

风雨继续洗刷着悬崖，洪水沿着峭壁在地面卷起大片岩石、沉积岩和尘土横冲直撞。而就在不久前，三台通体黝黑的克莱西斯机器人还曾经站在这里。

在洞穴里面，这片保存完好的废墟则非常干燥，让人无比着迷。

DD 将一个照明板固定在黑暗的隧道里，路易斯和阿卡斯向着奇异的回音建筑群深处前进，他俩的脚步声在建筑群中不断回荡。这两个男人脸上带着一种孩子般的微笑，这次的发现让他们非常兴奋，玛格丽特也感到很开心。这个地方好似一座寂静无声的坟墓。

玛格丽特抚摸着光滑的墙壁，墙面上挂着一层薄薄的尘土，来自目前还无法理解的年代。她甚至害怕自己的呼吸会破坏这些文物，但是克莱西斯人的遗迹已经存在了几千年。整座城市封闭在峭壁之内，没有受到时间、天气和入侵者的影响。这里所有的一切都只是在静静等候他们的到来。

"这里的建筑和拉罗星上的建筑结构类似，"路易斯说，"你看看这些墙壁和拱顶。"

"是的，但是这里保存得更完整。"玛格丽特带着一种胜利者的姿态，看着阿卡斯说："实际上，这里是整个银河系旋臂中，迄今为止保存最完整的克莱西斯遗址。"绿灵教士阿卡斯因为自己在这次考古发现中扮演的角色和玛格丽特的赞扬而感到开心。DD 说："我希望西里克斯、德克里克和易克特能够看到这一切。这里的一切说不定能激发它们的记忆。你觉得它们能不能毫发无损地活下来？毕竟每一台克莱西斯机器人都是无法被取代的。"

"DD，它们当然有可能活下来。"路易斯摆出一副乐观的样子，"打起精神来。"DD 立即抬起了下巴，从字面意义上理解路易斯的命令。

他们花了几个小时在迷宫般的废墟中游荡。克莱西斯建筑人员将光滑的隧道向洞穴内部延伸，但是建筑物外层则被墙壁封了起来，就好像故意要藏起来似的。

"我怀疑克莱西斯人是在躲避什么东西。"玛格丽特看着残存的峭壁，笑着说："这些墙壁是不是某种防御手段？"

"我们一直都没找到克莱西斯人消失或者灭绝的真正原因。"路易斯对阿卡斯和玛格丽特说。

"我们知道克莱西斯人长什么样吗？"阿卡斯问道。

路易斯摇了摇头："完全不知道他们长什么样。就算是在发现"克莱西斯火炬"的科里布斯星古战场，也没发现任何外星人的尸体。"

玛格丽特说："就连墙壁上的象形文字中也没有克莱西斯人的画像。"

DD依然保持着一如既往的乐观，它说道："路易斯，也许我们在这儿能找出点什么。我会帮你找找。"

路易斯曾经在一个非常有威望的外星考古学杂志上发表过一篇文章，用一种类似开玩笑的口气推测，人类之所以没有找到克莱西斯人的尸体，是因为这个已经消失的文明存在仪式性食人的习俗，他们会吃掉死者的尸体，不留下任何痕迹。他的依据就是克莱西斯人没有任何墓地、坟墓或者任何能够证明丧葬习俗的证据。路易斯的观点遭到圈内学者的怀疑，在一段时间内引起热议，但是由于他在考古圈子里的地位，没人敢说路易斯是个疯子。

随着他们逐渐深入克莱西斯人的遗迹，石头走廊越来越宽，似乎通向了城市的交通中枢。DD带着照明设备走在前方，他们跟在它身后进入另一个大房间。房间里的空气似乎随着一种奇怪的震动在波动，就好像墙壁可以吸收回声。

和大多数克莱西斯人的房间一样，这里所有光滑的表面上都布满了各种设计图、笔记、象形文字和数字符号，就好像这些虫形外星人被强制把所有的想法和历史事件都记录下来，让所有人都能看到。奇怪的是，克莱西斯人明显是具有星际航行能力的种族，而且有多个移民地，但是他们没有留下任何有关自己飞船或者其他载具的文字或画像。

房间的角落里有一台装在箱子里的机器，它投下了锋利的影子。当 DD 用照明板照亮整个房间，玛格丽特看到主墙上一个主要部分完全是空白的。那是一块梯形的石板，就好像是一块未经雕琢的画布，但是这片空白区域的周围布满密密麻麻的各种符号。这片空白的区域和周围密集的符号形成了鲜明的对比。

路易斯说："看来克莱西斯人还没有把这里写满。但是为什么要专门空出来这么一块呢？也许是因为石头的质量问题？"

玛格丽特摇了摇头说："才不是这样呢，老头子。你仔细看，这块区域是完美的梯形。这里是故意留白的，就好像克莱西斯人刻意在此留下一片空白。我们在其他遗址里也见过类似的设计。"

"啊，我想起来了。但是，亲爱的，我们一直没弄明白这是怎么回事。"

阿卡斯蹲下来打量着这片空白的区域，这块区域的底部直径有三米左右，他说："这看起来像一个大窗户或者……一道门。"

玛格丽特无法提出异议，因为她也有这种奇怪的感觉。她说："但是它通向哪里？这就是一块石头。"她在好奇心的驱使下向前走了几步，研究空白区域周围的各种符号。之前发现的几个"石头窗户"周围遍布碎石或者已经损坏。眼前的这个完好无损。

但是，它的功能却不得而知。

DD 突然说话，打断了玛格丽特的思绪："打扰一下！我发现了一些很重要的东西！"它站在墙边的机器旁，用照明板对准方形部件之间的缺口。

　　玛格丽特在这里看到了一个形似甲虫的物体，光滑的外壳上盖满尘土，几条腿已经扭曲，圆圆的躯干外围还有一个外壳，使得这个巨人看起来像一只巨大的、被压扁的甲虫。它看上去就像克莱西斯机器人，但是造型更加自然光滑。

　　玛格丽特深吸一口气，整个人无比激动。她能感觉到血液中的肾上腺素正在奔腾："这是……？路易斯，我看到的是真的吗？"

　　路易斯小跑着过来，然后发出了胜利的笑声。玛格丽特知道自己发现了什么，路易斯遍布皱纹的脸上露出了微笑："这可是第一个！"他欢呼道，"干得好，DD！"

　　DD将照明板对着已经木乃伊化的克莱西斯人尸体，玛格丽特弯下身子开始研究。她很小心地不去触摸外星人尸体，因为在岁月的洗礼之下，外星人的尸体已经非常脆弱。她说："这具尸体在这里太久了，如果我们试着移动它，尸体肯定就会变成灰。"

　　路易斯指着甲壳背部的长长裂痕说："这里看起来是被砸碎了。它有可能是后背受到了攻击，也有可能是被掉下来的石头砸中了。"

　　"那碎块呢？"玛格丽特退后几步，不放过任何一个细节。克莱西斯机器人和这具尸体之间有很多相似之处，克莱西斯机器人就像是DD，二者的外形都是对制造者外形进行的模仿。

　　路易斯一如既往小心翼翼地伸出手，用指尖摸了摸外星人扭曲的前肢，一段灰褐色的甲壳立即变成了粉末。他说道："看来咱们不用解剖了，亲爱的。但是咱们最好是多拍几张照片。"

　　玛格丽特也对此表示同意："刮取一些样本就够咱们分析了。我们可以分析化学构成。说不定里面还有些完好的细胞呢。"玛格丽特因为兴奋而心跳加速。现在，一切皆有可能。

　　阿卡斯突然站起身转头环顾四周："听到什么声音了吗？"

玛格丽特听到走廊里传来了声音，沉重的脚步声，这应该是一种很沉重的东西正在移动。她忽然想到他们一行人在这个被废弃的废墟中，是与外界隔绝的。他们没有武器，也没有其他自卫手段。

在这座废墟中，还有东西能幸存到现在吗？

瑞迪克星的沙漠里只有一些蜥蜴和蛛形纲动物，还没有发现大型捕食者生存的证据。外面的暴风雨已经停止，这使得沉重的脚步声越发清晰。玛格丽特现在非常紧张，她喉头干涩。路易斯向她靠近了一些，可能是出于情感支持，也可能是为了保护玛格丽特。

DD拿着照明板，无所畏惧地走了出去。接着，DD高兴地说："是西里克斯。实际上，三台克莱西斯机器人都回来了！"

这些笨重的黑色机器人走到了有光照的地方，一个接一个走过了岩石通道。玛格丽特惊讶地看着它们，因为刚刚她亲眼看到三台机器人被洪水冲走。易克特的一个红色光学传感器已经被砸碎，现在看上去黯淡无光。它们的外壳都坑坑洼洼的，肮脏不堪，但是没有任何损坏的痕迹。

西里克斯说："我们……没有受损。"三台脏兮兮的机器人站在房间里，不断扫描着周围环境，好像在记录着它们看到的一切。

"好吧，你们还真是够结实的。"路易斯高兴地说，"来吧，看看我们发现的好东西。一个克莱西斯人的木乃伊，我们可是头一次发现这种东西！"路易斯现在非常兴奋，就好像是一个正在焦急等待上台表演的小学生。

玛格丽特依旧不安地打量着这些高大的虫形机器人。就算有DD的绳子和钢钉，三个人类爬上峭壁已经是非常困难了，更别说还发生了滑坡。她问道："西利克斯，你们怎么爬上来的？我还以为你们爬不上来呢。"

西利克斯说："我们自己想了个办法。"

西利克斯转身打量着克莱西斯人的尸体，这具尸体卡在奇怪的机器中间，几乎要风化成灰。另外两台机器人站在所谓的"石窗"前，就好像在内存中寻找任何残存的记忆。

85

欧特玛

这位来自塞洛克星的年迈大使忙于手头的工作，很少离开自己位于棱镜之殿的房间。《七恒星史诗》的内容让她大开眼界，她仿佛遨游在从未见识过的世界中。欧特玛拥有了一切，除了时间。她用自己的余生念完整部史诗实在是有些困难。

她沐浴在过滤后的恒星光芒之下，可以进行光合作用的皮肤感到非常温暖，充满了能量。桌子上放着两棵装在花盆里的树苗，每一棵树苗都有一米多高，在充满光照的新环境里苗壮成长。

欧特玛大声朗读着，直到自己的喉咙感到沙哑。欧特玛拿起一瓶凉水，她一直随身带着水瓶。她喝了一大口，缓解声带的疼痛，然后坐下来休息会儿。

在刚把大使的工作交给野心勃勃的萨琳时，欧特玛不知道在雷迪拉帝国会遇到什么，也不知道萨琳会做出哪些改变和让步。她担心自己之前做出的努力会付之东流。

但是，自从她来到雷迪拉帝国见识了《七恒星史诗》的魅力之后，欧特玛就明白，相比于和地球上的政客们打交道，自己在这里更能为世界树之林的数据库和成长做出贡献。

这位铁娘子不止一次对妮拉感到失望，因为她和第一继承人乔拉在一起的时间和她读《七恒星史诗》的时间一样长。她每天都会去看比武大会，参观博物馆或者去看空中游行。但是，毕竟妮拉还很年轻，会被新鲜事物所吸引。和欧特玛相比，妮拉可以深度了解雷迪拉文化，而且她也会和树苗分享自己的所见所闻。所以，世界树之林也可以借此增长知识。

欧特玛依然保持着自己的政治敏感性，对于塞洛克星的政治未来和绿灵教士在汉莎联盟内部的部署保持警惕。当欧特玛朗读了几个小时之后，她就会休息，摸摸世界树树苗，通过世界树之林获取新闻。

她希望看看萨琳成为新任大使之后的行动，想看看这个年轻人签署的文件和提出的协议。到目前为止，萨琳还没有做出太多的改变……但是欧特玛还是很不安。萨琳完全有可能在远离绿灵教士通信网的地方，继续策划自己的下一步行动。

更别说她可能造成的破坏了！

欧特玛向世界树之林表达了自己的不安，而其他绿灵教士，特别是那些驻扎在地球上的人，将会提高警惕，保持进一步的观察。但是，世界树之林似乎还在担心着一些其他的事情，这些事情远比地球政治可怕，绿灵教士也无法理解世界树的想法……

欧特玛和其他绿灵教士曾努力深入了解这个谜题，但是世界树之林不曾释放出一个警告、暗示又或是预言。而欧特玛朗读的《七恒星史诗》在让世界树之林感到着迷的同时，也让后者越发感到不安。

现在，欧特玛拿起书，继续为世界树朗读新的一段雷迪拉人的传奇故事。

妮拉的房间里也有两盆世界树树苗，其他的小树苗则种在了布满藤蔓的天球玻璃植物园里，整个天球悬浮在皇帝迎客大厅的屋顶上。

欧特玛听到自己房间外有脚步声，但是她打算先读完这个故事再去会客。这是个关于一个双耳失聪的歌手的故事，他的音乐可以让观众悲伤的心脏停止跳动，但是这位歌手永远都不会听到自己的作品。不幸的是，在这位歌手用歌声导致两名贵族因为过度悲伤而去世之后，皇帝不得不下令处死了他。

欧特玛叹了口气，放下了书然后转身欢迎记录者瓦尔。他站在门口，怀里抱着卷轴和手写本。他说："欧特玛大使，我想你现在也许准备好接受更多的文件了，我特地选了这些有趣的故事，你会喜欢它们的。"

"世界树也会很喜欢它们……哎，我要是多点时间就好了。"

瓦尔笑了起来，他友好的笑声让欧特玛感到心头一暖。他说："自我出生起就是个历史学家，这个问题一直存在。对于记录者而言，最悲惨的死法就是英年早逝，因为没人能够看完整部史诗，所以英年早逝对记录者来说算得上死而有憾了。"

欧特玛说："万幸的是，世界树之林可以同时接受各种信息。我活着的目的不是将整部史诗读完，而且以各种手段确保世界树之林能获得整部史诗。"

记录者将手中的文件放在欧特玛的桌子上。"如果是这样的话，我认为记录者可以帮你，大使。你曾经告诉我，塞洛克星上有很多绿灵教士和学徒，为世界树朗读各种故事和其他信息。那么我们为什么不能从这里，为世界树之林朗读史诗的剩余部分呢？"

欧特玛一下子来了兴趣，她问道："你有什么想法？"

"皇帝命令我提供一切可能的帮助。我可以以皇帝的名义，派遣记录者、歌手甚至朝臣，为你的树苗朗读史诗。如果我理解的没错，并非只有绿灵教士才能给世界树读书。我们能否把这种耗时费力的活变成轮班制的工作？"

欧特玛深吸一口气，一下子豁然开朗。她一直在考虑如何与塞洛克星上的绿灵教士一起完成这项工作，但是她从没想过和雷迪拉人一起完成这个工作。读书的人不需要具备意识连接能力，毕竟塞洛克星上所有的学徒都没有接受绿灵恩典。

"记录者瓦尔，你这个主意太棒了。你的办法说不定可以让《七恒星史诗》的朗读进度大大加快。"

欧特玛一脸期待地看着瓦尔带来的卷轴和手写本。她扫视了一下上面的符号，惊讶地发现有关神秘的克莱西斯机器人的内容。她想起自己读过的其他文章，搜索有关消失的克莱西斯人的信息，但是这个虫形生物文明在雷迪拉帝国有任何可遵循的历史记录之前，就已经消失了。

欧特玛赶紧转身去找瓦尔，很庆幸他还没有走远。她大叫道："记录者大人，我还有个问题。我现在只不过看了《七恒星史诗》中很少的一部分，但是我没找到太多关于克莱西斯机器人的信息。不是雷迪拉人在一颗开采的卫星上发现了这些机器人的吗？我在米基斯特拉倒是看到过几台这种机器人，而且我知道在雷迪拉帝国其他地方也有这些机器人。"

"汉莎联盟领地内也有不少克莱西斯机器人。"瓦尔说话的时候，脸上的垂体变化出不同的色彩。欧特玛现在还不知道如何解读外星人的皮肤色彩变换。

"情况确实如此，但是雷迪拉帝国的历史更为悠久。你们还有更多关于他们的故事吗？为什么关于克莱西斯人的信息这么少呢？他们曾经和你们一样，也是个很重要的文明。难道克莱西斯人在雷迪拉帝国成立之前就消失了吗？"

瓦尔忽然看起来很困惑的样子，脑子里思考着如何回答她的问题。欧特玛看着他不情愿回答问题的表情，知道这位历史学家并没有仔细考虑过这个问题。

"克莱西斯人和他们的机器人是另外一个故事了。"瓦尔说道，"他们的历史自成一体。也许他们在我们的历史中没有角色，在你们的历史中也是如此。"他向后退去，脸上的垂体上显示出一种完全不同的颜色。"又或者这部分的历史还没有写完呢。"

86

妮拉

从棱镜之殿的水晶阳台望去，风景实在是美不胜收。第一继承人乔拉带着妮拉来到一个观景台，观景台旁边是一条由下而上潺潺流动的溪水。乔拉把卫兵们都留在房间里，这样就可以和自己心爱的塞洛克星姑娘独处一会儿。

乔拉说："这是我最喜欢的地方之一。"

妮拉深吸几口气，然后说："这里……太美了。"乔拉伸手摸到妮拉的胳膊，然后握住了她的手。妮拉任由他握着自己的手。

棱镜之殿坐落于山顶上，可以遥望米基斯特拉的天际线。蜿蜒的玻璃建筑向地平线延伸，看起来就像池塘里的水波。棱镜之殿的高塔高耸入云，塔楼周围是容纳各个政府部门的圆形穹顶。整个观景台以一定角度向外延伸，观景台下方的支撑以一定角度向内延伸，这样一来她和乔拉看起来就像是漂浮在空中。

顺着山坡的台阶一路向上，通向支撑棱镜之殿的半球形平台和穹顶。七条主要的溪流以完美的直线汇聚在一点。

第一继承人说："棱镜之殿的设计者们希望这座宏伟的建筑群，甚至是其中体现的自然法则，都能向皇帝倾斜。"乔拉压低声音，微笑着打量着妮拉。"不幸的是，我对此表示异议，因为我所有的心思都向你倾斜，妮拉。"

妮拉害羞地笑着，紧握着乔拉的手。面相凶恶的卫兵们站在拱门里，完全不在意二人在干什么。妮拉说："这里这么高……美得让人窒息。这让我想到了塞洛克星，我经常会爬到世界树的树顶。"

"雷纳德跟我说过你们的世界，我感觉那里美极了。"乔拉烟黄色的眼睛闪闪发光，脑子里开始想象塞洛克星的样子。"我早晚会去拜访塞洛克星。说不定还会带上你。"

"你还得带上一群弄臣、卫兵和助手。"妮拉笑着说，"一旦咱们离开米基斯特拉，在你身边可就没什么安宁了。"

"雷迪拉人可不喜欢孤独。"

观景台上空间不小，但两个人紧紧地站在一起。妮拉感受到了第一继承人的一举一动，但是她也不想挪开一步。

妮拉看到地面上的人群犹如蚂蚁一样。源源不断的人顺着山体不断向上爬，一点点靠近棱镜之殿。

乔拉看到妮拉很感兴趣，便说："这些是朝圣者，他们仅仅是想看看皇帝的尊容。"

来自各个氏族的朝圣者沿着山地前进，在固定的位置他们会停下来休息。他们走过一座座桥梁，绕着山体不断向上走，在七条溪流里清洗自己，然后继续向着第一座穹顶前进。"全帝国的公民都可以进入棱镜之殿。我父亲允许所有人进入他的迎客大厅。只要你完成了朝圣之路，就可以看到我父亲在天球下的投影。"

"他就不怕刺杀或者暴力袭击吗？"

乔拉惊讶地看着妮拉，说："皇帝通过心神网，立即就能知道其他人是否有这种想法。我的父亲完全可以在刺客进入棱镜之殿之前就解决这个问题。我们雷迪拉人和你们人类不一样。你必须理解这一点。"

他俩肩并肩站在观景台上，一言不发，看着朝圣者向着棱镜之殿前进。最后，妮拉说："我们其实有很多共同点。"她尽量靠近乔拉。"乔拉，实际上，你我在很多方面都是可以和谐相处的。"

#

回到第一继承人乔拉的私人房间内，妮拉好奇这个颇具魅力的男人是不是用了什么超能力来诱惑自己。通过自己和世界树之间的交流，她也注意到了外部思维的力量。此时，妮拉觉得一切都是出于自己的意愿……绝对有什么东西出问题了。这是她的第一次，但她一点也不害怕。

妮拉的皮肤吸收着房间里的温暖光线，乔拉的每次抚摸都让妮拉充满活力。就算她紧抱着乔拉，却依然渴望着乔拉，而乔拉也是如此。他俩着迷般地慢慢将彼此的衣服褪下。

"妮拉，我发现你非常有趣，而且让人着迷。"乔拉凑在妮拉的耳边悄悄说道，乔拉温热的呼吸吹打在妮拉的耳朵上。

而妮拉也是这么想的。

虽然妮拉担心这位第一继承人有那么多情人，可能对自己会变得冷漠，但是在他俩翻云覆雨的过程中，妮拉发现这位第一继承人对自己有着绝对的忠诚和专注。

87

克里元帅

克里元帅从人类的军事策略游戏里学到了一个古老的技巧。他带着两个分舰队来到昆哈双星系的外围，这里的双星也是雷迪拉帝国上空七恒星的其中两颗。

昆哈星系人口稀少，是两颗可以居住但是缺乏实际价值的行星。这里唯一有价值的地方，是一座漂浮在气体巨星上空的古老艾克提采矿城市，这是少数几个由雷迪拉人操作，而不是人类游荡者控制的采矿点之一。

对于克里元帅而言，这里是个进行军事训练的好地方。

他将两个分舰队分成两队，命令几百艘战舰互相对抗。克里按照人类的习惯，将两个分舰队分为"红队"和"蓝队"。来自地球的军事战略家们在几个世纪时间的战争模拟中，逐渐发展出了这套体系，而且克里元帅认为这次演习会非常有趣。这将不只是一次单纯的演习。

阿隆哈将军作为一名老派军人，将负责指挥蓝队。将军在自己的职业生涯中顺利完成了各种任务和训练。即便如此，他对克里还是感到很担心。对于这位老指挥官来说，创新似乎是个全新的概念，而他认为这些非常规训练都是浪费时间。

劳瑞将军负责指挥红队。克里元帅从不认为他是个优秀的指挥官，但是劳瑞知道该做什么、不该做什么，他指挥自己的分舰队指挥官完成各自的工作。劳瑞将军选择了有天赋的下级军官，所以分舰队的最终报告通常看上去还不错。

克里坐在一个小型观测平台的指挥室内，从这里他可以看到两支舰队的行动。他启动了短程通信频道，然后对两位将军说："阿隆哈，劳瑞，你们可以开始对抗了。"

劳瑞将军立刻回应了克里的命令，而阿隆哈表达了对这次行动的抗议："元帅，我必须要求您停止这次毫无意义的行动。太阳舰队是一个整体，负责共同完成皇帝给我们的任务。分舰队从来没有进行过对抗，史上唯一可循的案例是很久以前的那次内战。这种训练只会破坏军队纪律，导致内部混乱，让我们的士兵认为自己的同胞是敌人——"

克里对这位死板的老将军毫无同情心："阿隆哈将军，你公然违背我的命令更是在破坏纪律。要么执行命令，要么被我解除指挥权。"

"是，元帅大人。"阿隆哈说完就切断了频道。

克里坐在观测平台上，观察着战舰的一举一动。两队的舰队指挥官不允许相互讨论各自的战略。这次演习的任务是夺取并占领一个畸形的小行星块，它以奇异的角度环绕着昆哈星系。

阿隆哈将军毫不意外地命令舰队采用标准队形。任何熟悉雷迪拉空中阅兵和军事游行的人，对他采用的内外双层球形队形都不会感到陌生。作战战舰在最外围，圈内层层部署了护卫船和切割机。阿隆哈指挥舰队直接扑向目标。

一群巡逻船绕着双层球形队形的舰队飞来飞去，以紧密的环形队形环绕着主力战舰。这原本是一种防御队形，但是随着装饰飘带在旁边高速旋转，整个舰队就在太空中形成一幅壮观的景象，而这种景象完全是为了取悦远处的观众，而不是为了展示军队的娴熟技术。

劳瑞将军则命令舰队以一种更为混乱的队形前进。他旗下的七个分舰队分成几个小队，每队四十九艘战舰，各个小队依然保持相互之间的协作，但是队形十分松散。严格来说，红队的队形更为松散，而且毫无美感可言。七个舰舰带着各自旗下的七个小队，相互拉开距离，以一个分散的队形前进。

劳瑞的七个分舰队斜着冲进蓝队的内外双球队形，在阿隆哈将军精心设置的队形中引起不小的骚动。蓝队笨拙的队形逐渐解体，但是各舰舰长在老将军的指挥下，开始恢复队形。蓝队保持巨大的球形队形继续向着目标前进，瓦解了红队的所有攻势。

但是，就在红队的六个分舰队继续骚扰蓝队的笨重队形的时候，劳瑞手下的第七分舰队已经向着小行星加速前进。这支分舰队心无旁骛，直奔目标。

这个战术非常简单，而且也很好分析。但是，当阿隆哈笨重的球形队形开始展开队形、外层战舰开始散开，为队形中央的登陆艇让出位置的时候，红队的第七分队已经到达了小行星。他们快速部署了所有切割机，然后释放出穿着太空服的雷迪拉地面部队，这些士兵在目标地点插上自己舰队的标志，然后点亮了胜利信标。

红队的剩余六个分舰队立即停止了骚扰，行进到小行星附近，然后将它围了个水泄不通，以此阻止阿隆哈的舰队靠近目标。这对阿隆哈而言，是一次彻头彻尾的失败。

还没等蓝队放出一条运兵船，克里元帅就通告双方指挥官，演习结束，红队取得了胜利。

#

当看起来更苍老的阿隆哈将军出现在克里元帅的观测平台指挥室的时候，他看上去就像是一块化石。他站得笔直，身上的舰队制服非常整洁，胸前挂着各种徽记和勋章。

他输了，输得非常彻底。

阿隆哈将军可谓是太阳舰队中传统军人的模范。但是，克里元帅希望他做得更好。这位老将军一言不发地待命，但是心中的愤慨还是写在了脸上。

分舰队的指挥官们等在外面的房间里。克里一言不发地看着面前的两位将军，脸上写满了失望。他说道："先生们，你们对演习有什么看法？"

劳瑞将军一如既往地等着其他人说话。然而，阿隆哈抬起头说："元帅，我必须抗议红队采取的战术。太阳舰队的所有操典里绝对没有这种战术。《七恒星史诗》中也没有记载哪位指挥官会用这种战术。绝对没有！我认为，劳瑞将军采用混乱队形战术的做法应当受到批评。我们是太阳舰队的指挥官。我们的士兵不是野兽，不会因为受到一点刺激就开始狂奔乱跑。"

克里元帅一言不发，先让老将军发泄心中的牢骚，然后用冷静而不乏威胁意味的口吻说："但是红队还是赢了。"

"元帅，这是一次无效的胜利——"

克里一拳砸在桌子上，两眼冒着火站了起来："才没有什么无效的胜利！"他说话的语气让两位将军大吃一惊。"为什么你要坚持让太阳舰队面对各种情况时都只是用老旧的、完全可以预测的战术？如果我们的战术对敌人完全不适用，而且敌人完全无视我们的一切。那时候该怎么办？"

"元帅大人，我们可不是这么办事的！"阿隆哈咆哮道，"雷迪拉人有着光荣的传统。你如果继续让这种无法无天的疯狂行为继续发展，那么你就是在破坏让太阳舰队光荣而强大的基石。"

克里因为这个老将军的固执而感到愤怒，他说道："如果我们不能灵活思考问题，那么雷迪拉帝国就会尝到失败的苦果。敌人就在眼前，只不过我们现在看不到他们。"

克里看着这位保守派的将军，心中感到一丝惋惜。阿隆哈从来就没有想过要去执行一些需要创造力的工作。他很傲慢。他一直遵循规则办事，不知道没了传统和常规的保护，下一步该如何去做。

克里转头对另一位指挥官说："劳瑞将军，请给我解释一下，你是怎么想到这个战术的。"

劳瑞将军说："元帅大人，你给红队提出了一个清晰的目标。我们不过是采用了最容易完成任务的办法。鉴于这次演习不是公共表演，而且也没有雷迪拉人在看我们，我认为我们的任务是占领小行星，而不是进行表演。"

阿隆哈将军说："蓝队当时也没有'进行表演'——"

克里怒吼道："阿隆哈将军，要我给你看一遍重放吗？那些内外球形队形、环绕飞行的巡逻船、散开的外层飞船，真的不是为了表演吗？这里没有观众，这些动作又是为了什么？将军，咱们不必讨论太多，你选择了一个错误的战斗队形。这个任务需要的是速度。"

"元帅大人，也许你该看看我们的军事手册——"

"够了！"克里对这一切感到厌烦。"劳瑞将军，是你自己想出来这次的行动战术吗？如果是的话，那么我要奖励你。"

劳瑞感到很尴尬，自己已经得到了足够多的荣誉，不必再争夺别人的荣誉。他说道："元帅大人，情况并非如此。当我看到这份计划的时候，立即就看出了其中的可行之处……但是，这个计划最初来自分队指挥官赞恩，也就是第一继承人大人的儿子。赞恩建议我将舰队分成几个分舰队，每一个分舰队都有不同的目标。"

克里元帅满意地叹了口气。在赞恩还是个小团长的时候，他就见识了赞恩的敏捷思维和想象力。第一继承人的长子是这次红队胜利的幕后领导，克里元帅对此感到一点也不意外。克里说："让他进来，动作快点。"

一条消息立即发到了分舰指挥官们所在的房间。过了一会，眼睛炯炯有神的赞恩走进了房间，对着元帅和两位将军行了礼。他说道："元帅大人，您想见我？"

"分舰指挥官赞恩。"克里向前走了几步，双手在胸前合十，向年轻人行个礼。"根据你在今天的演习胜利中所体现出的出色表现和优秀的想象力，作为太阳舰队的总指挥，我要现场提拔你。"

在场的两位将军和赞恩都吓了一跳。赞恩最近才成为分舰排长，按照传统的规定，他的职业生涯已经规划好了。"目前银河系旋臂越发危险，太阳舰队需要你这样聪明而不乏想象力的军官。你现在升为将军。"

阿隆哈整个人都炸起来了："元帅大人，这太不符合规定了！通常做法是——"

克里完全无视了这位老将，继续自顾自地说道："赞恩，你将代替阿隆哈将军，而阿隆哈则降为分舰排长。在我看来，他的错误在实战中将会让整个舰队处于非常危险的境地。"

这位老将军深吸一口气，站在那里不停颤抖，就好像他人生的根基都被动摇了："大人，我宁愿退役。我的军衔——"

"不行。现在随时可能发生军事冲突。我不能损失一名有经验的军官，但是较低的军衔刚好符合你僵硬的思维。你总是能很好地执行命令。"

阿隆哈看起来一时间无法稳稳地站在原地，似乎是多亏了整齐的制服才让他不至于倒在地上。"元帅，我会就这次演习上交一份正式的抗议。"

"没人会在乎你的抗议。皇帝已经批准了我的行动，而且他也同意将太阳舰队变成一支更加强大的军队。"这位被降职的将军两眼闪烁，但是拒绝认输。"阿隆哈，你在整个工作生涯的服务都很出色，但是你已经停止学习了。你已经忘了如何去适应时代，而这将让我们的帝国在和外敌的战斗中陷于危险的境地。皇帝命令我时刻做好战斗准备。"

第一继承人的儿子立正站在一边，事情的发展让他大吃一惊。克里很高兴地发现赞恩并没有因为晋升而洋洋自得。

"赞恩将军，你现在可以指挥蓝色舰队的三百四十三艘战舰。祝贺你，小伙子。"

阿隆哈看起来非常落魄，就好像忽然间苍老了一个世纪。劳瑞将军则看起来又惊又怕，害怕再来一次演习。他知道自己将在下一次演习中和赞恩交手，而这位年轻人再也不是自己手下的一名军官了。

克里疲惫地说："集合所有战舰，我要宣布对赞恩的提拔，然后尽快举行胜利庆典。昆哈的采矿工人们应该会想要看一场表演。"

88

库尔特·兰扬将军

第一艘地球防卫军全新的增强型巨像战舰，此时正闪闪发光地躺在造船厂内，船身周围遍布各种探照灯和传感器。这艘巨舰已经建造完毕，就等着正式出航了。

负责设计和制造的工程师对于他们的杰作非常自豪。另外十二艘战舰很快就会完成，这些战舰将成为对抗外星人的强化舰队的核心力量。

库尔特·兰扬将军和前线联络官斯图莫将军，带着由二十艘鲫鱼战斗机组成的仪仗队，以及一群精心挑选的新闻媒体代表，前来参加这次出航仪式。斯图莫将军将亲自指挥这艘巨舰。

对于兰扬而言，这些花哨的典礼完全有碍正常发挥军事行动效率，但是温塞拉斯主席却不赞同他的观点。"将军阁下，这些庆典也就是浪费一点时间，但是可以调动民众热情并获取各个移民地的支持。"温塞拉斯主席坚定地说："这是一个对于你军事力量建设的长期投资。如果你能让公众爱戴你，那你以后不论干什么，就都不必为自己的行为辩护了。"

正是出于这样的目的，弗雷德里克国王才来到这个小行星带的造船厂，为不断扩编的地球防卫军舰队主持典礼，为第一艘全新的巨像级战舰歌利亚[8]号进行洗礼。

虽然这艘战舰的名字听起来非常强大，兰扬将军不知道这次洗礼是否真的能带来好运。毕竟，这个来自圣经中的巨人被身材矮小的大卫打败了。

弗雷德里克国王带着一群宠臣、参谋、政客和衣着华丽的皇家卫兵来到这里，与歌利亚号对接。弗雷德里克说："这一切真是太棒了。"他顺着光亮的金属走廊走进舰桥，长袍飘了起来。各种状态提示灯和战术信息显示屏闪闪发光。

兰扬让船员们加班干活，抛光了所有的地板和面板，确保舷窗上一尘不染。这些都是毫无意义的面子工程，而投入其中的人力和时间完全可以用于军事训练，或者用改进的蝰蛇系统和轨道炮武器系统进行射击训练。

注8：歌利亚，《圣经》神话故事中的人物。——编辑注

弗雷德里克点着头说："兰扬将军，这真是一艘优秀的战舰。"

新闻媒体团队一直跟在国王身后，向观众展示壮观的歌利亚号。

在过去的几个月里，地球防卫军舰队扩军初见规模，现已拥有十二艘装备了改进武器系统的巨像级战舰，九十艘蝠鳐重型巡洋舰，二百三十四个全新的云砧武器平台和几千架鲫鱼战斗机。所有这些飞船都在太空造船厂中完成，而且都配发给了各个新近成立的中队。只要这些外星人现身，这些部队就可以投入战斗。

大家都知道外星人肯定会再次发动攻击。

除了这些新飞船，兰扬还监督了一千艘征用来的私人飞船的改装和入役工作，这些飞船将成为地球防卫军的通信船、补给船和侦察船。作为一支重获活力的太空部队的指挥官，兰扬出色完成了自己的工作。

在歌利亚号上的舰桥上，斯图莫将军俯身打开了一个战术控制面板，然后启动了蝰蛇系统。斯图莫用彬彬有礼、铿锵有力的声音向国王仔细介绍蝰蛇系统，而国王也听得津津有味。

"我们的新舰队比雷迪拉帝国的老旧战舰更强大。实际上，地球防卫军的这些战舰是有史以来最强大的战舰。"

弗雷德里克国王说："将军，我当然希望如此。我们不是故意招惹这些奇怪的外星人的，但是我希望可以干净利落地结束这次战争。也许这些外星人现在会和我们谈判。"

兰扬勉强笑了笑说："大人，我们都希望如此。"兰扬心中暗想，没人知道下一步该怎么办。地球防卫军甚至找不到这些来自气体行星内部的外星人。无数采矿船和探针曾经从高空云层飞过，但是又有谁探索过不适宜居住的气体巨星的最深处呢？

兰扬在模拟中演算过各种战斗，但是和奇怪的外星人交火，与球形战舰进行对战，又或者是进入高压大气环境下追踪敌人都是他想都不敢想的事情。他之前的训练计划都是针对雷迪拉帝国或者是反叛的汉莎移民地的。

这些来自气体行星内部的敌人，是一群完全不同的敌人。

这是一场不需要步兵和地面部队的战争。这场战争不能依靠夺取和占领领土，甚至也无法依靠谈判结束。如果敌人真的住在气体巨星内部，在那种环境下，氢元素都被压缩成了金属，双方在资源和领土的需求上又能有什么共同点呢？这些外星人到底想要什么？

兰扬凭直觉认为，这将是一次大规模灭绝性战争，需要各种重武器、大型战舰乃至各种末日炸弹。单独个体的士兵将毫无用处，步兵和手枪也没有任何用处。但是，地球防卫军舰队需要为重型战舰和附属武器系统训练更多的导航员、驾驶员和炮手。

弗雷德里克国王在歌利亚号的舰桥上结束了参观。巴斯拉·温塞拉斯命令他把参观时长限制在一个小时之内。毕竟巨舰上的船员们还有其他工作要完成。

弗雷德里克说："先生们，这次参观让我感到非常开心，而且印象深刻。我对歌利亚号非常满意。现在我宣布，它已准备好出发了。这艘巨舰将是新地球防卫军的旗舰。"当他笑起来的时候，布满皱纹的脸上闪过了一丝年轻的光彩。"我相信在未来的某一天，你们也许会为了纪念我而在太阳系里举行一次简短的巡游？"

兰扬想起了巴斯拉有关注重公共关系的忠告，于是说："大人，这完全可以安排一下。我也想借此机会向地球汉莎联盟的全体公民表达感谢。他们的支持、牺牲和对于我们的信任，将有助于确保我们的全面胜利。人类是顽强的种族。我们将战胜困难并获得最终胜利。"

426

弗雷德里克国王神采奕奕地说："将军，说得好。我会下令让扩编的舰队尽快起航。等我们消灭了这些不宣而战的外星胆小鬼之后，就能让各个移民地回到昔日富足而又平和的生活中去了。"

国王的随从们鼓起了掌，而媒体代表们捕捉了每一个精彩画面的瞬间，并在强化画面质量之后再传送给观众。

兰扬将军心中洋溢着乐观和自信，但是他也知道实际情况将远比国王演讲所描述的更加严峻。他看到斯图莫站在歌利亚号舰桥的另一头。两个人用眼神交流了一下，在这个问题上达成了共识。

兰扬害怕所有这些欢呼和庆典不过是墓地中的哨声。

89

杰斯·塔博林

杰斯的心仍然因为压抑的愤怒而感到痛苦，但是他现在已经决定下一步要怎么办，这种自由让他隐约感到一种解脱。他的导航星从来没有像现在这样明亮过，他知道自己该去做什么。

杰斯不想通知游荡者议会自己下一步的打算，不打算告诉议长雅·欧卡任何信息，就连对西斯卡·佩罗尼他也不会说一个字。他在中央集结点刚刚召开的部族会议上，已经见识了各个部族间的争吵、慌乱和举棋不定。他们只会让情况更加复杂罢了。

不论结果如何，这都是杰斯自己的复仇行动。他在普卢马斯星的叔叔们已经同意了这次行动，其中克莱布·塔博林甚至坚持要陪杰斯一起去，但是杰斯明确说明这个行动必须由自己负责。这是整个部族的事情，这是他的责任……是他的复仇行动。等这事结束之后，只有他需要为此负责。

杰斯从普卢马斯星采水厂挑选了一批忠诚的工人，然后带走了几艘装满必要物资和设备的工业船。这些志愿者熟悉罗斯，为布拉姆塔·博林卖过货，会执行杰斯的每一个命令。当克莱布叔叔知道了行动计划，并下达给全体志愿者之后，他们都会全力帮助杰斯。

现在，这些形态各异的飞船集结在格尔根星系的边缘，正处于黄道面之上的柯伊伯慧星带中。从这里，他们可以观察到气体巨星发出的光芒。

这些凶残的外星人就藏在星球的云层深处。

杰斯觉得自己可以感觉到哥哥和其他蓝天号船员的鬼魂就在那里。是采矿船做了什么激怒了外星人吗？又或是外星人将游荡者当做是无关紧要的虫子，只需要拍死然后扔到一边就可以了？

到目前为止，游荡者在五颗不同的星球损失了五艘采矿船，而且所有船员都死了。这些攻击都是不宣而战，非常残暴，而且攻击者到目前为止都没有受到惩罚。

很多感到不安的游荡者部族将自己的采矿船从其他气体巨星上撤了出来，他们让采矿船脱离大气层，封存在行星轨道上。目前艾克提的产量和蓝天号事件发生之前的产量相比，已经大大降低。汉莎联盟现在还没有感到压力，但是杰斯知道，温塞拉斯主席和弗雷德里克国王已经预料到了飞船燃料短缺的问题。必须尽快解决这场危机。

杰斯打开飞船上的通信系统。其他飞船上的志愿者都能听到杰斯的声音："我的哥哥死在了格尔根星上。你们部族也有很多同胞死在了这里。导航星在上，现在是时候让我们做点什么了。"

杰斯并没有提前准备自己的讲话，他深吸了一口气，继续说道："游荡者并非崇尚暴力。我们不需要强大的军队或者大规模杀伤性武器。但我们也不是好惹的。我们要发动反击，为我们死去的同胞报仇。我们不能推卸这份责任，而且我也不会这么做。"

通信频道里传来了船员们宣誓和欢呼的低吼声，他们用这些决心克服心中的恐惧。

杰斯说："幸运的是，这个宇宙为我们提供了特殊的武器，而我们要好好利用它。"

整个星系周围遍布各种彗星残骸，这些巨大的冰球随时可以变成炸弹。在普卢马斯星上，他已经开始研究柯伊伯彗星带的具体情况，分析彗星的轨道并预测轨道扰动带来的影响。他找到了一千多个合适的"候选者"，其中任何一个都可以对格尔根星造成巨大的破坏。

杰斯在天体力学和轨道机动方面很有天赋。他对于导航非常拿手，而且对于风行于游荡者之间的"群星戏"也是得心应手。这个游戏要求参与者从不同角度观察一个星座，然后在银河系旋臂星图上反向标出观察者的位置。他小时候经常和塔西亚一起打量着星图，然后想象着自己从没去过的地方，还有那些奇异的世界和无法通过显示屏欣赏的壮观星际奇景。

现在，杰斯咬牙打量着格尔根星系的星图，这次可不是为了玩游戏。沉重而不可阻挡的自然天体运行轨道要花几个世纪才能形成，而杰斯已经排除了大多数选项，只挑选那些以高抛轨道坠入格尔根星的彗星，这些巨大的天然炮弹撞击时足以产生相当于一千发核弹头释放的动能。目前有十八颗彗星符合这种要求。

杰斯的手下有常规的采水工人、水泵系统专家和冰矿工程师，这些人操纵的自动反应堆推进器可以让彗星反向运动。当反冲持续几周之后，小行星将逐渐脱离当前轨道，进入碰击轨道，向着格尔根星飞过去。

"你们都知道自己的目标。咱们要把这些大冰球向着格尔根星扔过去。"杰斯低吼着说，"这些外星人还不知道自己惹下了怎样的麻烦！"

游荡者们热烈回应了杰斯的命令，然后驾驶着各自的飞船纷纷散开，向着符合要求的"太空冰山"们飞去。这些工人知道基本容错率和精度要求，毕竟他们都为那个苛刻的布拉姆·塔博林卖过命。如果一名游荡者工作不认真或者偷工减料的话，那么只有死路一条，而且还可能会拉上不少无辜的同伴为自己陪葬。

杰斯反复检查了自己的货物，然后向着自己的目标前进，一颗已经向着内星系运动的大型彗星。他从彗星带边缘驶向黄道面。

杰斯在驾驶舱内穿了一件保暖的工作服，这是一件挂满各种口袋、挂钩和工具腰带的连体工作服。他还披着一件绣肩斗篷，这件斗篷是杰斯的母亲在死于普卢马斯星洞穴事故之前做好的。在这件斗篷上，杰斯、罗斯和塔西亚的名字被绣在游荡者部族之链上。一想到自己曾经团结紧密的部族逐渐分崩离析，他的部族人口逐渐缩减，杰斯的心就无比沉重。但是，情况马上就会发生改变了。

各个小组纷纷到达彗星上的着陆点，用锚定钳固定船身，然后下船开始安装设备。这些工作队全天都在向杰斯传送数据，告诉他最新情况。各个小队悄悄完成自己的任务，用看似温和的动作将好几颗彗星向着气体巨星发射出去，就好像霰弹枪打出的弹丸。现在，唯一需要的是时间和天体力学发挥作用。这场彗星轰炸将持续好几年，一颗又一颗的彗星将不断击中这颗气体巨星。

克莱布叔叔在通信频道里说："这下有它们好受的了。"

但是杰斯的心中正燃烧着复仇之火，他想到了一个立竿见影的报复性打击。这一切都是为了罗斯。

杰斯开着飞船靠近一颗向着星系恒星飞去的彗星。这座"冰山"

现在的位置，由于刚好受到了格尔根星重力的影响，正在不断向着格尔根星偏移。在星系恒星的照射下，彗星表面腾起一股淡淡的彗发，这些彗发最终会成为彗尾。

杰斯绘制了彗星表面地形图，用来分析彗星物质构成。他用扫描仪分析研究了彗星内部不均匀的结构，然后调整了计算结果。如果一切计算正确，那么彗星将在一个月内达到目的地。

杰斯选择降落在一处冰块构成的空地上，凸起的冰块在飞船的重压之下变成了粉末。他的飞船油箱和货舱里装满了艾克提燃料，完全可以提供强大的推力。发动机在寂静的真空中怒吼着，杰斯感受着飞船的震动，不禁露出了笑容。一艘游荡者飞船全速助推两个星期，足够将这颗彗星变成一枚攻城锤，直接撞向格尔根星。

普卢马斯星的工人可以在一天之内接走他。飞船的引擎还在轰鸣，推动着这块巨大的"冰山"。杰斯有很多时间可以思考，他不后悔，也没有任何保留。杰斯现在不能后退。他必须复仇。

他不在乎地球防卫军或者地球佬怎么想。毫无疑问的是，一些游荡者也不会赞同杰斯的行动，但是大多数人都会对这次行动表示赞同。他不知道西斯卡对自己的行动会怎么看。她是会对自己感到失望还是表示支持呢？但不管怎样，他都会坚持自己的立场，深知自己的义务所在。外交手段似乎并不奏效，毕竟敌人没有提供任何沟通手段。

杰斯透过驾驶舱的窗户，打量着下方的气体巨星，二者之间的距离正在逐渐缩短，明亮的气体巨星仿佛是一个巨大的标靶。

杰斯脱下绣着罗斯、塔西亚和自己名字的披风，准备穿上太空服，等待同伴的接应。他把披风轻轻地放在船长座椅上，然后走向更衣室，准备撤离。

他没有回头看，也没有后悔自己的决定。

#

杰斯的飞船固定在彗星上，重型引擎正在咆哮，为彗星提供一个可以与格尔根星重力相抗衡的反作用力。杰斯自己爬上了克莱布的飞船，他们将和其他飞船会合，一起脱离这个星系。

杰斯的扫描结果显示，十八颗彗星已经开始降低高度。他确认所有的彗星都已经进入正确轨道，然后坐回椅子上，下达了撤离命令。

命运的骰子已经扔了出去。

90

布兰森·罗伯茨

有些任务就是这样讨厌。布兰森·罗伯茨讨厌独自一人在一个偏远的星系驾驶飞船，更别提这里还藏着些可怕的外星人。但是他已经接到了命令。更糟的是，他别无选择。因为兰扬将军完全有能力让布兰森乖乖听话。

最起码地球防卫军把布兰森自己的飞船盲目信仰号还了回来，而且能再次驾驶这个老伙计也不是一件坏事。熟悉的驾驶舱让布兰森感觉像回到了家中，但是地球防卫军在飞船上装上了各种改进过的系统，其中不乏大功率引擎和重型装甲。这看起来就是在侮辱这艘飞船。

但是，当他进入达萨拉星系寻找外星人的时候，罗伯茨还是很庆幸是自己驾驶着这艘飞船。他和盲目信仰号经历了风风雨雨。

一个月前，外星人从达萨拉星的云层中出现，摧毁了游荡者的采矿船。这已经是外星人发动的第五次攻击了。达萨拉星的攻击和其他几次没有区别：巨大的水晶球体毫无预兆地发动无情的攻击，完全不接受投降。虽然游荡者不断哀求，但是外星人还是摧毁了采矿船，没有留下任何残骸或者幸存者。

所以，这些地核深处的外星人肯定生活在这个星系之内，而布兰森·罗伯茨接到的命令，就是找到这些外星人。到底有多少个气体星球里住着这种外星人？所有的气体星球都是危险区吗？

他想到了琳达·科特，想到了她迷人的身体和豪爽的性格。琳达总说他是自己最喜欢的前夫，而他也说琳达是自己最喜欢的前妻。唯一的不同是，布兰森只结过一次婚。罗伯茨是一位很一般的丈夫，但他是一位非常优秀的驾驶员，所以琳达在自己的商船船队里给罗伯茨留了一个位置。罗伯茨用盲目信仰号赚了不少钱，足够让自己舒舒服服地假装过着花花公子的生活，所以琳达也不会因为他一个人孤独地生活而同情他。

但随着外星人的入侵，商船船队悠闲的生活结束了。琳达因为兰德·苏伦加德的海盗而损失了一艘船，现在另外四艘又被地球防卫军征用。为了保住自己的飞行员执照和飞船，布兰森·罗伯茨只能给兰扬将军打杂。

兰扬将军特地将罗伯茨带到了地球防卫军的火星总部。在一间大门紧闭的办公室里，通过这里的天窗可以看到外面橄榄绿色的天空，兰扬将军开出了自己的价码。当罗伯茨走进办公室的时候，疲惫的兰扬将军坐在办公桌前，桌子上堆满了各种报告，若干个屏幕上面显示着部队演习和战斗训练情况。

经过短暂的谈话之后，罗伯茨发现兰扬将军早就调出了自己的档案，研究过了自己的职业生涯和履历，还知道了很多罗伯茨不想让别人知道的小秘密。

可以肯定的是，这将是一份罗伯茨无法拒绝的任务。

"罗伯茨船长，你的资料显示你是一位很大胆的飞行员。在我的手下拿你当诱饵去诱捕兰德·苏伦加德的时候，我就注意到了你高超的驾驶技术。而且你还跑过高风险航线，运送过黑市货物，执行过高风险导航任务。"

罗伯茨感到脖子上冷汗直冒："将军，长官，我向你保证，我绝对没有参与违法勾当。你可以看看我的犯罪记录——"

兰扬挥手示意让罗伯茨坐下："船长，咱们没必要说这些事情。这都是题外话，我也没时间处理这些事情。"

罗伯茨赶忙坐下，双手放在腿上，静静等待着。

"船长，让我好好给你解释一下。我希望好好利用一下你高超的飞行技巧。直接雇佣你这种经验丰富的人，总好过找一些空有热情但毫无技巧的傻瓜。我知道弗雷德里克国王最近颁布的命令要求你上交飞船专供军用，所以你现在的生计没有着落。我说的没错吧？"

兰扬将军早就知道了这一切，两个人对此心知肚明。"我知道汉莎联盟现在的需求。就像国王说的那样，我们都得做出一些不愉快的牺牲。"罗伯茨颓废地笑了笑，耸了耸肩。"汉莎联盟给的补偿足够我过上一两个月了。"

兰扬认真打量着罗伯茨，然后笑着说："不过，我打赌你会非常无聊。"

#

虽然盲目信仰号最初设计规划是一艘商船和货船，但它还是有着光滑的线条和高出力的引擎。地球防卫军为了强化这艘船的机动性和续航能力，对它做了一些改装。罗伯茨不确定这些改装是否能够保护盲目信仰号免受外星人的攻击，但是这些改装让他感到更有信心了。

到目前为止，他已经去过了维勒星和埃尔法诺星，这些星球都是已知的外星人出现区域。他驾驶着飞船，犹如一架俯冲轰炸机，高速冲入星系内部，然后向气体行星的云层投掷机器探针和信号浮标。这些设备沉入云层，将信息传回盲目信仰号。浮标同时也向外星人发出信息，有时候是要求外星人停止敌对行为，有时候是要求进行谈判。

但是，这些信息都被外星人所忽视，所有探针都被摧毁了。

此时，布兰森·罗伯茨马不停蹄地飞向达萨拉星，从星球北极方向接近。这颗绿色的气体巨星周围有一圈圈又细又诡异的圆环，就好像一堆环绕在赤道上闪闪发光的旧唱片。

为了保证飞行速度，罗伯茨没有选择从环带中飞过。他选择在星球和环带中间的区域飞行，从星球的北极向南极飞行。按照兰扬将军的命令，布兰森要尽可能在这里多待一会儿，收集探针传回的数据。但是，他不必在此浪费太多时间，免得情况有变。

罗伯茨在形成风暴的云层上空飞翔，从盲目信仰号的货舱里扔出一批机器探针、自封式传送器和传感器。在下降的过程中，这些信号浮标会在不同频率范围内播放预先录制的通告。而探针则会降到特定的风暴层，在下降的过程中将情报传送回盲目信仰号。

罗伯茨收集了所有的信号，用飞船上的设备记录了所有数据。他要把这次侦查到的所有情报送回地球防卫军总部，亲手将情报送给兰扬将军和他手下的分析人员。没准罗伯茨还会要求加薪。

他监听着各种信号，飞船在平静的云层上空游弋，穿过达萨拉星的赤道，进入这颗气体巨星的南半球。情况和之前一模一样，所有的探针在到达一定深度之后，传回的信号先是变成静电杂音，然后彻底消失。所有设备在到达设计承受极限之前，就已经被摧毁了。

很明显，这是外星人干的好事。

气体巨星在银河系旋臂中非常常见，很多探针探索船都在研究这些天体。如果被毁的探针可以当做一个明确的信号，那么这些外星人的覆盖范围就太大了。地球防卫军和全体人类，刚刚开始了解外星人的数量和外星帝国的领土面积。这些外星人看起来在整个银河系无处不在。

当最后一个探针的传输信号突然中断之后，布兰森·罗伯茨准备快速撤离。和之前两个星球不同的是，他看到闪电开始在云层内部闪动。这些闪电似乎在追踪盲目信仰号。

罗伯茨扫描着云层和明亮的闪光，心里感到非常不妙。眼前的一切就像是一片雷电风暴，正聚集在一起然后向上穿透上层大气。此时电闪雷鸣，狂风呼啸，仿佛一个庞然大物正撕破云层冲出来。

随着光芒越发刺眼，罗伯茨感到越发不祥，他俯身操控飞船控制系统，解除所有安全协议，启动军方安装的各种动力增强系统，"是时候从这儿离开了。"

他启动星际驱动的涡轮增压器，然后冲出达萨拉星的环带，以最高速度离开了这个星系。

91

克里元帅

随着人类和神秘的四处劫掠的外星人之间的局势越发紧张，克里元帅在昆哈主星附近保留了一个舰队。皇帝命令克里元帅在古老的雷迪拉矿业城市附近保留一支象征性的舰队，因此，克里命令最近降职的阿隆哈将军指挥四十九艘战舰驻扎在此。这些战舰的存在可以有效缓解仍在开采艾克提的工人们的恐惧。

赞恩将军和劳瑞将军将指挥剩余的舰队返回母港，准备应对任何紧急情况。

昆哈主星是距离米基斯特拉最近的气体巨星，即便在米基斯特拉永恒的白昼，你也可以用望远镜看到它。很久以前，雷迪拉人在这颗气体巨星上建立了第一个气体采集基地。这些采集装置和反应堆已经连续工作了十几个世纪，生产了大量氢元素的同素异形体，但是最近这些年的产量已经大大减少。

人类游荡者接手了大部分艾克提处理工作，将这种星际驱动系统的燃料卖给雷迪拉帝国和地球汉莎联盟。但是，皇帝萨鲁克和在他之前的统治者出于象征意义，为了证明雷迪拉人可以在需要的时候自己生产艾克提，选择让昆哈主星的采矿设施一直处于雷迪拉人自己的控制之下。

现在，皇帝担心老旧的昆哈采矿基地可能会受到威胁。这次的任务将是实战任务，目的是要展示太阳舰队的存在和强大的力量。这种任务只需要按照流程完成，不需要任何创新思维，阿隆哈将军正好适合这种任务。也许他可以明白，虽然自己已经蒙羞，却仍是太阳舰队的重要组成部分。

由于心惊胆战的游荡者开始削减艾克提产量和出口量，皇帝命令昆哈采矿基地全面复产。帝国需要稳定的燃料供应。雷迪拉帝国直到现在才明白，自己的经济是多么的脆弱，他们极度依赖游荡者提供必要的资源。

很久以前，雷迪拉人允许这些人类部族接管老旧的艾克提采集设施，游荡者使用长期贷款建造了额外的采矿设施。皇帝近来感觉到了经济的波动，因此警告游荡者不要拖欠贷款。但令人感到惊讶的是，这些游荡在太空中的人类利用自己丰厚的秘密现金储备，按时支付分期付款。没人知道游荡者是如何积攒这些财富的，也不知道他们是如何做到按期付款的。

雷迪拉帝国现在的燃料供应量降低了百分之三十，皇帝对此也无能为力。克里元帅通过心神网，可以感觉到皇帝的不安。老旧的昆哈采矿基地完全不可能填补燃料的空缺，但是工人们却一直在做出象征性的努力。

四十九艘战舰在阿隆哈将军的带领下，排成一个楔形队形，开始在昆哈星系巡逻。这些战舰可以向雷迪拉工人展示太阳舰队的力量，也可以威慑潜在的敌人。舰队从环绕气体巨星的高轨道上，释放出各种切割机和侦察船，预防可能存在的敌人。

克里元帅乘坐一艘小艇，降落在悬浮于云层里的矿业城市中。作为最高指挥官，他必须让其他人能够看见他，他得用高大勇猛的形象安抚这些采集艾克提的工人。

这座位于昆哈星系的移民地历史悠久，在《七恒星史诗》中占有独特的地位，在书中多次被提到。这座矿业城市漂浮在气体巨星厚重的烟雾和云层之上，体积非常庞大。各种建筑、蒸馏装置和反应堆室向着各个方向扩张。按照现在的标准，这里的系统已经过时，效率也很低，但是氢元素同素异形体的生产工作还在继续。

这座艾克提采矿基地的居民数量已经达到了支派移民地的标准。虽然在这里工作的雷迪拉人远离自己的星球，但依然可以聚在一起，不会感到孤独。由于这里距离雷迪拉帝国很近，只要轮班工人能接替自己的工作，驻扎在昆哈的工人经常可以获得休假。

但是，在克里看过昆哈星矿业城市和需要维持心神网正常工作的最低工人数量之后，他明白正是因为游荡者能够以更少的人员维持采矿船的运转，才无可置疑地拥有更高的效率。

在克里元帅走出小艇之后，另外五艘切割机也降了下来。采集艾克提的工人和他们的家人用盛大的欢迎仪式，来欢迎军队的到来。克里可以看出隐藏在云层中的外星人让这些工人非常紧张，在几个世纪的工作中，他们还没发现过任何可能存在的威胁。虽然他们不知道未来会怎样，但是太阳舰队的出现让这些工人更有信心了。

#

舰队靠港还不到一天的时间，就遭到了攻击。

毫无预兆，矿业城市下方的云层中忽然亮起了刺眼的光芒。克里警觉的巡逻队立即发现了异常，并开始呼叫增员。克里元帅已经研究过地球防卫军从昂西尔星和维勒星收集到被摧毁的采矿船的图像，已经知道了这种攻击开始时会是什么样子。他手下的士兵训练有素，能够对突发情况快速做出反应。

即便如此，他们的准备也并不充分。

克里呼叫了一队运输船，开始疏散矿业城市中的工人。此时整个采矿基地警报大作，雷迪拉工人涌向紧急集结点，排起长队准备撤离。

克里元帅留下一个小队负责撤离，然后登上了第一艘离开昆哈矿业城市的飞船。他说道："我得去和舰队汇合。"他担心阿隆哈将军无法应对这次危机。他必须自己接管舰队指挥。

当他的小艇脱离大气层，进入深蓝色太空之后，他向下打量，看到恐怖的外星球形战舰从昆哈主星深处飞了出来。在飞船表面的凸起上，电弧在不断地跳跃。船员们在甲板上呼喊，小艇的驾驶员启动了紧急推进装置。克里一言不发地看着这些外星飞船，然后启动了通信系统。

年迈的阿隆哈将军已经开始向这些外星人发送通告："立即离

开我们的设施，不然我们就会开火。"

克里元帅知道这种警告完全没用。外星人早已经拒绝沟通了。但这次，这些外星人面对的可不是一个毫无还手之力的游荡者采矿船。它们面对的是武装到牙齿的雷迪拉太阳舰队。

克里对驾驶员说："送我回旗舰。我必须指挥战斗。"驾驶员开始加速，飞行轨迹也越发不规则，他们距离巨大的旗舰越来越近。

随着阿隆哈将军继续播放警告，这些球形战舰脱离云层，冒着蓝色闪电的武器已经准备好了蓄力一击。克里打开频道呼叫旗舰："阿隆哈将军，别浪费时间了。这些外星人已经不止一次证明自己的侵略性了。"他深吸一口气，准备带领太阳舰队投入战斗："开火！"

就在其他小型飞船向矿业城市靠拢，试图尽可能多疏散一些人员的时候，第二艘球形战舰冲破云层冒了出来，向着采矿基地升起。克里元帅发现，在云层深处还有第三艘战舰正在闪闪发光。到底有多少艘这种鬼东西？

"遵命，元帅大人。"阿隆哈将军说完，就带领位于前排的战舰进入了战场。这些战舰齐射了一次动能导弹，但是爆炸只在球形战舰表面留下一片斑点。将军开始用装备在侧面的高能切割光束发动攻击，橙色的光束在球形战舰表面留下一片烧焦的痕迹。一艘雷迪拉战舰开始向前靠近，发动近距离攻击。

作为回应，两艘外星球形战舰从表面的尖刺上发射蓝色的闪电。这些外星战舰用纯粹的锯齿状能量冲击波发动攻击，让距离它们最近的一艘雷迪拉战舰蒸发了。其他战舰也被震得晃了起来。

雷迪拉舰队全体成员都感到了一种恶心的沮丧。克里元帅不敢相信自己看到的一切，敌人如此轻松就消灭了雷迪拉舰队中最强大的战舰！阿隆哈咆哮着命令舰队剩余战舰重新集结。

满载着工人的小艇开始从昆哈主星矿业城市撤离，其他运输船刚刚着陆。还没有撤离的工人已经慌作一团。克里通过通信频道，可以听到他们呼救的声音，但是撤离行动已经不可能再快了。舰队所有战舰的停机坪都已经超负荷运作了。

小型私人飞船开始撤离，私人游艇和负责定期补给的飞船，纷纷开始向雷迪拉帝国主星系撤退。但是这些飞船并不足以将矿业城市上的所有人都撤走，这里的人口密度已经达到了支派移民地的水平。

第三艘球形战舰终于脱离了云层，三艘巨大的球形战舰漂浮在风暴大作的昆哈主星之上，这些战舰浑身上下都冒着沸腾的闪电。球形战舰开始向矿业城市开火，第一次攻击击中了一个反应堆室，将一个人口稠密的居住区直接蒸发，上百人死于非命。火焰迅速蔓延。

元帅感到心中一阵刺痛，这是死去的人和心神网断开连接造成的影响。他大喊道："快点送我去旗舰！"

"元帅，马上就到了。"

阿隆哈将军集合了五艘战舰，开始向着距离最近的一艘外星飞船前进。各个战舰的舰长用各种武器开火，从高能光束、动能武器再到强大的裂星炮。

而外星人再次放出蓝色闪电，击中六艘装满工人但没有装备任何武器的小艇，这些小型飞船瞬间变成燃烧的残骸。然后，外星人炸掉了艾克提处理中心的一角。这座巨大的空中工业城市受损严重，开始摇摇晃晃。

当克里的小艇终于到达旗舰之后，他冲向指挥中心。在他自己の戦艦上、阿隆哈将軍...

的战舰上，阿隆哈将军一边指挥推进一边开火，但是对这些外星战舰没有造成任何损伤。

小艇的驾驶员们发现外星人开始攻击疏散人员的小艇，纷纷请求返航，但是克里严厉地驳回了他们的请求："我不会下令停止救援行动。"

二十艘装满雷迪拉工人的小艇停在战舰内部，将工人们卸在等待区。到目前为止，已经撤出了几百名工人，但这只是整个矿业城市人口的三分之一。这座漂浮在昆哈主星上空的工厂已经陷入一片火海，居住区残破不堪，工业设施、冷凝塔和蒸馏塔扭曲变形，冒出滚滚浓烟。

克里要求各分舰指挥官回报情况。又有五艘运输船从艾克提处理厂上起飞，还有五十多艘小型私人飞船飞到昆哈主星大气层之上，请求战舰的接应。

外星战舰无视雷迪拉人的火力，继续向浓烟滚滚的工厂前进。三艘球形战舰合力一击，摧毁了整个天空城市，将其炸成碎片云，大小不一的残骸冒着浓烟向格尔根星掉下去，仿佛一颗颗彗星坠入格尔根星的银河风暴之中。

工厂里的人都死了。

克里开始呼叫舰队中还没有被击沉的战舰："把所有的平民都集合起来。各小艇，立即返回自己的战舰。"克里此时感到如鲠在喉。他从没经历过这种羞耻的失败，在雷迪拉帝国光荣的历史上从没有过这种惨烈的失败！这场惨败将被记录在《七恒星史诗》中，所有后来者都能看到它。克里说："我们该撤退了。我们必须撤退到安全的地方去。"

阿隆哈将军在通信频道里大喊："但是，元帅大人！太阳舰队从不撤退。这种耻辱——"

"该死！我们已经从工厂里救了很多人，而且我们把他们带上了战舰。我不会让他们因为我们的争强好胜或者是虚荣心而死。现在我们的第一要务是，将平民带回雷迪拉，向皇帝提交报告。"

阿隆哈将军默默命令剩下六艘战舰和总组织汇合。但是这位年迈的将军，继续命令自己的战舰前进。

克里元帅坐在自己的指挥中心里，根据传感器的读数，发现保守的老将军开始让自己的反应堆超载。这艘战舰冲向了三艘外星球形战舰，而后者还悬浮在浓烟滚滚的矿业城市之上。

克里立即问道："阿隆哈将军，你想干什么？"

"元帅大人，就像你之前在演习中说的那样，我在创造非常规战术。也许这种战术，在眼下这种危局之下会变成标准战术。"

老将军说完就切断了通信。他已经下定了决心，决定了下一步计划。克里只能眼睁睁地看着老将军战舰尾部闪烁着的红光。反应堆在几秒之内就会达到超临界状态。

阿隆哈的战舰上还有不少雷迪拉工人、士兵和工程师，随着战舰一步步走向毁灭，克里可以感觉到他们的恐惧、决心和对战舰走向毁灭的残酷接受。克里站在指挥室内，知道自己应当对老将军的这一举动负责。他让这位老将军蒙羞，抹去了老将军存在的意义，将他推向了绝境。

但愿老将军的战术可以奏效……

阿隆哈将军驾驶着战舰冲向第一个球形战舰。随着他逐渐拉近距离，战舰发射了剩余所有的动能弹药和裂星炮弹药，能量武器也一直保持开火。克里元帅已经可以看到造成的损伤。另外两艘球形战舰开始爬升，蓝色的闪电越来越亮。

还没等球形战舰发射闪电，阿隆哈将军的战舰就撞了上去。与此同时，战舰反应堆也达到了临界点，这次撞击最终引发了一次大爆炸，爆炸在昆哈主星的云层上空短暂形成了一个全新的耀眼恒星。

克里感觉自己的心里被人戳了一刀。在外星人造成的所有伤亡中，只有这艘战舰上的烈士们真正掌握了自己的命运。阿隆哈将军为战舰上的所有人选择了最终结局，如果克里元帅能对他们的行为进行任何的评价，那就是这些烈士将被《七恒星史诗》永远铭记。

当旗舰上的传感器屏幕重新调整，抵消了反应堆爆炸造成的强烈闪光之后，克里元帅可以看到外星人的第一艘球形战舰变成了一块黑色的残骸，在气体巨星的重力牵引之下，开始逐步下沉。外星人的战舰受到了重创。

另外两艘外星飞船摇摇晃晃，似乎被爆炸震得头晕目眩。爆炸的冲击波似乎也让其他两艘球形飞船破裂受损，白色的高压气体从裂缝中冒了出来。但是，这两艘船看起来正在快速恢复。

克里心里非常清楚，如果不快速撤退，那么舰队剩下的战舰和救出来的工人都将难逃一死。

他必须为所有人着想。克里打开通信频道，命令剩余的太阳舰队战舰全速撤退。

克里现在处于极度震惊的状态。他眼看着自己的舰队吃了一次大败仗，这在雷迪拉帝国光辉的历史上堪称首次。但是，除了耻辱的失败和大批的伤亡之外，克里元帅还感受到了一种深深的绝望。他知道这可能只是个开始。

现在，这些外星人终于也开始对雷迪拉帝国宣战了。

92

雷迪拉皇帝

皇帝坐在棱镜之殿天球下的座椅下，享受着透过曲面墙壁照进来的光芒。在他的头顶上，小鸟和五颜六色的昆虫正在天球里嬉戏，一道隐形的力场将它们困在了里面。喷出的雾气在空中聚成一团，巨大的王座向上放出一道明亮的光束，皇帝的头像刚好就投射在这团雾气上。他犹如一个神祇，俯视着前来参拜自己的朝圣者和请愿者。

一切都按计划进行。

皇帝通过心神网，可以感知到帝国境内发生的各类重大事件。当分散的意识通过皇帝的儿子们，也就是各个移民地的继承人作为通道，传输给皇帝的时候，则会更加明显。同时，皇帝还可以感知到帝国中一些重要人员的意识，比如自己麾下的指挥官、研究人员、建筑师，即使是一些雷迪拉恋人偶尔如胶似漆的时候，皇帝也可以在无数喧嚣的雷迪拉灵魂之中发现他们的光芒。作为雷迪拉帝国的皇帝，他可以在执行公务的时候，用这些情感自娱自乐。

只有他自己知道什么事情最重要，知道那些令人不悦但是必须完成的事情。在皇帝看来，其他人不必知道这些事情。不论皇帝干什么，雷迪拉人都会支持他。皇帝是帝国的中心，是所有生命的起点。

就在皇帝沉思的时候，五名长着鳞片的雷迪拉人低头哈腰地走了过来。他们长着棱角分明的脸，有着长长的鼻子，走路时的动作不禁让人想到了某种爬行动物。这些长着鳞片的雷迪拉人来自一个居住在赤道地区的氏族，他们负责维护星球上的光伏发电机。这个氏族在常年起风的峡谷中，建造了风力发电机。还有些人在矿井和采石场中工作，从峭壁中挖掘各种奇珍异宝。

皇帝微微欠身，对这个代表团表示欢迎。代表团的领导穿着一件涂油的皮革短上衣，毕恭毕敬地向前走来。代表一边低着头一边呼哧呼哧地喘着气，迎客厅潮湿的空气让他感到很难受。

他用沙哑的声音说："我伟大的皇帝啊，我们为您带来了一件礼物，它是我们在峭壁采石场中最伟大的发现。为了向您的智慧和您对帝国的繁荣而做出的努力致敬，我们决定将它献给您。"

几名强壮的工人打开迎客大厅另一端的大门，肥胖的皇帝饶有兴趣地坐了起来。几名工人齐心协力搬运着一块巨大的石头。虽然这些工人非常健壮，但是这块巨大的石头也让他们花费了不少力气。

皇帝兴致勃勃，好奇这些长着鳞片的矿工是否在沙漠中找到了一颗埋藏已久的陨石。当工人们将巨石转了个圈，皇帝才发现巨石的表面已经被磨掉，露出了里面美丽的晶体，其中不乏光彩夺目的紫水晶和水色纹路的蓝宝石。

"陛下，这是我们找到的最大的晶洞。"这位长满鳞片的代表说道，"它比士兵氏族的人还要高，是一件无上的珍宝。只有它才能配得上您的无限荣光。"

这块晶洞石让在场的所有贵族、官员和侍从们都大吃一惊，大家窃窃私语，议论纷纷。就连皇帝都笑着说："我从来没想过大自然中还能有此等奇观。"

皇帝举起一只手，他的脸上露出满意而不乏谦逊的表情。现在是时候展现自己的宽宏大量和家长般的仁爱了。皇帝说道："我和你们一样，与其他雷迪拉人也没有太大区别，不过是做好自己的工作而已。皇帝和任何氏族中最卑微的仆人一样都可以为帝国的繁荣做出贡献。"他对着长满鳞片的代表点了点头说："感谢你们送来的礼物，但是对我而言，你们的忠诚，才是真正的宝藏。"

代表团所有的代表都跪伏在地板上，皇帝的话让他们受宠若惊。"但是，我也配不上这件绝世珍宝。"皇帝继续说道，"我现在命令你们，将这件绝世珍宝送回赤道区，向你们的族人展示这件珍宝，以此展示你们氏族的力量。让它在七恒星的光芒下闪闪发光，让我们所有人都铭记你们对雷迪拉帝国做出的贡献。"

几位代表一边叩着头，一边退出了迎客大厅。皇帝知道自己做出了正确的决定，他可以感觉到代表心中的温暖和近乎狂热的崇拜。他们的忠诚得到了进一步加强，皇帝对他们的控制也得到了强化。

然而，还没等皇帝说出下一句话，一股痛苦和绝望的感觉突然向他袭来。皇帝在自己的座椅中抽搐。电流通过心神网，直接流向皇帝。皇帝因为疼痛而哀嚎，在自己的位置上前后晃动，他柔软的身体不停抖动。

皇帝的保镖们冲了出来，他们抽出水晶武士刀，随时准备消灭敌人。巴农盯着眼前的氏族代表团，就好像是他们毒害了皇帝。这些代表团成员被眼前的一切吓得哭了起来。

皇帝又扭动了起来。原本还在聊天的身材矮小的出席者们纷纷尖叫着逃跑。由于心神网的原因，距离皇帝比较近的宾客也能感觉到皇帝的痛苦。皇帝的意识已经和帝国中其他人的灵魂交织在一起，如一只飞蛾一般，被昆哈主星的烈焰所吸引。

皇帝依靠心神网的连接，感知到了恐惧、痛苦，感知到了毫无根据令人震惊的破坏、移民地毁灭的痛苦。他能感觉到气基族摧毁艾克提提炼厂，以及阿隆哈将军驾驶着满员的战舰，对外星人的球形战舰发动的自杀性攻击。皇帝感受到了士兵和船员的死亡，感受到了那些没有撤出矿业城市、与整个城市一起走向毁灭的工人的痛苦。

他感受到了雷迪拉太阳舰队的惨败。

当皇帝恢复意识的时候，王座大厅中弥漫着可怕的寂静和令人沉默的恐惧，皇帝一句话也说不出来。气基族的所作所为让皇帝大吃一惊。他很想大声咆哮，宣泄自己的痛苦、愤怒和无助。

皇帝已经发现了各种迹象，知道气基族对帝国的威胁越来越明显，但是他将这种奇怪的外星人看做一个机会。只要处理得当，气基族的入侵可以重启帝国的黄金纪元。但是，多布罗星的实验还没有完成，皇帝不知道自己是否还能看到这些计划成功的那一天。

啊，这种深入灵魂的痛苦！

气基族对昆哈主星的攻击，对皇帝造成了巨大的影响。他现在担心，这场战争不仅会毁灭狂妄自大的汉莎联盟……就连雷迪拉帝国也不能幸免。

93

雷蒙德·阿古拉

OX 给雷蒙德灌输了很多知识，以至于这位年轻人觉得自己的脑袋快要炸了。而且这种情况完全没有结束的迹象。有那么多知识需要学习、吸收和记忆。如果说有任何变化的话，那就是他的训练节奏明显加快了。

在经过无数堂课和考试之后，低语者之殿的各种奇观也变得索然无味，而雷蒙德也越发烦躁不安。他已经好几个月没有呼吸到新鲜空气，也没有在街道上奔跑了。虽然低语者之殿占地面积很大，其中不乏一些叹为观止的娱乐场所，但雷蒙德依然怀念他在国王演讲那天在人群中穿梭的日子。他喜欢从商贩的摊位上偷走一点小吃，又或者是给母亲带回一束鲜花。

一想到自己的母亲，雷蒙德就感到一阵心痛。这提醒了他，因为 OX 的课程、各种玩具和游戏，以及各种美食让他几乎忘了自己的家庭。他的母亲和弟弟们在烈焰和爆炸中死于非命，而雷蒙德并不想忘记这场悲剧。也许这就是温塞拉斯主席的计划吧。

最近，雷蒙德开始闹脾气，抗拒 OX 布置的各种任务。他拒绝巴斯拉布置的任务，总是推脱说这些任务太过困难。但是，OX 和巴斯拉主席明确说明，雷蒙德的舒适生活和未来完全取决于汉莎联盟的决定。这一切真的值得吗？

巴斯拉曾经教训他说："彼得，你也是个聪明人。别这么孩子气。你的表现非常令人失望，就好像是一个小孩子在发脾气。"

雷蒙德面对面和巴斯拉主席对峙。他还记得自己的弟弟们发脾气的样子。瑞塔·阿占拉知道该如何对付他们。雷蒙德希望自己的母亲能在这里。他好像无法控制自己的行为。

"你好好想一想，如果那天我们没有插手的话，你的生活会变成什么样子。这种生活可不是免费的。"巴斯拉的声音中带着一种家长的关爱，他坐在桌子的另一边，表情非常柔和。"我们对你要求不多。也许有时候你讨厌我们命令你去干什么，但是你必须明白，在汉莎联盟内，没人能够想干什么就干什么。不论是工厂工人、艺术家，还是像我这样的汉莎联盟主席，谁都不可能随心所欲。你必须做出妥协才能获得回报。"巴斯拉坐直身子，仿佛一个结束了谈判的商人。"现在，你明白了吗？"

雷蒙德依然心里不服，依然感到困惑，但是他点了点头，因为他知道自己需要换一个办法。他得顺时而动。

这天早上，OX 很高兴地发现，雷蒙德要求独立学习，去低语者之殿的数据库中寻找资料。"我发誓绝对不会进入禁区，"他懊悔地说，"我就是对汉莎联盟的其他世界感到好奇。汉莎联盟内有那么多世界，那么多移民地。等我当了国王，说不定有一天会去造访这些世界。"

身材矮小的 OX 发出赞许的声音："就算是国王，造访汉莎联盟内的六十九个移民地世界也是需要很长时间的。"

雷蒙德努力压制着自己急切的心情说："那我起码可以看看这些世界的数据吧？"

"彼得王子，这才是好样的。你将会成为下一任国王，你完全可以参阅大多数文件。"

雷蒙德忽然感到自己肩上的责任重了很多。此时，他还不知道自己会在数据库里发现怎样的国家机密。

他花了几个小时浏览数据库，查看各个世界的地理信息。有些世界物产丰富而且风情迥异，有些世界环境非常艰苦，雷蒙德听都没有听说过，比如栅栏地、伯尼渡口和科托帕希。

雷蒙德无意间发现了伊斯兰宗教世界拉曼星的资料。他犹豫了一下，然后才想起为什么这颗星球的名字听起来那么耳熟。在很久以前，他的父亲抛弃了自己的妻子和家庭，逃到了那里。从那之后再也没有听到他的消息。

雷蒙德好奇自己的权限究竟有多大，于是调出了拉曼星人口的详细记录。在这颗星球上，他没有找到一个叫埃斯特班·阿古拉的人。拉曼星人口较少，严格遵循传统的伊斯兰教生活方式，很少有人会记得汉莎联盟内还有这么一个移民地。当雷蒙德发现几乎所有的名字都是阿拉伯语缩写的时候，他怀疑自己的父亲是不是已经改了名字。如果真是这样的话，那雷蒙德就永远不可能找到自己的父亲了。

但是，雷蒙德仔细想了想，想起了埃斯特班和瑞塔·阿古拉彻夜吵架的那晚，想起了父亲离家的日期。现在，只需要找找这段时间里飞向拉曼星的移民征召船就好了。

接下来，他获得了乘客名单和分配给埃斯特班·阿古拉的移民人员编号，雷蒙德就可以用编号，而不是人名来寻找自己的父亲。雷蒙德顺着线索发现，埃斯特班·阿古拉已经皈依伊斯兰教，还把名字改成了阿布都·默罕默德·阿曼尼。

雷蒙德为自己的聪明才智而洋洋得意，他又返回拉曼星人口记录，发现自己的父亲作为金属工人，日子过得还不错。但是，雷蒙德发现自己的父亲已经再婚，而且又有了两个孩子，他不禁皱紧了眉头。

更让人感到不安的是，雷蒙德发现自己的父亲最近去世了。他看着记录，努力回忆着自己的父亲，心中感到很奇怪且不安。雷蒙德不怎么在乎自己的父亲，但是现在自己的调查却走入了死胡同。埃斯特班死在一条后巷里，凶手很明显已经逍遥法外了。这个案子已经结案，没有人对这个案子投入太多的注意力。

雷蒙德忽然发现，父亲的死亡日期和夺走母亲和弟弟生命的公寓大火发生的时间，相隔不过几天。雷蒙德向后重重一靠，感到背后腾起一股寒意。这是巧合吗？这也许是一个巧合，但是这也太巧了。

他一动不动地待了几分钟，浑身软弱无力。当他再次开始研究数据库的时候，雷蒙德终于开始研究一个自己之前想都不敢想的问题……

他调出各种新闻简报和记录，然后调出有关这场伤亡惨重的事故的所有报告。据雷蒙德所知，一些被污染的非法飞船燃料藏在一栋公寓楼的地下室。储存罐出现了裂缝，挥发性燃料气体发生了泄露。爆炸撕裂了公寓楼的地基，使烈焰和有毒气体弥漫在整栋公寓楼里。

但是，在私人撰写的事故报告中却发现了公寓楼业主的身份有些不寻常之处。这个人和黑市交易以及被偷的燃料有直接关系。

一名在火灾中受伤的救援人员在采访中坚持说，从十六楼向上的所有门都被封死了，就算有人在最开始的爆炸中捡回一条命，也不可能逃出来。他甚至暗示逃生门都被故意封死了。奇怪的是，在其他的调查报告中，却看不到这个人的记录。根据记录显示，这名救援人员在伤愈之后，就被调到了瑞雷克星的城市紧急救援部门。

雷蒙德比对了来自不同渠道的采访和报告，发现了更多不一致的地方。当他看到自己的名字出现在死者名单的时候，感觉一点都不奇怪。巴斯拉·温塞拉斯已经告诉过他，为了避免其他人怀疑所谓彼得王子的真实身份，他们已经针对雷蒙德的失踪进行了处理。当他看到母亲和三个弟弟的名字出现在自己名字旁边，用小字号的字体和其他死难者的名字挤在一起的时候，雷蒙德艰难地吞了一下口水。

但是，当雷蒙德发现更加惊人的秘密的时候，他的心都差点停止跳动。按照时间编码来看，在大火被扑灭、尸体辨认工作完成之前，在事故调查还没开始之前，他和家人的名字就已经出现在了遇难者名单之上。他将报告的递交时间、火灾照片和新闻发出的时间进行了对比。这个问题已经非常明显了。

他们一直都知道这是怎么回事。汉莎联盟在爆炸开始前，就已经对遇难人员进行了登记。

雷蒙德此时已经被这一切吓得手脚冰凉，他立即删掉了自己的搜索记录，心里祈祷监视自己的人不会关注自己的具体活动。为了避免引起怀疑，他天真地忙了几个小时，然后才开始进行调查。

之前的一场大火曾经改变了雷蒙德的生活，而现在发现的一切则让雷蒙德的整个世界再次发生了改变。此时，他知道自己的家人是被有预谋地暗杀的，就连自己离家出走的老爹也没有幸免。这一切都是为了伪造雷蒙德的死。这是一场赌注很高的游戏。

为了让雷蒙德·阿古拉彻底消失，并让他以彼得王子的身份变成汉莎联盟的傀儡，温塞拉斯主席和地球汉莎联盟将不择手段。

一切都是精心策划的阴谋。

雷蒙德感到极其愤怒和恶心，他发誓要抵制汉莎联盟给自己安排的任何课程，拒绝被驯化。不论身边的人说什么，不论OX教什么，不论巴斯拉·温塞拉斯会不会再次摆出一副家长的做派，雷蒙德发誓要保持独立，虽然表面上还要摆出一副非常配合的样子。在他内心深处，雷蒙德拒绝扮演为他设计好的角色。

但是，他必须非常小心。

94

塔西亚·塔博林

当在封闭的驾驶舱里的累计飞行时间达到五十八小时之后，塔西亚·塔博林认为，地球佬最快的战斗机和游荡者标准的飞船相比，在效率和机动性上几乎差不多。她完全可以适应这种飞船。

地球防卫军的工程设计显得过于烦琐，但当塔西亚静下心来停止抱怨，专心学习的时候，她不再期待精简的飞行技巧，也就习惯了这种"大力出奇迹"的解决办法。她依然可以驾驶着飞船绕着其他人飞来飞去。

塔西亚用手指控制推进器，调整引擎处理，她的鲫鱼战斗机上下翻飞。她驾驶着这艘流线形的飞船，疾驰在木星和火星的特洛伊点的碎石带中。塔西亚非常兴奋，她在陨石带中玩起了捉迷藏。她在无线电里说："布里登，这太好玩了。"

布里登用座舱无线电回答："塔博林，你脑子绝对不正常。"

经过四个小时的高机动飞行，塔西亚双臂僵硬，双腿也开始抽筋。大多数地球防卫军学员此时选择退出训练，但是塔西亚选择继续飞行。训练军士都责备她是在卖弄本事，但是心里都非常钦佩塔西亚。没人会想到，这个游荡者小姑娘居然能飞得这么漂亮。

但是，他们都不知道塔西亚立下了怎样的誓言。

在整个训练过程中，罗博·布里登一直勉强跟在塔西亚身后。他模仿着塔西亚的每一个动作，追踪塔西亚飞船的尾迹，一路穿过各种危险的区域。他问道："嘿，你是打算要在这里的每一块石头上都留下自己的足迹，还是说咱们现在就回家？"

"布里登，你随时可以撤退。记得返回基地之后，给我做一顿好吃的晚饭。"

布里登说："我要是一直跟着你，咱们就得啃干粮。天呐，这还真是个好主意。"

塔博林径直飞向一团巨石，这些石头就像漂浮在太空中的黄蜂，随时会叮咬塔西亚的飞船。

"塔博林，小心！"

塔西亚启动了武器系统，然后说："没必要为了这些小东西大惊小怪。有人就是喜欢摆放路障。"

塔西亚开始用升级版的蝰蛇炮扫射，这种加装了磁性立场的高能激光可以摧毁大多数固体物质。她把挡路的石头打成粉末，然后欢呼着从中间穿了过去。她对布里登说："布里登，当心碎石会刮花你的挡风玻璃。"

塔西亚已经接受了各项训练，可以驾驶各种军用飞船，其中包括笨重的运输船、鲫鱼战斗机、中型蝠鲼巡洋舰和强大的云砧武器平台。她已经通过了各种挑战，现在只等着一场实战。

很多新兵都在抱怨训练强度太大，十几个新兵有的自己选择退出，有的被军队开除了。但是截至目前，一切还在塔西亚的控制之下。多亏了多年的训练，军队的训练和她的日常生活没有太大差别。但是，让塔西亚感到失望的是，地球防卫军的要求也不过如此了。

塔西亚发现自己已经是班里最棒的学员，她的成绩几乎无可挑剔。现在唯一对塔西亚造成阻碍的，就是她对军事条令的不耐烦。

罗博·布里登帮助塔西亚应付人际事务和各种政治琐事，而塔西亚总是和布里登玩暧昧，结果两人晚上常常因此失眠。塔西亚想过和布里登来一段浪漫的恋爱，但是她之前从未想过找一个地球防卫军军官的儿子做新郎。作为部族领袖的女儿，塔西亚总是希望像杰斯和罗斯一样，从另一个游荡者部族中找一个合适的对象，建立新的部族盟约关系。

一想到自己的哥哥们，她就咬紧了牙关。在自己还是个孩子的时候，塔西亚就把杰斯和罗斯当作英雄。他们总是保护自己，而且还不会给她太多的限制。他们让塔西亚自己努力，只在必要的时候提供帮助。而且哥哥们的帮助在很多时候也被证明是毫无必要的。

当塔西亚和罗博一起吃晚饭的时候，塔西亚总是会提起哥哥和固执的父亲。布拉姆的死让塔西亚很受刺激，她还记得自己最后一次和老爹吵架，她希望能够在一个更好的情况下和父亲告别。但是，塔西亚知道自己跟随了导航星的引导，做出了正确的决定。

由于其他新兵表现太过糟糕，塔西亚开始怀疑，自己是不是地球对抗外星人的最后希望。鉴于父亲和罗斯已经死了，塔西亚希望让自己的部族感到自豪。现在，家里只剩杰斯了……

她已经受够了这种愚蠢的训练。她再次打开通信频道，说："我玩够捉迷藏了。布里登，我的屁股都坐疼了。咱们撤吧。"

塔西亚驾驶着鲥鱼战斗机做了个殷麦曼翻转，脱离了小行星带。布里登一直跟在后面，他俩一路加速飞回地球防卫军基地，这次的训练他们肯定还是取得了最高分。

在火星基地的停机库里，塔西亚爬出自己的战斗机，僵硬的背部和双腿让她不禁发出哀嚎。她希望可以把从普卢马斯星带来的飞船上的座椅安装到她的战斗机上，又或者她能说服布里登，给自己按摩一下。估计这不需要花费太多口舌……

罗博笑着跳出自己的战斗机，走过来说："塔博林，是谁这么厉害，又教会你如何飞行，还没有把你害死？"

"布里登，我们有些人天生就会这么飞，还有些人就是一辈子都学不会。"

训练军士们走过来向他们表示祝贺。很多学员只能承认自己的失败，而其他人依旧对塔博林冷眼相向。布里登陪着塔西亚走向食堂，但塔西亚只想着先用自己的配额水去洗个澡。

罗博长叹一口气说："这些训练实在是太耗时了。"

塔西亚说："你要知道，等待咱们的不可能只有训练。兰扬将军准备把我们投入一次大型进攻行动。你可以等着瞧。这完全是时间问题。"

罗博似乎对此感到很不安："地球防卫军还在收集情报。这根本没有绝对的胜算，我们不可能对外星人发动进攻。"

塔西亚挠着自己乱蓬蓬的短发，脑袋里又想起罗斯和蓝天号采矿船，还有外星人是如何残忍地将整个采矿船摧毁的。

她说道："总之越快越好。"

95

玛格丽特 · 克里克斯

在瑞迪克星寂静的沙漠里，路易斯·克里克斯和绿灵教士阿卡斯正在玩牌，DD 也陪他们一起玩。玛格丽特坐在自己的帐篷里，听着儿子送给自己的音乐盒里放出的《绿袖子》。

在过去的几个小时里，玛格丽特一直在思考，刚刚发现的遗迹中的象形文字究竟有什么特殊含义。虽然之前发现的废墟城市有很多值得研究的地方，但是这段被封闭的区域提供了更多的机遇、谜题和线索。

最让玛格丽特感兴趣的，就是所谓的梯形石头"窗户"。她一直无法翻译空白石墙周围的符号。这些符号，和之前所发现的数学符号或者记录故事传说的标记相比，没有任何联系。

音乐盒还在安静的帐篷里歌唱。玛格丽特习惯性准备给音乐盒再次拉紧发条，但是她停了下来。她听着帐篷外的声音。路易斯在大笑，阿卡斯在摆弄着筹码，而 DD 在汇报最后比分。

玛格丽特依然睡不着，却也不想加入牌局，毕竟这愚蠢的游戏是唯一能让自己的丈夫保持理智的东西。玛格丽特喝光杯中温热的茶，站起来伸了伸懒腰。她走出帐篷，站在星夜之下。

这个星球的夜晚温暖而寂静，空气仿佛是一张透明的毯子。当玛格丽特走进阴影中，却看到了一个神秘的黑影，于是停下了脚步。夜空之中似乎被撕开了一个洞，一个奇怪的身形反射着星光。她听到了物体在活动的声音，刺耳的刮擦声，还有铰链式关节的声音……然后，一个红色的光学探头忽然亮了起来，仿佛是恶魔睁开了眼睛。

机器人说："玛格丽特·克里克斯，请不要惊慌。我在保存能量，并重新检查我的数据库。"

玛格丽特紧张地笑了一下，说："看来咱俩都在干同样的事情。你是哪一个来着？"

"我是西里克斯。"

两人再次陷入沉默，玛格丽特不确定是否要和这台虫形机器人在黑暗中单独待在一起。虽然西里克斯少言寡语，但是玛格丽特决定抓住这个机会："你知道石头'窗户'周围的那些符号是什么吗？"

"玛格丽特·克里克斯，我的所有记忆，都在我的创造者被毁灭的大灾难中被删除了。"

"是，是，你之前跟我讲过。但是，你们肯定还保留了一些技能，不然你们也无法运作或者交流。我相信你已经把我们在其他挖掘点的总结报告，都上传到了自己的数据库里，以填补记忆中的空缺。"

"玛格丽特·克里克斯，我的记忆中还是有很多重要的空缺。"

玛格丽特皱着眉头，努力不露出失望的表情，但是她怀疑西里克斯可以理解人类的表情反应。玛格丽特说："我怀疑石板上的符号就像地图坐标，代表不同的地点。石墙上的所有符号就像是……目录或者电话本。"

西里克斯说："我不明白你说的这些比喻。"但是，玛格丽特认为它一定明白。西里克斯一动不动地站在星光之下，没有提供任何信息或者建议。

玛格丽特最后问道："你是在回避问题吗？你这是一点忙都不想帮。"

"玛格丽特·克里克斯，我只是把我知道的告诉你。我和我的同伴已经就这个问题讨论了几个世纪。我们无法给你提供答案。"

"我……很抱歉，西里克斯，很抱歉打扰你了。希望你别生气。"

西里克斯说："我们不会生气。"

也许是出于安慰玛格丽特的目的，西里克斯再次向玛格丽特诉说，雷迪拉矿工如何在地平线星簇上发现被埋葬的克莱西斯机器人，这些被唤醒的机器人又如何在整个银河系旋臂内寻找同类。但是这些机器人都丢失了记忆，就连西里克斯也不例外。

"玛格丽特·克里克斯，就算现在没有可用的记忆库，我还是知道所有的克莱西斯机器人，都曾经是一个庞大文明的一部分。但是现在这个文明已经彻底消失了。我们的创造者和我们的记忆一样，都已经消失了。"

"仿佛一切都被系统性删除了。"玛格丽特说。

"也许真相就是如此。"西里克斯说。

玛格丽特心烦意乱，感觉自己并没有取得任何进展，于是向西里克斯告别，然后向着另一个亮着光的帐篷走去。虽然她喜欢一个人思考，但是玛格丽特此时想要的是丈夫的陪伴。

她走进帐篷，看到路易斯准备和阿卡斯、DD再来一局。路易斯看到玛格丽特，高兴地说："进来吧，亲爱的。和我们一起玩，我带你。"

还没等玛格丽特回话，他就往桌子上没人坐的位置上甩了一堆牌。玛格丽特坐下之后，迅速把自己和西里克斯的谈话大致内容重复了一遍，然后对DD说："DD，你之前和这些机器人聊过天。你发现过一些我们不知道的事情吗？"

"玛格丽特，我什么都没发现。我已经向它们解释过，智能助手的功能和设计与克莱西斯机器人完全不同。但是我没有发现任何有关克莱西斯人的其他信息。"

路易斯说："亲爱的，它已经试过了。"

DD 露出一副非常难过的表情说："一想到它们所有的记忆和经历全都消失了，就让人感到压抑。大家只能想象这些机器人曾经经历了怎样的奇遇。这还真是一件憾事。"

玛格丽特拿起牌仔细研究，还是没搞清楚他们到底在玩什么："DD，我们正在尽最大努力让这些秘密重见天日。"

96

巴斯拉·温塞拉斯

雷迪拉帝国的皇帝和地球汉莎联盟的巴斯拉·温塞拉斯主席，是整个银河系旋臂权力最大的两个人，但是他们俩从来没见过彼此。现在，是时候了。

巴斯拉决定这次亲自出马，于是乘坐一艘外交飞船前往雷迪拉帝国。现在不是依靠外交大使或者其他外交手段的时候，当前局势需要双方开诚布公地进行讨论，共同对付外星人。

对游荡者采矿船发动的打击对艾克提的生产造成了严重影响。大批采矿船被关停遗弃。但是这是游荡者的错吗？现在，雷迪拉人在昆哈主星的采矿提炼设施也被摧毁，巴斯拉相信帝国皇帝会同意与地球防卫军联手，一起对抗共同的敌人。

虽然弗雷德里克国王是汉莎联盟名义上的领袖，但是他无法做出关键决断或者进行高难度的谈判。巴斯拉决定这次亲自出马，不能让一个老头子搞砸这件事。他希望雷迪拉帝国的皇帝可以明白，巴斯拉作为汉莎联盟的主席，可以代表人类的利益做出任何决定。

巴斯拉在刚开始工作的时候，就听从了他父亲的忠告："巴斯拉，要从错误中学习，而且最好是别人的错误。"人类文明利用雷迪拉人的星际驱动系统，在太空中开辟新的移民地，强化汉莎联盟的经济实力，人类文明终于能够让自己的潜力得到充分发挥。

此时，飞船距离米基斯特拉越来越近，船员开始发送广播请求，希望立即与雷迪拉皇帝进行谈判。巴斯拉双手合十，深吸一口气，开始考虑各种可能性。这场谈判有太多可能性和未知因素。

在离开地球之前，巴斯拉曾经见过兰扬将军，了解改进之后的地球防卫军的准备情况，以及如何更好地利用太阳舰队的情况。兰扬将军皱着眉头，在屏幕上调出了一张监控照片。他说道："主席先生，我怀疑雷迪拉太阳舰队的实际战斗力。按照我的测算，我认为他们不一定能够胜任实战。"

巴斯拉看着画面上的巨大战舰，说："按照有关昆哈星的战斗报告，雷迪拉舰队最起码摧毁了一艘外星战舰，另外还有几个战果无法确认。"

兰扬说道："长官，那完全是他们运气好。雷迪拉人在这次自杀攻击中葬送了自己的一艘战舰。这可不是太阳舰队的常规战术。"

"将军，这是什么意思？"

"长官，雷迪拉人一直是徒有其表。他们太久没有进行实战，没有遇到真正的敌人了。他们一直处于停滞状态，甚至都没有进一步的发展。"

巴斯拉考虑过这个问题，然后说："你的意思是，我不用去米基斯特拉了？我甚至都不必考虑和雷迪拉人建立盟友关系？"

兰扬关掉显示屏，说："哦，您别误解我的意思，能得到雷迪拉人的帮助当然很好，我们可以用他们漂亮的战舰当炮灰。"他的手指继续敲打着桌子。"但是，咱们必须仔细考虑这件事。太阳舰队就是群花里胡哨的孔雀，而我们现在需要的是雄鹰。"

但是，当巴斯拉和雷迪拉皇帝面对面的时候，他肯定会把这些想法藏在心里。

巴斯拉在自己的房间内，确认自己的正装整洁一新，发型整齐，一双经过良好保养的手也洗得干干净净。他对着镜子检查自己的形象，庆幸地发现自己虽然连续好几个晚上没有得到充分的休息，但是灰色的双眼中没有任何充血的痕迹。个人形象是非常重要的东西，即便是私人会议也必须保持良好的形象。

巴斯拉眺望着米基斯特拉这座陌生的外星城市，心跳开始加速。虽然自己看过各种报告，但雷迪拉人对他而言还是充满了谜团。在离开地球前，巴斯拉收到了来自克伦纳星的报告，他手下的社会文化间谍从这个被雷迪拉人抛弃的移民地上搜集了不少情报。达文·洛兹的任务是仔细研究雷迪拉移民地废墟。但尽管他是专家，也只找到了一些无关紧要的信息，没有任何经济或者军事价值。

空荡荡的克伦纳星移民地让人类可以一窥雷迪拉人的日常生活，了解个别氏族的生活方式，研究雷迪拉建筑设计和制造，分析雷迪拉人的集体农业。但不幸的是，这位精通人类学的间谍并没有发现有关雷迪拉人任何可供汉莎联盟利用的弱点。

而现在，双方必须合作。虽然双方的实力还有差距，但是巴斯拉必须继续迈出这一步。

这是巴斯拉第一次看到棱镜之殿，整个宫殿在七颗恒星的照耀下熠熠生辉。巴斯拉终于明白，为什么雷迪拉人会笑话低语者之殿，因为后者与雷迪拉皇帝的帝国城堡相比，实在是太渺小了。

当巴斯拉和自己的代表团进入棱镜之殿后，一名身着制服的军官出来迎接他们。巴斯拉认出来者就是太阳舰队的克里元帅，他当时也参观了昂西尔星"克莱西斯火炬"实验。

巴斯拉立即说："我很高兴您能来迎接我们，克里元帅。我们有很多重要的事情，需要和你们的皇帝谈一谈，您要是也能加入我们的会谈，我会感到非常荣幸。我们在军事方面可以进行深度合作。"

克里点了点头说："我完全同意，温塞拉斯主席。很不幸的是，我最近已经和敌人交过手了。"

巴斯拉睁大了眼睛，因为之前的情报并没有提到这一点："昆哈主星遭到攻击的时候，您也在场？"

"是的，主席先生。我……活了下来。但是我们伤亡惨重。"

众人加快了脚步，巴斯拉继续说道："为了对付这些外星人，咱们必须讨论下地球防卫军和太阳舰队统一战线的事情。"

克里说："统一战线的前提是外星人继续发动攻击。"

巴斯拉深吸一口气："元帅大人，你我都知道外星人会持续进攻。"

克里带着巴斯拉米到一个房间，这个房间的墙壁完全由彩色玻璃组成，光线照在上面，就好像是燃着熊熊烈火的珠宝。来自仆人氏族的人抬着那张具备悬浮功能的座椅进入房间。巴斯拉打量着身材肥胖的皇帝，据说自从皇帝一百多年前接受割礼仪式之后，他就再也没有离开过这张如子宫一般的王座。

在经过介绍之后，巴斯拉双手合十，说："萨鲁克陛下，我对雷迪拉文化了解不多。我该如何向您问好，才比较合适呢？"

雷迪拉皇帝的脸非常肥胖，好像是一个婴儿，你无法通过它判断皇帝的情绪。这张脸看起来非常随和，同时还有几分威慑力。皇帝说："在雷迪拉人的文化中，任何请愿者都必须忍受为期好几天的净化仪式，要顺着山势爬上棱镜之殿，还要在受过祝福的溪流里沐浴。我的人民只有经历了这样的考验，才能见我。"

皇帝眯着眼睛说："但是，温塞拉斯主席，我们现在时间不多了。我希望你能继续保持正常的礼仪规范。咱们最好不要轻率地模仿彼此的文化。"

巴斯拉说："陛下，感谢您的理解。"他心中暗想，难道雷迪拉帝国的皇帝真的希望汉莎联盟的主席会把他当成神一样对待吗？

"我希望咱们能在更为融洽的氛围下进行这次会谈。"巴斯拉打算加快语速，直切主题。在这种闭门会议中，掌权者都不会关注没有意义的废话。"雷迪拉帝国和地球汉莎联盟，现在要对付一个共同的敌人，我们是时候讨论一下合作和互助了。"

皇帝看着巴斯拉，他缓慢地说："我在听，主席先生。"

巴斯拉说："我们两个文明拥有庞大的领土面积和强大的实力，虽然我们发展道路各有不同，但都取得了不小的成就。"

皇帝继续看着巴斯拉。他看起来很不耐烦："雷迪拉人已经达到了文明的巅峰，而且我们也很满足。我们不需要虚妄的发展。"

帝国的皇帝似乎在试探巴斯拉主席。后者回道："皇帝陛下，人只有不断发展，才能触摸星辰啊。"

巴斯拉主席花了几十年时间研究雷迪拉帝国，分析雷迪拉人的缺陷，并确信人类终将超越雷迪拉人。随着人类不断发展，雷迪拉人却停留在原地，留恋于往日的成就。在汉莎联盟不断扩张移民地的时候，雷迪拉帝国的疆域却在不断收缩。即使是不受管制的游荡者们也在雷迪拉人的默许下，接管了雷迪拉人的艾克提产业。巴斯拉认为，皇帝一定是个蠢货，才会任由这种事情发展下去。但就目前而言，两个种族还需要互相帮助。

肥胖的皇帝在王座上扭动着身子，似乎想坐起来，让自己的身形看起来更高大，更具有威慑力。

"在我开始考虑结盟之前，我得跟你把话说清楚，主席先生。

我完全没有想到，雷迪拉帝国会被卷入这场战争，事情发展到这一步，令我十分沮丧和生气。这些外星人不在乎自己的敌人到底是谁，人类和雷迪拉人都是他们的目标。你们无意间让我们卷入了一场我们不希望参加的战争，我对此感到非常不满。"

皇帝的话让巴斯拉吃了一惊，他深吸几口气冷静下来，好让自己的反应不要太过草率。巴斯拉说："皇帝陛下，没人知道这些外星人为什么发动攻击。他们攻击游荡者的采矿船和我们的观测平台，现在又攻击了你们在昆哈星系的悬浮城市。这完全没有逻辑可言。我们的采矿船无故障运转已经超过了一个世纪。雷迪拉帝国的艾克提工厂的运行时间更长。为什么外星人选择现在发动突然袭击呢？"

皇帝看起来非常生气。多年来的经验凝聚在他的眼中，巴斯拉和他的年龄差距最少有一个世纪。雷迪拉帝国的皇帝用难以置信的表情看着巴斯拉，然后似乎意识到巴斯拉困惑的表情并非是装出来的。

"天呐！你怎么可能不知道！是你们人类惹下的这堆麻烦。是你们！你们卖弄自己的技术，是你们屠杀了他们几百万的人口。"皇帝的长辫子在他身边不停抽动。"温塞拉斯主席，请你告诉我，难道这还不足以发动一场战争吗？"

97

弗雷德里克国王

一个尺寸类似小行星的球形战舰径直飞入太阳系，并以最快速度进入地球轨道，地球的远程早期预警系统以能力范围内的最快速度对此做出了反应。还没等地球防卫军集结部队，这个巨大的球形战舰就释放出了一个小型球体，它好像一滴露珠，高速飞向汉莎联盟的首都。

这个晶莹剔透的球形飞船犹如一个没有爆炸的弹头，悬浮在低语者之殿反射着阳光的高塔之上。就在军队紧急集结的时候，这个圆球降低高度，越过皇家运河，停在低语者之殿的大门前。

整个球体半径四米，从内部混浊的气体中，开始传出说话的声音。这种声音虽然和人类的声音差异巨大，但是完全可以听懂。"我在此代表全体气基生命体。我为石居生物的国王带来一条消息。"球体表面嘶嘶作响，多余的气体从这个压力容器表面的小孔中喷了出来。

皇家卫兵们端着武器跑来跑去，但很显然，他们对这个球体不能造成任何伤害。地面部队进入战斗位置，但是他们似乎都不想对这个小小的球体开火。外星母舰悬浮在更高的地方，没有发出任何声音，但是却充满了威胁意味。

没有一个人敢去打开低语者之殿的大门，外星人再次说道："我是气基族的大使。我要见你们的国王。"

弗雷德里克国王现在身处王座大厅之内，整个人因为困惑和紧张而不停扭动着身子。他该怎么办？巴斯拉·温塞拉斯不在地球上。汉莎联盟的主席已经前往雷迪拉帝国，和他们的皇帝谈判，只留下国王一个人维持政府的稳定运行。

巴斯拉在离开前曾经说过："弗雷德里克，我已经看过你的日程表了。现在没有需要你处理的要紧事，如果有人要求你做出决定，只需要拖延一下就好，并给我发条消息。我最多也就离开一个星期。"

谁又能料到外星人之前无视了人类无数次的谈判请求，却选择现在现身要求谈判呢？

弗雷德里克说："快去找个绿灵教士。我们必须把这个情况立即通知巴斯拉主席。"弗雷德里克国王必须得到巴斯拉的指示，才能进行下一步的行动。不幸的是，在雷迪拉帝国只有寥寥几名绿灵教士。老国王此时只能祈祷自己能将信息传送出去，希望雷迪拉的王宫中也有人具备远程即时通信能力。

宫廷参谋们现在也慌作一团，挤在王座周围，老国王现在是他们的精神依托，这些参谋希望弗雷德里克能够控制局势。

在皇宫之外，气基族的球形"大使"依旧不耐烦地漂浮在紧闭的大门之外。球形飞船的排气管上冒出淡淡的雾气，那样子让人不禁想起一头耐心耗尽、正在喷吐烟雾的巨龙。

"告诉它，我们还在考虑。"弗雷德里克一边拖延时间，一边将消息发了出去。他现在感到非常绝望，非常需要有人可供依靠。"给我把 OX 找来。我可能需要查阅它储存的数据。"

外星球形飞船的样子，让弗雷德里克国王想到了潜水钟。这些外星人自称为气基族，所以他们肯定住在气体巨星内部的高压环境下，老国王这才明白眼前这个晶莹剔透的球体不过是环境隔离舱。为了能在地球大气环境下生存，外星大使必然会选择这种飞船。他不敢想象球体内部的压力。

一名皇家卫兵说："大人，球体内部可能装了武器。"

弗雷德里克国王深吸一口气说："不排除这个可能。我们都知道那些大的球形战舰可以摧毁整颗卫星。这些外星人完全有能力对地球发动直接攻击。但是，他们的大使选择直接拜访我们。我觉得……我觉得咱们还是要听听他们想说什么。"

另一名参谋说："大人，我还是不相信他们。"由于这些参谋频繁更换，弗雷德里克总是记不住他们的名字。

弗雷德里克现在忐忑不安，在王座上如坐针毡。此时，巴斯拉无法在耳边为他下达命令。弗雷德里克现在必须依靠自己行动了。在经过了几十年的表演之后，他今天终于可以当一次真正的国王了。他振作起来，坐直身子，然后举起右手说："好吧。我下令，让外星大使进入我的王座大厅。"

皇家卫兵和参谋们对此表示反对，但是老国王咆哮道："我必须听听他们要说什么，也许他们也希望维持和平呢！我们花了几个月时间，希望能联系他们。我们不停地请求谈判或者和谈，但到目前为止，外星人一直保持沉默。我怎么能因为外星人的大使选择了一个错误的时间造访，而拒绝接见他呢？"他捏紧拳头，重重砸在王座的扶手上。"不！如果我们想要终结这场战争，我就必须要听听这个外星人想说什么。"他抬起下巴说。"让我听听这些外星人如何解释他们的行为。"

当外星大使的球形坦克降临的时候，宫殿的外侧拱门被堵住，皇家卫兵们费尽力气，将障碍物再次搬开。最后，他们打开了一个缺口，足够外星大使的环境隔离舱通过。

国王打起精神，盯着眼前这个奇怪的球形飞船。在飞船内部有一层奶白色的雾气，这可能是气基族呼吸的高压高浓度气体。这个形似潜水钟的飞船不断向外排放气体，它发出的嘶嘶声让皇家卫兵们精神紧张。

终于，一名绿灵教士抱着一盆粗大的世界树树苗，从王座后的一个侧门里跌跌撞撞地跑了过来，这棵树苗的尺寸过大，已经不适合一个人搬运。弗雷德里克此时才反应过来，没有在王座大厅常备几棵世界树无疑是非常愚蠢的决定，但是巴斯拉曾担心塞洛克星方面会利用世界树监视皇宫的一举一动。

弗雷德里克悄悄问："你联系到主席了吗？"他的双眼紧紧盯

着这个可怕的外星球体，它以某种不为人知的方式漂浮在空中，逐渐向国王靠近。

绿灵教士把花盆放在王座旁边的台阶上，说："现在还没联系到。"他蹲在树苗旁边，双手握在粗糙的树干上："通信厅内其他绿灵教士还在确定主席的位置。他们联系了位于米基斯特拉的同僚。但是，从那边要确认主席和皇帝开会的私人会议室地点实在是太难了。"

"继续找。"老国王在说话的时候努力保持强势和高贵，他不希望让别人看出来自己有多么依赖巴斯拉。

气基族越来越近，他的飞船看起来充满了不祥的意味。一些宫廷官员叫来音乐家大张旗鼓地演奏，就好像这个来自气体巨星深处的外星人会喜欢这种音乐。负责接待流程的官员手持各种旗帜和横幅争先恐后地走了进来，就好像外星人会认得这些旗帜和符号一样。弗雷德里克国王认为这些人真是荒唐至极。

半透明的外星球形飞船终于停了下来，虽然王座大厅非常宽敞，但在对比之下，越发凸显出外星球形飞船的巨大。混浊的雾气在球体内部不停翻滚，看起来就像是一颗具有生命力的猫眼石。

老国王看到气基族大使的环境隔离舱，脑子却突然想到了小孩子玩的雪球，他不得不努力压制想笑的冲动。他此时必须表现出勇敢和坚决。他必须向巴斯拉证明，自己在低语者之殿里待了这么多年，已经掌握了真正的外交之道。

老弗雷德里克心里充满了恐惧，他知道这将是自己在任内最重要的一次会面。他站起身，这不是为了尊重气基族的大使，而是为了让自己在巨大的球形飞船面前不会显得太过渺小。

老国王默默地等待着，但是球形飞船除了要求和国王见面以外，一句话都没说。终于，老国王为了保持对局势的控制，决定先说几句。在绿灵教士继续尝试联络巴斯拉的同时，老国王决定继续拖延这次会面，绝不匆忙做出决定，而且绝对不能激怒这些外星人。停留在轨道上的巨型球形战舰肯定已经将武器系统准备完毕，随时可以将地球上所有的城市夷为平地。

"我是地球汉莎联盟的弗雷德里克国王。"老国王抬头挺胸，语气之中不乏自豪，但是他怀疑气基族是否能理解人类的表情。"我代表银河系旋臂内所有的人类，生活在地球和移民地的人类，以及被你们摧毁的太空站和采矿船上的人类。"

老国王说完就继续等着，他确信这番话能激起外星人大使的回应。

最后，球体内部的高压气体中出现了一个模糊的东西。雾气变得越发稀薄，就好像逐渐凝固成一个水银似的形态，这个不断变换的形体逐渐凝固，变成一个完美的人形。你可以看到这个人形脸上的每一根睫毛和头发，一件有很多口袋的外衣和绣着部族标记的披风，甚至还能看到脸上的每一道皱纹。

这位大使看上去完全是由一种类似水银的液态晶体组成的。这个生物开始靠近球形飞船的外壁。这个奇怪的生物在球体内向前走了几步，诡异的熔铸般的五官流动着，双唇开合，发出声音："我代表气基族给你带来了口信，弗雷德里克，石居生物的国王。"

一名负责接待的官员说："他的穿着像游荡者。"王座大厅中的个别皇家卫兵和宫廷官员开始愤怒地窃窃私语，开始揣测外星人这么做的意义。

来自气体行星内部的外星人，不可能随意选择一个类似人类的外形。此时这个外形有太多具体的细节，太多精细的轮廓。这个外形必然是从其他地方偷来或者复制的。鉴于气基族已经摧毁了最少五个游荡者的采矿设施，也许气基族复制了某个游荡者，全面吸收或者复制了游荡者的身体和着装的每一个细节。

弗雷德里克国王努力让自己冷静下来，他知道现在的局势非常微妙："你们自称是气基族？"老国王努力让自己的语气保持正常。"我们对你们和你们的文明一无所知。我们之前也不知道你们的存在。正是因为这种无知，才会犯错。"

<u>小心点，别说错话，不要把话说得太明确。</u>不要指责他们。老国王学习过外交的信条，但是这些技巧都是建立在人与人之间的沟通上。谁又能保证一个来自气体星球上的液态晶体外星人，能够理解这些技巧呢？

智能教学助手 OX 走进王座大厅，完全没有注意到大厅中紧张的气氛，它选择站在靠近绿灵教士和树苗的位置。OX 默默记录眼前发生的一切，等待国王咨询建议。

"气基文明的历史和任何一个居住在石头上的文明相比，存在时间更长。"外星大使说话的时候，身形随着缓慢的动作不停变换然后再次重组，就像先融化然后再凝固一样。"在我们的世界上，移动城市都被钻石所包围。我们的人民利用传送门在帝国中穿行，偶尔才会用自封式的飞船。"大使说完就停顿了一下。

弗雷德里克国王问道："什么是传送门？我们对你们的科技并不熟悉。"

"传送门是跨位面的通道，你可以用它瞬间从一个世界到达另一个世界。虽然我们的球形战舰和个别移动城市可以进行太空飞行，但是我们认为太空飞行效率太低。"

弗雷德里克努力理解着这些信息。在国王身边的绿灵教士握住世界树树苗，像一名速记员一样，将所见所闻的一切告诉世界树。而散布在银河系旋臂各地的绿灵教士，将会把这些消息继续传递下去。

这些来自气体星球内部的气基族，控制了一个不为人知的帝国文明，它的疆域面积和汉莎联盟以及雷迪拉帝国都不相上下。但是，气基族居住在不适宜人类居住的气体巨星内，因此他们使用传送门而不是常规太空飞行，所以人类从来都不知道他们的存在。老国王因为自己的无知而感到震惊。

老国王认为现在是获取更多信息的好机会："如果你们已经占据并移民了这么多气体巨星，那么为什么要在乎我们居住的世界呢？你们想从我们这里获得什么呢？"

外星大使在自己的飞船内动了动身子："我们不需要你们的任何东西。"

国王无视身边人的议论，继续问："那么，你们为什么要攻击我们？气基族为什么要对人类和雷迪拉人发动战争？成千上万的人已经死在你们的手上了。"

大使说："气基族没有发动战争。我们享受了几千年的和平生活。我们对于无关紧要的外星种族毫无兴趣。我们和石居生物的文明没有任何共同点，没有任何共同利益或者重叠的领土。"

老国王此时感到非常沮丧，甚至想要尖叫。那为什么要攻击我们？他感到所有死者的灵魂都压在自己的肩膀上，在这些死者中还不乏游荡者和雷迪拉人，所有这些人都死于气基族的进攻。

外星大使的外形不断变换，就好像是在循环播放曾经观测到的人类外形，然后再将这些面容作为基本模型。"你们曾经用一种无法形容的毁灭方式，在我们最美好的一个世界上放了一把大火。你们点燃了我们一个人口稠密的世界。当你们将我们的世界变成一颗恒星的时候，几百个城市和几千万气基族付之一炬。只有少数人逃了出来。"

外星大使凑在球形飞船的厚舱壁上,说:"是你,石居生物的国王,是你向我们宣战的。"

98

欧特玛

欧特玛身处棱镜之殿,坐在自己的桌子前,和整个世界树之林的意识相连,意识沉浸其中。她伸出骨节分明的手,握住世界树树苗柔韧的树干,然后大声背诵《七恒星史诗》的优美篇章。

她讲述了野火席卷康普特星针叶林的故事,讲述了前任皇帝年纪最小也是最受宠的儿子,康普特星的指定继承人是如何被困在自己的乡间别墅里。当野火围住了别墅,这位年轻的继承人将自己的家人聚在一起,一起凝视着明亮的火焰。他告诉自己的孩子,永远不要害怕光亮,野火的光芒让他想到了雷迪拉七颗恒星的光芒。他通过心神网和自己的父亲进行了最后一次对话,向自己的父亲诉说自己是多么爱戴如神明一般的皇帝。然后,心神网的连接就中断了……

这个故事让欧特玛深受感动,她为世界树朗读了一段又一段的故事,而世界树的内心对火有着原始的恐惧。通过这些相互连接,智能的世界树依然记得一场很久之前的火灾的可怕记忆,一场席卷多个星球的冲突,但这一切都是很久之前的事情了。欧特玛试图了解这段历史,但是世界树并不想分享给她这些信息……

突然,通过意识连接传来意料之外的呐喊,把欧特玛吓得魂不附体。这份紧急消息来自她的一个在低语者之殿的同僚。

欧特玛忽然得知了当前形势:气基族的大使到达地球,要求和弗雷德里克国王见面，而国王需要立即和温塞拉斯主席沟通，但后者已经到达了米基斯特拉。欧特玛根据自己在地球的经验，知道这位老国王不能做出任何实质性决定，如果主席没有允许，他甚至不能代表汉莎联盟发言。

欧特玛对这条信息表示了回应，然后抓起身边的一棵树苗，迈着自己年迈的双腿，以尽可能快的速度冲出了房间。她在走廊里遇到了刚刚从房间里出来的妮拉，妮拉双眼睁得很圆，似乎受到了惊吓。妮拉为世界树朗读《七恒星史诗》的时候，也收到了那条紧急信息，整个银河系旋臂的绿灵教士都听到了这条消息。气基族到达地球的消息，在世界之林的帮助下正在快速传播。

欧特玛打断妮拉即将开口的问题："妮拉，快跟我来。我们必须打断皇帝和温塞拉斯主席的会议，我需要你去找第一继承人。"

两名绿灵教士赶往天球迎客大厅，但是这里只有几名低级工人和宫廷贵族。欧特玛对着她遇到的一名官员说："皇帝在哪？"

"现在不能打扰皇帝。"官员说完就走了。

欧特玛牢牢抓住官员闪闪发光的条纹外套，说道："我有紧急情报，必须马上报给地球汉莎联盟的温塞拉斯主席。你们的皇帝一定会对具体内容感兴趣。"

欧特玛的话把这名官员吓了一跳，他不禁犹豫了起来。他思考了一会，仿佛皇帝也通过心神网感觉到了什么。这名官员最后说："这边请。"

两名绿灵教士一起搬着树苗，继续急匆匆地赶路。欧特玛的手指依然按在树干上，随时准备接受进一步的信息。位于低语者之殿中的绿灵教士全程通报最新情况，欧特玛能第一时间收到相关信息。欧特玛现在可以想象到，气基族大使那晶莹剔透的环境隔离舱飞进王座大厅的样子。

当妮拉和欧特玛闯入私人会议室的时候,刚好打断了巴斯拉·温塞拉斯的话。巴斯拉不耐烦地皱起眉头,转头看着欧特玛遍布皱纹和文身的脸。

"我为温塞拉斯主席和雷迪拉帝国的皇帝带来了一条消息。"欧特玛径直走进了房间。妮拉把一尊光滑的玛瑙雕像移到旁边,把装着树苗的花盆放在一张小桌子上。

欧特玛和温塞拉斯主席认识很久了,两人大多数时间都是给彼此找麻烦。作为塞洛克星在地球的大使,欧特玛总是让巴斯拉的各种计划无法得逞,温塞拉斯主席因此指责欧特玛思想陈旧,总是设下太多限制,对能造福全人类的进步发展和商业活动设下各种阻碍。欧特玛怀疑,正是温塞拉斯的暗中设计和运作,最终导致自己退休,将大使的位置让位于更乐于合作的萨琳……

"现在事情还没结束。"欧特玛快速总结了球形战舰在地球出现,以及气基族大使所乘坐的环境隔离舱的情况。

巴斯拉一开始非常生气,但是听过欧特玛的话之后,整个人大吃一惊。皇帝靠在自己的椅子上,也陷入了沉思。克里元帅看着自己的皇帝,又看了看绿灵教士,努力吸收着一切有价值的信息。

巴斯拉说:"弗雷德里克国王自己无法处理这个情况。他以前从没遇到过这种情况。"他看着欧特玛,恢复一副生意人的做派:"他需要我的帮助。你能帮我传达指令吗?他周围有绿灵教士吗?"

"王座大厅里有绿灵教士和树苗。"

巴斯拉紧握双拳,以至于指甲在手掌心都按出了印痕:"很好。告诉他——"

欧特玛抬起一只手,说:"外星大使开始说话了。"她倾听着世界树网络传来的消息："他说气基族不会容忍危险的石居生物的入侵。反正他是这么称呼咱们的。"

巴斯拉问："这是什么意思？"

欧特玛继续重复气基族大使的话："他说，我们不会容忍我们的世界上出现寄生虫。"

"弗雷德里克，你最好别把这事儿搞砸了。"巴斯拉嘀咕道，"国王怎么说？"

欧特玛说："我觉得他现在和你一样，都惊呆了。"

巴斯拉急忙说："告诉他，拖延就好。千万不要同意任何事情。"

欧特玛转达了巴斯拉的指示，然后对巴斯拉说："主席先生，我不认为气基族是来找我们谈判的。这位大使不过在宣读最终通牒罢了。"

巴斯拉惊恐地说："他们不让我们靠近气体巨星了？这太荒唐了！这就意味着终止采矿活动，那艾克提——"

克里对皇帝说："大人，没有艾克提，雷迪拉帝国也会分裂。"

巴斯拉说："汉莎联盟也会不复存在。气基族会饿死我们。几百亿人会被孤立，然后都被饿死。我们绝对不能屈服。"他指着欧特玛说："告诉弗雷德里克，绝对不能同意外星人的条件。"巴斯拉压低声音说："该死，我真希望能替他说话。"

欧特玛将信息发出去之后，她发现巴斯拉脸上流露出真正的恐惧。无论是雷迪拉人还是人类都不可能同意外星人的禁令。终止艾克提处理产业将彻底摧毁星际间航行。

欧特玛逐字逐句转达了气基大使的话。她的声音很沙哑，几乎不敢相信自己说出口的话："大使说，我们现在宣布所有气体行星为禁区，所有石居生物都不得靠近。所有在气体行星云层上进行氢加工处理工作的飞船都必须离开，不然我们会摧毁这些飞船。"

欧特玛闭上眼睛，努力过滤房间中的杂音。气基族大使仿佛忽然开恩，继续说道："我们会给你们一点时间，让你们撤回所有的采矿船。但在这之后，我们会消灭所有在云层中现身的寄生虫。"

99

弗雷德里克国王

老国王坐在王座上，神情紧张，浑身冰凉。他看着身边的绿灵教士，而后者只给他转达了寥寥数语。但不幸的是，这并不能给国王提供多少安慰。

一直以来，弗雷德里克只要听到巴斯拉的命令，就感到很安心，他愚蠢地以为巴斯拉会知道如何回应，会告诉他如何处理各种局势。但是，眼前的气基族大使却带来了一份让人惊骇的最终通牒，而弗雷德里克完全不知道该说什么。他几乎不敢相信自己听到的一切。

液态晶体外星人现在就在国王面前，漂浮在环境隔离舱内部。他已经传达了最终通牒，此时一言不发。

弗雷德里克国王害怕外星大使会直接离开，不接受进一步的谈判，所以立即说："等等！你们的要求……前所未有。而且非常没有必要！是你们反应过度了。"

气基族大使完美雕刻的脸上的面部表情发生了变化，看起来像是一个人因为惊恐而尖叫。很明显，这些外星人并不了解人类的面部表情。大使说道："你们摧毁了我们的一个世界。我们之间不可能实现和平。"

"但是对我们的文明来说，气体巨星上的艾克提非常重要。"

老国王现在只能祈祷，自己的语气听起来不像是一个吓破了胆的胆小鬼。"据我说知，采矿船不会伤害你们的星球，也不会破坏你们的环境或者气候。但是我们必须通过处理大量氢元素，才能获得足够的艾克提驱动我们的飞船。"

"无效请求。"气基族大使说："撤走所有的采矿船，不然我们就将它们全部摧毁。"他说完，一股蒸汽从一个小小的排气孔里冒了出来。

国王很快地低头看向OX，希望从它身上获取一些自信。当自己开始接受训练，准备成为下一任国王的时候，那时年轻的弗雷德里克和OX度过了很长一段时间，他从OX身上汲取经验，聆听OX的教导。但是，弗雷德里克现在明白，即便是聪明的OX在面对这个奇怪的外星人的时候，也不可能提供任何有效建议。

"还请你听我说完。"国王从王座上站起来，走下台阶，来到大使的环境隔离舱前。他手中的权杖好似一根拐杖。他说道："我在此代表在汉莎联盟统治下世界的所有政府和人民，再次向你们表达最诚挚的歉意。"老国王心想，这招似乎不错。

"你必须明白，这里发生了一个非常可怕的误会。我们在昂西尔星的'克莱西斯火炬'实验，并不是针对你们的人民。我们对你们的神秘帝国毫不知情。我作为国王可以向你保证，我们绝对不会再进行同类型的实验。我们肯定可以做出某种形式的补偿吧？"老国王的声音几乎是在哀求，但他同时也站得很直，并且尽力让自己的声音听起来很坚定。

大使说："气基族不需要石居生物的任何东西，你们不可能做出任何赔偿。"

老国王感到更加绝望了。他尽可能让自己的声音听起来慈祥，尽可能让外星人感受到人类的感情。"你不明白这种禁令会造成何等影响。如果没有燃料，汉莎联盟的贸易活动就会停止，我们移民地的人民就会饿死。想想这有多么可怕！这里肯定还有谈判的余地。求你了，咱们好好谈一谈。"

外星大使还是使用遇害游荡者的外形，他直直地看着前方，说："我不是来谈判的，只是来传递信息的。这条消息已经发出去了吗？所有人都已经听到我传达的信息了吗？"

老国王看了看OX，后者会记录这次会谈的每一个细节。在王座的另一边，绿灵教士将这场会谈的摘要发给了位于雷迪拉帝国的巴斯拉·温塞拉斯和皇帝。当地媒体对此进行了实时转播，所有的信号都上传到了网络，最终由通信船负责递送到整个银河系旋臂。

老国王感到某种挫败感，他说："大使大人，几百万人都听到了你的发言。这次会面的所有记录都会传达到汉莎联盟的每个世界，雷迪拉帝国也会收到相关记录。"

"那么，我的任务完成了。"气基族大使退回到越发浓稠的白色雾气中。液态晶体组成的人类外形也变回液体，逐渐消散。

一名皇家卫兵倾听着耳机里传来的报告，然后快速凑到老国王耳边说："陛下！轨道上的球形战舰已经撤退了。"

老国王不敢相信自己的耳朵，于是问道："那么大使要怎么返回母船？"

绿灵教士忽然抬起了头，不敢看眼前的世界树树苗，仿佛自己会被烈焰灼伤。他说："大人，温塞拉斯主席对现在局势非常担心。他建议你保持高度戒备。"

OX几乎同时说道："大使并不打算回去。"

国王退后几步，和悬浮在空中的环境隔离舱拉开距离，跌跌撞撞地退到了王座前的台阶上。环境隔离舱的舱壁已经变得不透明，老国王再也看不到气基族大使了。

老国王说道："疏散王座大厅！所有人都出去！我要——"

环境隔离舱的外壁出现了裂痕，厚厚的舱壁上出现密密麻麻的裂缝。几个圆形舱门周围，开始出现不断延伸的辐射状裂纹⋯⋯

气基大使打开了附加装甲的舱门，放出高压气体，整个环境隔离舱内的压力足以让氢气变成金属，让碳元素变成钻石。这种瞬时的强压在王座大厅内放出一股冲击波。

强大的超压冲击波摧毁了奢华的王座大厅，所有彩色玻璃窗户都被震碎，粉碎了在场的所有人。爆炸将低语者之殿的王座碾碎，OX 也被彩色玻璃强压炸进了墙上。

冲击波将老国王——这位统治汉莎联盟七十四年的国王，炸成了一团肉酱。历史，被永久地改变了。

100

玛格丽特·克里克斯

玛格丽特和路易斯在悬崖内的克莱西斯人遗迹内认真勘察了好几个星期，终于取得了突破性进展。

DD 勤勤恳恳地在隧道内安装照明设备。这个友善的智能助手除了负责安装照明系统，它还装了一台小型发电机，保证房间内部的空气流通和供暖。

现在，最初考古发现带来的激动情绪已经消散，阿卡斯大多数时间留在营地，照顾苗壮成长的树苗。他花费了不少时间，总结有关克莱西斯人的考古发现，然后传入世界树之林的数据库中，造福于世界树之林和其他需要这些知识的人。

三台克莱西斯机器人经常跑得不见踪影，也不向其他人通报自己的去向。一天早上，路易斯发现了废墟中的一些异常之处，他发现了类似毛毛虫的足迹和调整了位置的设备。他据此判断，三台克莱西斯机器人肯定回到了遗迹之中，去寻找可以唤起往昔记忆的证据。

路易斯说："亲爱的，我要是丢失了所有的记忆，我肯定也会这么做。我会搜索一座古老的城市，说不定能找到一些东西，可以触发以前的记忆。也许这些机器人已经快找到突破口了。"

玛格丽特对这个说法表示同意，但是心中还是有些不安："我希望它们不必这么神神秘秘的。我们也没有向它们隐瞒任何事情。"

玛格丽特将所有图像和报告进行了存档。她和以前一样，非常注重细节。她在营地帐篷和废墟中都保留了备份。之前的大洪水已经让玛格丽特明白，这个星球上看似安全的地方，也可能瞬间变得很危险。

当路易斯折腾房间内难以理解的机器的时候，终于弄清楚了如何拆掉几何发生器的外壳。路易斯模仿古代科学家阿基米德大喊道："我发现啦！"

玛格丽特立即赶过来，看路易斯到底发现了什么。路易斯正打量着机器里干净的零部件，研究着各个子系统之间如何相连。"啊，我懂了！这个……肯定是负责提供能源的电源，这边的线路已经断开了。整个系统似乎都进入了待机模式。"他的手指沿着金属和合成物部件移动，检查各个连接点的关联。现在是该直觉派上用场的时候了。

玛格丽特在拆下的外壳中找到了一张详细的图表，这个图表由克莱西斯人的符号绘制而成，从这上面可以看出各个部件之间是如何相连的。让她感到惊讶的是，图表上的标记和石窗周围石砖上的符号完全一致。每一块石砖都和克莱西斯机器所标记的坐标相对应。所有的内容都连接到了黑色的石墙上，奇怪的有机线路覆盖在岩石表面，就像昆虫在物体表面留作记号的信息素。

"老头子，这些是……定位。这是一张地图，或者说更像一个目录或者电话本。"

路易斯扭过头说："啊，和'克莱西斯火炬'实验中的脉冲星坐标是一个道理。"

DD听到他们兴奋的叫喊，立即走过来全神贯注地看着他们的新发现。"玛格丽特，这真是了不起的发现，"DD说，"你们可以借此继续对克莱西斯人的研究。"

"DD，这当然可以！我们现在已经掌握了窍门。"路易斯给了玛格丽特一个有力的拥抱。虽然两人结婚多年，周围也没有任何人旁观，但是路易斯给玛格丽特的拥抱，还是让她感到有点难为情。"这可是自克莱西斯木乃伊之后最伟大的发现。"

玛格丽特说："老头子，这可能是未来很长一段时间内最让人激动的发现。记得我们在其他克莱西斯遗址发现的石窗吗？但是其中大多数都受损了，尤其是写着坐标的石砖也被破坏了。我们现在已经非常接近这套系统或者这项技术的真相了。老头子，我相信你能研究明白的。"

DD问："路易斯，你有没有想过启动电源？"

随着一阵窸窸窣窣的声音，三台克莱西斯机器人走进了房间，它们的光学传感器闪闪发光，显出一副非常好奇的样子。DD抬起头高兴地说："西里克斯！德克里克！易克特！你们一定得来看看路易斯的新发现。"

三个机器人凑了过来，开始研究路易斯发现的机器，扫描暴露在外的图表和部件。玛格丽特打量着机器上的坐标符号，发现石窗周围的石砖上也有完全一样的符号……这一切就像是选项按钮。

路易斯蹲在地上摆弄着机器，他说："好吧，我看能量系统好像没坏。修好这东西估计也不难。"

玛格丽特说："老头子，这会不会是外星人交通系统的一部分。每一个石砖代表一个地方，说不定就是个目的地？"

路易斯对伴侣的话表示怀疑："我的同僚都觉得我的想法很奇怪呢。你觉得克莱西斯人可以穿过石墙吗？"

玛格丽特对西里克斯说："你有什么看法？"

"玛格丽特·克里克斯，对此我无可奉告。"

路易斯抬起头坏笑着说："你们三个现在一定很兴奋！我们现在很有可能研究明白了你们的创造者到底发生了什么，以及你们的记忆为什么被删除的原因了。"

玛格丽特小心翼翼地说："老头子，别太得意了。这又不是罗塞塔石碑[9]。"但是，如果这个发现确实能为了解克莱西斯交通系统提供一个突破口，也许它真的可以提供研究所需的信息。

路易斯跪在坚硬的石头地板上，研究着结构复杂的机器部件："啊，我现在知道怎么回事了，但是能量核心已经被腐蚀了。我得用营地的一些设备来启动它。"他看着玛格丽特说，"亲爱的，这可能要花几个小时。"

DD忽然说："既然如此，我可以说一句吗？星系恒星马上就要落到地平线之下，晚饭时间已经推迟了一个小时。也许今天就到此为止？我们明天早上可以继续干活。"

路易斯说："我讨厌在马上要取得进展的时候停下来……"

注9：罗塞塔石碑，是解释了古埃及象形文字的可靠线索。——编辑注

玛格丽特皱着眉头看着他："老头子，你一直是个乐观主义者。你和'取得进展'差得还远呢。"

天色越来越暗，他们走了好久才回到营地。阿卡斯正坐在靠近水泵和储物间的位置，周围都是照明板。看起来他整个人像是受到了刺激，一句话也说不出来。

玛格丽特立即发现情况不对，于是问："怎么了？发生什么事情了？"

阿卡斯看着自己的双手，然后看着玛格丽特说："当我接入世界树的意识后，我看到了地球上发生的事情。"

路易斯凑过去说："阿卡斯，快说吧！你像见了鬼一样。"

阿卡斯哽咽着说："气体星球内部的外星人向全体人类宣战，而且他们声称这是为了报复'克莱西斯火炬'实验！我们把昂西尔星变成了一颗恒星，也杀了几百万气基族。"

路易斯结结巴巴地说："但是整个火炬计划就是……一个实验。我们只是想让周围的卫星提高温度，然后建立新移民地。"

玛格丽特马上就明白了："老头子，这些外星人居住在气体巨星内部。我们把他们的家园烧了。"

路易斯跪在阿卡斯脚边，说："我们不知道啊！我们怎么可能知道？我们一直以来都没有观测到这些外星人。"

阿卡斯哽咽着说："那你现在知道他们的存在了。然后，就发生了大爆炸。外星大使杀了老国王和另外五十三名在场的人。"

DD 说："这可真是个可怕的消息。"

三台克莱西斯机器人默默听着这一切，但是一句话都没说。

101

杰斯·塔博林

杰斯一个人回到了格尔根星，他是来观看自己亲手设计的报复行动的。此刻他没有感到任何快乐，但是他希望能够感到一丝终结感或者满足感，又或者他需要的是成就感、胜利的喜悦又或是解脱感？

在普卢马斯星上的冰层开采工厂里，杰斯绘制了一张显示彗星轨迹的星图，上面标记了所有被他和他的工程师们推出轨道的彗星。当这些彗星飞向格尔根星的时候，杰斯知道这颗星球很快就会变得热闹起来。

老布拉姆曾对普卢马斯星的工头们进行过严格的训练。在这些工头的看护下，水被送到星球表面井口的水泵，水产业一直保持高效率运转，所以杰斯几乎是无事可做。老布拉姆一直让自己保持忙碌，他坚持对员工进行微管理，坚持监督各项事宜。杰斯信任手下的工人，让他们自己完成工作，而自己则专心策划复仇。

坐立不安的游荡者们又召开了三次部族大会。杰斯参加了每一场会议，虽然他在会上一直保持低调，但心里对彗星的动向一清二楚。整个部族大会就是一场比试嗓门高低的比赛，杰斯一直保留自己的意见，坐在后排看着年迈的议长努力团结各个部族的代表们。

最起码，他还在干些实事。

就在其他部族的领导人还在讨论政治和其他紧急措施的时候，杰斯观察着西斯卡。他好像一个饿鬼，西斯卡的每一个动作都是他的美餐，西斯卡黑色眼眸中的反光都让他迷醉。他心里暗自想到，*西斯卡，总有一天我们会在一起。我们会有属于彼此的生活……但*

是现在，没有你的日子似乎没有尽头……

此时，他的飞船停在距离格尔根星很近的地方，从这里可以看到星球表面的风暴。他想到以前来这里的日子，他和罗斯一起在蓝天号采矿船上，看着下方的云层。那时候，他的哥哥以为最可怕的事情就是不能按期还贷。而这些残暴的外星人选择他作为目标，摧毁了一艘没有任何威胁的采矿船。

现在，外星人会因为自己的举动而感到后悔。

杰斯心满意足地看着第一颗巨大的彗星被格尔根星的重力井捕获，向下飞了过去。从太空中看过去，这颗最大的彗星周围笼罩着一层灰白色的气体，在群星的映衬下似乎一动不动，但是杰斯知道它正在以极高的速度下坠。这是一颗已经瞄准目标的子弹，没人能够阻挡它。根据他的计算，彗星在几个小时之内就会撞击格尔根星。

这只是开始。

在轨道变更和重力的双重影响下，作为冰岩混合物的彗星开始破裂。山体一般大小的碎片犹如冰冻的炮弹，每一发的威力都等于一千颗核弹头。

此时的杰斯已经下定了决心，眼中洋溢着一种狂热，他靠在座椅上继续看着这场好戏。

第一个碎片犹如一柄巨锤击中了格尔根星，径直冲入云层之中。撞击引发了明亮的光芒，大气层表面掀起的滔天气浪不断扩散，彗星碎片向着气体巨星最深处飞了过去。

杰斯希望这次撞击能造成大规模破坏，对外星人造成灭绝性影响。他微笑着放大了屏幕画面。

其他人要是知道了他的复仇行动，肯定会被吓个半死。这次的行动无疑会让人类与气基族之间的战争升级。但是，杰斯相信，不论游荡者或者汉莎联盟如何谴责这次行动，人类都会对这次重大反击暗自感到高兴。

杰斯在原地停留了三天，一直看着彗星碎片撞击格尔根星。往日浓汤一般的云层，此时布满了一团团闪着亮光的伤口，让整个臃肿的星球看起来好似一个腐烂的水果。

随着格尔根星的自转运动，星球表面的其他区域也开始遭到彗星碎片的轰炸。

杰斯调出轨道图，发现第二颗大型彗星将在一个月内撞击格尔根星。在未来的两年内，彗星碎片将如大雨一般不停轰炸格尔根星，而且没人能够阻止这一切。

彗星碎片还在不停撞击格尔根星。

102

西斯卡·佩罗尼

杰斯回到中央集结点的时候，无法掩饰自己的骄傲和对外星人的不屑，于是告诉了西斯卡自己的复仇行为。虽然没人知道这种打击对于格尔根星深处的外星人可以造成多少伤害，但是杰斯相信这些外星人已经遭到了重创。

两个人单独待在西斯卡位于小行星团的私人办公室里。西斯卡经过片刻的犹豫和思考，还是决定给杰斯一个温暖的拥抱。杰斯对此显得很犹豫，他害怕自己控制不住自己。

在可预见的未来，西斯卡也只能将自己的个人感情搁置在一边。全体游荡者都被卷入了一场战争，他们的生存受到了威胁，各个部族现在一片混乱。现在可不是谈情说爱的时候。杰斯和西斯卡都明白，他们现在还不能在一起。西斯卡将头靠在杰斯的肩膀上片刻，然后回到自己的桌前，叹了口气说："杰斯，你做了一件又勇敢又糟糕的事情。我们只能希望结果不会更糟。"

她会立即将杰斯的复仇行动通报给雅·欧卡。她和议长必须做出官方回应，因为杰斯的复仇行动，必须再召集一次部族会议。最起码，游荡者现在不会这么无助了。

在汉莎联盟看来，对格尔根星的轰炸也是游荡者发出的一条心照不宣的通告。一直以来，汉莎联盟都低估了游荡者的势力，对游荡者施加各种关税，认为游荡者不过是一群毫无组织的散漫之徒。但是，杰斯·塔博林向汉莎联盟充分展示了一群精锐的游荡者工人能造成多大的破坏。

还没等杰斯离开中央集结点，西斯卡也还没来得及去找雅·欧卡，一名商人带来了更可怕的消息。杰斯看了好几遍商人带回的录像，但还是不敢相信自己看到的一切。

西斯卡和杰斯一起观看了从低语者之殿发来的录像。环境隔离舱内部显示出气基大使的样子，人类终于得以一睹神秘的气基族的真面目。西斯卡和杰斯看到这幅画面，不禁深吸一口气。杰斯说："是罗斯！他们抓了我哥哥！"

西斯卡看着环境隔离舱里的人形，气基族流动着如水银般的形体采用的外形正是自己的未婚夫，她几乎不敢相信自己看到的一切。她说："又或者外星人复制了他。罗斯也是蓝天号的船员。也许气基族用他们的外形进行交流。"

杰斯瘫坐在一张挂在墙上的躺椅上，中央集结点的重力像是忽然提高了好几倍，压得他喘不过气来。杰斯脑袋靠在粗糙的石墙上："难道他们对我的家人伤害还不够吗？我们究竟对他们做了什么？"

当他们听到大使下达的最后通牒之后，杰斯和西斯卡的心中腾起了怒火。而环境隔离舱的爆炸和老国王的死，则让他们极度震惊。西斯卡努力忍住惊呼。虽然游荡者从没有在《汉莎宪章》上签字，也没把弗雷德里克当做自己的国王，但气基族大使的最后一击也让人难以理解。

杰斯嘴唇苍白，说道："所有这一切都是对汉莎联盟的实验的回应？游荡者可什么都没做！"

西斯卡的大脑飞速运转，开始思考最后通牒究竟意味着什么，她说："雷迪拉人也什么都没做。这些气基族不知道我们的区别，也不懂政治。很明显，他们甚至不知道人类和雷迪拉人之间的区别。"

杰斯叹了口气说："又或者他们不在乎。"

负责送信的商人匆匆离开，继续传递信息。西斯卡告诉他哪里可以找到议长欧卡，因为这位老人必须在谣言四起之前，先看到这些信息。

西斯卡此时感到身心疲惫，只想和杰斯一起跑到某个可以安静生活、不必关心银河战争和外星人的地方去。但是，现在还不是讨论这种事情的时候。她一只手轻轻放在杰斯肩膀上，说："杰斯，回家吧。你在这里也帮不上忙。"

杰斯抬头看着西斯卡，就好像有无数个念头，随时会从他的脑壳里钻出来："我肯定能做点什么，以某种方式战斗或者生存下去。游荡者不是一直如此吗？"

临走前，杰斯给了西斯卡一个长久的拥抱，温暖又充满绝望。西斯卡说："部族需要我们，不论是以什么方式。游荡者必须做好准备。你也知道未来的情况只会更糟。"

杰斯严肃地点了点头说："是的，这我还是知道的。"

#

西斯卡在中央集结点外侧小行星中建设的零重力育婴室里，找到了雅·欧卡。老人此时已经知道了气基族大使刺杀老国王的事情，也知道了杰斯对格尔根星发动的大轰炸，但是她没有做出任何回应。欧卡多年的从政生涯已经告诉自己，千万不要过早做出回应。

欧卡曾经对西斯卡说："西斯卡，先想后动，免得后悔。"由于汉莎联盟移民地和未标记的游荡者定居点之间相距甚远，所以不会立即出现反效果。有的时候，要经过几年的时间才能看到一件事的效果。

雅·欧卡双腿盘在一起，顺着墙上下漂浮。老人一只手挂在固定环上，确保自己不会飘走。她喜欢在育婴室里看着孩子们在开心玩耍的同时，还可以学习如何在低重力环境下活动的技巧。整个房间的墙壁上都装了垫板，这样孩子就可以玩弹球，也可以四处飞来飞去。

雅·欧卡依靠安装在房间中央的一罐压缩氧气来补充自己活动所需氧气，她的智能助手 UR 负责监视气罐里的空气存量。UR 装有全套急救技能和训练程序，而且比任何人类都有耐心。得益于它的母性心理程序，这个智能助手可以同时照顾好几名儿童。

当西斯卡进入育婴室之后，还没等雅·欧卡结束冥想，UR 立即就认出了西斯卡。UR 说："西斯卡·佩罗尼，你已经很久没来看我了。你有没有照我说的，做个乖乖的小姑娘？"

西斯卡笑着对母亲一般的智能助手说："UR，你教我的东西，我都没忘呐。"

UR 说："干得好，继续保持。"它说完就拦在两个打得不可开交的小男孩中间。UR 照顾了好几代游荡者的孩子，它一方面坚忍不拔、一丝不苟，另一方面也知道如何激发孩子的忠诚和爱心。

年迈的雅·欧卡一直注视着这些孩子，西斯卡抓着墙上的把手，来到她的身边。雅·欧卡说："你可能觉得有点奇怪，虽然育婴室里十分吵闹，但是我来这是寻一份心静，是想好好思考问题的。"

西斯卡看着这群无忧无虑的孩子，说："这倒是很好理解，议长欧卡。在这个宇宙中，还有哪里可以看到一群无忧无虑的人呢？又有哪些人会认为自己的未来永远都无忧无虑呢？"

老人看着自己的接班人，说："看来我把你教育得还不错，西斯卡。真希望所有人都能像你这么聪明。"

两个人一言不发地坐在一起，最后西斯卡问道："您也听说最新的新闻了？关于气基族大使，以及……杰斯和格尔根星？"

雅·欧卡点点头说："这事和我们无关。弗雷德里克也不是我们的国王。'克莱西斯火炬'计划不是我们的主意。但是现在，多亏了自以为是的杰斯·塔博林，我们彻底卷入了这场战争，现在大家再也不可能袖手旁观了。"

西斯卡表情严肃地说："议长欧卡大人，当蓝天号采矿船遭到攻击的时候，当气基族抓走罗斯的时候，当他们杀了你的外孙本特和其他人的时候，我们就已经卷入了这场战争。现在，这些外星人发出了最后通牒，威胁全面终止艾克提采集，这可是我们的经济基础！杰斯的彗星和这些都没有任何关系。"

欧卡终于松口了："你说的没错。我们肯定要因此而遭受磨难……更别说像你的杰斯和我可爱的本特，他们也被我们连累了。就算是汉莎联盟最偏远的移民地，也会感受到战争的冲击，因为艾克提的匮乏将限制太空飞行。但是，最受伤的还是我们游荡者。"

103

本尼托

本尼托坐在塔尔班面积不大但是非常舒服的小房子里，仔细打量着这位年迈的绿灵教士。塔尔班的疲惫几乎可以用肉眼就能看到，他的眼睛变成了黑色，眼睛周围皱纹丛生，翡翠绿的皮肤上遍布岁月的痕迹。但是，今天的塔尔班却显得非常有活力。本尼托到达栖鸦星已经两个月了，这还是头一次看到塔尔班如此兴奋。

塔尔班说："本尼托，我已经向你展示了有关栖鸦星的一切。你已经见过了市长，见过了所有居民，见识了他们的所有成就。在世界树之林的帮助下，你已经做好准备了。"

本尼托握着塔尔班的手说："塔尔班，我在这里感觉就像是回到了自己的家。用不了多久，我会你一样，非常喜欢栖鸦星。"他艰难地咽了下口水，不想让自己显得太难过。"我知道你已经准备好了。我也准备好了。"

移民地的人都很欢迎本尼托，毫无保留地接受了他。亨迪市长、当地工人和他们的家人，都对本尼托能留在栖鸦星表达了感激之情。当地人曾经担心无人可以接替塔尔班。塔尔班曾经反复向当地人保证，当地人仿佛就是自己的亲人，他不可能让自己的亲人无法享受远程即时通信能力。

亨迪市长宣布当天下午进行庆祝活动并举行一场宴席，当地人拿出了自己最奢侈的食物：炖羊肉、羊奶干酪和大面包。孩子们在尘土飞扬的街道上跑来跑去，农民们也从田里赶回来换上了干净衣服。大家在欢笑之余，回忆着塔尔班为大家办的好事，替大家向住在其他汉莎移民地上的亲人送上节日问候或贺词。

本尼托聆听着当地人说着塔尔班的故事。有一天，栖鸦星曾经刮起了一场强劲的风暴，这位年迈的绿灵教士和自己的世界树树苗挤在一起，只为了给世界树传达当地人对于这个星球糟糕天气的印象。按照当地人的说法，他们的告别仪式虽然奇怪，但这是他们能想出的最好的告别礼。

随着天色越来越暗，栖鸦星也刮起了风，强风吹拂着麦田，扫过移民地经过气动优化的房屋。本尼托和塔尔班一起回家，他说："看起来又要有一场暴风雨。"

塔尔班笑着说："这场暴风雨不会太糟糕。刚好可以让世界树们聊会儿天。"

本尼托可以听到屋外的世界树的蕨叶相互摩擦的声音，就好像在窃窃私语，一边聊天一边欢笑。而塔尔班只是看着窗外的黑暗。

本尼托语气平和地说："在你走之前，让我再拥抱你一次。"

老人抬起消瘦而结实的胳膊，最后一次拥抱了本尼托。本尼托十分感谢这位老人教授给了他各种知识，感谢他展示给自己需要知道的一切。

"本尼托，你是个好学生。你已经学会了我能教给你的一切。我不过是帮助你快速掌握这一切罢了。现在我完全放心让你留在这里了。我的人民和世界树可以得到很好的照顾。"

塔尔班说完就转身离开了房子，他的眼中闪动着平静而自信的光芒。他迈着矫健的步伐走向自己多年前种下的世界树树林。本尼托看到这位老人脱下了自己的袍子扔在地上，然后赤身裸体地走进一片黑暗之中……

#

塔尔班享受着拂过自己皮肤的微风、脚下踩着的泥土和柔软的地衣。老人一个人走进树林之中,但是并不孤独,因为世界树之林在引导着他。

世界树的树苗在栖鸦星上苗壮成长,已经成为世界树之林在这个星球上的分支之一。他在树林中游荡,手指抵在柔软的、长有鳞片的树干上。他向每一棵树问好,其中不乏那些从塞洛克星刚刚搬来的树苗。所有的世界树都相互连接,它们都是一个整体中的一分子。

塔尔班来到小树林的中央,然后躺在柔软的地上。他靠在身边的一棵世界树上,瘦骨嶙峋的双肩抵在树干上。他透过世界树枝叶间的缝隙,打量着天上的星辰,晃动的枝叶似乎在为他鼓掌……又或是在召唤他。

塔尔班通过自己的皮肤,开始向世界树祈祷。他闭上眼睛,将自己的意识通过世界树的树根,传达到整个世界树之林。

老人开始传达自己最后的意识,心甘情愿地结束自己的生命,奉献出自己的精神。只有这样,才能让金色的世界树蕨叶接纳死后升腾的灵魂。

#

那天夜里风越来越大,但是风暴只带来一场温和的雨水。第二天早上,本尼托走出塔尔班的房子——现在这是他的房子了——抬头打量着蓝色的天空,享受着星系恒星的光芒。他绿色的皮肤正在吸收光子,本尼托感到一种痒痒的感觉。他喝了一升水,然后走向世界树之林,为塔尔班尽上自己的最后一份力。

清晨中,本尼托看到老人安详地躺在最高的一棵世界树的树荫下。他看到老人面容安详,自己脸上也露出了笑容。

为了保护世界树犹如神经网一般的树根,本尼托并没有用铁锹。

他用长满老茧的双手，在两棵树中间的松软土地挖出了一个浅坑。他抱起老人轻如火种的遗体，轻轻地放在浅坑里。本尼托埋葬了塔尔班，将老人葬在了这颗他所深爱的星球上。

本尼托默默做着祈祷，世界树们也跟着窃窃私语。通过世界树的网络，所有绿灵教士都可以看到这场葬礼。

本尼托对最终结果感到很满意，于是回到自己的小屋打算清洗一下。当天晚些时候，他会去移民地城镇，告诉居民有关塔尔班去世的消息。他知道大家都会为塔尔班的离去哀悼，因为塔尔班一直是他们的好朋友，但是本尼托会尽可能安慰他们，并跟随老教士的脚步，继续为栖鸦星服务。

按照传统，在葬礼结束后一个小时，本尼托回到小树林，精心挑选了一棵又高又直的世界树。他在树上选了一棵合适的树苗，它从蕨叶交汇的地方顽强地向上生长。树苗纤细湿润的根部还挂着树汁。本尼托抱着树苗回到那堆刚刚挖出来的泥土前，这里是塔尔班的坟墓。本尼托为了纪念这位年迈的绿灵教士，在土堆的中间挖出一个小坑，将小树苗种了下去。

他曾将塔尔班的遗体埋在这里，让老人体内的每一个分子重返世界树之林。随着本尼托越挖越深，他发现塔尔班的遗体已经完全消失。老塔尔班已经完全融入土壤，和不断扩张的世界树之林融为一体了。

本尼托种下这棵树苗，脸上带着一种意味深长的微笑，他站起身，打量着身边茂密的世界树之林。

他暗自发誓，然后抚摸着世界树的树干，通过连接告诉它们自己会在栖鸦星种下更多的世界树，竭尽所能让世界树种满全宇宙。

104

妮拉

妮拉发现自己最近越来越有心情唱歌。虽然欧特玛对于自己的助手所取得的进度非常失望，但是妮拉的幸福心情让欧特玛也无法责备。记录者瓦尔为了帮助欧特玛，带来了一群专业朗读者帮助她。欧特玛对于现在的项目进度非常满意。

妮拉和第一继承人乔拉之间的情人关系已经维持了几个月，二人都知道这一点很不寻常。妮拉发现乔拉富有激情，风度翩翩而且聪明至极。乔拉是一个完美的情人，他既能照顾妮拉，还能逗她开心，而妮拉也是如此。

虽然乔拉在妮拉身上花的时间远超过其他那些经过精心挑选的情人，他还是因为妮拉的香吻而依依不舍。对第一继承人而言，似乎绿色皮肤的塞洛克姑娘，远比雷迪拉帝国各个氏族的女人更有吸引力。乔拉认为妮拉是一道完全不同的风景线，她是如此天真无邪。虽然妮拉尊重身为贵族的乔拉，她却没有被这种身份上的差距所吓倒，并没有将乔拉第一继承人的身份看得太重。乔拉觉得这一点非常吸引人。

虽然他们不止一次共度春宵，妮拉也知道乔拉不止有自己一个情人，她还是惊讶地发现自己怀了乔拉的孩子。

妮拉在过去几周对自己是否怀孕表示怀疑，她很难相信自己真的怀孕了。一个人类和雷迪拉人的混血后代，意味着两个种族的基因有着极高的兼容性。终于，妮拉的生理期没有如期而至，而且身体也发生了变化：突如其来的恶心，即便是在雷迪拉明亮的光照下，也会感到疲惫，体重稍有增长。这让妮拉不得不承认怀孕的事实。

这个奇迹让她感到头晕目眩。

她还记得和乔拉躺在五颜六色的垫子上，在封闭的中庭欣赏逆流而上的瀑布。他们在一番云雨之后依然拥抱着彼此，在热吻中准备展开下一轮激情的碰撞。妮拉曾经问过乔拉，有关雷迪拉帝国各个氏族之间的关系。

乔拉笑着说："啊，妮拉，雷迪拉人之间的区别并不大。我们的种族适应性很强，可以吸收各种有用的基因特质，寻找通用的基因，然后通过整合创造出更强大的混血后代。我们从各个氏族中汲取最优秀的基因。"

妮拉解释说："不同种族的人类在外形上有细微差别，但是基因是一样的。"

乔拉听到这话大笑起来，又亲了亲妮拉说："妮拉，我能看出来人类之间的差别。尤其是你身上的不同之处。"

此时，妮拉独自一人，抚摸着自己平滑的腹部。现在还看不出怀孕的迹象，但只要妮拉闭上眼睛，就能想象到一个婴儿在自己的体内生长。这个孩子带着妮拉和乔拉的血统。她好奇要多久才能感受到他／她的存在。

"你会长成什么样呢？是男孩还是女孩？"妮拉想象着绿灵教士和雷迪拉皇帝儿子的基因结合，会产生怎样神奇的反应。这个孩子有着无限的潜力，妮拉想到这一点就笑了起来。

当乔拉成为皇帝之后，他就可以全面控制心神网，这套远程感应系统和妮拉与世界树之间的联系完全不同。雷迪拉帝国的皇帝通过心神网，可以感知到帝国中每一个人。但是，妮拉也会因此失去自己的情人。乔拉会变成一个和现在完全不一样的存在。

妮拉问他："你很期待登基吗？"

"不论我是否期待，这一天总会到来。我是第一继承人。我注定会成为下一任皇帝。心神网将变成我的画布，我将继续制作这幅雷迪拉帝国的完美之作。我将无所不知，我将成为人民的神。"他亲了下妮拉。"在这件事上，我没有选择的余地。"

当乔拉赤身裸体抱着妮拉的时候，她感到害怕，她可以感受到乔拉温暖的皮肤和肌肉的纹理，还有吹拂在自己脸上的温暖呼吸。乔拉金色的头发犹如静电火花一样不停地抖动。妮拉说："乔拉，在你成为皇帝之前，你必须……他们得——"

乔拉的手指划过妮拉的嘴唇："没人会期待割礼，但我从孩提时代起就已经做好准备了。就目前而言，我的使命就是和雷迪拉各个氏族的代表繁育后代。我以后的使命是管理心神网，让自己成为全雷迪拉人意识的核心。"他抚摸着妮拉光滑的肩膀。"但是，在未来半个世纪的时间里，我不用担心这些事情。别担心这些事情了，妮拉。这种转瞬即逝的美好时刻，不是应该让我们的爱更加甜美吗？"

妮拉又怎么可能拒绝乔拉呢？

怀孕让妮拉又惊又喜，现在的她非常想见见乔拉，和他聊聊孩子的事情，但是乔拉最近却非常忙。自从气基族攻击昆哈星系，气基族大使对艾克提生产下达最终通牒之后，皇帝就让乔拉待在自己身边。在当前的局势之下，包括第一继承人在内的所有继承人，以及太阳舰队内全体指挥官，都要应对这场危机。

妮拉知道现在不是男欢女爱的时候，所以她只能先保守这个秘密，等待一个合适的时机，然后再告诉乔拉。当乔拉作为皇位的继承人，被各种责任和义务压得喘不过气的时候，妮拉就会告诉他这个秘密，让他在烦躁的一天中也能找到一丝光明。她相信乔拉一定会把这个孩子当作一个奇迹。

妮拉还不想把自己怀孕的消息告诉严厉的欧特玛，所以她专注于为世界树的树苗们朗读《七恒星史诗》。妮拉现在怀着第一个人类和雷迪拉人的混血儿，她好奇自己是否可以在这部史诗中有一席之地。她的孩子，有着无限的潜力，说不定在未来的某一天也可以成大事。

如果欧特玛还没有通过世界树之林知道这个婴儿的事情，那么妮拉很快也会告诉她这件事。但就目前而言，妮拉为自己对于第一继承人的爱而辩护，理清了自己对第一继承人的感情。由于无人可以倾诉，妮拉将自己的想法全部告诉了世界树。

而永远好奇的世界树仁慈地将一切都收入了自己的数据库。

105

皇帝

当焦躁不安的温塞拉斯主席赶回地球处理乱局的时候，皇帝知道现在是时候开始自己的计划了。到头来，人员的死伤都不是重点，因为帝国已然危在旦夕。皇帝不能再拖延了。

雷迪拉帝国现在处在命运的十字路口，只要能让帝国生存下去，皇帝可以毫不犹豫地做出必要的决定，至于这些决定究竟是多么令人不悦，就不是皇帝需要考虑的了。等皇帝死后，乔拉早晚有一天也会明白这一点。第一继承人没有选择的余地，而且他也不会有任何怀疑。

乔拉和自己的随行人员站在棱镜之殿洒满恒星光辉的屋顶上。他们穿着旅行用的衣服，这其中有装饰奢华的雷迪拉式条纹布，也有塞洛克星蚕蛹纤维制成的围巾。

为了和自己的长子告别，皇帝用几队侍从才把自己和形似虫蛹的座椅搬到了屋顶的停机坪上。把乔拉支开是整个计划关键的第一步，只有完成了这一步，皇帝才能下达其他更让人不悦的命令。

"我的儿子，希望这次外交旅行可以开拓你的眼界。"皇帝说话时，脸上带着安详的笑容。第一继承人看起来没有任何怀疑，要操纵他实在是太简单了。

乔拉点了点头，他金色的辫子也随之飘来飘去："我很想亲眼看看塞洛克星，父亲陛下。我也很希望再见一次雷纳德王子。我认为他是我们帝国的一位好朋友。"

皇帝躺在椅子上点了点头，摆出一副心满意足的样子，而心里却一直在思考该如何应对古老危险的气基族。他说道："是的，我们必须确保盟友的立场不会动摇。"

乔拉看到妮拉和围观人群，都被巴农挡在封锁线以外。乔拉说："但是，父亲……你真的不需要我的辅佐吗？如果气基族再次攻击我们的采矿设施怎么办？"

皇帝向着乔拉靠近了一点，说："乔拉，只有你能对付塞洛克星人。目前，这是你最重要的任务。"

第一继承人鞠了一躬，很高兴能得到这种任务："我的皇帝，如您所愿。您无所不知，无所不晓。"

乔拉向着围观人群挥手道别，目光落在妮拉身上，因为自己再也没有机会单独向她道别了。乔拉带着官员和贵族们登上前往塞洛克星的运输船，这次的任务将占用乔拉不少时间。皇帝忠诚的侍从们会掩盖好混乱的局面，准备好所有的证据和托辞。如果有必要的话，乔拉永远都不可能知道事情的真相。

皇帝曾经担心乔拉会要求妮拉陪自己一起出发，如果事情真的如此，那么皇帝只能编造一些借口拒绝乔拉的要求。但是，年迈的欧特玛已经提前拒绝了乔拉的请求，她说关于《七恒星史诗》的工作进度远不如预期。还没等妮拉请求和第一继承人一起出发，欧特玛就明确申明，妮拉必须留在米基斯特拉完成自己的工作。

在皇帝看来，这一切真是太完美了。那个小姑娘是我的了。

随着第一继承人的飞船起飞，围观人群挥舞着双臂发出阵阵欢呼。皇帝打量着妮拉，思考着如何将妮拉的价值最大化，他的辫子在身边不停抖动……妮拉在最恶劣的环境下可以坚持多久呢？

\#

皇帝端坐在自己的椅子上，整理分析心神网传来的各种信息，巴农和另外四名肌肉发达的卫兵为他把守着大门。皇帝观察着帝国内的广大民众，寻找任何关于气基族的线索和信息。只有完全掌握自己的帝国，才能决定下一步的行动。

乔拉是皇帝的长子，注定接替皇位，他早晚会明白一切。如果乔拉知道两名绿灵教士最终的真相，那么对他造成的冲击要远远大于割礼仪式。但是，他早晚会知道这一切……并学会如何面对现实。

皇帝拿起一叠字迹繁密的文件，这些都是《七恒星史诗》中被删减的内容。就连最伟大的记录者们，都不知道这些诗篇的内容，这是一段被隐藏的历史，前任雷迪拉皇帝认为这些可怕的内容不适合雷迪拉人。

当年轻的记录者迪奥将这些文件献给皇帝的时候，在当前这种环境下，皇帝为了保密，只能杀了这位年轻的历史学家。皇帝仅仅以迪奥被派去偏远的支派移民地为借口，就轻松解释了他的失踪。毕竟没人会怀疑皇帝的话。

现在，皇帝重新阅读这些古老的文件，重温有关气基族的历史。

这些古老的敌人。

皇帝在位已经一百多年了，他知道的远比疯狂的人类要多得多。皇帝知道这场战争将会是多么不可思议，毕竟宇宙都将被撕裂。如果乔拉能理解这些事情就好了……

皇帝希望自己的长子能够明白长期计划中的相互联系和最终后果，但是第一继承人太过天真乐观。他还没有做好准备领导整个帝国。到目前为止，乔拉的手还是太干净了。

皇帝在这些被遗忘的诗篇中，寻找能够让雷迪拉人扭转局势的信息。眼下这场不断升级的和气基族的战争，足以在《七恒星史诗》中占据千页篇幅。而且，只要能够合理利用这次战争，那么皇帝就能带领日落西山的帝国进入一个全新的黄金时代。

皇帝的唯一希望，就是和气基族建立某种同盟关系。但他和其他人都必须做出牺牲。展开谈判的前提，是多布罗星的实验必须成功。皇帝只能想到一种和外星人交流的办法，以雷迪拉人自己的方式。

整个计划可能消耗十年或者二十年。皇帝不能犯任何错误。如果成功的话，气基族会听他的话。但是，想想雷迪拉人将要忍受的苦难和随之而来的死亡吧！

巴农走进房间，打断了皇帝的思绪，他低着头说："大人，多布罗星的继承人遵照您的要求，已经到了。"

"很好，巴农，你也别走远了。我要交给你一份很重要的任务。"皇帝放下手中的文件，他的长辫子因为烦躁又开始抖动了。"我们有很多工作要做。"

106

巴斯拉·温塞拉斯

低语者之殿昔日富丽堂皇的王座大厅此时是一片废墟。墙壁几乎全部坍塌，窗户都碎了，支撑柱也因为环境隔离舱的爆炸而倒塌了。万幸的是，没有引发火灾。

巴斯拉·温塞拉斯一言不发地站在一片废墟中，牙关紧咬，双唇紧闭，双手因为愤怒和震惊而捏成了拳头。

巴斯拉在皇家卫队的护卫下开始检视这片废墟，工程师已经建起了简易墙，确保这块区域的安全。在遭到攻击之后，整个王座大厅都被封闭了，只等着巴斯拉从雷迪拉帝国赶回来。所有人都不可以看到被毁灭的王座大厅现在的样子。

弗朗茨·佩里德尔一言不发地陪在巴斯拉身边，而巴斯拉主席一直在思考下一步该怎么办："佩里德尔先生，给我汇报一下评估报告。你一直关注过去几天的民众反应。媒体控制没问题吧？"

这位金发的年轻人似乎很惊讶："我们怎么可能控制得住媒体，主席先生？自始至终，与气基族的会面内容就对公众开放。您是在建议我现在再去回收控制这些新闻吗？这太危险了，长官。"

"不不不，现在太迟了。但是，我们必须引导舆论。让民众按照我们提供的思路进行思考。"

佩里德尔平淡地说："现在谣言四起。民众还不敢相信发生的一切。有些人非常愤怒，还有些人以为气基族入侵了，非常惊恐。我们该如何引导民意？大多数人还不清楚，如果艾克提的生产陷入停滞，那么人类的苦日子就没完了。"

"我们会找到能用的艾克提的！"巴斯拉几乎是在低吼。"现在民意必须站在我们这一边，我们要利用民众的愤怒，团结民众，然后准备采取行动。如果我们和雷迪拉人结盟，那么还是可以对付外星人的。"

巴斯拉皱着眉头，想起了和雷迪拉皇帝的谈判。在返回地球的路上，巴斯拉一直被一个念头所困扰。当王座大厅遭到袭击的时候，恐怖而戏剧化的事态发展使巴斯拉暂时忘记了欧特玛进入房间之前皇帝说的话。但是，现在他想起来了。

虽然皇帝坚持自己对于这些神秘的外星人一无所知，但是皇帝管这些外星人叫"气基族"，那时候气基族的大使还没有到达低语者之殿。雷迪拉皇帝那时候怎么可能知道这些外星人的名字？他们还有什么秘密不为汉莎联盟所知？

巴斯拉踩过一片碎石，这曾经是一根支撑柱。镜子和彩色玻璃的碎片像海盗的宝藏一样散落一地。巴斯拉问佩里德尔："弗雷德里克的尸体情况如何？现在状态如何？"

佩里德尔皱着眉头说："完全看不出来人形了，主席先生。冲击波让尸体看起来就是墙上的一团污迹……然后墙还塌了。"

巴斯拉悲伤地点了点头："找一具合适的尸体来。只要化妆和整容到位，公众永远都不会知道真相。我们必须尽快准备一场盛大的皇家葬礼。老国王的遗容必须看上去平和安详。尸体上不能有任何伤口。封闭的棺材会给民众一个错误的信号。"

佩里德尔说："遵命，主席先生。这事交给我吧。"

巴斯拉打量着破烂的王座大厅和墙上的血迹。王座大厅曾经是低语者之殿中最奢华的建筑，风呼啸着穿过墙壁上的裂隙。这是几十年来第一次，巴斯拉感到眼中有泪水在转动。一股愤怒将这些泪水压了下去。

OX 一瘸一拐地走进了王座大厅，它受到的损伤可见一斑。巴斯拉看着身材矮小的智能助手，注意到它扭曲的左臂和左腿上的支架。新换上的部件还闪着明亮的光泽。但是，OX 的外壳绝大部分还是伤痕累累的。

"温塞拉斯主席，我随时可以为您提供目击报告。"OX 说，"虽然只有我在这次爆炸中活了下来，除了已经被记录和发送的信息，我也无法提供更多信息。"

巴斯拉说："OX，你有一个更重要的任务。我们必须加快行动了。必须尽快向民众介绍彼得王子。我们已经别无选择。"

OX 的回答中带着一丝疑虑："主席先生，他的训练还没有完成。"

"只能凑合了。我们必须保证汉莎联盟的存续，一位新的王储可以稳定局势。再说了，彼得还年轻，大家也会容忍他犯错。"巴斯拉一转身，皇家护卫立即集中注意力，只等着巴斯拉下达命令。

"我希望王座大厅立即修好，不必考虑成本问题。不惜一切代价，需要什么材料就去找，但是王座大厅受损的相关资料一点都不要留。我不希望大众看到王座大厅现在这幅样子。绝对不能让民众知道王座大厅的受损情况。等到下次展示王座大厅的时候，它应该完好如初，实际上它应该比以前还要壮观。虽然弗雷德里克国王死了，但我们不能让民众知道气基族对我们的伤害有多大。从长久来看，公众的恐慌对我们的伤害更大。"

佩里德尔开始思考，如何秘密组织谨慎小心的建筑师和工程师。

巴斯拉继续说道："国葬完成之后，我们就举行彼得国王的加冕仪式。我需要的是一场货真价实的庆典。你也知道，新国王万岁！"他走到 OX 面前说："来吧，OX。咱们要为彼得王子写一篇演讲稿。我觉得我已经想好让他说什么了。"

#

当彼得站在低语者之殿的演讲阳台上的时候，巴斯拉好像一部高成本娱乐节目的导演，挑剔地打量着彼得。

彼得王子衣着规整，发式整洁，一举一动非常得体。在巴斯拉看来，在彼得身上几乎看不到当年那个街头讨生活的雷蒙德·阿古拉的影子。那个雷蒙德已经死在一场地下室大爆炸之中了。彼得看起来像年轻时的弗雷德里克国王，为了增强二者之间的联系，大量前国王的图片和全息视频在几个月内都已经经过了修改。

彼得王子的出现让民众大吃一惊，因为老国王的家庭对于外界来说，一直都是秘密。但是在这种艰难时刻，民众没有表现出震惊或者抱怨，只是一方面庆幸地发现，汉莎联盟的王位后继有人，另一方面表示出对彼得"丧父"的同情。老国王慈祥仁爱，在他的统治下，人民生活非常平静。现在，气基族正在大举进攻，汉莎联盟需要一个更强大的君王。

在演讲刚开始的时候，彼得王子接到了指示，向大众举起了双手。广场上的民众也欢呼了起来。彼得说："致我在地球和各个移民地上的人民，请允许我做个自我介绍。"彼得的脸上露出一个骄傲的微笑。"在未来的日子里，咱们可能会经常见面。"

巴斯拉看着彼得的即兴发挥，不禁皱起了眉头。彼得的演讲稿显然不是这么写的，但是围观的人群确实笑了，他们真的笑了。在经历了震惊和悲痛之后，这笑声是一个巨大的解脱，让人显得格外轻松。虽然巴斯拉对彼得脱离演讲稿的行为表示不满，但是这位年轻人的本性也许并不坏。一个热心而受人爱戴的领导人相较于一个死板而高高在上的傻瓜，倒是可以更好地团结人民。

"我的父亲已经死了，我只能提前成为你们的新国王。统一教教宗已经和我谈过了这件事，送给了我来自统一教的祝福，现在我已经做好了准备。我发誓，我将竭尽全力为我的人民而工作……当然，我更希望我们能够一起为了全人类的福祉而奋斗。"

人群发出阵阵欢呼，巴斯拉赞许地点了点头。他心中暗想，现在这个局势下，需要的是强硬而果断的领导人。一个受人民欢迎的领导人也不错。

彼得王子的登基典礼和老国王的葬礼日期都已经订好。这些场面宏大的典礼，可以分散人们的恐惧，让他们暂时不去关注气基族可能的进攻。这些来自气体星球深处的气基族，随时都有可能卷土重来。

彼得强而有力的声音在广场上回荡："我要做的第一件事，就是向地球防卫军总指挥库尔特·兰扬将军下达命令。气基族已经犯下了不可饶恕的罪行，他们不仅暗杀了我的父亲和你们的国王，而且还威胁削弱地球汉莎联盟。我们绝对不允许他们这么做！"他举起一个拳头，人群爆发出欢呼声。"我们必须面对我们的敌人。如果他们认为人类面对这种不合理的威胁会退缩的话，那么他们就大错特错了。他们不能阻止我们获得必需的星际驱动燃料！"

巴斯拉听到人群的欢呼时不禁大吃一惊。彼得王子已经将民心控制于自己的股掌之中。

"因此，我命令经过升级的战舰对外星人发动全面军事进攻。汉莎联盟的采矿船将在地球防卫军的掩护下继续工作，继续采集我们所需的所有艾克提燃料！我们的第一个目标就是太阳系的木星。气基族不能阻止我们获得我们自己的资源。"

巴斯拉笑了起来。人民虽然沉浸在悲伤之中，但依然热情高涨，而且愿意做出任何牺牲。

"鉴于气基族的威胁，全体人类都必须保持勇敢。我们从来都无意伤害这些外星人，但如果他们侵犯我们的权益，那么我们也绝对不会客气。"彼得提高了自己的音量，继续对民众的演讲。"我命令舰队即刻出发！"

巴斯拉靠在自己的椅子上，对演讲的效果很满意。彼得稍微改动了其中几句话，凸显自己的特色，也许这是为了体现在自己能力范围内的抵抗。这位新王子也许还是太独立了一点，但是这完全在可控范围之内。

巴斯拉会在加冕典礼之前让彼得乖乖听话。

107

塔西亚·塔博林

一如人类历史上每一支即将奔赴战场的海军舰队一样，地球防卫军的士气非常旺盛。就连曾经对塔西亚冷眼相向的新兵们，在带着自己的装备冲向自己的飞船时，还会在塔西亚的背后拍一巴掌以示友好。她已经好几天没有被叫"蟑螂佬"了。

等了这么久，塔西亚终于可以去收拾这些外星混蛋了。刺杀老国王的气基族大使，居然伪装成罗斯的样子。就因为这一点，塔西亚就要把这些外星人好好收拾一顿，但是，塔西亚仇恨外星人的理由可不止这些。

地球防卫军已经收到了尚未被证实的报告，大批彗星在人为操纵下开始撞击气体巨星格尔根，气基族就是在这里对人类发动了第一次攻击。虽然没有人知道彗星轰炸到底能对敌人造成多少伤害，但是这种大胆的行动让地球上的士兵们浮想联翩。区区一个游荡者居然能干出这种事情，这让这些士兵们感到很惊讶，也感到很有趣。

这意味着，地球防卫军的这些"专业"士兵们可以对敌人造成更大的伤害。

只有塔西亚知道，这次彗星轰炸的幕后策划就是杰斯。杰斯为了报复蓝天号的覆灭，特意选择了格尔根星作为目标。她自言自语道："老哥，现在该我出手了。"

在热情和决心的驱使下，塔西亚给了罗博·布里登一个迅速的拥抱和一个热吻，在她裂着嘴傻笑的朋友反应过来之前，跑向自己的飞船。

塔西亚带着自己的装备，穿着一件连体服，口袋里还塞着一些游荡者常用的生存工具，她现在赶往停机坪，从那里再坐运输船前往正在待命的战舰。作为地球防卫军的副总指挥，斯图莫将军负责指挥第一艘改进型巨像级战舰歌利亚号。这艘巨舰已经完成了初期测试，而且测试结果非常优秀，随时可以投入战斗。

当塔西亚见识到集结中的木星远征舰队和舰队的强大火力之后，她和其他新兵一样，一下子变得无比自信和乐观。但是她也知道，一切变化可能就在一瞬间。在研究了气基族和雷迪拉太阳舰队在昆哈星系的战斗后，他们都知道外星人的球形战舰不好对付。

由于塔西亚表现优异，她已经被提拔为武器平台指挥官，指挥自己的云砧武器平台。虽然只有大规模扩军才能有这种快速的提拔，但塔西亚依靠自己的实力赢得了这一切。罗博·布里登，因为和塔西亚展现了完美的团队合作，成为了塔西亚的副手。如果和气基族发生冲突，那么他将负责指挥在太空战斗中首当其冲的鲫鱼战斗机中队。

当地球防卫军所有人员就位，引擎启动，武器完全充能，所有鲫鱼战斗机做好战斗准备之后，斯图莫将军开始对全军发表讲话："这是我们第一次对敌人采取直接行动，这次任务远比地球防卫军之前的任务更重要。这次不是一次平定移民地叛乱行动，也不是对付几个洗劫移民地的游荡者海盗——"

塔西亚在武器平台的舰桥上再次听到了兰德·苏伦加德的名字，瞬间眉头紧锁。她轻轻说道："我的天，长官，真是'谢谢'你了。"斯图莫的话无意间减弱了塔西亚的指挥控制力。

将军继续说："这次任务的最终结果将直接影响到地球汉莎联盟和全人类。"

塔西亚的舰桥船员怪叫着说："让咱们去狠踢气基佬的屁股吧！"

"想要对付恶霸，就得让他们尝尝被欺负的味道——好好踹他们的蛋蛋！"塔西亚听出这是帕特里克·菲兹帕特里克的声音，这家伙热衷于欺负其他人，不过多亏了塔西亚，他已经认识到了自己的错误并向她道过歉。他没有得到提升，反而被分配到了塔西亚的舰桥上。

塔西亚希望这次讲话快点结束，快点出发，但是斯图莫还是说个没完："因为我们不知道敌人的具体位置，所以这将不会是一次直接进攻。但是，我们必须对气基族的最后通牒做出反应。我们要用武力夺取我们需要的艾克提。"

整个舰队终于离开了小行星带的造船厂，向着木星前进。木星表面被灰色、褐色和黄色的带状物以巨大的飓风环绕着。在伽利略用简陋的望远镜发现木星之前，气基族是否就已经藏身于木星？

小行星带的造船厂已经组装好了四艘大型艾克提采集船，这些飞船可以依靠自己的动力飞行，而且得到了地球防卫军舰队的护航。

塔西亚在云砧武器平台的舰桥上，又忍不住想嘲笑汉莎采矿船的原始设计。游荡者的采矿船更加简洁、高级，而且航行效率更高。

虽然这些简陋的采矿船或许仅仅可以满足使用要求达到开采目的，但当塔西亚了解了这些地球采矿商人的实际水平之后，她终于明白为什么游荡者可以牢牢控制住艾克提市场份额。

而现在，由于没有地球防卫军护航，游荡者的生计受到了威胁。到了最后，由于汉莎联盟自身产能低下，他们可能联系游荡者，并为游荡者的采矿船提供足够的军事保护。但是，这种弱势地位让塔西亚感到非常不安，游荡者一直竭力避免和汉莎佬达成这种令人不悦的合作关系。

整个航程并没有消耗多少时间。歌利亚号战舰，三艘蝠鲼巡洋舰，和一群武器平台组成矛头，带领着艾克提采矿船冲入了木星大气层。木星美丽的云带让塔西亚印象深刻，但是她曾经和罗斯一起站在蓝天号的观测甲板上见识过太多令人惊叹的行星。

现在，她渴望战斗，只想尽快找气基族复仇。如果这些气基族胆敢出现，那么塔西亚希望自己可以第一个开火。

当采矿船开始在云层中巡航，吸入大量氢气，然后转入艾克提反应堆进行处理的时候，塔西亚手下的船员们爆发出一阵欢呼声。

这些笨重的采矿船要在气体巨星的云层中停留几个星期，才能生产足够量的艾克提。但是，地球防卫军仅通过实施这次的行动，已经为人类赢得了一次精神层面上的胜利。地球防卫军已经证明，虽然外星人的威胁还没有解除，但是人类依然可以取得自己的星际燃料。他们认为气基族是在虚张声势。他们能勇敢面对敌人，对敌人嗤之以鼻。

塔西亚的船员开着玩笑，互相打赌，士气比舰队出发前还高涨。蝠鲼巡洋舰在其他飞船面前，卖弄着自己的战术动作。罗博·布里登站在塔西亚附近，由于他现在身处舰桥，塔西亚是平台指挥官，所以二者还是保持了一定距离。二人四目相对。罗博压低声音说：

"虽然这话不该我来说，但是我觉得，咱们正在光着屁股挑衅一只看守垃圾车的恶狗，而这条恶狗的狗链子随时都可能会断。"

塔西亚看着罗博，困惑地说："布里登，有时候我真的听不懂你在说什么。"

但是，塔西亚完全理解罗博想要说的是什么。她只是好奇，这条链子什么时候会断。

108

玛格丽特·克里克斯

玛格丽特在克莱西斯机器的内部找到了一张功能图表，这为她提供了继续研究所必需的线索。她起身匆匆穿过废墟中的其他房间，玛格丽特直觉认为石窗周围石砖上的符号，代表着克莱西斯人曾经统治的星球。她看着这份清晰的记录，这些墙上的刮痕似乎是匆忙在墙上留下的最后遗嘱或者是绝望的留言。

路易斯还在倒腾克莱西斯人的机器，DD在墙上的文字周围安装照明设施，玛格丽特花了几个小时站在原地一动不动，思考这份记录的真正意义。她记下所有的疑点，每次翻译一小部分。只要遇到有困难的部分，她就去翻译其他部分。每次翻译出的译文都会给她一定参考，进而更好地理解之前有困难的部分。玛格丽特在各段记录中反复跳跃。

理解墙上的译文就像是剥洋葱，在得到新答案的同时也发现了更多的谜题，在不断填补克莱西斯人历史空缺的同时，也充分表明人类对于克莱西斯人还知之甚少。最后，玛格丽特终于整理好了一份基本的总结。

两台克莱西斯机器人走进安放着石窗的房间，观察考古学家们的工作进度。玛格丽特在旁边的房间打量着墙上的文字，打开了安东送给自己的音乐盒。音乐盒叮当作响的旋律有助于玛格丽特思考，能让她的注意力在各种符号间跳跃。实际上，玛格丽特发现克莱西斯人在撰写编年史的时候似乎也存在某种节奏，一种在人类语言中不具有语言学意义的韵律。

西里克斯和德克里克移动手指般的双腿进了玛格丽特所在的房间，它们用光学探头扫描墙上的文字。音乐盒发出的旋律似乎让这些机器人感到不适。它们一动不动，等着音乐盒慢慢结束。

DD转头对两台克莱西斯机器人说：“我们今天取得了不少进展，这对你们来说算是好消息。玛格丽特，你能分享一下今天的翻译进度吗？”

玛格丽特的手指划过墙上的文字，说：“我还在整理整体文件，但是现在速度已经大大加快了。我理解得越多，就能解开越多的谜团。这一部分是关于一场席卷整个银河系的战争，也许就是这场战争灭绝了克莱西斯人。我们在研究过科里布斯星的遗迹之后，更是坚定了这种假设，这里是第一次在克莱西斯人的记录中公开提到这场战争。”

玛格丽特指着一大块墙面说：“目前这部分还无法理解，根据我能看懂的几个词，这里说的应该是克莱西斯人的敌人。你看，还有这里和这里。”她向前走了几步，指着几处象形文字。“我觉得这些部分讲的是克莱西斯机器人。”

西里克斯和德克里克的光学传感线闪闪发光，发出嗡嗡的声音。玛格丽特双手叉腰，笑着说：“现在进度非常顺利，说不定今天就能完成这面墙的翻译。我们很快就能知道答案了。”

西里克斯说：“知道这些答案将改变很多事情。”

另一个房间里路易斯发出一声兴奋的欢呼,打断了他们的谈话。玛格丽特和DD赶紧过去一探究竟,两台机器人也不紧不慢地跟在后面。路易斯站在古老的机器旁边,机器摇摇晃晃,嗡嗡作响。石窗现在看起来有些不一样,就好像从坚硬的岩石变成了柔软的黏土。

路易斯欢呼道:"我修好能量核心了!"玛格丽特走过来亲了亲他的脸。"现在输出还不稳定,但是我已经猜到了它和这个石窗的用途。"

玛格丽特问:"老头子,你这是在卖关子吗?这是不是个交通系统?"

"这些梯形石窗是……传送门。克莱西斯人的数学和工程学简直太惊人了。我用从'克莱西斯火炬'计划中的数据,反向推算出来一些数据,填补了等式中的空缺。"他一只手放在嗡嗡作响的机器上,另一只手指着石窗说:"这些传送门是一种完全不同的星际旅行手段。从等式上来看,这个机器可以让两点之间的距离缩减为零。他们可以调整坐标系,让两个不同地点的坐标重叠。"

玛格丽特惊讶地说:"也就是说,他们在不同星球的城市间移动,完全不用坐飞船。"

"而且他们不需要用艾克提,更不用在路上浪费时间。"路易斯转头对克莱西斯机器人说:"我没说错吧?你们想起来什么了吗?"

西里克斯说:"你的分析似乎没错。不幸的是,我们无法确认或是否认这些假设。"

"如果你没说错,那么这就可以解释克莱西斯人为什么没有留下关于飞船的记录,却能在各个星球之间旅行。"玛格丽特看着自己的丈夫,坚定地竖起一根指头说:"你最好不要想着测试这些传送门,老头子。这些机器几千年来都没有运行过了。你可能是个天才，但你还不能完全理解这些机器的工作原理。"

"亲爱的，我不会那么干的。"

两台机器人忽然旋转椭圆形的金属核心移动，然后离开了房间。

DD问："你们要去哪？"

德克里克说："我们必须把现在的进度告诉易克特。"

路易斯在它们身后大喊："你们要是想起什么，记得回来告诉我们！"

克里西斯机器人走后，只留下玛格丽特、路易斯和DD。玛格丽特对DD说："你能理解这些机器人使用的语言吗？"

"玛格丽特，我还是可以理解其中大部分内容的。"

"那么它们都说了些什么？"

"西里克斯和德克里克似乎对你的翻译和推论非常兴奋。"

玛格丽特皱着眉头问："它们的兴奋，指的是欣喜若狂还是感到不安？"

DD说："我不能理解其中的区别。很抱歉，玛格丽特。"

路易斯现在还在兴头上。他用自己瘦瘦的胳膊搂住玛格丽特的肩膀，给了她一个拥抱。"亲爱的，咱们是不是还带着那瓶珍藏已久的香槟？今晚好好庆祝一下。"

玛格丽特笑着说："老头子，咱们肯定要庆祝，当然前提是我先翻译完那面墙上的内容。我觉得克莱西斯人还给咱们留了不少惊喜。"

#

玛格丽特用沙哑的声音喊道："这简直不可思议！"在盯着墙壁看了几个小时，蹲着直到浑身肌肉抽筋之后，玛格丽特不敢相信自己看到的一切。

DD 在她身边说："玛格丽特，我相信你一定取得了惊人的发现。"

玛格丽特将所有信息仔细誊抄了一遍。现在，玛格丽特浑身冰冷，心烦意乱，她现在不愿将发现的秘密告诉其他人。此时，这个秘密重重地压在她的心头。

玛格丽特出于习惯，将数据做了一个备份，然后拿着原始记录匆匆返回路易斯所在的房间，他还在研究那台传送机。

虽然玛格丽特皮肤苍白，双目睁得圆圆的，路易斯还是沉浸于自己的发现，没有发现任何异常。他说："亲爱的，我想我已经弄明白了。我把这个传送门和在拉罗星、皮姆星以及科里布斯星的传送门进行了对比。如果我们仔细研究数据库的话，就会发现每个克莱西斯人的城市都有至少一座传送门。但是，眼前的这个有点与众不同。"

路易斯的一只手按在自己隐隐作痛的后背上，走向传送门，指着梯形石窗左上角的一块石砖，说："在其他遗址中，一些目的地的坐标被毁了，就好像有人在离开前将写着坐标的石砖砸碎了。不论克莱西斯人到底发生了什么，谁把他们送走又或是毁灭了他们……在瑞迪克星上，他们的工作并没有完成。"

玛格丽特说："路易斯，这里曾经爆发了一场战争。两个超级文明之间爆发的超级战争。克莱西斯人拥有一个强大的帝国，但是在这场战争中他们也不过是一个不起眼的角色。他们的机器人在其中也有份，但我现在还不清楚细节。"

路易斯饶有兴趣地问："这是一场怎样的战争？克莱西斯人的敌人是谁？"

玛格丽特深吸一口气说："是气基族，路易斯！那些来自气体巨星深处的外星人。这已经不是他们第一次发动进攻了。"

路易斯先是惊讶地深吸一口气，然后露出孩子般的笑容："玛格丽特，这简直太棒了。先是发现了传送门，然后是克莱西斯人和气基族的古代战争，就连'克莱西斯火炬'也比不上这些发现！"路易斯再次拥抱玛格丽特。"我们必须马上把这些信息发出去。必须让所有人都知道这些事。"

玛格丽特抓住路易斯的肩膀，狠狠捏了下去，路易斯脸上的笑容渐渐消失。她说道："路易斯，你还不明白吗？气基族完全消灭了克莱西斯人。他们在整个银河系旋臂范围内，彻底消灭了克莱西斯人。"玛格丽特狠狠盯着路易斯，而后者似乎并不理解。"现在他们开始攻击人类了！"

玛格丽特打量着写满象形文字的隧道，上面的文字更加模糊不清难以解读，就好像有人匆忙书写的。她说："DD，去深层的隧道挂上灯。我觉得我可以破解最后的记录了。"

路易斯说："我们得去找阿卡斯。他可以把所有的记录传回汉莎联盟。"

DD说："路易斯，玛格丽特，你俩返回营地的时候，我会继续在这里工作。"

他们二人把DD留在废墟继续工作，然后顺着沿峡谷而建的脚手架梯子向下走。详细的报告可以晚点再去写，他们现在需要阿卡斯的帮助，得把有关气基族的基础报告发回汉莎联盟。

在瑞迪克星的夜晚，沙漠的热量开始消散。晚风吹过沙漠，带来一丝凉意。等他俩到达营地的时候，整个营地的灯光非常昏暗。

玛格丽特没有找到阿卡斯。机械水泵在寂静中嗡嗡作响。玛格丽特和路易斯帐篷内的灯还开着，阿卡斯帐篷里的灯也开着，但阿卡斯却不在里面。

路易斯大喊道："阿卡斯！我们给你带来了消息。我们需要你立即把它发出去。"

但是，在夜幕之中并没有人出来迎接他。营地里还是一片死寂。玛格丽特非常不安，凝视着阴影。

路易斯一如既往地保持乐观："他说不定在照顾树苗，反正也只有在那儿才能发出信息。"但是，当她和丈夫走到树苗附近的时候，玛格丽特停住了脚步。还没等路易斯打开手电，她就借着月光看清了眼前的一切。

所有的世界树都被毁了。

所有的树苗都被连根拔起，树干被切断。有些树苗被整齐地切断，还有些被撕碎，留下了参差不齐的切口，破口处还在流淌着金色的树汁。死去的蕨叶倒在尘土中。

"怎么回事……"

玛格丽特面色凝重，四处打量，她轻轻呼唤道："阿卡斯。"她现在因为恐惧不敢大声呼唤阿卡斯。

玛格丽特跑回营地，她之前看到阿卡斯的帐篷里还有微弱的灯光。路易斯紧紧跟在她身后。

玛格丽特被吓坏了，胃里翻江倒海。她先跑到阿卡斯的帐篷，掀开门帘然后愣在原地。

阿卡斯的尸体躺在地板上。他绿色皮肤的尸体残破不堪，尸体表面有各种划伤、淤青和骨折。整个尸体上有一百多处致命伤，仿佛凶手不知道如何造成致命一击，只好反复发动攻击，确保目标没有接受治疗的可能。

路易斯感到又恶心又害怕，摇摇晃晃地走出了帐篷，完全不敢相信自己看到的一切。玛格丽特站在帐篷门口，打量着门外的一片夜色，发现他们此时是如此孤立无援，毫无自保能力。

109

妮拉

皇帝趁着妮拉睡觉的时候发动突袭。她根本没有自卫的机会。

在棱镜之殿休息的时候，由于七恒星的光芒永远照耀着米基斯特拉，所以妮拉已经养成在睡觉时戴上防光眼罩的习惯。眼罩可以让她在黑暗中睡着，而绿色的皮肤还能接受光照，继续进行光合作用。

这样的睡眠休息效果非常令人满意。第一继承人乔拉已经前往塞洛克星执行外交任务，妮拉有足够的时间在棱镜之殿进行思考。随着胎儿的发育，她能感觉到自己身体的变化。等乔拉见过了世界树，回到米基斯特拉之后，她就会把自己怀孕的喜讯告诉乔拉。虽然乔拉已经有了很多孩子，但这个孩子确实是独一无二的，妮拉希望乔拉会开心。这个孩子有着非凡的潜力，他俩可以一起决定孩子的未来。

妮拉不期望可以从第一继承人这里得到类似人类婚姻的永世之誓，因为那是根本不可能的。但是，她也知道乔拉多么疼爱自己的孩子和短暂的情人们。而且妮拉知道自己和乔拉之间的关系有些特殊的元素。

但是，她英俊的王子不在身边，妮拉只好专注于为树苗们朗读《七恒星史诗》。今天，她和欧特玛朗读了一段段诗歌，雷迪拉的传奇故事让她们颇为享受。在这一天结束的时候，欧特玛对妮拉的表现非常满意，然后送她去睡觉。

在一片寂静之中，七个肌肉发达的卫兵闯入了妮拉的房间，把她惊醒了。

就在妮拉逐渐恢复意识的时候，一名卫兵说："带走她。"妮拉被几个强壮的卫兵按住，她的脑袋撞到了厚重的盔甲上，闻到了毛发和牲畜的味道。妮拉笨手笨脚地扯掉眼罩，强烈的光线让她睁不开眼。妮拉努力辨认出了巴农和其他卫兵的样貌，她曾经在皇帝身边见过这些卫兵。

她问道："出什么事了？"

巴农重复道："带走她。"强壮的卫兵将妮拉从床上拉了起来。他们手上都拿着锋利的武士刀长矛。

妮拉不停扭动着身子挣扎："我到底干什么了？"她伸出手，试着去抓身旁的一棵树苗。

巴农咆哮道："别让她碰那棵树！"卫兵们立即把她拉开了。妮拉的指尖勉强碰到了花盆。树苗晃动了一下，但是没有掉在地上摔个粉碎。

巴农说："皇帝命令我们安静快速。别人很快就要回来了。"

当妮拉试过其他方法也无效之后，她开始尖叫。巴农一把捂住了妮拉的嘴，妮拉瞬间就崩溃了。恐惧让她四肢无力，卫兵们立即就把她拖进了走廊。

巴农命令道："她怀孕了，别伤到她。她可有大用处。"

让妮拉感到惊讶的是，她看到另一群卫兵冲进了欧特玛的房间，抓走了欧特玛。年迈的欧特玛抬头挺胸地站着，她的面部表情非常严肃，但是她没有挣扎，因为在这里挣扎毫无用处。

欧特玛此时依然镇定，她盯着巴农说："我再次质疑你们行动的合法性。如果我们犯了什么罪，还请你说明白。如果皇帝召见我们，那我们当然会主动服从皇帝的命令。"

巴农向欧特玛走进几步，说："我只是执行皇帝的命令而已。"

欧特玛看了看妮拉，然后看着巴农说："如果你伤害我们，那么就会引发严重的外交影响。我们是塞洛克星的外交人员，是你们的皇帝和第一继承人邀请我们来的。我要求——"

巴农从自己厚重的马甲里，抽出一把用烟灰色玻璃制成的带锯齿的匕首，说："老女人，你已经过了生育期，对我们没用了。"

还没等妮拉发出尖叫，巴农的匕首就已经刺进了欧特玛的心脏。他抽回匕首，其他按住欧特玛的卫兵也松开了手，让老人的尸体摔在地板上。每一名卫兵提起自己的长矛，依次戳向老人的尸体，然后从血流不止的尸体旁走开。

巴农发出信号，五位来自仆人氏族的雷迪拉人立即过来清理现场，一切一如皇帝的安排。

妮拉因为惊恐和恶心而抽泣不止，整个人都瘫了下去。她双膝弯曲，两眼发黑。她不敢相信自己看到的一切，祈祷这一切都只是一场噩梦，但是卫兵们将她拉了起来。她能感觉到卫兵手上的老茧，能闻到他们浓重的麝香体味。

卫兵们将她的双手扭到背后，在施加疼痛的同时还不会扭断她的手腕，卫兵紧紧地捆住妮拉，还在她嘴里塞了个封口球，然后带着她进入棱镜之殿深处的走廊。

卫兵们把妮拉扔进了一间用血红色玻璃做墙壁的房间，房间里非常闷热。这里的影子更加黑暗，照明装置的亮度也很低，空气浓稠，几乎无法呼吸。巴农站在妮拉身后，堵住了门口。她跪在地上，双手被捆在一起无法活动。

另一个人走了过来。他抓着妮拉的下巴，把她的头扭向自己。

多布罗星的继承人用暗淡的双眼打量着妮拉，就好像他眼前不是一个活物或者是有智慧的生物，只是一个等待加入收藏的样品。多布罗星的继承人闻了闻妮拉的味道，然后松开了她的下巴，一边往回走一边对着巴农满意地笑了笑。

他说："这是完美的实验材料。她健康而且强壮。我都能闻到她基因里的可能性了。把她送上我的飞船，在第一继承人从塞洛克星回来之前，确保销毁所有证据。"

巴农接受了命令。妮拉浑身无力，无法挣扎。而多布罗继承人看着妮拉，双眼散发着光芒。

他说："如果雷迪拉帝国想要在气基族战争中寻求一条不败之道，你就是我们唯一的希望。"

110

西斯卡·佩罗尼

虽然游荡者在这几个月里收到了各种前所未闻的坏消息，议长雅·欧卡的发言还是让各个部族大吃一惊。

老人等着中央集结点的大会里安静下来。她站在大厅的演讲台上，所有的灯光都打在她身上，所有的观众都看着她。

欧卡使用了禁止权，终结了没完没了的争吵，然后让各个部族代表安静下来，听自己的发言："我们的未来需要的是强大的力量和广阔的视野，单凭我个人是做不到这一点的。"她坚定的声音压制住了各种不满的叫喊。"我已经领导了游荡者很多年，而且这些年来成果颇丰，但现在规则已经变了。我们的老办法已经不适用了。游荡者为了对付气基族，必须进行改变。"

欧卡说道："因此，为了游荡者和全人类的利益，我别无选择，我将辞去游荡者议长的职位。"

她停下等了等，然后人群开始了更激烈的骚动。

在这场没有尽头的危机中，议长似乎是维持游荡者稳定的唯一基石。雅·欧卡这些年来一直保持中立，本着公平原则引导各个部族之间的讨论。就连那些不同意她的决定的人，都认为欧卡是个公正而理智的人。

自从气基族发布最终通牒，刺杀弗雷德里克国王之后，依然保持咄咄逼人的进攻态势。大多数游荡者在惊恐之下，将自己的采矿船撤了回来，但是有些采矿船还是拖延太久。在一周之内，又有十五艘采矿船被气基族的球形战舰摧毁了。只有不到一百名船员活着回来，讲述各种可怕的遭遇。气基族的效率惊人，扫荡非常彻底，而且毫不留情。

雅·欧卡继续说："我们需要一个议长，一个强有力的议长。一个比我更有活力、更有想象力的议长。"

西斯卡坐在距离演讲厅不远的小屋里，忍不住地在哭泣。她私下里已经知道了老人的计划，而且也为此爆发过争吵，但是雅·欧卡是那么的固执与无情。

雅·欧卡说："西斯卡，这场战争可能持续很久。局势可能会变得越发困难，越发让人难以接受。我让你陷入了一场灾难，让我在此向你先道歉吧。我感觉我是看不到这场战争的结局了。最好还是在战争初期就让一个强有力的领导人开始掌权，这总好过后期换人，导致更多的动荡和损害。"

"但是我还没准备好。你知道我还要学很多东西。"

"我知道你的学习能力很强。"老人伸出一根手指抵在西斯卡的嘴唇上，让她不要再说了。"这是我能教给你的最重要的秘密：没有人能准备好。你现在这样子，不可能比我当年接下这份工作的时候更糟。不过你看，我干的也不赖。"老人微微一笑说，"西斯卡，你很能干，而且也不相信什么绝对正确之类的鬼话。说实话，你已经满足了作为议长的所有要求。剩下的，就只需要追寻你的导航星了。"

此时，雅·欧卡已经当众宣布了自己的决定，她不允许其他人质疑自己的决定。她走下讲台，示意西斯卡接替自己的位置，从今以后，西斯卡将领导游荡者。

西斯卡在讲台上愣了一下，虽然此时自己心里万分沉重，在小行星的低重力之下，西斯卡觉得自己非常渺小。她的肩上现在压着沉重的担子。"追寻你的导航星。"西斯卡一想到这句话就想笑。游荡者认为自己的人生已经被设定好了，就好像他们能看到自己的人生。但是，西斯卡的人生道路已经经历了那么多次迷失。

西斯卡打量着观众席，找到留给塔博林家族的位置，然后看到杰斯坐在自己的四个叔叔身后。他专注地看着西斯卡，表露出自己对西斯卡的支持。也许一条不同的道路可以让他们在一起。但是，西斯卡现在不知道如何才能和杰斯走在一起。最起码现在没有在一起的可能。二人四目相对，杰斯给了西斯卡一个微笑，而这对西斯卡来说就够了。

杰斯对格尔根星的彗星轰炸，大大提升了游荡者的士气。不论这种攻击的效果如何，游荡者再也不会感到自己束手无策了。轨道学专家开始测绘其他恒星系的小行星带，准备继续利用引力驱动，对所有游荡者曾经遭到攻击的气体巨星发动反击。不幸的是，可以选择的攻击目标太多了。

西斯卡排练了很多次自己的演讲，但是现在这些字句却显得如此平淡无味。她该如何领导这么多人和散落于各个角落的部族呢？她该如何引导他们，为了游荡者的生存，继续去做必要的事情，并做出必要的牺牲呢？

"我从没想过这么早就接下议长的重担。"西斯卡轻轻地说。然后她的声音变得咄咄逼人："我也不想让气基族杀害我的未婚夫，摧毁他在格尔根星上的采矿船。我不想让外星人将我们拖入一场和我们无关的战争。我也不想让艾克提生产工作被粗暴地制止。"

西斯卡停了一下，打量着在场的所有人："不幸的是，我们的人生并非一帆风顺。所以，我今天成为了议长。这场可怕的危机，让所有游荡者都团结在了一起。"她伸出了双手。"那么，我们该怎么办？"

虽然各个部族向来是想到什么说什么，但是此刻他们没人能提出任何建议。西斯卡继续说："纵观我们的历史，游荡者的生活从来都不简单。我们直面困难，而且总能活下来。我们知道如何适应环境，我们知道如何创新，而且我们也知道该如何保持自我。"

西斯卡所接受的训练，让她成为一个坚强不屈，更能体谅他人的领导人。她将全身心地投入这份工作。"我希望游荡者可以撑过这次危机，而且我绝对不会轻视气基族的威胁。这次战争要么将使人类彻底灭亡……要么游荡者将赢得独立。"

观众席上的代表们开始窃窃私语，西斯卡让他们表达意见，建立彼此的信心。

"如果我们不能从气体巨星采集艾克提，我们该怎么做呢？我们的经济完全基于艾克提产业。我们是束手就擒……还是加入汉莎联盟？"她摇了摇头。"我们花了一个多世纪才减少了对地球的依赖，现在我们不敢再次依赖汉莎联盟。"

有人从观众席上喊道："我们该怎么活下去？没有艾克提——"

西斯卡抬起一只手，打断了他的话："游荡者什么时候只能受限于一个选择了？气体巨星不过是采集氢元素最方便的地方。但是，氢元素是银河系中最常见的元素。我们必须寻找替代方案，从其他地方采集艾克提。"

西斯卡看着坐在前排的一个人，笑着说："我还记得克托·欧卡，他是一位了不起的发明家，他在伊斯佩洛斯星高温和岩浆中建立了新的移民地。我已经咨询过他，希望他能帮我们解决这个问题。在旋臂的其他地区开采艾克提可能比现在还难……但这会阻止我们吗？"

西斯卡笑了一下说："我可不这么想。我们是游荡者！让我们充分发挥自己的想象力和创造力，共同解决这个难题吧！让我们追寻导航星的指引吧！只要我们共同努力，发挥聪明才智，就一定可以克服困难。我们一直都善于长期规划，不是吗？"

西斯卡举起双手，看着观众席上的众人："各个部族的发明家、设计师和工程人员必须参与进来。我们不能浪费时间。"西斯卡长舒一口气，感到有点头晕，她退后一步，继续说道："我们会想到新办法的。"

111

塔西亚·塔博林

歌利亚号已经进入固定静止轨道，汉莎联盟的采矿船在木星多彩的云层中巡航，而指挥官塔西亚·塔博林则带着云砧武器平台跟在采矿船后面。这些巨大的工厂排放出的废气形状看起来就像是空中的一个大铁砧。

日复一日，地球防卫军一直保持着高度警惕。巨像级战舰一直停留在高层轨道上，蝠鳐巡洋舰从采矿船上方掠过。鲫鱼战斗机一直在云层中执行侦查任务，而云砧武器平台则悬浮在上方，扫描木星的风暴系统和天气模式，寻找任何不寻常的地方。负责巡逻的战斗机每隔一个小时就会返回母船，它们没有发现任何异常。虽然大家保持高度警戒，但是很多船员开始怀疑木星内部是否有气基族存在。

但是，塔西亚依然十分小心警惕。采矿船好像漂浮在海面上的捕鱼船，而气基族就是潜伏在海沟中的怪物。斯图莫将军留在歌利亚号，继续指挥全军进行各种反应训练和武器训练。所有人都可以随时投入战斗。

负责指挥云砧武器平台上鲫鱼战斗机中队的罗博·布里登，现在是越发乐观。他站在塔西亚身边，打量着下方移动缓慢的采矿船，采矿船仿佛是在风暴圈上圈养的肥公牛。

"塔博林，现在有两个可能。要么气基族不住在这儿，我们可以随心所欲地开采艾克提。"他回头打量着舰桥上的船员。"要么是咱们的舰队把外星人吓跑了。"

塔西亚没有说出憋在心里的话，她不想说这些外星人不过是还没出现而已。她不想粉碎布里登的信心，因为这种快活的虚张声势其实是紧张的反应而已。所以，她只能说："布里登，我希望你说的没错。"

然而，三个小时后，第一个警报就响了起来。

一支战斗机中队返回母船，他们检测到了木星深处出现闪电和快速移动的气候异常现象。

斯图莫将军立即启动了红色警戒。采矿船上的工人接到命令，停止了工作，准备随时撤离。塔西亚向舰桥工作人员下达命令，让所有飞行员登上战斗机。

罗博·布里登抓着她的胳膊说："好戏开场了！"他说完就扭头冲向武器平台的机库，指挥自己的中队。

十一艘气基族的球形战舰从木星云层中冲了出来。这些战舰让斯图莫引以为荣的舰队看上去相形见绌。

帕特里克·菲兹帕特里克往日的自大瞬间不知所踪，他大喊起来："他们来了！"

舰桥上的船员被眼前的一切吓了一跳，纷纷开始咒骂。塔西亚向手下船员喊道："所有人，都打起精神！现在先别抱怨了，留着回家找你妈去抱怨。"她指着各个位置上的船员。"所有人马上回到自己的武器控制平台！给蝮蛇系统冲能，给轨道炮充电，装填动能弹。"

一名船员问："指挥官，让外星人先开第一枪吗？"

塔西亚咬着牙说："该死，这辈子都别想！我们都知道这些外星人会干出什么事来。"她终于有机会为自己的哥哥报仇了。

但是，斯图莫将军通令全舰队："巡洋舰、武器平台和战斗机，都不要开火！"他切换到一个宽频频道说："气基族，请注意！我要求和你们的指挥官谈判。"

塔西亚悄悄说："好像这有用一样。他们已经炸死了老国王。他们不想谈判，他们想要的只是我们去死而已。"

斯图莫等了一下，却没有收到任何回复。他继续说道："我们的任务是为了和平，是为了获取地球汉莎联盟急需的资源。我们是在自己的太阳系内采集资源。我们对气基族没有恶意。但是，我们必须获得生存必需的资源。"

球形战舰继续爬升，向着第一艘汉莎联盟采矿船前进。随着球形战舰越来越近，惊恐的矿工们开始发射逃生舱，从远处看上去就像蘑菇喷射的孢子。气基族没有回应歌利亚号的呼叫，反而开始放出蓝色的闪电。气基族放出的闪电击穿了第一艘采矿船，引爆了艾克提反应堆和储存艾克提的罐子。大爆炸引发了连锁反应，船上各个区域纷纷开始爆炸。塔西亚知道游荡者的采矿船不会如此轻易地被摧毁，但是在这种攻击面前，最终结果都是一样的。

"够了！"塔西亚厌恶地大喊一声。塔西亚不在乎是否违反命令，她不等斯图莫将军下令，就转头对武器控制军官下令："对准那艘该死的球形战舰，所有蝰蛇开火！"

气基族继续对第一艘采矿船开火。第二艘球形战舰开始向地球舰队开火。地球防卫军的指挥官们尖叫着下达命令，还有些开始防御。斯图莫将军依然拒绝回应。

塔西亚手指摁在屏幕上说："所有人统一行动，瞄准一个目标。瞄准这边的尖塔。不要分散火力。开火！"

武器平台的舰桥船员开始发射高能粒子包裹的激光。蝰蛇武器系统发射的波束击中了第一艘球形战舰，并成功地给敌人造成了可见的伤害。

"准备动能弹！轨道炮——齐射！瞄准刚才蝰蛇打出的弱点区域。"

位于下层甲板的电磁炮劈啪作响，发射出一片高密度贫铀弹。这些弹头以高速砸进了球形战舰内部，每一发的威力都堪比一发小型核弹头。

在塔西亚指挥的武器平台开火后，其他武器平台也纷纷开火，而斯图莫将军还愣在原地一言不发。地球防卫军的船员都是从未参加过战斗的新兵，指挥官们也是各个精神紧张，随时准备大展身手，整个舰队在气基族开火的瞬间就开始反击。蝠鳐巡洋舰也加入了混战。鲫鱼战斗机中队犹如一颗颗子弹，从机库中飞了出来。战斗机加入战局，用自己体积更小但是更为精准的舰对舰武器攻击球形战舰。

斯图莫将军在通信频道里语无伦次地发出命令，终于开始尝试控制局势。过了一会，他终于明白自己的努力徒劳无功，说道："所有飞船，所有指挥官。自由开火！狠狠揍他们！"

巨大的歌利亚号也开始下降高度加入战局，这条战舰上配属的武器系统是整个舰队中最强大的。这艘巨像级战舰的武器、装甲，要比舰队内蝠鳐巡洋舰和云砧武器平台还要强大十倍，它很快就展现了自己的实力。

另外三艘采矿船上的工人们，没等斯图莫下令，就已经发射了逃生舱。塔西亚不能责怪他们，但是在战火横飞的木星云层之中，工人们还是很危险。她打开了通信频道："布里登上尉，让你的战斗机向采矿船靠拢。尽可能掩护逃生舱。把他们都救回来。"

布里登犹豫了一下说："整个中队？我是不是留下几架——"

"中尉，如果我们不能救出这些工人，又有什么胜利可言呢？"

"明白了，长官。"

为了安抚布里登的情绪，她补充了一句："等你救起所有的逃生舱，你想怎么打外星人都行——前提是战斗还没结束。"

"明白。"

塔西亚瞄准的那艘战舰已经受到了一定的创伤。蜂蛇和动能弹的攻击似乎让它慢了下来。但是剩下十艘球形战舰继续前进，对地球防卫军的护航舰队开火。一艘蝠鲼巡洋舰一枪未中，就被球形战舰击沉了。

球形战舰释放的闪电击穿了两艘武器平台的装甲舱壁，造成几百名船员丧生。若干个中队的战斗机好似掉进锻炉的种子，被敌人的攻击直接蒸发掉。这些小型飞船缺乏足够的防御，机动性也不足以及时避开气基族的攻击。塔西亚暗自祈祷布里登的中队安然无恙。

当斯图莫将军指挥歌利亚号加入战斗之后，开始用蝰蛇和动能武器向敌人宣泄火力，战斗机也倾巢而出，这艘巨像级战舰在战场上掀起了一场风暴。但是，球形战舰也开始将火力集中到歌利亚号——这艘地球舰队中体型最大的战舰上。

布里登的第一批战斗机开始摇摇晃晃地返回武器平台，它们用牵引光束拖回了一批从采矿船上救出来的逃生舱。塔西亚命令道："打开机库，快点把幸存者都弄进来。"

斯图莫将军还在通信频道中对着气基族发出毫无意义的威胁和警告，但塔西亚能看出地球佬们损失惨重。气基族在几秒钟之内就摧毁了一个武器平台，拖拽着救生船的战斗机只能去别处降落。

塔西亚对着负责通信的帕特里克·菲兹帕特里克说："呼叫那些战斗机。告诉他们，只要有可能，就把所有的救生舱送到咱们这儿。"帕特里克·菲兹帕特里克看着自己的长官，难以想象周围发生的一切。"动作快点，该死的！"他感到又羞又恼，低着头在通信台上忙个不停。

球形战舰再次开火，击中了歌利亚号的一对引擎，击穿了厚重的装甲板。斯图莫将军在战舰上，大喊着要求部下汇报损伤状况，要求所有船员让维生系统保持工作，为武器系统充能。

球形战舰再次开火，对歌利亚号造成了重创。一艘巡洋舰只被命中了一次，就受到了重创，以极低的速度勉强脱离了战斗。

　　塔西亚明白战场局势对地球防卫军越发不利。地球方面的防御不可能抵挡十一艘球形战舰。如果斯图莫将军再不明白这一点，歌利亚号作为地球防卫军最强大的战舰，将很快不复存在。

　　通信频道中充满了各种惊恐的尖叫。塔西亚开始联系还没有被击落的战斗机，试图召回所有的中队："布里登上尉！能带几个幸存者就带几个回来，但是你一定要给我活着回来。"

　　抢救回来的救生舱源源不断地涌入武器平台的机库，如果塔西亚再不指挥武器平台脱离战斗，球形战舰只要一发动攻击，就能让所有人灰飞烟灭。即便如此，她也不能让歌利亚号自生自灭。

　　她开始呼叫其他武器平台，希望这些指挥官能听一听合理的建议："所有武器平台！我们需要撤退，集中保护歌利亚号。"她切换了一个频道，说道："斯图莫将军，长官，我建议您趁着引擎还能工作，带着旗舰立即撤退。我们会掩护您的侧翼。"

　　四艘武器平台在球形战舰的面前显得非常渺小，可还是聚集在受创的歌利亚号周围。一艘巡洋舰也脱离战斗，前来保护旗舰。

　　塔西亚检查了一下武器状态，动能弹药储备已经消耗了四分之三，供蝰蛇系统使用的能量储备还有百分之十。"继续开火！没必要节约弹药。"

　　还没有被击沉的武器平台和巡洋舰一边向歌利亚号靠拢，一边攻击球形战舰。两艘球形战舰看起来移动缓慢，受到了重创，但是剩下的球形战舰依然不可小觑。这些球形战舰完全可以一路追杀他们到地球去，但是塔西亚希望地球防卫军舰队撤退之后，外星人就会脱离战斗。

　　塔西亚认为斯图莫将军不知道刚才是谁联系了自己，也不知道是谁发布了不合规但是完全合理的撤退命令，但是歌利亚号的引擎已经启动，用它剩余的动力从木星撤退，返回太空。

塔西亚的战术副官看着扫描屏，检查到底有多少战斗机返航："长官，我们回收了绝大多数的逃生舱。"

塔西亚说："那就带咱们回家吧。"她皱着眉头转身问道："布里登上尉返航了吗？"

战术副官回答道："还没有。"塔西亚自己跑到通信控制台旁边，打开了舰对舰通信频道："布里登，你到底在哪儿？"

"我来了！"布里登的声音听起来非常兴奋但也透露着几分疲惫。"我还有些事情要处理。"

在他们下方的云层中，两艘球形战舰脱离编队，继续攻击剩下的采矿船，就连残骸都没有放过。

"好吧，该死的。你说的有道理！"塔西亚喊道。

歌利亚号渐行渐远，剩下的武器平台和巡洋舰环绕在它周围，一起从木星撤退。随着他们飞向距离木星最近的一颗卫星，塔西亚看到布里登和剩下的四架战斗机脱离木星大气，奋力向他们靠拢。在几道牵引光束的共同作用下，这几架战斗机还拖着一个巨大的球形储藏罐，慢慢脱离气基族的封锁。

塔西亚问："布里登，你到底想干什么？"

"我们从采矿船里找回了一个储藏罐！实在不想浪费这些东西。"

塔西亚命令其他战斗机去帮助布里登，然后让战斗机在机库降落。塔西亚稍后在私下里训斥了布里登的愚蠢行为。一个装满的储藏罐只够地球防卫军一周的用量。这完全不值得搭上性命。

地球防卫军在遭受重创之后，开始从木星撤退。就在舰队向着距离木星较近的卫星撤退，并加速撤回更开阔的太空空间的时候，受损的球形战舰还在监视着木星。铁锈色的云层看起来像是浸满了鲜血。

好几艘球形战舰漂浮在残骸之中，看起来非常有威慑力。斯图莫将军命令全速撤离，而塔西亚则利用武器平台的远程扫描，一直监视着外星战舰。这些外星人等待着、监视着，但是没有继续追击。

他们返回地球，斯图莫将军和护航舰队的幸存者并没有凯旋。事实证明，气基族远比人类想象的更为强大。

木星的大溃败告诉人类，这场战争绝对不可能以一种快速而光荣的形式结束。

112

彼得国王

在加冕仪式这一天，雷蒙德觉得周围所有的颜色都太过艳丽，所有的声音都太过刺耳。但是他的内心却没有任何波澜，感受不到喜悦或是叛逆感。

他这才意识到，是巴斯拉·温塞拉斯给自己下药了。

当各路专家给自己穿衣服的时候，"傀儡"王子感到一种奇怪的配合。雷蒙德的肩膀上披着紫色的天鹅绒袍子，在脖子上还戴着用沉重的链子串在一起的徽章。每一个首饰上都有黄金的镶边和珠宝装饰。他的一头金发经过了精心的设计，精细的化妆将他皮肤上的疤痕和雀斑全部盖住。彼得国王的任期刚刚开始，他必须看上去完美无瑕。

在各种药物给身体带来的温热感之下，雷蒙德感到的是一种无助的愤怒，自己的一部分意识还在计算所有可能的结果。他的早餐里可能加入了一些药物。温塞拉斯主席当然希望看到一个温顺听话的彼得王子走过铺着地毯的大道，从统一教教宗的手上接过王冠。任何不合时宜的举动都将破坏整个加冕仪式。

汉莎联盟发现巴斯拉的阴谋了吗？巴斯拉知道雷蒙德已经发现他的罪行和谎言了吗？

如果汉莎联盟在雷蒙德没有显示出任何公然反抗迹象的时候，就用药物来操纵他，那么这意味着以后的日子更不会好过。但是，在雷蒙德查清自己家人死亡真相的那一天，他就明白了汉莎联盟的人有多么邪恶。为了确保最后的成功，他们将不择手段。

在低语者之殿外面，一场盛大的庆典已经持续了好几个小时。宫殿区周围的尖塔、灯柱和穹顶上都加装了额外的火炬。每隔一小时，五彩的烟火都会飞向高空，绽放出漂亮的火花。只要你能到场参加加冕仪式，就可以得到为新国王加冕特制的纪念币。

OX 已经修理完毕，装饰一新，它花了一整天教雷蒙德各种有关加冕仪式的礼仪规范。OX 带着雷蒙德排练演讲，向他解释在典礼上必须颁发的各种勋章和荣誉。

虽然雷蒙德和这个机器人的关系越发亲密，经常一起讨论深奥的问题，但是雷蒙德从来没有和 OX 说自己发现了汉莎联盟阴谋的事。雷蒙德必须把这件事埋在心里，找一个合适的时机再说出来。

雷蒙德在一种舒适而不受控的麻木感的控制下穿好了衣服。OX 好像一位玩具士兵，迈着小心翼翼的步伐，带着雷蒙德前往举行加冕仪式的场地。雷蒙德怀疑 OX 接到了明确的命令，充当自己的保镖和看护，而不是单纯的朋友。

雷蒙德为了在药物的影响下继续保持注意力，只能低头盯着脚下的红地毯。整个地毯从庭院中一直延伸穿过拱形门廊，最后直达王座大厅。

因为不必在媒体抛头露面，巴斯拉穿着一身昂贵的商务正装，但是没有带任何花哨的装饰。他在一间侧厅里见到了雷蒙德，准备开始对雷蒙德进行说教。

"彼得，这次的典礼不能出错。"巴斯拉说话的时候，脸上带着父亲般的笑容，但是雷蒙德已经知道巴斯拉是如何欺骗自己了，这些招数对雷蒙德已经不管用了。"我们必须用一场盛大的加冕仪式，唤起民众的爱国热情。人民对气基族深恶痛绝，我们必须让这种情绪延续下去。"

雷蒙德说："温塞拉斯主席，我会尽力而为的。"雷蒙德的声音平静而镇定。在药物的影响下，雷蒙德无法表达出自己内心的愤怒和叛逆。

"战争为政府提供了增进团结和控制力的绝佳机会。"巴斯拉说，"战争也是创新与发明的好机会。当这一切都结束之后，汉莎联盟将更加强大。"他拍了拍雷蒙德的肩膀。"只要气基族不会造成太多的麻烦，这说不定就是咱们的好机会。"

庆典准时开始，音乐声与欢呼声直达云霄。观光飞艇开始靠近。一团巨大的烟花在高空绽放，整个夜空五彩缤纷。

没等雷蒙德进入大厅，两名军官红着脸，上气不接下气地跑了过来。他们推开皇家卫兵，冲向巴斯拉主席。两名军官弯腰凑在他耳边，明显是在汇报一些坏消息。巴斯拉看着他们，脸色苍白。巴斯拉厉声重复着各种问题，军官们只能面带羞愧地回答问题。巴斯拉无法控制自己的情绪，所有的不满和沮丧都写在脸上。

外面庆典已经到了高潮，雷蒙德知道自己要沿着猩红色的地毯慢慢地走进王座大厅。但是，他退后几步问道："温塞拉斯主席，出什么事？到底怎么了？"巴斯拉试图推开雷蒙德，仿佛他是一只惹人厌的虫子。虽然药物的影响还没有消散，但是雷蒙德还是用惊讹和急切的语气说："如果我成为国王，我就应该知道发生了什么。"

巴斯拉摇摇晃晃地转过身，一时间无法控制自己要说什么："气基族攻击了我们在木星的舰队。他们击毁了我们的战舰和采矿船。具体伤亡还不知道有多少。"他转头怒视着两名军官："你确定吗？"

两名军官使劲点头："完全确定。斯图莫将军指挥歌利亚号返航，但是歌利亚号严重受损。舰队中大多数战舰都被击沉。我们最强大的武器和防御系统，对于——"

庆典忽然陷入尴尬的沉寂，大家都在等彼得王子。巴斯拉忽然反应过来，像一只眼镜蛇一样转身看着雷蒙德："快去！你还有工作要完成。"

雷蒙德很惊讶地问道："现在这情况还要去吗？要不我们换一种回应方案？如果我宣布——"

"不！现在是将人民团结在一起，向人民展示你的力量的时候。快去参加加冕仪式，给人民以希望吧。彼得，你可以拯救人民。他们相信这一点。"

在晕头转向之中，雷蒙德抵抗的意志越发低沉，雷蒙德和OX一起走向拱门。人群鸦雀无声。奢华的地毯沿着庭院铺设，这样媒体就可以捕捉雷蒙德的每一个动作。穿着华丽而整洁的皇家卫兵站在路边，负责保护雷蒙德的安全。雷蒙德昂着下巴，一步一步向前走。

\#

整场加冕仪式犹如一场梦。猩红色的地毯似乎没有尽头。走过装饰精美的拱门之后，雷蒙德就进入了王座大厅，在他身后是一片片震耳欲聋的欢呼。随着他向前走去，周围的观众身份也越发显赫：企业领袖、造访的政要、名人和老国王的支持者。

当雷蒙德终于来到王座大厅的时候，虽然周围是一大群拥护者，但是雷蒙德依然感到非常孤单，装饰精美的房间让他感到头晕目眩。地球和移民地上的人民，以及雷蒙德，都是第一次看到修复之后的王座大厅。

整个重建工程速度惊人，所有的破损痕迹一扫而空。修复的王座和老国王的王座一模一样，但是为了让它看起来更气派一点，王座整体尺寸更大了。王座大厅内安装了更多的镜子、棱镜和彩色玻璃。你在这里找不到任何一丝和上次袭击有关的伤痕或者污渍。

欢呼和掌声越发激烈。一切都和以前一样。汉莎联盟完全忘记了气基族大使造成的破坏。

雷蒙德脚步蹒跚地走向高高的台阶和王座。在王座周围站着一些位居高位的人，他们是十个最重要的移民世界的统治者，统一教的教宗，所有宗教的议长。雷蒙德宽大的紫色披风和袍子上有钻石组成的信仰统合议会的标志。你可以从上面找到地球历史上各个地区的符号，其中不乏十字、圆圈、月牙和树木，这些符号组成一个没有任何意义的复杂图案。教宗是一个没有任何实权、仅具有象征意义的宗教领袖……实际作用和雷蒙德即将接任的职位非常相似。

当雷蒙德踏上第一个台阶，一名移民地总督将手中的王冠交给身边的人，他们就这样将王冠向上传递。每一名总督摸一下王冠，然后交给下一个人，这代表着彼得国王统治的基础来自各个派系、贸易和信条。最后，黑色皮肤的教宗微笑着打量着雷蒙德，他两眼闪闪发光，用八种语言向雷蒙德表示祝贺并念诵祷词，再用标准语重复一遍。

雷蒙德双眼直视前方，努力抵抗怪异的感觉。教宗双手前伸，微微鞠躬，然后完成了整个仪式。当王冠戴在雷蒙德的脑袋上时，他完全感觉不到王冠的重量。但这只是个时间问题。

雷蒙德已经排练了无数次登基演讲，他甚至都记不住自己什么时候完成了演讲。他按照流程进行下去，整个仪式进行得非常顺利，没人提起气基族在木星发动的攻击。虽然这条消息早晚会传到大众的耳朵里。但王子的加冕仪式不该被这种坏消息所打扰。

#

当雷蒙德回到温塞拉斯主席身边打算休息一会儿，准备参加接下来的庆典和宴会的时候，雷蒙德发现药效终于开始消散。现在，他可以开始独立思考了。

此时，温塞拉斯主席已经慢慢接受了地球防卫军的惨败事实。他已经接受了这件事，并开始策划如何应对当前局势。雷蒙德决定现在先不要去问他下一步计划。作为彼得国王，他无疑会成为汉莎联盟暴行的辩护人。

巴斯拉走到他身边，满意地点了点头："起码今天还有一件好事。彼得国王，你完全有潜力成为一个优秀的领导人。我们会等几年看看……"他对着彼得微微一笑，就好像是在说一条好消息。"然后我们就给你找个合适的王后。"

113

玛格丽特·克里克斯

营地里一片寂静，世界树树苗的残骸散落一地，阿卡斯的尸体还躺在昏暗的帐篷里，玛格丽特和路易斯默默走回自己的帐篷里。

路易斯面色苍白，眼前的一切让他说不出话。玛格丽特跟在路易斯身边，瞳孔因为高度紧张而开始收缩。她必须行动起来。她必须寻找有用的信息，虽然她现在不想知道实际情况有多糟，但是必须赶紧评估当前的情况。

　　玛格丽特在帐篷里的所有记录都被撕碎了，桌子都被掀翻，屏幕也被砸得粉碎。电脑和数据记录都被烧毁。他们的标准通信装置也被砸碎，只剩下融化的金属外壳、扯烂的线路和被摧毁的脉冲节点。最近的汉莎移民地或者飞船要在几个月之后才能接收到光速飞行的标准电磁信号。这对于救援来说，实在太慢了。即便如此，他们的敌人也不可能让玛格丽特和路易斯呼叫救援。

　　路易斯看着玛格丽特，问道："但是……为什么？这是为了什么？谁会对我们做出这种事情？"

　　玛格丽特表情严肃。路易斯实在是没弄明白幕后黑手的真实身份。玛格丽特说："路易斯，这个问题其实很简单。"她发现有关克莱西斯象形文字的翻译成果，连同所有新的发现，甚至连手写的笔记都被销毁了。她抓着丈夫的胳膊，带着浑身发抖的路易斯回到开阔地。他们的帐篷太脆弱，灯光太微弱，几乎无法起到防御作用。她说道："这里完全无法防御。"

　　在阴沉的黑暗中，玛格丽特找不到三台克莱西斯机器人的踪迹。她让路易斯保持安静，仔细聆听周围的声音，但是也没有听到机器人移动时的声音。玛格丽特说："我们还是回悬崖里的城市废墟吧。在那里我们可以保护自己，而且 DD 也在等我们。"

　　路易斯一边思考着各种可能性，一边对玛格丽特的决定表示怀疑："你认为是西里克斯和另外两台机器人——"

　　"那你对此有什么高见？我洗耳恭听。但是，咱们现在必须赶紧回去。我们在营地里就是靶子。"

　　两个人原路返回峡谷。玛格丽特感到非常疲惫，肌肉酸痛。路易斯汗流不止，玛格丽特非常担心他的身体状况。但是，现在完全不是担心肌肉和关节酸痛的时候。

　　当进入昏暗的隧道之后，他们可以看到 DD 安装在墙上的灯发出来的令人安心的光。玛格丽特气喘吁吁地打量着周围，呼吸着干燥的空气，奢望着再来一场洪水，把这些机器人再次冲走。

此时，这三台古老的机器人可能也在跟踪着他们。

玛格丽特确信，自己和路易斯就是机器人的下一个目标。在他们仓皇逃跑的过程中，路易斯已经想明白了各种问题，却没有找到任何可接受的答案。

玛格丽特和路易斯通过脚手架快速返回悬崖内的城市废墟，玛格丽特坚持让路易斯先走。他现在步伐沉重，而玛格丽特很清楚，路易斯在疲劳和恐惧的双重作用下，体力已经透支。

DD 听到他们爬梯子的声音，就来到峭壁开口处。DD 泛着银光的身体在灯光的照射下熠熠生辉，它热情地说道："啊，玛格丽特和路易斯，你们回来了。快上来吧，我发现了一些东西——"

"DD，帮我们上去。你看到那些克莱西斯机器人了吗？"

"玛格丽特，从今天下午开始就没看到它们了。我们需要它们的帮助吗？"

路易斯爬到洞穴开口处，跪在地上气喘吁吁。玛格丽特跟在他身后爬了上来，她说道："不，DD，快来帮我一把。咱们得把梯子拆了。"

路易斯看着玛格丽特，点了点头说："从现在开始，让这儿成为我们的围城。"

DD 问："这到底是为了什么？虽然咱们的背包里还有些绳子，但是没了梯子，咱们下去可就非常困难了。"

玛格丽特怒吼道："DD，执行命令！"

二人在 DD 的帮助下，将洞穴入口处的固定螺栓全部拆除，最后用力一推，在一阵金属和支架扭曲的声音中，整个脚手架梯子掉进了夜幕中。碎石拍打在岩壁上，噼啪作响的声音伴随着山风的旋律坠入夜空。

路易斯仿佛是站在城墙上的古代骑士，他从峭壁上向下打量，仿佛在评估护城河的防御效果，准备进行围城战。他说道："亲爱的，咱们这就算是安全了？"

玛格丽特摇了摇头说："老头子，这可说不准。"当她可以暂时休息一下的时候，恐惧和各种疑惑在她耳边咆哮，淹没了她的想象力。她紧紧地抱住路易斯。

DD 说："玛格丽特，请解释一下发生了什么。"

"阿卡斯死了。"玛格丽特觉得这话带着一种不真实感。"所有的世界树都被毁了。我们的记录和通信装置也都没了。整个营地一团糟。"

"这都是克莱西斯机器人干的好事。"路易斯现在似乎也承认了现实情况。

DD 愣了一下，安静地用自己的计算机分析这些全新的信息，然后说："那么我们就困在瑞迪克星了。"

玛格丽特用愤怒掩饰了自己的无助："这不是明摆着的嘛。"

DD 说："我发现了一些新的线索，可能对现在的情况有所帮助。在距离石窗不远的一个房间里，我在一堵墙上发现了一些被盖住的象形文字。"

玛格丽特听到有些东西能帮到自己，立即就站了起来，庆幸现在这种情况下，还有些事情可以做。"我去看看。"她看了看自己的丈夫，路易斯现在连动都不想动了。"路易斯，你留在这儿放哨。有什么情况就喊出来。"

路易斯艰难地吞了下口水，靠在石壁上，凝视着夜空。毫无疑问，西里克斯、德克里克和易克特肯定会来找他们。鉴于他们二人已经被困在这个幽灵星球上，这些黑色的机器人有充足的时间找到他们。

DD 在废墟深处远离传送门的一个房间里，仔细清理掉了一块覆盖在墙上的粉状树脂覆盖物。DD 说：“这东西类似石膏，挡住了墙上的象形文字。我在扫描墙壁的时候，发现了被盖住的文字痕迹。玛格丽特，我觉得你可能会想检查这里，所以我清理掉了盖在上面的东西。请注意几处和克莱西斯机器人有关的符号。”

玛格丽特打量着这些符号，说：“很好，DD。你以后也会是个优秀的外星考古学家。”

她的指尖划过墙壁上的符号，快速理解其中的含义。玛格丽特现在已经非常熟悉这种语言，可以在不参考数据库或者字典的前提下，理解其中的含义。也许这就是那个在传送门控制室发现的克莱西斯人，在生前努力想掩盖的信息。

DD 问：“这些信息很重要吗，玛格丽特？”

玛格丽特看着这些信息，心情越发沉重：“是的，DD。这可能是我们需要的最后一块拼图。”玛格丽特起身返回洞口，路易斯必须知道这一切。

当玛格丽特经过传送门控制室的时候，她扭头打量着里面的一切。在她的笔记本旁边，是一块三明治和蛋白威化饼，以及安东送给自己的小音乐盒。玛格丽特感到一阵心痛，于是拿起音乐盒，装进了自己的口袋。

还没等她走回洞口，路易斯就开始大喊：“玛格丽特，它们来了！”

玛格丽特内心陷入撕扯，是应该直面这些危险的机器人，还是应该带着自己的丈夫，逃向洞穴深处。也许他们可以在空荡荡的克莱西斯城市废墟内找到一条退路或是一些保护。

但是，这个选择太简单了。玛格丽特选择和路易斯站在一起。

路易斯站在洞口，打量着黑黢黢的峡谷，他布满皱纹的脸上写满了恐惧，但是双眼却炯炯有神。脚手架摔在峡谷底部，变成一团扭曲的金属。在更远的地方，三台形似甲壳虫的机器人正沿着干枯的河床前进，发出咯吱咯吱的声音。它们的光学传感器在黑暗中仿佛一群萤火虫。

路易斯说："我实在想不出来，它们到底要怎么才能上来。"但是玛格丽特对这座城市的坚固程度表示怀疑。"亲爱的，你找到什么东西了吗？"

玛格丽特说："我找到了所有问题的答案。"

路易斯·克里克斯，这位毕生致力于外星考古学的专家，终于重新提起了兴趣，饶有兴趣地说："咱们如果无法把这个答案告诉别人，那可能也是件好事。"

玛格丽特拍了拍路易斯的胳膊，说："老头子，我们会知道的。"

西里克斯和另外两台机器人站在峡谷里，抬起头说："玛格丽特和路易斯，我们知道你们在上面。"

路易斯说："我们也知道你在下面。现在，快点滚开！"

"我们想和你们聊聊我们的创造者。我们希望了解你们发现的一切。"

玛格丽特质问道："然后再杀了我们？"

三台机器人在很长一段时间里都不说话，然后用嗡嗡的声音相互交流。西里克斯最后抬起头说："对，我们会杀了你们。"

西里克斯的直白让玛格丽特大吃一惊。"好吧，起码它们还算诚实。"路易斯说。

玛格丽特大喊道："我们知道第一次气基战争的真相。我看到了有关克莱西斯人和气基族之间战争的记录，而且也看到了有关雷迪拉人的记录。"路易斯惊讶地看着她，三台机器人开始分析她的话。她清晰而尖锐的声音在寂静的峡谷中回荡。

西里克斯说："那你就该知道，我们这些机器人也参与了这场战争。"

"我知道你们背叛了自己的创造者，"她看着路易斯，"克莱西斯人被自己的机器人消灭了。这就是为什么我们看不到也找不到任何幸存者。"

路易斯打量着峡谷中的机器人，希望这些话能对它们造成一定影响。三台机器人在原地愣了一下。路易斯喊道："你们对此有什么看法？你们为什么要这么干？"他嘲弄地问，"你们想起来什么了吗？"

西里克斯平静地说："我们已经知道了。"

玛格丽特非常清楚，这些机器人绝对不会让银河系旋臂中的其他人了解这些真相。

路易斯悄悄问自己的妻子："现在怎么办？就让它们待在下面，然后我们像松鼠一样躲在这儿？"

三台克莱西斯机器人似乎听到了他们的话，纷纷拉开了彼此间的距离。它们背部的外壳打开，露出里面的翅膀。它们无视破碎的脚手架和梯子，轻松地飞了起来，向悬崖城市挺进。

114

巴斯拉·温塞拉斯

毁灭性的报告犹如死刑通告，一个接一个地传到巴斯拉手上。

他坐在汉莎联盟总部顶楼的私人套间里，打量着没入地平线的太阳。他收到的报告越发让人感到绝望。他看着战斗报告，观看了为数不多但是极为惨烈的战斗录像。气基族几乎无人可挡。

这是巴斯拉自从工作以来，甚至是有生以来第一次，想要躲起来，找一个安全的地方，忘掉所有的责任和即将到来的危险。他不知道该怎么办。最重要的是，巴斯拉讨厌这种无助的感觉。

在地球防卫军在木星吃了败仗之后，气基族就从几十个气体巨星出击，发动了全面的报复性打击。球形战舰摧毁了银河系旋臂中所有的采矿船，从过时的雷迪拉移动工厂，到汉莎联盟的处理中心，那些拒绝撤离的游荡者采矿船也没能幸免。

游荡者在这次灾难中损失最为惨重，他们无法获得或者交易艾克提，但他们不过是第一批受害者而已。随着所有采矿工作全面终止，气基族的攻击也停止了。毕竟，已经没有目标可供他们攻击了。

因为缺少艾克提，汉莎联盟的所有贸易活动和与雷迪拉帝国之间的所有联系，以及整个银河系旋臂的贸易活动都陷入停滞，各个移民地之间的生活水平也会受到极大的影响。

大多数定居点都依赖于定期的补给船运来补充各种资源和食物。在使用常规推进系统的前提下，前往最近的恒星系将要消耗几年或者几十年的时间。没有一个移民地是一个孤岛，切断了互相之间的联系，意味着各个移民地都要学会自力更生。很多移民地的基础设施还没有达到自给自足的标准，但这只能留给他们自己去处理了。

巴斯拉打量着传回的图像，新近登基的彼得国王正在宣读精心编写的发言稿，要求加速武器研发，号召民众加入地球防卫军。

巴斯拉不知道这些政策是否可以成功，但是他绝对不允许其他人发现汉莎联盟不知道如何应对当前局势。人民必须要有希望。地球防卫军没收了大量艾克提以供军用，但是有些偏远的移民地也在囤积艾克提燃料，以应对不时之需。

民众已经接受了彼得国王。他在加冕仪式中也表达出对老国王的缅怀之情。到目前为止，彼得干得还不错。他是个讨人喜欢的年轻人，身体强壮，浑身散发着魅力，而且有着浑厚的声音。虽然彼得住在低语者之殿，享受着美食和至高无上的权力，他还是不喜欢自己的工作。

其他人如果知道了巴斯拉对雷蒙德·阿古拉所做的一切，可能会感到痛心和难过。有些人不能选择自己的责任，巴斯拉不能，雷蒙德也不能。但是，巴斯拉也不嫉妒彼得国王，因为他的统治将面对很多困难。

最起码与自己志同道合的萨琳被推举为塞洛克星驻地球的大使，巴斯拉可以和她认真讨论一下绿灵教士在战争中的作用。万幸的是，这可以算得上是一件不大不小的好事。萨琳利用巴斯拉，才走到了今天的位置。巴斯拉不知道萨琳是否还会再次成为自己的情人，毕竟萨琳已经获得了当年欧特玛在地球上的职位。

鉴于在可见的未来，艾克提的供应将被切断，所有太空飞行都要开始严加管制。地球汉莎联盟和古老的雷迪拉帝国之间的交流以及两个大国各自内部的流通现在都陷于停滞。

噩梦才刚刚开始。

115

路易斯·克里克斯

玛格丽特抓起了路易斯的手腕。他俩顺着石头走廊开始狂奔，向着城市废墟深处跑去，DD紧紧地跟在他们身后。克莱西斯机器人越飞越近，他们可以听到机器翅膀扇动的声音，像一群蝗虫。路易斯想不到任何办法来阻挡这些机器人。

路易斯回想着城市废墟的布局，想尽力寻找一个合适的藏身处，一个可以自我封闭起来的房间。他飞快地回想着每一条地道和走廊，寻找着宽度较窄、比较偏僻的地方。

路易斯的脸上充满了强烈的希望。为了玛格丽特，他假装很乐观："我们回传送门控制室！那边的走廊更窄。也许我们还能找点东西做个路障。"他怀疑什么路障都挡不住这些外星机器人。

他们顺着DD架设的照明装置，终于绕回了传送门控制室，路易斯曾在这里花费了太多时间研究。

整个房间内还有一些碎石，以及DD从墙上的象形文字上清理下来的石膏碎片。路易斯徒手将钢筋和碎石堵在门口，努力堆出一道路障。但体型庞大的外星机器人不费吹灰之力，就能从中间撞过去。

玛格丽特和路易斯听到三台机器人降落在外面洞口的声音。这些机器人顺着走廊进入城市废墟，它们体型庞大而且重量惊人，但却毫不留情。

"该死，克莱西斯人为什么不用门呢。"玛格丽特愤怒地看着空旷的房间和通向传送门控制室的走廊。传送控制机器内部的能量核心还在嗡嗡作响，但是路易斯和玛格丽特都不知道这台机器的工作原理。

DD 用装着补给物资的箱子和小型设备继续加固路障。路易斯摇着头，不敢相信此时的自己居然如此绝望。DD 看着他们说："路易斯，我还可以帮你们干什么？我很高兴能帮上你们的忙。"

路易斯皱着眉头说："我猜你没有装防御程序吧？我们能把你变成战斗机器人吗？"

DD 说："也许有可以用的程序包。但是我不确定到底实际战斗力有多少，毕竟我没有任何武器和装甲。"

"更别说你只有克莱西斯机器人三分之一大小了。"

玛格丽特扭头看着 DD 说："DD，如果我没记错的话，你无法伤害人类。"

"玛格丽特，我不会伤害人类。"

"那么你也不能让人类受伤，对吧？"

"玛格丽特，我会尽可能避免这种情况。"

路易斯难过地看着那个闪闪发光的智能助手，因为他要给 DD 下达一个自杀性指令："DD，你必须和克莱西斯机器人战斗。留在走廊，不要让它们靠近我们。"路易斯艰难地吞了下口水。"尽可能……拖延它们的行动。"

DD 勇敢地接受了命令，站在狭窄的石头走廊的中间。这个浑身银色的机器人和克莱西斯机器人相比，体型小得可怜。路易斯想到的是一头小型护卫犬对着一个凶恶的入侵者咆哮。

玛格丽特抓着路易斯的胳膊，拉着他往房间深处走去："路易斯，我需要你的帮助。我们只有几分钟的时间弄清楚这套运输系统。"玛格丽特的话让路易斯吃了一惊。玛格丽特和路易斯一样，都对这个想法保持怀疑，但是她说："老头子，这可能是咱们最后的机会。"

他快步走到机器旁边，说："好吧。我就是为了看奇怪的新世界才决定投身外星考古学的。但是，我一般对自己要去的目的地还是要有所了解的。"

能量核心安装在工作中的外星机器上，依然保持全速运转。这台罕见的机器开始工作了。能量顺着埋在石墙内的线路传送到了梯形的石窗上。

玛格丽特走到环绕在石窗周围的石砖旁。她的手指划过石砖，脑子里考虑着各个符号的意义："如果每一个符号代表着一个克莱西斯人的世界，那么我们也许可以回到拉罗星或者科里布斯星。我们在那有没有留下任何通信设备或者补给？"

路易斯耸了耸肩说："亲爱的，你是负责管理组织的人。我从来不管这些细节。"

他们听到走廊里传来克莱西斯机器人沉重的脚步声，它们越来越近了。路易斯看到 DD 孤零零地站在那里，和三台外星机器人比起来，它真是小得可怜。

玛格丽特站在传送门门口，打量着写着坐标的石砖："根据其他克莱西斯世界的记录，一些石砖都已经被摧毁了，特别是画着这些图案的石砖也没有保存下来。"她指着窗框高处的象形文字。"是不是这些机器人想隐藏什么东西，不想让别人通过传送门？"

路易斯说："但它们把这个地方漏掉了。"

在走廊里，DD 向前走了一步，然后举起自己的机械臂。西里克斯愣了一下，DD 的胆魄让它大吃一惊。DD 说："我不能让你们伤害我的主人。请走开。"

易克特向前走了几步。它用四条分节式机械臂，将 DD 扔了出去。DD 只能徒劳地挣扎着。易克特脑袋后方的光学传感器亮起红光，

550

随时准备把 DD 打回零件状态。

西里克斯阻止了易克特，然后说："别伤害它。它也毫无选择。它不知道自己所受的限制。"

三台克莱西斯机器人嗡嗡作响，好像是在吵架，然后易克特转身回来。它抓起 DD，将它彻底俘虏。易克特带着 DD 向着洞穴口走去，而 DD 的挣扎也越发徒劳。

西里克斯和德克里克只花了几秒钟，就拆掉了匆忙搭建的简易路障，进入了安置传送门的房间。

玛格丽特听到了走廊里传来的声音，但是没有转身查看到底发生了什么。她双手叉腰，仿佛要求传送门给出一个解释："快点！肯定有什么办法可以打开启动传送门。"

最终，她踮着脚尖，伸出胳膊，使劲按下了那个在其他世界上都被摧毁的石砖上的符号。

突然，整个传送门开始嗡嗡作响，灰色的石板开始发光。玛格丽特大喊道："路易斯！快看！"

两台克莱西斯机器人继续前进，钳子一样的胳膊一张一合，发出咯咯哒哒的声音。路易斯看着它们金属臂上的红色血迹，强忍住恶心的感觉。那些都是阿卡斯的血。

他冲向墙边散落着的各种工具附近，抓起一把鹤嘴锄来。他们曾经用这种工具敲碎脆弱的墙体并消除多余碎石。路易斯举起它，这把鹤嘴锄很重，但是很结实。他胡乱挥舞着鹤嘴锄，即使他也清楚这对抵抗机器人来说毫无用处。

与此同时，玛格丽特看着传送门上跳动着静电火花。紧接着，眼前光滑的石头渐渐消失不见，与此同时，取而代之的是另一个场景，一个完全不同的世界的景象，一个新世界的入口。

玛格丽特喊道："路易斯！"

克莱西斯机器人向着二人冲来，机械臂也已经伸了出来。路易斯不停挥舞着手中的鹤嘴锄阻挡着机器人。他回头看了眼自己的妻子，仿佛要尽力将一切都印在脑子里。他要记住他爱了那么久的人那张坚定的脸庞，内心的美好品质，以及饱经风霜的身躯。经过了这么多年，玛格丽特对他的吸引力有增无减。路易斯喊道："快走！走！"

玛格丽特犹豫了一下："我不能扔下你！"

"我稍后就到。"鹤嘴锄砸在西里克斯的身体核心上，发出一声巨响，巨大的冲击让路易斯双臂酸痛。而鹤嘴锄只在西里克斯黑色的外壳上留下一个刮痕。

克莱西斯机器人惊讶地向后一退，然后伸出一条分节前臂向前一挥。路易斯就势一躲，将鹤嘴锄举过头顶。

玛格丽特大喊道："快，路易斯！"她说完就跳进了传送门。传送门又响起了噼噼啪啪的声音，然后玛格丽特就不见了。

路易斯看到自己的妻子已经脱险，不禁松了口气。他向着冲过来的西里克斯再次挥动鹤嘴锄，鹤嘴锄砸在西里克斯身上，再次发出巨响。西里克斯用自己沾满鲜血的前肢将鹤嘴锄拍到了地上。

路易斯转身冲向传送门，门里的景象和之前完全不同。从窗口可以看到，那是另一个星球，一个遥远而陌生的地方。

但是，石窗再次开始闪闪发光，然后传送门消失不见，又变成了一块密不透风的大石头。

路易斯停下脚步，一种绝望自心底油然而生。他哀嚎道："不！"他刚才没看到玛格丽特按下了哪块石板，不知道她如何启动了整个系统。

　　西里克斯和德克里克越来越近。它们已经让玛格丽特逃跑，绝对不会给路易斯同样的机会。用作武器的机械臂从它们体内伸了出来，大钳子一张一合咔咔作响。

　　路易斯此时已经无路可退。他徒劳地举起双手投降，用说教的口吻说："西里克斯，你为什么要这么做？我们不想伤害你们。我们只不过想帮你们而已。我们会找到你们想要的答案。"

　　西里克斯说："我们不想要答案。"

　　路易斯靠着冰冷的石壁，并不明白它的话："但是你说你们失去了所有的记忆，不记得以前发生了什么。"

　　西里克斯说："我们并没有丢失记忆。"两台克莱西斯机器人向着注定要失败的考古学家靠近，它们伸出了机械臂。

　　"我们只是撒了个谎而已。"